斯文

第九辑

中国古代散文学会（筹）
北京师范大学文学院中国古代文学研究所
主办

郭英德／主编
张德建／执行主编

商务印书馆
The Commercial Press
创于1897

图书在版编目(CIP)数据

斯文. 第9辑 / 郭英德主编；张德建执行主编. —北京：商务印书馆，2022
ISBN 978-7-100-20752-2

Ⅰ. ①斯… Ⅱ. ①郭… ②张… Ⅲ. ①古典散文－古典文学研究－中国－文集 Ⅳ. ①I207.62-53

中国版本图书馆CIP数据核字（2022）第028146号

斯 文

第九辑

郭英德 主编 张德建 执行主编

商 务 印 书 馆 出 版
（北京王府井大街36号 邮政编码 100710）
商 务 印 书 馆 发 行
三河市尚艺印装有限公司印刷
ISBN 978－7－100－20752－2

2022年5月第1版 开本 680×960 1/16
2022年5月第1次印刷 印张 23

定价：128.00元

编委会

主编的话

本期继续推出文体研究栏目，近些年来，文体研究已成显学，原因正在于文体研究能够不断挖掘出新角度，在不同时代和领域，结合相关文史研究话题，呈现出学术活力。

中国古代文体起源复杂，由于文献不足，后世隔膜，拘泥于字面，常多含糊之见。杨向奎、薛栋《状、诔、〈先贤行状〉与行状文体关系考辨》是一篇关于行状文体起源的论文，细密考订了状、诔、《先贤行状》与行状文体的关系，指出状与行状不同，二者虽然都是要把人物品行事迹写下来，但区别在于书写对象在世与否，故不能视为行状文体的起源；行状文与诔文可以说不在一个环节上，是分属相连的两个环节内的不同文体；《先贤行状》在史籍目录中均被归入杂史类，属于传记，在体制、体例上与行状文体属性不同，可以确定不属于行状文体。郭英德先生指出中国古代文体的生成与行为方式有着密切关系，作者从这个理论基础出发，梳理了状、诔、《先贤行状》产生的背景与功用，确定了三者与行状文体不存在渊源、承续关系。

孙玲玲《汉魏晋之际〈左传〉日月时例的发展》探讨《左传》日月时例的发展，属于义例之学的研究，本刊在此置于文体研究栏目，盖由义例关系书写问题，仍可以算是广义的文体学研究，故有此权变。汉魏晋以来，公、穀之学影响到《左传》，其中一个重要方面就是在日月时例上，本文采用最朴实的方式，逐例列出其影响之处，又以杜预的批评转入到对这一解经体系变化的讨论中，认为这代表着由义例之学向史例之学的转变，反映出今文经学的衰落与古文经学的兴起。

《文选》不录子部之文，自真德秀《文章正宗》始以子部入集，子部之文遂为散文研究对象。《风俗通义》虽意在“辨风正俗”，非有意为小说，但却包含大量的文学因素，陈凡《〈风俗通义〉的文学价值》正是分析其作为小说文体的文学因素，包括讲述道理时用完整的故事叙事，夸张、想象、烘托等手法的运用。但应邵对小说家言持批评态度，那么《风俗通义》的文学意义究竟何在呢？小说记载者虽为史官，但却不是真实地讲述历史，而是借历史人物虚构小说文本，此为小说不同于史传的特点。《风俗通义》一方面对“俗说”“传说”进行纠谬；另一方面将民间传闻整理归纳到书中，对其进行文学加工，客观上推动小说的成熟发展。论文尚有梳理不够清晰之处，但给我们提供了一个观察小说成型过程的角度，有启发意义。

中国古代散文的载体形式多种多样，与我们今天多数情况下所看到纸质载体不同，历史上，金石碑刻是十分重要的载体形式。在文本分析方法流行的今天，如何面对纸质载体之外的文本，是一个值得高度关注的问题。文师华《北魏摩崖〈郑文公碑〉解读》正是这样一篇论文，文章以介绍性文字将我们引入《郑文公碑》的讨论中，从历史的角度谈了上下碑及铭文的刻意作伪，从散文的角度简谈了碑文的写作特征，从书法的角度称之为“北碑之冕”。

文学与史学关系是一个说不尽的话题，盖因自六经时代，文史自然交融在一起，自魏晋文史分途，文史渐行渐远，但在史学理论与史学实践层面上，文史仍然是密不可分的。薛芸秀《刘知幾〈史通〉对〈左传〉的文学批评》一文以《史通》为例，通过刘知幾对《左传》的批评，揭示了在史学理论家眼中《左传》是如何成为文学经典的。刘知幾一方面严文史之界，一方面却又大肆褒美《左传》，尤其强调其文学性的一面，该文主要针对后一现象展开。遗憾的是作者没有借鉴西方史学界关于文史相融的理论，没有对“文学性”概念进行必要的界定。但借助细致的梳理，其为我们展示了刘知幾在《史通》中对《左传》辞令之美、口语之美、叙事语言之文质兼备，传人叙事参差变幻、言事兼收、烦省合理的褒赞。结合晚清以来诸大家之评说，将分析建立在更合理深入的层面上。文章指出，刘知幾《史通》的批评是《左传》接受史上的转折点，与真德秀《文章正宗》选史传入集有着同等重要的作用。当然，这一论点还需要系统的论述。

张兴武《北宋散体制诏关涉古文变革的内在逻辑》一文是建立在作者多年对唐五代两宋深入研究的基础上，结合古文变革，对古文制诏的深入研讨。将古文制诏置于古文变革中加以讨论，扩大了研究视野，并不斤斤于制诏文体本身，显示了独到的眼光。论文从体制沿革、经典转易、创作群体三个方面理清了制诏骈散转换的历史过程，在讨论二者关系时，提炼出古文变革的精神核心，指出其中“借制诏文字以反思治乱得失的历史规律，励臣节而正人心，以期实现立言、立德、以文章取信后世的崇高理想。其制诰文字不仅包涵‘革弊复古’的文章变革理念，更彰显着以‘革新政令’和‘创通经义’为核心的时代精神。”“期于有用”，不仅是古文家的精神所在，更直接体现在古文制诏的写作中，而这正是造就古文制诏在体制、文法、修辞等方面成就的主要原因。

中国古代文章学是一个自给自足的体系，如何以现代意识进行解读则是我们理解这一体系和挖掘其价值的出发点。王永《试论〈文章精义〉的“文本生态”批评意识》拈出“文本生态”这一概念，从而在古今之间建立了一个切入点，这一转换可以使我们以新的思路系统地观察古代文章学体系。作者当然对这一比拟保持着清醒的认识，注意到了两个否定性理论前提，但这一比拟式的思路仍然有着很高的价值。作者指出，在《文章精义》的评语中，构成了一个以文本为单元，存在着传承、交互、竞合的“文本生态群落系统”，揭示出文本之间“生机盎然的共生关系”。从渊源论、差异论、高下论三个方面论述了文本呈现出一个复杂而相互关联生发的“生态系统”，为古代文章学体系研究提供了一个新视野。

自魏晋以来，文集日盛，文体成为写作范式，著述是一种学术体式，在文学写作中日渐趋于衰落。当文体写作成为主导，就形成一种稳定的态势，文学就局限在文体的规定性中，只能以风格、结构、修辞为突破点，而无法撼动文体的稳固大厦。雍繁星《知识书写与传记文体的困境——〈苍筤侯世传〉的文体学考察》一文以王象晋《苍筤侯世传》为切入点，考察文体的稳定与突破现象，很有启发意义。作为“假传”（寓言），这篇文章分小序、正文、“竹名”三部分，作者努力将三者凝结为一个整体，但这个插入性知识却造成了“断裂”，不能形成一个浑融的整体。通过文章的细读，却发现“竹名”部分并不是简单罗列，作者实际上希望造成深层的内在联系，但这一点却容易被人们忽视。雍繁星推测这样一种异质互融的体式与史传传统中的“世家”有着密切联系，在这种影响下，文章“近乎传和谱录的中间状态”，是一种混杂文体。而这样的“创新”实验却被自身所限制，清新雅致的叙写方式、知识性内容的凸显都造成了

“内在统一性不强的、体貌不协调的文本”。这个非典型文本可以视为一个文体尝试，虽然不成功，但却给我们观察文体的历史变化提供了一个有意思的视角。

丁一凡《明代试录序的写作模式及其“正文体”悖论》是对当今文体研究中对特殊边缘文体类型的关注。史学研究领域对乡会试录序多注重其史料价值，文学研究则普遍忽略其文学和文体价值，因而本文对这一问题的关注是具有开拓作用的。论文对这一特殊文体的基本结构模式和文本特点进行了细致的分析，对不同时期试录序结构及内容要素的变化则提炼出“议论”增多现象来讨论。由此，转入“正文体”话题，梳理了自成化以来，正文体作为官方意志不断加强的过程。又转入到对正文体悖论的研究，分析了这一现象产生的思想文化背景，及其在社会趋变时出现上下分离的情形，文风尚奇显然与正文体的要求不符，但试录序作为一种特殊的文体，又出现了与主张不符的情形，因而不能完成其统一思想的目的。

李金松《龚自珍的散文书写与阳湖文派》从龚自珍散文书写迥异于文坛主流及其恢诡壮丽的文风出发，认为这与他的学术训练和学缘学脉关系密切，主要是与阳湖文派的渊源交往起了重要作用。在梳理其与阳湖文派的交往过程中，借助已有的研究成果，提出阳湖文派以学济文、不废词华、骈散合一的三个理论主张。龚自珍散文则是这些主张的实践，文中做了对应举例分析。先秦诸子之文作为文学和思想资源在阳湖派受到关注，并成为学习对象，是中国文学史上的重要现象，不同于明人学先秦史汉、唐宋六朝之文，这标志着一个重要转折，不仅引发了晚清近代散文的新变，也成为思想转折的一个标志，值得高度关注。但论文在龚自珍散文新变的具体分析中尚嫌简单，需要进一步深入。

文学史研究一栏收录三篇论文。刘子立《“孔子百觚”：先秦饮酒礼与“圣人善饮”故事的生成》从孔融《难曹公禁酒书》说起，引出“文王千钟，孔子百觚”之说，引据文献，说明自战国以来就有这个传闻。又详尽考述了“圣人善饮”故事的生成，指出“有时是正向的踵事增华，有时却遵循着某种‘正言若反’的奇妙逻辑”，是一个非常有趣的结论，有助于我们生发开去，对儒家文化当中的“奇妙逻辑”作进一步研讨。进而，论文又研讨了魏晋时期饮酒形象的转变，作者以道家“形神相亲”思想进行的解读给人以耳目一新之感，使这种变化得到合理解释。饮酒是一种人类独有的现象，但饮者理想形象的变化却是社会和文化变化的一个表征，其背后有着更为重要的思想和观念因素。现象研究只有上升到社会、文化和思想层面才会更深入，本文正是这样一篇文章。

在元代文学史研究中，诗文等传统文体研究相对滞后，文学史上也仅是简单列举几个代表作家。邱江宁《至正更化与元末馆阁文人的创作影响》一文不仅能够补足这一缺憾，而且更深入一步，将元末文坛的这一变化放在“至正更化”的政治变革基础上，包括恢复科举、开修三史及修正调整民族政策，来进行探讨。在这一“更化”的背景下，馆阁文人起到了重要作用，引领了南北文化融合。而在创作研究方面，作者提炼出元末文坛的文章风气及其特点，切入到文学的研究之中。具体而言，包括以下几个方面：从文风上看，表现为“援据精切、俯仰雍容”的变化，纪行诗文的写实性突出，通俗文体以理学为本，善于剖分具体问题，重风教彝伦，表现为“以史为据，情感平易”的文史融合之风。文章有详尽的文献支撑，充分的研讨，此处不再一一举例，值得注意的是这种相对宏观却又不离具体的讨论方式，为元代文学史的建构提供了充足支持。

诗僧是文学史研究的重要一环，成果众多，但遗民僧的整体研究却并不多见，盖由文献散落，梳理勾联不易。李瑄教授《清初遗民僧的法脉与地域分布》就是这样一篇专论，李瑄教授多年沉浸佛教研究，此文可见其一斑。论文在前人研究的基础上，从传记文献梳理出三百余人，用力之勤，无人能出其右。但论文又非逐一梳理排列，而是注意到三个特殊现象；一是遗民僧有着不同于儒者遗民的群体联系，被编织在佛教传法体系中；二是遗民僧地域法传网络出现了南北差异，在地域上，清初遗民僧以江浙二省最为密集；三是以宗派论，禅宗临济、曹洞二宗遗民僧较多。拈出这三个现象，凝聚成一篇以此为中心、以文献为基础的考辨文章，启学界颇多。

散文研究文献考论推出两篇文章。选学是显学，这是因为《文选》问世以来，形成了丰富的议题。如何在前人的基础上有所突破？高薇《潜在的文本：宋人笔记中的〈文选〉》从知识学的视角出发，研究文本研讨如何转化为学识的积累、论题的形成，涉及版本、注本、来源及出处问题，属于传统版本学内容。首先，视角的变化带来了新话题，实际上借以考察了宋人的知识视野、认知塑造问题。其次，传统版本学关于版本有四种描述方式：存、佚、缺、未见，属于描述性质，作者提出“潜在的文本”这一概念，用以对笔记中涉及《文选》版本佚失文献的缺位进行分析。再次，笔记中涉及《文选》的考据、讨论是作者所关注的，借助这些文献信息，作者详尽考察姚宽《西溪丛语》、王观国《学林》使用《文选》版本问题，进而讨论宋人书籍获得的真实而复杂的状况。笔记在塑造人们知识认识的同时，造成了话题的“延续性”，相同的话题不断在笔记中出现。这给我们很大启发，笔记作为一种特殊的知识载体，其知识的来源、认识、讨论有一个长期积累的过程，值得高度关注。

明代文献存世甚多，已令人临河而叹，标点整理的仅是一小部分，更不用提辑佚了。重要作家作品的研究虽已展开，但文献或不足征，也仍然是一个问题。贾飞《新见〈凤洲文抄注释〉及其文本价值探赜》有补于一二，亦十分不易。此文是他在哈佛访学期间发现的李维桢的一个选本。论文在介绍版本后，分三类辑录了佚文，并对其文献价值做了简单分析。

本刊新推出学述栏目，意在对著名学者的学术研究和学术思想做出简要评述。在某种程度上，遗忘是学术史上的一个重要环节，对抗这一过程，以期在学术史的历史记忆中留下学者的足迹，看到他们对学术的贡献和促进作用，是本栏目的初衷。谭家健先生专研古代散文六十余年，成果丰硕，兼研古文与骈文，跨越古今，联通中外，是学界景仰的大家。对谭先生的学术成就、治学方法做出评述，是构建当代古代散文研究史的重要一环。本次刊载的文章是中国社会科学院大学文学院本科生李庚辰对谭先生的访谈，谭先生以自己的学习经历和研究心得，对初入门的学生指出了学习路径。当前，学术资源的获取途径更为便捷，但检索只是工具，读书才是正途，如何读书，如何学习，如何治学，仍有最基本的进路，不如此便易欹斜。李庚辰同学勤勉好学，但在学习阶段，尚不足以与谭先生对话，因此呈现给读者的便是一个简单的访谈，缺少真正的学术对话。我们不能求全责备，可以此为一个引子，期望大家关注当代学术名家的古代散文研究。杨新勋教授《一位致力于中国学术多样化拓展的汉学家——田浩学术研究侧记》，是对著名汉学家田浩先生学术研究的全面回顾。论文回到当时的汉学研究情境之中，对他的学术特点、贡献做出了系统的评述。田浩对陈亮的研究颇多亮点，如对义利、公私观念的研究，在儒家思想历史发展上，陈亮做出了独到的解释，从而建立了功利主义思想体系。关于朱熹的研究，则超越了纯粹哲学式思辨，从更丰富的话语和历史环境中挖掘，有着深入的理论眼光。其对金元道学的研究也是如此，解决了思想传播的连续性问题。总之，强调多样与正统之间、多元性与一元权威之间的张力，至今具有方法论意义。

本期推出三篇散文研究专著的书评，以展示古代散文研究的进程和所取得的成果，并试图从阅读和批评的角度呈现对散文研究的思考。长期以来，学术评论不免沾染上过多的人情世故，或仅止于介绍，或只说不痛不痒的套话，于学术无益，于良好学风的建立无益。有鉴于此，本刊推出学术著作书评栏目，倡导以平允公正的立场，在丰厚的学术修养基础上，提出具有学理性的意见，敢于以批评性对话推进学术研究。谢琰《断代文体学研究范式的新探索——评谷曙光〈贯通与驾驭：宋代文体学述论〉》是一篇有见识而又机智的评论文章，将谷著概括为“概述”和“专论”两部分，“概述”既是常识，激活之后又能形成新知，“专论”则以“贯通”和“驾驭”为特点。这种总体的把握显示了作者整体和细密的论述框架，也显示了评论者的眼光和凝炼能力。书评写作往往需要两个层面的能力，一是对作者思路、观点的把握；二是由此深入，指出作者的缺失。这样才能公正而不失之于吹捧，批评而不离本意，有所提升而不陷于偏见。文章既指出了书中多处建设性贡献，如看待宋代文体的“原生状态”，特别是对高层次和低层次文体破体的分析，对文体常态即本色的分析等，也指出书中的不足，此处不再列举。书评是理性的批评话语，自然应立场平允，但又需要高度，由对学术话题的思考引申出令人信服的批评。

翁源、刘成国《制造经典——评裴云龙〈北宋六家散文经典化研究：南宋金元时期（1127—1279）〉》一文就非常切合本刊的主张，指出该书最大的特点是采取了“回归文本生成的历史语境”，“有效调和了西方理论与本土文学研究”，拈出了知识、文化、情感、表达这四个“经典化”维度，使全书论述建立在扎实的理论基础上。但文章也对经典化论题提出了不同见解，主要是士大夫身份问题。文中举出作者在分析欧阳修经典地位的形成过程中，陈亮、朱熹对欧阳修的认同与批评，各有不同的立场，指出裴书在身份分析上的含糊之处。同时，裴书对王安石经典化的分析也存在着不足，文中都有举例讨论。又从理论思考的角度，对经典化研究与接受史研究的差异出发，对书中缺憾有所指正。肯定与批评构成了文章的两个层面，肯定的方面充分而切实，批评的方面有理有据，但裴书确可称“中国古代散文研究领域的优秀之作”。

龚宗杰的《明代文话研究》既是《历代文话》编纂活动的一个结果，也是近年来相应成果中较为突出的一种。诸雨辰在《文话研究的“近世性”视野——评龚宗杰〈明代文话研究〉》一文中既肯定了该书在文话研究中的贡献，也能够指出作者的视野盲区，尤为难能可贵。诸文先从文话的定义说起，意在指出文话作为一种批评形式的特殊性。那么，如何把握这种特殊性呢？除了要对宋明以来文话的内容、性质、特点有把握之外，实际上还需要对这一类批评文本在比较的视野中建立起其自身的身份标志，这就是龚著最重要的一个概念“近世性”。大家知道，这个概念显然源于日本学者的近世概念，但在书中有了明确的界定。如此一来，近世性就成为全书的一个理论支撑，面对正统力量的遮蔽，这一概念提供了在下者的视角，能够切合文话编纂的世俗性与商业性及其作者的下层化特点，这就形成了是书的非精英化论述路径。但近世化的研究理路必然导向如何理解近世化的问题，特别是针对文话论述中的“意义缺失的焦虑”，如何实现对“近世性”的超越就成了一个重要命题。评论中还提到了几处龚著论述不够全面之处，亦并非单挑问题，而是以讨论的方式指出任何论述中都可能出现的盲区，正是对相关论述的一个补充。这样的讨论正是我们提倡的态度和学术精神，学术正是在议论和争论中发展的。

本刊持续推出年度散文研究评述，意在通过研究成果的梳理与评价，展示散文研究的进展与成果，为研究者提供切实的帮助。为此，我们每年都约请相关学者对不同时段的散文研究进行评述，由于疫情的影响，本期推出的评述文章包括了两个年度。余丹《2019—2020年唐宋散文研究综览》有两个特点：一是细致地梳理了两年来唐宋散文研究成果，这其实不易做到，需要翻看大量的研究成果，更难的是需要做出取舍，选出有价值的成果；二是对已经相当成熟的唐宋散文而言，欲做出评价，需要一个整体框架，不能东拉西扯，将所有成果都纳入其中。本文设置了三个重要面向，即整理与考论贯通的文献研究、内外视野交汇的文本研究、审美与应用并重的文体研究，既包括了文献整理与考论，也包括了文本研究和文体研究。各评述论题之下又加细分，完整而详尽地呈现了两个年度内唐宋散文研究的成果。限于篇幅，作者大多仅是点出了论文的主旨和学术贡献，无法做出深论，但其中已暗含着作者眼光，给研究者提供了可资查考参阅的文献。

目 录

文体研究

状、谏、《先贤行状》与行状文体关系考辨 …… 杨向奎 薛 栋 3

汉魏晋之际《左传》日月时例的发展 …… 孙玲玲 15

《风俗通义》的文学价值 …… 陈 凡 27

北魏摩崖《郑文公碑》解读 …… 文师华 45

刘知幾《史通》对《左传》的文学批评 …… 薛芸秀 54

北宋散体制诏关涉古文变革的内在逻辑 …… 张兴武 75

试论《文章精义》的"文本生态"批评意识 …… 王 永 103

知识书写与传记文体的困境
——《苍筤侯世传》的文体学考察 …… 雍繁星 114

明代试录序的写作模式及其"正文体"悖论 …… 丁一凡 128

龚自珍的散文书写与阳湖文派 …… 李金松 152

文学史研究

"孔子百觚"：先秦饮酒礼与"圣人善饮"故事的生成 …… 刘子立 171

至正更化与元末馆阁文人的创作影响 …… 邱江宁 190

清初遗民僧的法脉与地域分布 …… 李 瑄 216

散文研究文献考论

潜在的文本：宋人笔记中的《文选》…………高　薇 247

新见《凤洲文抄注释》及其文本价值探赜…………贾　飞 270

散文研究名家学述

牢筑古文根基，提升治学境界

——访中国社会科学院文学研究所谭家健先生…………李庚辰 287

一位致力于中国学术多样化拓展的汉学家

——田浩学术研究侧记…………杨新勋 294

书　评

断代文体学研究范式的新探索

——评谷曙光《贯通与驾驭：宋代文体学述论》…………谢　琰 305

制造经典

——评裴云龙《北宋六家散文经典化研究：南宋金元时期（1127—1279）》…………翁　源　刘成国 312

文话研究的"近世性"视野

——评龚宗杰《明代文话研究》…………诸雨辰 323

散文研究评述

2019—2020年唐宋散文研究综览…………余　丹 335

文体研究

状、诔、《先贤行状》与行状文体关系考辨*

杨向奎　薛　栋**

摘要： 有关行状的起源问题，较多歧见。未有证据表明奏疏类的"状"与"行状"之间存在继承关系，按照逻辑推理，二者的发生动因应是一致的，区别仅在于书写对象的在世与否。从所处阶段而言，行状文与诔文不在一个环节上，是分属相连的两个环节内的不同文体。无论是目录著作的编排分类，还是单篇文章的撰作时间，《先贤行状》都与成熟的行状文体龃龉不合，没有理由相信《先贤行状》中的文章属于行状文体。对于行状文体的考察，应该充分注意其生成的特定场合，而不宜简单根据内容的相似性来判断与其他文体的关系。

关键词： 行状起源；状；诔；《先贤行状》；文体关系

明代徐师曾《文体明辨》云："汉丞相仓曹傅胡幹始作《杨元伯行状》，后世因之。盖具死者世系、名字、爵里、行治、寿年之详，或牒考功太常使之议谥，或牒史馆请编录，或上作者乞墓志碑表之类皆用之。而其文多出于门生故吏亲旧之手，以谓非此辈不能知也。"①《杨元伯行状》"徒有其名而亡其辞"，我们无法一睹早期行状样貌，亦不敢遽定行状之源起。

汉高帝十二年（前 195）二月，刘邦下诏招贤，曰："贤士大夫有肯从我游

* 本文为国家社科基金项目"中国古代行状文体研究"（18XZW010）研究成果之一。

** 杨向奎，教授，文学博士；薛栋，石河子大学文学艺术学院古代文学硕士研究生。

① 徐师曾著，罗根泽校点：《文体明辨序说》，人民文学出版社，1982 年，第 147 页。

者，吾能尊显之。布告天下，使明知朕意。御史大夫昌下相国，相国酂侯下诸侯王，御史中执法下郡守，其有意称明德者，必身劝，为之驾，遣诣相国府，署行、义、年。有而弗言，觉，免。年老癃病，勿遣。”苏林《汉书音义》注“行、义、年”曰：“行状，年纪也。”[①]清人何焯认为“此行状所自始”[②]。而江藩在其《炳烛室杂文·行状说》中云：“至典午之时，始有行状，综述生平行迹，上之于朝以请谥。”[③]

从上可知，有关行状的起源问题，前人较多歧见。而今人的研究取得了一些成果，但有些基本问题、核心概念仍未能很好厘清。因此还有深入研究的必要。兹不揣谫陋，对与行状文体起源相关的一些问题进行考辨，以求教于博雅君子。

一、状与行状

“状，犬形也，从犬爿声。引申为形状。”[④]由此可知，“状”的本义特指犬形，由本义引申为一般物的“形状”。物有形状，事和人也有“形状”。王兆芳《文章释》云：“状者，犬形也，形貌也，官民之事臧否之形状也。”[⑤]来裕恂《汉文典·文章典》卷三云：“状者，详叙死者生平、言行、氏族等，令人阅之，如见死者之状貌，故谓之状。”[⑥]由具体物之形状，引申至抽象事之情形、人之事迹。此处的“形状”“状貌”仍由犬形引申出的物之“形状”衍生，只是施诸的对象不同而已。

徐师曾《文体明辨》在解释“行状”时云：“按刘勰云：‘状者，貌也，体貌本原，取其事实。’”毫无疑问，此处继承了刘勰“状”的相关论述。但同书“奏疏”条又云：“按奏疏者，群臣论谏之总名也。奏御之文，其名不一，故以

① 《汉书》，中华书局，1962年，第71页。
② 何焯著，崔高维点校：《义门读书记》，中华书局，1987年，第974页。
③ 江藩著，漆永祥整理：《江藩集》，上海古籍出版社，2006年，第103页。
④ 许慎著，段玉裁注：《说文解字注》，上海古籍出版社，1981年，第474页。
⑤ 王水照编：《历代文话》，复旦大学出版社，2007年，第七册，第6299页。
⑥ 王水照编：《历代文话》，第九册，第8623页。

奏疏括之也。七国以前，皆称上书。秦初，改书曰奏。汉定礼仪，则有四品：一曰章，以谢恩；二曰奏，以按劾；三曰表，以陈请；四曰议，以执异。然当时奏章，或上灾异，则非专以谢恩。至于奏事亦称上疏，则非专以按劾也……上书章表，已列前编，其他篇目，更有八品，今取而总列之：……五曰状。状者，陈也。状有二体，散文、俪语是也。"[①]"状者，陈也"，与"状者，貌也"，意思上明显存在差异。明代陈懋仁《续文章缘起》在解释"状"时，引北宋张表臣《珊瑚钩诗话》云："状者，言之于公上也。"清代唐彪《读书作文谱》云："行状（行述同），伯鲁曰，行状者，取死者生平、言语、行事、世系、名字、爵里、寿年、后裔之详，著为行状，亦名行述。或牒考功太常，使之议谥，或牒史馆，请为编录，或上作者，乞墓志、碑、表之类，以其有所请求，故谓之状。"[②]徐师曾字伯鲁，文中虽"伯鲁曰"，但校对可知，并不是对原话的直接引用，而是据意转述，其中"以其有所请求，故谓之状"一句，更可视为唐氏的自我阐释。"陈也""言之于公上也""以其有所请求"的意思大致是一致的，强调的都是"状"上呈的功能和特点。

徐师曾在解释行状时，连用"牒考功""牒史馆""上作者"等，也透露出"状"的上呈特点。凡官文书，有上行、下行、平行诸种，并不是所有的"状"都是官文书，但上行确实是"状"文的基本特点。综上所述，笔者以为，可以如此界定"状"："状"是描绘、摹写人物形象，或叙述事件情形，并将之上呈有关部门或人物的一种文体。

以上是对"状"的综合考察，是总论，若分而论之，则"状"有两种类型。《文苑英华》卷六二八至卷六四四为"状"，前卷有判、表、牋等文体，后卷有檄、露布、弹文、移文、启等，而卷九七一至卷九七七为"行状"，其前为传、记、哀策、谥议、诔、碑、志等，其后有祭文等。由所在位置和前后文体分布来看，《文苑英华》的编者将"状"和"行状"分开，是作为两类看待的。如上文所引，徐师曾《文体明辨》将"状"归入奏疏类其他篇目（章、奏、表、议之外），而将"行状"与述、墓志铭、墓碑文、墓碣文、墓表等并

① 徐师曾著，罗根泽校点：《文体明辨序说》，第 123 页。

② 王水照编：《历代文话》，第四册，第 3564 页。

列，可见也是将“状”与“行状”分别看待的。徐师曾“奏疏”条又云：“至于疏、对、启、状、劄五者，又皆以‘奏’字冠之，以别于臣下私相对答往来之称。读者亦庶乎有所考矣。”①“状”不仅用于奏上，臣下私相对答往来也用之，但为了便于区分，我们也借鉴徐师曾的方法，将奏疏类的“状”称为“奏状”。

奏状与行状确实存在较大区别，《文苑英华》《文体明辨》的划分符合客观事实。第一，从内容看，奏状可表现的内容比较宽泛。《文苑英华》将“状”按内容划分为谢恩、庆贺、荐举、进贡、杂奏、陈请等，《文体明辨》则分为征伐、边备、荐举、庆贺、弹劾、陈乞、进献、辞解、陈谢等，而行状仅记个人世系、名字、爵里、行治、寿年等生平事迹。第二，有关荐举的奏状也写人的品行事迹，但对象是在世之人，而行状书写的是死者。第三，从上呈部门看，奏状上呈皇帝和上级，范围宽，而成熟的行状仅“牒考功太常”“牒史馆”“上作者乞墓志碑表”，范围窄。第四，从写作目的看，奏状或为荐举、或为陈谢、或为进献、或为辞解等，目的多端，而成熟的行状仅为请谥、史书编撰、碑志写作提供依据，目的较为单一。

有时即使以“行状”名篇，其实质仍为“奏状”。从实例来看，“行状”一词有两种含义，一是泛指人物的品行、事迹，二是指记述死者世系、籍贯、生卒年月和生平大略的一种文体。在文献中两种所指均有出现，研究者宜辨之。如《后汉书》卷七十八《宦者列传》记吕强上疏谏语曰：“旧典选举委任三府，三府有选，参议掾属，咨其行状，度其器能，受试任用，责以成功。”②同书卷八十一《独行列传·范式》载：“长沙上计掾史到京师，上书表式行状，三府并辟，不应。”③同卷《李善传》云：“时钟离意为瑕丘令，上书荐善行状。光武诏拜善及续并为太子舍人。”④同卷《陆续传》载，会稽太守尹兴因参与楚王英谋反事系狱，陆续等人受牵累诣洛阳“诏狱就考”，续母至京师，无缘与续相闻，母但作馈食，付门卒以进之，续见食，对食悲泣，不能自胜，使者怪而问

① 徐师曾著，罗根泽校点：《文体明辨序说》，第 123 页。
② 《后汉书》，中华书局，1965 年，第 2532 页。
③ 《后汉书》，第 2678 页。
④ 《后汉书》，第 2679 页。

其故，续曰母来不得相见，故泣耳，使者问诸谒舍，续母果来，“于是阴嘉之，上书说续行状。帝即赦兴等事，还乡里，禁锢终身。续以老病卒。”[①] 以上“行状”要“咨”、要“上书表”“上书荐”“上书说”，且对象均为在世之人，可知指的就是人物品行、事迹，其实质是“奏状”而非“行状”。

事实上，记录人物品行事迹以上陈的文字早已有之，上引汉高帝十二年招贤诏即是其例。今人陈直《汉书新证》释此诏云：“行谓品行，义谓仪表，年谓年龄。”[②] 颇确。“遣诣相国府，署行、义、年”，言即将待选者送相国府登记品行、仪表、年龄等信息。为选官而涉及个人品行事迹的文本有多种，在有关机构登记只是早期情形之一。从内容、形式、功用来看，汉代为选官而书写人物品行事迹的文本，是《文苑英华》中奏疏类荐举“状”的源头。

未有证据表明奏疏类的“状”与“行状”之间存在继承关系，按照逻辑推理，二者的发生动因应是一致的，都是要把人物品行事迹书写下来，上呈有关人物或部门，以达到一定目的，区别仅在于书写对象的在世与否。既然奏状与行状不存在继承关系，那么汉代出现的为选官而书写人物品行事迹的文本与后来的行状也没有直接渊源。

二、诔与行状

谥是根据生前行迹，给予死者的一个名号。有关谥法的起源时间说法不一，西周说较为可靠。谥法的产生应与避死者讳相关。《周礼·春官》“大师”条云：“大丧，帅瞽而廞；作匱，谥。”郑玄注云：“廞，兴也，兴言王之行，谓讽诵其治功之诗。故书廞为淫，郑司农云：‘淫，陈也。陈其生时行迹，为作谥。’”贾公彦疏云：“大丧言‘凡’，则大丧中兼王后。虽妇从夫谥，亦须论行乃谥之。言‘帅瞽’者，即帅瞽矇歌王治功之诗。‘廞作匱谥’者，匱，即柩也，古字通用之。以其兴喻王治功之诗，为柩作谥。”[③] 同书“大史”条云：

① 《后汉书》，第 2679 页。

② 陈直：《汉书新证》，中华书局，2008 年，第 12 页。

③ 郑玄注，贾公彦疏，彭林整理：《周礼注疏》，上海古籍出版社，2010 年，第 884 页。

“掌建邦之六典，以逆邦国之治……大丧，执法以涖劝防，遣之日，读诔。凡丧事，考焉。小丧，赐谥。”注引郑司农云：“劝防，引六绋。”注“遣之日，读诔”云：“遣谓祖庙之庭大奠，将行时也。人之道终于此。累其行而读之，大师又帅瞽廞之而作谥。”注“小丧”云：“小丧，卿大夫也。”①同书“小史”云：“小史，掌邦国之志，奠系世，辨昭穆……卿大夫之丧，赐谥，读诔。”注云：“其读诔亦以大史赐谥为节，事相成。”疏云：“赐谥是大史之事，非小史，但小史于大史赐谥之时，须诔列生时行迹而读之，故云其读诔亦以大史赐谥为节。”②据此可知，大丧，大师帅瞽矇歌王治功之诗而作谥，大史于遣之日读诔；小丧，大史赐谥，小史以大史赐谥为节，诔列卿大夫生时行迹而读之。在这套丧葬命谥的仪式中，诔与谥密切相关。

《说文解字》释“诔”云：“谥也。”段玉裁注：“当云所以为谥也。”③郑玄注《礼记·曾子问》云：“诔，累也，累列生时行迹，读之以作谥。”④刘熙《释名》亦云：“诔，累也，累列其事而称之也。”⑤刘勰《文心雕龙·诔碑》云：“诔者，累也，累其德行，旌之不朽也。”⑥可见，诔文乃为累列逝者生前事迹以云所以为谥的一种文体。据现有文献，诔与谥的关系有先谥后诔、先诔后谥等不同情形。上引《周礼·春官》“小史”条，“卿大夫之丧，赐谥，读诔”，从行文看，赐谥在前，读诔在后。前引贾公彦疏也表明先有大史赐谥，后有小史读诔，且诔的内容受大史所赐之谥节制。《礼记·檀弓》载：“公叔文子卒，其子戌请谥于君曰：‘日月有时，将葬矣，请所以易其名者。’君曰：‘昔者……修其班制，以与四邻交，卫国之社稷不辱，不亦文乎。’”⑦公叔文子是春秋时人，但制谥程序当有所本。黄金明据此指出：“当时国君根据公叔文子主要事迹谥为‘文’，按规定，当由大史往赐，移葬时，小史读诔，而小史所诔，当不是君制谥之语，而当据此而作辞。”⑧所论当是。

---

① 郑玄注，贾公彦疏，彭林整理：《周礼注疏》，第997页。
② 郑玄注，贾公彦疏，彭林整理：《周礼注疏》，第1005页。
③ 许慎著，段玉裁注：《说文解字注》，第101页。
④ 郑玄注，孔颖达疏，陆德明释文：《礼记注疏》，上海古籍出版社，2016年，第586页。
⑤ 刘熙：《释名·释典艺》，中华书局，2016年，第93页。
⑥ 刘勰：《文心雕龙》，上海古籍出版社，1984年，第141页。
⑦ 郑玄注，孔颖达疏，陆德明释文：《礼记注疏》，第653页。
⑧ 黄金明：《汉魏晋南北朝诔碑文研究》，人民文学出版社，2005年，第18页。

上引郑玄注《礼记·曾子问》云："诔，累也，累列生时行迹读之以作谥。"从行文看，"读之以作谥"则应先诔后谥或即诔即谥。刘向《列女传》载："柳下既死，门人将诔之。妻曰：'将诔夫子之德邪？则二三子不如妾知之也。'乃诔曰：'夫子之不伐兮，夫子之不竭兮。夫子之信诚，而与人无害兮。屈柔从俗，不强察兮。蒙耻救民，德弥大兮。虽遇三黜，终不蔽兮。恺悌君子，永能厉兮。嗟乎惜哉，乃下世兮。庶几遐年，今遂逝兮。呜呼哀哉，魂神泄兮。夫子之谥，宜为惠兮。'门人从之以为诔，莫能窜一字。"[①] 文出《列女传》，未必果真为柳下妇所作，但其情形当有时代背景为依据。后汉范冉去世后，蔡邕作《贞节先生陈留范史云铭》，文曰："使诸儒参按典礼，作诔著谥。"[②]"作诔著谥"，似乎也是诔先谥后。

段玉裁注诔云"当云所以为谥也"，基本道出了谥与诔的本质关系，诔是用来解释、确立谥号的。据上引文献分析，其逻辑可概括如下：先有谥号而后有诔时，累列逝者生前事迹，其指向为解释为什么给予这样一个谥号；先诔后谥或即诔即谥时，累列逝者行迹的意图为确定应该给予什么样的谥号。但无论是哪种情形，其前提皆为已经了解逝者生前事迹，仅据此事迹解释、确立谥号而已，与后世用来提供逝者事迹以请谥的行状性质明显不同。从所处阶段而言，提供逝者事迹以请谥是初始阶段，据事迹讨论谥号是更进一步的阶段。因此，行状文与诔文可以说不在一个环节上，是分属相连的两个环节内的不同文体。

据传世文献，用以解释、确立谥号的诔文极其罕见，所传多为抒哀之作，故徐师曾《文体明辨序说·诔》云："盖古之诔本为定谥，而今之诔惟以寓哀，则不必问其谥之有无，而皆可为之。"[③] 笔者推测，定谥之诔的消失，据诔之性质判断，当与谥议的流行有关，而与行状文的出现与繁荣没有直接关系。综上，诔文虽也累列逝者行迹，与行状相似，但与行状文的产生却无直接渊源。

---

① 刘向：《列女传》，国家图书馆出版社，2014 年，第 6 卷，第 65 页。

② 邓安生：《蔡邕集编年校注》，河北教育出版社，2002 年，第 348 页。

③ 徐师曾著，罗根泽校点：《文体明辨序说》，第 157 页。

三、《先贤行状》与行状

《隋书·经籍志》云："又汉时，阮仓作《列仙图》，刘向典校经籍，始作《列仙》《列士》《列女》之传，皆因其志尚，率尔而作，不在正史。后汉光武，始诏南阳，撰作风俗，故沛、三辅有耆旧节士之序，鲁、庐江有名德先贤之赞。郡国之书，由是而作。魏文帝又作《列异》，以序鬼物奇怪之事，嵇康作《高士传》，以叙圣贤之风。因其事类，相继而作者甚众，名目转广，而又杂以虚诞怪妄之说。推其本源，盖亦史官之末事也。载笔之士，删采其要焉。鲁、沛、三辅，序赞并亡，后之作者，亦多零失。今取其见存，部而类之，谓之杂传。"① 杂传与史传相对，"盖史官之末事也"。杂传包容甚广，凡高士传、高僧传、孝子传、忠臣传、良吏传、童子传、列女传、神仙传、家传、郡书等史传外之传记，均包含在内。

《隋书·经籍志》所列杂传中，有《先贤集》一书，清代姚振宗《〈隋书·经籍志〉考证》云："《先贤集》三卷，不著撰人。《唐书·经籍志》：《海内先贤行状》三卷，李氏撰。《唐书·艺文志》：李氏《海内先贤行状》三卷。章氏《考证》：《海内先贤行状》，《唐志》著题李氏。《世说·德行篇》注引荀淑、钟皓、陈纪三事，称《先贤行状》。他书所引，亦多省'海内'二字，惟《太平御览·人事部》引王烈、戴良、徐孺子、仇览四事，称《海内先贤行状》。《职官部》引故宗正南阳刘奉先为督邮事，称《汉魏先贤行状》。案此《先贤集》即《唐志》之《海内先贤行状》。章氏依《唐志》之书名而无'不著录'三字，盖亦以为即是此书，其不依本志作《先贤集》者，偶误也。"② "章氏《考证》"指清代章宗源《〈隋书·经籍志〉考证》，综合章宗源、姚振宗观点，《先贤集》即《先贤行状》，而与《海内先贤行状》《汉魏先贤行状》又为同书。原书已佚，二氏观点只能是推测所得。今核《三国志》《后汉书》以及唐宋类书中之佚文，人物事迹、遣词造句等多有雷同。如王烈教化盗牛者，《三

---

① 《隋书》，中华书局，1973 年，第 982 页。

② 王承略、刘心明主编：《二十五史艺文经籍志考补萃编》，清华大学出版社，2012 年，第 15 卷，第 2 册，第 788 页。

国志·魏书·袁张凉国田王邴管传》注引《先贤行状》云："时国中有盗牛者，牛主得之。盗者曰：'我邂逅迷惑，从今已后将为改过。子既已赦宥，幸无使王烈闻之。'人有以告烈者，烈以布一端遗之。"[①]《太平御览》卷四零三引《海内先贤行状》云："时有盗牛者，主得之。盗者曰：'我邂逅迷惑，从今将改。子既赦宥，幸无使王烈闻之。'"[②] 考虑到《太平御览》未必是直接征引原文，而综合"邂逅迷惑""赦宥""幸无使王烈闻之"等词句判断，《先贤行状》《海内先贤行状》为同书的可能性很大，章宗源、姚振宗的判断并非空无依凭。

《隋书·经籍志》《旧唐书·经籍志》《新唐书·艺文志》均将《先贤集》《海内先贤行状》归入杂传类。《旧唐书·经籍志》云："右杂传一百九十四部，褒先贤耆旧三十九家，孝友十家……"[③] 自《三辅决录》起，至《幽州古今人物志》止，包括《海内先贤行状》在内，正好三十九家。据此可知，《海内先贤行状》为杂传中的先贤耆旧类，与《海内先贤传》《海内士品录》《四海耆旧传》《陈留耆旧传》《汝南先贤传》等，是同一属性的传记作品。徐师曾《文体明辨》云："按字书云：'传者，传也。纪载事迹以传于后世也。'自汉司马迁作《史记》，创为'列传'以纪一人之始终，而后世史家卒莫能易。嗣是山林里巷，或有隐德而弗彰，或有细人而可法，则皆为之作传以传其事，寓其意。"[④] 传记的创作目的是"纪载事迹以传于后世"，而行状是"具死者世系、名字、爵里、行治、寿年之详，或牒考功太常使议谥，或牒史馆请编录，或上作者乞墓志碑表"，虽都是"纪一人之始终"，但创作目的明显不同。因此，从前人的分类归属看，《先贤行状》是传记集，而非行状文集，与行状文体属性不同。

纵观历代行状文，一般都撰写于状主去世不久。江淹撰《建平王太妃周氏行状》云："今祖行有期，泉穸无远。素旐望路，彩旌思归。所以垂宣徽容，仿佛金石者，谨详牒行状，具以申言。"[⑤] 韩愈撰《赠太傅董公行状》云："谨具历官行事状，伏请牒考功，并牒太常议所谥，牒史馆请垂编录。谨状。"状主

---

① 《三国志》，中华书局，1959年，第355页。

② 李昉等撰：《太平御览》，中华书局，1960年，第1864页。

③ 《旧唐书》，中华书局，1975年，第2000—2006页。

④ 徐师曾著，罗根泽校点：《文体明辨序说》，第153页。

⑤ 胡之骥：《江文通集汇注》，中华书局，1984年，第370页。

董晋“（贞元）十五年二月三日，薨于位”，“贞元十五年五月十八日，故吏前汴宋亳颍等州观察推官将仕郎试秘书省校书郎韩愈状”。[①] 韩愈撰《唐故赠绛州刺史马府君行状》云：“今葬有期日，从少府请，掇其大者为行状，托立言之君子而图其不朽焉。”[②] 柳宗元撰《唐故秘书少监陈公行状》云：“宗元，故集贤吏也，得公之遗事于其家，书而授公之友，以志公之墓。谨状。”[③] 状主陈京，贞元二十一年（805）四月二十五日卒，柳宗元永贞元年（805）八月五日撰此文。撰文时间与撰文目的密切相关，《礼记·檀弓》：“公叔文子卒，其子戍请谥于君曰：‘日月有时，将葬矣，请所以易其名者。’”徐师曾《文体明辨》：“至汉，杜子夏始勒文埋墓侧，遂有墓志，后人因之。盖于葬时述其人世系、名字、爵里、行治、寿年、卒葬年月，与其子孙之大略，勒石加盖，埋于圹前三尺之地，以为异时陵谷变迁之防，而谓之志铭。”[④] 葬前给谥，葬时树碑埋铭，都是通常做法，这些决定了行状文的撰作时间。

回顾《先贤行状》中一些篇目的撰写时间。《三国志·吕布臧洪传》注引《先贤行状》之《陈登行状》云：“文帝追美登功，拜登息肃为郎中。”而本篇前文云：“（登）年二十五，举孝廉，除东阳长，养耆育孤，视民如伤。是时，世荒民饥，州牧陶谦表登为典农校尉，乃巡土田之宜，尽凿溉之利，秔稻丰积。奉使到许，太祖以登为广陵太守，令阴合众以图吕布。”[⑤]《三国志·二公孙陶四张传》云：“初平四年，太祖征谦，攻拔十余城，至彭城大战。谦兵败走，死者万数，泗水为之不流……兴平元年，复东征……会张邈叛迎吕布，太祖还击布。是岁，谦病死。”[⑥] 陈登二十五岁举孝廉，除东阳长，后州牧陶谦表为典农校尉，“巡土田之宜，尽凿溉之利，秔稻丰积”，至少一稔。如此，陈登投靠曹操时，至少二十六岁。既然是“奉使到许”，而非战败被俘，则奉使时间当在兴平元年（194）陶谦病死之前。取区间两端，假设兴平元年陈登二十六岁，则卒时当不超建安十二年（207）（据《吕布传》，登年三十九卒）。“文帝

① 马其昶：《韩昌黎文集校注》，上海古籍出版社，2014 年，第 642 页。

② 马其昶：《韩昌黎文集校注》，第 642 页。

③ 尹占华、韩文奇：《柳宗元集校注》，中华书局，2013 年，第 546 页。

④ 徐师曾著，罗根泽校点：《文体明辨序说》，第 148 页。

⑤ 《三国志》，第 230 页。

⑥ 《三国志》，第 249 页。

追美登功”当在曹丕建魏的黄初元年（220）之后，则《陈登行状》撰成至少应在陈登去世十三年之后。再如《三国志·魏书·和常杨杜赵裴传》，杜袭曾祖父安，祖父根，著名前世，注引《先贤行状》云：“安年十岁，名称乡党。至十三，入太学，号曰神童……后征拜巴郡太守，率身正下，以礼化俗。以病卒官，时服薄敛，素器不漆，子自将车……根举孝廉，除郎中……迁济阴太守，以德让为政，风移俗改。年七十八以寿终，棺不加漆，敛以时服。长吏下车，常先诣安、根墓致祠。”①“长吏下车，常先诣安、根墓致祠”，可见卒葬已有时日。况且，子根年七十八以寿终，父安以病卒官，不书寿年，肯定不到七十，即使按照七十致仕、十五岁生根计算，杜安的行状至少是去世二十三年后撰写的。②

另，就体制而言，《先贤行状》中的单篇，多以状主讳、字、乡邑等起首，与行状文将先世以固定格式系之于标题之下不同。③父子事迹合写这种方式，除上引杜安、杜根行状外，还有陈寔、陈纪、陈谌（纪弟）父子。《后汉书·荀韩钟陈列传》中，《陈寔传》注引《先贤行状》云：“豫州百城，皆图画寔、纪、谌形象焉。”④对于以请谥、牒史馆、请碑志为目的的行状文而言，这种父子合写在实际操作层面不甚实用，毕竟父子同卒葬、同碑志的情况几乎没有，而父子合传的情况却较为常见。早期行状文的撰写，很大意义上与谥号相关，无论是公谥或私谥，但据对《先贤行状》的观察，有些状主已经有了谥号。如上引《陈寔传》注就引《先贤行状》云：“将军何进遣官属吊祠为谥。”⑤这类已有谥号的行状，也提醒我们对《先贤行状》属性的认识应该谨慎。

综上所述，无论是目录著作的编排分类，还是单篇文章的撰作时间，《先贤行状》都与成熟的行状文体龃龉不合，再加上体制、体例的扞格，或可断定《先贤行状》中的文章不属于行状文体。前文早已申明，“行状”一词有两种含义，一是泛指人物的品行、事迹，二是指记述死者世系、籍贯、生卒年月和生

---

① 《三国志》，第665页。

② 王文涛：《论汉代官吏七十致仕》，《社会科学战线》2005年第4期。

③ 李乃龙：《〈齐竟陵文宣王行状〉考析——兼论“行状”的文体特征》，《广西师范学院学报》2007年第1期。

④ 《后汉书》，第2069页。

⑤ 《后汉书》，第2067页。

平大略的文体。综合来看，《先贤行状》中的“行状”一词，理解为泛指人物品行、事迹更为合适，“先贤行状”即先贤的品行、事迹。这样《先贤行状》与“先贤传”“耆旧传”等属性相同，都属于杂传。杂传应该具有传记的特征，和行状文不同，如此这般，以上扞格、龃龉之处也就得到了合理解释。既然《先贤行状》是杂传，也许会对行状文体的发生与成熟产生影响，但还不能将其视为行状文。

结 语

郭英德指出：“中国古代文体的生成大都基于与特定场合相关的‘言说’这种行为方式……人们在特定的交际场合中，为了达到某种社会功能而采取了特定的言说行为，这种特定的言说行为派生出相应的言辞样式，于是人们就用这种言说行为（动词）指称相应的言辞样式，久而久之，便约定俗成地成了特定文体。”[①] 对于行状文体的考察，应该充分注意其生成的特定场合，而不宜简单根据内容的相似性来判断与其他文体的继承关系。为请谥号、牒史馆、撰碑志提供材料，正是行状生成的特定场合。

---

① 郭英德：《中国古代文体学论稿》，北京大学出版社，2005 年，第 29 页。

汉魏晋之际《左传》日月时例的发展*

孙玲玲**

摘要：不同于《公羊》《穀梁》二传，《左传》罕言日月时的书写问题。但是到了西汉末年，以刘歆为代表的《左氏》学者开始援引《公羊》《穀梁》二家的义例思想，为《左传》构建自身的日月时例体系。汉儒构建《左传》的日月时例明显受到了当时《春秋》今文学派"以例解经"思想的影响。西晋时期，杜预又从"史书"书写的角度批驳了汉儒构建的《左传》日月时例。这一变化，反映出汉魏晋之际《春秋》今古文学派的起伏消长。

关键词：《左传》日月时例；刘歆；杜预

虽然日月时例是《公羊》《穀梁》二传解释《春秋》的一个重要义例，但是在《左传》中，它却扮演了一个极不重要的角色。《左传》不仅罕言日月时的书写问题，而且也从未将日、月、时的有无和圣人的褒贬之义联系起来，这一点从《传》文仅有的两条谈及日月时的条目中就可以看出，比如第一条"公不与小敛则不书日"①，此处《传》文就将公子益师卒不书日归因于鲁隐公没有

---

* 本文为中国海洋大学人文社会科学青年教师科研专项"战国《春秋》学研究"（202113023）阶段性成果。

** 孙玲玲，中国海洋大学文学与新闻传播学院讲师，古代文学专业博士。

① 此条见于隐公元年冬十有二月"公子益师卒"，《左传》曰："众父卒，公不与小敛，故不书日。"《春秋左传正义》卷二，阮元校刻：《十三经注疏》，中华书局，2009年，第3729页。

参与小敛这一具体的事实行为，而不是像《公羊》《穀梁》那样将其与孔子的褒贬态度相关联，再如第二例“日食不书日，官失之”[①]，《传》文同样是将不书日的原因归结为史官漏记这一编纂事实，而并不认为它代表了圣人的微言大义。由此可见，《左传》对于日月时书法的阐释都是基于史书书写的角度，这与《公羊》《穀梁》所理解的寄托圣人褒贬之义于其中的日月时例显然不同。但是这样的情况到西汉末年悄然发生了变化。

一、汉儒对《左传》日月时例的建构

西汉末年之后，以刘歆、贾逵、服虔等为代表的《左氏》汉儒开始有意识地利用《公羊》《穀梁》日月时例的方法为《左传》构建日月时例，其中被杜预《春秋释例》提及的几条日月时例就颇值得关注，通过这些材料，我们对汉儒以日月时例解《左传》的情况可以有一个更加深刻的认识。[②]

第一例，关于“盟”的日月时例。杜预在《春秋释例》卷一“大夫卒例”中谈及《左传》有无日月时例的问题时，引出了贾逵、许惠卿关于“盟”的日月时例，贾、许二人认为：“盟载详者，日月备；易者，日月略。”[③]按此处所言之“详”“易”应指《传》文记载的详细与简略，也就是说贾、许以为“盟”之事是否书日月取决于《左传》对此事记载的详略情况，若《传》文记载详细则日月兼备，若《传》文记载简略则日月可略。这种以叙事的详略来决定日月时是否书写的义例，显然是《左氏》汉儒根据《左传》叙事性强的特点创立的，具有鲜明的《左传》特色。

第二例，关于“朝”“会”的日月时例。僖公二十八年“冬，公会晋侯、齐侯、宋公、蔡侯、郑伯、陈子、莒子、邾娄子、秦人于温。天王狩于河阳。

---

① 此例见于桓公十七年“冬十月朔，日有食之”，《左传》发例曰：“不书日，官失之也。”《春秋左传正义》卷七，阮元校刻：《十三经注疏》，第3818页。

② 这些材料大部分出自杜预《春秋释例》和孔颖达《春秋左传正义》，虽然数量不多，但对我们了解《左氏》汉儒解经的方法大有裨益。

③ 杜预：《春秋释例》卷一，《丛书集成初编》本。

壬申，公朝于王所”[①]。对于此处经文为何只书时节“冬”和日期“壬申”，而不书具体月份的情况，贾逵给出了解释，他认为“欲上月则嫌异会，欲下月则嫌异月，故但书日”[②]，贾氏此语是说若将月份直接置于时节“冬”之下，就会让人怀疑“温之会”与“朝王所”是两件毫不相干的事情；但若将月份置于“冬”与“壬申”之间，则又会让人产生“会”“朝”二事不是发生在同一个月的误会。为了避免这些误解，经文采取了仅书日的笔法。由此可见，贾逵此例重在解释何以此处只书“壬申”之日而不书“月”的问题。刘师培在《春秋左氏传时月日古例考》中进一步补充曰：“据贾说审之，盖以朝王与会温同日，会无书日之例，故以朝王之事系日，以会温之事系时，其不复系月者，所以著二事同日之隐也。由是而推，则会、遇均不书日。”[③] 刘师培据贾逵之说进一步将汉儒之意推演为“会”“遇”之事例不书日，“朝”之事可书日，联系上下语境，刘氏之语应当符合贾逵之意。由此可见，贾逵等汉儒也为《左传》确立了关于“朝”“会”的日月时例。

第三例，关于“卒”的日月时例。隐公元年冬十二月“公子益师卒”，《传》文于此有例曰：“公不与小敛，故不书日。”[④] 刘歆、贾逵等汉儒据《传》文之意又对此例做了进一步的引申发挥，其曰：“日月详者，吊赠备；日月略者，吊有阙。”[⑤] 其实这里的“吊赠备”“吊有阙”就是在《传》文“公不与小敛”的基础上所进行的礼仪性概括，他们认为“公不与小敛”就是吊礼有阙，但若鲁国国君完整地参与了臣子的大敛、小敛，那就是所谓的“吊赠备”。可见，刘歆、贾逵等汉儒关于“卒”的这条日月时例也是在《左传》原有义例的基础上所作的礼仪性概括。

第四例，关于内大夫出奔的日月时例。文公八年冬十月“公孙敖如京师，不至，复；丙戌，奔莒”[⑥]，贾逵认为这里之所以要写出具体的出奔日期是因为

---

① 《春秋左传正义》卷十六，阮元校刻：《十三经注疏》，第 3958 页。

② 杜预：《春秋释例》卷一，《丛书集成初编》本。

③ 刘师培：《春秋左氏传时月日古例考》，《刘申叔遗书》，江苏古籍出版社，1997 年，第 302—310 页。

④ 《春秋左传正义》卷二，阮元校刻：《十三经注疏》，第 3729 页。

⑤ 杜预：《春秋释例》卷三，《丛书集成初编》本。

⑥ 《春秋左传正义》卷十九上，阮元校刻：《十三经注疏》，第 4008 页。

“日者，以罪废命，大讨也”[①]，贾氏之意是说，公孙敖不顾君命，擅自出奔莒国，其罪尤深，故经文通过不书日的方式表示大讨。而联系《公羊》家之说，可以肯定，贾逵的这一义例思路明显受到了《公羊》学的影响，这一点我们可以援引何休之说加以佐证，何休在总结《公羊传》关于“内大夫奔”的日月时例时曾发例曰：“无罪者日，有罪者月”[②]，两相比较可以看出，虽然贾逵认为“有罪者日”的观点不同于何休的“有罪者月”，但是他将日月时的有无和出奔之人的罪恶深浅相关联的思想却与何休如出一辙，虽然何休生于贾逵之后，但何休的义例思想却代表了《公羊》学由来已久的传统，因此若说贾逵关于《左传》大夫出奔的这条日月时例具有鲜明的《公羊》学色彩，是可以成立的。

第五例，关于“伐”的日月时例。僖三十三年“冬十有二月，公至自齐；乙巳，公薨于小寝；陨霜不杀草，李梅实；晋人、陈人、郑人伐许”[③]，虽然这段经文记录了四件事情，但却只出现了“十有二月”和“乙巳”两个时间，因此剩下的“陨霜不杀草”和“伐许”之事究竟发生在何日就成了一个问题，针对这一疑问，贾逵认为“月者为公薨，不忧陨霜李梅实也”[④]，也就是说这里的“十有二月”只为第二事“公薨于小寝”所有，其余三事皆不系月。若按此说，则可推知其关于“伐”一事的日月时问题，既然“晋人、陈人、郑人伐许”不须系月，则其系时即可，于是贾逵自然而然就得出了“伐例时”的义例，而此例又与《公羊》家所言的“侵伐例时”完全一致。

第六例，关于“致”的日月时例。所谓“致”，即诸侯出国行事后再返国，其体现在《经》文书写上就是“公至自……”，贾逵认为“致例时”，此例的得出仍据第五例的说解而来，既然“十有二月”并不为“公至自齐”所有，那么“致”例书“时”即可推导而知。此外，这一结论还可由定公八年处的贾逵之语得到进一步的印证，此年“二月公侵齐，三月公至自侵齐，曹伯露卒”[⑤]，徐彦在《春秋公羊传注疏》中引贾逵之语曰：“还至不月，为曹伯卒月。”[⑥] 由此

---

① 杜预：《春秋释例》卷一，《丛书集成初编》本。
② 《春秋公羊传注疏》卷九，阮元校刻：《十三经注疏》，第 4873 页。
③ 《春秋左传正义》卷十七，阮元校刻：《十三经注疏》，第 3978 页。
④ 杜预：《春秋释例》卷一，《丛书集成初编》本。
⑤ 《春秋左传正义》卷五十五，阮元校刻：《十三经注疏》，第 4650 页。
⑥ 《春秋公羊传注疏》卷二十六，阮元校刻：《十三经注疏》，第 5084 页。

可见，贾逵认为“公至自救陈”一事不须书月，“十有二月”乃是为曹伯卒所设，因此“致”例应书“时”，贾逵此例与《公羊》家“致例时”的说法完全一致，可见这一例与第五例一样，都具有鲜明的《公羊》学“日月时例”的特色。

第七例，关于视朔的日月时例。所谓“视朔”，即诸侯于每月朔日祭告祖庙并于太庙听政，《春秋》经文仅文公十六年“夏五月，公四不视朔”[①]一处载有“视朔”之事，不过《左传》在僖公五年时也有一则关于“视朔”的《传》文，其曰：“春，王正月辛亥朔，日南至。公既视朔，遂登观台以望，而书，礼也。”[②]贾逵基于《传》文“礼也”之说，进一步引申出关于视朔的日月时书写问题，其曰：“若登台而不视朔，书时不书月；若视朔而不登台，则书月；若虽无事视朔登台，则空书时月。”[③]贾逵以为，既然公视朔之后登台而望被《传》文称为“合礼”，而此处又日月时兼备，这就说明视朔登台书日月时是为正例，而其他与此不合的视朔行为都是“非礼”的，因此它们的日月时书写也就与正例的书写方式不同，其中登台不视朔的只书时（季节），视朔不登台的仅书具体的月份，而无故视朔登台的则空书日、月，这些日月时的变例代表了《春秋》对不合视朔之礼行为的谴责。如此，贾逵就将视朔的日月时书写与礼仪制度联系了起来。

如上七例就是现存文献中所保留的汉儒以日月时例解释《左传》的事例，虽然这些事例比较零散、数量也不够丰富，但是刘歆、贾逵等人试图为《左传》归纳日月时例的用心却是显而易见的。大体说来，他们归纳的日月时例主要有以下两个特点：首先，《左氏》汉儒有为《左传》归纳正例的意愿，例如第五例“伐例时”、第六例“致例时”、第七例“视朔登台合礼则日月时兼备”等，而他们归纳正例的主要用意在于以正例发现变例，并对变例做出合理的解释，这一义例思想显然受到《公羊》家“《春秋》无达辞，从变从移”理论的影响；其次，《左氏》汉儒对于变例的解释主要从合礼与否、叙事详略等角度入手，这两个标准既凸显了《春秋》三传“重礼”的共识，同时又符合《左

① 《春秋左传正义》卷二十，阮元校刻：《十三经注疏》，第 4035 页。

② 《春秋左传正义》卷十二，阮元校刻：《十三经注疏》，第 3894 页。

③ 《礼记正义》引。《礼记正义》卷五十三，阮元校刻：《十三经注疏》，第 3549 页。

传》叙事性强的特色，例如第三例“日月详者，吊赠备；日月略者，吊有阙”，第七例“登台视朔例”，这两例的分类与评判标准就是合礼与否，这与《公羊》《穀梁》二家在解释变例时用到的礼义标准是一致的，可见尊礼之义乃是三传之学的共识，与此相比，另一条标准“详略与否”则明显具有《左传》特色，例如第一例“盟载详者，日月备；易者，日月略”，此处之“详”“易”是就指记事的详略问题，这种以史书书写的详略作为判断标准的义例只有在《左传》这种叙事性强的文本中才可能实现，可见，此类义例是《左氏》汉儒为《左传》量身定做的，这一思想对后世学者以“史例”解经的思想颇有影响。

二、杜预对《左氏》汉儒日月时例的批评

虽然刘歆、贾逵等人试图援引《公羊》《穀梁》之义为《左传》建立一套独有的日月时例，但是《左传》毕竟不同于其他二传，因此这样的建构就不免有“方枘圆凿”之失。故到了西晋时期杜预做《春秋左传集解》时，就对汉儒构建的《左传》日月时例提出了批评。

杜预认为《春秋》承鲁国旧史而来，鲁史记事的日期本就详略不一，故《春秋》的日、月、时也就不能事事具备。在杜预看来，《左传》中与日月时例相关的仅有日食和卿大夫卒二事而已，其余之事皆不以日月为例，因此他批评贾逵等汉儒说：“诸儒溺于《公羊》《穀梁》之说，横为《左氏》造日月褒贬之例，经传久远，本有其异义者，犹尚难通，况以他书驱合《左氏》，引二条之例以施诸日无例之月，妄以生义，此所以乖误而谬戾也。”[①] 依杜预之见，《左氏》汉儒援引《公羊》《穀梁》之义为《左传》横生日月时例的做法不仅破坏了《左传》之义，而且还导致乖误谬戾丛生，为了矫正汉儒之失，杜预对汉儒提出的《左传》日月时例几乎都进行了驳斥。

第一，针对“盟载详者，日月备；易者，日月略”之例，杜预举出清丘之盟、溴梁之盟这两条反例进行反驳，其曰：

---

① 杜预：《春秋释例》卷一，《丛书集成初编》本。

清邱之盟"恤病讨贰"也，溴梁之盟"同讨不庭"，辞无详易，而溴梁书日、清邱不书日，此比甚多，皆散他例，略因此论举数事焉。先世通儒而乖妄若此者，由于《左氏》与《公羊》《穀梁》阙。阙者谓《左氏》不传《春秋》，世无盟主听断可惑，假取二传以救当时之事，然亦后进君子所当悟思也。[①]

杜预所举的清丘之盟、溴梁之盟分别指宣公十二年冬十二月"晋人、宋人、卫人、曹人同盟于清丘"[②]和襄公十六年"三月，公会晋侯、宋公、卫侯、郑伯、曹伯、莒子、邾子、薛伯、杞伯、小邾子于溴梁；戊寅，大夫盟"[③]之事，《左传》记载清丘之盟曰："晋原穀、宋华椒、卫孔达、曹人同盟于清丘，曰：恤病讨贰。"[④]《左传》载溴梁之盟曰："于是叔孙豹、晋荀偃、宋向戌、卫宁殖、郑公孙虿、小邾之大夫盟，曰：同讨不庭。"[⑤]两相对比可以看出，《左传》对于清丘之盟和溴梁之盟记载的详略程度基本是一致的，它们都只记录了事件发生的时间、地点、人物以及四字的盟会之语，但溴梁之盟却书有日期，而清丘之盟却没有书日，这就与汉儒"盟载详者，日月备；易者，日月略"的义例明显相悖，因此，杜预认为汉儒关于"盟"的这条日月时例是不能成立的。接着，他又指出决定"盟"书日与否的关键在于史书是否"阙文"，若史书原来就有"盟"的日期，那么《春秋》当然也就有相应的日期；但若史书本就阙日，那么《春秋》自然也就不会书日了。可见，杜预将"盟"的日月时问题最终归结为史书书写的事实原则，认为其与《左传》记事的详略并无关系。于是，杜预就用"阙文"说否定了汉儒的日月时例说。

第二，针对汉儒提出的"朝""会"的日月时例，杜预也提出了反驳，其曰："即如贾氏例，本自可书月而悬属下事，奚独于有日而无月者十四处未闻所解，说此一事而复自违。"[⑥]杜预以为若按贾逵所说，经文中有些事件之所以

① 杜预：《春秋释例》卷一，《丛书集成初编》本。

② 《春秋左传正义》卷二十三，阮元校刻：《十三经注疏》，第4077页。

③ 《春秋左传正义》卷三十三，阮元校刻：《十三经注疏》，第4260页。

④ 《春秋左传正义》卷二十三，阮元校刻：《十三经注疏》，第4089页。

⑤ 《春秋左传正义》卷三十三，阮元校刻：《十三经注疏》，第4261页。

⑥ 杜预：《春秋释例》卷一，《丛书集成初编》本。

没有月份只有日期，是因为它们的月份乃上承前文之月份而来，但是《春秋》中“有日无月”者有十四条之多，而贾逵为何只解说僖公二十八年的这一处，而对其他十三处却毫无解释呢？杜预似乎想用贾逵这种前后不统一的行为证明贾氏之说并不可信。

第三，对于刘歆、贾逵提出的“日月详者，吊赠备；日月略者，吊有阙”之例，杜预举邾文公、杞文公之事为反例进行反驳：

> 邾文公卒，公使吊焉不敬，因云“吊有阙，故不书日”。杞伯益姑卒，经亦不书日，而传曰“吊，如同盟礼也”，复不申解。传无此辞，非载大夫卒例。①

杜预以为，文公十三年邾子蘧蒢卒不书日似乎符合汉儒所言的“日月略者，吊有阙”，因为《左传》确实有“公使吊焉不敬”②之语，但是昭公六年杞伯益姑卒不书日就与此例不合了，因为《传》文曾明确提到鲁昭公是以同盟之礼③吊赠的，因而绝非吊礼有阙，可见汉儒关于“卒”是否书日的这条义例是存在问题的。

第四，对于大夫奔的日月时例，杜预同样不认同，他认为：“公子庆父弑君出奔应在大讨而经不书日，何以又不说？”④杜预以为，按贾逵“日者，以罪废命，大讨”之义，公子庆父犯下的乃是弑君之罪，此罪更在“大讨”之列，但是为何闵公二年庆父奔莒时《春秋》却并未书日呢？可见，汉儒此例并不符合事实。

第五，针对僖三十三年贾逵提出的唯有“公薨于小寝”一事系“十有二月”，其他诸事皆不系月的观点，杜预反驳曰：

---

① 杜预：《春秋释例》卷三，《丛书集成初编》本。

② 文公十四年《左传》曰：“邾文公之卒也，公使吊焉，不敬。”《春秋左传正义》卷十九下，阮元校刻：《十三经注疏》，第4024页。

③ 昭公六年《左传》曰：“杞文公卒，吊如同盟，礼也。”《春秋左传正义》卷四十三，阮元校刻：《十三经注疏》，第4437页。

④ 杜预：《春秋释例》卷一，《丛书集成初编》本。

然则假设不忧即不得书月，不得书月则无缘知霜不杀草之月，又告至、伐许在何月为可？去此乱注记诡惑后世也。[1]

杜预以为，若果真如贾逵所言“十有二月”不为“陨霜不杀草、李梅实”所有的话，那么这一怪异现象所发生的具体月份就无人知晓，倘若具体时间不可知，我们又何以判断此事就属于灾异呢？同理，“公至自齐”以及“晋人、陈人、郑人伐许”二事发生的具体时间也就无从知晓，这岂不是平白无故地就将其他事件发生的时间给抹掉了吗？因此，杜预认为汉儒这样的说法是靠不住的，所以他要将这样的日月时例删去以免迷惑后人。

通过如上分析可以看出，杜预对汉儒日月时例的反驳虽然具体理由各不相同，但其背后所遵循的思路却是一致的，即都是从史书书写的角度提出一条或数条与此例不合的反例进行反驳，如此一来，汉儒之例便不具备可以涵盖所有情况的解释力，因而也就是不合理的。这样的反驳逻辑自杜预之后就被奉为圭臬，许多批评义例的学者也都是以某例不可解释所有情况为理由进而否认此例的合理性，这种逻辑从史实书写的角度看的确是无懈可击的，但是在《公羊》《穀梁》的义例体系内却未必合适，因为义例学有一个非常重要的原则，那就是“《春秋》无达例，从变从移”，早在义例学建立之初，《公羊》家们就意识到了“例”并不是万能的，因为无论概括出多少正例，总会有特殊情况的变例存在，而义例之学的精髓也并不在于归纳出的正例是多么的完美无缺，而在于解经之人能否借助“《春秋》之义”对变例做出灵活的解释。因此，杜预上述提出的所有反例，便皆可由变例之说得到解释。只是由于文献的缺乏，我们今已无从知晓贾逵等人是如何解释这些变例的了，这不能不说是一个遗憾。但是透过杜预的反驳逻辑，我们也可以看到自魏晋之后，《春秋》学风尚的改变，即由汉代重“一字褒贬”的“义例”之学逐渐被注重史实的“史例”之学所代替。这一学风的改变还突出表现在杜预用“史阙文”之说解构《公羊》《穀梁》日月时例的做法上，且看下面的分析。

杜预认为“经承旧史”，故凡应书而不书者，皆是史书阙文所致，因此对

---

① 杜预：《春秋释例》卷一，《丛书集成初编》本。

于《春秋》中日月时不全者，他皆从史书阙文的角度进行解释，这就与《公羊》《穀梁》的微言大义说形成了鲜明对比。比如桓公四年，《春秋》书至“夏，天王使宰渠伯纠来聘”之后就戛然而止，再无秋、冬二时所发生之事的记载，对于这一反常笔法，何休秉承《公羊》学的微言大义说，认为此处不书“秋”“冬”二时必有深意，其深意为：“桓公无王而行，天子不能诛，反下聘之，故为贬，见其罪，明不宜。”[①] 按何休之意，鲁桓公弑杀隐公而立，根本不把周天子放在眼里，在这样的情况下周天子非但不讨伐桓公，反而还特意派使者聘鲁，这一行为严重损害了天子尊严，故《春秋》特去秋、冬二时，以示对桓公、周王的贬斥。但是杜预对此却有完全不同的看法，他认为：“今不书秋冬首月，史阙文。”[②] 也就是说，经文之所以不书秋、冬二时以及秋冬二时的首月，只是因为史书阙文，而并不关涉任何褒贬之义，如此一来，《公羊》家的微言大义说就不攻自破了。类似的情况还见于僖公二十八年冬“壬申，公朝于王所”，对于此处何以只书日期“壬申”而不书具体的月份，何休解释曰：“不月而日者，自是诸侯不系天子，若日不系于月。”[③] 在何休看来，日与月绝不只是两个时间符号而已，而是具有人伦关系的象征意义，落实到此处则“日”象征的是诸侯，而“月”则象征了天子，“公朝于王所”之所以书日不书月，是因为朝拜天子的诸侯并无尊天子之心，故《春秋》通过日不系月的笔法对诸侯目无天子的行为进行谴责。对此，杜预又用“史阙文”说予以了否定，他根据自己的《春秋长历》推算，认为这里的“壬申”应是当时的十月十日，《春秋》之所以没有书月只是因为史书阙文，而并没有什么微言大义。除去以上两例外，昭公十年“十有二月甲子，宋公成卒”以及定公十四年“城莒父及霄”二事同样可以见出杜预以“史阙文”解构《公羊》家日月时例的用心。对于昭公十年有月无时之笔法，何休以为：“去冬者，盖昭公取吴孟子之年，故贬之。”[④] 也就是说这一年乃是昭公迎娶同姓之女吴孟子之年，这一行为因违反“不娶同姓”之礼而遭到《春秋》的贬责，故经文不书“冬”。显然，何休还是将“冬”

① 《春秋公羊传注疏》卷四，阮元校刻：《十三经注疏》，第4808—4809页。

② 《春秋左传正义》卷六，阮元校刻：《十三经注疏》，第3793页。

③ 《春秋公羊传注疏》卷十二，阮元校刻：《十三经注疏》，第4911页。

④ 《春秋公羊传注疏》卷二十二，阮元校刻：《十三经注疏》，第5037页。

这一时间的有无与褒贬之义相关联。而杜预却并不这么认为，他认为此处之所以不书“冬”仅是因为“史阙文”而已。再如定公十四年“城莒父及霄”，《春秋》同样没有书时节“冬”，何休认为：

> 去冬者，是岁盖孔子由大司寇摄相事，政化大行，粥羔豚者不饰，男女异路，道无拾遗，齐惧北面事鲁，馈女乐以间之。定公听季桓子受之，三日不朝。当坐淫，故贬之。[①]

依何休之见，此处不书“冬”与定公无德有关，这一年孔子行大司寇事，鲁国政化大行，齐国畏惧便馈赠女乐，定公听信季桓子谗言，接纳齐国所献女乐，沉迷其中，三日不闻朝政，故《春秋》特去“冬”以示对定公不理朝政的贬责之意。对于此说，杜预仍然不予采信，还是用“史阙文”说加以反驳。

除去“史阙文”说，杜预有时还会用“因史成文”说解构日月时例。例如桓公十二年十一月“丙戌，公会郑伯，盟于武父；丙戌，卫侯晋卒”一事，这里的经文连续出现了两次“丙戌”，至于为何不省去下一个“丙戌”，何休解释说：“不蒙上日者，《春秋》独晋书立记卒耳，当蒙上日，与不嫌异于篡例，故复出日明同。”[②]何休以为此处之所以一定要两书“丙戌”，而不使“卫侯晋卒”承蒙上一个“丙戌”，是因为卫侯晋篡位的事实已通过“卫人立晋”的笔法彰显出来了，故此处无须再通过“卒不书日”的笔法加以强调，而如果此处不写第二个“丙戌”，就会让人误以为卫侯晋“卒不书日”是因其篡位之故而故意不书的，为了避免这一误解，《春秋》特重书“丙戌”之日，可见，何休的解释还是基于《春秋》一字一句皆有大义的立场。但是杜预则认为：“书丙戌，非义例，因史成文也。”[③]他直接摒弃了《公羊》家的义例说，认为这里出现了两个“丙戌”并无深意，而是因为鲁史本就如此，故《春秋》也就承其旧文而来。

通过以上诸例的分析可以看出，杜预对于《左氏》汉儒以及《公羊》《穀

---

① 《春秋公羊传注疏》卷二十六，阮元校刻：《十三经注疏》，第 5091 页。

② 《春秋公羊传注疏》卷五，阮元校刻：《十三经注疏》，第 4821 页。

③ 《春秋左传正义》卷七，阮元校刻：《十三经注疏》，第 3812 页。

梁》二家的日月时例基本秉持了否定的态度，他或是从反例的角度认为日月时例有误，或是以“史阙文”之说解构日月时例，总之，在杜预看来，日月时例是荒诞、不可信的，而这一反对态度折射的正是魏晋之后，《春秋》今文学渐衰、古文学兴起的时代变换。

《风俗通义》的文学价值

陈　凡*

摘要：《隋书·经籍志》将《风俗通义》列入子部杂家，应劭秉持史家“实录”的创作原则，内容上侧重真实地反映历史与风俗，但《正失》《声音》《怪神》等卷在表述思想时，以具体生动的故事阐释道理，同时也采用了夸张、想象、虚构等写作手法，这些特点使得《风俗通义》有别于其他“子部”著作，而具有了文学价值。《风俗通义》中的街谈巷语是王者得以观风俗的重要方面，而街谈巷语正是早期小说文本的重要来源，同时《风俗通义》也保存了典籍中的小说文本，这些内容突出了《风俗通义》的文学价值。

关键词： 小说；《汉书集解音义》；小说文本

《隋书·经籍志》言：“小说者，街说巷语之说也。……孟春，徇木铎以求歌谣，巡省观人诗，以知风俗。过则正之，失则改之，道听涂说，靡不毕纪。《周官》，诵训‘掌道方志以诏观事，道方慝以诏辟忌，以知地俗’；而训方氏‘掌道四方之政事，与其上下之志，诵四方之传道而观衣物’，是也。孔子曰：‘虽小道，必有可观者焉，致远恐泥。’”[①] 魏鸿雁在《汉代小说文献与汉代文化研究》一书中说：“由街谈巷语，王者可以‘观风俗，知得失，自考正’，

---

*　陈凡，陕西文理学院讲师。

①　魏征等撰：《隋书》，中华书局，2002 年，第 1012 页。

同时，还可以‘辩风正俗’，引导、教化百姓。”[①] 可见，街谈巷语是王者得以观风俗的重要方面。《风俗通义》作为一部“辩风正俗”之作，是应劭本着史家“实录”的创作原则，并以儒家思想为指导撰著的，所以应劭并不是有意为小说，但书中确实含有小说的内容，并对魏晋六朝小说的创作产生了重要影响。本文对《风俗通义》中的小说文本进行详细的分析，从小说文体的角度一窥《风俗通义》的文学价值。

一、《风俗通义》中的小说

《风俗通义》中的部分内容具有小说的特点。清人王鸣盛《十七史商榷》卷三十六中载：“《风俗通》，小说家也。蔚宗讥其不典，又云异知小道，可谓知言。王充传云：‘著《论衡》八十五篇，释物类同异，正时俗嫌疑。’此与《风俗通》品题略同，尤为妙解。盖两书正是一类，皆摭拾謏闻，郢书燕说也。”[②] 清人周中孚《郑堂读书记》卷五十六中提到应劭：“撰是书，颇近小说。”[③] 龚自珍《最录汉官仪》载：“《风俗通义》，小学之旁支，小说之别祖也。”[④] 前人已注意到了《风俗通义》与小说的联系。

如何看待《风俗通义》与小说的关系，需要先对小说的概念做出解释。小说一词在中国古代文献中是歧义较大的文体概念，一方面因为人们对于小说概念的认识不同，一方面是小说这一文体不断处在发展变化的过程中。小说一词最早见于《庄子·外物》言：“饰小说以干县令，其于大达亦远矣。是以未尝闻任氏之风俗，其不可与经于世亦远矣。”[⑤] 庄子此书的“小说”一词，并不具有文体的意义，与汉代的小说不同。到《荀子·正名》言：“故知者论道而已矣，小家珍说之所愿皆衰矣。”[⑥] 荀子此处所说的“小家珍说”，也是指那些浅薄

---

① 魏鸿雁：《汉代小说文献与汉代文化研究》，中国社会科学出版社，2013 年，第 33 页。
② 王鸣盛撰，黄曙辉点校：《十七史商榷》，上海古籍出版社，2016 年，第 404 页。
③ 应劭撰，王利器校注：《风俗通义校注》，中华书局，2017 年，第 644 页。
④ 应劭撰，王利器校注：《风俗通义校注》，第 647 页。
⑤ 王先谦撰：《庄子集解》，中华书局，2011 年，第 239 页。
⑥ 王先谦撰，沈啸寰等点校：《荀子集解》，中华书局，1997 年，第 429 页。

的与大道无关的言辞，不具有文体的意义。但这些小道言论，对于汉代的小说观念具有启发作用。

东汉桓谭《新论·本造》篇言："庄周寓言，乃云尧问孔子。《淮南子》云：'共工争帝，地维绝。'亦皆为妄作。故世人多云：短书不可用。然论天间莫明于圣人，庄周等虽虚诞，故当采其善，何云尽弃耶？若其小说家，合丛残小语，近取譬论，以作短书，治身理家，有可观之辞。"[①] 桓谭对于小说的撰写材料做了说明，一是采自前代诸子流传下来的故事，即"合丛残小语"；二是采录近世之故事及近世对前代故事的引用、评论等材料，即"近取譬论"。桓谭肯定了小说有"可观"之处，而且能够"治身理家"，肯定了小说与儒家"修身齐家"理想的一致性，对小说的社会价值做了充分的肯定，并将编撰小说的人称为"小说家"。桓谭最早从文体上谈及小说。说明在汉代，小说虽然不是完全意义上的文学文体，但文学文体意义上的小说特征已经初步形成。

班固《汉书·艺文志》言："小说家者流，盖出于稗官。街谈巷语，道听涂说者之所造也。孔子曰：'虽小道，必有可观者焉，致远恐泥，是以君子弗为也。'然亦弗灭也。闾里小知者之所及，亦使缀而不忘。如或一言可采，此亦刍荛狂夫之议也。"[②] 班固为"小说家"立目，说明"小说家"在汉代已经成为一个文化流派。班固所列小说作品均已亡佚，但我们通过辑佚工作，以及学者的研究，对汉代的小说文本具有了一定的了解。杨义说："'小'字有双重意义：一种属于文化品位，它所蕴含的是'小道'；一种属于文体形式，它的表现形式是'残丛小语'。"[③] 由此我们能够看出，在汉代小说的形式是短小的，思想内容是不同于汉代官方意识形态的"小道"。小说在"闾里小知者"手中得以完成，这说明汉代的小说具有民间性，《风俗通义》多关注民间的风俗，所以小说是其所关注的重要文本内容。

杨义认为："中国小说存在'多祖现象'，从小说文体自身发展的角度看，它早期和文体'史前期'与其他文体没有分离、独立的状态，就是多祖现象。考察战国思潮和文化形态，小说的多祖现象，小说和其他文体的接触点存在于

① 桓谭撰，朱谦之校：《新辑本桓谭新论》，中华书局，2009 年，第 1 页。

② 班固著，颜师古注：《汉书》，中华书局，2002 年，第 1745 页。

③ 杨义：《中国古典小说的本体论和文体发生发展论》，《社会科学战线》1995 年第 4 期。

三个方面：小说与子书；小说与神话；小说与史书。”[①] 古代小说问题的“多祖现象”，解释了为什么小说这一文体，经常以零散的形式出现在其他撰著中。《风俗通义》是应劭抱着史家的“实录”态度撰著的，其书中包含史家秉笔直书的内容，《隋书·经籍志》将其归到子部杂家，说明其子书特征明显，同时内容丰富。从文体的角度来看，《风俗通义》中包含大量小说的内容，在讲述道理时用完整的故事叙事，并运用了夸张、想象、烘托等手法，在叙事说理的同时突出了《风俗通义》的文学色彩，增强了《风俗通义》的文学价值。

二、应劭曾注解“小说家”言

应劭曾注解《汉书》，著有《汉书集解音义》二十四卷，应劭所著《汉书集解音义》又名《汉书音义》，二十四卷。自从应劭对《汉书》进行注释，并有《汉书集解音义》产生后，后人对《汉书》的注解有不少是在应劭的基础上产生的。到唐代，颜师古采纳前代各家对《汉书》的注释，加入己意，写成《汉书注》后，应劭的《汉书集解音义》逐渐不再流行。我们今天已经看不到《汉书集解音义》的原貌，但我们从颜师古《汉书注》中所引用的“应劭曰”的内容，仍然能够了解到应劭对于“小说家”的关注。

《汉书·艺文志》“小说家”后应劭有两条注文。一是：《待诏臣安成未央术》一篇。应劭曰：“道家也，好养生事，为未央之术。”[②] 何为“待诏”？应劭在《汉书·哀帝纪》中注解曰：“诸以材技征召，未有正官，故曰待诏。”[③] 待诏即不是朝廷正式任命的官员，因有材技而等待皇帝随时征召，那么搜集创作小说的稗官自然属于待诏的范围。据应劭注解，我们大概可以推知《待诏臣安成未央术》的内容大致是依托黄老之言，来祈求长生。二是：《虞初周说》九百四十三篇。应劭曰：“其说以《周书》为本。”[④]《虞初周说》的作者虞初，

---

① 杨义：《中国古典小说史论》，人民出版社，1998 年，第 10 页。
② 班固著，颜师古注：《汉书》，第 1745 页。
③ 班固著，颜师古注：《汉书》，第 340 页。
④ 班固著，颜师古注：《汉书》，第 1745 页。

《汉书·郊祀志》中记载了虞初其人："西伐大宛，蝗大起。丁夫人、洛阳虞初等以方祠诅匈奴、大宛焉。"[①] 可见虞初是一名方士。据应劭所注，《虞初周说》的内容应该是围绕《周书》记述的历史事件，其中加入了方术的内容，并且作者身份低下，所以班固将其归入小说家。应劭给《汉书·艺文志》中的"小说家"做注解，说明他熟悉所注小说的内容，并关注汉代的小说家流，这一思想特征在《风俗通义》中有所展现，我们在《风俗通义》的《愆礼》《过誉》《十反》《声音》《祀典》《怪神》等卷发现了大量应劭引述的小说文本，这说明应劭针砭风俗时，引述了风俗传说和经典文献中的小说文本。

三、《风俗通义》中的"小说文本"分析

鲁迅在《中国小说史略》中概括《汉书·艺文志》所录十五家小说内容时言："诸书大抵或托古人，或记古事，托人者似子而浅薄，记事者近史而悠谬也。"[②] 可见《汉志》的观点认为，小说和历史不可分割。小说的内容以历史事件为基础，小说的主人公也是依托于历史人物，所以早期的小说与史传关系密切。当然，小说与史书不同，小说的记载者虽为史官，但其目的不是真实的讲述历史。所以，小说中的历史人物，是"稗官"进行过艺术加工的，目的是为了借历史人物表达自己的观点。在一定历史情节、历史人物的基础上按照需要进行加工，这使得小说有别于史传，促使了小说文学文体的形成。《风俗通义》中的小说内容就符合以上特点。

杨树增在《汉代文化特色及形成》中说："汉代神怪故事小说中有一类杂史杂传类神怪小说。这类小说是汉代神仙方术之风盛行的产物，在艺术表现上多借鉴了中国传统的史传形式，也就是说，杂史杂传类神怪小说描写的是神仙怪异，却借用的是传说的人物甚至历史上确有的人物，其人一般是有籍可考的，其事一般是虚构想象的。"[③]《风俗通义·正失》卷集中记载了发生在历史人

① 班固著，颜师古注：《汉书》，第 1246 页。
② 鲁迅撰：《中国小说史略》，上海古籍出版社，2019 年，第 3 页。
③ 杨树增：《汉代文化特色及形成》，人民出版社，2008 年，第 323 页。

物身上的怪异事件，并将奇谈怪语附着到历史人物身上，使其具有神异色彩。并且，此卷皆以“俗说”引述内容。《隋书·经籍志》载：“《世说》十卷刘孝标注。后梁有《俗说》一卷，亡。”[①] 这说明，《经籍志》认为“俗说”的内容就是小说。《风俗通义》中多次出现“俗说”，这些“俗说”内容皆为小说。现举例如下：

> 俗说：夔一足而用精专，故能调畅于音乐。[②]

此则内容还见于《韩非子·外储说左下》和《说苑·君道篇》。魏鸿雁言：“先秦时接近于小说的作品是一些包含‘说’的文章，这些篇章中的题目多冠以‘说’的名称，如《韩非子》中的《说林》《储说》等，这与《汉志》小说家著作《黄帝说》《鬻子说》等冠以‘某某说’形式极为接近。文章题目中的说包含两类，有的是纯粹的说理，如《韩非子·说难》，有的侧重于叙事，像《说剑》《说林》，这些叙事很多是依托于历史人物的故事，与汉代所言小说没有多大的区别。”[③]《储说》的内容具有小说的性质，《说苑》是刘向编的小说集，这说明《风俗通义》中引用了典籍中的小说文本。同时，应劭在谨按中，引述《吕氏春秋·察传》内容来说明：“夔能和之，平天下，若夔者一而足矣。故曰：‘夔一足’，非一足行也。”[④] 可见，应劭虽引述了经典中的小说文本，但在《正失》卷中，他对这些内容是本着史家的态度进行纠谬的。他在《正失》卷的总题中言：“传言失指，图景失形。众口铄金，积毁消骨，久矣其患之也。是故乐正后夔有一足之论，晋师己亥渡河，有三豕之文，非夫大圣至明，孰能原析之乎？《论语》：‘名不正则言不顺。’《易》称：‘失之毫厘，差以千里。’故纠其谬曰正失也。”[⑤] 由其总题可知，本卷应劭虽引述了小说文本，但他的目的却在于对这些内容进行推究考析，从而纠正其中的谬误。这就说明了应劭对

① 魏征等撰：《隋书》，第1011页。
② 应劭撰，王利器校注：《风俗通义校注》，第62页。
③ 魏鸿雁：《汉代小说文献与汉代文化研究》，第7页。
④ 许维通撰：《吕氏春秋集释》，中华书局，2010年，第618页。
⑤ 应劭撰，王利器校注：《风俗通义校注》，第59页。

小说的态度，在当时小说家作为诸子的流派之一，应劭并没有持称赞的态度，而是本着史家的态度，对其中不合乎史实的部分进行纠正，并给出合理的解释。

俗说：丁氏家穿井，得一人于井中也。[①]

本则内容又见于《论衡·书虚篇》及《淮南子·览冥训》。《论衡·书虚篇》载："俗传言曰：'丁公凿井，得一人于井中。'"[②]《淮南子·览冥训》载："寄汲不若凿井。"[③] 魏鸿雁考证出："《论衡》中的'传书'具有小说的性质，同时，与'传书'并引的同样被王充斥为虚妄的'俗说''传语''儒书说'等也应该都是小说。"[④] 应劭引述典籍中的小说文本，并在"谨按"中引述《吕氏春秋》的内容以纠其谬。《风俗通义·正失》"封泰山禅梁父"条载：

俗说：岱宗上有金箧玉策，能知人年寿修短。武帝探策得十八，因到读曰八十，其后果用耆长。武帝出玺印石，裁有兆朕，奉车子侯即没其印，乃止。武帝畏恶，亦杀去之。《封禅书》说："黄帝升封泰山，于是有龙垂胡髯下迎黄帝；黄帝上骑，群臣后宫从者七十余人，小臣独不得上，乃悉持龙髯，拔堕黄帝之弓。小臣百姓仰望黄帝，不能复，乃抱其弓而号，故世因曰乌号弓。孝武皇帝时，齐人公孙卿言：'汉之圣者，在高祖之孙；今历正值黄帝之日，圣主亦当上封，则能神仙矣。'"[⑤]

武帝探策得十八，对南朝志人小说《世说新语》产生影响。《世说新语》载："晋武帝始登阼，探策得一。王者世数，系此多少。帝既不说，群臣失色，莫能有言者。侍中裴楷进曰：'臣闻天得一以清，地得一以宁，侯王得一以为

① 应劭撰，王利器校注：《风俗通义校注》，第 64 页。
② 黄晖撰：《论衡校释》，中华书局，2006 年，第 198 页。
③ 何宁撰：《淮南子集释》，中华书局，2011 年，第 502 页。
④ 魏鸿雁：《汉代小说文献与汉代文化研究》，第 23 页。
⑤ 应劭撰，王利器校注：《风俗通义校注》，第 65 页。

天下贞。’帝说，群臣叹服。”[①]《世说新语》中的“晋武帝探策得一”显然受到“武帝探策得十八”的影响。

武帝封禅的故事，在汉代颇为流行。《史记·封禅书》和《汉书·郊祀志》中都记载了“黄帝骑龙登天”的故事，《风俗通义》中引述《封禅书》的内容，与其相类似，然有一些小差异。《汉书·艺文志》“小说家”中有《黄帝说》《封禅方说》，应劭所引述《封禅书》的内容，很可能也与这两部小说的内容相关。应劭在谨按中分析“武帝探策得十八”一事，认为：“明神祸福，必有征应，权时倒读，焉能诞招期乎。……虚妄若此，非一事也。”[②]应劭以虚妄来评价此事，班固在《汉书·艺文志》言：“《黄帝说》‘迂诞依托’。”可见，早期的小说文本多为虚托的历史，并不是真实的历史，王充《论衡》中就有大量的历史故事，王充批评这些故事“殆虚言也”，应劭评价武帝故事为虚妄，正符合小说善于依托造作的特征。《风俗通义·正失》“叶令祠”条载：

> 俗说孝明帝时，尚书郎河东王乔，迁为叶令，乔有神术，每月朔常诣台朝，帝怪其来数而无车骑，密令太史候望，言其临至时，常有双凫从东南飞来；因伏伺，见凫举罗，但得一双舄耳。使尚方识视，四年中所赐尚书官属履也。每当朝时，叶门鼓不击自鸣，闻于京师。后天下一玉棺于厅事前，令臣吏试入，终不动摇。乔：“天帝独欲召我。”沐浴服饰寝其中，盖便立覆，宿夜葬于城东，土自成坟，县中牛皆流汗吐舌，而人无知者，百姓为立祠，号叶君祠。牧守班禄，皆先谒拜，吏民祈祷，无不如意，若有违犯，立得祸。明帝迎取其鼓，置都亭下，略无音声。但云叶太史候望，在上西门上，遂以占星辰，省察气祥，言此令即仙人王乔者也。[③]

刘向《列仙传》中有仙人王子乔的记载：“王子乔者，周灵王太子晋也。好吹笙作凤凰鸣。游伊、洛之间，道士浮邱公接以上嵩高山。三十余年后，求之于山上，见桓良，曰：‘告我家，七月七日待我于缑氏山巅。’至时，果乘白

---

① 刘义庆撰，徐震堮著：《世说新语校笺》，中华书局，1984 年，第 44 页。

② 应劭撰，王利器校注：《风俗通义校注》，第 69 页。

③ 应劭撰，王利器校注：《风俗通义校注》，第 81—82 页。

鹤驻山头。望之不得到，举手谢时人，数日而去。亦立祠于缑氏山下，及嵩山首焉。”[①]《列仙传》中的王子乔即《风俗通义》中的王乔。《后汉书·方术列传》言：“王乔者，河东人也。显宗世，为叶令。……或云此即古仙人王子乔也。”[②]可知，王乔即王子乔。《后汉书》中的王乔事迹与《风俗通义》中所载王乔事迹一致。《风俗通义·正失》“燕太子丹”条载：

> 燕太子丹仰叹，天为雨粟，乌白头，马生角，厨中木象生肉足，井上株木跳度渎。
>
> 俗说：燕太子丹为质于秦，始皇执欲杀之，言能致此瑞者，可得生活，丹有神灵，天为感应，于是遣使归国。[③]

应劭所录“燕太子丹”的内容与小说《燕丹子》有什么关系吗？《燕丹子》载：“燕太子丹质于秦，秦王遇之无礼，不得意，欲求归。秦王不听，谬言曰：‘令乌白头，马生角，乃可许耳！’丹仰天叹，乌即白头，马生角。”[④]其中“乌白头”“马生角”的内容同于《风俗通义》。《汉书·艺文志》未载《燕丹子》一书，直到《隋书·经籍志》始著录《燕丹子》一卷，未录撰者。《旧唐书·经籍志》载，《燕丹子》三卷，燕太子撰。《新唐书·艺文志》载，燕丹子一卷，燕太子丹撰。因为《汉书·艺文志》中没有记录《燕丹子》这本书，直到《隋书》才有记录，于是《燕丹子》一书的成书时间就存在争议。目前，关于《燕丹子》的成书时间有三种观点：一是秦汉古书，二是成书于汉代，三是成书于六朝。霍松林对各家之说的材料进行了全面的搜集与比较，研究后认为：“《燕丹子》一书，就是在取材历史事实的基础上汲取民间传说写成的。从对秦王‘虎狼其行’的揭露看，从对燕丹、荆轲刺秦及其失败所流露的赞颂、同情、和惋惜的强烈情绪看，它应该是秦并天下以后至覆亡以前十余年间的产

---

① 王叔岷撰：《列仙传校笺》，中华书局，2014年，第65页。
② 范晔撰，李贤等注：《后汉书》，中华书局，2003年，第2712页。
③ 应劭撰，王利器校注：《风俗通义校注》，第90—91页。
④ 王天海译注：《燕丹子》，上海古籍出版社，2018年，第215页。

物。”① 那么，《燕丹子》为汉前古书。如此，《燕丹子》的成书时间早于《风俗通义》。那么，《风俗通义》中燕太子丹的内容是不是参考了《燕丹子》的内容呢？答案是肯定的。燕太子丹使荆轲刺秦的内容见于《战国策·燕策三·燕太子丹质于秦章》《史记·荆轲传》，但《风俗通义》在引述“俗说”中，并未提及荆轲刺秦之事，而是在谨按中引了《太史记》即《史记·刺客列传》的内容，应劭在引述时多有省略。并且应劭在引述完《太史记》内容后，对“天雨粟”等神异内容，做出了解释：“丹畏死逃归耳，自为其父所戮，手足圮绝，安在其能使雨粟，其余云云乎？原其所以有兹语者，丹实好士，无所爱吝也，故饰成之耳。”② 这段内容既是应劭抱着史家实录态度做出的解释，又说明了“俗说”中材料的来源，即“闾阎小论”，即民间传说。这一方面说明，应劭所引述“俗说”内容为小说；另一方面说明，应劭《风俗通义》中“燕太子丹”的内容参考过《燕丹子》，因为《燕丹子》也是在汲取民间传说的基础上写成的。此外，《论衡·感虚篇》中也有关于燕太子丹的记载：

> 传书言：“燕太子丹朝于秦，不得去，从秦王求归。秦王执留之，与之誓曰：‘使日再中，天雨粟，令乌白头，马生角，厨门木象生肉足，乃得归。’当此之时，天地佑之，日为再中，天雨粟，乌白头，马生角，厨门木象生肉足。秦王以为圣，乃归之。”③

应劭《风俗通义》引述的“燕太子丹”的内容与《论衡》中的基本相同，只是多出了“井上株木跳度渡”一个条件。王充认为“此言虚也”，应劭的观点与王充很相似，认为燕太子丹招致天落粟米这类祥瑞是传闻，是民间编造出来的。《风俗通义·正失》“孝文帝”条载：

> 世俗多传道：孝文皇帝，小生于军，及长大有识，不知父所在，日祭于代东门外；高帝数梦见一儿祭己，使使至代求之，果得文帝，立为代

① 霍松林：《〈燕丹子〉成书的时代及在我国小说发展史上的地位》，《文学遗产》1982 年第 4 期。
② 应劭撰，王利器校注：《风俗通义校注》，第 92 页。
③ 黄晖撰：《论衡校释》，第 235 页。

> 王。及后征到，后期，不得立，日为再中。及即位为天子，躬自节俭，集上书囊以为前殿帷，常居明光宫听政，为皇太薄后持三年服，庐居枕块如礼，至以发大病，知后子不能行三年之丧，更制三十六日服。治天下，致升平，断狱三百人，粟升一钱。“有此事不？”向对曰：“皆不然。”①

应劭以民间传言引述汉文帝即位前的两件事情：弃捐军中；祭代东门。即位时日为再中，充满着神异色彩，具有小说怪诞的特性。正史中对汉文帝的记载有《史记·孝文帝本纪》与《汉书·文帝纪》。司马迁对文帝的评价是很高的，文帝：“专务以德化民，是以海内殷富，兴于礼义。”②认为其统治可以与周世相比，班固也赞赏了文帝的仁德，而应劭《风俗通义·正失》所记汉文帝的形象与正史中有所不同，通过刘向之口与应劭的“谨按”，我们看到了两汉时期对于汉文帝的两种认识，王充《论衡·艺增篇》也对汉文帝的美名提出了质疑：

> 光武皇帝曰：“孝文时，不居明光宫，断狱不三人。”积善修德，美名流之，是以君子恶居下流。夫贲光上书于汉，汉为今世，增益功美，犹过其实，况上古帝王久远，贤人从后褒述，失实离本，独已多矣。不遭光武论，千世之后，孝文之事，载在经艺之上，人不知其增，居明光宫，断狱三人，而遂为实事也。③

这段论述与《风俗通义》刘向所言颇为相似，向对曰：“生于言事。文帝礼言事者，不伤其意，群臣无小大，至即便从容言，上止辇听之，其言可者称善，不可者喜笑而已。言事多褒之，后人见遗文，则以为然。世之毁誉，莫能得实，审形者少，随声者多，或至以无为有。”④应劭在“谨按”部分也认为汉文帝的一些事迹，如：汉文帝少年时生长在军中，长大后在代国东门外告祭，

---

① 应劭撰，王利器校注：《风俗通义校注》，第 99 页。

② 司马迁撰：《史记》，中华书局，2003 年，第 433 页。

③ 黄晖撰：《论衡校释》，第 393 页。

④ 应劭撰，王利器校注：《风俗通义校注》，第 99 页。

使者找到他，于是立为代王，征召到京城即位，延误了时辰；即位天子后，收集上书用的袋子，制作成前殿的帷幕等是俗人妄传的，言过其实，并有所附会，这符合小说街谈巷语，道听途说者之所造的特征。《风俗通义·正失》“东方朔”条载：

> 俗言：东方朔太白星精，黄帝时为风后，尧时为务成子，周时为老聃，在越为范蠡，在齐为鸱夷子皮。言其神圣能兴王霸之业，变化无常。①

东方朔，武帝时人，性格诙谐，擅滑稽之辞，受武帝宠幸。《史记·滑稽列传》中记载了东方朔的事迹：“武帝时，齐人有东方生名朔，以好古传书，爱经术，多所博观外家之语。”② 何为“外家之语”？司马贞索隐按：“东方朔亦多博观外家之语，则外家非正经，即史传杂说之书也。”③ 那么，其中的内容就包括小说家之书，东方朔博观古代小说家说，养成了其诙谐幽默的风格，迎合了世俗之人的口味，因而常被时人附会，流传于小孩牧童之中，上文有关东方朔的“俗言”就是民间附会的东方朔，而民间对东方朔的附会与他的滑稽和小说家身份关系密切。班固亦称东方朔为“滑稽之雄”。杨义言：“由历史变为小说的过程中，大量的民间传说掺杂进来，这就导致情节丰富生动而时见怪诞，还出现了时空错乱。”④ 在《风俗通义》中，东方朔的事迹因加入了民间的俗说，而成为能够穿越时空的人，于是有关东方朔的“俗说”就实现了由历史变为小说。《风俗通义·正失》“淮南王安”条载：

> 俗说：淮南王安，招致宾客方术之士数千人，作《鸿宝》《苑秘》、枕中之书，铸成黄白，白日升天。⑤

---

① 应劭撰，王利器校注：《风俗通义校注》，第 108 页。
② 司马迁撰：《史记》，第 3205 页。
③ 司马迁撰：《史记》，第 3203 页。
④ 杨义：《中国古典小说史论》，第 17 页。
⑤ 应劭撰，王利器校注：《风俗通义校注》，第 115 页。

淮南王刘安的这条民间传闻，与淮南王刘安的政治遭遇相关，应劭在谨按中言："安所养士，或颇漏亡，耻其如此，因饰诈说，后人吠声，遂传行耳。"[①]认为这条民间俗说是刘安所豢养的方士编造的，原因是耻于刘安因谋反被杀。编造传闻、不问虚实、人云亦云，正是小说文本的形成与传播途径，方俗闾里小事和小说本就同质同体。

《正失》卷小说文本的显著特征是以"俗说"引述其内容，这些小说文本有些已经定型成经典文本中的内容，甚至成为公共的小说素材，如"燕太子丹质于秦""淮南王学道而鸡犬升天""夔一足"等就同时出现在《论衡》中。有些小说文本是应劭引述的民间风俗故事，应劭在《正失》篇对这些"俗说"的内容进行辩证，可知应劭引述小说文本是为"辩风正俗"的撰著目的而服务。

《风俗通义·声音·瑟》篇有一则"师旷为晋平公奏乐"：

> 《春秋》：师旷为晋平公奏清徵之音，有玄鹤二八，从南方来，进于廊门之危，再奏之而成列，三奏之则延颈舒翼而舞，音中宫商，声闻于天。平公大说，坐者皆喜，平公提觞而起，为师旷寿，反坐而问曰："音莫悲于清徵乎？"师旷曰："不如清角。"平公曰："清角可得闻乎？"师旷曰："不可。昔黄帝驾象车，六交龙，毕方并辖，蚩尤居前，风伯进扫，雨师洒道，虎狼在后，虫蛇伏地，大合鬼神于太山之上，作为清角；今主君德薄，不足以听之，听之，将恐有败。"平公曰："寡人老矣，所好者音也，愿遂闻之。"师旷不得已而鼓之，一奏之，有云从西北起，再奏之，暴风亟至，大雨沣沛，裂帷幕，破俎豆，堕廊瓦，坐者散走，平公恐惧，伏于室侧，身遂疾痛，晋国大旱，赤地三年。故曰：不务德治而好五音，则穷身之事也。[②]

此则小说文本还见于《韩非子·十过》《淮南子·览冥训》《史记·乐书》《论衡·感虚》。其中《风俗通义》与《韩非子》的情节最接近，《韩非子》的

① 应劭撰，王利器校注：《风俗通义校注》，第116页。
② 应劭撰，王利器校注：《风俗通义校注》，第286页。

成书时间最早，故事内容也最为详细，且两者得出的结论也相同，都是："不务听治而好五音，则穷身之事也。"可知，《风俗通义》中的此则内容，可能引述了《韩非子》，只是《风俗通义》将"听治"改成了"德治"。古代小说的形式基本以叙事性手法为主，但其也伴随着说理，多数往往是为了说明某一道理，所以班固将小说家列入诸子十家之一，并引孔子语曰："虽小道，必有可观者焉言"，认为其"或有一言可采"；桓谭也说小说可"治身理家"，都强调了小说的说理性，小说具有说理性，是很多典籍引用小说文本的重要原因。《风俗通义》在"辩风正俗"时，引用此则小说文本以说理。

应劭在《风俗通义·怪神》卷记载了很多民间的精怪鬼神传说，小说因素更为明显。古代社会鬼神问题一直是困扰人们心灵的重要问题。子路曾向孔子请教鬼神之事，孔子云："未能事人，焉能事鬼？"进而请教人死以后的情况，孔子云："未知生，焉知死？"孔子对于鬼神的事，并没有给予正面的回答，更关注人事。

应劭对当时社会风气中弥漫的鬼神迷信进行了批判。应劭言："夫死者、澌也，鬼者、归也，精气消越，骨肉归于土也。"[①] 继承了王充"形亡神灭"的观点，王充说："人之所以生者，精气也，死而精气灭。能为精气者，血脉也。人死血脉竭，竭而精气灭，灭而形体朽，朽而成灰土，何用为鬼？"[②] 人死而精气灭，精气灭而肉体朽，所以人死不能为鬼，王充不信鬼神，以为人死灵魂即灭。《风俗通义·怪神》卷的《鲍君神》《李君神》《石贤士神》等三则故事都指出鬼神无中生有。现举《鲍君神》例如下：

> 谨按：汝南鲖阳有于田得麕者，其主未往取也，商车十余乘经泽中行，望见此麕著绳，因持去，念其不事，持一鲍鱼置其处。有顷，其主往，不见所得麕，反见鲍君，泽中非人道路，怪其如是，大以为神，转相告语，治病求福，多有效验，因为起祀舍，众巫数十，帷帐钟鼓，方数百里皆来祷祀，号鲍君神。其后数年，鲍鱼主来历祠下，寻问其故，曰：

---

① 应劭撰，王利器校注：《风俗通义校注》，第409页。

② 黄晖撰：《论衡校释》，第871页。

"此我鱼也，当有何神。"上堂取之，遂从此坏。传曰："物之所聚斯有神。"言人共奖成之耳。[①]

王平《中国古代小说叙事研究》一书指出："'史官式'叙述者最为显著的一个特征便是作者与叙述者相同一，因而对于所有叙述的人或事无所不知，无所不晓。"[②]这则故事，应劭显然是以"史官式"叙述者的全知视角讲述。在讲述故事时应劭设置巧合、造成误会，于是就有了后边猎主来到，不见自己猎到的獐子，而见一只鲍鱼，泽中又没有人通行的道路，以至于猎主对这件事感到很奇怪，且"大以为神"，并广而告之，民众纷纷祷祀，来治病求福。讲到这里故事又发生转折，鲍鱼主出现，并揭开事情真相，"此我鱼也，当有何神。"鲍鱼主情节的设置，一是使得故事更加丰富，二是借鲍鱼主之口，表达应劭否定神的思想。这则风俗故事，应劭还要揭示的道理是"淫祀无福"。我们也能从这则风俗故事中发现，东汉末年的民众非常热衷于祭祀，这是由于民众深受战争、灾异、疾病、贫穷之苦，但他们又无力摆脱，于是民众通过祭祀来寻求精神和心理上的慰藉，他们相信祭祀神灵，就会获得福报，这种祭祀行为实际上是民众的精神信仰与追求。张汉直的故事也体现了应劭对于"鬼神"的批判思想：

谨按：陈国张汉直，到南阳从京兆尹延叔坚读《左氏传》，行后数月，鬼物持其女弟言："我病死丧在陌上，常苦饥寒，操一量不借，挂屋后楮上，傅子方送我五百钱，在北墉中，皆亡取之。又买李幼一头牛，本券在书箧中。"往求索之，悉如其言。妇尚不知有此妹，新从聓家来，非其所及。家人哀伤，益以为审。父母诸弟，衰绖到来迎丧，去精舍数里，遇汉直与诸生十余人相随，汉直顾见其家，怪其如此。家见汉直，谓其鬼也，惝惘良久。汉直乃前为父拜，说其本末，且悲且喜。凡所闻见，若此非一。[③]

---

① 应劭撰，王利器校注：《风俗通义校注》，第403页。
② 王平：《中国古代小说叙事研究》，河北人民出版社，2001年，第11页。
③ 应劭撰，王利器校注：《风俗通义校注》，第409页。

应劭以“史官式”叙述者的全知视角讲述故事。鬼物持其女弟所言，皆应验，因此家人以为张汉直已经客死他乡，于是为其迎丧，而在迎丧路上，故事发生转折，家人在路上遇见了汉直与十几位同学一起打闹，汉直看到家人，对他们来迎丧感到奇怪，家人看见汉直，以为是鬼。惊愕了半天，汉直上前跪拜父亲，说起事情的原委，一家人悲喜交加。应劭借这则故事要说明，人死之后精气消失，骨肉化在土中，并没有鬼魂。以上两则故事，应劭的思想都是批判鬼神的，是否定鬼神存在的，但后文中应劭记载了一则女鬼害人的故事：

> 汝南汝阳西门亭有鬼魅，宾客宿止，有死亡，其厉厌者，皆亡发失精，寻问其故，云：“先时颇已有怪物，其后，郡侍奉掾宜禄郑奇来，去亭六七里，有一端正妇人，乞得寄载，奇初难之，然后上车，入亭，趋至楼下，吏卒檄，白：‘楼不可上。’奇曰：‘我不恶也。’时亦昏冥，遂上楼，与妇人栖宿，未明发去。亭卒上楼扫除，见死妇，大惊，走白亭长。亭长击鼓会诸庐吏，共集诊之，乃亭西北八里吴氏妇新亡，以夜临殡，火灭，火至失之；家即持去。奇发行数里，腹痛，到南顿利阳亭加剧，物故，楼遂无敢复上。”①

这是一则女鬼害人的故事。应劭在开头就渲染了恐怖的氛围，“有鬼魅”“宾客有死亡”“先时颇已有怪物”这些都说明汝南汝阳西门亭的不寻常。随后，故事的主人公郑奇路过此地，并在距亭六七里处遇一端正妇人，请求共载。到达亭下时，“时亦昏冥”，点出了时间。随行的官卒说“楼不可上”。这些侧面的烘托与铺垫都增加了西门亭的恐怖气氛。郑奇坚持上亭，并与妇人栖宿，第二天郑奇早早离去，郑奇在出发走了几里后，就因腹痛而亡。亭卒上楼打扫，见到一个已死的妇人，经亭长辨认，此死妇是亭西北八里的吴家妇人，其在家时已死，要装殓时，尸体跑出去作祟。尸体可“飞去”，是早期道教神学的核心要素之一。应劭谨按中言：“楼上新妇，岂虚也哉！”肯定了亭上新妇害人一事。这是一则女鬼害人的故事，《风俗通义》首开女鬼害人的故事主

① 应劭撰，王利器校注：《风俗通义校注》，第425页。

题，这一叙述模式为后世小说所借鉴，如《聊斋志异》中就记载了大量的人与鬼的故事。既然，应劭承认了女鬼害人，那么应劭在鬼神问题上，就不是彻底的唯物主义者。李剑国指出，应劭在怪神问题上，是个二元论者，唯物主义的观点并不彻底。《怪神》卷中在“女鬼害人”的故事后，应劭又讲述了一则“鬼魅为人所杀”的故事：

> 谨按：北部督邮西平郅伯夷，年三十所，大有才决，长沙太守郅君章孙也，日晡时到亭，敕前导人，录事掾白：“今尚早，可至前亭。”曰：“欲作文书，便留。”吏卒惶怖，言当解去，传云：“督邮欲于楼上观望，亟扫除。”须臾便上，未冥楼镫，阶下复有火，敕：“我思道，不可见火，灭去。”吏知必有变，当用赴照，但藏置壶中耳。既冥，整服坐诵《六甲》《孝经》《易本讫》、卧有顷，更转东首，絮巾结两足帻冠之，密拔剑解带，夜时，有正黑者四五尺，稍高，走至柱屋，因覆伯夷，伯夷持被掩足，跣脱几失，再三，徐以剑带系魅脚，呼下火上，照视老狸正赤，略无衣毛，持下烧杀，明旦发楼屋，得所髡人结百余，因从此绝。伯夷举孝廉，益阳长。[①]

在叙述手法上，这则故事与郑奇遇鬼魅之事颇为相似。不同的是这则故事的结局，是郅伯夷杀死了鬼魅。鬼魅是一只成精的老狐狸，害人百余，一日郅伯夷栖宿于亭，鬼魅想要害伯夷，最终被伯夷所杀，伯夷后举孝廉，为益阳长。这则故事中加入了伯夷诵读六经的情节，笔者以为，伯夷诵读六经是其能够战胜鬼魅的根本。《怪神》卷中有一段内容与此相类似：“武帝时迷于鬼神，尤信越巫，董仲舒数以为言。武帝欲验其道，令巫诅仲舒；仲舒朝服南面，诵咏经论，不能伤害，而巫者忽死。”[②] 诵经，能够修身养心，使得人内心正直而强大，所以，外物不能侵。

由此可知，鬼神能不能够害人，取决于人的内心，即“淫躁而畏者，灾自

① 应劭撰，王利器校注：《风俗通义校注》，第427—428页。

② 应劭撰，王利器校注：《风俗通义校注》，第423页。

取之，厥咎向应，反诚据义，内省不疚者，物莫能动，祸转为福矣。”[①] 强调了心理作用的重要性。应劭对待鬼神的态度，加入了心理因素的影响，这也就是其在鬼神问题上不是彻底唯物主义者的原因，他所强调的是人物自身的心理作用，只要人根据义理诚心检讨，反省内心没有悔恨的，外物就不能侵害，不论是对待梦、鬼神、物怪等只要人内心坚定，不畏惧，那么这些就不能伤人。反之，如果内心浮躁、心中畏惧，都是自找灾祸。

应劭继承了当时社会中广泛存在的“物怪”信仰。《史记·留侯世家》太史公曰：“学者多言无鬼神，然言有物。”唐司马贞《史记索隐》卷十五云：“物，谓精怪及药物也。”[②] 王充《论衡·订鬼篇》认为，天地之间所谓的“鬼”，并不是人死后灵魂的存在形态，而是“鬼者，老物精也。夫物之老者，其精为人；亦有未老，性能变化，象人之形。”[③] 可见，“物怪”信仰在汉代社会广泛存在。《风俗通义》记载了多则狗怪故事。有“来季德”家狗怪作祟，“李叔坚”家狗怪故事，“臧仲英”家狗怪故事。应劭以为只要人们“心固于金石，妖至而不惧”，物怪就不能伤人。

《风俗通义》中的历史轶事、民间俗说、神怪精魅的内容，类似于班固所说“小说家者流”，有些是民间的风俗故事，有些是采录自典籍的小说文本。这些小说文本，具备小说元素的故事，为系统性小说文本的出现，起到了基础性、探索性、启发性的作用。应劭关注民间文化，尤其关注民间风俗，广泛搜集有关的民间习俗、民间传闻，将其整理归纳后系统的收录到《风俗通义》中来，凭借自己深厚的文化素养，对民间的风俗传说进行文学加工与创作，提高了“闾阎小论”的地位和声望，对于文人关注民间文化和创作小说起到了推动作用。

---

① 应劭撰，王利器校注：《风俗通义校注》，第 386 页。

② 司马迁撰：《史记》，第 2049 页。

③ 黄晖撰：《论衡校释》，第 934 页。

北魏摩崖《郑文公碑》解读

文师华 *

摘要： 关于《郑文公碑》，有所谓“上下碑”的说法，据前人考证，此碑的书写者是碑主郑羲之子郑道昭。《郑文公碑》包括碑文和颂词，碑文叙述了碑主郑羲的家族世系、性格特点、仕宦经历、政治功德、文学才能，并介绍了长子郑懿、小儿子郑道昭的才能和官职。值得注意的是，北魏孝文帝给郑羲定的谥号为“文灵”。“灵”字在谥法中含贬义。郑道昭在碑文中写成“郑文公碑”，并美化其父的品德，表现了“子为父隐”的封建伦理观念，后来，郑道昭之子郑述祖在《天柱山铭》中把祖父郑羲的谥号改为“文贞公”，无疑是欺上瞒下的行为。从文学角度看，《郑文公碑》碑文部分叙事简洁清晰，散体句式中穿插大量的对偶句，文气舒畅；颂词全用四字句，整齐典雅，富有高华气象。从书法角度看，《郑文公碑》集众美于一碑，蓄雄强以写意，笔力矫健，结构新奇，气势雄伟，故《郑文公碑》在群星璀璨的北碑中属佼佼者，被人称为北碑之冕。

关键词： 郑文公碑；内容；谥号；书法

引　言

南北朝是中国书法艺术史上的一个中介时期，北朝书法受北方游牧民族豪

*　文师华，南昌大学人文学院中文系。

放泼辣的群体性格的影响，表现出雄强泼辣、朴拙浑厚的特有风格。南朝书法承继东晋“二王”衣钵，表现出南朝士人崇尚清淡、虚静、柔美的审美倾向。

北朝的书法遗存是数以千万计的碑刻。北碑又称魏碑，指北魏时代，在北中国大地上出现的种种碑版，基本上属于楷书，书法史上称北碑上的楷体为“魏体”，以别于晋楷、唐楷。这种字体，行笔迅起急收，点画峻利，转折处多以侧锋取势，形成内外直折，棱角突出，钩趯力送，撇捺重顿的特点；结构则疏密自然，纵横欹斜，错落有致，这是一种特殊的楷体。

北碑是中国书法史上的奇观之一，是楷书艺术的第一大高峰。北碑按其内容、形制，可分为四大类：一是龙门造像记，二是云峰、四山（邹县东北的尖山、岗山、葛山、铁山）等地摩崖，三是邙山等地的墓志，四是以《张猛龙碑》为代表的歌颂神灵和死者功德的碑版。

北朝摩崖书法的杰出代表是“云峰石刻”“四山石刻”等。“云峰石刻”，是指分布在今山东省莱州市云峰山、大基山，平度市天柱山和青州市玲珑山的郑道昭、郑述祖父子等人创作的摩崖石刻而言。据于书亭《郑道昭与四山刻石》中《云峰天柱诸山北朝刻石》一文介绍，云峰山，位于山东省莱州城区东南8公里处，北魏郑道昭以其山巅时有乌云缭绕而名之，山上有北魏等历代刻石数十处，故又名“文峰山”；因山形恰似笔架，故又名“笔架山”，现为全国文物保护单位。大基山，也称太基山，位于莱州城区东10公里处，因太原洛京道士郭静和曾栖息于此，故又名道士谷。此山刻石极为分散。天柱山，位于山东省平度市城区直北25公里处，郑道昭以其“孤上干云，傍无嵠麓”，形似擎天之柱而名之。山上留有自汉代至清代的刻石多处，现为全国文物保护单位。玲珑山，位于山东省青州市城区西南16公里，因山势层峦叠嶂、玲珑奇秀而得名，古称北峰山，有写作百峰山。山上有郑道昭刻石数处，传说系郑道昭任青州刺史时所留。[①] 从地域空间分布看，“云峰、大基和天柱，山非一脉，且分属两地；玲珑山更距数百里之遥”[②]。但康有为《广艺舟双楫》把云峰山、大基山、天柱山、玲珑山等四处摩崖刻石统称为“云峰石刻”，至今人们沿用这一说法。

“四山石刻”是指山东省邹县东北的尖山、岗山、葛山、铁山等地的摩崖，

① 于书亭：《郑道昭与四山刻石》，人民美术出版社，2004年，第1—4页。

② 于书亭：《郑道昭与四山刻石》，第1页。

据刘涛《中国书法史·魏晋南北朝卷》第十三章“北朝后期书法”介绍，尖山、岗山、葛山、铁山的摩崖以镌刻佛教经典为主。[①] 此外，《泰山经石峪金刚经》，是北齐时代的大字石刻佛经，字径 1 尺。康有为认为此刻石融合草书的情调、篆书的神韵，气势“雄浑古穆”，是榜书题额的宗师。

从文学与碑刻结合的角度而言，值得关注的无疑是“云峰石刻”。“云峰石刻”中有郑道昭撰写书刻的《郑文公碑》《论经书诗》《观海童》《咏飞仙室》《置仙坛》《东堪石室铭》《登百峰山诗》等，郑道昭之子郑述祖撰写书刻的《天柱山铭》《登云峰记》等文学作品。本文重点解读郑道昭撰写书刻的《郑文公碑》。

一、关于“上下碑”的说法及《郑文公碑》的作者

《郑文公碑》（附图见文末），全称《荥阳郑文公之碑》，又称《郑羲碑》，是山东云峰山摩崖石刻中最著名的一件刻石作品，此碑有上、下两碑，上碑在山东平度天柱山，下碑在山东掖县东南云峰山，均为北魏摩崖石刻，刻于北魏永平四年（511）[②]，比南朝《瘗鹤铭》早三年。

所谓“上下碑”的说法，见于《郑文公下碑》中的题字：“永平四年，岁在辛卯，刊上碑在直南四十里天柱山之阳，此下碑也，以石好，故于此刊之。”由此可知，刻在古光州（今山东平度县）天柱山崖的《郑文公碑》称为“上碑”，刻在今山东掖县东南云峰山的《郑文公碑》称为“下碑”。“上”表示先刻，“下”表示后刻，相当于前后碑的意思。上碑与下碑的文字内容和书法风格基本相同，但上碑比下碑少三百多字。上碑字小，磨损严重，字多难读。下碑字大，几无泐损。故通行下碑拓本。下碑正文高 280 厘米，宽 360 厘米，51 行，每行 29 字，字约 2 寸见方。[③]

据碑文记载，《郑文公碑》是由“故吏主簿东郡程天赐等六十人”所立，

① 刘涛：《中国书法史·魏晋南北朝卷》，江苏教育出版社，2002 年，第 460—463 页。

② 俞丰：《经典碑帖释文译注》，上海书画出版社，2009 年，第 193 页。

③ 俞丰：《经典碑帖释文译注》，第 193—194 页。

碑中并没有提到撰文和书写者的姓名。清代包世臣《艺舟双楫·历下笔谭》首先提出《郑文公碑》“为中岳先生（即郑道昭）书无疑”。此后人们采纳包世臣的说法，认为《郑文公碑》的书写者是碑主郑羲之子郑道昭。

据俞丰《经典碑帖释文译注》介绍，郑道昭，字僖伯，自号中岳先生，出身于河南的荥阳郑氏。郑氏在当时是中原望族之一，以经济起家，以文章名世，“绵荣千载，联光百世”。郑道昭“少而好学”“博学明俊”，又“好为诗赋”（见《郑文公碑》），颇有文名。郑道昭入仕后，历官中书侍郎、国子祭酒、秘书监、平东将军、光州刺史、青州刺史等职。任职期间，刚正清廉，“政务宽厚，不任威刑，为吏民所爱”，深得好评。（据《魏书》卷五六《郑羲传》、《北史》卷三五《郑羲传》载）结合碑文与史传分析，郑道昭于永平三年（510）来到光州刺史任上，当时，其父郑羲葬于荥阳已十九年，一直未能树碑立传，葬地又与任所遥隔千里，不能按时祭奠，于是在他的主持下，由父亲旧日的属下一起参与，刊刻了这两通碑刻。这样的推论，应该是比较合理的。①

二、《郑文公碑》的内容

《郑文公碑》包括碑文和颂词，碑文叙述了碑主郑羲的家族世系、性格特点、仕宦经历、政治功德、文学才能，并介绍了长子郑懿、小儿子郑道昭的才能和官职。按碑文所述，郑羲是司州荥阳郡开封县人。郑氏起源于周朝，周宣王封同母弟弟姬友到郑，这就是郑桓公，他的后代以郑为姓。到汉代，郑氏家族的名人有郑当时、郑众、郑太、郑袤。其中，郑众官至司农，是著名的学者。郑羲的高祖、曾祖、祖父三代生逢中原战乱不已的十六国时期，高祖郑略官拜后赵国的给事黄门侍郎、侍中、尚书，曾祖郑豁曾任后燕国的中山郡太守、太常卿，祖父郑温担任后燕国的太子詹事。郑羲的父亲郑晔官拜北魏建威将军、汝阴太守。由此可见这个家族的显赫地位。

郑羲自幼聪慧，饱读诗书，注重信义，喜好圣贤之道，孝敬尊长，友爱

① 俞丰：《经典碑帖释文译注》，第 195 页。

兄弟，端庄文雅，谨言敏行，精通六经，深研诸子百家。北魏文成帝和平年间（460—465）举为秀才，因回答策论成绩优异，被委任为中书教授博士。后因文章出众，升为中书侍郎，又充任员外散骑常侍，封阳武子。他到南方出使南朝宋国，宋国的主客郎孔道均在官邸设酒宴招待他，并让乐工演奏缠绵柔美的音乐，他听后断言宋国的国运不能长久。后来没有几年，萧道成灭了宋国，建立齐国。北魏朝廷见郑羲出使宋国不辱使命，展示了大国的风度，便任命他为给事中、中书令，封为荥阳侯，总掌文史，参与处理往来奏章，国家法令都由他议论定夺。孝文帝太和初年（477），郑羲被朝廷授予使持节、安东将军、都督兖州诸军事、兖州刺史，封南阳公。他以德治民，宽厚明鉴，总是先以仁德和恩惠来教化民众，行政并不苛刻严酷，和美如清风化育万物。太和年间，他被征拜为秘书监。六十七岁时在任上病逝。朝廷特意派使者吊唁，赐谥号“文”。他的遗体于太和十七年（493）四月二十四日运送回家，安葬在荥阳石门东南十三里的三皇山南麓。

颂词称赞郑羲平生功德、才学和声望，云：

伊昔桓武，并美司徒。恭维我君，世监秘书。《三坟》克阐，《五典》允敷。文为辞首，学实宗儒。德秀时哲，望高世族。灼灼独明，亭亭孤邈。式胄三雍，邹风再烛。作岳河兖，泽移草木。庆灵长发，继叶传光。君既挺发，胤亦含章。文义袭轨，朱绂相望。刊石铭德，与日永扬。[①]

不过，若与《魏书·郑羲传》对照，则可发现郑道昭撰写的《郑文公碑》对乃父郑羲品德的评价纯属溢美之词，与事实不相符合。

《魏书》卷五十六《郑羲传》记载：郑羲的女儿是孝文帝的嫔妃，小儿子郑道昭是内秘书令李冲的女婿。郑羲为官贪婪吝啬，在“出为安东将军、西兖州刺史、假南阳公”时，“多所受纳，政以贿成。性又啬吝，民有礼饷者，皆不与杯酒脔肉。西门受羊酒，东门酤卖之。以李冲之亲，法官不之纠也”。郑羲死后，朝廷该赐给他什么谥号呢？《魏书》卷五十六《郑羲传》有具体记载：

---

① 《郑文公碑》，光明日报出版社，2008 年；参考俞丰：《经典碑帖释文译注》，第 201 页。

> 尚书奏谥曰宣，诏曰："盖棺定谥，先典成式，激扬清浊，治道明范。故何曾幼孝，良史不改缪丑之名；贾充宠晋，直士犹立荒公之称。羲虽宿有文业，而治阙廉清。稽古之效，未光于朝策；昧货之谈，已形于民听。谥以善问，殊乖其衷。又前岁之选，匪由备行充举，自荷后任，勋积未昭。尚书何乃情遗至公，愆违明典！依《谥法》'博闻多见曰文，不勤成名曰灵。'可赠以本官，加谥文灵。"①

尚书省根据郑羲一生的行为业绩，奏请皇帝赐给郑羲谥号为"宣"，在议定谥号时，孝文帝却驳回了尚书省的拟议，钦定以郑羲"虽宿有文业，而治阙廉清"，依据《谥法》"博闻多见曰文，不勤成名曰灵"，改谥号为"文灵"。"灵"字在谥法中含贬义。

郑羲病逝于太和十七年，当时孝文帝赐谥诏书甚详，如果当时立碑，绝不敢拿掉其中的"灵"字。孝文帝在499年去世，宣武帝继位。直到宣武帝永平四年，即郑羲逝世18年之后，时过境迁，孝文帝已经去世12年，郑道昭在远离京城的天柱山、云峰山上为其父郑羲立碑，削去谥号中带贬义的"灵"，在碑文中写成"郑文公碑"，并美化其父的品德，云：

> 太和初，除使持节□□□□□□□、安东将军、□督兖州诸军事、兖州刺史、南阳公，德政宽明，化先仁惠，不严之治，穆如清风。耕桑有敬让之高，朝市无鞭戮之刑。□□□□□□□□□即道之美，不专于鲁矣。太和中，征秘书监。春秋六十有七，□□□□□□寝疾于位。凡百君子，莫不悲国秀之永沉，哀道宗之长没。皇上振悼，痛百常往，遣使赗襚，策赠有加，谥曰文，祭以太牢。

这样的改动，表现了"子为父隐"的封建伦理观念，但毕竟违背了事实，是谀墓之辞。

总之，此碑的内容是郑羲季子、北朝大书法家郑道昭歌颂父德的文字。子

① 魏收：《魏书》卷五十六，文渊阁《四库全书》电子版。

颂父德，恭敬诚恳，殚精竭虑而为之。碑文部分叙事简洁清晰，散体句式中穿插大量的对偶句，文气舒畅；颂词全用四字句，整齐典雅，富有高华气象，故《郑文公碑》在群星璀璨的北碑中属佼佼者，被人称为北碑之冕。

三、《郑文公碑》的书法特点

《郑文公碑》与北碑的命运一样，久湮山林，直到清代碑学乍起，包世臣青睐激赏，认为其书出自汉代《乙瑛碑》，有云鹤海鸥之态，“字独真正，而篆势、分韵、草情毕具，真文苑奇珍也”（《艺舟双楫·历下笔谭》）。康有为则盛赞其“神韵”，说“《云峰》为圆笔之极轨”（《广艺舟双楫·余论第十九》）。篆书用圆笔，浑厚凝重；隶意有波磔，疏朗排宕；草情如天纵，俊逸舒张，《郑文公碑》集众美于一碑，蓄雄强以写意，笔力矫健，结构新奇，气势雄伟，与南朝的《瘗鹤铭》异曲同工，双星高照，辉耀千古。于书亭《〈郑羲上、下碑〉之研究》一文说：“在日本流传着这样一句话：不到中国“郑羲碑”前留个影，不能算是真正的日本书法家。”[①] 足见此碑对日本影响之大。

至于《郑文公上、下碑》书法的异同，于书亭在《〈郑羲上、下碑〉之研究》一文中进行了比较分析，说：

> 《上、下碑》均为郑道昭一人撰文书镌，而且都刊于魏永平四年（511），总的书法艺术效果较为一致。而且刻工手艺高巧，基本上都传达出了书者的笔势墨韵。若论其两碑细微处的艺术特点，只能说两碑因地势、石形、石理和书写时间先后的影响，《上碑》较《下碑》犹觉规矩整饬，其楷书体态更为明显。因为《上碑》字略小，看去更加密致、含蓄；《下碑》字稍大，碑石地处较平坦，加之碑面较平，故书写起来，更能得心应手，随意发挥，故其运笔用墨，亦更加开张遒劲，“海鸥云鹤之致”较《上碑》为显。[②]

① 于书亭：《郑道昭与四山刻石》，第25页。
② 于书亭：《郑道昭与四山刻石》，第26页。

四、余论

郑述祖撰书《天柱山铭》，把祖父郑羲的谥号改为“文贞公”。

郑述祖（485—565），郑道昭之子，字恭文，荥阳开封人。生于北魏末期，历官司徒左长史、尚书、侍中、太常卿、丞相右长史。进入北齐，历官太子少保、左光禄大夫、仪同三司、使持节车骑大将军，前后行瀛、殷、冀、沧、赵、定六州事，正除怀、兖、光三州刺史。天统元年卒，年八十一。赠开府、中书监、北豫州刺史，谥曰平简。

郑述祖在任光州刺史期间，登临云峰山、天柱山，寻访乃父足迹，留下《登云峰记》《天柱山铭》等石刻作品。

《天柱山铭》，郑述祖撰文并书写，大齐天统元年（565）镌刻，原刻石在山东省平度市大泽山镇的天柱山西麓。据于书亭《郑道昭与四山刻石》介绍，原石高约 3.5 米，宽约 3 米，厚约 2 米，上尖下大，呈扁圆馒头状。此石于 1968 年春被大泽山镇南昌村村民破石建房，毁于一旦。1983 年春，经平度市文物工作者主持拆房，觅得残石四十余块，计二百余字，现存于平度市博物馆。[①]

《天柱山铭》幸有拓本留传下来。此文开篇从岱宗（即泰山）写起，先突出泰山的崇高地位，接着迅速把笔墨转到天柱山，叙述先君郑道昭为天柱山命名，天柱山所处地理位置，描绘天柱山“斜岭概天，层峰隐日”高大险峻的气势，并述及与天柱山相关的人文历史。进而称赞先君郑道昭禀受山川灵气，具有高才美德；回忆永平三年先君郑道昭来光州为官治民，以仁德移风易俗，与同僚、百姓相处和谐，深得民心，于是在天柱山东峰的南面“仰述皇祖魏故中书令、秘书监、兖州刺史文贞公迹状，镌碑一首”。最后略述自己的为官经历，表达对祖父、父亲的怀念和敬仰之情。文末的颂词，礼赞天柱山孤高峻极的气势，称颂父亲“道深义富”的风范。

值得注意的是：郑述祖在《天柱山铭》中把祖父郑羲的谥号改为“文贞

---

① 于书亭：《郑道昭与四山刻石》，第 71 页。

公”，无疑是欺上瞒下的行为。前文在评析郑道昭撰书《郑文公碑》时，我们已作介绍，《魏书》卷五十六《郑羲传》载，郑羲死后，尚书省根据郑羲一生的行为业绩，奏请皇帝赐给郑羲谥号为“宣”，在议定谥号时，孝文帝却驳回了尚书省的拟议，把给郑羲的谥号改为“文灵”。“灵”字在谥法中含贬义。直到宣武帝永平四年，郑道昭为其父郑羲立碑，削去谥号中的“灵”字，在碑文中写成“郑文公碑”。而郑述祖认为，一个“文”字，还不能把祖父抬到至高无上、流芳万世的地位，于是在《天柱山铭》中把祖父郑羲的谥号由“文公”改为“文贞公”，“文贞”属于美谥中的上等谥号。到宋代，为避宋仁宗赵祯之讳，“文贞”改为“文正”。夏竦去世，仁宗皇帝拟赐谥号为“文正”。司马光《上仁宗皇帝夏竦不当谥文正》，认为夏竦不配享有“文正”这一谥号。[①] 郑述祖《天柱山铭》中这种私改谥号的做法，表现了对祖父郑羲功德的极度美化，与史书记载相差甚远。[②]

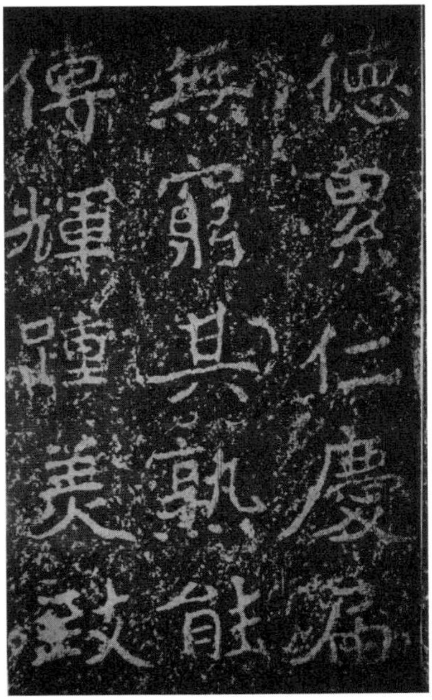

从写作技法看，文章结构和语言都有特色。结构由远及近，由泰山到天柱山，重点落到天柱山，恰似摄影镜头由全景、远景到近景、特写。语言方面，序文部分，长短不齐的散体句中穿插大量的对偶句式，属于骈散结合，自然而又雅致；颂词部分以四言句式，简洁有力，气势不凡。

从书法的角度看，《天柱山铭》同样是用汉隶的笔法写成，笔画朴拙劲健，结体宽博疏放，分行布白颇有规矩，气势雄浑，但字体创新和艺术水平均没有达到其父郑道昭的高度。

① 赵汝愚编：《宋名臣奏议》卷九十五，文渊阁《四库全书》电子版。

② 于书亭：《郑道昭与四山刻石》，第 76—78 页。

刘知幾《史通》对《左传》的文学批评

薛芸秀[*]

摘要：刘知幾《史通》十分推崇《左传》，在论史之余也对它的文学特质展开了批评，主要涉及语言和叙事两大方面。在语言方面，他认为《左传》所载行人辞令，典美博奥；所记人物口语，体质素美；叙事语言则深得尚简用晦之道，且因时而变。在叙事方面，他认为《左传》传人叙事，参差变幻；处理言事关系，烦省合理。刘知幾对《左传》文学性的揭示和阐发，加深了唐人对其文学价值的认知，并激发了古文家对它的师法。但由于他的出发点是论史，故对《左传》的文学批评不可避免地存在一定局限性。

关键词：刘知幾《史通》；《左传》；语言；叙事

刘知幾（661—721）虽尊崇孔子和儒家，但也极具批判精神，在《史通》中疑古惑经，将矛头直指《尚书》《春秋》等圣贤经典。在评骘历代史书时，他基本秉持客观的态度，颇为严格地指出各家的优缺点，如对《史》《汉》，既有“继圣而作”（《叙事》）[①]的褒扬，也有“史公著书，是非多谬”（《自叙》）[②]、“班氏著志，牴牾者多”（《汉书五行志错误》）[③]的批评。但他唯独对《左传》推

---

*　薛芸秀，南京大学文学院 2018 级博士研究生。

①　刘知幾著，浦起龙释：《史通通释》，上海古籍出版社，2018 年，第 153 页。

②　刘知幾著，浦起龙释：《史通通释》，第 270 页。

③　刘知幾著，浦起龙释：《史通通释》，第 498 页。

崇备至，毫不吝惜夸赞的笔墨，几乎未有微词，还特撰《申左》一篇，专扬《左传》，以致被人指为“佞《左》”[①]，或被认为是“《左传》学派之传人”[②]。

刘知幾对《左传》的爱赏早在总角之年就已经开始了。《自叙》云：

> 予幼奉庭训，早游文学。年在纨绮，便受《古文尚书》，每苦其辞艰琐，难为讽读，虽屡逢捶挞而其业不成。尝闻家君为诸兄讲《春秋左氏传》，每废《书》而听。逮讲毕，即为诸兄说之。因窃叹曰：“若使书皆如此，吾不复怠矣。”[③]

这段故事一般被视作刘知幾与史学缘分的自白，事实上它还蕴藏着另一层含义：年幼时的刘知幾读《古文尚书》，觉其文辞艰涩，难为讽读，所以时常懈怠，而一读《左传》则兴致勃然，甚至梦想“书皆如此”，这暗示《左传》最初吸引他的正是其优美的辞采，亦即浓郁的文学性。待他中年作《史通》，又云：

> “礼云礼云，玉帛云乎哉？”史云史云，文饰云乎哉？何则？史者固当以好善为主，嫉恶为次。若司马迁、班叔皮，史之好善者也；晋董狐、齐南史，史之嫉恶者也。必兼此二者，而重之以文饰，其唯左丘明乎？自兹已降，吾未之见也。（《杂说下》）[④]

可见，刘知幾对《左传》文学的喜爱和重视，始终如一。因此，他在对《左传》进行史学批评时，也涉及不少文学评论。今人研究《左传》的文学性

---

① 如吕思勉说：“刘氏佞《左》，可谓成癖。故凡《左氏》与他书歧义处，尽以他书为伪，《左氏》为真，其中《左氏》确而他书误者诚有之……然他书实不误，而刘氏武断处亦有之。”刘知幾撰，浦起龙通释，吕思勉评：《史通》，上海古籍出版社，2008年，第306页。

② 如许冠三说：“《左传》是知幾史学入门之启蒙业师，亦是他终身受用仰慕不已之‘述者冠冕’，更是他创建实录史学原理之实存典范，故其影响实渗透于《史通》之字里行间……从《史通》所言史之大用与要务看，更显得刘知幾是《左传》学派的传人。”《刘知幾的实录史学》，香港中文大学出版社，1983年，第31—36页。

③ 刘知幾著，浦起龙释：《史通通释》，第267页。

④ 刘知幾著，浦起龙释：《史通通释》，第493页。

也多征引刘知幾的观点，但都侧重为自己所论服务，不曾作专文论述，未能呈现其对《左传》文学批评的全貌，故本文特费笔墨，拈出此论。

一、典雅含蓄，文堪讽咏：《史通》论《左传》之语言

《史通》对《左传》语言艺术的批评，具体可分为人物的语言和叙事的语言。所谓人物的语言，主要是指《左传》中的行人辞令和人物口语；所谓叙事的语言，主要是指《左传》中描述事件的文字。

（一）典美博奥的辞令应答

《言语》云："盖枢机之发，荣辱之主，言之不文，行之不远，则知饰词专对，古之所重也……周监二代，郁郁乎文。大夫、行人，尤重词命。语微婉而多切，言流靡而不淫，若《春秋》载吕相绝秦，子产献捷，臧孙谏君纳鼎，魏绛对戮杨干是也。"[①] 刘知幾指出《左传》所载辞令应答具有"文"的特点，亦即有文采。

在《申左》中，他又具体表述为：

> 寻《左氏》载诸大夫词令、行人应答，其文典而美，其语博而奥，如僖伯谏君观鱼……其所援引，皆据礼经之类是也。述远古则委曲如存，如郯子聘鲁，言少昊以鸟名官……其事明白，非是厚诬之类是也。征近代则循环可覆。如吕相绝秦，述两国世隙……[②]

在刘知幾看来，《左传》中的辞令应答典美博奥。它的文采，一则表现为对礼的遵循和铺陈。如隐公五年臧僖伯以为君之礼谏公如棠观鱼[③]，广征博引，层层铺叙，文采因之而灿然。《左传》中类似铺礼而成文的辞令很多，故刘熙

① 刘知幾著，浦起龙释：《史通通释》，第 138 页。
② 刘知幾著，浦起龙释：《史通通释》，第 390—392 页。
③ 杨伯峻编著：《春秋左传注》，中华书局，2015 年，第 41 页。

载谓"《左氏》尚礼，故文"[①]。二则表现为对远古事迹委婉而真实的描述。如昭公十七年郯子述少昊氏以鸟名官[②]，娓娓道来，往古之事遂班班在目，如亲历亲闻，言不骄矜而自豪之情不掩。三则表现为对近古人物言辞的征引皆循环往复，说理透辟。如成公十三年秦晋麻隧之战前夕，晋侯使吕相绝秦，历数秦晋两国自秦穆公、晋献公至秦桓公、晋厉公半个多世纪里的恩恩怨怨。[③]林纾评其辞曰："此乃一篇外交至妙之文也……贵在处处皆用轻松之笔，不惟不肯没人之功，而亦不甚扬人之恶。说其无理处，无怒容；说己反颜处，又若出于不得已……指目秦过，处处类于不近人情；己却和婉出之，不为剑拔弩张之态。"[④]

《左传》辞令应答之所以文采斐然，刘知幾认为与其创作方式有关：

> 斯盖当时发言，形于翰墨；立言不朽，播于他邦。而丘明仍其本语，就加编次。亦犹近代《史记》载乐毅、李斯之文，《汉书》录晁错、贾生之笔。寻其实也，岂是子长稿削、孟坚雌黄所构者哉？……必料其功用厚薄，指义深浅，谅非经营草创，出自一时，琢磨润色，独成一手。斯盖当时国史已有成文，丘明但编而次之，配经称传而行也。(《申左》)[⑤]

即《左传》中的辞令应答并非左氏所独创，而是他根据已有的成语、成文编次而成，类似于《史》《汉》载录传主文章。在此之前，这些辞令或许经过了多人、多时的讨论润色，故章法有度，辞采华美，旨深意远。以这样的方式生成的辞令文本，不仅文采焕然，而且真实不虚，符合刘知幾一再强调的"实录"原则。

---

① 刘熙载撰：《艺概》，上海古籍出版社，1978 年，第 4 页。
② 杨伯峻编著：《春秋左传注》，第 1386—1389 页。
③ 杨伯峻编著：《春秋左传注》，第 861 页。
④ 林纾：《左传撷华・序》，商务印书馆，1935 年。
⑤ 刘知幾著，浦起龙释：《史通通释》，第 390—392 页。

（二）体质素美的人物口语

《言语》云：

> 寻夫战国已前，其言皆可讽咏，非但笔削所致，良由体质素美。何以覈诸？至如“鹎贲”“鸜鹆”，童竖之谣也；“山木”“辅车”，时俗之谚也；“皤腹弃甲”，城者之讴也；“原田是谋”，舆人之诵也。斯皆刍词鄙句，犹能温润若此，况乎束带立朝之士，加以多闻博古之识者哉？则知时人出言，史官入记，虽有讨论润色，终不失其梗概者也。①

文中所引语例均出自《左传》。刘知幾认为这些谣谚皆是当世口语，虽有史家的讨论润色，但基本保存了原本的朴素之美。如僖公五年：“童谣曰：‘丙之晨，龙尾伏辰；均服振振，取虢之旂。鹑之贲贲，天策焞焞，火中成军，虢公其奔。’”② 隐公十一年：“周谚有之曰：‘山有木，工则度之；宾有礼，主则择之。’”③ 僖公二十八年：“听舆人之诵曰：‘原田每每，舍其旧而新是谋。’”④

刘知幾之所以特别推崇《左传》的口语艺术，主要是针对后世史书在记载人物语言方面的不良风气：

> 而后来作者，通无远识，记其当世口语，罕能从实而书，方复追效昔人，示其稽古。是以好丘明者，则偏摸《左传》；爱子长者，则全学史公。用使周、秦言辞见于魏、晋之代，楚汉应对行乎宋、齐之日。而伪修混沌，失彼天然，今古以之不纯，真伪由其相乱。故裴少期讥孙盛录曹公平素之语，而全作夫差亡灭之词。虽言似《春秋》而事殊乖越者矣。（《言语》）⑤

---

① 刘知幾著，浦起龙释：《史通通释》，第139页。
② 杨伯峻编著：《春秋左传注》，第310页。
③ 杨伯峻编著：《春秋左传注》，第72页。
④ 杨伯峻编著：《春秋左传注》，第458页。
⑤ 刘知幾著，浦起龙释：《史通通释》，第139—140页。

他主张史书载录人物口语，应符合他们所处的时代，不应一味摹古，否则不仅会失去语言的天然之美，还会导致今古不纯、真伪淆乱。而且，他认为人物的语言应与其身份和文化水平相称。如中原王朝自晋室南渡后，虽偏处江南，但依然保留着原来的文化特色，因为江南本是文盛之乡，所以南朝人物屡有魏晋风流之语，就不足为怪。但北朝不同，他们的统治者原本多是文化水平不高的胡人，语言也与中原不类，然而崔鸿、魏收等人在撰诸朝史书时，“必讳彼夷音，变成华语……而于其间，则有妄益文彩，虚加风物，援引《诗》《书》，宪章《史》《汉》，遂使沮渠、乞伏，儒雅比于元封，拓跋、宇文，德音同于正始”（《言语》）[①]，这就华而失实了。

（三）尚简用晦、文随时变的叙事语言

刘知幾认为史书叙事语言的最高境界是“文而不丽，质而非野”（《叙事》）[②]，能让读者流连忘返，百读不厌。以此衡之，他甚为推崇《左传》的叙事语言。

首先是“文约而事丰”。《叙事》云：“叙事之工者，以简要为主。简之时义大矣哉……然则文约而事丰，此述作之尤美者也。”[③] 刘知幾指出史书的省文的方式有“二流”，即省句和省字。论及省句，他就以《左传》为例：

> 如《左传》宋华耦来盟，称其先人得罪于宋，鲁人以为敏。夫以钝者称敏，则明贤达所嗤，此为省句也。（《叙事》）[④]

按文公十五年：“宋华耦来盟……公与之宴。辞曰：‘君之先臣督，得罪于宋殇公，名在诸侯之策。臣承其祀，其敢辱君？请承命于亚旅。’鲁人以为敏。”[⑤] 杜注：“无故扬其先祖之罪是不敏，鲁人以为敏，君子不与也。”[⑥] 左氏在

---

① 刘知幾著，浦起龙释：《史通通释》，第 140 页。
② 刘知幾著，浦起龙释：《史通通释》，第 152 页。
③ 刘知幾著，浦起龙释：《史通通释》，第 156 页。
④ 刘知幾著，浦起龙释：《史通通释》，第 158 页。
⑤ 杨伯峻编著：《春秋左传注》，第 609 页。
⑥ 杜预集解：《春秋经传集解》，上海古籍出版社，1988 年，第 500 页。

行文时即省去了表达“君子不与”含义的一句，遂使行文更加简洁，且含言外之意。为了突显《左传》之省，刘知幾举了《穀梁传》为反例：

其有反于是者，若《公羊》（浦注：当作《穀梁》）称郤克眇，季孙行父秃，孙良夫跛，齐使跛者逆跛者，秃者逆秃者，眇者逆眇者。盖宜除“跛者”已下句，但云“各以其类逆”。必事加再述，则于文殊费，此为烦句也。①

刘知幾论《左传》之省字，见于《摸拟》篇：

《左氏》与《论语》，有叙人酬对，苟非烦词积句，但是往复唯诺而已，则连续而说，去其“对曰”“问曰”等字。②

对话中省“对曰”“问曰”等提示词，可使行文简洁流畅，一气呵成，《左传》用此法甚多③。

其次是“省字约文，事溢于句外”。刘知幾认为叙事的语言有显有晦，他提倡用晦：“晦也者，省字约文，事溢于句外……夫能略小存大，举重明轻，一言而巨细咸该，片语而洪纤靡漏，此皆用晦之道也。”（《叙事》）④可见，用晦之法亦含简要之义。

刘知幾视《左传》为用晦的典范之一：

既而丘明受经，师范尼父。夫经以数字包义，而传以一句成言，虽繁

① 刘知幾著，浦起龙释：《史通通释》，第158页。

② 刘知幾著，浦起龙释：《史通通释》，第207页。

③ 钱锺书指出此法也有一定弊端，如《哀公七年》“季康子欲伐邾”一节中，关于“鲁德如邾，而以众加之，可乎？”到底是谁所说，历来就众说纷纭。他认为古书因无标点符号，对话中又省略“曰”字，很容易让人产生误解，致使两人议论而读者误为一人独白。（《管锥编》，生活·读书·新知三联书店，2018年，第407页）此类现象在古代广泛存在，俞樾《古书疑义举例》中就列有“两人之辞而省曰字例”（《古书疑义举例五种》，中华书局，2005年，第30页）。刘知幾认为史书叙事应该简要，提倡简洁的史文风格，故对此持赞赏的态度。

④ 刘知幾著，浦起龙释：《史通通释》，第161页。

约有殊，而隐晦无异。故其纲纪而言邦俗也，则有士会为政，晋国之盗奔秦；邢迁如归，卫国忘亡。其款曲而言人事也，则有犀革裹之，比及宋，手足皆见；三军之士，皆如挟纩。斯皆言近而旨远，辞浅而义深。虽发语已殚，而含意未尽。使夫读者望表而知里，扪毛而辩骨，睹一事于句中，反三隅于字外。（《叙事》）①

按宣公十六年：“晋侯请于王，戊申，以黼冕命士会将中军，且为太傅，于是晋国之盗逃奔于秦。”② 则士会之政善可知。闵公二年：“僖之元年，齐桓公迁邢于夷仪。二年，封卫于楚丘。邢迁如归，卫国忘亡。”③ 则邢、卫之安集可知。庄公十二年：“宋万弑闵公于蒙泽……奔陈……（宋人请）万于陈，以赂。陈人使妇人饮之酒，而以犀革裹之。比及宋，手足皆见。宋人皆醢之。”④ 则宋万之勇闷可知。宣公十二年：“楚子伐萧……申公巫臣曰：‘师人多寒。’王巡三军，拊而勉之。三军之士，皆如挟纩。”⑤ 则三军之感悦可知。这些叙事皆字省文约，但饱含言外之意，遂得含蓄隽永之美。

《摸拟》中亦有类似之论：

盖文虽缺略，理甚昭著，此丘明之体也。至如叙晋败于邲，先济者赏，而云：“上（浦注：当作中）军、下军争舟，舟中之指可掬。”夫不言攀舟（浦注：恐脱“扰”字）乱，以刃断指，而但曰“舟指可掬”，则读者自睹其事矣。⑥

叙事文略而理昭，浦起龙认为此乃“《左氏》叙事片言蔽全形之法……意略与《用晦》篇同”⑦。程千帆《文论十笺》亦云：“此即所谓用晦之术也。”⑧

---

① 刘知幾著，浦起龙释：《史通通释》，第161—162页。

② 杨伯峻编著：《春秋左传注》，第768页。

③ 杨伯峻编著：《春秋左传注》，第273页。

④ 杨伯峻编著：《春秋左传注》，第192页。

⑤ 杨伯峻编著：《春秋左传注》，第749页。

⑥ 刘知幾著，浦起龙释：《史通通释》，第208页。

⑦ 刘知幾著，浦起龙释：《史通通释》，第208页。

⑧ 程千帆：《程千帆全集》，河北教育出版社，2001年，第6卷，第222页。

刘知幾论叙事用晦，于《左传》发言最多。他盛推《左传》之用晦，乃是有感于《史》《汉》已降，“史道陵夷，作者芜音累句，云蒸泉涌。其为文也，大抵编字不只，捶句皆双，修短取均，奇偶相配。故应以一言蔽之者，辄足为二言；应以三句成文者，必分为四句。弥漫重沓，不知所裁”（《叙事》）[①]。他认为此种骈俪文风渗入史坛，乃是朝廷任用文士编撰史书的后果，遂在《覈才》中大加批判。

再者是“时风递降，则文亦随之”（浦起龙按语）[②]。《叙事》云：

> 必时乏异闻，世无奇事，英雄不作，贤俊不生，区区碌碌，抑惟恒理，而责史臣显其良直之体，申其微婉之才，盖亦难矣……观丘明之记事也，当桓、文作霸，晋、楚更盟，则能饰彼词句，成其文雅。及王室大坏，事益纵横，则《春秋》美辞，几乎翳矣。[③]

刘知幾认为史书的撰写会受到时代的影响，即文随世变。“叙事之文，其美恶与所叙相关”[④]，《左传》在叙事时，前后的语言风格就不完全统一。

后世常有人依据《左传》叙事的前后详略不一、文风不齐，来对其作者和成书年代展开怀疑、推测。如明王鏊云：“然余以哀公而后文颇不类，若非左氏之笔，岂后人续之耶？未可知也。”（《春秋左传详节序》）[⑤] 清崔述云：“襄昭之际，文词繁芜，远过文宣以前，而定哀间反略，率多有事无词，哀公之末事亦不备，此必定哀之时记载尚少故尔。然则作书之时，上距定哀未远，亦不得以为战国后人也。”[⑥] 刘知幾主张史书的叙事应因时随俗：“盖闻三王各异礼，五帝不同乐，故传称因俗，《易》贵随时。况史书者，记事之言耳。夫事有贸迁，而言无变革，此所谓胶柱而调瑟，刻船以求剑也。”（《因习》）[⑦] 所以，他的看法

---

① 刘知幾著，浦起龙释：《史通通释》，第 162—163 页。
② 刘知幾著，浦起龙释：《史通通释》，第 155 页。
③ 刘知幾著，浦起龙释：《史通通释》，第 154 页。
④ 程千帆：《文论十笺》，《程千帆全集》，第 6 卷，第 235 页。
⑤ 朱申：《春秋左传详节句解》，明刻本。
⑥ 崔述：《洙泗考信录·余录》，《丛书集成初编》，第 51 页。
⑦ 刘知幾著，浦起龙释：《史通通释》，第 126 页。

就与王、崔等人有所不同，认为《左传》前后文风不类，乃时代风气使然。清曾镛《五经解》云："（《左氏》）辞气从容温雅，视战国之文，而不相侔。若其所叙列国会盟、侵伐，或仗信义，或仗诈谋，自是当时实录，非左氏自为之。至于春秋之末，事势自渐近战国，亦非左氏之文然也。"① 显然受到了刘知幾观点的影响。

二、参差变幻，言事兼收：《史通》论《左传》之叙事

为行文方便，刘知幾对《左传》叙事语言的批评已放在上节讨论，本节则侧重探讨他对《左传》叙事方式的批评。需要特别指出的是，本文所谓《左传》之叙事，不单指它对历史人物和事件的叙述，也指它在行文中对事件和辞令关系的处理。

（一）传人叙事，参差变幻

刘知幾在《叙事》中论及史书叙事应以简要为主时，提出"叙事之体，其别有四：有直纪其才行者，有唯书其事迹者，有因言语而可知者，有假赞论而自见者"②，并认为它们不宜同时使用，否则会造成叙事的重复和文字的冗赘。具体阐释时，他虽征引了《尚书》《左传》和《史》《汉》，但认为它们中惟有《左传》做到了四者不相须。

如襄公三十一年，记子大叔之才行云："子大叔美秀而文。"直笔而出，没有多言。杨注曰："美秀谓其外貌举止。文谓习典章制度诗乐。"③ 僖公四年，晋献公夫人骊姬欲立自己的儿子奚齐为太子，遂诬陷太子申生在胙肉中投毒，意图谋杀君父。献公怒杀申生之傅杜原款。有人劝申生向献公申辩，申生曰："君非姬氏，居不安，食不饱。我辞，姬必有罪。君老矣，吾又不乐。"人又劝他逃跑，他说："君实不察其罪，被此名也以出，人谁纳我？"遂自缢于新

① 转引自刘成荣：《〈左传〉的文学接受与传播研究》，南京大学出版社，2014 年，第 86 页。
② 刘知幾著，浦起龙释：《史通通释》，第 156 页。
③ 杨伯峻编著：《春秋左传注》，第 1191 页。

城。[①] 读过此节故事，申生忠君爱父之德行遂彰，更不待他言。宣公二十年，郑皇戌劝晋伐楚，以为“楚师骤胜而骄”，栾武子则反驳曰：“楚自克庸以来，其君无日不讨国人而训之于民生之不易、祸至之无日、戒惧之不可以怠；在军，无日不讨军实而申儆之于胜之不可保、纣之百克而卒无后，训以若敖、蚡冒筚路蓝缕以启山林。箴之曰：‘生在勤，勤则不匮。’不可谓骄。”[②] 透过栾书此语，楚君励精图治之德行与事迹立知，亦无需再叙。

以上所举之例，体现了《左传》叙事的简练清隽、辞近旨远。不过，刘知幾此处所谓的《左传》叙事四者不相须，与他在《浮词》中的论述有相矛盾之处。彼处云：“故将述晋灵公厚敛雕墙，则且以不君为称……所谓说事之端也。又书重耳伐原示信，而续以一战而霸，文之教也……所谓论事之助也。”[③] 即《左传》叙事亦有四者相须之处。程千帆《史通笺记》云：“窃谓《叙事》所论，实为胶著；本篇（指《浮词》）之说，庶近通方。记述尚简，终期辞达。才行等四者，有相重而当避者，亦有相须而始成者，难以一概论也。”[④]《史通》一书牴牾处不少，明以后多有人言之。此处的前后失应，许是刘知幾一时疏忽所致，但也从侧面体现出《左传》叙事的参差变幻。

在《摸拟》中，刘知幾更进一步发掘出了《左传》参差变幻的叙事艺术。他指出后代史书模拟前代，主要有“貌同而心异”和“貌异而心同”两种途径。论及后者，则云：“盖《左氏》为书，叙事之最。自晋已降，景慕者多，有类效颦，弥益其丑。然求诸偶中，亦可言焉。”[⑤] 故所举皆后世师法《左传》叙事之例，亦即间接揭示出了《左传》本身的一些叙事技法。浦起龙将所举的七则模拟类型分别概括为：师《左氏》不忍斥书之法、书事前后伏应之法、书人名字互见之法、叙应对省“曰”字之法、彰美不待实叙之法、书预兆后省之法、叙事片言蔽全形之法。[⑥] 其中，第一则属于“隐讳”的书法问题，与叙事方式无关，第四、七则已在《左传》的叙事语言中论及，故此处仅讨论

① 杨伯峻编著：《春秋左传注》，第 295—299 页。
② 杨伯峻编著：《春秋左传注》，第 730 页。
③ 刘知幾著，浦起龙释：《史通通释》，第 146 页。
④ 程千帆：《史通笺记》，中华书局，1980 年，第 108 页。
⑤ 刘知幾著，浦起龙释：《史通通释》，第 206 页。
⑥ 刘知幾著，浦起龙释：《史通通释》，第 206—208 页。

余下四则。

首先，书事前后伏应：

> 夫当时所记或未尽，则先举其始，后详其末，前后相会，隔越取同。若《左氏》成七年，郑获楚钟仪以献晋，至九年，晋归钟仪于楚以求平，其类是也。[①]

此言《左传》于成公七年叙钟仪始入晋，乃为成公九年他携晋命归楚求成设伏，前后两段文字合读，方见人物完整之事迹。《左传》于此种叙事方式极为常见，应该说在很大程度上乃是编年体的限制使然，不见得是作者有意为之，程千帆就说："一事或分在数年，或互见数传，此编年、纪传二体之短，后来之纪事本末体，即所以济其穷也。"[②]但它确实造成了一种叙事的断续之美，为后世小说叙事提供了借鉴。

其次，书人名、字互见。

> 凡列姓名，罕兼其字。苟前后互举，则观者自知。如《左传》上言羊斟，则下曰叔牂；前称子产，则次见国侨，其类是也。[③]

所谓羊斟、叔牂，实指一人；子产、国侨亦非两人。《左传》于人物称谓的频繁更换，给读者带来了巨大不便，如章学诚《文史通义》云："尝读《左氏春秋》，而苦其书人名字，不为成法也。"[④]但刘知幾却认为人物的名和字互见，乃《左传》叙事的一大特色。他的这一观点遭到了后人的普遍质疑，即便是对《史通》推崇备至的浦起龙也表示："《左氏》叙一人名、封、字、谥，传中错出，读者苦之，必斟牂、产侨之为拟，窃谓非是。"[⑤]吕思勉更是直接批评

① 刘知幾著，浦起龙释：《史通通释》，第 206 页。
② 程千帆：《文论十笺》，《程千帆全集》，第 6 卷，第 216 页。
③ 刘知幾著，浦起龙释：《史通通释》，第 207 页。
④ 章学诚撰，叶瑛校注：《文史通义》，中华书局，2017 年，第 456 页。
⑤ 刘知幾著，浦起龙释：《史通通释》，第 209 页。

说："此盖《左氏》之作，由于裒集旧文，其叙一事之辞，初不出一人之手，昔人于文字不甚注意，故未曾刊改，使归一律也。此虽在当时为人人所知，不为大害；然究系古人之疏，并此而欲效之，诚可谓誉《左》成癖，抑亦不免貌同心异之讥矣。"[①] 从史法角度看，这些批评显然不错；但若从文法角度出发，刘知幾的这一观点也并非毫无道理。名和字互见，可使文章错落跌宕，后世古文家就常取法于此。这反映出作为史学家的刘知幾在评论《左传》时，时常受到文学的启迪。

复次，彰美不待实叙。

> 善人君子，功业不书，见于应对，附彰其美。如《左传》称楚武王欲伐随，熊率且比曰："季梁在，何益？"[②]

按桓公六年："武王侵随……斗伯比言于楚子曰：'吾不得志于汉东也，我则使然。我张吾三军，而被吾甲兵，以武临之，彼则惧而协以谋我，故难闲也。汉东之国随为大。随张，必弃小国。楚之利也。少师侈，请羸师以张之。'熊率且比曰：'季梁在，何益？'"[③] 季梁乃随之贤臣，文中不直称其贤，而是借熊率且比之口，流露出楚人的忌惮之意，以此暗示其贤。此言《左传》叙事，于贤人君子不作正面夸赞，而是借他人之口、用虚笔写出。刘熙载谓《左传》之文，"虚实互藏，两在不测"[④]，盖即此类是也。

最后，书预兆后省。

> 夫将叙其事，必预张其本，弥缝混说，无取睉言。如《左传》称叔辄闻日蚀而哭，昭子曰："子叔其将死乎？"秋八月，叔辄卒。[⑤]

---

① 刘知幾撰，浦起龙通释，吕思勉评：《史通》，第 159 页。

② 刘知幾著，浦起龙释：《史通通释》，第 207 页。

③ 杨伯峻编著：《春秋左传注》，第 113 页。

④ 刘熙载：《艺概》，第 1 页。

⑤ 刘知幾著，浦起龙释：《史通通释》，第 207 页。

按昭公二十一年："秋七月壬午朔，日有食之……于是叔辄哭日蚀。昭子曰：'子叔将死，非所哭也。'八月，叔辄卒。"[1]此言将叙某事，必定先埋下伏笔，前后相互弥补，不用之后再回过头来倒叙，这无疑有利于叙事的简洁。清人吴闿生论《左传》文法之奇时，指出有"逆摄"一法，即"吉凶未至，则先见败征"。[2]综观吴氏施于《左传》文中的评点，具体来说，所谓"逆摄"就是打乱叙事的先后顺序，将后文的意思提前道出。这与刘知幾观点很接近，或许是受了他的启发和影响。

（二）言事兼收，烦省合理

史书不只记录事件的前因后果，还要记载人物的言辞。例如《左传》就记载了许多大夫辞令、行人应答，《史》《汉》更是长篇载录传主的辞赋、文章。史书在编撰过程中，如何妥善处理这类记言和记事之间的关系，便是所谓"言事兼收"的叙事。

古人认为最初的史官乃分司记言和记事，如《礼记·玉藻》云："（天子）动则左史书之，言则右史书之。"[3]《汉书·艺文志》云："左史记言，右史记事，事为《春秋》，言为《尚书》。"[4]刘知幾继承了这一观点，《载言》云："古者言为《尚书》，事为《春秋》，左右二史，分尸其职。盖桓、文作霸，纠合同盟，春秋之时，事之大者也，而《尚书》缺纪。秦师败绩，缪公诫誓，《尚书》之中，言之大者也，而《春秋》靡录。此则言、事有别，断可知矣。"[5]对于《尚书》中部分篇章兼及记事，则仅归结为"为例不纯"[6]。

章学诚《文史通义》对此进行了尖锐的批判：

《尚书》典谟之篇，记事而言亦具焉；训诰之篇，记言而事亦见焉。古人事见于言，言以为事，未尝分事言为二物也。刘知幾以二典、贡、

① 杨伯峻编著：《春秋左传注》，第 1426 页。
② 吴闿生撰，白兆麟点校：《左传微》，黄山书社，2014 年，第 1 页。
③ 孙希旦撰，沈啸寰、王星贤点校：《礼记集解》，中华书局，1989 年，第 778 页。
④ 班固著，颜师古注：《汉书·艺文志》，商务印书馆，1995 年，第 13 页。
⑤ 刘知幾著，浦起龙释：《史通通释》，第 30 页。
⑥ 刘知幾著，浦起龙释：《史通通释》，第 2 页。

《范》诸篇之错出，转讥《尚书》义例之不纯，毋乃因后世之空言，而疑古人之实事乎！《记》曰："疏通知远，《书》教也。"岂曰记言之谓哉？[①]

此说颇有道理，浦起龙也批评刘知幾持言事有别之说，乃"泥古太甚"[②]。事实上，刘知幾虽然继承了传统观点，但并不意味着他会固守藩篱。相反，他看到了此种形式的弊端，认为仅适用于上古，反对后人泥古因袭。如《六家》云：

爰逮中叶，文籍大备，必翦截今文，摸拟古法，事非改辙，理涉守株。故舒元所撰《汉》《魏》等书，不行于代也。若乃帝王无纪，公卿缺传，则年月失序，爵里难详，斯并昔之所忽，而今之所要。如君懋《隋书》，虽欲祖述商、周，宪章虞、夏，观其所述，乃似《孔子家语》、临川《世说》，谓画虎不成，反类犬也。故其书受嗤当代，良有以焉。[③]

而且，刘知幾最欣赏的就是对传统做出了变革的《左传》：

逮左氏为书，不遵古法，言之与事，同在传中。然而言、事相兼，烦省合理，故使读者寻绎不倦，览讽忘疲。(《载言》)[④]

他认为《左传》不仅在体例上突破了古法，言事兼收，而且在叙事上做到了"烦省合理"。即《左传》在处理记事和载言的关系上，展现出了高超的叙事技巧，使言和事所占的比例十分合理，毫不影响读者的阅读。如《左传》载宫之奇谏假虞伐虢、烛之武退秦师、王孙满答楚庄王问鼎、吕相绝秦等言论，篇幅不长，且与所叙之事紧密相关，相辅相待而成，遂能浑然一体，令读者无隔越之患。

---

① 章学诚撰，叶瑛校注：《文史通义》，第38页。
② 刘知幾著，浦起龙释：《史通通释》，第30页。
③ 刘知幾著，浦起龙释：《史通通释》，第3页。
④ 刘知幾著，浦起龙释：《史通通释》，第30页。

《左传》之“烦省合理”，是刘知幾对史书“言事兼收”时叙事效果的最高赞扬和期待。值得注意的是，他的这种考量标准除了后世出现了“文籍大备”，不必重复录入的条件外，还考虑到了文章气脉的需要。他举出反例说：

> 至于《史》《汉》则不然，凡所包举，务存恢博，文辞入记，繁富为多。是以贾谊、晁错、董仲舒、东方朔等传，唯上录言，罕逢载事。夫方述一事，得其纪纲，而隔以大篇，分其次序，遂令披阅之者，有所懵然。（《载言》）[①]

对于后人来说，早期史书如此载言是一大好事，因为许多珍贵的文学作品借此得以保存和流传；但就史书的撰写而言，以长篇夹入叙事中，一方面使得史书体例秽杂；另一方面也损害了行文流畅，使读者无所适从。刘知幾的此种观点得到了后人的不少赞同，如浦起龙云：“方铨事状，忽夹长篇，未免文气隔越。”[②] 吕思勉亦谓：“夫记事记言，文各有体。记言可备详其事，记事则诚有不宜隔以大篇，断其气脉者。”[③] 可见，《史》《汉》在叙事时之所以会出现这种文气隔断的现象，就是因为没有妥善处理载言和记事的关系，致使两者在行文中发生了矛盾。

刘知幾赞赏《左传》记载行人辞令，批判《史》《汉》等载录传主文章，并非自相牴牾。一则，《史》《汉》载录文章过于繁冗，影响了叙事的流畅，于史法有碍，不似《左传》之烦省合理。二则，春秋之世，文辞简练质朴，“郑庄至孝，晋献不明，《春秋》录其大隧、狐裘之什。其理说而切，其文简而要，足以惩恶劝善，观风察俗者矣”。而两汉以后，文体大变，“树理者多以诡妄为本，饰辞者务以淫丽为宗”，“若马卿之《子虚》《上林》，扬雄之《甘泉》《羽猎》，班固《两都》，马融《广成》，喻过其体，词没其义，繁华而失实，流宕而忘返，无裨劝奖，有长奸诈”（《载文》）[④]，史书纷纷采录，则有失诠择。

---

① 刘知幾著，浦起龙释：《史通通释》，第30—31页。
② 刘知幾著，浦起龙释：《史通通释》，第32页。
③ 刘知幾著，浦起龙通释，吕思勉评：《史通》，第26页。
④ 刘知幾著，浦起龙释：《史通通释》，第114页。

可见，刘知幾的分别对待，乃是时势使然。有鉴于此，他对史书的载言提出了一些建议。如《载言》中，他认为“凡为史者，宜于表志之外，更立一书”[①]，专门收录帝王的制册、诰令和群臣的章表、移檄，以及文人的诗文。然正如章学诚所说：“纪传既不能尽削文辞，而文辞特编入史，亦恐浩博难罄，此后世所以存其说，而讫不能行也。”[②]又如在《载文》中，刘知幾指出魏晋以下，史书载文有虚设、厚颜、假手、自戾、一概之五失。这样的文章“行之于世，则上下相蒙；传之于后，则示人不信”。所以，他主张史书载文一定要选取“文皆诣实，理多可信”之作，“至于悠悠饰词，皆不之取”，如此才能“得去邪从正之理，捐华摭实之义”。[③]总之，刘知幾并不是绝对反对史书载录文辞，而是认为应该在兼顾史法与文脉的前提下，严格选录标准，采录那些真正有价值的作品。他推崇《左传》叙事的言事兼收，烦省合理，其意义也正在于此。

三、《史通》对《左传》文学批评的影响和局限

刘知幾对《左传》之文学，有一段非常精彩的总括性的评论：

> 《左氏》之叙事也，述行师则簿领盈视，哤聒沸腾，论备火则区分在目，修饰峻整；言胜捷则收获都尽，记奔败则披靡横前；申盟誓则慷慨有余，称谲诈则欺诬可见；谈恩惠则煦如春日，纪严切则凛若秋霜；叙兴邦则滋味无量，陈亡国则凄凉可悯。或腴辞润简牍，或美句入咏歌，跌宕而不群，纵横而自得。若斯才者，殆将工侔造化，思涉鬼神，著述罕闻，古今卓绝。（《杂说上》）[④]

《左传》以事传经，“属辞比事”使其具有浓郁的文学色彩。在刘知幾之

① 刘知幾著，浦起龙释：《史通通释》，第 31 页。
② 章学诚撰，叶瑛校注：《文史通义》，第 806 页。
③ 刘知幾著，浦起龙释：《史通通释》，第 115—117 页。
④ 刘知幾著，浦起龙释：《史通通释》，第 422 页。

前，并非无人注意到它的文学特质。如西汉扬雄视《左传》为“品藻”[①]，即属于藻丽夸饰一类的作品；东汉李育“尝读《左氏传》，虽乐文采，然谓不得圣人深意”[②]；西晋杜预指出《左传》“其文缓，其旨远，将令学者原始要终，寻其枝叶，究其所穷”[③]；王接“谓《左传》辞义赡富，自是一家书，不主为经发”[④]；东晋荀崧谓《左传》“多膏腴美辞”[⑤]；范宁认为“《左氏》艳而富，其失也巫”[⑥]。这些评论或多或少地从正反两个方面揭示了《左传》的文学性，但它们大多尚拘囿于《左传》的文辞之美，且发言简要，未成风气。因此，唐以前的学者论《左传》，仍旧多在经学的圈子里打转，直至《史通》面世，这一局面才逐渐有所改变。

章学诚曾有“六经皆史”[⑦]的高论，“然此说实出于知幾”[⑧]。刘知幾谓史体有“六家”，即《尚书》家、《春秋》家、《左传》家、《国语》家、《史记》家和《汉书》家。其中前三家本隶属于经。此外，他将《公羊》和《穀梁》也视作史书。唐初孔颖达等人编撰《五经正义》，作为科举考试的教材，传令天下士子研习，《左传》被官方认定为权威的解经之书。在这样一个经学统一的时代，刘知幾竟公然降经为史，可见他的胆量和卓识。刘成荣指出：“《左传》从经学转变到文学，刘氏正是借助了史学这样一个过渡。”[⑨]因为正是从经到史的转变，为《左传》的闯入文坛提供了可能。刘知幾从史学的角度评论《左传》，在很大程度上淡化了对其微言大义的发掘，而专注于它在语言和叙事方面的艺术成就，这两个方面又恰恰与文学紧密相关。所以，他在论史之时，也就顺带揭示了《左传》在语言和叙事方面的文学特质。之后，中唐啖助云：“学左氏者，皆遗经存传，谈其事迹，玩其文采，如览史籍，不复知有春秋微旨。”[⑩]这

① 扬雄：《法言》，中华书局，1985 年，第 32 页。
② 范晔撰：《后汉书》卷七九下《李育传》，中华书局，1973 年，第 2582 页。
③ 杜预撰，陆德明音义：《春秋经传集解·序》，《四部丛刊》景宋本。
④ 房玄龄等撰：《晋书》卷五一《王接传》，中华书局，1974 年，第 1435 页。
⑤ 房玄龄等撰：《晋书》卷七五《荀崧传》，第 1978 页。
⑥ 范宁注，杨士勋疏：《春秋穀梁传注疏·序》，上海古籍出版社，1990 年，第 5 页。
⑦ 章学诚撰，叶瑛校注：《文史通义》，第 1 页。
⑧ 傅振伦：《刘知幾年谱》，中华书局，1963 年，第 118 页。
⑨ 刘成荣：《〈左传〉的文学接受与传播研究》，第 219 页。
⑩ 陆淳：《春秋集传纂例》卷一《啖氏集传注义第三》，清武英殿聚珍版丛书本。

显然是《左传》文学接受史上一个非常重要的转折点。

刘知幾的祖上曾出过许多优秀的史家，但也有不少以文学知名。比如他的从父刘延祐就颇有文名。[①] 刘知幾深受家学影响，不仅以史学驰誉，在文学方面也相当出色。《自叙》中就透露出他曾以文学见重当时，“余幼喜诗赋，而壮都不为，耻以文士得名，期以述者自命”[②]。《旧唐书》亦说他“少与兄知柔俱以词学知名”[③]。据刘知幾自己说，他所著之《史通》，见者“互言其短”，他便仿扬雄作《解嘲》之事，作《释蒙》以拒之。[④] 这篇作品今已不传，但《文苑英华》中保存了一篇他所作的《思慎赋》[⑤]。《新唐书》记载了此赋的写作背景：“时吏横酷，淫及善人，公卿被诛死者踵相及。子玄悼士无良而甘于祸，作《思慎赋》以刺时。苏味道、李峤见而叹曰：‘陆机豪士之流乎，周身之道尽矣！’”[⑥] 而最能体现他文学才华的，莫过于《史通》一书几乎全用骈文写就。刘知幾的文学才能，深刻影响了他的评史工作。

刘知幾所处的时代，前有陈子昂、时有“四杰”等人疾呼复古，掀起了一场变革六朝骈俪文风的浪潮。其时，文坛的浮华风气已蔓延、渗透到了史坛，“其立言也，或虚加练饰，轻饰雕彩；或体兼赋颂，词类俳优。文非文，史非史”（《叙事》）[⑦]。本来，刘知幾认为秦汉以前，“文之将史，其流一焉”（《载文》）[⑧]，但之后“朴散淳销，时移世异，文之与史，较然异辙”（《覈才》）[⑨]。然而，后来的史书仍旧多由文人修撰，“每西省虚职，东观伫才，凡所拜授，必推文士。遂使握管怀铅，多无铨综之识；连章累牍，罕逢微婉之言”（《覈才》）[⑩]。骈文盛行之后，浮华之风更盛：“自梁室云季，雕虫道长，平头上尾，尤忌于时。对语俪辞，盛行于俗。始自江外，被于洛中。而史之载言，亦同于

① 刘昫等撰：《旧唐书》卷一九〇《刘延祐传》云：“弱冠本州举进士，累补渭南尉，刀笔吏能，为畿邑当时之冠。”中华书局，1975年，第4994页。

② 刘知幾著，浦起龙释：《史通通释》，第271—272页。

③ 刘昫等撰：《旧唐书》卷一二〇《刘子玄传》，第3168页。

④ 刘知幾著，浦起龙释：《史通通释》，第272页。

⑤ 李昉等：《文苑英华》，中华书局，1982年，第416页。

⑥ 欧阳修、宋祁撰：《新唐书》卷一三二《刘子玄传》，中华书局，1975年，第4520页。

⑦ 刘知幾著，浦起龙释：《史通通释》，第167页。

⑧ 刘知幾著，浦起龙释：《史通通释》，第114页。

⑨ 刘知幾著，浦起龙释：《史通通释》，第232页。

⑩ 刘知幾著，浦起龙释：《史通通释》，第233页。

此。”(《杂说下》)[①] 是故，兼有史学家和文学家两重身份的刘知幾不能无动于衷。他在《史通》中痛斥六朝及初唐的一些史书，为文“大抵编字不只，捶句皆双，修短取均，奇偶相配”，反对以骈文撰史，推崇以《左传》为代表的先秦两汉史书，提倡简练隽洁、文质彬彬的史文风格。这就变相地加入了提倡文学复古的队伍中。浦起龙谓：“《史通》极诋俪词，卒亦自为俳体，正所谓拘于时者乎？然其言已为退之、习之辈前导也。”[②] 他认为刘知幾虽有自相矛盾之处，但仍不失为唐代古文运动的先驱。

刘知幾《史通》著成之后，由于“多讥往哲，喜述前非”(《自叙》)[③]，遭到了时人的不少批评，但也并非无人欣赏。比如徐坚就深重其书，尝云：“居史职者，宜置此书于座右。”[④] 唐玄宗在刘知幾去世后，“敕河南府就家写《史通》以进，读而善之，追赠汲郡太守；寻又赠工部尚书，谥曰文”[⑤]。而且，即便是攻击刘知幾的人，也不是丝毫不受其影响。浦起龙尝云：“盖攻刘见智者，鲜有不索其瘢；继唐编史者，罔敢不持其律……阴用其言，而显訾其书，吾不知其何说也！”[⑥] 尤其值得注意的是，唐代古文运动的一些代表人物，如李华、梁肃、韩愈等，或多或少都与刘知幾有关联，可能都曾有机会阅读过《史通》。刘知幾与古文运动的关系，也成了学界关注的话题。他对《左传》的文学关照和批评，不仅加深了唐人对其文学价值的认知，而且对古文运动也产生了不小的影响，使之成为古文家师法的文章轨范。其影响所及，南宋真德秀《文章正宗》编选历代文章，推溯源流，叙事即以《左传》为宗，辞命、议论也选入不少，遂开后世选《左传》入文集之先河。

最后应该指出的是，刘知幾对《左传》的文学批评并不全面，也有偏颇之处。《自叙》云：“若《史通》之为书也，盖伤当时载笔之士，其义不纯。思欲辨其指归，殚其体统。夫其书虽以史为主，而余波所及，上穷王道，下掞人

---

① 刘知幾著，浦起龙释：《史通通释》，第 478 页。
② 刘知幾著，浦起龙释：《史通通释》，第 234 页。
③ 刘知幾著，浦起龙释：《史通通释》，第 271 页。
④ 刘昫等撰：《旧唐书》卷一二〇《刘子玄传》，第 3171 页。
⑤ 刘昫等撰：《旧唐书》卷一二〇《刘子玄传》，第 3173—3174 页。
⑥ 刘知幾著，浦起龙释：《史通通释》，第 273 页。

伦，总括万殊，包吞千有。”[①]可见，他作《史通》的本意和主要目的是评史，即为史书的撰写提供理论指导，论文则是附带，且始终处在论史的关照下。《左传》自然也不例外。作为史书，刘知幾最关注的是《左传》的叙事，顺带而及的论文也自然是对其叙事语言、叙事手段的倾力抉发；而对于其记言、记事在内容方面的文学特质，则避而不谈。如范宁谓《左传》“失之巫”，即“多叙鬼神之事，预言祸福之期”[②]，实际上已涉及对《左传》实录精神的怀疑，而导向对其文学性的生发。刘知幾则不然，认为史书载事应有“旌怪异”一科，“幽明感应，祸福萌兆则书之”，诸如《左传》“厉坏门以祸晋，鬼谋社而亡曹”之类，“事关军国，理涉兴亡，有而书之，以彰灵验，可也”。（《书事》）[③]可见，他是以史家“记功书过，彰善瘅恶”的眼光在看待《左传》中的此类记载。至如记言，刘知幾也未曾像钱锺书那样，关注其作为“拟言”“代言”的想象和虚构性质[④]。另一个显著特点就是，不论是《左传》的辞令应答、人物口语，还是叙事语言，刘知幾都特别欣赏和强调它在语气、修辞、风格等方面的真实质朴和典雅含蓄，并以之作为反对摹古之虚妄矫饰文风的武器，鲜明地体现出他的“实录”史学观念的影响。许冠三曾在《刘知幾的实录史学》中说：“知幾所向往之实录史学，实以《左传》为首要之经验范型。他持以讥往哲述前非之若干义理准则，本质上原是《左传》先例之引申与扩大，或者理想化。”[⑤]这其中就包含了《左传》在史文风格上的典范意义。

是故，刘知幾论《左传》之文学，主要秉以史学的眼光。换句话说，是作为史学家的刘知幾对《左传》的文学批评，而非文学家。考虑到《左传》本质上是一部先秦史书，刘知幾的这一立场和批评方式也自有合理和可取之处。不过，他显然已为《左传》的文学突围撕开了一道巨大的口子。

---

① 刘知幾著，浦起龙释：《史通通释》，第 271 页。

② 范宁注，杨士勋疏：《春秋穀梁传注疏·序》，第 5 页。

③ 刘知幾著，浦起龙释：《史通通释》，第 213—214 页。

④ 钱锺书《管锥编》云：“吾国史籍工于记言者，莫先乎《左传》，公言私语，盖无不有……盖非记言也，乃代言也，如后世小说、剧本中之对话独白也。左氏设身处地，依傍性格身分，假之喉舌，想当然耳。”“《左传》记言实乃拟言、代言，谓是后世小说、院本中对话、宾白之椎轮草创，未遽过也。”第 271—273 页。

⑤ 许冠三：《刘知幾的实录史学》，第 22 页。

北宋散体制诏关涉古文变革的内在逻辑*

张兴武**

摘要：将散体制诏纳入北宋“古文”变革的考察范畴，具有不容否认的学术意义和价值。“古文”制诏源远而流长，自三代、两汉以及魏晋，“王言之制”绝无骈偶之累，至齐梁文臣以“今文”为之，情形遂为之一变。唐宋时期，“古文”概念的内涵虽有所变易，但散体制诏仍为其重要组成部分。欧、苏、王、曾等“古文”大家将古文笔法自觉运用于“王言”撰写之中，借制诏文字以反思治乱得失的历史规律，励臣节而正人心，以期实现立言、立德、以文章取信后世的崇高理想。其制诰文字不仅包含“革弊复古”的文章变革理念，更彰显以“革新政令”和“创通经义”为核心的时代精神。欧、苏诸公本着文章“期于有用”的原则，对“唐世王言”体制进行了删繁就简的变革，而他们以“古文”为制诏的撰述实践，在体制、文法及修辞等方面均显示出“君子以同而异”的风格差异；所有这些虽未得到后学的重视，却是北宋古文变革思潮中不可或缺的有机组成。

关键词：北宋；散体制诏；古文变革；学理逻辑

北宋文章学研究向来忽视散体制诏，这不仅因为“应用之文”本身很少被

---

* 本文系国家社科基金项目“职官、辞学关涉唐五代宋辽金四六文创变发展的学理逻辑研究”（批准号：20BZW109）之阶段性研究成果。

** 张兴武，杭州师范大学教授。

纳入研究视野，更因为其时“王言之制”[①]多为骈俪浮薄的“四六”文章，即所谓“多用古人语，及广引故事，以衒博学”[②]者。然而，宋代文坛名宿与以往不同，他们既为官僚和学者，更以诗文名家；彼时借文章以入禁林，代“王言”而称学士，最为宦途美谈。其所撰制诏文辞固多骈语，然亦有不专“四六”者，其如吕祖谦所云：“诏书或用散文，或用四六，皆得。”[③]事实上，用“散文”草拟“王言”，或者说以“古文”笔法改造“应用”文章，既表达宋代文臣“以古圣贤人为法”[④]的转述自觉，更是古文变革的应有之义。也正因如此，考察两宋散体制诏的传变轨迹才具有不容置疑的学术价值。

一

讨论北宋散文制诏的得失，须首先明确其体制沿革、经典转易以及撰述主体的群体特征等。前贤有许多看似明确的议论，往往因为对这些前提和背景的理解不够深入具体，或叙述不够严谨准确。

先说体制沿革。以散体之文撰述制诏册命，乃三代秦汉魏晋之通例。南北朝以后，随着“徐庾体”等骈偶文风的行起，情形稍有改变。不过，其时以昭明《文选》及刘勰《文心雕龙》为代表的选集和论著，在采录汉武帝《贤良诏》、潘勖《册魏文九锡文》、诸葛亮《出师表》、曹植《秋自试表》及李密《陈情事表》等散体应用文章的同时，也不以骈俪之故而贱待诏册令檄，即便是骈体的笺表书启等亦得与诗赋颂赞等灿然并列。是知以骈、散之异区分文章价值，或将“应用之文”排除在“文学”之外的理念，在彼时尚未形成。

隋唐时代，萧纲所谓“若以今文为是，则古文为非；若昔贤可称，则今体宜弃”[⑤]的争论长期未能消解，其情形略如清人所云：“古文至梁而绝，骈体

---

① 王溥：《唐会要》卷五四《中书省》，上海古籍出版社，1991 年，第 1085 页。

② 欧阳修著，李逸安点校：《欧阳修全集》卷一三〇《苏氏四六》，中华书局，2001 年，第 5 册，第 1983 页。

③ 王应麟：《玉海》卷二〇二《辞学指南》，文渊阁《四库全书》，第 948 册，第 301 页上、302 页下。

④ 王正德：《余师录》卷二，《丛书集成初编》，商务印书馆，1939 年，第 2616 册，第 15 页。

⑤ 姚思廉撰：《梁书》卷四九《庾肩吾传》，中华书局，1973 年，第 3 册，第 690—691 页。

乃以梁为极盛。残膏剩馥，沾溉无穷。唐代沿流，取材不尽。”[①] 大抵和齐梁作家一样，唐代文人亦称“骈俪之文”为“今文”或“今体”，以与三代秦汉之“古文”相区别。尤其是中唐以后，随着韩愈、柳宗元及李翱等人的倡导，“古文”概念乃与“儒道”相联系，内涵遂发生了较大改变。韩愈尝曰：“愈之为古文，岂独取其句读不类于今者耶？思古人而不得见，学古道则欲兼通其辞；通其辞者，本志乎古道者也。”[②] 这种将“古人之文”与“古人之道”紧密结合的“古文”概念不同以往，它不仅以散体为尊，更与“骈俪之文”势不两立。晚唐李商隐称自己“生十六能著《才论》《圣论》，以古文出诸公间。后联为郓相国、华太守所怜，居门下时，敕定奏记，始通今体”[③]，即为显证。不过即便如此，唐代诏令在撰述体制上仍不排斥散体，如苏颋《改元开元元年大赦天下制》《求儒学诏》、陆贽《马燧浑瑊副元帅同招讨河中制》《李晟司徒兼中书令制》、元稹《裴度镇州四面招讨使制》及常衮《劝天下种桑枣制》等，皆为散体，类属古文。

北宋“古文”概念的内涵与韩愈、柳宗元及李商隐所述一脉相承。如柳开称“欲行古人之道，反类今人之文，譬乎游于海者，乘之以骥”，惟有以“古其理，高其意，随言短长，应变作制，同古人之行事”的“古文”来阐发“古道”[④]，方能奏效。穆修亦云：“盖古道息绝，不行于时已久。今世士子，习尚浅近，非章句声偶之辞不置耳目，浮轨滥辙，相迹而奔，靡有异途焉。其间独敢以古文语者，则与语怪者同也，众又排诟之，罪毁之，不目以为迂则指以为惑，谓之背时远名、阔于富贵。”[⑤] 如果说柳、穆有关“古文”关涉“古道”的论述还仅仅停留在理念层面，那么苏洵则是以身作则，进一步阐述了如何从“圣贤之文”中体悟“圣贤之道”的途径，其曰：“取古人之文而读之，始觉其出言用意，与己大别。时复内顾，自思其才，则又似夫不遂止于是而已者。由

① 永瑢等撰：《四库全书总目》卷一八九《梁文纪》提要，中华书局，1965 年，第 1721 页下。

② 韩愈撰，马其昶校注，马茂元整理：《韩昌黎文集校注》卷五《题欧阳生哀辞后》，上海古籍出版社，1986 年，第 304—305 页。

③ 刘学锴、余恕诚：《李商隐文编年校注·樊南甲集序》，中华书局，2002 年，第 4 册，第 1713 页。

④ 柳开：《应责》，《全宋文》，上海辞书出版社、安徽教育出版社，2006 年，第 6 册，第 367 页。

⑤ 穆修：《与乔适书》，《全宋文》，第 16 册，第 20 页。

是尽烧曩时所为文数百篇，取《论语》《孟子》、韩子及其他圣人、贤人之文，而兀然端坐，终日以读之者七八年矣。”[①] 假使没有石介“好异以取高”“自异以惊世”[②]，视“杨亿之道”为死敌的傲慢姿态，没有“二程”等人有关“作文害道”[③] 的绝对化论述，想必“古道”系于“古文”的讨论还将延续下去：而所谓“骈散之争”也不会渗透到所有与“文章”有关的领域，包括“王言之制”和“臣下之辞”[④]。

北宋中叶以后，随着“道学”的勃兴，一方面“典制之学与义理之学南辕而北辙”[⑤]；另一方面制诰表启等应用之文逐渐被视为通向美官要职、堕入世俗名利的进阶利器，无法与“载道”“明理”之古文齐美并观。在此语境下，虽骈偶“王言”之崇重，亦不得辄入为典范。然而，道学家既入宦途，亦不能不钻研应用之文，谢伋尝云：“程门高弟如逍遥公、杨中立、游定夫皆工四六，后之学者，乃谓谈经者不习此，岂其然乎？”[⑥] 连“四六”都能熟练精工，更何况散体制诏。这种貌似尴尬的撰述体验，实际彰显出“濂洛之学”面对现实人生时的的矛盾和困惑。

除了古文关涉“王言”的一般逻辑，北宋散体制诏不为后世学人所重还有另一层原因。在绝大多数人看来，两宋制诏皆为“四六”骈辞，很少有人关注到散体“王言”的存在。如徐度云：“国朝之制，凡降勑处分事皆有词，其体与诏书相类。知制诰行，皆用四六文字。”[⑦] 金人王若虚也说：“四六，文章之病也，而近世以来制诰表章率皆用之。”[⑧] 也因此在后世学人眼中，宋代“应用之文”与“四六”之间可直接画等号，如元人刘壎即云制诰表启“谓之四六，又谓之敏博之学，又谓之应用”[⑨]，即其显例。制诰文字本来就备受排斥，而以散体为之者还要承受不符合“国朝之制”的误解，其遭遇冷落遂成必然。

---

① 苏洵：《上欧阳内翰第一书》，《全宋文》，第 43 册，第 27 页。
② 欧阳修著，李逸安点校：《欧阳修全集》卷六八《与石推官第一书》，第 992 页。
③ 程颢、程颐撰：《二程遗书》，上海古籍出版社，2000 年，第 290、291 页。
④ 李德裕：《王言论》，《文苑英华》卷七五九，中华书局，1966 年，第 5 册，第 3978 页上。
⑤ 永瑢等撰：《四库全书总目》卷一四《尚书通典略》提要，中华书局，1965 年，第 116 页下。
⑥ 谢伋撰：《四六谈麈》，王水照编撰：《历代文话》，复旦大学出版社，2007 年，第 1 册，第 39 页。
⑦ 徐度：《却扫编》卷上，《丛书集成初编》，商务印书馆，1936 年，第 2791 册，第 66 页。
⑧ 王若虚：《滹南集》卷三七《文辨》，文渊阁《四库全书》，第 1190 册，第 462 页上。
⑨ 刘壎：《隐居通议》卷二一《骈俪》，《丛书集成初编》，第 214 册，第 211 页。

次论经典转易。虽说要面对种种的误解，两宋文臣“法古”以撰制诏的神态仍令人感动。他们的散体“代言”文字，远绍《尚书》及秦汉诰令，辞约而典赡，简古中不乏淳厚，因而有效改变了“唐代王言，率崇缛丽，骈四俪六，累牍连篇”[①]的文风和格局，使北宋散体制诏呈现出与“四六”骈辞并驾齐驱的古雅韵致。真宗朝“以尽规献替为己任”的田锡尝撰《知制诰制》，其辞曰：“朕尝读《汉书》，阅其制诏，誉不过实，词不近诬，有《周官》之遗风，得王言之大体。深详其旨，嘉叹久之。今命词臣，典于文诰，岂惟周汉之制，抑慕唐虞之文。苟非兼才，宁副兹选。”[②]观其集所存制诰，简约淳厚，直与两汉诰辞相仿佛。如《谏议大夫制》曰：

> 朝廷设谏诤之臣，举箴规之职，虽云慎选，实在无遗。何以？忠谠在乎人，而用舍由乎上。或直言未当，或敢谏不从，徒为备员，适谓虚器也。以尔某素有文学，颇历官常，效用以来，声尘有得。观其风度之淹雅，赜其理行之贞方，是用升于谏垣，列为近侍。《六典》谓事之大者廷诤，事之小者上封。尔无越思，靖共斯职。尔无养望，或忝厥官。伫闻謇谔之名，称我清华之选。[③]

制辞紧扣官守，议论叮咛，略无虚词。《咸平集》卷二八所收授官制敕多为散体，言简意赅，温淳典雅，是可谓“法古”而有成者。

庆历前后，取法《周官》《尚书》，崇仰训诰之美，已经成为“王言”撰述者的审美自觉。其时名公如苏颂、张方平等皆为显例。苏颂仕仁、英、神、哲宗四朝，他“器局闳远，不与人校短长，以礼法自持。虽贵，奉养如寒士。自书契以来，经史、九流、百家之说，至于图纬、律吕、星官、筭法、山经、本草，无所不通。尤明典故，喜为人言，亹亹不绝。朝廷有所制作，必就而正焉”[④]。作为制诰撰写名家，他明确推崇《尚书》及两汉文章，尝曰：“夫载言之

① 永瑢等撰：《四库全书总目》卷四六《新唐书》提要，第 410 页下。
② 田锡：《咸平集》卷二九，巴蜀书社，2008 年，第 354 页。
③ 田锡：《咸平集》卷二九，第 357 页。
④ 脱脱等著，王同策等点校：《宋史》卷三四〇《苏颂传》，中华书局，1977 年，第 10867 页。

美莫过《尚书》，虞、夏之际，其辞约而典，商、周之后，其辞华而悉，必若王言之可改，则仲尼删《书》，当使诰誓之文与典谟一体，其所以存而不易者，欲见异代文章之盛也。故扬子得以称之曰：‘《虞》《夏》之书浑浑尔，《商书》灏灏尔，《周书》噩噩尔。’自汉而下，左右史为一职，或述者兼言与事而书之。而太史公、班固诸史，所记制诏文体，类皆不同，尽当时之言也。”[①] 宋人笔记中有关苏颂草制的记载颇多，如《石林燕语》载：“吕宝臣为枢密使，神宗欲用晦叔为中丞，不以为嫌，乃召苏子容就曾鲁公第草制。中云：‘惟是一门公卿，三朝侍从，久欲登于近用，尚有避于当途，况朕方以至公待人，不疑群下，岂以弟兄之任事，而废朝廷之擢才？矧在仁祖之时，已革亲嫌之制。台端之拜，无以易卿。’着上意也。”[②] 既述君臣不疑之情，复谓朝廷已革亲嫌之制，言简意赅，深具两汉诏令之典雅神韵。苏颂有《次韵子瞻锁院赐酒烛》诗云：“暮召从容对浴堂，归来院吏冩宣忙。郢醪独赐尊常满，龙烛初然泪有香。起草才多封卷速，把麻人众引声长。百官班里听恩制，争诵雄文出未央。”[③] 毫无疑问，苏颂所拟制诏的风采，确能与苏轼相媲美。

张方平与苏颂同时，制诰撰述水平实有过之。韩淲尝列举北宋“司翰墨之职”的“文宗巨儒”，曰：“如近世张安道之高简纯粹，王禹玉之温润典裁，元厚之之精丽隐密，东坡之雄深秀伟，皆制诰之杰然者。”[④] 就是这样一位“应用”撰写的圣手楷模，也对三代两汉制诰顶礼膜拜。他晚年曾与宋神宗讨论“古今制诰优劣”的议题，明确说：“王言以简重为体，西汉制诰典雅深厚，辞约而意尽，故前史以为汉之文章与三代同风，以其与《训》《诰》近也。臣才学空疏，愧无以发明圣意，亦庶几取其尔雅而已。”正因为有如此明确的审美价值取向，张方平才能为北宋“王言”撰写开创新风。其婿王巩曰：“西掖辞制，唐元稹独得深厚之致。唐末历五代、国朝，鲜及王言之体。公文既尔雅，济之雄赡，号令风采，焕然一新，庶几西汉之遗韵矣，至今天下推服。范文正

① 苏颂撰：《苏魏公文集》卷六八《与胡恢推官论南唐史书》，中华书局，1988年，第1028页。

② 叶梦得撰，宋文绍奕考异，侯忠义点校：《石林燕语》卷九，中华书局，1984年，第138页。

③ 苏颂著，王同策等点校：《苏魏公文集》卷一一，第140页。

④ 韩淲、陈鹄撰，孙菊园、郑世刚点校：《涧泉日记　西塘集耆旧续闻》，上海古籍出版社，1993年，第35—36页。

公参知政事，时政有所厘革，必伺公入直，始出事目降敕词，尝谓朝士：‘张舍人于教化深，非但妙于文辞也。’自是两禁辞命有《训》《诰》之美，由公倡之。”[①] 其说绝非向壁虚辞。苏轼撰张方平《墓志》，特举其所拟赐元昊诏，以见其谋国之深，行辞之慎。志曰：

> 元昊遣使求通，已在境上，而契丹与元昊构隙，使来约我，请拒绝其使。时议者欲遂纳元昊，故为答书曰：“元昊若尽如约束，则理难拒绝。”仁宗以书示公与宋祁。公上议曰：“书词如此，是拒契丹而纳元昊，得新附之小羌，失久和之强虏也。若已封册元昊，而契丹之使再至，能终不听乎？若不听，契丹之怨，必自是始。听而绝之，则中国无复信义，永断招怀之理矣。是一举而失二虏也。宜赐元昊诏曰：‘朝廷纳卿诚欵，本缘契丹之请，今闻卿招诱契丹边户，失舅甥之欢，契丹遣使为言，卿宜审处其事，但嫌隙朝除，则封册暮行矣。’如此于西北为两得。”时人伏其精识。[②]

王应麟亦深慕张方平以散语草拟“王言”的温雅风采，于《困学纪闻》中特录其作，曰：

> 张文定庆历中草两制，《荐举敕》云：“盖举类之来旧矣，三代之盛王，其必由之。如闻外之议云：‘是且启私谒告请之弊也。’予不以是待士大夫，何士大夫自待之浅邪！”又《察举守令敕》云：“夫天下之大，官吏之众，独不闻循良尤异者之达予听，外台之职，岂非阙欤？抑朝廷未有以导之也？其视守令，能以仁政得民，民心爱之，如古循吏然者，宜以名上，予得以褒慰之；亦以使四方之民，知予不专宠健吏，所贵仁者尔。”尤延之谓二诏：大哉言乎！简而尽，直而婉，丁宁恻怛之意，见于言外。至今诵之，盎然如在春风中。岂特公之文足以导上之德意志虑，亦当时善治足以起其文也。文定又行《范文正公参政制》云：“大恩之下难为报，

① 王巩：《文定张公乐全先生行状》，《全宋文》，第84册，第370、357页。

② 苏轼撰，茅维编，孔凡礼点校：《苏轼文集》卷一四《张文定公墓志铭》，中华书局，1986年，第447页。

大名之下难为处。矧兼二者，可无勉哉！尔尚朝夕以交修，予允迪前人勤教，邦其永孚于休。”训辞温雅，可以见太平之象。[①]

其实宋初几朝，以《尚书》及两汉诏令为楷模，乃是“王言”撰述者的常态，不独田锡、苏颂、张方平等数公而已。叶适曰：“余尝考次，自秦、汉至唐，及本朝景祐以前，词人虽工拙特殊，而质实近情之意终犹未失。”[②]朱熹亦云：“国初文章，皆严重老成。尝观嘉祐以前诰词等，言语有甚拙者，而其人才皆是当世有名之士。盖其文虽拙，而其辞谨重，有欲工而不能之意，所以风俗浑厚。”[③]此皆有据之论。复如周必大所云：“昔我外祖给事中王公亦以古文论周秦强弱见知东坡，置在前列，已而廷试唱名第五。政和中入掌书命，专用西汉文体，为用事者敲撼，赖天子仁圣，力保全之。”[④]据李璧周公《行状》，周氏所谓“给事中王公”即王靓。庆历前后，用两汉文体为制诏者还有许多，风气所染，固无可疑。

次述创作群体。两宋时期散体制诰的创作群体颇为可观。嘉祐之前自不必说，其后作者除欧阳修、苏轼、苏辙、王安石、曾巩等古文大家外，还有王珪、余靖、司马光、吕公著、蔡襄、宋庠、宋祁及曾肇等。

王珪“以文学进，流辈咸共推许。其文闳侈瑰丽，自成一家，朝廷大典策，多出其手，词林称之”[⑤]。其所撰《赐夏国主乞用汉仪诏》《赐端明殿学士知郑州宋祁修唐书成免恩命不允诏》等文典重老成，气韵文风皆与田锡、苏颂等一脉相承。此公以“四六”草制，用散体拟诏，正体现出当日作者在“王言”撰写中制、诏有别的体式要求。相对于王珪，余靖以散文草制则更具变革自觉意识。《武溪集》所存制辞几乎全是散体古文，如孙锡、晁仲衍太常博士制曰：“国家开图书之府，应奎壁之像，所以游英俊而待材用也。居是职者，官无定员，结课进秩，固有常制。锡富文博学，怀温厚之风。仲衍名家令器，著秀翘

---

① 王应麟：《困学纪闻》卷一九，上海古籍出版社，2008 年，第 2029—2031 页。
② 叶适：《习学记言》卷四八，文渊阁《四库全书》，第 849 册，第 779 页上。
③ 黎靖德编：《朱子语类》卷一三九，第 3307 页。
④ 周必大：《葛敏修圣功文集后序》，《全宋文》，第 230 册，第 199 页。
⑤ 脱脱等撰：《宋史》卷三一二《王珪传》，第 10243 页。

之望。并列馆阁，能自修饬。”[①] 曹起授单州长史制云：“《书》曰：‘宥过无大，刑故无小。’盖用法之意，期于大中，越有附轻之科，宜启自新之路。以尔顷在官守，抵于刑书，遽自隐藏，遂以名捕。近者按举之吏，颇为辩明，如其本原，特示矜恤，处之散秩，俾其自思。无怠省循，以荷昭洗。”[②] 清人谓余靖“以方驾欧、梅，固为不足，要于北宋诸人之中，固亦自成一队”[③]，就散体制诏而论，此说实不诬。

司马光乃“大儒名臣，固不以词章为重，然即以文论其气象，亦包括诸家，凌跨一代”[④]。他自称不善“四六”，所为散体制诰多取法两汉。如有制辞曰：“朕荷天地之贶施，承祖宗之庆灵，四方无虞，万物咸遂。而公私之积，尚未丰衍；岁小不登，民有菜色。岂朕所以妪煦抚循之未至，将有司奉扬宣布之未称与？何其设心之勤，而收效之寡也。”[⑤] 另有诏辞云：“国家宪章前古，详延俊乂，敷奏以言，明试以功，何尝不勤求敦忠，屏斥浮伪，列于庶位，得人已多。尚虑有司教导之方不能尽善，登进之法有所未精，是以士或背本追末，弃实取华。不知从学所以立身，为文所以行远，而谓能离章辨句，则百行可遗，非属辞比事，则六经无用。习尚成俗，安恬不非，此岂圣人所以立教之心，而朕所以待贤之志哉？”[⑥] 苏轼谓司马公“文辞醇深，有西汉风”[⑦]，王安石称“君实之文，西汉之文也”[⑧]，其中就包含制诰文辞。吕公著乃相门贵胄，元祐初亦拜尚书右仆射兼中书侍郎。他既与欧阳修为讲学之友，复能与王安石、司马光以诚相待，可谓善行“中庸之道”者。而其所撰“王言”如《慈圣光献皇后谥册文》及《赐宰臣韩琦请郡不允诏》等均为雅正散体，直与司马温公相仿佛。

---

① 余靖：《秘书丞集贤校理孙锡殿中丞秘阁校理晁仲衍并可太常博士》，《全宋文》，第 26 册，第 192 页。

② 余靖：《前宿州临涣县令曹起可特授单州长史》，《全宋文》，第 26 册，第 195 页。

③ 永瑢等撰：《四库全书总目》卷一五二《武溪集》提要，第 1311 页上。

④ 永瑢等撰：《四库全书总目》卷一五二《传家集》提要，第 1315 页中。

⑤ 司马光：《翰林学士礼部侍郎除三司使制》，《全宋文》，第 54 册，第 121 页。

⑥ 司马光：《诫励举人敦修行检诏》，《全宋文》，第 54 册，第 122 页。

⑦ 苏轼撰，茅维编，孔凡礼点校：《苏轼文集》卷一六《司马温公行状》，第 475 页。

⑧ 邵伯温撰，李剑雄、刘德权点校：《邵氏闻见录》卷一〇，中华书局，1983 年，第 108 页。

宋庠与弟祁乃夏竦门生，竦既为“四六集大成者”[①]，宋氏兄弟亦列为馆阁名臣。清人称宋庠“文章多馆阁之作，皆温雅瑰丽，沨沨乎治世之音”，且曰：“文章至五季而极弊，北宋诸家各奋起振作，以追复唐贤之旧。穆修、柳开以至尹洙、欧阳修则沿洄韩、柳之波，庠兄弟则方驾燕、许之轨，譬诸贾、董、枚、马，体制各殊，而同为汉京之极盛，固不必论甘而忌辛。”[②] 宋氏兄弟所撰“王言”，气韵虽同于夏竦、晏殊，文字却远绍三代两汉，多为简古温雅之散文，如宋庠撰庞籍转运使制曰：“《传》曰‘举直错诸枉’，又曰‘观过而知仁’，盖所以判忠邪而贷苛细也。以尔比用局力，参于风宪，露章抗论，多所澄纠。而能阴辨庾匿，斥言壬人，暴于公朝，卒得奸状。乃以钩摭之微累，讯证之弗仇，姑从常科，俾降元秩。”[③] 宋祁拟诏则曰：“承平之弊，浇竞相蒙，奸随法生，伪逐情动。假我王爵，树为私恩。所憎则同口共訾，取一切之快；所善则并辞迭誉，希不次之迁。遂乃人务交游，家为激讦。至于阴开纳贿之请，阳托荐贤之公。居下而图柄臣，顺非而动偷俗。附离交扇，流荡忘还，更相援接，以沽声誉。由是人士以行怪为美，辞赋以讪上为能。放肆异言，诋斥前圣，讙流群口，亏紊彝伦。”[④] 前者褒扬庞籍露章抗论之功，后者备述官场浇竞奸伪之风，随思意所及而直言之，文辞畅达，庄重典雅，颇能彰显“王言之制”的内在神韵。

制诏文辞的骈散变化有一个漫长的过程，一般认为仁宗嘉祐是一个值得重视的节点，因为自那时起，制诏文字渐重用事对属，精切富赡，无复简重古朴之致。不过，有两件事值得特别关注，一是神宗熙宁初诏罢诗赋取士，专尚经术，不仅影响到“王言”撰写人才的培养和选拔，更使制诰文字渐失古雅韵致。二是北宋中期以后“制科”式微，许多博雅善文之士难以获得跻身馆阁的机会；《宋史》称“绍圣初，哲宗谓：‘制科试策，对时政得失，进士策亦可言。’因诏罢制科。既而三省言：‘今进士纯用经术。如诏诰、章表、箴铭、赋

---

① 王铚：《四六话》卷上，《丛书集成初编》，第2615册，第2页。

② 永瑢等撰：《四库全书总目》卷一五二《宋元宪集》提要，第1310页上。

③ 宋庠：《降授太常博士知临江军庞籍可尚书祠部员外郎福建路转运使制》，《全宋文》，第20册，第152页。

④ 宋祁：《赐中书门下诏》，《全宋文》，第23册，第166页。

颂、赦敕、檄书、露布、诫谕，其文皆朝廷官守日用不可阙，且无以兼收文学博异之士。'遂改置宏词科"[①]，即其证。自"词科"之兴，馆阁之选皆由是出，"士大夫以对偶亲切用事精的相夸，至有以一联之工而遂擅终身之官爵者"[②]。在此情形下，散体制诰的衰落便成必然之势。

客观说来，"王言之制"的骈散转换过程波折而漫长。如果说齐梁时代主要是"今文"对"古文"的冲击，那么中唐以后则呈现着"古文"与"今体"互为借鉴的发展格局。北宋馆阁名臣追慕《尚书》及两汉诰令，取法仿制，创获殊多。绍圣以后，随着"词科四六"的兴盛，用骈辞俪句装点朝廷威仪更成风气，而具有示范价值的"散文"制诏遂成凤毛麟角。是知所谓"文变染乎世情，兴废系乎时序"[③]者，不独东晋为然，赵宋时代亦有可瞩目者。

二

散文制诏与古文革新的关系是北宋文学史研究者未曾涉及的重要议题，这不仅因为欧、苏、王、曾数大家将"古文"笔法自觉运用在"王言"撰述之中，以简古淳雅的散体制诏垂范当世，更因为他们"以文体为对属，又善叙事，不用故事陈言而文益高"[④]，开启了"王言"之辞情理顺畅、文质彬彬的新局面。不管是取法古圣前贤，撰写散体制诰，还是用古文改造骈辞，使之更加方便叙事说理，他们的探索和努力都是北宋文章变革思潮中不可或缺的重要环节。

就张方平、王珪等作者而言，撰写散体制诏既是"法古"自觉，也在"体制"规范的许可范围之类，神宗允许司马光文"如两汉制诏可也"[⑤]，即其例。但对于欧阳修、苏轼等文坛领袖而言，其散文制诏则具有倡导变革的意

---

① 脱脱等撰：《宋史》卷一五六《选举二》，第3649页。

② 叶适：《词科》，《全宋文》，第285册，第255页。

③ 刘勰撰，詹锳义注：《文心雕龙义注》卷九《时序》，上海古籍出版社，1989年，第1713页。

④ 陈师道：《后山诗话》，何文焕辑：《历代诗话》，中华书局，1981年，上册，第310页。

⑤ 苏轼撰，茅维编，孔凡礼点校：《苏轼文集》卷一六《司马温公行状》，第481页。

义和价值。

首先，以“革弊复古”为核心的文坛变革思潮，必然会涉及制诏文辞的风格转易。宋初制诰文风改革的先驱王禹偁就已敏感地认识到“咸通以来，斯文不竞，革弊复古，宜其有闻。国家乘五代之末，接千岁之统，创业守文，垂三十载，圣人之化成矣，君子之儒兴矣。然而服勤古道，钻仰经旨，造次颠沛，不违仁义，拳拳然以立言为己任，盖亦鲜矣”[①]。其所撰制诰，或径为散体，如《诫诸王诏》《右谏议大夫可御史中丞制》等；或以古文语句构筑偶对，如《授六尚书节度使麻》《授翰林学士承旨可依前工部尚书平章事制》等。前人称王禹偁“在词垣时所为应制骈偶之文，亦多宏丽典赡，不愧一时作手”[②]，并非过誉。然而久乱之后，要改变文章衰朽之弊，绝非易事。《宋史·文苑传序》云：“国初杨亿、刘筠，犹袭唐人声律之体。”[③]赵彦卫曰：“本朝之文，循五代之旧，多骈俪之词。”[④]孙梅撰《四六丛话》亦称：“宋初诸公骈体，精敏工切，不失唐人矩矱。”[⑤]在此背景下，欧阳修、“三苏”、王安石及曾巩等古文大家只能通过“复古”途径，以自我实践和示范引领的方式，谋求制诏文风的创新与变革。

北宋制诰的文风变易，是在欧、苏诸公的合作努力下取得成功的，对此，南宋“四六”名家孙觌曾概述云：“声律之学，盛于杨、刘，号西昆体。一时学者师慕，骈四俪六，枝青配白，捻须鬣，琢肺肝，镌磨锻炼，以求合均度，故有言浮于其意，意有不尽于言，如夏英公笺表，皆是物也。逮庆历、嘉祐间，欧阳文忠公以古文倡，而王荆公、苏东坡、曾南丰起而和之，文章一变，醇深雅丽，追复古初。文直而事核，意尽而言止，譬之行云流水，遇物赋形，体质自然，不见刀尺，于是天下翕然以为宗师。”[⑥]令人困惑的是，欧阳修作为革新领袖，似乎不太看重“代言”功绩，称“予在翰林六年，中间进拜二三大臣，皆适不当直。而天下无事，四裔和好，兵革不用。凡朝廷之文，所以指麾

① 王禹偁：《送孙何序》，《全宋文》，第7册，第424页。
② 永瑢等撰：《四库全书总目》卷一五二《小畜集》提要，第1307页上。
③ 脱脱等撰：《宋史》卷四三九《文苑传序》，第37册，第12997页。
④ 赵彦卫撰，傅根清点校：《云麓漫钞》卷八，中华书局，1996年，第135页。
⑤ 孙梅著，李金松校点：《四六丛话》卷三三，人民文学出版社，2010年，第675页。
⑥ 孙觌：《送删定侄倅赵序》，《全宋文》，第160册，第300页。

号令，训戒约束，自非因事，无以发明。矧予中年早衰，意思零落，以非工之作，又无所遇以发焉。其屑屑应用，拘牵常格，卑弱不振，宜可羞也”[①]。但不可否认的是，在任职禁垣期间，此公的确将古文革新的理念运用于“王言”撰写，以期“复诰命于三代之文”[②]，并取得了令世人瞩目的成就。吕祖谦编《宋文鉴》即选其所撰《颁贡举条制敕》，作为“古文”制敕之典范，其辞曰：

> 夫儒者通乎天地人之理，而兼明古今治乱之原，可谓博矣。然学者不得骋其说，而有司务先声病章句以牵拘之，则吾豪俊奇伟之士何以奋焉？有纯明朴茂之美，而无斆学养成之法，其饬身励节者使与不肖之人杂而并进，则夫懿德敏行之贤何以见焉？此士人之甚弊，而学者自以为患，议者屡以为言。朕慎于改更，比令详酌，仍诏宰府，加之参定。皆以谓本学校以教之，然后可求其行实。先策论，则辨理者得尽其说；简程序，则闳博者可见其材。至于经术之家，稍增新制，兼行旧式，以勉中人。其烦法细文，一皆罢去，明其赏罚，俾各劝焉。如此，则待士之意周，取人之道广。[③]

敕文旨在改革贡举制度，但议论说理处处彰显着“文直而事核，意尽而言止，譬之行云流水，遇物赋形，体质自然，不见刀尺”的古雅韵致。

在“复古革弊”的制诰改革中，苏轼、苏辙、王安石及曾巩等人始终取法欧阳公。如曾巩尝曰：“窃以唐虞三代之君，兴造政事爵德官能之际，所以播告天下，训齐百工，必有诏号令命之文，达其施为建立之意。皆择当世聪明隽乂，工于言语文学之臣，使之敷扬演畅，被于简册，以行之四方，垂之万世。理化所出，其具在此。至其已久，而谋谟访问，三盘五诰誓命之书，刻之为经。后世学者得而宗之，师生相传，为载籍首。吟诵寻绎，以求其归。一有发明，皆为世教。”“逮至汉兴，虽不能比迹三代致治之隆，而诰令下者，典正谨

① 欧阳修著，李逸安点校：《欧阳修全集》卷四一《内制集序》，第 598 页。
② 欧阳修著，李逸安点校：《欧阳修全集》卷四一《外制集序》，第 596 页。
③ 欧阳修著，李逸安点校：《欧阳修全集》卷七九《颁贡举条制敕》，第 1128 页。

严，尚为近古”；至于两汉以后的诏令训辞，“皆文字浅陋，无可观采”。[①]观其所论，在“复古”中寻求变革，乃是确保诏令“典正谨严”的关键。

其次，超越传统制诰，借“王言”撰写反思治乱得失之迹，励臣节而正人心，引领道德风尚，并贯彻立言、立德、著述以信后世的种种理念，这是“古文”家有别于其他文臣的独特追求，更是“古文”革新的应有之义。

欧阳修曰：“君子之于学也务为道，为道必求知古，知古明道，而后履之以身，施之于事，而又见于文章而发之，以信后世。”[②]复云：“其所以为圣贤者，修之于身，施之于事，见之于言，是三者所以能不朽而存也。”[③]这种在“知古明道”中寻求“三不朽”的革新理念同样渗透于内、外制中，如孙复大理评事制曰：

> 昔圣人之作《春秋》也，患乎空文之不足为，故著之于行事，以为万世之法。然学而执其经者，岂可徒诵其言哉！惟尔复，行足以为人师，学足以明人性，不徒诵其说，而必欲施于事，吾将见吾国子蔚然而有成。宜有嘉褒，以为学者之宠。[④]

相同的撰述理念，在苏轼和王安石等人的制诰文辞中也有充分体现。苏轼以为掖垣之任“非该通经术，则不足以代王言；非晓达吏方，则不足以分省事。是为文士之极任，岂止时人之美谈”，任此职者当“道师古始，识造精微。学穷游、夏之渊源，文列马、班之伯仲”，既能“魁天下之士”，又要“犯颜逆指，有古名臣之风”。[⑤]而一旦入朝任馆职，即“志在斯民，仁为己任”[⑥]。王安石也说：“先王诰命之文，何其雅驯而奥美！虽出命非有司之事，而讨论润色，

---

① 曾巩撰，陈杏珍、晁继周点校：《曾巩集》卷三四《辞中书舍人状》，中华书局，1984年，第494—495页。

② 欧阳修著，李逸安点校：《欧阳修全集》卷六七《与张秀才棐第二书》，第978页。

③ 欧阳修著，李逸安点校：《欧阳修全集》卷四四《送徐无党南归序》，第631页。

④ 欧阳修著，李逸安点校：《欧阳修全集》卷八一《国子监直讲青州千乘县主簿孙复可大理评事制》，第1173页。

⑤ 苏轼撰，茅维编，孔凡礼点校：《苏轼文集》卷四七《答彭舍人启》，第1362页。

⑥ 苏轼撰，茅维编，孔凡礼点校：《苏轼文集》卷四六《谢馆职启》，第1326页。

盖有助焉。”[①] 凡代言之臣如翰林学士等，“职亲地要，而以讨论讽讥为官，非夫远足以知先王，近足以见当世，忠厚笃实廉耻之操足以咨诹而不疑，草创润色文章之才足以付托而无负，则在此位为无以称”[②]。他们学术虽有不同，但立言、立德、以信后世的撰述理念却完全一致。

吕祖谦编《宋文鉴》，贺复征辑《文章辨体汇选》，皆选东坡《给事中兼侍讲傅尧俞可吏部侍郎制》《太常少卿赵瞻可户部侍郎诰》等散文制敕，以为“王言”撰述楷模。王应麟所谓“东坡制词有议论”的特点，在此类作品中体现得极为充分。如：

> 左右起居，东观著作，皆史事也。今左右史独书已行之政，有司之常事。至于廊庙大议，君臣相与之际，所以兴坏治忽之由，一归于东观。则著作之任，顾不重欤？非得直亮多闻，古之所谓益友者，奋笔于其间，则善恶瞀乱，后世无所考信。汝既任其事矣，益进而专之。朕苟有过，犹当直书，而况其余乎？往祗厥官，无旷乃职。[③]

和欧阳修一样，苏轼“议论”的核心也在“兴坏治忽”“善恶瞀乱”，所期待者亦为“直亮多闻”，“直书”功过。同样的情形，在王安石所撰制诰中表达得更加充分，如：

> 昔周人藏上古之书以为大训，而孔子《春秋》，天子之事也。盖夫讨论一代之善恶，而撰次以法度之文章，非夫通儒达才，有识足以知先王，不欺足以信后世，则孰能托《尚书》《春秋》之义，勒成大典，而称吾属任之指乎？以尔具官某，有该通之材，有纯洁之操，辩论深博，溢于文辞，论思禁林，时议惟允。则夫案善恶见闻之实，断是非去取之疑，人之所难，宜以命尔。尔其精思熟考，自勉以古之良史，毋袭近世比事属辞之

① 王安石：《起居舍人直秘阁同修起居注司马光知制诰制》，《全宋文》，第63册，第50页。

② 王安石：《除翰林学士谢表》，《全宋文》，第63册，第243页。

③ 苏轼撰，茅维编，孔凡礼点校：《苏轼文集》卷三八，第1069页。

> 失，使来者无所考稽！[①]

毫无疑问，以古文大家而侧身馆职，就必然会遵循“三不朽”的价值追求。换言之，散体制诏与其他“古文”篇章的内在精神完全相同。

再次，北宋古文大家所撰制诰文字，不仅包含以“革新政令”和“创通经义”为核心的“宋学”理念，更与古文革新思潮密切相关。朱熹称欧阳修、苏轼及曾巩等人皆能“于经术本领上用功”，“故其文壮浪”，原因在于“义理既明，又能力行不倦，则其存诸中者，必也光明四达，何施不可！发而为言，以宣其心志，当自发越不凡，可爱可传矣”。[②]在此之前，像韩琦、余靖、夏竦及王珪等名家圣手，多将制诰册文等视为帝王“喉舌”，称“愿将成命颂，独奏迩英前”[③]。自欧阳修等人“驱诏令复古，始变旧体”[④]，其价值取向遂为之大变。

欧阳发尝追忆云：“先公以谏官除知制诰。故事：知制诰当先试。有旨更不召试，有国以来不试而受者惟杨文公、陈文惠公与公三人。公既典制诰，尤务敦大体。初作《劝农敕》，既出，天下翕然，人人传诵，王言之体，远复前古。”[⑤]这篇轰动朝野的《劝农敕》，其文曰：

> 夫农，天下之本也，凡为国者莫不务焉。要在节其用则易充，勉其力使不匮。今夫食者甚众，而输者已殚，劝之不勤，而取之仰足。使民尽耕犹不给，而半为游惰之手；使岁常熟犹恐乏，而多罹水旱之凶。调敛不得已也，而吏之不仁者缘以诛求，赋役自有法也，而政之不明者重为烦费。农者有几，害者若兹！欲宽吾民，何可得也？既富而教，岂无术乎？体予兹怀，望尔良吏，自今在官，有能兴水利、辟田荒、课农桑、增户口，凡有利农而弗扰者，有司具为赏格，当议旌酬。其或陂池不修，田野不辟，

① 王安石：《范镇加修撰制》，《全宋文》，第 63 册，第 51 页。

② 黎靖德编：《朱子语类》卷一三九，第 3318—3319 页。

③ 王珪：《郊祀庆成诗二首》，《全宋诗》，北京大学出版社，1995 年，第 9 册，第 5951 页。

④ 叶适：《习学记言序目》卷四八，中华书局，1977 年，第 711 页。

⑤ 欧阳发：《先公事迹》，《欧阳修全集》附录卷二，第 2632 页。

桑枣不植，户口流亡，慢政瘝官，亦行降黜。夫言而不信，法弛于宽，朕久患之，方思革弊。尔毋犹习旧态，慢我新书。此匪虚名，必期责实。[①]

有关该敕文的转述背景，欧阳公亦有自述，称其庆历三年十二月拜右正言、知制诰，时“天子方慨然劝农桑，兴学校，破去前例以不次用人，哀民之困而欲除其蠹吏，知磨勘法久之弊，而思别材不肖以进贤能。患百职之不修，而申行赏罚之信，盖欲修法度矣。予时虽掌诰命，犹在谏职，常得奏事殿中，从容尽闻天子所以更张庶事、忧闵元元而劳心求治之意。退得载于制书，以讽晓训敕在位者”。他还自责说当时“不得专一思虑，工文字，以尽导天子难谕之意，而复诰命于三代之文”，且感叹道：“学者文章见用于世鲜矣，况得施于朝廷而又遭人主致治之盛。若修之鄙，使竭其材犹恐不称，而况不能专一其职，此予所以常遗恨于斯文也。”[②] 由此不难看出，像《劝农敕》《颁贡举条制敕》那样的代言之作，无疑蕴含着作者佐天子以求治世的人格自觉。

更须注意的是，以“复古”“用世”为核心的价值理念，必将从根本上制约作家的所有创作实践，就连阁帖那样的修饰文字也难以例外。欧阳发称：“先公在翰林，尝草春帖子词。一日，仁宗因闲行，举首见御阁帖子，读而爱之，问何人作，左右以公对。即悉取皇后、夫人诸阁中者阅之，见其篇篇有意，叹曰：‘举笔不忘规谏，真侍从之臣也！’自是每学士院进入文书，必问何人当直，若公所作，必索文书自览。”注：“先公每述仁宗恩遇，多言此事，云内官梁实为先公说。春帖子词有云‘阳进升君子，阴消退小人。圣君南面治，市政法新春’，至今士大夫尽能诵之。及温成皇后阁帖子云：‘圣君念旧怜遗族，常使无权保厥家。’”[③] 所谓“举笔不忘规谏”，正可见古文家不同于其他馆阁文臣的价值追求。

王应麟尝曰：“东坡制词有议论，荆公、南丰外制佳。”[④] 即以散体制诏观之，其言亦可信从。苏、王及曾巩所撰散体制敕，不仅“议论”精洽，且深含

---

① 欧阳修著，李逸安点校：《欧阳修全集》卷七九《劝农敕》，第1127—1128页。

② 欧阳修著，李逸安点校：《欧阳修全集》卷四一《外制集序》，第596页。

③ 欧阳发：《先公事迹》，《欧阳修全集》附录卷二，第2636页。

④ 王应麟：《玉海》卷二〇二《辞学指南》，文渊阁《四库全书》，第948册，第301页上。

“革新政令”的殷切期望。如苏轼制辞针对“罢赋泉之令”一事，既曰：“先帝立法更制，所以约束监司守令，使不得营私而害民者，可谓至矣。朕始罢赋泉之令，复征徭之法，凡先帝之约束，当益申而严之。使出力从政之民，无所复病。”[①] 复云：“朕姑罢赋泉之令，复徭役之法，使民出力以事其上，不责其所无有，冀以富之，闵闵焉如农夫之望岁也。而差发之际，吏或缘而为奸，农民在官，贪者动心焉。若郡县御胥吏不严，而监司察郡县不谨，则南亩之民，不困于县官，而困于吏，其与几何。”[②] 假使没有强国富民的真诚期待，没有对更制立法的深度认同，像这样反复申述犹恐不及的制诰文辞便很难理解。

相对而言，王安石所撰制诰在“创通经义”方面用力更深。如曰：“尧舜黜陟幽明之法，其详不见于经，盖其考绩之次序，必始于朝廷之贵者。朕率是道，进退百官，故于迩臣，无有私德。”[③] 复云：“古者官有职而命有数，非有职不足以序群才，非有数不足以差众功。今官有品，犹古之命数也。命之数，自一推而上之至于九；官之品，自九推而上之至于一。大略盖无以异，而其详如此不同。唯其欲得贤者之在位，则古今一也。”[④] 叶适曾指责说：“王安石思出修上，未尝直指正言，但取经史见语，错重组缀，有如自然，谓之典雅。而欲以此求合于三代之文，何其谬也。”[⑤] 其说虽着眼于“以文体为对属”的“四六”文创新，但以此审视王安石的散体制诏，所谓“求合于三代之文”的撰述追求似乎更加明确。

曾巩的宦途途程并不畅达，其代撰“王言”的机会也仅仅是元丰五年（1082）四月擢拜中书舍人以后的一段时间。在他看来，“诏号令命之文，达其施为建立之意。皆择当世聪明隽乂，工于言语文学之臣，使之敷扬演畅，被于简册，以行之四方，垂之万世”。因此，当他官拜中书舍人时，便将所学发挥于制诰文字中，以期将“创通经义”与“革新政令”相结合。曾肇尝曰：“盖

① 苏轼撰，茅维编，孔凡礼点校：《苏轼文集》卷三八《吕穆仲京东提刑唐义问河北西路提刑》，第 1078 页。

② 苏轼撰，茅维编，孔凡礼点校：《苏轼文集》卷三九《江东提刑侯利建……刘士彦可福建转运判官》，第 1102 页。

③ 王安石：《周沆右谏议大夫制》，《全宋文》，第 63 册，第 64 页。

④ 王安石：《监在京都盐院钱暄比部郎中制》，《全宋文》，第 63 册，第 74 页。

⑤ 叶适：《习学记言序目》卷四八，第 711 页。

自扬雄以后，士罕知经，至施于政事，亦皆卑近苟简，故道术寖微，先王之迹不复见于世。公生于末俗之中，绝学之后，其于剖析微言，阐明疑义，卓然自得，足以发六艺之蕴，正百家之缪，破数千载之惑。其言古今治乱得失是非成败，人贤不肖，以至弥纶当世之务，斟酌损益，必本于经，不少贬以就俗，非与前世列于儒林及以功名自见者比也。"[①] 虽说兄弟之间或有过誉，但曾巩将深厚学养"施于政事"的真实情状毋庸置疑。《曾巩集》所其"制诰拟词"八十余首即其证。如所拟《刑部侍郎制》曰：

> 刑者所以禁人为非，而圣王之所尤慎。中台总领之任，秩贰秋官之崇，朕方正名以稽群吏之治，而大修制度之文，必惟其人，俾服予采。某慈恕忠笃，明习法令，参执邦典，莫如汝宜。夫能使民无冤，亦已善矣，推之可以至于使民无讼。尔尚勉哉，以承予纲纪四方之志。[②]

在后世学人的心目中，曾巩的学术与"古文"表里相关，而其制诰等应用文辞往往不在讨论范围中，殊不知散体诏令与序论等文功能虽殊，撰述理念与文法结构绝无二致。

必须承认，在士大夫普遍通晓"制用四六，以便宣读"，"制起须用四六联，不可用七字"[③] 等撰述原则的时代，将古文变革精神贯彻到"王言"写作之中殊非易事。也正因为如此，北宋古文大家以散体"王言"示范朝野的积极功效才更值得重视。欧苏王曾既成楷模，追慕效法者遂时有其人。如宋周密《浩然斋雅谈》载："王宣子在上庠日，与程泰之善，暇日因及'代言之体，要当温纯深厚，如训诰中语，始为王言。吾侪异时秉笔，当革近世磔裂之弊'。二十年后，宣子帅潭，泰之以少蓬摄外制，为词云：'荆及衡阳，自北而南，十国为连，连有帅，地大民众，畴咨俾乂，厥惟艰哉。以尔有猷有为有守，率自中，宽而有制，刚而无虐，庸建尔于上游藩辅，往哉惟钦。惠困穷，若保赤子，明乃服命。若网在纲，有弗若于汝政，弗化于汝训。辟以止辟，乃辟，则

---

① 曾肇：《行状》，《曾巩集》附录，第 791 页。

② 曾巩撰，陈杏珍、晁继周点校：《曾巩集》卷二四，第 379 页。

③ 王应麟：《玉海》卷二二《辞学指南》，文渊阁《四库全书》，第 948 册，第 282 页。

予一人汝嘉。' 且寓书于宣子曰：'畴昔之约，今其践矣。'"[①] 按：王佐字宣子，绍兴十八年状元及第。程大昌字泰之，晚王佐三年第进士。宋室渡江以后，汪藻、孙觌、洪适、周必大等"四六"名家长期主导"王言"创作，散体制诏几于绝迹。王、程以为"代言之体"当如"训诰中语"，并将此理念付诸实践，可知欧、苏、王、曾诸大家以取法三代两汉诰令的撰写实践及示范倡导，的确对后世产生了积极而深远的影响。

北宋古文革新思潮作对制诰文风的转易实际产生过何种影响，围绕"王言之体"而展开的骈散之争，与"道学之儒与文章之士各明一义，固不可得而强同"[②] 的固有分歧之间，究竟存在怎样的必然联系？所有这些被文学史家长期忽略的话题，或许正牵涉到当日作家有关文体取向、价值判断及审美逻辑的深层思致；其困惑之多，正为文学史研究者提供了寻幽探胜的学术契机。

三

欧、苏诸公以古文为制诏的撰述实践，在体制、文法及修辞等方面有过怎样的探索与变革，这不仅关系到对散体制诏的品鉴和解读，更牵涉到古文革新思潮作用于"王言之体"的生动细节。前人对此实有困惑，但审视角度大多不够清晰准确。如《南宋馆阁录》的编纂者陈骙即云："唐虞三代，君臣之间，告戒答问之言，雍容温润，自然成文。降及春秋，名卿才大夫尤重词命，婉丽华藻，咸有古义。秦汉而来，上之诏命，皆出亲制。自后不然，凡有王言，悉责成臣下，而臣下又自有章表。是以束带立朝之士，相尚博洽，肆其笔端，徒盈篇牍，甚至于骈俪其文，俳谐其语，所谓代言，与夫奏上之体，俱失之矣。"[③] 其实，将诏令"不经"的原因归咎于臣下代撰，完全不得要领，而"代言之文"与"奏上之体"在属辞命意、句式文法及情韵语句等方面的差异，更不是"立朝之士"恣肆任情造成的。两宋时期，"王言之制"例有骈散，就连

① 周密：《浩然斋雅谈》卷上，《丛书集成初编》，商务印书馆，1936 年，第 2541 册，第 4 页。

② 永瑢等撰：《四库全书总目》卷一八七《文章正宗》提要，第 1699 页中。

③ 陈骙：《文则》，王水照编：《历代文话》，第 1 册，第 187 页。

“博学宏词科”考试也要求于“制、诰、诏、表、露布、檄、箴、铭、记、赞、颂、序内杂出六题，分为三场，每场体制一古一今”。[①]只是由于当日君臣崇尚博雅，偏好偶对，制诏文字才以骈辞俪语为多。欧阳修等人在“王言”撰写中力复“古道”，其举措并非只是去骈就散，而是在“体制”“文法”及“修辞”等方面进行变革，对此，似可从以下数端略事考察。

“王言之制”在唐宋之间的“体制”转变颇为明显。据《旧唐书》载，“凡王言之制有七：一曰册书，二曰制书，三曰慰劳制书，四曰发敕，五曰敕旨，六曰论事敕书，七曰敕牒。皆宣署申覆而施行之”；中书舍人“掌侍奉进奏，参议表章。凡诏旨敕制，及玺书册命，皆按典故起草进画；既下，则署而行之”。[②]程大昌《演繁露》对此叙述更详，曰：“唐世王言之别有七，其一为册书，次为制书，又次为劳慰，又次为发日敕。册书惟除拜王公将相则用白麻纸书，封付阁门，阁门集朝士拆封宣读，宣已，付有司书诸竹简，是为册已。所谓‘择日备礼册命’者，即以此麻入之竹册，而涓吉临轩以授其人者也。自制书已下至发日勅，则用黄麻纸书之，老杜所谓‘黄麻似六经’者也。若降敕旨谕事及敕牒，则用黄藤纸，其礼又降于黄麻矣。”[③]然而，自入宋以后，这种以“黄麻”“白马”相区别的制册制度便逐步有所改变，特别是在欧、苏、王、曾等古文家撰述实践中。如方熊为《文章缘起》补注云：“唐世王言亦不称诰，至宋始以命庶官。而追赠大臣，贬谪有罪，赠封其祖父妻室，凡不宣于庭者，皆用之，故所作尤多。然考欧、苏、曾、王诸集，通谓之制，故称内制、外制，而诰实杂于其中，不复识别。盖当时王言之司，谓之两制，是制之一名统诸诏命七者而言。”[④]检欧阳修内、外《制集》杂载“敕制”“赐诏”“口宣”“青词”及“批答”等，《苏轼文集》则有外制“制敕”，内制“诏敕”“口宣”“批答”“国书”“青词”及“祝文”，是知方氏所言不为无据。事实上，唐宋两代朝廷仪制多有不同，而北宋古文家将唐代七种诏令“通谓之制”，而称任命庶官、追赠大臣及贬谪罪臣的朝廷文件为“诰”，分归内、外制中，乃在朝廷仪

① 脱脱等撰：《宋史》卷一五六《选举二》，第 11 册，第 3651 页。
② 刘昫等撰：《旧唐书》卷四三，中华书局，1975 年，第 6 册，第 1849、1850 页。
③ 程大昌：《演繁露》卷四“黄麻白麻”条，文渊阁《四库全书》，第 852 册，第 101 页下。
④ 任昉撰，陈懋仁注，方熊补注：《文章缘起》，文渊阁《四库全书》，第 1478 册，第 220 页。

制变革允许的范围之内。另一方面，这种删繁就简的积极作法，既包含着欧、苏诸公“文章不为空言而期于有用”[①]，力诫“泛滥于辞章，不适于用”[②]的古文变革精神，更体现着士大夫与天子“共天下”[③]的人格自觉。

需要说明的是，在删繁就简的原则下，古文家对“王言”体制的理解也存在差异。如苏辙集在“制”“诏”之前有数量可观的“告词”，其内容皆为除授与追赠等，其体制特点与欧阳修、苏轼及王安石集子中所存除官制基本一致。如《曾肇中书舍人告词》曰：

> 敕：朝廷以号令鼓舞四方，言之不文，行之不远。昔河西诸将，读玺书而知天子之圣明；河北叛臣，闻赦令而致武夫之涕泣。故朕思得良士，俾代予言。知民物之至情，识邦家之大体。择之久矣，仅乃得之。具官曾肇，少知为文，久益更事。家传父兄之学，言有汉唐之风。汗简编年，手紬金匮。执笔纪事，密侍丹墀。比于简牍之余，试以丝纶之作。油然不竭，焕乎可观。俾即拜于西垣，将益观其来效。虽文称苏、李，未足以为贤；而事问高、崔，庶几于适用。勉于自竭，以称异恩。可。[④]

苏辙稍变“古文”，以散句为对，似乎是为了满足“制用四六，以便宣多”的要求，但此类文字首示“敕”，尾书“可”，乃是制敕格式。其文绝少用事，言简意赅，本质上仍属“古文”。

就气格文法而论，欧、苏、王、曾的散体制诏各具特点，这不仅彰显着“君子以同而异”[⑤]的人格内涵，更与相关家学的熏陶与传承密切相关。欧阳修的散体制诰雅正畅达，引经据典自然精切，略无矫饰虚词，其卓越品质无疑和经史学养表里相关。其如苏轼所云：“其学推韩愈、孟子以达于孔氏，著礼乐仁义之实，以合于大道。其言简而明，信而通，引物连类，折之于至理，以服

① 欧阳修著，李逸安点校：《欧阳修全集》卷一一二《荐布衣苏洵状》，第1698页。
② 苏轼撰，茅维编，孔凡礼点校：《苏轼文集》卷八《策略一》，第225页。
③ 徐积：《策问》，《全宋文》，第74册，第175页。
④ 苏辙：《曾肇中书舍人告词》，《全宋文》，第94册，第19页。
⑤ 黎靖德编：《朱子语类》卷七二，第1829页。

人心，故天下翕然师尊之。”[①]

朱熹服膺欧阳修的儒学修为，以为“欧公之学虽于道体犹有欠阙，然其用力于文字之间，而泝其波流以求圣贤之意，则于《易》、于《诗》、于《周礼》、于《春秋》皆尝反复穷究，以订先儒之缪，而《本论》之篇，推明性善之说，以为息邪距诐之本，其贤于当世之号为宗工巨儒而不免于祖尚浮虚、信惑妖妄者又远甚”[②]。虽道学家的评说总有其特定立场，但朱熹的理解仍不失公允。以“代言之文”而论，欧阳修确能将圣贤求本之义寄托其中，如曰：“朕观两汉名臣，多或出于丞史小吏。非夫丞史之能出名臣也，乃知古虽吏属，亦必选用贤材焉。”[③] 再如：“夫刑狱以禁暴，而托狱足以为奸；法令以止乱，而舞法反以滋害。平民者政，而败政者吏也。知政之术，绳吏为先，况乎京师，号称繁剧。凡治繁者，贵乎不劳。苟知其方，在得于要。擿奸急吏，此非要欤？”[④] 类似的文字，不仅体现出欧阳公深厚渊博的经学功底，更让人真切感受到以学为用的真诚与豁达。

就文法特点来看，欧阳修的制诰文辞以流畅雅正的言语叙事说理，颇与其史学著作相仿佛。在宋代史学家中，欧阳公将“事则增于前，其文则省于旧”[⑤]的撰述原则贯彻在《新唐书》和《新五代史》的编撰过程中，在方法上强调“吾用《春秋》之法，师其意不袭其文”，以为“昔孔子作《春秋》，因乱世而立治法；余述《本纪》，以治法而正乱君，此其志也”[⑥]，为史著撰写创拓新途。后世学人或谓欧阳公于史实考述不够深细严谨，称《新唐书》“意主文章而疏于考证，抵牾踳驳，本自不少”[⑦]，《新五代史》“刊削旧史之文，意主断制，不肯以纪载丛碎，自贬其体，故其词极工，而于情事或不能详备”[⑧]。凡此种种，

---

① 苏轼撰，茅维编，孔凡礼点校：《苏轼文集》卷一〇《六一居士集叙》，第 316 页。

② 《晦庵先生朱文公文集》卷三八《答周益公》，《朱子全书》，上海古籍出版社、安徽教育出版社，2002 年，第 1690、1961 页。

③ 欧阳修著，李逸安点校：《欧阳修全集》卷七九《前杭州司理参军范衮可卫尉寺丞充堂后官制》，第 1136 页。

④ 欧阳修著，李逸安点校：《欧阳修全集》卷七九《祠部郎中沈周可开封府判官制》，第 1137 页。

⑤ 欧阳修、宋祁撰：《新唐书》卷末《进唐书表》，中华书局，1975 年，第 6472 页。

⑥ 朱熹：《宋名臣言行录・后集》卷二，文渊阁《四库全书》，第 449 册，第 164 页上。

⑦ 永瑢等撰：《四库全书总目》卷四六《新唐书纠谬》提要，第 411 页上。

⑧ 永瑢等撰：《四库全书总目》卷四六《旧五代史》提要，第 411 页中。

正可从反面衬托出欧阳修革故创新的史学理念。而当欧阳公将师《春秋》之意而不袭其文的撰述理念自觉运用于制诰文辞的撰写时，其雄放洒落的风姿的确超越流辈。如曰："朕观春秋之际，公侯卿大夫之谱至数十世而不绝，不徒世其禄尔，惟克邵者，乃不陨焉。近至于唐，将相之后能以勋名自继其家者亦众。秉笔者记之，号称衣冠盛事。噫，古之大族，多良子孙，而今独鲜耶？抑惟人之勉不勉尔。"① 复云："朕思欲宽民赋役，而衣食给足天下之饥寒。而患州县之吏不能称职，其老疾闒懦而纵其下，与夫贪暴而自为残者，皆所以蠹于物而重困吾民者也。然按察之司，视而不举，反务较锱铢毫末之遗利，而欲足用舒民，岂不失其术而且劳者哉！"② 毫无疑问，以史为鉴，洞晓国家治乱废兴之道，方能体现治世贤臣的心胸与胆识，欧阳修制诰文辞别具韵致的本源即在于此。

王庭珪曾盛赞欧阳修制词之美，曰："如马放逸兮不羁，如松磥砢兮多节。伟干如谢康乐之眉须，雄辩如楼君卿之唇舌。其高处可以上可以下，其妙处不可画不可说。"③ 苏洵尝论欧阳修文章，称"词令雍容似李翱，切近实当似陆贽，而其才亦似过此两人"④。倘能通读其欧公内、外制集，便可知世人褒美之辞绝非向壁虚构。

苏轼的制诰文风亦有所自。此公"初好贾谊、陆贽书，论古今治乱，不为空言"。他"为人英辨奇伟，于书无所不通。所作文章才落笔，四海已皆传诵，下至闾阎田里，外至夷狄，莫不知名"，"立朝知无不为，世称其忠义"。⑤ 哲宗朝累擢中书舍人，除翰林学士承旨，遂以"代言之文"获誉天下。在制诰文辞的撰写上，苏轼以陆贽为楷模。元祐八年（1093）他与吕希哲、范祖禹等人合奏，称陆贽文章"论深切于事情，言不离于道德"，"聚古今之精英，实治乱之龟鉴"，以为哲宗若能将贽集"置之坐隅，如见贽面，反复熟读，如与贽言。

① 欧阳修著，李逸安点校：《欧阳修全集》卷七九《供备库副使王道卿可西京左藏库副使制》，第1138页。

② 欧阳修著，李逸安点校：《欧阳修全集》卷八一《周陵荆湖转运使制》，第1182页。

③ 王庭珪：《欧阳公制赞》，《全宋文》，第158册，第273页。

④ 晁公武撰，孙猛校证：《郡斋读书志校证》卷一九《欧阳文忠公集》提要，上海古籍出版社，1990年，第990页。

⑤ 晁公武撰，孙猛校证：《郡斋读书志校证》卷一九《苏子瞻诸集》提要，第997页。

必能发圣性之高明，成治功于岁月”。[①] 是知苏轼取法陆贽，借制诏文辞以明古今治乱成败之迹，完全是发乎深衷，出于自觉。

虽然在朱熹眼中，苏轼的学术和文章呈现着彼此分离的状态：曰：“今东坡之言曰：‘吾所谓文，必与道俱’，则是文自文，而道自道，待作文时，旋去讨个道来，入放里面，此是它大病处。”[②] 但苏轼文章的气势和魅力，终究无人能及；即便是“代言”之作，也能呈现雄深浩博的特点，语言文法更显舒畅放逸。如代太皇太后撰《手诏》云：“官冗之患，所从来尚矣。流弊之极，实萃于今。以阙计员，至相倍蓰。上有久闲失职之吏，则下有受害无告之民。故命大臣，考求其本。苟非裁损入流之数，无以澄清取士之源。吾今自以眇身，率先天下。永惟临御之始，尝敕有司。阴补私亲，旧无定限。自惟薄德，敢配前人。已诏家庭之恩，止从母后之比。今当又损，以示必行。夫以先帝顾托之深，天下责望之重。苟有利于社稷，吾无爱于发肤。矧此恩私，实同毫末。忠义之士，当识此诚。各忘内顾之心，共成节约之制。”[③] 其所撰赐范百禄诏曰：“成王命君陈：‘商民在辟，予曰辟，尔惟勿辟，予曰宥，尔惟勿宥，惟厥中。’古之有司，与天子相可否盖如此，而况公卿之间，议有异同，而不尽其说哉！”[④] 类似的文字，很容易让人联想到苏轼的自白，曰：“某平生无快意事，惟作文章，意之所到，则笔力曲折，无不尽意。”[⑤] 复云：“吾文如万斛泉源，不择地皆可出，在平地滔滔汩汩，虽一日千里无难。及其与石山曲折，随物赋形，而不可知也。所可知者，常行于所当行，常止于不可不止，如是而已矣。”[⑥] 应用文字而能如此畅达快意，在两宋词臣中鲜有其匹。或曰：苏轼“未尝作史，藉令作史，其渊然之光，苍然之色，亦未必能及欧公也”[⑦]。若能从这个角度，仔细寻绎欧、苏二公制诏文法有所差异的内在原因，其所感所知，或许更多。

---

① 苏轼撰，茅维编，孔凡礼点校：《苏轼文集》卷三六《乞校正陆贽奏议上进札子》，第 1012 页。

② 黎靖德编：《朱子语类》卷一三九，3319 页。

③ 苏轼撰，茅维编，孔凡礼点校：《苏轼文集》卷四〇《太皇太后赐门下手诏二首》之二，第 1138 页。

④ 苏轼撰，茅维编，孔凡礼点校：《苏轼文集》卷四〇《赐尚书刑部侍郎范百禄乞外任不允诏》，第 1148 页。

⑤ 何薳撰，张明华点校：《春渚纪闻》卷六，中华书局，1983 年，第 84 页。

⑥ 苏轼撰，茅维编，孔凡礼点校：《苏轼文集》卷六六《自评文》，第 2069 页。

⑦ 罗大经撰，王瑞来点校：《鹤林玉露》丙编卷二，中华书局，1983 年，第 265 页。

王安石和曾巩的散体制诏备受真德秀重视，称“荆公、南丰外制佳”[①]。观二公所撰制辞，工致谨严，一丝不苟，很少畅所欲言。如司马光改天章阁待制，王安石拟制曰：“扬雄曰：‘周之士也贵，秦之士也贱；周之士也肆，秦之士也拘。’盖先王以礼让为国，士之有为有守，得伸其志，而在上不敢以势加焉。朕率是道，以君多士。”[②]范镇加修撰，荆公草制曰：“昔周人藏上古之书以为大训，而孔子《春秋》，天子之事也。盖夫讨论一代之善恶，而撰次以法度之文章，非夫通儒达才，有识足以知先王，不欺足以信后世，则孰能托《尚书》《春秋》之义，勒成大典，而称吾属任之指乎？以尔具官某，有该通之材，有纯洁之操，辩论深博，溢于文辞，论思禁林，时议惟允。则夫案善恶见闻之实，断是非去取之疑，人之所难，宜以命尔。尔其精思熟考，自勉以古之良史，毋袭近世比事属辞之失，使来者无所考稽！”[③]褒美有度，略无谀辞；借古喻今，训诫得体。前人谓荆公所拟制诰“庄重谨严，一字不可增损”，“顺逆反复，笔法园紧之极”[④]，可谓概括得当，描述准确。

曾巩所撰制诰文辞在语言风格上与王安石差似。尽管他们地位悬殊，学术主张也不尽相同，但所撰制辞均能体现庄重谨严、笔法稳健的特点。林希撰曾巩《墓志》称：“五年四月正官名，擢拜中书舍人，赐紫章服，始受命，促使就职。时自三省至百执事，选授一新，除吏日至数十，人人举其职事以戒，上数称其典雅，天下翕然传之。”[⑤]当日所撰制诰，每篇都能举其职守，训敕叮咛，颇具大家风致。如《刘挚礼部郎中制》云：“《周书》曰：‘不惟其官，惟其人。’则古今之正治，官得其人固为急也。仪曹之于郎位，考择甚精。尔以学行器能，策名儒馆，宜升阶等，往祇厥服。朕方明于赏劝，以待群吏之成。尔尚懋于厥修，庶能康朕之事。”[⑥]《徐禧御史中丞制》云：“朕正名以定群臣之位，辨位以责庶务之实。矧风宪之官，纪纲所属，曷可以不明其任哉？具官某，强敏仁笃，学通古今。擢典训辞，遂持邦法。宜专分职，以应新书。是用擢自

① 王应麟：《玉海》卷二〇二《辞学指南》，文渊阁《四库全书》，第948册，第301页上。
② 王安石：《起居舍人直祕阁同修起居注司马光改天章阁待制制》，《全宋文》，第63册，第50页。
③ 王安石：《范镇加修撰制》，《全宋文》，第63册，第51页。
④ 《唐宋文举要》甲编卷七，上海古籍出版社，1982年，第856页。
⑤ 曾巩撰，陈杏珍、晁继周点校：《曾巩集》附录，第800页。
⑥ 曾巩撰，陈杏珍、晁继周点校：《曾巩集》卷二〇《刘挚礼部郎中制》，第322页。

右垣，仍其阶品。俾尔纳忠宣力，得壹意于中司，以董齐百工，而肃正内外。庶余之作则更制，罔或不虔。在尔懋哉，知其所守。”[①] 匆忙之间，除授制辞能精切典雅有如宿构，诚为不易。周必大也曾就此感叹说：“昔官制初行，舍人曾南丰也，一日除郎、御史十人，公为都司，付制史部，读而叹曰：‘本原职守，为之训敕，人人不同，咸有新趣，而衍裕雅重，自成一家。’予谓欲知公制词之美，此数言尽之矣。”[②] 按：周氏所谓“公”即王震，尝撰《南丰先生文集序》，称曾巩“晚还朝廷，天下望用其学，而属新官制，遂掌书命。于是更置百官，旧舍人无在者。已试即入院，方除目填委，展纸肆书，初若不经意，午漏尽，授草院吏上马去”。“予时方为尚书郎，掌付制吏部。一日得尽观，始知先生之学，虽老不衰，而大手笔自有人也。”[③] 除此，曾巩所撰其他散体制敕，亦皆慕习三代两汉诰词，遣词造语力求简约古雅，呈现出“敦厚凝重，如秦碑汉鼎”[④] 的过人风采，值得深加玩味。

如果说欧、苏、王、曾诸大家简化唐代“王言之制”的做法，是北宋“王言之司，谓之两制”[⑤] 的机构变化所使然，那么其制诏文辞在气韵文法等方面所体现的个性差异，则与每个人的学养积累表里相关。在他们身上，所谓“君子不苟同”[⑥]，既是光彩四射人格自觉，同时也体现为以古文为制诏的多元风采。

散体制诏能否纳入北宋古文的研究范围还需要学界展开讨论，但欧、苏诸公将古文变革理念运用于“王言”撰述的成功实践终究不容置疑。或曰文学史研究不应泛涉“应用之文”，其说或有所据，但毕竟稍显偏狭。事实上，古文家对制诏文辞极为重视，如嘉祐三年（1058）欧阳修就曾上书朝廷，请求编纂制诰文字，曰：“臣伏见国家承五代之余，建万世之业，诛灭僭乱，怀来四夷，封祀天地，制作礼乐。至于大臣进退，政令改更，学士所作文书，皆系朝廷大事。示于后世，则为王者之训谟；藏之有司，乃是本朝之故实。”[⑦] 既为“王者

① 曾巩撰，陈杏珍、晁继周点校：《曾巩集》卷二〇《徐禧御史中丞制》，第 325—326 页。
② 周必大：《元丰怀遇集后序》，《全宋文》，第 230 册，第 136 页。
③ 曾巩撰，陈杏珍、晁继周点校：《曾巩集》附录，第 810 页。
④ 郑瑗：《井观琐言》卷一，《丛书集成初编》，商务印书馆，1936 年，第 330 册，第 2 页。
⑤ 任昉撰、陈懋仁注、方熊补注：《文章缘起》，文渊阁《四库全书》，第 1478 册，第 220 页。
⑥ 李心传：《丙子学易编》，文渊阁《四库全书》，第 17 册，第 786 页下。
⑦ 欧阳修著，李逸安点校：《欧阳修全集》卷一一一《论编学士院制诏札子》，第 4 册，第 1685 页。

训谟”“本朝故实”，焉能不深加重视。更何况北宋古文名家始终秉持学以致用的原则，行求无愧于圣贤，学求有济于天下，文章不分体制，皆须有体有用。古人之所重，似不宜为后学之所轻，此中得失，很值得深加思考。本文所述，意在抛砖引玉，浅陋之思，错谬难免，尚祈方家宽仁以教。

试论《文章精义》的“文本生态”批评意识*

王　永**

摘要：以“生态系统”的眼光来看《文章精义》一百余条评语，发现其中明显有以文本为对象的生态关系考察，可以认为是一种“文本生态”批评意识。《文章精义》立足古文视角，认为文出于经，是在经学、子史和佛典滋养下生长起来的，文之根脉在六经，而其他来源则赋予其多彩的姿态。文有源流、文各有别、文有高下，正如自然系统中的生物群落一样，且文本系统的生态平衡也需要内外双重良好的循环运转机制。

关键词：《文章精义》；文本生态；系统平衡

《文章精义》作者旧题为南宋李淦或李塗，20世纪60年代人民文学出版社王利器校点本沿用作者为宋人之说。90年代后，陈杏珍、王树林、马茂军等均在论文中考证作者实为宋元间人、朱熹再传弟子李淦，且严格来说，该书是门人于钦向李淦求学时的听课笔记。《四库全书总目提要》云：“其论文多原本六经，不屑屑于声律章句，而于工拙繁简之间、源流得失之辨，皆一一如别白黑，具有鉴裁。”① 近年来，学术界对《文章精义》已有较为细致的研究，本文

*　本文为中国传媒大学教改项目“基于新文科的汉语言文学专业人才培养模式研究”（编号：JG21039）研究成果。

**　王永，中国传媒大学人文学院副教授。

①　纪昀等撰，四库全书研究所整理：《钦定四库全书总目》（整理本），中华书局，1997年，第2752—2753页。

试以“文本生态”的视角，对该书的文章批评范式进行一定的提炼和引申。

生态学与文学的交叉有两个维度：一个是生态文学，一个是文学生态。本文属于后者，即以生态学的思维与方法建构文学的发展风貌。文学生态研究也存在一些具体的分支，如文体生态研究[①]和文坛生态研究[②]等。代表性的观点如谷曙光在《贯通与驾驭：宋代文体学述论》“导论”中说：“某一朝代的文体，是一个不断变化的复杂系统，也是一个休戚相关的共同体。各种文体在系统中共存与协调发展，犹如大自然的生态系统。一个健康的自然生态系统和谐、稳定，其中的各物存在相互依存、相互制约、自我调节和退化淘汰等复杂机制，而一个时代的文体系统正有类于此。”[③]当然，“文本生态”这个提法是笔者基于《文章精义》的批评实践总结出来的。《文章精义》的百余条评语提示我们，中国古代文学的经典文本之间具有密切的传承关系、交互关系、竞合关系，形成了一个复杂的“文本生态群落系统”，在《文章精义》的批评话语中，我们可以见到的是以文本为基本个体单元，从源流、同异、正变等角度致力结构出文本之间生机盎然的共生关系。尽管单独来说，这些批评视角未必是《文章精义》的原创，取《朱子语类·论文上》之处亦多，但在一书之中表现得如此集中、精炼，还是值得重视和研究的。

一、渊源论：根系于经

《文章精义》十分重视对文章作家及作品创作渊源的追溯，开篇第一条开宗明义：“《易》《诗》《书》《仪礼》《春秋》《论语》《大学》《中庸》《孟子》，皆圣贤明道经世之书；虽非为作文设，而千万世文章从是出焉。”[④]此论虽与《文心雕龙》“宗经”“明道”之说同，却是立足于数百年的文章实践，尤其是

---

① 如王长顺：《生态学视野下的西汉文学》，中国社会科学出版社，2013 年。

② 如侯体健：《刘克庄的文学世界：晚宋文学生态的一种考察》，复旦大学出版社，2013 年。

③ 谷曙光：《贯通与驾驭：宋代文体学述论》，人民文学出版社，2016 年，第 15 页。

④ 陈骙、李涂著，王利器（署名刘明晖）校点：《文则　文章精义》，人民文学出版社，1960 年，第 59 页。

古文实践提出来的，进一步明确了散体古文的根系所在。在古文家“文以明道”“文以贯道”和理学家“文以载道”的基础上，强调“文出于经”，也就是文章与儒家经典之间的源流关系。

以生态系统的思维来看，儒家经典对于后世文章的意义在于其根系功能。《文章精义》说：“《庄子》者，《易》之变；《离骚》者，《诗》之变；《史记》者，《春秋》之变。”[①]《周易》之“象”变为《庄子》之“寓”，《诗经》之“兴”变为《离骚》之“寄”，《春秋》之炼字变为《史记》之运事，的确可以在姿态之别中见到根脉之贯通。这种贯通，当然离不开“道”的守中之功。

根系功能之中，又包含着交错共育的状况。《文章精义》的文体观念是宏阔的，作者以文本为单元，而并不受文体界域的制约。如论《史记》，《文章精义》说：“史记《帝纪》《世家》，从二雅、十五国风来；《八书》从《禹贡》《周官》来。”[②]子史著述对文章也具有培育作用。《文章精义》第十二至十六条以“学”为批评范畴集中表达了唐宋古文家的文章渊源，认为韩愈学《孟子》（欧阳修学韩愈），柳宗元学《国语》、西汉诸传，苏轼学《庄子》《战国策》和《史记》，曾巩学刘向。先秦子学以其原生态的复杂性和系统性，在内涵上明显高于后世文章。故而《文章精义》说：“《老子》《孙武子》，一句一理，如串八宝珍瑰，间错而不断，文字极难学；惟苏老泉数篇近之。（《心术》《春秋论》之类是也）”[③]相对于经学著述，《文章精义》评述古文家对子史著作的借鉴多从篇章甚至段落的细节入手，多见于正文下的注文，体现出理学作者的典籍次第观念。

宏观而外，《文章精义》更多在篇章之间的传承关联上立说。《文章精义》有多条评语涉及韩愈古文对前代其他经典的单篇承袭，如认为《平淮西碑》是学《舜典》，《画记》是学《顾命》，《送孟东野序》以“鸣”发议自《周礼》“梓人为笋簴”来等。除了比较确切的承袭，《文章精义》也观察到在某种文法理念下文本类同现象，如：

---

① 陈骙、李涂著，王利器校点：《文则　文章精义》，第59页。
② 陈骙、李涂著，王利器校点：《文则　文章精义》，第60页。
③ 陈骙、李涂著，王利器校点：《文则　文章精义》，第60页。

传体前叙事，后议论。独退之《圬者王承福传》，叙事议论相间，颇有太史公《伯夷传》之风。

文字有终篇不见主意、结句见主意者，贾谊《过秦论》“仁义不施而攻守之势异也”、韩退之《守戒》“在得人”之类是也。[①]

在韩文与汉文的关系中，更突出地强调文法传承而不是思想内涵和精神气质，也是作者对先秦典籍与两汉文章的地位区分的再次显露。

在源流论上，李涂强调柳宗元文章对《国语》的学习。《文章精义》两次提及柳宗元学习《国语》。与韩愈不同的是，柳宗元思想上受到佛教影响也很深，这自然也反映到文学表达上。《文章精义》云：“《维摩诘经》亦有作文法。三十二菩萨各说不二法门，此未得不二法门者也；维摩诘默然不说不二法门，乃真得不二法门者也。柳子厚《晋问》，微用此体。”[②] 无论是《国语》还是《维摩诘经》，皆非儒家正典，且按《文章精义》来说，柳宗元也是仅得皮毛，在韩、柳对比上，重韩轻柳的意识已蕴含其中。

对于韩、欧之间的传承关系，后世学者大多熟知，《文章精义》对此又做了些深化和发挥。例如“永叔《山中乐》三章赠惠勤，望其出佛而归儒，持论甚正，从退之《送文畅序》来”[③]。除了将韩文、《史记》作为学习对象外，《文章精义》还提及欧阳修古文和辞赋作品对《诗》的传承。第二十六条云：“永叔《醉翁亭记》结云：‘太守谓谁？庐陵欧阳修也。’是学《诗·采蘋》篇：‘谁其尸之？有齐季女’二句。”第三十三条云：“《诗·云汉》有‘耗斁下土，宁丁我躬’之句，退之、永叔《祷雨文》，遂各演作一篇，其实皆自《云汉》来，然不逮远矣。”[④] 除了《诗经》外，后世其他诗歌也可能会成为欧阳修古文创作的蓝本，第四十八条云：“永叔《昼锦堂记》全用韩稚圭《昼锦堂诗》意。”[⑤] 诗歌与散文在欧阳修创作中的融通，正是欧阳修古文“姿态”“感慨”的

① 陈骙、李涂著，王利器校点：《文则　文章精义》，第 64、74 页。
② 陈骙、李涂著，王利器校点：《文则　文章精义》，第 73 页。
③ 陈骙、李涂著，王利器校点：《文则　文章精义》，第 78 页。
④ 陈骙、李涂著，王利器校点：《文则　文章精义》，第 65、66 页。
⑤ 陈骙、李涂著，王利器校点：《文则　文章精义》，第 69 页。

抒情美感生成来源。

《文章精义》第十五条是苏轼古文渊源观的总论，内容及注语是：“子瞻文学《庄子》（入虚处似，《凌虚台记》《清风阁记》之类是也）、《战国策》（论利害处似，《策略》《策别》《策断》之类是也）、《史记》（终篇惟作他人说，末后自己只说一句。《表忠观碑》之类是）、《楞严经》（《鱼枕冠颂》之类是也，子瞻文字到穷处，便济之以此一着，所以千万人过他关不得）。”[①] 除上面提到的《史记》外，在史书中，《汉书》亦为苏轼所钟爱。《文章精义》说：“子瞻《表忠观碑》，终篇述赵清献公奏，不增损一字，是学《汉书》。王介甫以为《诸侯王年表》，则非也。”[②] 李涂对佛教的观念也较其他理学家相对解放，云：“佛是扫除事障，禅是扫除理障。熟读《楞严经》自见。”[③] 对于苏轼对《楞严经》的承袭之处，李涂的发现很有见地，这实为苏轼对古文思想的重要拓展。

从系统论的观点来看，一个生态系统必须与外界保持能量交换的关系才能维系。确立文章与六经乃至子史的关系，其初衷是为了使文章这个生态系统生生不息。《文章精义》认为韩文出于《论语》《孟子》，大体醇正，可与六经相表里，且特称理学家之文，认为《太极图说》《通书》《定性书》《易传序》《春秋传序》《西铭》等亦可与四书诸经相表里，所谓“表里”之说，实为理学家新经典生成的一种努力。

二、差异论：姿态横生

文章文本的渊源论构建起文本系统一种历时性生态关系，这种关系并不是泾渭分明，而是交错互生的，这个脉络纵横的系统内部的文本也是有间距和差异的。这种间距给了批评者灵活的观察角度，因而也就能对差异进行深入的描述。在古文渊源论中，《文章精义》经常表达出经高文下的观念；但在转换到关于古文层面的审美和技法时，作者还是经常可以提出持平之论：

---

① 陈骙、李涂著，王利器校点：《文则　文章精义》，第 72 页。
② 陈骙、李涂著，王利器校点：《文则　文章精义》，第 72 页。
③ 陈骙、李涂著，王利器校点：《文则　文章精义》，第 73 页。

《论语》气平，《孟子》气激，《庄子》气乐，《楚辞》气悲，《史记》气勇，《汉书》气怯。

《孟子》就三纲五常内立议论，其与人辩，是不得已；庄子就三纲五常之外立议论，其与人辩，是得已而不已，义理有间矣；然文字皆不可及。

子瞻《喜雨亭记》结云："太空冥冥，不可得而名，吾以名吾亭。"是化无为有。《凌虚台记》结云："盖世有足恃者，而不在乎台之存亡也。"是化有为无。[①]

这里第一条论古文之"气"，讨论经典文本不同的情绪色彩风格以及因其经典性而生成的情绪符号化功能。第二条论古文之"辩"，以"义理"为原则进行区别，见出各自辩说视域的不同，但在"文字"上都给以肯定。第三条以有、无论文章，对比苏轼两篇名文的文法。

《文章精义》将受到《史记》很大影响的韩愈散文与《史记》进行比较，其从宏观评述道："司马子长是史官之文，间有纰缪处，退之是文人之文，间有弱处，然亦宇宙间所不可无之文也。"[②]这是价值评判上的持平之论。对于《史记》文章学层面的瑕疵，可以参见金人王若虚《〈史记〉辩惑》，概言之，即"司马迁之法最疏，开卷令人不乐"[③]。王若虚批《史记》，自有一番原委与用意，但指摘有余而肯定不足，不若《文章精义》平允。李涂又言："西汉文字尚质，司马子长变得如此文，终不失其为质。唐文尚文，韩退之变得如此质，终不失其为文。"[④]应该承认，司马迁和韩愈的文章都是古代散文创作的典范，都是内容价值和形式审美的高度统一。但李涂又从各自的文坛背景深化了我们对二者在创新成就上的认知。

同受《史记》影响，韩、欧比较又是渊源论下差异论的一个子题。第十四条云："欧阳永叔学韩退之。（诸篇皆以退之为祖，加以姿态；惟《五代史》过

① 陈骙、李涂著，王利器校点：《文则　文章精义》，第74、61、65页。
② 陈骙、李涂著，王利器校点：《文则　文章精义》，第80页。
③ 王若虚著，马振君点校：《王若虚集》，中华书局，2017年，第406页。
④ 陈骙、李涂著，王利器校点：《文则　文章精义》，第79页。

《顺宗实录》远甚）所谓青出于蓝而青于蓝者也。”① 这里的注语（应为李涂弟子于钦所加）一方面夸张了欧对韩的承袭，但另一方面又赞许了《新五代史》对《顺宗实录》的超越，当然，“实录”的功能主要是史书成书的材料，这种超越也是自然之理。“姿态”一词，很好地概括了欧文的情韵美追求。《文章精义》又云：“欧阳永叔《五代史赞》首必有‘呜呼’一字，固是世变可叹，亦是此老文字，遇感慨处便精神。”② “呜呼”一词，正是欧阳修古文能够摇曳生姿的抒情妙处之一。正如韩愈之文取法《孟子》《史记》，欧阳修古文的渊源，是近祖韩愈，远绍司马迁的。同为《史记》的追慕者，欧与韩的差别正在动人的“姿态”与“感慨”上，欧文借此也走向“六一风神”的个性价值上去。清人刘熙载谓：“太史公之文，韩得其雄，欧得其逸。”③ 这可以作为对《文章精义》这些评语的总结。

韩、柳比较也是《文章精义》的一个重点，相比宋金时期重韩轻柳的整体观念来说，显得持平很多。《文章精义》辨韩、柳文体之别云：“子厚文不如退之，退之诗不如子厚。”辨思想云：“《送文畅师序》，退之辟浮屠，子厚佞浮屠，子厚不及退之；论史书，子厚不恤天刑人祸，退之深畏天刑人祸，退之不及子厚。”辨风格云：“文有圆有方。韩文多圆，柳文多方。（《晋问》之类是也）苏文方者亦少，惟《上神宗万言书》《代张方平谏用兵书》数篇方，圆者多。”④ 韩愈和柳宗元的古文成就在晚唐就开始被人并称，但事实上两宋时人在理学思想的影响下，对柳宗元接受佛教思想影响这一点较为排斥，从而也使得对他的文学评价出现了复杂的声音，其地位不能与韩愈相当。《文章精义》能打开视野，从多个维度来比较韩、柳，对于深化认识二者的区别，尤其是对柳宗元文学价值的发掘，贡献是很大的。

苏轼有纵横文风，这是承其父苏洵而来，曾为王安石、曾巩、朱熹等人所不满，李涂对此亦有微讥。第九十九条云：“苏门文字，到底脱不得纵横气习；

---

① 陈骙、李涂著，王利器校点：《文则 文章精义》，第 61 页。

② 陈骙、李涂著，王利器校点：《文则 文章精义》，第 70 页。

③ 刘熙载：《艺概》，上海古籍出版社，1978 年，第 13 页。

④ 陈骙、李涂著，王利器校点：《文则 文章精义》，第 76、68、71 页。“这里的‘圆’‘方’即为观点是否直露之意，不露者为圆，露者为方。”见万志全：《放胸襟如太虚始得——〈文章精义〉的创作理论与批评实践》，《兰州学刊》2009 年第 6 期。

程门文字，到底脱不得训诂家风。”[①]《四库全书·文章精义》提要云：“其言苏氏之文不离乎纵横，程氏之文不离乎训诂。持平之论，破除洛蜀之门户，尤南宋人所不肯言。”[②] 提要中拈出这一条，赞其观点“持平”，对理论家来说无疑是较高的评价。“晦庵先生治经明理，宗二程而密于二程，如《易本义》《诗集传》《小学书》《通鉴纲目》之类，皆青于蓝而寒于水也。但寻常文字多不及二程，二程一句撒开，做得晦庵千句万句；晦庵千句万句揫敛来，只作得二程一句。虽世变愈降，亦关天分不同。”[③] 这段对理学前辈学者著述的分别也是既有见地的公允之论。

《文章精义》影响最大的就是对韩、柳、欧、苏四家的风格辨析：“韩如海，柳如泉，欧如澜，苏如潮。”提要云：“世传韩文如潮，苏文如海，及春蚕作茧之说，皆习用而昧其出处，今检核斯语，亦具见于是书，盖其初本为世所传诵，故遗文剩语，口授至今，嗣以卷帙寥寥，易于散佚沉晦者，遂数百年。”[④] 由于其强大的影响，也引起了后世的深究和质疑，如吴伟业希望改成：韩如潮，欧如澜，柳如江，苏如海[⑤]，这是为了推尊苏轼而言。这样的辨析，不断深化着对韩、柳、欧、苏四家的认识，“苏海”一说最终为当代学界所接受。

三、高下论：扶古抑今

孟子说：“物之不齐，物之情也。”（《孟子·滕文公上》）《文章精义》对典籍文本关系的比较多凝练、老到之语，也较多发表高下之判语。如“六经是治世之文，《左传》《国语》是衰世之文，战国策是乱世之文”[⑥]，这是以文章视角反观经籍的思路，乱世、衰世虽其世情浇漓，但“文变染乎世情”，其文依然

---

① 陈骙、李涂著，王利器校点：《文则　文章精义》，第 81 页。

② 纪昀等撰，四库全书研究所整理：《钦定四库全书总目》（整理本），第 2753 页。

③ 陈骙、李涂著，王利器校点：《文则　文章精义》，第 80 页。

④ 纪昀等撰，四库全书研究所整理：《钦定四库全书总目》（整理本），第 2753 页。

⑤ 吴伟业：《苏长公文集序》，四川大学中文系唐宋文学研究史编：《苏轼资料汇编》，中华书局，1994 年，第 1093 页。

⑥ 陈骙、李涂著，王利器校点：《文则　文章精义》，第 67 页。

可观，只是区别之中推尊六经之意还是明显的。这种“每况愈下”式的比较是理学家文论的必然逻辑。这段话原本出自朱熹，《朱子语类·论文上》说：“有治世之文，有衰世之文，有乱世之文。六经，治世之文也。如《国语》委靡繁絮，真衰世之文耳。是时语言议论如此，宜乎周之不能振起也。至于乱世之文，则战国是也。然有英伟气，非衰世《国语》之文之比也。”[①]《文章精义》取其精要，而并未对《国语》进行过度的批评，体现出理念的进步。

《文章精义》在比较高下时经常能够创造性地运用适当的理论范畴，如利害、虚实、力量、境界等。如：

> 《孟子》之辩，计是非，不计利害，而利害未尝不明；《战国策》之辩，计利害，不计是非，而二者胥失之。
>
> 《庄子》文字善用虚，以其虚而虚天下之实；太史公文字善用实，以其实而实天下之虚。
>
> 司马子长文，拙于《春秋》内外传而力量过之；叶正则之文，巧于韩柳欧苏，而力量不及。
>
> 作世外文字，须换过境界。庄子寓言之类，是空境界文字。灵均《九歌》之类，是鬼境界文字。子瞻《大悲阁记》之类，是佛境界文字；《上清宫辞》之类，是仙境界文字。惟退之不然，一切以正大行之，未尝造妖捏怪，此其所以不可及。[②]

另有一些条目，综合来看，也存在着运用理论范畴进行文本比较的效果。如其认为苏轼《艳滪堆赋》辞到，《天庆观乳泉赋》理到，孟子辨百里奚一段辞理俱到，庄子《胠箧篇》辞理俱到。

陈望道《修辞学发凡》等书将简约与繁丰看成是一对风格范畴，并且看到了“古代偏于简，而近代则多趋于繁”[③]。从这个角度来看，《文章精义》与很多古文理论著作一样，是尚简的，并以此来评论文之高下。如：

---

① 黎靖德编：《朱子语类》，中华书局，1986年，第3297页。

② 陈骙、李涂著，王利器校点：《文则　文章精义》，第59、63、66—67页。

③ 陈望道：《修辞学发凡》，上海教育出版社，2001年，第253页。

《国语》不如《左传》，《左传》不如《檀弓》，叙晋献公骊姬申生一事，繁简可见。

《禹贡》简而尽（山水、田土、贡赋、草木、金革、物产，叙得皆尽。后叙山脉一段、水脉一段、五服一段，更有条而不紊），《周礼·职方氏》，冗而踈。

孟子讥蚳鼃不谏，蚳鼃卒以谏显；退之讥阳城不谏，阳城卒以谏显；欧阳永叔讥范仲淹不谏，范仲淹卒以谏显。三事相类，然孟子数语而已，退之费多少纠说，永叔步骤退之而微不及，古今文字，优劣于此可见。①

文章风格又含单一和多元之别，《文章精义》以“正”为上，云：“退之虽时有讥讽，然大体醇正；子厚发之以愤激，永叔发之以感慨，子瞻兼愤激感慨而发之以谐谑，读柳欧苏文方知韩文不可及。”② 此条是对唐宋古文家文本情绪风格的主动建构，以大体醇正的原则肯定了韩文，实际上韩文之不可及，从这个角度来看，在正也在全，“气盛言宜”的韩文各种情绪色彩的表达十分丰富，且均有深厚的力度。

结　论

对《文章精义》文章批评“文本生态”意识的建构，主要是借此观察“生态系统”的理念能够为我们研究前人的古文理论带来哪些启发。这种观察也是有内在理据的，《文章精义》说：“做大文字须放胸襟如太虚始得。太虚何心哉？轻清之气旋转乎外，而山川之流峙，草木之荣华，禽兽昆虫之飞跃游乎重浊渣滓之中，而莫觉其所以然之故。人放得此心，廓然与太虚相似，则一旦把笔为文，凡世之治乱人之善恶，事之是非，某字合当如何，书某句如何下，某段当先某段当后，殆如妍丑之在鉴，如低昂之在衡，决不至颠倒错乱。虽进

① 陈骙、李涂著，王利器校点：《文则　文章精义》，第 59、70、62 页。

② 陈骙、李涂著，王利器校点：《文则　文章精义》，第 63 页。

而至于圣经之文可也。”[①] 这是从创作论上对自然生态的拟构。又如“经是山林中华；史是原圃中华；古文高者是栏槛中华，次者是盆盎中花，下者是瓶中花耳”[②]，则是直接的生态拟构。当然，笔者也注意和警惕到了两个否定性的理论前提，一是文本世界与自然世界的本质差异问题，二是《文章精义》能够被生态系统解释之外的材料问题。在此基础上，笔者认为，《文章精义》“文本系统”的提法还是成立的。

真正进入到文本生态系统的考察中，我们又要寻求这个系统的内在能量流动与外界能量交换的方式。从内在能量流动转换的角度来说，《文章精义》对此提出了“妙处”“好处”“理趣”等命题，这些评语虽未必直接关联文本，但却是文本关联的内在机理。立足唐宋古文、先秦两汉经籍的确是古文取源之处，《文章精义》同时也肯定了向子、史乃至佛典取法的做法，正是在这个意义上，《文章精义》不乏推尊肯定苏轼之意；然而我们从当代的立场上来看，现实的人生社会作为文章更为丰富的交换系统，并没有被《文章精义》关注。以苏轼为例，《文章精义》从取法《庄子》《楞严经》以及“反类尊题”“赋设问答”等多个技法层面肯定了苏文的创变之功，然而却没有提到苏轼从社会生活和个人生活中汲取源头活水的一面。《文章精义》的出现在唐宋古文的辉光之末，但是没有从理论上克服其内在的能量耗散问题。

---

① 陈骙、李涂著，王利器校点：《文则　文章精义》，第 79 页。
② 陈骙、李涂著，王利器校点：《文则　文章精义》，第 81 页。

知识书写与传记文体的困境
——《苍筤侯世传》的文体学考察

雍繁星*

摘要： 王象晋《苍筤侯世传》是一篇很有特色的传记文。此文可分两部分：前半部分诗类似于《毛颖传》的假传体，后半部分诗类似于谱录的分类记录。从假传传统看，此文主要宗旨是对竹（苍筤侯）拟人化的“丰格”与精神之解释，有好奇、炫博等体貌特点。后半部分，因其大量竹名、产地、特征等知识性内容，无法很好地贯彻对“拟人化”之“丰格”的揭示，而是表现出谱录类文献分类列举的特征。这两部分形成一种比较明显的断裂。这个断裂，在一定程度上反映出传记与谱录两种文献（文体）的本质及局限，以及在“史”（知识）层面融合的可能性。

关键词： 王象晋；《苍筤侯世传》；文体；传；谱录

晚明王象晋《赐闲堂稿》卷二有《苍筤侯世传》一文。“苍筤侯”即竹，《苍筤侯世传》是一篇关于竹的传记。此文在中国古代的传记文学系列中，属于“假传”。“假传”之名，始于明代的徐师曾和贺复征等人，用来指称关于“物”的传记。韩愈《毛颖传》是“假传”的源头和代表性作品。关于“物”的传记，自唐以后屡有创作，其中著者如苏轼、杨维桢等，都有不少拟作。“假传”的创作至明代最为繁荣。以收录“假传”最为精审集中的万历时陈邦

* 雍繁星，首都师范大学中国诗歌研究中心。

俊《广谐史》计，全书242篇，明人作品占72%。[1]《苍筤侯世传》具有大多数“假传”作品的文体特征：依照传记的体式，以拟人化的写作方法，连缀对象的形貌特征、生物知识、文化典故等方面内容，最终归结为某种人格精神或者人生哲理，呈现出博雅且戏谑的体貌特征。除此之外，《苍筤侯世传》的后半部分还有一长段类似于竹谱的分类列叙内容。这部分的谱录体[2]主要介绍各种竹子的产地、特征等，和前半部分的假传体有统一性，也有明显的断裂感，从而使《苍筤侯世传》呈现出与其他传记、谱录都相似却又有差异的文体特征。它包容两种不同的文体，书写了偏于主观的、精神性的人和偏于客观的、物质性的物两方面的知识。通过对这一特殊文本的考察，有助于我们理解传记与谱录两种文献（文体）的本质和边际，及其互相渗透、重新组合的基础和可能性。

一、《苍筤侯世传》的文本形态

《苍筤侯世传》见于《赐闲堂集》卷二。为了更直观地说明问题，节引原文主要部分如下：

> 自昔称耐岁寒者三，曰十八公，曰渭川侯，曰庾岭丈人。均之狭烈日，傲严霜，贯四时而调二气。顾挺然独秀者或沦于孤寂，调和鼎鼐者或流为膏润。至于劲节持身，虚中应物若渭川侯者，上遡乃祖苍筤侯，传世数千年矣。其丰格俨如一日，尤令人切高山景行之想。爰命管城，勒之汗青，俾后世有所考焉。作《苍筤侯世传》。
>
> 苍筤侯姓竺，名锺龙，小字修之，别号翠筠。黄帝时人。居嶰谷。肥遁自甘，不乐仕进。与伶伦为友。伦荐于朝，帝命伦偕将作大匠往聘之。

---

① 这是向志柱《胡文焕〈胡氏粹编〉研究》中的统计结果，转引自俞樟华、娄欣星：《古代假传和类传研究》，黑龙江人民出版社，2015年，第71页。

② 谱录之名，最早见于尤袤《遂初堂书目》。谱、录严格说来亦是二物，谱是按某种规则排列的同性质的多种对象之记载；录则是如刘向书录类的对某个对象之记录。不过，通常录不被当作文体或者著述体式，在后世更与目相结合成为“目录”这种著作体式。为行文方便，本文在称“谱录”时都是指“谱”。

三往始起。比至庭，犹偃蹇彊卧，不起拜。帝怜其强项，授太师，俾典乐律，素所好也。修之心调音韵，口叶宫商，声气协同，治化遐迩宇内，成太和之理。帝心大悦，赐爵苍筤侯。后裔有名簜者，有名箘簬者，皆以直节著名当世。当夏侯氏时，用地方贡举，作宾于王。其后历数传，西徙玄池。穆天子游而乐之，为奏广乐三日，赐名乐池。后人遂多好音乐。孔子至淇，闻潇疏团圞之声，欣然忘味，谓弟子公孙青曰：子知之乎？人不肉则瘠，远此君则俗。其见推重如此。汉武帝时河决瓠子，大臣将军皆负薪塞决口。淇澳诸人多强力，投身捍御，没顶踵不顾。决口旋塞。帝大加赏赍，就中渭川人名千亩者功尤最，用司马迁荐，封渭川侯，食邑千户，续祖封，流传至今。西晋以来，人情放达，风流自喜。诸竺多相昵就，遇嵇、阮、山、刘则林泉纵饮，遇王猷、袁粲则促膝剧谈，洒洒然相乐也。其后族类益繁，散居四方，几遍海内外。或洞天时，或敦伦彝，或尚清修，或广利济，或富英华，或饶猛烈，或迈种标异，或耦众韬光，或丰伟修特，或短小精悍，森森楚楚，未易殚述。凯之作谱而弗详，山谷有志而未逮，良有以也。总之，竺氏诸人，仰其高节，可以持己；袭其凉廕，可以庇众；睹冲襟之浩荡，鄙吝尽消；被清飔之披拂，繁华若扫。是以知与不知，咸切爱慕。即固僻如予，衰髦如予，斗室前时与数辈晤对，听其吟啸以相酬和，抚其儿孙以佐壶觞，博咨其宗族以广结纳，虽言人人殊，皆时露头角，簌簌有林下风。竺氏之宗，盖方兴未艾也。苍筤侯之流泽远矣哉！

竹名

洞天时四种：四季竹，节长而圆。生山石者更嘉。月竹，每月抽笋，丛生如箭。产嘉定州。斑皮竹，月月生笋，他笋弗及。产湘源县。十二时竹，每节生子丑等字。产蕲州。敦伦纪九种：思摩竹，自节生笋，既成竹，至春，节中复生笋，如祖孙相续。产交广……尚清修七种：观音竹，每节二三寸。产占城……广利济三十六种：甘竹，实闲闲真人致元帝。产天台山……富英华十二种：礼斗威仪，君乘木而王，其政太平。蔓竹、紫脱为之长生……躭猛烈九种：簟竹，大如戟。实中，劲强。交趾人锐之为矛，甚利……迈种示异六种：龙牙竹，长四五尺，稀节。取之必有大风雨。出永嘉大罗石……耦众韬光二十一种：筑阳孤竹，三年一笋。……

丰伟修特十七种：贞元中，番禺有海户入罗浮山第十三岭，遇巨竹百丈者万竿，围二十一尺，有三十九节。一节长二丈。因破位蔑，挈妇归人。获一蔑以为奇货……短小精悍十种：龙牙竹，长四五尺，稀节。人取必有风雨雷电之变。产永嘉大罗石。……[①]

《苍筤侯世传》分小序、正文及"竹名"三大部分。小序和正文自属常见，唯"竹名"部分颇不易判定其性质。它和正文的联系，在断续之间。"竹名"部分的体量是正文的七倍左右，绝非可以轻易忽略。考原文版式，小序低正文三字，"竹名"部分低正文一字，三部分交接处皆提行刊刻，没有更多的标识。在形式上，本文是存在一定断裂感的。这种断裂感也体现在文体形态方面。《苍筤侯世传》的正文是常见的传记体，叙述苍筤侯的名氏世系及行迹事业，以其生平始末，见其"可传于后世"之标格。"竹名"部分则是谱录体，主要是各种竹的分类排列。按照常见的阅读经验，正文末句"苍筤侯之流泽远矣哉"，可以视为全文的收束；"竹名"部分与正文似乎无关，像一个生硬的插入性附录。事实上，在阅读正文的时候，我们比较容易感受到作者主观的情感倾注，忘却传主的"物性"，进入文本渲染的拟人化氛围。读至"竹名"部分，则使人从"人性"中复归于传主的"物性"，重新面对需要理性认识的客观世界。前后两种差异明显的文章体式，不能形成一个浑融的整体。需要说明的是，原始文本的两处提行都在同页中间部分，不存在错乱的可能性。另外，《赐闲堂集》存世稀少，版本亦仅见《原国立北平图书馆甲库善本丛书》一种。此本刊刻于顺治十年，当时王象晋尚在世，已九三高龄。[②]也就是说，此种文本形态也不存在后人编订文集时改动的可能性。我们阅读中的断裂感，是作者本人造成的。

然而细读之下，则会发现问题没有如此简单。根据小序，本文是为了表现苍筤侯及其后世"劲节持身，虚中应物"的"丰格"。如果"竹名"部分只是

---

① 王象晋：《赐闲堂集》卷二，中国国家图书馆编：《原国立北平图书馆甲库善本丛书》，国家图书馆出版社，2013 年，第 876 册，第 885—889 页。

② 《原国立北平图书馆甲库善本丛书》标注为顺治九年，崔建英《明别集版本志》标注为顺治十年。两说所据当皆是卷首王象晋《赐闲堂集题词》中"今九十有三"一句，故应以后者为是。

可有可无的附录，则只需把这一百三十一种竹子按照生物特征或者其他标准分类列举即可，只要列举竹名即可。但是，本文的“竹名”部分却一一对照正文中述及苍筤侯后世诸多族类时的“洞天时”“敦伦纪”“尚清修”等符合人之精神特征的“丰格”进行了分类，并且依照这些以“丰格”为内核的类目，对各种竹子的特征进行了介绍。全面拟人化的正文和貌似客观理性的“竹名”，都归化于小序中苍筤侯家族令人生起“高山景行之想”的“丰格”。它们具有深层的内在联系。在这个层面上，“竹名”部分与正文的关系，体现出深度的密切。“竹名”部分并不是可以任意忽视的“附录”，而是全文的有机组成部分。就《苍筤侯世传》而言，小序、正文、“竹名”三个部分共同构成文本整体，其中体现出王象晋构建文本统一性的努力。退一步讲，即便我们把“竹名”部分看作正文的附录，也多少能感受到王象晋本人在发掘这个巨型附录与正文内在一致性过程中的努力。

内容的统一性与形式的割裂感，使《苍筤侯世传》形成很有特色的文本形态。它在“传”体文中，汇集了前半的传记与后半的谱录两个异质性的部分。就我浅薄的阅读经验而言，这是比较少见的。就古代的文体序列而言，包含两种以至多种文体形式的文体也有，例如史传的本体与论赞，墓志铭的志与铭。有些学者认为，史传中的论赞、墓志铭的铭文，都应与本体分开，是两种文体。例如《文选》即选了“史论”（分别选自《汉书》《晋纪》《后汉书》《宋书》）和“史述赞”（分别选自《汉书》《后汉书》）。在论赞体发生的早期，它们是单独成体的。不过，就后世的传体文学创作而言，类似于《史记》“太史公曰”、《汉书》“赞曰”的评论颂赞文字，几乎成了传文本身不可或缺的组成部分。[①] 传记可以没有论赞，墓志可以不带铭文，但史传的论赞和墓志中铭文部分的书写，都依托于传和志。离开本体，二者皆成不实的空言。相比之下，《苍筤侯世传》的正文和“竹名”两种体式之间的关联性要弱很多，是可以各自独立的二体之并峙。或者说，它虽然在整体上具有内在的统一性，但是两部分体式的差异过大，对内在统一性造成强烈的削弱，产生了明显的断裂感。

---

① 关于赞体文类，参见高明峰：《“赞”文分类与〈文选〉录“赞”》，《河北科技大学学报》2012年第3期。

二、《苍筤侯世传》的体式特征与知识化内容

《苍筤侯世传》具有独特文体形态的首要原因，应当是王象晋对“世传”的文体认知。什么叫作世传，王象晋没有解释。从《苍筤侯世传》的内容来看，“世传”有别于常见的“传”。它并非仅仅是苍筤侯本人（按照绝大多数传记包括假传，把传主当作一个人）的传，而是以苍筤侯为始祖，包括其后世子孙中的著名者以及整个家族群体的合传。也就是说，它是按“世”作传的。世，就是代，就是世系。《苍筤侯世传》中，提到始祖苍筤侯，也提到“簜”“箘簬”“淇澳诸人”“渭川人名千亩者”“诸竺”以及散居四方的后世“族类”。它们是作为具有共同族类特征的群体出现在同一篇传中的。

就笔者目力所及，世传之名很少见到。只有陈邦俊《广谐史》收录了罗仲点的《匡离世传（蟹）》。《广谐史》目录中介绍罗仲点，说他字序生，号阳纡，浙江嘉兴府嘉兴县人，万历□□□文学。他和王象晋同为万历时人，同用世传作为一篇假传的名字，不知是否巧合。考之《匡离世传》，亦与《苍筤侯世传》类似，是为蟹之族类所作的传。它以“有匡生者名离，一名狼螘”作为始祖，依次叙述蟹族不同品种及其特性。如在吴的“横行介士”，失其名而依于海镜君的解之子，无肠之孙应敖，五代末的解黄中，钱塘汾湖的“紫髯公”，等等，并谓“匡氏之后，大氐外刚而内柔……然好以割烹之说进，往往不能保其躯”。我们似乎可以说，明人所谓“世传”，即是世代相系的族类合传。

笔者读到的“世传”还有一个例子。陶望龄《歇庵集》卷十三目录有“谱传”类文体，子目如下：“姓系第一、地望第二、始迁第三、派别第四、世表第五、世传【六十一则】。”[①]“谱传”，所录当为“谱”和“传”。子目中“姓系”至“世表”，显然是“谱”；而“世传”则是按世系排列的“传”。不过，原书小字注“六十一则”，是编者不以“世传”为单篇文章之“体”，乃是六十一人传记的总称。这些传篇幅不一，多为数十百字的短章，故以“则”计

---

① 陶望龄：《歇庵集》卷十三，中国国家图书馆编：《原国立北平图书馆甲库善本丛书》，国家图书馆出版社，2013 年，第 855 册，第 452 页。

而不以“篇”名（其中长篇的如弘治时陶谐［字世和］传，有千字左右，视为单篇文章毫无问题）。类似于《歇庵集》中的这种多人传记的集合，在家谱、方志等文献中比较常见。家谱中的小传，往往系于“世系”或者“世谱”目下。方志中的小传，多系于职官、艺文等名目下。这就差不多相当于诸史中的“列传”了。从总体上看，把它们当作著述体例更恰当。因此，《歇庵集》中的“世传”缺乏文体意义，王象晋《苍筤侯世传》在文体层面上更值得重视。

世传之体，应与《史记》的世家有关。班彪论《史记》体例说：

司马迁序帝王则曰本纪，公侯传国则曰世家，卿士特起则曰列传。[①]

班彪认为本纪、世家、列传本质上都是相同的，不过是因记叙的对象身份有别。刘知幾也认为世家“编次之体，与本纪不殊”，是为了“抑彼诸侯，异于天子”。[②]在他们看来，本纪、世家、列传并不是文体方面的区分。有些假传的作者，就采用了“纪”“世家”的名称。以本纪为名者，如明代闵文振《唐密王本纪（蜜蜂）》、李珮《姚王本纪（牡丹）》、尹二文《天君本纪（心）》[③]等。以世家为名者，如元代程文《石君世家（美石）》、杨攀龙《艾同世家（蚊烟）》（时代不可考）及明代焦竑《翟道侯世家（墨）》、闵文振《国老世家（甘草，集药名）》、夏暐《玉川子世家（船）》等。名本纪者暂且不论，凡以世家为名者，虽然也比较重视对传主世系的叙述，但是绝大多数最终要归结于某个具体的对象。例如《石君世家》，始于“西蜀人”“石君”的先祖世系黄石公，到武帝时“以刚勇称”的“头子”“骁勇有气力”的“礅”，以及后来的别支子孙“居夔者名砂，砂生矶，传十余世至武夫。武夫生璞，又十余世生砾。砾生碛，碛生君”。此后，作者又用了相当的篇幅详细叙述了身具美质又“介然有高世之志”的“石君”行迹。从篇幅比例看，这些所谓“世家”，与一般

① 范晔撰：《后汉书·班彪列传》，中华书局，1965年，第1327页。

② 《史通·世家》，刘知幾著，浦起龙通释，王煦华整理：《史通通释》，上海古籍出版社，2009年，第37页。

③ 陈邦俊《广谐史》列李珮、尹二文入“世次无考”类。据詹景凤《古今寓言》，二人皆明时人。另，《广谐史》作尹二文，《古今寓言》则作“尹一文”。未知孰是，待考。

的列传并无本质的区别。其余诸篇，无不如此。大概可以说，时人对世家的理解，固然含有世系之意，但是在文体层面上与传没有区别。

相比之下，《苍筤侯世传》对竹的族类世系的叙述，总体上保持了基本平衡，没有落脚于某个主要对象进行详细刻画。王象晋所谓“世传”的“世”，应该更侧重于“世代”“世系”。这也正是司马贞和张守节所理解的“世家”之要义。

> 司马贞《索隐》：“系家者，记诸侯本系也。言其下及子孙常有国。故孟子曰‘陈仲子，齐之系家’。又董仲舒曰‘王者封诸侯，非官之也，得以代为家也’。”张守节《正义》：“世家者，《志》曰‘谓世世有禄秩之家’。案：累世有爵土封国，故孟子云‘陈仲子，齐之世家也’。”[①]

司马贞和张守节理解的“世家”，重在世代相继。新城王氏是明代山东著名的文化家族，作为世家大族的子孙，王象晋应当有浓厚的宗族意识。他对司马贞和张守节的看法，也应当是熟悉的。王象晋对“世传”体的认知重在“世”，其来源则与《史记》的“世家”体有关，这应该是并不离谱的推测。

“世传”的族类合传性质，决定了知识类的内容及其比例都大幅增加。传“必首著名氏、乡里、世系，继序行能功烈之始终，而其末论断之辞，则别称‘太史公曰’云云，以补所未备之事，发所不尽之意”[②]。假传也不例外。它以拟人的方式，把“物”的知识转化为“阀阅、谱绪、爵里、征拜、建树、谥诔，人间亹亹之故”[③]。作家们可以在表现手法、技巧方面各显其能，花样翻新，却不可能抛开这些基本内容。在有些作品中，世系叙述的比重相当高。例如方清《竹先生传（竹）》，对“竹先生”之前世系的叙述就非常多，差不多有全文一半的篇幅。不过，此类作品由于都会以某一个对象为主，因而世系的知识性叙

① 司马迁撰，〔日〕泷川资言考证，杨海峥整理：《史记会注考证》，上海古籍出版社，2015年，第1707页。

② 王袆：《考定伯夷列传》，转引自吴讷著，凌郁之疏证：《文章辨体序题疏证》，人民文学出版社，2016年，第225页。

③ 李日华：《广谐史序》，《广谐史》卷首，《四库全书存目丛书》子部，齐鲁书社，1995年，第252册。

述就被掩没了，成为次要的烘托性铺垫。如果传主是客观世界中本身族类就比较复杂的对象，例如砚台，作者往往会把端砚、歙砚等品类安排在以某个对象为主的世系中。知识性的内容，仍然是次要的铺垫。有些历史典故较多的对象，例如梅，知识性内容还会成为作者逞才炫博的途径。

《苍筤侯世传》开篇即叙述竹之名氏、乡里："苍筤侯姓竺，名锺龙，小字修之，别号翠筠。黄帝时人。居嶰谷……赐爵苍筤侯。"其后世则分别介绍了"簜""箘簬""淇澳诸人""渭川人名千亩者""诸竺"以及散居四方的"族类"。它不像常见的传那样围绕一个中心展开详密的叙事，而是对竹属的历世"要人"都只做了三言两语的简要概括。由于在不长的篇幅中容纳了诸多体量相近的简洁叙述，正文部分对竹属客观知识的介绍就得以凸显。对"世系"的重视，并行列举式的结构、知识性内容的增加、表达的简约和短小的篇幅，都指向一个隐约的结果：《苍筤侯世传》的主体部分弱化了传的体式，而更多地具有了谱录的特征。或者说，它的样貌近乎传和谱录的中间状态。

至于"竹名"部分，本身就是以谱录体式呈现的有关竹类知识。所谓"洞天时"的四种竹子，不过是因为各自的生长节奏等生物学特征与天时有关罢了。同样，"敦伦纪"的九种竹子，不过是因为它们或者相继如祖孙，或者并列如夫妇，或者群小绕大如母子的自然样态。谱录体的本质是客观知识的某种体系化呈现，王象晋对竹类知识的拟人化，其实更像是对谱录性质的削弱。不过，由于拟人化的薄弱，这个削弱行为大体上可以忽视。

从总体客观效果观察，王象晋的《苍筤侯世传》，其实已经是一种新的混杂文体。[①] 至于他本人是否有明确的意识，暂时还难以判断。据《赐闲堂集》中所表现出的率意、好奇以及求实态度，笔者更倾向于肯定。

---

① 陆奎章《香奁四友传序》谓："自韩子作《毛颖传》，偃然爵之，为人肆出奇怪。后之以文为娱者，往往慕效，至合其传所牵联陈玄、陶泓、楮先生为文房四友。或制诰以除授，或表启以代谢，或弹驳以封事。夸多角隽，虽言人人殊，要皆极文章之妙，而未易加一辞之赞矣。居闲每欲效颦万一，以少解贪常嗜琐之陋。"不仅明用假传来传一切具体或抽象的事物，也在形式方面突破单一的假传，用多种多样的文体来书写拟人化的事物。除了陆奎章提到的制诰、表启、弹博，贾三近在《滑耀编》中也收录了文、传、制、诰、表、奏、启、赋、叙、记、问、对、志、铭、说、露布、杂著等十七种文体。其中绝大多数都以"拟人化的物"为书写对象。这种自由奔放的风气之下，王象晋的文体实践就不显得特别奇怪了。

三、清新博雅、理性呆板：不协调的体貌特征

《苍筤侯世传》的传主是“竹”类，王象晋以拟人的假传体，赋予竹类以清雅高洁的人格特征。与此相应，它的正文也表现出与假传文的滑稽、游戏、奇怪、夸饰不完全相似的偏于清新博雅的体貌特征。

假传类作品，往往涵容雅俗、兼有奇正。陶泽认为这源于独特的，名为“寓”的立言方式：

> 君子之立言，有正有寓。易之象，诗之比，荀子赋，庄子书，太史公滑稽传，率是寓也。何以有寓也？菽粟布帛，日用而不知其美也。空青水碧，诸世外奇宝，见之无不异者。异之故玩之，玩之故有得焉。此寓之所以为训也。余不佞，安敢拟诸作者。间尝病举业之确也，思托诸奇诡以自放。乃取青奴、煖足瓶、蝇、蚊、虱、蚤，为立六传，时时玩之，以资谑笑。……夫谈言微中，可以解纷。读者甚无以戏而少之哉。①

立言有正有寓，寓即寄托。“寓”的存在，基于有别于日常之美的奇异，是作者寄托自我精神情怀的放旷场域。人们可以暂时逃离世界的正经面向，可以轻松，可以低俗，可以自由。“寓”的立言方式，突破了正言的局限，扩大了表达空间。正与寓的离合，给假传体甚至所有拟人体创作带来和日常经验不同的“反差化”效果，造成涵容雅俗，兼包优美与雄壮、激烈、奇怪、戏谑等多种体貌。②

《苍筤侯世传》是假传体中清新雅致类的。它的传主就是历来作为古代士

---

① 陶泽：《六物传序》，陈邦俊：《广谐史》，《四库全书存目丛书》子部，第252册。

② 明清时人往往含混地把假传体与滑稽、诙谐的风格相联系。在他们编的各种消闲类文集中，假传是一大宗。俞樟华、娄欣星提到明人所编此类文集“有徐常吉《谐史》、陈中州《居学余情》、贾三近《滑耀编》、朱维藩《谐史集》、詹景凤（一说陈世宝）《古今寓言》、胡文焕《寓文粹编》和《谐史粹编》”。此外，尚有谈修编的《游翰稗编》、邹迪光编《文府滑稽》十二卷。实际上，假传的风格比较复杂，各种都有（通常符合所传对象在人们精神世界中的投影），滑稽诙谐只是其中一部分。

人高洁品格之象征的竹。王象晋用凝练的笔墨勾画出竹系传主“劲节持身、虚中应物”的丰格。从苍筤侯的“肥遁自甘、不乐仕进”，“簜”“箘簬”的直节，淇澳诸人的妙于音乐、远离世俗且勇于济世，再到魏晋诸竺的风流洒然，以及后世族类的“或洞天时，或敦伦彝，或尚清修，或广利济，或富英华，或饶猛烈，或迈种标异，或耦众韬光，或丰伟修特，或短小精悍”，都让人不由得“鄙吝尽消”，油然而生洒然离俗的向慕之情。与全文的精神宗旨相适应，王象晋在表现方式上尽量避免了多数假传的繁复结构和多样的语言。假传常见的表现方式和技巧如主客设问、铺陈排比、渲染夸饰等等，在《苍筤侯世传》中都见不到，而是代之以简单明快的并列平铺式结构、清新的语言，从而勾勒出简远清静的意境。且不说那些风格奇特鲜明、情感力度强大的假传，即便是同类以竹等清高之物为主题的作品，往往也会用繁复多样的技巧和放任的语言“极力形容”。但是王象晋在倾注情感的同时，总是隐含着恰如其分的约束。他没有就某个具体对象加以浓墨重彩的刻画，而是以勾勒点染的方式，就竹类传主清高这一方面的特点加以书写。所以我们能在《苍筤侯世传》中体会到作者感情的寄托，却并不觉得特别浓烈，似乎不知不觉地就沉浸到优美清雅的氛围中去了。

《苍筤侯世传》的情感特征并不强烈，这与知识性内容的凸显有关。知识性内容，一方面强化了文本的博雅特征；另一方面也使得文本更加理性化，体貌有了模式化的特点。从道理上讲，生平行迹等知识化内容的记录，代表着传类文体对“真”的追求；而通过对某个传主事迹、言行、功业等内容的“形容”，无疑是传类文体受限于作者、传主、时代等各方面的主观价值标准的表现。这当然未必不“真”，然而它在根本上是价值的“真”，而非事实的“真”。所以，在传类文体中存在着两种性质不同、层次有别的“真”。事实的“真”，使传类文体具有客观、固定的理性色彩，表现出平淡甚至呆板僵化的体貌特征。相反地，价值的“真”则使传类文体具有主观的、变动的情感色彩，表现出变化多姿的体貌特征。于是我们看到，传类文体中客观的知识性内容比重越大，越得到凸显，就会越削弱作品的情感色彩，增加其客观理性的体貌特点。《苍筤侯世传》的正文部分，正好合乎这个原理。当然，“竹名”部分的谱录体记录，越发使王象晋的“世传”体作品变得“情”“理”冲突，并向“理”

倾斜。

综合考察全文，《苍筤侯世传》是一个内在统一性不强的、体貌不协调的文本。如果要勉强对它的体貌特征加以概况，那就是不和谐的清新博雅和理性呆板。

四、余论："世传"与传、谱录的文体问题

如前所述，《苍筤侯世传》实质上是传与谱录的混合体。这种形态，令我们在传统的文体序列中明确判断其归属时很踌躇。略微考察传、谱录两种文体定名的情况，也许有助于我们理解不同文本的特征、边界及其相互融合的可能性。

文体的本质和定名是个复杂的动态过程。[①] 早期的传和谱录都不是特定的文体名称，都是著述体式。后来，谱录渐渐变成著述的体式，而传被用作文体名称。谱录最早应该是对人类宗族发展演变情况的系统记录。例如《汉书·艺文志·数术略·历谱》就著录《帝王诸侯世谱》二十卷、《古来帝王年谱》五卷。《史记》的表也属谱录性质。[②] 这些主要根据时代世次列叙人物的文本，大概就是早期的谱录。之后，逐渐有了各种天文地理、工艺农事、文学艺术、日常生活领域的谱录。[③] 很少有人把谱录当作单独的文体，只有刘勰《文心雕龙·书记》篇的细目中，提到"总领黎庶，则有谱籍簿录"。这中间应该包括我们所说的谱录。或许因为后世的谱录篇幅都比较长，所以不被看作文体之一种。然而早期的谱录，很多都是相当简单的。如欧阳修《砚谱》，在不到一千字的篇幅内，介绍了 10 种砚；王观《扬州芍药谱》，前有序，末有后论，中间以七品，总计 39 种芍药。此类谱录，完全可以当作文体之一种。传本是对经的解说，自司马迁"创为列传，事始移之于史"[④]。章学诚也认为"（古人）

---

① 参见罗宗强：《我国古代文体定名的若干文体》，《中山大学学报》2009 年第 3 期。

② 杨树达《汉书管窥》卷三："沈涛云：世谱年谱，即世表年表。刘沓云：三代世表并效周谱，可见谱与表名异而实同。"上海古籍出版社，2006 年，第 246 页。

③ 朱积孝：《谱录述略》，《图书馆》1995 年第 6 期。

④ 张相：《古今文综评文》，转引自凌郁之：《文章辨体序题疏证》，人民文学出版社，2016 年，第 225 页。

经史亦无分科……至于近代，始以录人物者，区为之传；叙事迹者，区为之记”[①]。这就是史记开创的列传以及后世文人自撰的单篇之传。

事实上，传和谱录并不是毫无关系的两种文体。张德建在考察解缙传记演变的过程时指出，传记的书写方式有正史式“简略而表面化的客观历史叙事”，也有因文学性而增强的“历史鲜活感和文本层面的真实感”的杂史叙述，更有因增入各种来源性质的史料和史评作为“附录”的野史式叙述。[②]他认为，历史叙述中“文学性的诱惑”有积极作用。这个现象和意见对我们考察《苍筤侯世传》有很好的借鉴意义。“简略而表面化的客观历史叙事”，大约相当于传记作品中对较为客观的知识性内容之列叙，谱录当然更是如此了。这种方式，尽管更贴近事实的真实层面，却无法传达出传主的神情风貌和精神意态。然而文学性的叙事，稍不小心就会突破事实真实的基本界限。在假传的书写传统中，与人物传记的情况恰好相反。如果过于侧重客观知识的呈现，传记的性质就会近乎谱录。尽管人们可以从类似现代科普说明文的谱录中获得关于物的各种知识，但是人之于物的情感态度乃至物对于人的存在意义则失去依托。读一篇拟人化的竹君子传，读者、作者的情志感受能够借竹以相通。这是读谱录或者说明文绝对无法实现的。关于这一点，稍稍对《苍筤侯世传》和王象晋的《二如亭群芳谱》中关于竹的记录做个比较就明白了。因此，无论传人还是传物，传记文体与主客观两个层面的内在要求先天是有冲突的。暂且不论是否成功，王象晋试图融传记与谱录为一体的处理方式是很有启发性的。在拟人化的文学叙述中，加大客观知识书写的比例，有助于避免传记脱离事实真实的基本轨道。在客观知识为主的呈现当中，以情志感受为统率，可以超越物的实用意义。也就是说，两种乃至多种不同传类文体各自越界之后的融合，在某种程度上实现了向“真实”靠近的目标。在这个意义上，《苍筤侯世传》的意义是非常值得重视的。

明代人在把文体辨析到极致的同时（有大量诗文理论著作为证），也在思考不同文体的共同本质。在他们看来，任何文体本质上都是历史文献。就像王

① 章学诚撰，叶瑛校注：《文史通义·传记》，中华书局，1994年，第248页。

② 参见张德建《历史文本中的文学因素——以“解缙之死”书写差异为例的考察》，《四川大学学报》2018年第2期。

世贞说的那样：

> 天地间无非史而已。三皇之世，若泯若没。五帝之世，若存若亡。噫！史其可以已耶？六经，史之言理者也。曰编年，曰本纪，曰志，曰表，曰书，曰世家，曰列传，史之正文也。曰叙，曰记，曰碑，曰碣，曰铭，曰述，史之变文也。曰训，曰诰，曰命，曰册，曰诏，曰令，曰教，曰札，曰止书，曰封事，曰疏，曰表，曰启，曰笺，曰弹事，曰奏记，曰檄，曰露布，曰移，曰驳，曰喻，曰尺牍，史之用也。曰论，曰辨，曰说，曰解，曰难，曰议，史之实也。曰赞，曰颂，曰箴，曰哀，曰诔，曰悲，史之华也。[①]

史者，载记也。林林总总的文体，究其实都是为了不同目的，对历史进行不同面向、不同维度、不同形式的记录。从这个角度看，不同文体之间在根本上存在融合的基础。

“文无定体”，选择何种文体的依据，在于表达的现实需求。在王象晋看来，传体中的“或……或……”，未能充分表明“洞天时”“敦伦纪”等诸多苍筤侯的“世系”，只有加上详尽的谱录才完整。这一举动，在有意无意中回到了事实本身：源自现实的各种文体，在表达现实时，应该放弃固有的形式限制，突破边际。既然传和谱录都不足以满足他的写作要求，那就把它们重新组合起来。

王象晋对传和谱录的融合，未必是成功的文体尝试，也缺乏反响，但它却反映出既有文体系列与现实表现的要求之间常常存在距离。在实际创作中，这个距离就是作家对已有的稳定文体加以突破的一个动力。正是这些或多或少、或成或败、或隐或现，甚至作家自己也未必明确意识到的创造，积累成为突破既有稳定文体的巨大力量，从而推动了文学的历史变化。在这个意义上，《苍筤侯世传》中呈现出的文体现象，具有重要价值。

---

① 王世贞著，罗仲鼎校注：《艺苑卮言校注》卷一，人民文学出版社，2021年，第39页。

明代试录序的写作模式及其“正文体”悖论

丁一凡*

摘要： 明代乡、会试录的前后序文包括赞辞、考情、劝勉和议论四个部分，作为贯彻官方意志的一种公开文本，乡、会试录序的结构相对固定，是考察某一时段社会主流思想、话题及其变化的合适样本。明代乡、会试录序文的写作模式一直处于发展变化之中，在不同阶段呈现出风格迥异的面貌，这种转变尤以嘉靖末至万历初这段时期最为突出。同时在此时期乡、会试录序文涉及的各项内容中，“正文体”成为出现频率极高，且与当时的意识形态、思想秩序重建，乃至社会风气、文章发展关系密切的话题之一。但恰恰是在厘正科举文体呼声高涨的晚明，乡、会试录序的写作，乃至科举文风及士人群体的态度，却愈发与官方对于“正”的要求背道而驰。这种出现于乡、会试录写作中的“正文体”悖论，或成为我们反思晚明社会及思想、文学之异变的另一个契机。

关键词： 试录序；“正文体”；明代科举

乡、会试录序在学界过往的研究中处于边缘化的位置，究其原因，笔者以为有二：首先，对于明代乡试录和会试录的研究，基本都是作为明代科举制度研究这一史学课题中的一个分支得以呈现，故将乡、会试录中的序文作史料视之，的确发掘不出多少有价值的东西；其次，乡、会试录序作为一种具有特

*　丁一凡，北京师范大学文学院2019级古代文学专业博士研究生。

定功能指向的应用文体，其内容普遍空洞乏味，歌功颂德的赞辞，千篇一律的劝勉，从文学角度考察，也难说它有多少审美价值以及思想感情。不过，正是由于这种特定的功能指向，造成了乡、会试录序文程式化的写作模式，其固定且稳定的文本特质，相较于其他的“论”“说”文体，或者书信、尺牍、奏议、碑铭、传状中驳杂纷繁的议论成分，反而有利于我们以历时性的眼光集中考察明人某一时段的认知、想法和一般理念，以及这些认知、想法和一般理念的演变发展。

一、试录序的基本结构及文本特点

乡试录和会试录，即乡试和会试中产生的相关科举文献的汇编。根据《中国科举制度通史·明代卷》的定义，乡试录是“由各直省每科乡试的主办者按制主修的专门全面登载一科乡试主考、同考以及提调、监临、监试等执事官，考题和中式者名单及其本经以及‘程文’（即今天所称“范文”）等信息的科举文献”[①]。会试录之定义可以参考此说，不再赘述。乡、会试录的主要内容由六大部分构成：第一为前序，一般由正主考官作；第二为考官名单及详细信息，包括考官的姓名、官阶、字号、籍贯等；第三为三场试题，包括完整的题目和答题要求；第四为中式者名单，包括考生的名次、籍贯、身份、本经等；第五为程文，即考试中的优秀范文，同时还附上考官所给评语以供其他士子参考学习；第六为后序，一般由副主考官作。本文所着眼研究的对象，即是乡、会试录中的前后序文。由于对文献重视程度的不足，以及文献在流传中的损毁、缺失，现存明代的乡试录共333部[②]，会试录共59部[③]，总体数量不算太多。因为乡、会试录序均包含明确的帝王年号、时间信息，所以哪些部分有残损缺失一

① 张希清等主编，郭培贵著：《中国科举制度通史·明代卷》，上海人民出版社，2017年，第269—270页。

② 陈长文：《明代乡试录、武举乡试录的版本及庋藏》，《大学图书馆学报》2010年第6期，第120页。

③ 王红春：《明代进士家状研究》附录2，上海书店出版社，2017年，第260页。

目了然。历史上客观存在的各种乡、会试录的数量应远不止于此。晚明人朱国桢在《涌幢小品》卷七“试录”曾说：“礼部所存《国初会试录》，止洪武四年一本，自十八年至三十年皆缺。想建文诸臣死难者，多系是科以后进士，故尽毁之。”①

通过检阅、比对大量明代乡、会试录序文，我们可以发现乡、会试录序的写作内容和布局环节较为固定，呈现出高度程式化的文本特点。乡、会试录序的内容主要由四大部分构成：赞辞、考情、劝勉和议论。现详细分述如下。

其一为赞辞，主要是针对帝王进行歌功颂德，另外还有对当朝的表彰夸耀。如宣德五年（1430）由王英撰写的《会试录序》开篇即明言：“皇明诞受天命，统一万方。皇上以圣文神武之德，嗣大历服，聿新文治。宣德纪年之五年，当论秀兴贤之期，郡国贡士悉至于京师礼部。”②成化二十三年（1487）尹直所撰《会试录序》也一如前例：“圣天子至仁盛德，配天覆民，跻世熙皞，盖二纪矣。方虑政弛臣比，益励喜起，更任忠贤，肃昭政令，群下耸，罔敢暇豫。实修法度、正百官之盛举，与帝舜之率作、文武之弛张同一意也。猗欤休哉！”③此外还有出现于序文中段的，如万历二年（1574）王希烈所撰《会试录后序》称：“今天子躬圣，德履昌运，思维化原，上应古始。乃于登御之初，霈然下明诏，首揭正人心一语，以申儆官邪，示皇极之路，岂非千载一时，海内臣民师指跂风之日哉？”④在赞辞的写作中，作序者往往极尽阿谀夸耀之能事，如“继承大统”“顺应天命（运）”“恢弘治道”“丕变彰明”“化成天下”等等，都是他们偏好使用的词汇。虽然这些表述看似千篇一律，重复冗余，但其中还是可以体现出作序者的两条思路：一是树立并维系一种基于皇权的绝对权威，作为贯彻官方意志文本的乡、会试录序，其写作目的和预期效用必然要追求一种合法性与正统性；二是科举考试本身具有作为人才筛选渠道的特定功能，这就要求乡、会试录序文在其表述中明示和凸显其典范意义，而同时科举

① 朱国桢撰，谢银林点校：《涌幢小品》（上），上海古籍出版社，2012年，第116页。

② 龚延明主编，闫真真点校：《天一阁藏明代科举录选刊·会试录》（上），宁波出版社，2016年，第10页。

③ 龚延明主编，闫真真点校：《天一阁藏明代科举录选刊·会试录》（上），第523页。

④ 龚延明主编，闫真真点校：《天一阁藏明代科举录选刊·会试录》（下），第673页。

考试又是由帝王发起和主持的，那么序文中对于帝王的颂扬和感恩自然必不可少。

其二为考情，简要地交代考官身份、考试时间、中式者人数等本次科考的相关信息。以正德十二年（1517）《会试录序》为例：“皇上御极之十有二年，为正德丁丑，复当会试之期。春二月，礼部尚书臣李逊学、侍郎臣石珤、臣王瓒以考试官请。上命臣贵、臣清往主校文之任。同考则洗马臣霄、侍读臣铣、修撰臣皋、编修臣嵩、臣琛、臣栋、臣朴、臣襄、检讨臣皋、臣惠、臣维藩、都给事中臣泰、给事中臣臣、臣夔、郎中臣渊、臣达、主事臣道，监试则御史臣宗儒、臣启充。暨诸执事，皆推择惟允时……得三百五十人，盖于时就试之士三千九百有奇。虽言人之殊，而其本经术、达治体，类皆彬彬可观，诚有取之而不能尽者。呜呼，盛哉！”[①] 其他乡、会试录序中此部分内容体例雷同，故不再赘引。虽然乡、会试录中另有详细的考官身份、中式者名单等信息，不过考虑序文具有总括、简介下文的功能，此处顺带提及也在情理之中。

其三为劝勉，在前文论述的基础上，作序者会对士人——包括中式者和其他未来可能参加科举的潜在群体——进行勉励，提出期望，企图唤醒并强化士人身上的社会责任感和文化使命感。这一部分大多出现在结尾处，与序文开头歌功颂德的部分恰好形成某种高下主次的呼应，形成完整的论述结构和逻辑闭环。如方孝孺在洪武二十六年（1393）《应天府乡试小录序》的结尾总结道：“夫君子之所学者，圣人之道。圣人之道，莫大乎仁义忠孝。士秉仁义忠孝，犹农夫之于耒耜，不可一朝去也。达焉与俱，穷焉与偕。故立于朝，以之事君，则成丰功，著大节，以为社稷镇；行乎藩屏，处乎民上，以之治民，则使黎庶举得所愿，以无贻国家之忧。如是，则庶几不负圣天子之恩，而可以称为学之士矣。”[②] 除了这样较为直白的呼吁外，劝勉之辞也惯于引经据典，如李维桢《湖广乡试录序（代）》云：“士遭逢尧舜、文武、成康之主，以有今日，出而服官政，图以报万公一，则将安从？《书》曰：‘率作兴事，屡省乃成。’《诗》曰：‘勉勉我王，纲纪四方。’此固振德作新之指也。仕学不异人，政教

---

① 龚延明主编，闫真真点校：《天一阁藏明代科举录选刊·会试录》（下），第1页。

② 方孝孺：《逊志斋集》卷十二，文渊阁《四库全书》，台湾商务印书馆，1986年，第1235册，第378页。

非二术，藉第令不改其操，举能其官，共庀王职，酝酿大和，使人谓今日唐虞成周之化，自上教楚士而始畅，异日唐虞成周之化，自楚士效用而弥昌，顾不休哉！”[①] 乡、会试录序中的劝勉部分，往往承接议论和赞辞而来，作序者偏好使用“可不慎哉”“可不辨哉”或“士慎勖之”一类具有警示性的话语，在增强说服力的同时，更能反衬出作序者本人迫切求才、奖掖后进的意思。作序者以某种“过来人”的身份在言说，其作序的行为本身其实可以理解为一种昭示，一个象征官方意志的符号。申时行在万历八年（1580）的《会试录序》中一再强调天下士人应该“尽心守法，无失忠顺”，并发自肺腑地表示这是“臣之所望于士者止此耳”[②]，正是基于这样的观念和心态有感而发。因为只有“忠顺”，才能使士人被纳入官方意志的科考轨制之中，才能进入理想的社会秩序设计之中，承担起相应的社会功能，并维持这个体系的正常运转和新陈代谢。

其四为议论，这一部分较为特殊。一方面是其在乡、会试录序中占据大量篇幅，内容和形式丰富多变，论证逻辑相对独立，不像其他三个固定部分具有高度程式化的文本特点；一方面议论的内容是随着乡、会试录序的发展演变而逐渐出现并走向成熟的，这一复杂的动态过程难以作概括性的归纳，需要于下文另作说明。

二、乡、会试录序及其议论部分在不同时期的变化

明代的乡、会试录序一直处于动态的发展演变之中，从明初至明末，乡、会试录序在内容、风格、措辞、结构上呈现出显著差异。概而言之，早期的乡、会试录序，其行文风格较为平实雅正，篇幅短小，语言简洁直白，以赞辞和劝勉为主要内容，不同序作都具有相似度较高的用词、句法及表达习惯，序作应该具备的基本环节非常固定，显示出整齐一致的面貌。而出现时间越晚的乡、会试录序（特别是乡试录序），其行文风格便越发夸诞尚奇，经常出现长

---

① 李维桢：《大泌山房集》卷二十五，《四库全书存目丛书》集部，齐鲁书社，1997年，第151册，第49页。

② 申时行：《赐闲堂集》卷九，《四库全书存目丛书》集部，第134册，第178页。

篇大论，多用排比、反问以及险僻字词，部分序作近似骈赋，还有一些带有子书色彩，恣笔纵横，流泻千里，以议论和阐释性质的内容为主，序作本身一些程式化环节，如赞辞、考情则较为省略。这种文体层面的前后反差，尤以嘉靖一朝为明显转折，而至万历时期更甚。

明初的乡、会试录序差异不大，均篇幅短小，结构单一，只是部分措辞略有区别。以现存最早的由宋濂创作的《庚戌京畿乡闱纪录序》[①]（洪武三年，公元 1370 年）为例，全文仅 371 字：

> 昊天有成命，皇明受之，谓天下可以马上得，不可以马上治。于是大兴文教，宠畀四方。乃洪武三年夏五月，以科目选士，诏内外之官胥此焉出。阅三月，畿甸之士将集试于京府，礼部以闻，皇帝御谨身殿，召前御史中丞臣基、今治书侍御史臣裕伯，俾司去留之任，而以翰林侍读学士臣同、弘文馆学士臣稼、起居注臣韶凤、尚宝丞臣潜、国史臣濂佐其事，各赐币帛而劳遣之。既受命，不敢宿于家，即相率诣试所，精白一心，以承休德。先期一日夜漏下十刻始命题，至次日黎明给之。兵后学废，不敢求备于人，其来试者一百三十有三，在选者过半焉。既撤棘，佥谓遭逢盛际，文运方开，不可无纪述以示于后。爰以诸执事及贡士之姓名辑成小录，而俾濂序之。濂惟天下弗靖者几二十年，干戈相寻，曾无宁日，今得以涵濡文化而囿于诗书礼乐之中者，果谁之赐欤？是知帝德广被，其大难名，不可以一言而尽也。《棫朴》之诗有曰："周王寿考，遐不作人。"圣天子之造士者，可谓至矣。《烝民》之诗有曰："夙夜匪懈，以事一人。"凡为士者，尚思尽瘁报国，以无负于科目哉！是为序。[②]

这篇小序以极为精简的语言交代了“乡闱纪录”的编纂缘由，最后引用了《诗经》中的诗句表达对士人“尽瘁报国”的期望，全篇连赞辞这样本可以

---

① 乡试录在明初称“乡闱纪录”当为沿袭元代惯例，直至明中期，乡试录仍多以“小录”名。至迟到天顺以后，才统一名称为“乡试录”。参见张希清等主编，郭培贵著：《中国科举制度通史·明代卷》，第 270—271 页。

② 宋濂：《文宪集》卷五，文渊阁《四库全书》，第 1223 册，第 361 页。

大肆铺陈渲染的内容都只以三言两语带过，可想见其简省的程度。明初几十年间的诸多试录序，如宋濂的《洪武四年会试纪录题辞》[①]，左经作于永乐十二年（1414）福建乡试的《乡闱小录序》，倪永硕作于永乐十八年（1420）浙江乡试的《浙江乡闱小录序》，王直作于宣德元年（1426）顺天府乡试的《北京乡试小录序》，等等，在写作环节、布局以及表述习惯方面均极为接近，除了赞辞、考情和劝勉内容外，再无任何评价性或阐释性的内容。此时期的乡、会试录序字数一般在五百字以内，严格遵循标准化的写作套路，甚至将这些序文中用于歌功颂德和勉励士子的部分互相对调、拼合、重组，也看不出丝毫异样。

约在成化一朝末期至弘治、正德年间，试录序的写作出现了明显的变化。典型例证如成化二十三年由尹直所作的《会试录序》，其中相当一部分是以往试录序中不曾有过的，且篇幅较长的议论性文字：

> （赞辞、考情部分略）
>
> 惟圣祖起自南服，士得于渐涵者最先且盛。迨宣德丁未，大学士杨士奇乃议会试取士，卷分南北，南十六，北十四。既而，以百乘除，又各退五为中数。自是以来，贤俊汇兴所在，济济比者。守臣有言，中士日而额如故，请酌厥中。事下礼部集议，南北仍各退二以益之。夫自国初开科，六十载而始定额，又六十载于兹，重加损益，岂区分界画有所异乎哉？盖士之才器殊，品上之选用异，宜裒多益寡，彼此适均，一絜矩之道焉耳。《大学》以絜矩为平天下之要，而归于好贤乐士之大臣，良以好贤乐士又絜矩之本也。
>
> 今皇上益隆继述，丕振人文……相与弼成太平熙洽之治，延亿万载无疆之休，庶不负于山川所毓之秀，国家陶育拔擢之恩，有光于科目也尚矣。设或此町彼畦，娼贤忌能，且朋比媟黩，自底偾僇，为斯文玷，亦奚赖焉？于戏，可不惩哉，可不勖哉！[②]

---

① 当时暂未称“序”，且此“题辞”非主考官作，而是由同考官宋濂所作，“盖濂以文学见重故耳”。至迟至洪武二十四年，出现完整的前序和后序，同时规定了主考官作前序，副主考官作后序的惯例。参见张希清等主编，郭培贵著：《中国科举制度通史·明代卷》，第 398 页。

② 龚延明主编，闫真真点校：《天一阁藏明代科举录选刊·会试录》（上），第 523—524 页。

这篇序文的中段，尹直花费了不少笔墨谈论本朝会试中南北分卷的问题，并抛出了“岂区分界画有所异乎哉？”的设问。这个设问为整篇序文的一大转折，进而引出下文“一絜矩之道”的核心论点。同时，尹直还从《大学》中寻找到了有力的理论支撑，更增添了此段论述的说服力。最后，自然是由优良传统转移到对当下士子的讨论上来，这一部分的潜在逻辑便是由于当朝皇帝“益隆继述，丕振人文”的努力，造就了士人恰逢“太平熙洽之治”，如此难得机会就更应该珍惜和把握——如何珍惜和把握？那就是恪守仁义，为国家、社会尤其是君主服务，尽忠尽职尽责，引领良好风气等——如何实现这些目标？参加科举即是正途，是唯一的合法、合理渠道。如此一来，君主（朝廷）的权威、科举的正当性、士人的理想价值和盘托出，一齐构成了基于“君—士”契约关系的完美自洽。这种契约关系正是封建政权国家机器运转的基石，科举考试则是这种关系的外在的、最切实关乎每个士人命运的一种制度层面的表现。

这种议论性文字在乡试录序中表现得更为明显。如正德八年（1513）由陆贤写作的《河南乡试录序》，撇去其中似有若无的赞辞、考情和劝勉部分，其余篇幅几乎全由议论占据：

> 我太祖高皇帝建元洪武之年，始定河洛，谓君天下非中州不可。夏四月，躬率禁兵，泛舟江淮，溯河入汴，将择而居之。既而鼎定金陵……太宗文皇帝北都幽蓟，亦惟于是，供亿之省，材勇之惜，德泽之布，必先焉。列圣相承，世积熙洽，百四十余年，士生其间，沾被教养，于两畿为密迩，视诸藩为独厚，激昂奋发，得之相观。今日之人才，殆非国初比矣。科目之所取者，其能尽乎？今圣天子即位之八年八月，天下当大比……（介绍考情略）……或曰：河南天地之中，古多帝王立国之地，圣贤发迹之区。虞夏前世，远姑弗论，诗书所称，若周召之所治，申甫之所生，孔孟之所游，万世一日，古不既盛矣乎？秦汉而下，士之以学行名业显者未易数。汉若贾谊有王佐才，唐若韩愈推文章大家，宋程氏兄弟为道学真儒，不亦其中之盛者乎？今科目所取固文也，于古里选之法异，然有司舍是，亦将何所据依？贾谊之通达国体，尽自其书见之；韩愈之第号龙

> 虎榜，重其文也。程颐氏试论一出，识者知其有圣贤之学。然则谓科目不足得人，文不足取士也，可乎？伏惟国家养士学校，无非先王三物之教，科目之所取者在是。因言探心，即文占行，古今之所不能废也。中州自宋南渡，陷没金元，我朝始复文明之旧。今日之盛，岂非祖宗之蚤顾而深眷者，有以再造之耶？①

陆序开头先是追溯了两代先王的丰功伟绩，再转移视角至当朝天子，引出乡试录的编纂旨意和对考官人员的介绍。接下来话锋一转，接连抛出反问和设问，分别从历史先贤、取士标准、养士制度、文明重塑等若干角度论证“今日之盛”——于是乎，序文的行文思路又回到了前文所论尹直《会试录序》的因果关系链中——士人应当珍惜当下盛世的大好机会，报效国家和社会，“以酬圣顾”，从而实现自身价值。想要达成这一崇高的理想，唯有参加科举考试一途，进入国家意志所设定的运转体系，实现社会秩序的良性循环。在这个因果关系链条中，“君—士”的契约关系再度浮现，而这个关系也正是乡、会试录编纂，以及试录序写作最深层次的理论来源和逻辑依据。

自嘉靖朝始，试录序在议论部分着墨更多，除了保留相关必要环节，明显的变化之处主要有：一是篇幅大大加长，体量不断膨胀，全篇字数至少过千，更有甚者至十余倍于明初的篇幅；二是赞辞部分的语言表述较之以往更为丰富多样，不像早期的乡、会试录序中那样直白简短，而多用推演、辩证的方式，多以历史沿革的维度从根源上对君主的权威及恩泽等进行解释和阐发；三是序文的议论部分个人色彩更加突出，作序者在行文中惯于且乐于表达个人意见，或引经据典，或针砭时弊，或借古喻今，形成大段的评述和论证——这正是中晚明时期乡、会试录序文的精华及特色所在。基于这些评述和论证，作序者再上升到科举考试的实际意义和永恒价值的高度，完成对于士人的勉励和劝诫，使整篇序文更加充实，逻辑性和说服力更强。如嘉靖八年（1529）张璁所作《会试录序》中的议论部分，即为典型的引经据典式的阐发：

---

① 龚延明主编，闫真真点校：《天一阁藏明代科举录选刊·乡试录》（四），第3215—3216页。

《语》曰：“文，莫吾犹人也。躬行君子，则吾未之有得。”大圣人犹自责实如此。今国家以文取士，岂非因之而责其躬行之实矣乎？夫自古圣王之教，皆所以明人伦也。故道德一，风俗同，而仁义之言，孝悌之行，达之天下也。肆我皇上以孝治天下，而德教加于百姓，刑于四海……《记》曰：“天下有道。则行有枝叶。天下无道，则辞有枝叶。”夫辞有枝叶。虚文也。行有枝叶，躬行之实也。然则我祖宗设科以文取士，端有在于斯矣。夫有实言者，有实用。善作人者，必得人。舍是，而虚文之求，抑末矣。本之则无，固非我祖宗设科垂法之意，亦非我皇上神化作人之道也。呜呼！敢不慎诸！敢不慎诸！①

万历时期的会试录序更是如此，篇幅所限，不再例举。较会试录而言，乡试录的情况更为复杂一些。一方面是乡试录序的总体数量较多，在基数较大的情况下，出现更多异变的可能性也越大；一方面是乡试录序的写作较之会试录序更为自由松散，作序者可以发挥的空间更大，所以议论部分在乡试录这里显得愈发异彩纷呈。如李若讷《河南乡试录序（代）》（万历四十六年，公元1618年）云：

臣之录，录大河以内之秀者耳，拜手而弁其端，亦借河以为言。河者，四渎之精，所以流化，在《春秋纬》言之。河者，下也，随下而通流，在《释名》言之。盖河能化则不能不下，能下则所能不多溃决。夫士风之雅化，而取以波靡，虽挽乎说者譬之于河，然河发崑仑，环而泓者，有青河、白河、赤河、黑河，屈曲向中国而为黄河。黄乃众川之合以为色，故黄河，河之汇于中者也。天地有中，以河为志，千古流下，亦千古流中。譬士于河者，亦溃而不失其中耶？是以河百里一小曲，士道亦时小有所曲；河千里一大曲，士道亦时大有所曲。逶迤而能远者，大河；斡旋而能达者，上士。尔多士依河为乡，此一依带水，可眙大利，亦可眙大害。……窃以有水性，有士性，当世之士，爵禄以为招，名誉以为鹄，世

① 龚延明主编，闫真真点校：《天一阁藏明代科举录选刊·会试录》（下），第102—103页。

之糟芗皆易中，而议论浸以奇僻，华采浸以滛靡，文之糟芗亦□中郎制义一技。近日似雕镂之极，转求空暵，□□之极，及成尖刻。无论士性隈之益其溃，即文性隈之益其溃矣。文性趋而下，士性随趋而下矣。[①]

此类冠以各省省名的乡试录序，基本都带有浓厚鲜明的地域特色，尤其习惯以所在地之地理、人文、风物、历史等角度切入，进而作长篇大段的阐发及议论。李若讷在这篇《河南乡试录序》的中段，“借河以为言”，以河“化”之用、“下”之势比喻文士的风雅、教化，从而将“士”与“河”联系起来，将“士风”“士性”与河南的地理特征及科考的现实意义联系起来，提出对于“当世之士”不当行为、观念的批判，达到讽喻和劝诫的目的。此外，像河南、山东一类越是位于或靠近中原的省份，越被认为是华夏嫡传、文明正宗，其乡试录序写作中越偏好于追溯历史、先贤，大谈道德礼义。如刘熠作于嘉靖壬子年（1552）的《山东乡试录后序》就多处提及孔、孟：

山东海岱名邦，钟灵诞圣，而洙泗群贤咸产于斯，流风余泽，浸被弗穷，故英杰代生，纪载垂炳。孟轲曰：“近圣人之居，若此其甚也。”我国家制科录士，艺举言扬，奋庸敷绩，声光相望，惟皇上凝命承休，丕扬文教，礼乐薰蒸，道化庞洽，三十余年。孔子曰：“王者必世而后亡。”兹其时矣。夫士产斯地，以绍文献之遗，遘斯时以蒙渐摩之泽，乃得躬际其盛……[②]

齐鲁大地作为孔孟故乡，文化底蕴极为深厚，故该省历年的乡试录序中基本都会提及孔孟，并顺带阐发一番仁义、礼乐的道理，进而引申至当下时局，转移到对科考意义的阐释上来。毕竟有现成的历史资源可供取用，在乡试录序这种特定功能性文体的写作中，是非常容易引起话题且不会出什么差错的。而与之相对应的，越是偏远、蛮荒的省份，其序文写作就越是喜欢从历史地理的

① 李若讷：《四品稿》卷五，《四库禁毁书丛刊》集部，北京出版社，1997年，第10册，第201页。
② 刘熠：《同春堂遗稿》卷三，《四库全书存目丛书补编》，齐鲁书社，2001年，第99册，第102页。

角度强调其与中央不可分割的联系，越重视教化蛮夷、文明推广的作用和意义。典型例证如余有丁所作《贵州乡试录序》：

> 传言西南君长以什数，夜郎最大。乃其族左言魋结不入职方，楚庄蹻略定其地，然塞未通。秦通五尺道，诸国颇置吏焉。至汉羁縻之，稍令自葆就耳，然犹与中国并也。次之侵礼犯义于边境，不则构戮自擅，攻当路塞，以绝于中国。历世滋多，不可殚纪。明兴，德洋仁普，连四海以为带，而东南一尉，西北一侯，湔夜郎之地，归诸版图。盖靡不同源共流，昭景饮醴，而禀印庥和矣。圣天子犹以湛恩未流，惧声教之弗历，乃越拘挛之见，驰域外之谋，将博恩广施，使曶爽闇昧得晰于光明……①

贵州地处西南一隅，在中原（华夏）统治者的认知视野中，是和岭南类似的另一瘴疠之地，闭塞落后，蛮夷横行，所以天然地需要且必然接受儒家“先进”文化的改造与洗礼。余序一再申明贵州如何归服于大明的版图和天子的教化，既反衬出中央政权“博恩广施”的正确性与良好成效，也顺带暗示于偏远荒蛮之地推行科举取士的必要之处——使更多地处偏远莽荒之人“易服矫俗”，从而形成基于儒家礼乐道德秩序及相关学说而建构的统一国家认同。还有如杨本仁嘉靖二十八年（1549）所作《广西乡试录后序》等，行文思路较为相似，措辞、语气亦如出一辙。篇幅所限，不多引述。

三、试录序之议论部分关于“正文体”的提倡

通过前文的梳理可以看出，乡、会试录序作为一种特定指向、功能性极强的应用文体，早期呈现出文本高度程式化的特点。而到了明代中后期，试录序文的文体形态出现了异变和突破，在保留传统功能和固定环节的基础上，加

① 余有丁：《余文敏公文集》卷四，《续修四库全书》集部，上海古籍出版社，2002年，第1352册，第451页。

入了大量个人色彩浓厚的论说性文字，议论部分逐渐占据主要篇幅并成为序文的核心。就这一部分而言，其中反复被提及的一些话题尤为值得重视，因为乡、会试录序作为一种特定功能指向的应用文体，其本不利于掺杂过多个人色彩——那么，出现在这种有较大局限性的文本中的高频率关键词（句），往往是那个时代特定的流行话题，因而它可以成为探究某一时段社会思想及其转变的一个绝佳契机。基于这种思路，通过对大量明代中后期的试录序议论部分的分析和比对可以发现，其中对于“正文体”的提倡和呼吁，在嘉靖朝以后似乎成为某种普遍的声音。

“正文体”这一命题，过往学界一般将其溯源至隋代李谔的《上书正文体》。但是这一论断目前已被推翻。《上书正文体》虽然确是强调厘正、规范文体，反对齐梁以来奢靡浮华文风的一封上书[①]，不过它在被严可均收录于《全上古三代秦汉三国六朝文·全隋文》之前，《隋书》《北史》和《通典》等均未标篇名。且宋、明以来，各种收录该文的总集中，历称其为《隋李谔上高祖文华书》或《论文体书》，而无《上书正文体》之名。加之上书内容本身也未提及“正文体”一词，所以它“应是随着明清正文体意识的加强，文史家援后例前之做法”[②]。

明代对于科考文体之“正”的要求，在洪武开国之时早已提出。永乐二年（1404）成祖针对当时会试的“科试之训”曾说：“然科举是国家取人材第一路，不可滥，且文体毋尚虚浮，惟取朴实。”[③]有学者指出，明代“最早要求正文体，发生在成化年间”[④]，其主要依据是《明史·丘濬传》的相关记载：“时经生文尚险怪，濬主南畿乡试，分考会试皆痛抑之。及是，课国学生尤谆切告

① 李谔《上书正文体》（节选）：“魏之三祖，更尚文词，忽君人之大道，好雕虫之小艺。下之从上，有同影响，竞骋文华，遂成风俗。江左齐、梁，其弊弥甚，贵贱贤愚，唯务吟咏。遂复遗理存异，寻虚逐微，竞一韵之奇，争一字之巧。……故文笔日繁，其政日乱，良由弃大圣之轨模，构无用以为用也。损本逐末，流遍华壤，递相师祖，久而愈扇。”见严可均校辑：《全上古三代秦汉三国六朝文·全隋文》卷二十，中华书局，1958年，第6264页。

② 仲晓婷：《明中后期官方“正文体”奏议及行政运作》，《古代文学理论研究》2020年第1期，第446页。

③ 《明实录·明太宗实录》卷二八“永乐二年二月己酉”条，台湾“中央研究院”历史语言研究所影印版，1984年，第507页。

④ 仲晓婷：《明中后期官方“正文体”奏议及行政运作》，《古代文学理论研究》2020年第1期，第444页。

诫，返文体于正。”[①] 除此之外，可能早于丘浚的吴节，在其《吴竹坡先生文集》卷二《大学条约》十二条之第四条，即已明确提出及使用“正文体”一词：

> 一正文体。
>
> 《书》曰：“辞尚体要。”孔子曰：“辞达而已矣。”所以文章贵乎尔雅。尔者，言其近而易知；雅者，言其驯而不杂也。六经、四子之文尚矣，千古立言之祖也。一变而为《老》《庄》之玄虚，再变而为《左》《国》之离奇，三变而为两汉之谲荡，四变而为六朝之骈丽，五变而为朱儒之训诂。虽其中豪杰之士，或间代而一出，或数代而一二人，为之起其衰，救其靡，文章非不可观，然揆之六经、《论》《孟》之旨，迥然迳之与庭矣。有能以左、马、韩、欧之笔力，而写周、程、张、朱之名理，真千古一人也。欲正文体者，与其严之于场屋之程墨，孰若端之于学宫之课艺。标榜程墨者，所以清其流；而琢磨课艺者，乃所以澄其源。[②]

吴节《大学条约》诞生的具体时间暂且无考，故不能将关于要求“正文体”的时间下限武断提前。[③] 吴氏之论主要从语言是否“尔雅”的角度切入，拈出“六经”“四子”为“立言之祖”的典范意义，强调为学、作文本源六经以及《论》《孟》的重要性。因为《大学条约》本身具有教学纲要和课艺规程的性质（如十二条中的“勤讲习”“课兼材”“时定省”等），所以吴节说“欲正文体者，与其严之于场屋之程墨，孰若端之于学宫之课艺”，自有其现实的针对性。

成化之后，涉及“正文体”的意见大量涌现，且大多见于各类奏疏之中，这说明“正文体”作为一项关乎科考的重大事宜，已经开始被统治阶层加以严肃讨论。如《明武宗实录》之“正德四年五月十四”条介绍国子监祭酒蔡清

---

① 张廷玉等：《明史》卷一八一，中华书局，1974年，第4808页。

② 吴节：《吴竹坡先生文集》卷二，《四库全书存目丛书》集部，第33册，第350—351页。

③ 吴节生于洪武二十九年（1396），宣德五年进士，卒于成化十七年（1481），寿命长达八十余岁，人生经历建文、永乐至天顺、成化数朝，主要活跃时期约在宣德、正统、景泰、天顺年间。因其文集中《大学条约》未言及时间，只能大致推断和丘浚“主南畿乡试”相去不远。

时就提到："清天资沉潜，深探理学，所养纯粹，内外一致。在江西，务端士习，正文体。尝曰学宜养正性，持正行，圣贤言语，熟复玩味，则旧去新来，日改而月化。"[①] 考虑到《明武宗实录》应当成书于正德之后，所以"正文体成为思想秩序重建和思想控制中的一个流行话题是在嘉靖初"[②] 的说法是准确可行的。另嘉靖六年（1527）"署都察院事兵部左侍郎兼学士张璁条陈慎科目三事：一正文体。请令主司校文，务取平实尔雅，有裨实用，仍于《周礼》《仪礼》中出策一道，使之习于礼学，然后责以事君使民"，"上深善其言，令所司如仪"[③]。这次"条陈慎科目三事"，是在奏疏之中首次明确提出"正文体"的要求。嘉靖十二年（1533），时任礼部尚书的夏言也上奏言及"正文体"事宜："各省乡试往以京官主考，可偶一行之耳。若踵为常规，则又不能无弊。窃见往岁所遣京官，每与巡按御史以礼节生嫌，致妨试事，且录文多尚浮诡，不足为训，宜并禁之。得旨考官仍用教职，京官罢勿遣，正文体如部议。"[④] 自此往后，对于"正文体"的倡议更是频繁地出现在臣子的奏疏之中，如嘉靖十七年（1538）严嵩的《申明正文体以变士习》[⑤]，嘉靖十八年（1539）闻人铨的《责成正文体》[⑥] 等。万历时期关于"正文体"的上疏多达十二条，且其分布从万历二年一直延续到万历四十年，可谓贯穿始终，连绵不绝；之后天启、崇祯两朝，仍然有七次类似的上疏[⑦]——这还只是局限于《明实录》一类史料的统计结果，如果把其他文献考虑在内，其总体数量和出现频率应当会更高。

自奏疏中频繁出现关于"正文体"的意见之后，乡、会试录序中也跟随上

① 《明实录·明武宗实录》卷五十"正德四年五月十四"条，第 1148 页。

② 张德建：《正文体与明代思想秩序的重建》，《文学遗产》2019 年第 1 期，第 103 页。

③ 《明实录·明世宗实录》卷八十"嘉靖六年九月二十四日"条，第 1785 页。另《礼部志稿》中记载此事为嘉靖五年，此处暂以《明实录》为准，下一条引文亦是。

④ 《明实录·明世宗实录》卷一五五"嘉靖十二年十月九日"条，第 3505—3506 页。

⑤ 严嵩：《南宫奏议》卷二十一，《续修四库全书》，第 467 册，第 429 页。

⑥ 俞汝楫编：《礼部志稿》卷七十"文约"，文渊阁《四库全书》，第 598 册，第 192 页。

⑦ 据《明实录》记载统计，万历时期要求"正文体"的上疏分别出现在万历二年正月十五日、万历七年五月十六日、万历八年正月十三日、万历十年六月六日、万历十七年二月七日、万历二十年正月十五日、万历二十二年七月三日、万历三十年六月二日、万历三十一年四月十一日、万历三十一年十二月一日、万历三十五年二月八日、万历四十年十二月九日；天启时期的上疏出现在天启元年七月五日、天启二年正月十七日、天启七年十一月四日；崇祯时期的上疏出现在崇祯元年正月二十四日、崇祯元年九月二十六日、崇祯三年三月二日、崇祯十三年七月十二日。

这一“时代潮流”——如马自强作于隆庆四年庚午（1570）的《应天府乡试录序》，就明确指出了“正文体”及衍生的“端士习”问题。在这篇乡试录序的议论部分，马自强从文质之分入手，尖锐地批评了当时士人的虚浮之弊：“其间豪杰之士，以明道立言自许者固有，而溺于记诵，徇枝叶而忘本根者，尤往往见之……甚且崇饰诐淫，阔略践履，虽正文体、端士习之德意屡廑，而黉校之陋风犹故也。夫康庄坦夷，面人争趋径者，贪其捷也；正学渊源，而士争剿说者，利其便也。”士人的夸诞好奇和争名逐利会导致其目光短浅，进而引发种种关于道德沦丧的危机感，故马自强感慨道：“今之举业，半支词蔓语耳，在今日且敝帚视之，后世谓何？”基于此，他提出的解决方案便是“取学有本源者，以追复弘正之风也”。如何做到“学有本源”？无外乎切实而笃行：“至于行，则道在日用，易知简能，实心事殳则为孝子，实心事君则为忠臣，实不取则为廉士，实能爱则为仁人。故行尧则尧，为舜则舜，百钧能举，即乌获同称矣。”在这一番论说之后，序文引向了结尾的劝勉之辞，再次重申了“正文体”与“端士习”的重要性：“今观多士之文，于难而劳心苦思者，亦既习而能之矣。于易而可心怡日休者，顾难之耶？是故臣愿与多士勉之也。矧丰芑旧邦，文献渊薮，四方操觚者且望风思效矣，而谓正文体、端士习，不当自兹地始乎？”①

十年之后，申时行所作的万历八年《会试录序》，则将“正文体”提高到了“政事”“世道”“人心”等层面上加以讨论：

> 熙洽百年，当成、弘之际，文教醲蔚，士皆重博雅，奖恬退，耻不修，不耻不闻，耻不能，不耻不达，时则彬彬质有其文，而不诡于正。又百年，而天下之文日盛而入于侈。士乃委蛇其道，繁缛其节，竞斧藻而工鞶帨。其甚也，浮游夸诞，称引夔魑象罔叛道离经之说，而号为奇士。至于好奇而习愈坏。殆孟氏所谓诐行淫词，生于心而害于政事者，其为世道病非浅鲜也。皇上访落绍庭，修圣祖之法，崇实政，省繁文，询事考言，要归于综核。顷复深诏执事，厘正文体，几以还先进之礼乐，故一日而天

① 马自强：《马文庄公文集》卷一，《四库禁毁丛书补编》，第66册，第19—20页。

下改观。[①]

申时行的论述以成、弘之际和百年之后的当下做对比，指出文风乃至士风由正转奇的情况：离经叛道，人心浮动，所以天下文士“至于好奇而习愈坏”。如何解决这一问题？申时行借帝王的行为提出了建设性的意见——“崇实政，省繁文”和“厘正文体”，如此方可“还先进之礼乐”，使“天下改观”。尔后余有丁作于万历十一年（1583）的《会试录序》，更是以“正”为核心线索贯穿全文。序文开头“臣谓今所称才与古异，唐虞称九德，周称六行，靡不宅心醰粹，措履雅驯，斐然一出于正”一句即奠定全文“正”的论证中心，而后余有丁的《会试录序》从才与德的关系入手展开分析：

> 盖古人才与德合，后岐之，而所谓才者始纷纷出。然禀性多驳，而流习渐颇，驳则漓本真，颇则眩名实。即有才不善用，用不以正，虽不才也亦宜。臣无论往代，乃上下今二百余年，国初士皆正而适于用。弘正间，适用者多而未尽正。嘉隆后，未尝无正士，而用士者方且溺于华辨，鹜于权利，不深惟至计便策，俾邪正杂进，而无所财择，胶戾乖刺，所以营惑耳目、惑移志意者，不可胜纪。皇上霈然发明，诏亟罢海内所不便，嘉与更始，绳诸一切不执法及诸庸回者，不留行尽搜岩穴昔所屏弃士，不啻廓然开朗。繇是正者进，不正者黜。

他进一步指出：“今天下所少非才也，所少者为才而正也。正则为大、为君子，不正则为邪、为小人。”基于这种正邪对立，序文最后的劝勉之辞说的是“臣故愿诸士慎处以正也”，“诸士必且无不正者，而臣尤谆谆诚正，其始进也。诸士慎勗之哉！”[②]在余有丁看来，才与德的分离是问题的关键。后世士人走向了“禀性多驳”和“流习渐颇”，所以文章、人心才会失离本真，名实不符。士人“漓本真”“眩名实”之后，再加之用士者“溺于华辨，鹜于权利”，

① 申时行：《赐闲堂集》卷九，《四库全书存目丛书》集部，第134册，第178页。

② 余有丁：《余文敏公文集》卷四，《续修四库全书》集部，第1352册，第458—460页。

所以导致时局风气的败坏。针对这一系列连锁反应，余有丁对于“正”的关注较之前两者更为复杂，他同时要求士人的“正”，以及选士者、用士者即朝廷自身的“正”。这样的“正”是涵盖宽泛且具有多维面向的，所以余有丁敢于直接将“正”与“不正”和“大”“君子”“邪”“小人”对应起来。如此一来，“正”在余有丁的序文中完成了其价值的递进，进而超越了文章和士习的具体层面，拥有了普世道德意义上的约束力和规范力。

综合马自强、申时行、余有丁的三篇序文来看，其行文思路有两点相似：一是作者论及当下、针砭时弊时，偏好追溯、考索本朝历史，惯于将时局和明初的洪武，明中的成化、弘治等作对比，以凸显某些变化或反差；二是作序者在议论部分提出倡议和具体措施时，对于科考文体方面的要求表现出高度一致——“正”。这三篇序文出现的时间依次为1570年、1580年和1583年，彼此挨得较近，约对应隆庆一朝至万历早期。联系此时期的相关史实来看，对于“正”科举文体的要求，或由张居正新政中有关教育和科考的政策直接促成——万历三年（1575），张居正向皇帝上疏，意图整顿士风、振兴人才，他所陈述的十八条改革措施中，第四条即涉及对科考文体的纠正：

> 国家明经取士，说书者以宋儒传注为宗，行文者以典实纯正为尚。今后务将颁降《四书五经》《性理大全》《资治通鉴纲目》《大学衍义》《历代名臣奏议》《文章正宗》，及当代诰律典制等书，课令生员诵习讲解，俾其通晓古今，适于世用。其有剽窃异端邪说，炫奇立异者，文虽工弗录。所出试题亦要明白正大，不得割裂文义，以伤雅道。①

张居正的设想非常全面且细致，不仅参试的学子们要写“典实纯正”的文章，出题者所出的题目“亦要明白正大”。后世有史家认为，“这一改革的着眼点是统一思想，钳制舆论”，因为“嘉靖以来王学流行，冲决旧思想的罗网，以至于‘六经注我，我注六经’。针对这种倾向，张居正主张遵循儒家经术，

① 张居正：《请申旧章饬学政以振兴人才疏》，《张太岳集》卷三十九，上海古籍出版社，1984年，第496页。

体认经书便是讲明学问，不许别标门户，聚党空谭，更不许剽窃异端邪说，炫奇立异”。[①] 联系张居正改革之后续，如万历七年（1579）诏令毁天下书院一类的激进行动，说它是“统一思想，钳制舆论”之举亦为合理。张居正对于科考文体之“正”的提倡和强调，自然是其庞大新政体系中一个微小的分支，于史学角度论其功过并非本文所关注的，但张氏改革政策之于科举文体的连带影响却不容忽视。

通过上述关于明人“正文体”意见的历时性梳理，可以发现一个值得反思的现象——奏疏之中开始频繁出现“正文体”要求的时间约为嘉靖朝的前期和中期，而乡、会试录序中开始频繁出现“正文体”要求的时间约为隆庆之末至万历朝的前期，这两者之间大约有数十年的时间差——换言之，乡、会试录序对于“正文体”的涉及会相对滞后一些。这种反映在两种不同性质文本中但基于同一话题的时间差，可能反映了朝廷内部及帝王自身对于“正文体”措施的审慎态度及其背后隐藏的一系列操作。自张璁明确提出“正文体”之后，针对这一话题，首先应该在高层内部进行过详细的讨论和研究，而当这种讨论和研究到达一定程度，形成一些结论之后，便需要通过某些渠道扩散传扬出去——除了直接由帝王颁布的政令外，乡、会试录序这种面向社会公开但同时贯彻官方意志的，具备文化象征意义和预期教化作用的文本，自然成为最合适的选择。在序文中，除了作者领会帝王旨意而代为发声之外（如上文所引马自强、申时行和余有丁所作序文），也有直接点明“正文体”来自帝王诏令的，如郭子章《拟广东壬午乡试录后序》（万历十年，公元1582年）所云：“窃惟皇上尹天下，造士作人，于兹十年矣，廑励学官，娄布功令，端士习、正文体之诏，率三岁一下，上之薪桶士也，诚士被服驯化、濡摩上教也深。”[②] 另同为万历十年[③] 由黄洪宪所作的《拟山西乡试录序》也明言：“万历壬午秋，山西如制举乡试，御史某实监临焉。先是，上当礼官议，申敕天下正文体，毋尚浮

① 樊树志：《重写晚明史：新政与盛世》，中华书局，2018年，第105页。

② 郭子章撰，周修东辑校：《郭子章涉潮诗文辑录》，暨南大学出版社，2016年，第18页。

③ 万历十年，时任礼科都给事中石应岳上疏申明科场事宜，其第一条即为“正文体”，“作文阅文，务与实纯正。……部覆依拟”。郭子章和黄洪宪序文中谈及的诏令极可能就是此条。见《明实录·明神宗实录》卷一二五“万历十年六月六日”条，第2326—2327页。

诡，其令郡国籍奏大宗伯，廉文不中程者黜之，主司连坐如例。”[①] 不管是代为转达，还是直接申明，乡、会试录序都起到了将“正文体”这一话题从统治阶层内部引出，并置于公开层面传播、讨论的作用。

四、“奇”的风尚与试录序中的“正文体”悖论

万历中后期直至明末，世人对于“正文体”的讨论依然热度不减。作为一种官方规定的“正文体”从奏疏中脱离，经由乡、会试录序的反复申说，最终成为士子们的日常话题，散见于此时期的各种书信往来，以及对八股课艺的论辩之中。万历以来，官方对于“正文体”的推行愈发严格，如余继登就曾强烈要求：“并禁坊间所刻离经叛道新说诸书，不许鬻卖。士子行文，务依二祖所颁示《集注》《大全》为主，而参以《蒙引》《存疑》诸书，各阐理道，勿襍禅机。提学校文，务取不背经义、纯正典雅者。童儒仍用新说者，不准入学。生员仍用新说者，径自黜革。至于乡试会试，行文知会，一体遵行。有仍前不遵者，容臣部及该科指实参治。”[②] 以至于出现了“谭子以当路忌葛公执法，遂疏论其文瑰琦过度，举谭子与刘公侗、何公闳中辈诸篇为口寔，几落学籍”[③] 一类士人因科考文风过奇而遭罢黜的事件。

此时期官方对于“正文体”的关注，正是与晚明社会的尚“奇”之风针锋相对。“奇”以及“奇正相生”的观念最初肇始于兵家，后由《文心雕龙》的《辩骚》篇首次将其引入文学及文论领域。[④] 明代中后期，经由阳明心学、李贽“童心说”等的促进，在创作中追求人的解放、彰显性情本真成为士人群体的某种共识，而“奇”正是这种共识在文学审美领域内的突出表现。如汤显祖提出：“天下文章所以有生气者，全在奇士。士奇则心灵，心灵则能飞动，能飞

① 黄洪宪：《碧山学士集》卷一《拟山西乡试录序》，《四库禁毁书丛刊》集部，第30册，第121页。

② 余继登：《淡然轩集》卷二《覆杨止庵疏》，文渊阁《四库全书》，第1291册，第800页。

③ 邹漪：《启祯野乘一集》卷七《谭解元传》，《四库禁毁书丛刊》史部，第40册，第497页。

④ 童庆炳：《〈文心雕龙〉“奇正华实”说》，《文艺理论研究》1999年第1期，第88页。

动则上天下地，来去古今，可以屈伸长短生灭如意，如意则可以无所不知。”[①] 又如袁宏道所谓“文章新奇，无定格式，只要发人所不能发，句法、字法、调法，一一从自己胸中流出，此真新奇也”[②] 等，都是在当时颇具代表性的看法。文论及审美中的尚奇，突破了儒家正统对于文学中和雅正的规范，引导创作走向险怪、惊骇而又世俗、艳媚的取向——最典型的例证，莫过于纷繁多样的戏曲、《拍案惊奇》一类的小说以及一众妙趣横生的小品文。自文学领域的尚“奇”导夫先路后，这一审美取向迅速经由商业出版网络及其他信息渠道扩散开来，在书法、绘画、器物、服饰、游戏等领域形成一股全面的风尚。比如赵宧光标榜自己的草篆为“奇篆”；王铎故意使用“涨墨”来达到特殊的墨色晕染效果；吴彬、陈洪绶、崔子忠等人尝试使用悖反传统规律的造型及用笔，或者在人物画中刻意呈现夸张诡异的线条、表情和布局；至于手工艺品、山水园林等更是突出展现工匠奇思妙想的绝佳舞台。

在这种社会大规模风尚的浸染下，文士群体的思想、观念、认知及行为也发生改变，两者遂形成相辅相成的循环促进关系。同时，社会经济结构和阶层的变动，也加速了文士身份边界的模糊——在这样一个充满可能性的大环境中，士人生存的机遇日趋多样，朝廷单方面对于“正”的呼吁自然不太可能引起共鸣。袁黄在《游艺塾续文规》里记录了这样一则师生间的有趣问答：

> 今世有欧阳公，文体可即正乎？
>
> 曰：甚难。彼刘几等辈，皆胸中寔有文章，不过故为奇怪，以投时好，一拨转即正矣。若今人粗知章句，已为近日时文恶套，蟠据胸中，譬人生不识菽粟，菽粟何由而进？临场之时，一班后生，苟非迟钝不能变化者，类皆摇唇鼓掌，慕为新奇。其平日苦心积学之士，即欲仓皇改步，而常苦意跨两岐，反不如少年墨浓笔饱，粗豪动人。则有司之所好友所令，势也；士子之从好而不从令，亦势也。文体何由而正？故厘正文体，不在

① 《序丘毛伯稿》，汤显祖著，徐朔方笺校：《汤显祖集全编》，上海古籍出版社，2015 年，第 1535 页。

② 《答李元善》，袁宏道著，钱伯城笺校：《袁宏道集笺校》，上海古籍出版社，1981 年，第 785 页。

口说，亦不在临时，非以真精神寔唱而徐慕之，虽三令五申，袛为戏耳。[①]

预设“欧阳公”在世，言“正文体”之“甚难”，实有些无奈的意味。时文的写作落入俗套，士风“慕为新奇”，“从好而不从令”，如此趋势下，文体焉能归“正”？另外，骆问礼对当时科举作文的描述则更显悲观：

科举之文，自宏正以来日盛，至嘉靖年间，辞理灿然，隆庆中未改也。至今万历，曰趋于敝。天下士子，厌薄宋儒，堂奥庄、列，宗主佛老，《性理大全》一书，无穷妙理，皆以发明六经。有习之者，诋为俗儒。山林老僧，一字不知，得之者以为奇货。及作为时文，全无体认，但能与章句背者，便为奇士。每开科，礼部文移，必有正文体一条，无不剀切时敝。而及至中式文卷，犹然舛谬。至今万历辛丑科极矣。岂乘文衡者乐取纰缪，鳝篮中取鳣，不得不然。而后生小子，以为文章以时高下，自当如此，反谓议者不达时变，人心不正，邪说横行，有识者坐叹而已。[②]

如此看来，使文体重回“正”轨，似乎只是朝廷的一厢情愿而已，实际推广的效果很不理想。科考文体之“奇”除了尚奇风尚使然，时人不学无术的功利心态亦是一关键因素。钱谦益在《娄江十子诗序》中就曾痛批时人学诗之弊：

古之人，十有三年学乐诵《诗》舞勺，成童舞象，春诵夏弦，秋学《礼》，冬学《书》。师乙之论声歌也，自歌《颂》歌《雅》以逮于歌《齐》，各有宜焉。自宽柔静正，以逮于温良能断之德，各有执焉……古人之学《诗》者如是。今之为诗者，不知诗学，而徒以雕绘声律剽剥字句者为诗，才益駮，心益麄，见益卑，胆益横，此其病中于人心，乘于刼运，非有反经之君子，循其本而救之，则终于胥溺而已矣。[③]

---

① 袁黄：《游艺塾续文规》卷六《缑山王先生论文》，《续修四库全书》，第1718册，第247页。
② 骆问礼：《万一楼集》卷五十五《科举文》，《四库禁毁书丛刊》集部，第174册，第661页。
③ 钱谦益著，钱曾笺注，钱仲联标校：《牧斋有学集》（中），上海古籍出版社，1996年，第845页。

因无法重现古人的学习模式，阅读经史、实践礼乐，所以当世士子大多心态浮躁，只求速成，略知皮毛便揪住不放，只就此一点上反复言说；抑或囫囵吞枣式的学习，看似博涉群书，却无一精通，所作之文自然空疏无物、支离肤浅。同时，商业出版和形形色色的通俗读物、功能型类书、手册、八股选本相互作用，更加助长了士子们在学习和作文时形成标新立异、不求本源、虚荣浮夸的心态，甚至衍生出胡乱拼凑、抄袭剽窃的恶习。如此种种反映于科考实践之中，正是前文骆问礼所描述的情景，也难怪乡、会试录序要反复重申“正文体”，乃至“正士习”“正人心”了。

“正文体”为何行之无效？尚奇的社会风尚过于强势是一方面，深层次原因或在于此时期整个社会的分化，以及这种分化所带来的话语和价值体系的割裂——日本学者沟口雄三在论述东林人士之思想时，曾提出这样一个看法：“人们常说明朝的灭亡实际上是在万历中期，如果说明朝的专制体制在1582年已经与张居正的死一起寿终正寝的话，也未必不可以。这以后至1645年明王朝崩溃的数十年时间，是我们所谓的东林派人士的活动时期。在这个王朝崩溃的过程中，乡村地主阶层的主导权在各个阶层和领域中不断得以强化，但明王朝没有把这种势力作为一种体制纳入自己的专制体制之中。”[①] 也即自万历中期开始，皇帝一元化的国家主导权和以乡村地主为中心的乡村主导权就已经开始了分化的过程，这种分化进而导致了晚明整个社会的断层和割离。这个论断在很大程度上解释并印证了“正文体”话题在晚明之于官方和士林的不同境况，形成各自言说、貌合神离的局面。乡、会试录序虽然想要传达“正文体”的思想，但是在其文本发挥理想效用的过程中，却遇到了难以逾越的障碍，出现了上层意志与基层实践的矛盾。更进一步地说，“正文体”本身和晚明的试录序之间就存在着一个无解悖论——前文论及，试录序中的议论部分在嘉靖以来体量大增，风格日益奇谲险怪，甚至融入骈赋、子书、佛道成分，而这些特征更是在万历时期达到了巅峰——事情的吊诡之处正在于此，恰恰就是在“正文体”呼声最高、最响的万历时期，倡导、强调、推广“正文体”的试录序

① 〔日〕沟口雄三著，乔志航、龚颖等译：《中国的历史脉动》，生活·读书·新知三联书店，2014年，第53页。

文，其自身行文的风格却很难做到“正”——官方文本中出现如此颇具讽刺意味的自相矛盾，也就不难理解为什么会有“虽三令五申，祖为戏耳”的局面，甚至于出现“大抵今时正文体之说，亦最误人”[①]这样的极端看法了。

爬梳“正文体”这一命题自成化以来直至明末这一百几十年的演变发展，我们可以看出其生成场域的变迁脉络——从最开始的奏疏、诏令，到嘉、隆以来的各种乡、会试录序，最后遍布奏疏、诏令和乡、会试录序及一般文士的日常书信、课艺讨论甚至各种文章之中，这是一个从隐秘到公开，从试探到确定，从倡议到执行的过程——换言之，这也是一个自上层蔓延、浸染至下层，最后又在上层和下层产生分化、异变的过程。试录序因其面向公开的文本属性和所具有的宣扬教化、规范官方意识形态的功能，因而在“正文体”的相关讨论及推行施行中，有着特殊而关键的作用。试录序的性质和功能导向，决定了它必须承担起沟通统治阶层与基层文士之间的责任，不过在晚明独特的社会大环境下，试录序不可避免地陷入一种尴尬的境地——在主题及目的方面，试录序是宣扬、传播“正文体”理念，推动“正文体”政策实施的中坚力量；但序文行文本身，其语言、措辞甚至内容又与其秉持的“正文体”要求相悖反，起到了负面的示范作用。这种反差和错位造成了试录序言及“正文体”时的无解悖论，这个悖论导致了试录序缺乏应有的说服力，甚至会激起士子们的反感。作序者出于敷衍差事也好，或者流于形式也罢，这样的文章是难以真正落实“正文体”的。

单就意识形态和思想秩序建构意义上的“正文体”而言，统治者期冀借此融合“圣真”与“王制”，形成一套基于圣人经典、皇朝律令、现成规训和舆论清议的大一统权威[②]，所以当帝王专制愈加膨胀之时，对于这种权威的强调和执行就愈加有力，这或许解释了为什么晚明出现“正文体”的声音越来越强烈，越来越密集。可是在经济结构变动、社会阶层日趋分化的大背景下，体制内外士人群体的不断怀疑，又和官方意志形成了某种暗中的角力——这种角力或许正是导致试录序文之“正文体”悖论的根本性原因。

---

① 孙鑛：《居业次编》卷三《与吴伯霖论举子业书》，《四库禁毁书丛刊》集部，第126册，第212页。

② 张德建：《正文体与明代思想秩序的重建》，《文学遗产》2019年第1期，第107页。

龚自珍的散文书写与阳湖文派

李金松[*]

摘要：关于龚自珍的散文书写的评价，被认为是“不立宗派古文家”这一观点最具影响力。然而，从龚自珍散文书写的艺术事实来看，其作品不但取法周秦诸子，而且词华富赡，骈散兼采，与阳湖文派关于文章书写的文学主张高度契合。龚自珍与阳湖文派的核心作家陆继辂、李兆洛、宋翔凤等交往密切，并对他们极为欣赏、崇敬，甚至可以说他是张惠言的再传弟子。因此，他的散文书写明显受阳湖文派的影响，是对阳湖文派文章书写艺术主张的实践，最具阳湖文派的艺术特色。可见，龚自珍并非“不立宗派古文家”，而是有宗派，其宗派即阳湖文派。

关键词：龚自珍；阳湖文派；散文书写

一、问题的提出

嘉道时期的龚自珍（1792—1841）是清代杰出的散文家。对于龚自珍的散文书写，晚清谭献说：“文事则前无唐宋。”[①]“先生集当为本朝别集第一，亦唐以来别集第一。”[②]对其推崇至极。近代康有为在《广艺舟双楫》中，认为“东

---

* 李金松：河南大学文学院教授。

① 谭献：《复堂日记》，河北教育出版社，2001年，第5页。

② 谭献：《复堂日记》，第215页。

原之经学，稚威之骈文，定庵之散文，皆特立独出者也”[①]。康有为之所以认为龚自珍的散文书写“特立独出”，原因应当是如乾隆庚戌（1790）状元石蕴玉给龚自珍的书函中所指出的那样，龚自珍的散文书写“意匠奥衍，似从周秦之间诸子得来，非汉唐以后之文也”[②]，即龚自珍的散文书写师法先秦诸子之文，与元明以来取法唐宋八家的散文书写大异其趣，表现出极为鲜明的独特性。龚自珍散文书写的这种独特性，使其在当时的文坛上显得很另类，以致有“画鬼”之喻。如沈垚在《与吴半峰》这篇书牍中说：

> 都下言古文，皆推龚定庵，闲亭不求人知，人亦无知闲亭者。垚窃谓定庵画鬼，闲亭画人。人见鬼则惊，见人则了无可异。[③]

沈氏以“画鬼”作比喻言说龚自珍奇诡的散文书写，很形象，揭示了龚自珍师法先秦诸子的散文书写在当时文坛上迥异流俗的独特性。

关于龚自珍的散文书写师法先秦诸子而在艺术样态上呈现出的这种独特性，到目前为止，学术界已做了相当深入的探讨，取得了不少值得注意的学术成果，如近代文学研究专家任访秋先生《试论龚自珍的散文》[④]一文即是其中的代表。尽管目前学界的相关研究极大地推进了我们对龚自珍散文书写的认识，但是，还有一个很重要的问题未能解决：龚自珍的散文书写为何会取法先秦诸子，并在艺术上展现出恢诡瑰丽的样态呢？本文试图对这一问题做出圆满的回答，以期拓深我们对龚自珍散文书写的认识。

一般而言，一个作家的文学书写，往往受其学术训练及在此基础上形成的文学观念的制约，是其学术素养与文学观念的具体体现。龚自珍的散文书写，自然也不例外。对于龚自珍的学术渊源，学界指出其与常州学派关系密切，将其看作是常州学派的健将[⑤]，这一识见无疑是精辟的。在学术上，龚自珍曾师从常州今文经学大师刘逢禄，确实是属于常州学派，这是无可怀疑的。而对于龚

---

① 康有为：《广艺舟双楫》卷五，清光绪刻本。

② 石蕴玉：《与龚瑟人孝廉书》，《独学庐稿》四稿卷四，清写刻本。

③ 沈垚：《与吴半峰》，《落帆楼文集》卷十，民国吴兴丛书本。

④ 任访秋：《试论龚自珍的散文》，《殷都学刊》1988 年第 1 期。

⑤ 陈鹏鸣：《龚自珍与常州学派》，《江汉论坛》1996 年第 11 期。

自珍接受的文学观念及其散文书写所受到的影响，学界并未予以明确的揭示。虽然龚自珍在《三别好诗序》中曾说："余于近贤文章，有三别好焉。虽明知非文章之极，而自髫年好之，至于冠益好之。兹得春三十有一，得秋三十有二。自揆造述，绝不出三君。"①《三别好诗》作于他三十二岁时。此诗所题，即吴伟业、方舟（方苞兄，号百川）、宋大樽三人。吴、宋二人，以诗见长；唯方舟（秀才）以八股文见长，"以诸生之文而横被六合"②，其八股文有清代第一之称③。虽然龚自珍认为自己的文学书写"绝不出三君"，受吴、方、宋影响很深，但是，据诗题"别好"二字，他的文学书写受吴、方、宋的影响，那不过是"别好"而已。在"别好"之外，当有正好。其正好应当是乾嘉以降盛行的经史子与集部之学。其经史子之学，不属本文讨论的对象，我们姑且不论；而其在"别好"之外的集部之学，则是本文要讨论的核心。那么，龚自珍在"别好"之外的集部之学，其所好究竟是什么呢？或者说影响他散文书写的文学观念渊源自何人呢？其实，透过龚自珍的散文书写显现出来的艺术事实来看，我们认为他在"别好"之外的集部之学与阳湖文派渊源很深，高度契合。龚自珍不仅与阳湖文派的作家有很深的交往，他的散文书写也可以说是阳湖文派文学主张的实践。

二、与阳湖文派作家的交往

龚自珍是著籍金坛的著名学者段玉裁的外孙，而金坛在明清时期属常州府。常州一府在清代无论是学术方面，还是文学方面，人才辈出，取得了极为辉煌的成就，是无与伦比的。龚自珍《常州高材篇送丁若士履恒》一诗，抒写了自己同常州学人、才人尤其是阳湖文派作家的交往，并表达了自己的景仰之情：

---

① 龚自珍：《龚自珍全集》，上海人民出版社，1975 年，第 466 页。

② 方苞：《兄百川墓志铭》，方苞著，刘季高校点：《方苞集》卷十七，上海古籍出版社，1983 年，第 496 页。

③ 郑燮在《潍县署中与舍弟墨第五书》中说："愚谓本朝文章，当以方百川制艺为第一。"郑燮著，吴可校点：《郑板桥文集》，巴蜀书社，1997 年，第 18 页。

丁君行矣，龚子忽有感，听我掷笔歌常州。天下名士有部落，东南无与常匹俦。我生乾隆五十七，晚矣不及瞻前修。外公门下门客盛，始见臧在东、顾子述来裒裒。奇才我识恽伯子，绝学我识孙季逑。最后乃识掌故赵，献以十诗赵毕酬。三君折节遇我厚，我益喜逐常人游。乾嘉辈行能悉数，数其派别征其尤。易家人人本虞氏，毖纬户户知何休。声音文字各窔奥，大抵钟鼎工冥搜。学徒不屑谈贾孔，文体不甚宗韩欧。人人妙擅小乐府，尔雅哀怨声能遒。近今算学乃大盛，泰西客到攻如仇。常人倘欲问常故，异时就我来咨諏。勿数耆耋数平辈，蔓及洪孟慈、管孝逸、庄卿山、张翰风、周伯恬。其余鼎鼎八九子，奇人一董方立先即邱。所恨不识李夫子申耆，南望夜夜穿双眸。曾因陆子祁生屡通讯，神交何异双绸缪。识丁君乃二十载，下上角逐忘春秋。君行矣龚子忽有感，一官投老谁能留？珠联璧合有时有，一散人海如凫鸥。噫！才人学人一散人海如凫鸥，明日独访城中刘申受。[①]

据吴昌绶所编《定庵先生年谱》，《常州高材篇送丁若士》作于道光七年（1827）[②]，龚自珍时三十六岁。此诗所赠之丁若士，即丁履恒。丁履恒（1770—1832），字道久，曾官肥城知县，著有《春秋公羊例》《思贤阁集》等。龚自珍与之在师友之间。“常人倘欲问常故，异时就我来咨諏”，龚自珍以谙熟常州文献自许。在这首诗中，他提及自己已交往或希望接触的常州名流，学人、才人兼而有之。在这些常州的学人与才人中，有臧庸、顾汝明、恽敬、孙星衍、赵怀玉、洪饴孙、管绳莱、庄绶甲、张琦、周仪暐、董祐诚、李兆洛、陆继辂、刘逢禄等。以上诸人中，既有“耆耋”辈，如赵怀玉、孙星衍、恽敬等，以及师长辈张琦、李兆洛、陆继辂、刘逢禄、洪饴孙、庄绶甲，同时有平辈之交，如董祐诚、管绳莱、周仪暐等。在上述诸人中，被曹虹先生确定为阳湖文派的作家有恽敬、张琦、李兆洛、陆继辂、庄绶甲、董祐诚、周仪暐等人。[③]

恽敬（1757—1817），字子居，是阳湖文派的主要作家，著有《大云山

① 龚自珍：《龚自珍全集》，第 494—495 页。
② 吴昌绶编：《定庵先生年谱》“道光七年丁亥，年三十六”条，见《龚自珍全集》附录，第 614 页。
③ 曹虹：《阳湖文派研究》，中华书局，1996 年，第 72—78 页。

房文稿初集》《二集》等。乾隆四十八年（1783）举人，曾官浙江富阳、江西新喻、瑞金及南昌同知。关于恽敬的散文书写，前人有不少论析。这些论析，很能揭示恽敬散文书写的艺术特征。如包世臣认为“子居文精察廉悍类其为人”[①]，李元度认为“子居治古文，从周秦诸子入，尤得力于韩非、李斯、晁错，近法家言”[②]。张维屏则从比较的角度，分析了清代散文史上魏僖、方苞、恽敬的异同，认为：“故就诸家而论，愚以为文气之奇推魏叔子，文体之正推方望溪，而介乎奇正之间则恽子居也。诸家之为古文，多从唐宋八家入，唯魏叔子、恽子居从周秦诸子入，而皆得力于《史记》。”[③]他们的这些论析，维度虽然不尽相同，但却揭示了恽敬的散文书写“从周秦诸子入”这一艺术事实。换言之，“从周秦诸子入”可以说是当时及后世文坛对恽敬散文书写达成的一个共识。恽敬的《大云山房文稿》在其生前分别有嘉庆十六年（1811）与二十年两个刻本。这两个刻本，龚自珍是认真读过的。龚自珍有一篇文章《识某大令集尾》，分析某大令之文以佛杂儒之七重心，并深致不满。据是篇文末龚橙（龚自珍长子）注：“大令为恽敬，阳湖人。以文鸣一世。文笔非无取，唯好名无信根，甘为佛法外道，故大人书以示戒。橙记。”[④]所以，尽管对恽敬的散文书写有较为严厉的批评，但在《常州高材篇送丁若士》中，龚自珍却以“奇才我识恽伯子”一句，极为称许恽敬。龚自珍之识恽敬，除《常州高材篇送丁若士》一诗提及外，别无诗文提及；而恽敬《大云山房文稿》中并无提及自己与后辈龚自珍相识往还之事。然而，据《常州高材篇送丁若士》，恽敬、龚自珍两人确实曾相识，或有过接触，只是前者年龄远长于后者，对后者没什么印象，因而不曾语及。龚自珍在诗中以“奇才”称许恽敬，意谓恽敬的散文书写迥然不同流俗。这是因为：清中叶以来的散文书写，文坛上的风气基本上是如张之洞所说的那样“远宗欧、曾，近法震川”[⑤]，以宗尚唐宋八家与归有光、方

---

① 包世臣：《小倦游阁集》卷十四，清包氏小倦游阁钞本。

② 李元度：《天岳山馆文钞》卷三十，清光绪六年爽谿精舍刻本。

③ 张维屏：《国朝诗人徵略》卷四十八，清道光十年刻本。

④ 龚橙识语转引自恽敬著，万陆等标校，林振岳集评：《恽敬集》附录二，上海古籍出版社，2013年，第704页。上海人民出版社《龚自珍全集》亦有龚橙识语，但文字简略。

⑤ 张之洞：《輶轩语·语文》“古文骈体文”条，《书目答问二种》，生活·读书·新知三联书店，1998年，第326页。

苞为主流；而恽敬的散文书写则是“从周秦诸子入”，不是“远宗欧、曾，近法震川”，与当时的散文书写主流表现出不同的文学趣味与取向。因而在龚自珍看来，恽敬是奇异、奇特的，故以“奇才”称许。龚自珍对恽敬的这种称许，高度肯定了恽敬的散文书写在清代散文史上的创新意义。这正如他同时代的包世臣所说：“子居（恽敬）当归、方邪许之时，矫然有以自植，固豪杰之士哉！”[①] 因此，在某种意义上，龚自珍以“奇才”称许恽敬，实际上是对恽敬散文书写的一种欣赏、认同。而他的这种欣赏、认同，自然会悄悄地改变自己关于散文书写的认识，并在自己的散文书写中显现出来。

张琦（1764—1833），虽然不是阳湖文派的主要作家，但他是阳湖文派核心作家张惠言的弟弟，著有《宛邻诗文集》四卷等。嘉庆七年（1802），张惠言病逝，其时龚自珍才十一岁，他是无缘与张惠言相识的。可是，龚自珍与张琦相识，也稍稍可以弥补无缘亲炙张惠言的缺憾了。在与张琦的交往中，关于其兄张惠言的学术、文章乃至词学，自然是他们两人之间一个很重要的话题。也就是说，通过与张琦的交往，龚自珍间接地了解了张惠言的学术、文章乃至词学。因此，龚自珍同张琦的交往，在某种意义上是间接地与张惠言进行交流。更何况，在张琦之外，龚自珍与张惠言的学生宋翔凤（号于庭）、刘逢禄交谊深厚。《龚自珍全集》中，龚自珍述及与宋翔凤交往的诗作有《紫云回三叠》《投宋于庭》以及《己亥杂诗》（玉立长身宋广文）等，其称宋氏“万人丛中一握手，使我衣袖三年香”[②]，为之倾倒。宋翔凤在《香草词序》中云：“余弱冠后，始游京师，就故编修张（惠言）先生受古文法。”[③] 龚自珍在二十八岁时曾师从刘逢禄。[④] 而刘逢禄亦曾受业于张惠言，其诗《岁暮怀人杂诗》之九末有小字注：“壬戌之春，见茗柯先生（张惠言号茗柯），谈礼经最乐。”[⑤] 其子刘承宽《先府君行述》亦云：“年二十有七，入都朝考……竟下第。始识张先生

---

① 包世臣：《小倦游阁集》卷十四，清包氏小倦游阁钞本。

② 龚自珍：《龚自珍全集》，第 462 页。

③ 宋翔凤：《朴学斋文录》卷二，清浮谿精舍丛书本。

④ 吴昌绶编：《定庵先生年谱》“嘉庆二十四年己卯，二十八岁”条，见《龚自珍全集》附录，第 603 页。又《己亥杂诗》“宿草敢祧刘礼部，东南绝学在毗陵”句下有小字注：“年二十八，始从武进刘申受受《公羊春秋》。”见《龚自珍全集》，第 514 页。

⑤ 刘逢禄：《刘礼部集》卷十一，清道光十年思误斋刻本。

惠言于都，与谈《周易》、三《礼》之学。”[①] 刘师培在《近儒学术系统论》中曾指出：“武进刘逢禄、长州宋翔凤从惠言游，得其文学。”[②] 宋、刘二人为龚自珍的师长辈，换言之，龚自珍算得上是张惠言的再传弟子。张惠言的学术、文章经由宋翔凤、刘逢禄而转授给了龚自珍不少，并对后者的学术、文学观念以及文学书写行为产生某种程度的影响，这是无可疑问的。

陆继辂（1772—1834），字祁生，阳湖文派的主要作家，著有《崇百药斋文集》《合肥学舍札记》等。龚自珍《常州高材篇送丁若士》中“曾因陆子祁生屡通讯”之“陆子”，即陆继辂。据此句，我们可知龚自珍多次通过陆继辂与李兆洛音问往还。而龚、陆二人相识于何时何地呢？道光六年（1826），陆继辂因事在都，龚自珍赴京会试。是年，陆继辂有《读伯游、瑟人、元卿近作，竟戏成一绝句》[③] 诗，中有“玉楼起粟陈方海，绝巘扪碑龚自珍”句。两人相识，或在此时。陆继辂这时已有很高的文名、诗名，其《崇百药斋文集》《续集》分别刊刻于嘉庆二十五年（1820）、道光四年（1824），龚自珍想必是读过的，自然折服于陆继辂散文书写“深通古人义法”[④] 的艺术表达。然而，最令龚自珍折服的是李兆洛。龚、李二人很长时间无缘相识，所以龚自珍“曾因陆子祁生屡通讯”了。

李兆洛（1769—1841），字申耆，阳湖文派的主要作家，曾举江南乡试第一，翰林院庶士。给李兆洛作传的魏源认为：“李先生出，学无不窥，而不以一艺自名，醰然粹然，莫测其际也。”“近代通儒，一人而已。”[⑤] 这虽然是溢美之词，但表达了他对李兆洛的极度景仰。对于李兆洛，龚自珍在《常州高材篇送丁若士》中称自己“所恨不识李夫子申耆，南望夜夜穿双眸”，可见对其是何等的崇敬与歆慕了。道光十九年己亥（1839），龚自珍从京师南返，过镇江，至江阴，拜见了自己的心中偶像，主暨阳书院讲席的李兆洛。他的《己亥杂诗》“江左晨星一炬存，鱼龙光怪百千吞。迢迢望气中原夜，又有湛卢剑倚

① 刘逢禄：《刘礼部集》卷十一，清道光十年思误斋刻本。

② 刘师培：《左庵外集》卷九，《刘申叔先生遗书》本，民国二十五年（1936）宁武南氏校印本。

③ 陆继辂：《崇百药斋三集》卷三，清道光八年刻本。

④ 陆继辂：《合肥学舍札记》卷十二“得慎伯宛邻书”条云：“慎伯书来，谓余文深通古人义法而笔微伤弱。”清光绪四年兴国州署刻本。

⑤ 魏源：《武进李申耆先生传》，《魏源集》，中华书局，2009年，第361页。

门”[①]，正是其拜见了李兆洛后对后者的礼赞。尽管龚自珍晚至暮年才与李兆洛相识，但他对李兆洛的景仰恐怕远在二三十年前。他对李兆洛的无比景仰，既有学术的层面，也有文章书写的层面。在学术上，李兆洛“疏通知远，不囿小近，不趋声气”[②]，以经世致用为依归；在文章书写上，则是“每有述作，称心而言”[③]，“取径汉魏，不分骈散”[④]。无疑，这两个层面不同程度地影响龚自珍的学术选择与散文书写。

而庄绶甲、董祐诚、周仪暐三人，文名虽然不及以上诸人，但龚自珍与他们交往密切，交谊深厚。如庄绶甲曾忠告龚自珍删削《乙丙之际塾议》[⑤]，这绝非泛泛之交所能做到的。原本25篇的《乙丙之际箸议》，今存11篇，或许是龚自珍听从了庄绶甲的忠告进行删削的结果。周仪暐与龚自珍有过多次酬唱。[⑥]董祐诚在道光三年（1823）即已去世。他们年龄与龚自珍比较接近，或者相仿，他们从阳湖文派前辈那里聆听到的关于文章书写的绪论自然会转告给龚自珍，这对龚自珍的文章观念以及散文书写产生某些影响，不难想见。

三、阳湖文派关于散文书写的绪论

如前所述，龚自珍与阳湖文派的主要作家有过较为密切的交往，甚至可以说得上是张惠言的再传弟子，因而他自然在某种程度上接受或汲取阳湖文派关于散文的绪论，并在自己的散文书写中实践。那么，阳湖文派的哪些关于散文书写的理论主张能被龚自珍接受呢？

（一）以学济文　阳湖文派虽然对古文桐城派有过借鉴，但其实是在本地常州学术的土壤中孕育并发展起来的。常州学术以今文经学为主要学术内容，

① 龚自珍：《龚自珍全集》，第522页。

② 魏源：《武进李申耆先生传》，第359页。

③ 李兆洛：《答高雨农书》，《养一斋集》文集卷八，清道光二十三年活字印四年增修本。

④ 张舜徽：《清人文集别录》，华中师范大学出版社，2004年，第315页。

⑤ 龚自珍在《杂诗，己卯自春徂夏，在京师作，得十有四首》其二“常州庄四能怜我，劝我狂删乙丙书”句下有小字注：“庄君卿珊语也。”《龚自珍全集》，第441页。

⑥ 龚自珍有《逆旅题壁，次周伯恬韵》《赠伯恬》《广陵舟中为伯恬书扇》诸诗，《龚自珍全集》，第449、450页。

偏重于经世致用。由于崇尚经世致用，因而孕育于常州学术土壤的阳湖文派较为重视先秦诸子之学。这是因为先秦诸子乃“务为治者也”[①]，大多针对社会现实问题，在治国理政方面多有可以操作的具体措施。因此，本着经世致用这一学术精神，阳湖文派的作家倡导以诸子之学济助文章，这即曹虹先生所指出的“以学济文的新思路”[②]。恽敬在《大云山房文稿二集》自序中提出的“文集之衰，当起之以百家”，即是这一文学理念的经典表述。

> 昔者班孟坚因刘子政父子《七略》为《艺文志》，序六艺为九种。圣人之经，永世尊尚焉。其诸子别为十家，论可观者九家，以为虽有蔽短，合其要归，亦六经之支与流裔。至哉此言，论古之圭臬也。
>
> ……修六艺之文，观九家之言，可以通万方之略。后世百家微而文集行，文集敝而经义起，经义散而文集益漓。学者少壮至老，贫贱至贵，渐渍于圣贤之精微，阐明于儒先之疏证，而文集反日替者，何哉？盖附会六艺，屏绝百家，耳目之用不发，事物之赜不统，故性情之德不能用也。敬观之前世，贾生自名家、从横家入，故其言浩汗而断制；晁错自法家、兵家入，故其言峭实；董仲舒、刘子政自儒家、道家、阴阳家入，故其言和而多端；韩退之自儒家、法家、名家入，故其言峻而能达；曾子固、苏子由自儒家、杂家入，故其言温而定；柳子厚、欧阳永叔自儒家、杂家、词赋家入，故其言详雅有度；杜牧之、苏明允自兵家、从横家入，故其言纵厉；苏子瞻自从横家、道家、小说家入，故其言逍遥而震动。至若黄初、甘露之间，子桓、子建，气体高朗；叔夜、嗣宗，情识精微，始以轻隽为适意，时俗为自然，风格相仍，渐为轨范，于是文集与百家判为二途。熙宁、宝庆之会，时师破坏经说，其失也凿；陋儒襞积经文，其失也肤；后进之士，窃圣人遗说，规而画之，睇而斫之，于是经义与文集并为一物。……递趋递下，卑冗日积。是故百家之蔽，当折之以六艺；文集之衰，当起之以百家。[③]

---

① 司马谈：《论六家要旨》，见《史记·太史公自序》，中华书局，1982 年，第 3288—3289 页。

② 曹虹：《阳湖文派研究》，第 82 页。

③ 恽敬著，万陆等标校，林振岳集评：《恽敬集》，第 277—278 页。

通过对历代优秀古文家的考察、甄别，恽敬指出，董仲舒、刘向、韩愈、柳宗元、欧阳修、苏轼等人之所以在古文创作上成就卓越，原因就在于他们各自有诸子之学的精深修持；他们的古文创作在艺术上呈现不同的风貌，源自他们对不同诸子的取裁。也就是说，他们的古文创作与诸子百家是合而为一的，既具有渊茂的文采，又融含强烈的思想性。后世文集日趋衰微，“递趋递下”，乃是“由于附会六艺，屏绝百家，耳目之用不发，事物之赜不统，故性情之德不能用”，导致“文集与百家判为二途”，“经义与文集并为一物”。因此，要想改变古文创作不振的这种现实，使古文创作能够与古人争长角胜，恽敬主张“文集之衰，当起之以百家”，即以诸子百家之学助益古文创作。恽敬关于古文创作的这种主张，其实是对当时桐城派古文创作师法唐宋八家的一种迈越。桐城派对唐宋八家的师法主要是从形式层面的，而恽敬“起之以百家”的古文创作主张，是从学术层面解决古文创作存在的问题，即从唐宋八家之所以成为唐宋八家这一本体角度提出振兴古文创作的根本途径，这无疑比桐城派之从形式层面师法唐宋八家及归方更为科学。类似的主张亦见于张惠言的《送徐尚之序》：“古之以文传者，传其道也。夫道，以之修身，以之齐家、治国、平天下，故自汉之贾、董，以逮唐宋文人韩、李、欧、苏、曾、王之俦，虽有淳驳，而就其所学，皆各有以施之天下，非是者其文不至。”[①] 张惠言此文中的“所学”，与恽敬在《大云山房文稿二集自序》中提及的诸子百家之学虽然不完全切合，但诸子百家之学无疑是其中非常重要的内容。李兆洛在书函《答汤子扂》中，阐述古文书写应该是“导源《国语》及先秦诸子”[②]；他的学生蒋彤在《养一子述》中记述了他在江阴暨阳书院“教读《通鉴》《通考》以充其学，选定《史记》《汉书》《春秋繁露》《管子》《荀子》《吕氏春秋》《商子》《韩非子》《贾子新书》《逸周书》《淮南子》《目录》以博其义”[③]。李兆洛教育学生所用的教材除5种为史学著作外，其余均为诸子百家著作。所谓“博其义”，即以诸子百家以及史学丰富文章的思想内容。可见，在李兆洛关于古文书写的运思里，诸子百家之学占据很大的比重。他对诸子百家之学在古文书写中意义的重

① 张惠言著，黄立新校点：《茗柯文编》，上海古籍出版社，1984年，第200页。
② 李兆洛：《答汤子扂》，《养一斋集》文集卷八，道光二十三年活字印四年增修本。
③ 蒋彤：《养一子述》，《丹棱文集》卷三，道光二十二年洗心玩易之室活字本。

视，可谓与恽、张二人几乎如出一辙。不难看出，以学济文是阳湖文派的一个基本共识，尽管其中的“学”不完全是诸子百家之学。

（二）不废词华　桐城派对古文语言的艺术要求是：“古文中不可入语录中语，魏晋六朝人藻丽俳语，汉赋中板重字法，诗歌中隽语，南、北史佻巧语。”[①] 摈弃藻丽词华。遵循这一艺术要求，桐城派的古文书写诚如晚清方浚颐所批评的那样：“专以字句拗涩为能，词意枯淡为高。”[②] 与桐城派这种摈弃词华的艺术主张不同的是，阳湖文派的作家们不废词华，而且相当重视词华在古文书写中的文学意义。阳湖文派的作家们大都有诵习六朝“藻丽俳语”的文学经历，如恽敬“少年好为齐梁骈俪之作”[③]；张惠言自述“少学为时文，……其后好《文选》辞赋”[④]，并选有《七十家赋钞》；李兆洛“少读《文选》，颇知步趋齐梁”[⑤]，并认为“学不博则不足以综蕃变之理，词不备则不足以达蕴结之情”[⑥]，强调词华在情意表达中的艺术作用；周仪暐“工六朝文词”[⑦]；董祐诚“始工为汉魏六朝文”[⑧]。由于阳湖派作家曾研习六朝文章，有人甚至以此蜚声文坛，所以他们在古文书写中一般不废藻丽词华，甚至强调词华对文章思想内容的表达所具有的重要意义。对此，陆继辂曾作如下阐述：

> 夫文者，说经、明道、书写性情之具也。特文不工，则三者皆无所附丽。故札记出而说经之文亡，语录出而明道之文亡。何者？言之无文，则趋之者易也。既已言之而文矣，江、鲍、徐、庾、韩、柳、欧阳、苏、曾，何必偏有所废乎？[⑨]

---

① 沈廷芳：《书方望溪先生传后》，《隐拙斋集》卷四十一，《清代诗文集汇编》，上海古籍出版社，2010 年版，第 298 册，第 539 页。

② 方浚颐：《文论》，《二知轩文存》卷一，光绪四年刻本。

③ 陆继辂：《瑞金知县恽君墓志铭》，《崇百药斋集》卷十七，嘉庆二十五年合肥学舍刻本。

④ 张惠言：《文稿自序》，《茗柯文编》，第 117 页。

⑤ 李兆洛：《骈体文钞序》，《养一斋集》文集卷五。

⑥ 李兆洛：《答汤子垕》，《养一斋集》文集卷八。

⑦ 梅曾亮：《周伯恬家传》，梅曾亮著，彭国忠、胡晓明校点：《柏枧山房诗文集》，上海古籍出版社，2012 年，第 219 页。

⑧ 阮元：《董祐诚》，《畴人传》卷第五十一，清文选楼丛书本。

⑨ 陆继辂：《与赵青州书》，《崇百药斋集》卷十四。

“言之无文”与“言之而文”中的“文”，显然是指文采、词华。在此节文字中，陆继辂指出，如果“文不工”，没有文采、词华，没有由此而营造出的文章的艺术美，那么，经义、道旨、性情“三者皆无所附丽”。在他看来，文采、词华对文章的思想内容而言，具有不可或缺的特殊意义。基于这一认识，他认为“江、鲍、徐、庾、韩、柳、欧阳、苏、曾，何必偏有所废乎？”“江、鲍、徐、庾”，是文章书写的词华派。相比较而言，“韩、柳、欧阳、苏、曾”，则是文章书写的质实派。他所说的“何必偏有所废”，是指不应废弃词华派。因为当时风行天下的桐城派是宗尚质实的唐宋八家，而排斥词华富赡的六朝文，如姚鼐在《古文辞类纂序目》中明确提出“古文不取六朝文，恶其靡也”[①]。陆继辂对文章书写中词华的强调，其实是针对桐城派的古文艺术蕲向而言的，是以词华来消泯、反拨桐城派古文书写的“枯淡”。他关于词华的这些论说，代表了阳湖文派对词华的基本态度。

（三）骈散合一　桐城派不但摈弃词华，同时也反对骈体，前举方苞将“魏晋六朝人藻丽俳语”排斥在古文之外，姚鼐“不取六朝文”，即是显证。阳湖文派在古文书写上却反对有所偏废，倡导骈散合一，前举陆继辂之对文章书写中词华的重视即已隐含此意。而最能代表阳湖文派关于古文书写骈散合一的艺术主张的，是李兆洛的有关论述及其所编《骈体文钞》。在《答庄卿珊》中，李兆洛说：

> 洛之意，颇不满于今之古文家，但言宗唐宋，而不敢言宗两汉。所谓宗唐宋者，又止宗其轻浅薄弱之作。一挑一剔，一含一咏，口牙小慧，谫陋庸词，稍可上口，已足标异。于是家家有集，人人著书，其于古则未敢知，而于文则难言之。窃以为后人欲宗两汉，非自骈体入不可。[②]

桐城派是宗唐宋的。李兆洛此论，批评桐城派之意灼然可见。两汉文章，大多是骈散合一的。“宗两汉”，即意味着古文书写应骈散合一。本着这一古

① 姚鼐：《古文辞类纂》卷首，道光元年合河康氏家塾刻本。
② 李兆洛：《养一斋集》文集卷八。

文理念，他编《骈体文钞》，乃是出于这一考虑："夫文果有二宗乎……欲使人知骈之本出于古也，为是选以式之；而名之曰《骈体文钞》，亦欲使人知古者未离乎骈也。"[①] 他认为骈体出于散体古文，散体古文与骈体不可离分，骈散乃是合一的。在《骈体文钞序》中，李兆洛以易学的阴阳、奇偶观念为理论依据，对自己的古文书写骈散合一论进行了深入的阐述：

> 天地之道，阴阳而已，奇偶也，方圆也，皆是也。阴阳相并而生，故奇偶不能相离，方圆必相为用。道奇而物偶，气奇而形偶，神奇而识偶。孔子曰："道有变动，故曰爻。爻有等，故曰物。物相杂，故曰文。"又曰："分阴分阳，迭用柔刚，故易六位而成章。"相杂而为用。文章之用，其尽于此乎？六经之文，班班具存，自秦迄隋，其体递变，而文无异名。自唐以来，始有古文之目，而目六朝之文为骈俪。而为其学者，亦自以为与古文殊路。……文之体至六代而其变尽矣，沿其流极而泝之，以至乎其源，则其所出者一也。吾甚惜夫歧奇偶而二之者之毗于阴阳也。毗阳则躁剽，毗阴则沉膇，理所必至也。于相杂迭用之旨，均无当也。[②]

阴阳、奇偶、方圆这些现象的存在，乃"天地之道"。李兆洛认为，文章书写的骈、散，也是如此。骈、散之分，源自唐代。沿流溯源，两者"所出者一也"，亦即骈散是合一的，不可歧分。骈与散，各有不同的表达功用；强将文章歧分为骈、散，或者是崇散弃骈，是有违孔子"相杂""迭用"的易学宗旨。这样，他从宗经征圣的角度阐明了文章书写骈散合一的合理性。

以上三个方面，是阳湖文派关于文章书写艺术主张的核心，与当时文坛上盛行的桐城派的古文艺术主张迥然有异。龚自珍同阳湖文派作家或常州名流的交往中，不可能不习闻这些关于文章书写的绪论。他所习闻的这些绪论，渐渐地会内化成一种文学书写行为，并在其散文书写中体现出来。

---

① 李兆洛：《附代作骈体文钞序》，《养一斋集》文集卷八。

② 李兆洛：《养一斋集》文集卷五。

四、对阳湖文派文章理论的实践

对龚自珍的散文书写，近代国学大师章太炎有过苛评："若其文辞侧媚，自以为取法晚周诸子，然佻达无骨体，视晚唐皮陆且弗逮；以校近世，犹不如唐甄《潜书》近实。后生信其诳耀，以为巨子，诚以舒纵易效，又多淫丽之辞，中其所嗜。"[①] 章氏苛评，概括了龚自珍散文书写的两大特点：一、"取法晚周诸子"，充满思想性与批判性；二、"多淫丽之辞"，富有丰富的词采。

在龚自珍的散文书写中，不少作品确实取法周秦诸子。刘熙载指出："周秦间诸子之文，虽纯驳不同，皆有个自家在内。"[②] 即谓周秦诸子之文对社会世事有自己独立的见解，这包含政治判断、价值判断，并针对性地提出解决的办法。取法周秦诸子的龚自珍的散文书写也是如此。如其《乙丙之际箸议》诸篇、《明良论》诸篇、《述思古子议》《上大学士书》以及《平均篇》《西域置行省议》《东南罢船舶议》等，见解卓越，具有强烈的批判性，诚如梁启超所说："往往引《公羊》义讥切时政，诋排专制。"[③] 龚自珍的这些政论性的作品，"务为治者也"，虽然有常州今文经学的意蕴，但更多的是充满了像《庄子》《韩非子》那样对社会现实的批判精神。不惟宁是，龚自珍的散文书写对周秦诸子的取法，还表现在以寓言的方式表达自己对某些社会邪恶的态度，如《捕蜮第一》《捕熊罴鸱鸮豺狼第二》《捕狗蝇蚂蚁蚤蜰蚊虻第三》等。据张祖廉《定庵先生年谱外纪》，龚自珍"尝告益阳汤（鹏）郎中欲撰《捕龙蛇虎豹文》"[④]。虽然今传龚自珍的文集中没有张氏所述的这篇，但据此可知，龚自珍这类寓言方式的作品，有一个系列。且看这篇《述捕熊罴鸱鸮豺狼第二》：

邱坟之祇问曰：今者有熊罴、鸱鸮、豺狼，是性善愎，必噬有恩者及仁柔者。捕之如何？法用败絮、牛皮，伪为人形，手执饲具，以示人恩，

① 章太炎：《说林下》，《太炎文录初编》，上海人民出版社，2014 年，第 121 页。
② 刘熙载：《文概》，刘熙载著，袁津琥校注：《艺概注稿》，中华书局，2009 年，第 52 页。
③ 梁启超：《清代学术概论》，东方出版社，1996 年，第 67 页。
④ 龚自珍：《龚自珍全集》第一辑《捕狗蝇蚂蚁蚤蜰蚊虻第三》篇后附小字注，第 644 页。

> 中实以炽铁，咆哮来吞。絜韦吞已，炽铁火起，麋灼其心肝。祝曰：豺狼！豺狼！予恩汝不祥，亦勿战汝以刚，色柔内刚，诛汝肝肠，汝卒咆哮以亡。如是四遍，则其种类皆殄绝。吉。

他指出，熊罴、鸱鸮、豺狼，其性善愎，“必噬有恩者及仁柔者”。对于世上这些邪恶辜恩的禽兽，他认为应该用非常手段消灭它们，使其“种类皆殄绝”，创造一个祥和安宁的世界。文中所言表面上是禽兽，但实际上指向的是人类社会中的邪恶。以寓言的形式言说自己的立场、态度，传达观念，这简直是《庄子》与《韩非子》的翻版。他的著名作品《尊隐》以一日早时、午时、昏时的太阳比拟朝代的兴衰，将山林与京师对照，热情地歌颂了退隐山林的才智之士，有力地批判了“偷活”“偷息”的朝士，这种手法的运用，又与《庄子》《韩非子》如出一辙。这些艺术事实充分说明：龚自珍深于诸子之学，并将之融入到自己的散文书写中。

词采富赡，是龚自珍散文的一大特色。龚自珍进行散文书写，常常将辞赋以及六朝骈俪之文的辞藻融汇到自己的笔端。如《己亥六月重过扬州记》：

> 凄馨哀艳之气，缭绕于桥亭舰舫间，虽淡定，是夕摇摇不自持。余既信信，挈流风，捕余韵，乌睹所谓风号雨啸、鼯鼠悲、鬼神泣者？……天地有四时，莫病于酷暑，而莫善于初秋，澄汰其繁缛淫蒸，而与之为萧疏淡荡，泠然，瑟然，而不遽使人有苍莽寥泬之悲者，初秋也。

其中的辞藻有“凄馨哀艳”“缭绕”“淡定”“摇摇”“信信”“澄汰”“繁缛淫蒸”“萧疏淡荡”“泠然”“瑟然”“苍莽寥泬”，构成了瑰丽恢诡的意境，与鲍照《芜城赋》风号雨啸、鼯鼠悲、鬼神泣的哀伤幽冷的意境迥然不同，任访秋认为此篇“简直是散文诗”[①]，可谓的评。又如《送徐铁孙序》这一节：

> 夫诗必有原焉，《易》《书》《诗》《春秋》之肃若，泬若，周秦间数子

① 任访秋：《试论龚自珍的散文》，《殷都学刊》1988年第1期。

之缜若，崪若，而莽荡，而噌吰，若敛之惟恐其坻，掣之惟恐其隘，孕之惟恐其昌洋而敷腴，则夫辽之长白、兴安大岭也有然。

不足70字，描写情态的词汇就有“肃若”“沉若”“缜若”“崪若”“莽荡”“噌吰”“坻”“隘”“昌洋”“敷腴”这10个，其文章词华之丰富多彩，由此可见一斑。而从他散文书写中运用的这些词华，我们不难辨识到其中隐含的辞赋与六朝骈偶之文的元素。

骈散兼采，是龚自珍散文书写文体上的另一特点，尽管这一特点未被章太炎指出，但却是一个不容忽视的艺术存在。龚自珍既能作散体文，也能作骈体文。其骈体文之作如《阮尚书年谱第一序》《写神思铭》《拟进上蒙古图志表文》《皇朝硕辅颂序》《黄山铭》等，其中《阮尚书年谱第一序》《写神思铭》这两篇被选入张鸣珂《国朝骈体正宗续编》。龚自珍进行散体文书写，往往不严格区分骈、散，而是骈语与散语兼采的，如《钱吏部遗集序》：

……前哲有言，古今情之至者，乐器不能传，文士不能状，意者然乎？嗟嗟！感前修之易沦，睠华士而踵起，名满天下，才啬于命，情又啬于才。是集也，宜吾微吟焉，寂听焉，低徊独抱焉，弗可已矣！

约70字的篇幅，有两联骈语：“乐器不能传，文士不能状”“感前修之易沦，睠华士而踵起”。在流转动感的表述中，间隔穿插两联骈语，奇偶相错。包世臣云：“凝重多出于偶，流美多出于奇。”[①]《钱吏部遗集序》文字表达的这种奇偶相错的艺术处理方式，将流美与凝重两种不同的美学风格融于一炉，使表达别具异量之美。又如《叙嘉定七生》：

自珍少游燕、并之市，之南方，求科名，北南宾客之辱者，十于七乎？百于七乎？他日复之燕、并求科名，宾客之辱者，十于七乎？百于七乎？不飞不鸣，人犹以为倾；不鼓不考，人犹以为媚。默默吾颜，了了吾

① 包世臣：《文谱》，王水照编：《历代文话》，复旦大学出版社，2007年，第5288页。

行。抱秋树之晨华，指太阴以宵盟。盖知夫时之不我与，又知夫区区之未可以骤明也，故恒潜于幽而块于处。

根据自己表达的需要，这节文字骈语与散语杂用，使文章在文体上呈现出骈散兼采的特点，既非骈体，又与拒骈过甚的桐城派古文大不相同，在美学形态上兼具流美与凝重之致。在龚自珍的散文书写中，这种骈散兼采的作品不在少数，如《壬癸之际胎观第四》散语中杂骈语“道莫高于能容，事莫惨于见容。大倨故色卑，大傲故辞卑”两联，《捕蜮第一》中有骈语“魂飞飞以朝征，魄凄凄而夕处”一联，《江子屏所箸书序》有骈语“窥气运之大原，孤神明以罙往”“饮海之一蠡，涉华之一石”两联，《陈硕甫所箸书序》有骈语“黜空谈之聪明，守钝朴之迂回”“寻之有门径，绎之有端绪”“彼涉颠而弃本，此循本而忘颠”三联，等等。虽然同纯粹的奇语单行的散体文比较起来，这种骈散兼采的作品在龚自珍的散文书写中不占多数，但这些作品在体现其散文书写的艺术特征方面，更具意义。

正是因为在散文书写上取法晚周诸子，以学济文，思想性较强，而且词华富赡，骈散兼采，诚如像梁启超所说的那样，“文辞俶诡连犿”[①]，很具艺术美感，这使龚自珍的散文书写被近代学者谭献誉为“当为本朝别集第一，亦唐以来别集第一”。

张之洞在《书目答问》中将龚自珍列入“不立宗派古文家”[②]，然而，从以上对龚自珍散文书写所做的分析来看，龚自珍的散文书写与阳湖文派的文章艺术理论是非常契合的，是对阳湖文派文章艺术理论的实践。而且，龚自珍与阳湖文派的作家有密切的交往，并对其中的核心作家恽敬、李兆洛等极为欣赏、崇敬，甚至可以说他是张惠言的再传弟子。因此，根据以上所述，我们认为：龚自珍并非像张之洞所说的那样，为“不立宗派”的古文作家，而是阳湖文派的古文作家，他的散文书写最具阳湖文派的艺术特点。尽管龚自珍籍隶浙江仁和，并非江苏阳湖籍贯，但这并不妨碍他成为阳湖文派的杰出作家。

---

① 梁启超：《清代学术概论》，第 67 页。

② 张之洞：《书目答问二种》，第 276 页。

文学史研究

"孔子百觚"：先秦饮酒礼与"圣人善饮"故事的生成[*]

刘子立[**]

摘要： 自汉代以来，一直流传有尧舜、文王、孔子这样的圣贤不仅善饮，而且酒量极大的传闻。这种传说的生成，与先秦时期追求"中道"的饮酒礼息息相关。在礼乐文明的语境下，理想的饮酒者应当以理性与德行的力量压制酒精的迷醉作用，做到"饮酒温克"。这一观念，不仅反向催生出了"孔子百觚"这样的传闻，而且影响了汉魏时期人们对于酒德和理想饮酒者的理解。而到了魏晋时期，随着思想风气的变化，人们对于理想饮酒者的想象与叙述，也随之发生了根本性的转变。这一变化，也映衬出思想风潮与时代风气的大变迁。

关键词： 孔子；尧舜；文王；饮酒礼

一、"圣人善饮"故事的广泛流传

建安年间，由于"年饥兵兴"[①]，曹操曾经厉行酒禁。对于这一政策，孔融

---

* 本文为国家社科基金项目"《后汉书》史料构成与历史书写研究"（立项批准号：20BZW099）阶段性成果。

** 刘子立，厦门大学人文学院中文系讲师。

① 范晔撰，李贤等注：《后汉书·孔融传》，中华书局，1965年，第2272页。

给曹操写了一封《难曹公禁酒书》，对其大加反对。在这篇充满着嘲戏色彩的书信中，孔融说：

酒之为德久矣。古先哲王，类帝禋宗，和神定人，以济万国，非酒莫以也。故天垂酒星之耀，地列酒泉之郡，人着旨酒之德。尧不千钟，无以建太平。孔非百觚，无以堪上圣……由是观之，酒何负于治者哉！[①]

孔融列举了古往今来的许多酒徒，认为他们皆因酒而建功，以证明其“酒之为德久矣”的主张。值得注意的是，在孔融的描述中，尧与孔子这样的圣人，竟然也是有名的善饮之人：尧能千钟不醉，孔子亦有百觚之量。按照曹丕在《典论·论文》中的描述，孔融此人“不能持论”，“理不胜辞”时便往往“杂以嘲戏”。[②] 此外，孔融还颇有自我作古的嗜好[③]。不过，圣人善饮的说法，倒并不是孔融的发明，而是汉代以来非常流行的一种传说。非但尧与孔子，舜、周文王以及子路，都有着善饮的名声。如《孔丛子·儒服》篇记载：

平原君与子高饮，强子高酒，曰：“昔有遗谚：尧、舜千钟．孔子百觚，子路嗑嗑，尚饮十榼。古之圣贤，无不能饮也，吾子何辞焉？”[④]

又如《论衡·语增篇》载：

传语曰：“文王饮酒千钟，孔子百觚。”[⑤]

---

① 俞绍初辑校：《建安七子集》，中华书局，1989 年，第 22—23 页。

② 萧统编，李善注：《文选》卷五十二《典论论文》，上海古籍出版社，1986 年，第 2271 页。

③ 如《后汉书·孔融传》载：“初，曹操攻屠鄴城，袁氏妇子多见侵略，而操子丕私纳袁熙妻甄氏。融乃与操书，称‘武王伐纣，以妲己赐周公’。操不悟，后问出何经典。对曰：‘以今度之，想当然耳。’”（《后汉书》，第 2271 页）

④ 傅亚庶撰：《孔丛子校释》，中华书局，2011 年，第 297 页。《孔丛子》托名孔子八世孙孔鲋所撰，但宋代以来，学者们普遍认为该书写定于汉魏时期。参见傅亚庶：《孔丛子的成书年代与真伪》，《孔丛子校释》，第 605—614 页。

⑤ 黄晖撰：《论衡校释》，中华书局，1990 年，第 346 页。

对于尧、舜、文王与孔子善饮这样的传说，《孔丛子》与王充都非常地不以为然。如在《儒服》篇中，孔穿（孔子六世孙，字子高）认为“贤圣以道德兼人，未闻以饮食也”，而圣贤善饮的传闻，不过是“嗜酒者”的“劝厉奖戏之辞，非实然也”。[①] 王充则以其“疾虚妄”的精神，对于这一传闻进行了颇为繁琐的驳斥：“如一坐千钟百觚，此酒徒，非圣人也。饮酒有法，胸腹小大，与人均等。饮酒用千钟，用肴宜尽百牛，百觚则宜用十羊。夫以千钟百牛、百觚十羊言之，文王之身如防风之君，孔子之体如长狄之人，乃能堪之。”[②] 不过，从另一方面来看，这也正好反映出这一说法的流传之广，影响之大。而“圣人善饮”的传说，在三国乃至两晋南北朝时期仍在流传。如《三国志》卷五十三《吴书·张纮传》裴注引环济《吴纪》曰：

> （孙）皓性忌胜己，而（张）尚谈论每出其表，积以致恨。后问：“孤饮酒以方谁？”尚对曰：“陛下有百觚之量。”皓云：“尚知孔丘之不王，而以孤方之！”因此发怒收尚。[③]

可见，“孔子百觚”已经成了一个耳熟能详的典故，一提起“百觚之量”，孙皓马上将其对应到孔子身上。西晋时期，傅玄在其《叙酒赋》中写道：“唐尧千钟竭，周文百觚泊。”[④] 而到了东晋时期，葛洪在其《抱朴子内篇·祛惑》中，还记载了一位自称活了四千年，曾经亲见尧、舜的方士。关于尧的形象与酒量，他有过这样的言论：

> 尧为人长大美髭髯，饮酒一日中二斛余，世人因加之云千钟，实不能也，我自数见其大醉也。[⑤]

---

① 傅亚庶撰：《孔丛子校释》，第 297 页。

② 黄晖撰：《论衡校释》，第 347 页。

③ 陈寿撰，裴松之注：《三国志》，中华书局，1982 年，第 1247 页。

④ 严可均校辑：《全上古三代秦汉三国六朝文·全晋文》，中华书局，1958 年，第 3433 页。

⑤ 王明：《抱朴子内篇校释》（增订本），中华书局，1985 年，第 347 页。

据这位名叫古强的方士所言，尧的酒量事实上并没有“千钟”，只不过是“一日中二斛余”。当然，这不过是此人故作异同，以此欺罔视听。但由此可知，直至东晋时期，“尧饮千钟”这样的传说仍然很流行。到了北魏孝文帝时期，高允在其所作的《酒训》一文中，对于这一系列的传说进行了总结：

往者有晋，士多失度，肆散诞以为不羁，纵长酣以为高达，调酒之颂，以相眩曜。称尧舜有千钟百觚之饮，著非法之言，引大圣为譬，以则天之明，岂其然乎？且子思有云：夫子之饮，不能一升。以此推之，千钟百觚皆为妄也。①

在高允看来，“尧舜有千钟百觚之饮”的传言，是出自“肆散诞”“纵长酣”的晋人之口。但如前所述，这其实是汉代乃至战国以来固有的传说，晋人不过是推波助澜罢了。圣贤善饮，乃至有“千钟”“百觚”之量，这当然不过是传闻之辞。孔穿、王充、葛洪、高允等人，都对这一传闻进行了驳斥②。但真正的问题在于像这样的传说，究竟是如何产生的？酒徒的名号，为何会加到尧、舜、文王、孔子这样的圣贤头上？其背后，又有着怎样的心理动因以及文本生成机制？这些有趣的问题，都颇值得进行进一步的考察。

二、“德将无醉”：饮酒礼与“圣人善饮”故事的生成

若就情理而论，周文王与孔子这样的人物，似乎不应与“善饮”的名声有所瓜葛。西周初年，有鉴于殷商亡国的教训，周人对于酒迷乱人心的作用，一直抱以戒慎警惧的态度。如在《尚书·酒诰》中，周公便以文王“无彝酒”③的

---

① 魏收撰：《魏书·高允传》，中华书局，1974年，第1088页。

② 如《抱朴子外篇·酒诫》篇云：“千钟百斛，不经之言，不然之事明者不信矣。夫圣人之异自才智，至于形骸非能兼人，有七尺三丈之长，万倍之大也。一日之饮安能至是？仲尼则畏性之变，不敢及乱。周公则终日百拜，肴干酒澄。”杨明照撰：《抱朴子外篇校笺》，中华书局，1991年，第594页。

③ “无彝酒”，《韩非子·说林上》引作“毋彝酒”，并云：“彝酒，常酒也。常酒者，天子失天子，匹夫失其身。”王先慎撰，钟哲点校：《韩非子集解》，中华书局，1998年，第175—176页。

遗训，谆谆告诫即将治理殷商故地的康叔。在周公眼中，殷商之所以亡国，正是因为他们“荒腆于酒”，以至于“腥闻在上”。而周人之所以能享有天下，则是因为能够反其道而行之，“邦君、御事、小子，尚克用文王教，不腆于酒。故我至于今，克受殷之命”[①]。在《酒诰》的结尾，周公还说了一句相当严厉的话：

厥或诰曰：“群饮。”汝勿佚，尽执拘以归于周，予其杀。

《孔传》解释道：“其有诰汝曰：‘民群聚饮酒。’不用上命，则汝收捕之，勿令失也，尽执拘群饮酒者以归于京师，我其择罪重者而杀之。”[②]可见，对于“湎于酒”乃至“群饮”的行为，周公持以毫不姑息的态度。事实上，西周中期的器物大盂鼎，其铭文还写到“我闻殷坠令，隹殷边侯甸与殷正百辟率肆于酒，故丧师已”[③]，仍然在重申着这样的历史教训。而在《诗经》中，也颇多类似的训诫之辞。如《大雅·荡》写道：“文王曰咨，咨女殷商。天不湎尔以酒，不义从式。既愆尔止，靡明靡晦。式号式呼，俾昼作夜。”[④]诗人借文王之口，对于沉湎于酒，乃至“式号式呼，俾昼作夜”的行为，进行了毫不留情的痛斥。这样的训诫，与《尚书·酒诰》以及大盂鼎铭文可谓如出一辙。若从这一方面来看，留下了“无彝酒”遗训的文王，如何会是一个“饮酒千钟”的饮者呢？王充在《论衡·语增篇》中说：“外出戒慎之教，内饮酒尽千钟……承纣疾恶，何以自别？”[⑤]换言之，如若文王“饮酒尽千钟”，那么与商纣又有何区别？

不过，从另一方面来看，周人毕竟不是清教徒，并非完全拒斥酒的存在。即便是在《酒诰》这样的文诰中，文王除了“无彝酒”的训诫之外，毕竟还留

---

① 顾颉刚、刘起釪：《尚书校释译论》，中华书局，2005年，第3册，第1380—1420页。

② 阮元校刻：《十三经注疏》，中华书局，2009年，第441页。

③ 马承源主编：《商周青铜器铭文选》，文物出版社，1990年，第3册，第37—41页。又，关于大盂鼎的年代，参见李山《大小盂鼎年代“康王说”质疑》一文，文中列举了二十二个证据，主张大小盂鼎并非康王时期的器物，而是西周中期穆王时期的器物。详参李山：《西周礼乐文明的精神建构》，河北教育出版社，2014年，第441—452页。

④ 阮元校刻：《十三经注疏》，第1193页。

⑤ 黄晖撰：《论衡校释》，第347页。

下了“祀兹酒”“饮惟祀”这样的话，为酒的存在留下了不小的余地。“祀兹酒”，《孔传》曰：“惟祭祀而用此酒。”“饮惟祀”，《孔传》曰：“饮酒惟当因祭祀。”[①]在祭祀典礼中，周人以酒醴与美食敬奉先祖，如《小雅·信南山》写到“祭以清酒，从以骍牡，享于祖考”[②]，《小雅·楚茨》写到“我黍与与，我稷翼翼。我仓既盈，我庾维亿。以为酒食，以享以祀”。接受了这样的奉献之后，先祖的神灵则赐予福祉和庇佑。对此，《楚茨》篇有很生动的描写：

> 我孔熯矣，式礼莫愆。工祝致告，徂赉孝孙。苾芬孝祀，神嗜饮食。卜尔百福，如几如式。既齐既稷，既匡既敕。永锡尔极，时万时亿！[③]

《周颂·丰年》也写到“为酒为醴，烝畀祖妣，以洽百礼，降福孔皆！”[④]事实上，除了祭祀用酒之外，周代其他大大小小的礼仪场合，如聘、飨、燕、冠、射等等，也无不有酒醴之设。所以在《左传》庄公二十二年，陈完有“酒以成礼，不继以淫”[⑤]之言。《汉书·食货志》也说道：“酒者，天之美禄，帝王所以颐养天下，享祀祈福，扶衰养疾。百礼之会，非酒不行。”[⑥]在这些“非酒不行”的典礼中，饮酒的次序、仪节成为宗法制下长幼尊卑之序，以及“礼主敬”原则最直接的体现；而酒精的迷醉作用，又为这样的秩序与原则带来了不少“和乐且湛”的愉快色彩。

于是我们看到，在对待酒的问题上，周人展现出一种有趣而微妙的态度。一方面，如上所述，周代的各种礼仪场合，大都少不了酒的存在。如陈戍国先生所云：“古代吉凶宾军嘉五礼，若干仪注可以不用酒，但是整个礼典不用酒的事是没有的。……《礼经》十七篇，除了《丧服》因为不是礼典记载而无酒，其他各篇哪一篇没有酒？”[⑦]除了祭祀用酒之外，《诗经》中还有许多篇什

① 阮元校刻：《十三经注疏》，第 437 页。
② 阮元校刻：《十三经注疏》，第 1011 页。
③ 阮元校刻：《十三经注疏》，第 1003—1009 页。
④ 阮元校刻：《十三经注疏》，第 1281 页。
⑤ 杨伯峻编著：《春秋左传注》，中华书局，1990 年，第 221 页。
⑥ 班固：《汉书》，中华书局，1962 年，第 1182 页。
⑦ 陈戍国：《说〈诗经〉之酒与饮酒礼》，《诗经刍议》，岳麓书社，1997 年，第 197 页。

歌唱飨、燕等典礼中酒食的丰美，以及宾主饮酒尽欢的和乐场景。前者如《小雅·鱼丽》"君子有酒，旨且多"，"物其多矣，维其嘉矣"①，后者如《小雅·鹿鸣》"我有旨酒，嘉宾式燕以敖"②，《小雅·南有嘉鱼》"君子有酒，嘉宾式燕以乐"③，以及《鲁颂·有駜》"鼓咽咽，醉言舞，于胥乐兮！"④等等。在这些篇章中，周人充分展示着他们对于饮酒之乐的欣赏。

但在另一方面，这种欢乐又是有限度的，必须符合礼仪的规定。沉湎于酒，湛乐无度，自然是不被允许的，《诗经》中的《荡》《抑》（"颠覆厥德，荒湛于酒"）等篇章，为其准备好了严厉的批判。至于典礼中饮酒失仪的行为，诗人亦加以嘲讽与批评。在这一方面，《小雅·宾之初筵》是一个绝佳的例子。全诗最后三章如下：

> 宾之初筵，温温其恭。其未醉止，威仪反反。曰既醉止，威仪幡幡。舍其坐迁，屡舞仙仙。其未醉止，威仪抑抑。曰既醉止，威仪怭怭。是曰既醉，不知其秩。
>
> 宾既醉止，载号载呶。乱我笾豆，屡舞僛僛。是曰既醉，不知其邮。侧弁之俄，屡舞傞傞。既醉而出，并受其福。醉而不出，是谓伐德。饮酒孔嘉，维其令仪。
>
> 凡此饮酒，或醉或否。既立之监，或佐之史。彼醉不臧，不醉反耻。式勿从谓，无俾大怠。匪言勿言，匪由勿语。由醉之言，俾出童羖。三爵不识，矧敢多又。⑤

诗中所描写的，是一场隆重的大射之礼。按照《仪礼》中《大射》《乡射礼》等文献的记载，周代的射礼，皆伴随有燕饮的环节⑥，在典礼的最后，还

① 阮元校刻：《十三经注疏》，第891—892页。
② 阮元校刻：《十三经注疏》，第862页。
③ 阮元校刻：《十三经注疏》，第896页。
④ 阮元校刻：《十三经注疏》，第1316页。
⑤ 阮元校刻：《十三经注疏》，第1045—1046页。
⑥ 《礼记·射义》："古者诸侯之射也，必先行燕礼；卿大夫之射也，必先行乡饮酒之礼。"阮元校刻：《十三经注疏》，第3662页。沈文倬先生指出："其实，射礼在饮酒礼的怀抱中举行，不能单独成礼。"转引自陈戍国：《说〈宾之初筵〉与〈行苇〉》，《诗经刍议》，第187页。

有“无算爵”“无算乐”这样相对轻松、欢乐的时刻。于是，在这样的场合中，便有参与者把持不住，以至于“载号载呶”“侧弁之俄”“屡舞傞傞”。对于这样的情景，诗人以漫画般的笔法，予以辛辣的讽刺。扬之水先生在《诗经名物新证》一书中，将这样的描写视为诗人的温厚与幽默。[①]不过，诗中“不知其秩”“是谓伐德”之语，已经是相当严肃的批评，恐怕不能以玩笑话视之了。

既要尽欢，又不能失仪，这就必须在“和乐且湛”与“屡舞傞傞”中，找到一个不偏不倚的“中道”。在《诗经》中，有一首诗恰好印证了这一“中道”的饮酒观。这便是《小雅·湛露》：

湛湛露斯，匪阳不晞。厌厌夜饮，不醉无归。
湛湛露斯，在彼丰草。厌厌夜饮，在宗载考。
湛湛露斯，在彼杞棘。显允君子，莫不令德。
其桐其椅，其实离离。岂弟君子，莫不令仪。[②]

《毛诗序》：“《湛露》，天子燕诸侯也。”《郑笺》云：“诸侯朝觐会同，天子与之燕，所以示慈惠。”[③]以燕饮示以慈惠，所以这场宴会一直持续至夜晚[④]，主人还发出“不醉无归”的热情呼唤。不过，参与这一场“厌厌夜饮”的宾客，仍需时时注意自己的“令德”与“令仪”。如《毛传》所言：“不醉而出，是不亲也。醉而不出，是渫宗也。”[⑤]全然不醉，显得太过冰冷而“无亲”，但若醉至失仪，却也是不可接受的。主与宾，都有其各自的分寸与节度。李山老师指出：“诗篇在‘厌厌夜饮，不醉无归’与‘显允君子，莫不令德’之间形成了张力。宴饮既是享乐，也是德行的展现。”[⑥]而这样的张力，又正好能与《仪礼》中的相关仪节相互印证。在乡饮酒礼、燕礼以及射礼中，在正式的献酬之

① 参见扬之水：《小雅·宾之初筵》，《诗经名物新证》，北京古籍出版社，2000年，第222—251页。
② 阮元校刻：《十三经注疏》，第900—901页。
③ 阮元校刻：《十三经注疏》，第900页。
④ 《仪礼·燕礼》：“宵则庶子执烛于阼阶上，司宫执烛于西阶上，甸人执大烛于庭，阍人为大烛于门外。”阮元校刻：《十三经注疏》，第2213页。
⑤ 阮元校刻：《十三经注疏》，第900页。
⑥ 李山：《诗经析读》，中华书局，2018年，第434页。

礼结束之后，均有“安宾”以及劝饮的环节。如《仪礼・燕礼》载：

（司正）西阶上北面命卿、大夫：“君曰：‘以我安卿大夫。’”皆对曰：“诺。敢不安！”……司正升受命，皆命：“君曰：‘无不醉！’”宾及卿、大夫皆兴，对曰：“诺。敢不醉！”①

《小雅・湛露》中的“不醉无归”，正是由此处“无不醉”的劝酒辞而来。然而，按照《燕礼》的记载，在典礼结束、宾客离席时，又要“奏《陔》”。郑玄注曰：“《陔》，《陔夏》，乐章也。宾出奏《陔夏》，以为行节也。”② 这便是在典礼的最后，通过行步之节，来观察宾客们是否仍能保持“令德”与“令仪”。正是通过这些看似琐细与矛盾的规定，周人追求着饮酒的“中道”，以期达到人情与礼之间的微妙平衡。在这一点上，除了《湛露》的歌唱之外，《宾之初筵》中“凡此饮酒，或醉或否。既立之监，或佐之史”一句，也是一个很有趣的佐证。关于此处的“监”和“史”，《郑笺》注曰：

饮酒于有醉者，有不醉者，则立监使视之，又助以史，使督酒，欲令皆醉也。③

对于这一解释，许多学者表示反对。如朱熹《诗集传》云：“监、史、司正之属。燕礼、乡射，恐有懈倦失礼者，立司正以监之，察仪法。”④ 胡承珙《毛诗后笺》云：“《传》释‘立监’‘佐史’，似谓饮酒之正法，未必如郑言以监史督酒令醉。”⑤ 其实，诗中所提到的“监”“史”或曰“司正”，其职责原本就是微妙而矛盾的：一方面，他发布“无不醉”的劝酒辞，劝导宾主尽欢。另一方面，郑玄在《仪礼・燕礼》“遂为司正”下注曰：“将留宾饮酒，更立司正

① 阮元校刻：《十三经注疏》，第 2209—2210 页。
② 阮元校刻：《十三经注疏》，第 2213 页。
③ 阮元校刻：《十三经注疏》，第 1046 页。
④ 朱熹注，王华宝整理：《诗集传》，凤凰出版社，2007 年，第 192 页。
⑤ 胡承珙撰，郭全芝校点：《毛诗后笺》，黄山书社，1999 年，第 1157 页。

以监之，察仪法也。”[①] 则司正一职，又兼有“察仪法”的职责。[②] 但诡谲的是，对于失礼者的惩戒手段，往往还是酒。周代宴饮设有罚爵，如《周南·卷耳》“我姑酌彼兕觥”句，《郑笺》注曰：“觥，罚爵也。飨燕所以有之者，礼自立司正之后，旅酬必有醉而失礼者，罚之亦所以为乐。”[③] 又如《说苑·善说》篇载：

> 魏文侯与大夫饮酒，使公乘不仁为觞政曰：“饮不釂者浮以大白。”文侯饮而不尽釂，公乘不仁举曰浮君。[④]

可见司正的职责，正是“劝醉”与监礼的奇妙混合。至于监礼的手段，自然也不宜太过严肃与严苛。对于“醉而失礼”以及“饮而不尽”者，司正酌之以巨觥，浮之以大白。这样的设计，反映出周人理想中的宴饮场面：既和乐融融，又令德令仪。正如《小雅·鹿鸣》所歌唱的，与宴的嘉宾，既“和乐且湛”，“式燕以敖”，又有着“德音孔昭”“视民不恌”[⑤] 的美好威仪。

那么，如何确保人们在参与礼仪时，能够遵守这一饮酒的“中道”而不至于“屡舞傞傞”“载号载呶”呢？对此，周人制定了不少对策。一方面，周人以极其繁琐的仪节规定，限制人们的饮酒行为，以确保典礼的顺利进行。越是高规格的饮酒礼，这一点就越明显。如诸侯国之间的聘礼，《礼记·聘义》云：

> 聘、射之礼，至大礼也。质明而始行事，日几中而后礼成，非强有力者弗能行也。故强有力者，将以行礼也。酒清，人渴而不敢饮也；肉干，人饥而不敢食也；日莫人倦，齐庄正齐，而不敢解惰。[⑥]

---

① 阮元校刻：《十三经注疏》，第 1046 页。

② 如清华简《耆夜》中，记载周武王、周公、毕公、召公、辛甲等人举行“饮至”礼，而以吕尚为“司正，监饮酒”。详参李学勤主编：《清华大学藏战国竹简（壹）》，中西书局，2010 年，第 150 页。

③ 阮元校刻：《十三经注疏》，第 584 页。

④ 刘向撰，向宗鲁校证：《说苑校证》，中华书局，1987 年，第 276 页。

⑤ 阮元校刻：《十三经注疏》，第 865—867 页。

⑥ 阮元校刻：《十三经注疏》，第 3678 页。

在聘、飨这样的隆重场合，酒、食都不过是虚设。如《国语·周语中》周定王所云：“夫王公诸侯之有饫也，将以讲事成章，建大德、昭大物也，故立成礼烝而已。”韦昭注曰：“立成，不坐也。烝，升也。升其备物而已也。”[①]像这样的礼仪，其重心在于“讲事成章”，故不仅立而成礼，而且近乎不饮不食。即便是相对轻松的燕礼与乡饮酒礼，在正式的“一献之礼”时，也有着相当繁复的拜起揖让的仪节。《礼记·乐记》曰：“是故先王因为酒礼，一献之礼，宾主百拜，终日饮酒而不得醉焉，此先王之所以备酒祸也。”[②]这便是以外在的礼仪规定来防备所谓“酒祸”。

另一方面，在燕礼、乡饮酒礼等饮酒礼的最后，毕竟还有宾客说屦升堂[③]、“无算爵”“无算乐”这样相对自由、欢乐的环节。在这样的时刻，如何既宾主尽欢，又避免“酒祸”呢？诚然，如前文所云，周人设立了司正，以监督典礼的进行。但值得注意的是，周人还提出了一个更高的标准，那便是要以理性的强大作用，来压制酒精的迷乱效果。这种理想的饮酒状态，《诗经》中称之为“温克”。《小雅·小宛》云：

> 人之齐圣，饮酒温克。彼昏不知，壹醉日富。各敬尔仪，天命不又。

《郑笺》云：“中正通知之人，饮酒虽醉，犹能温藉自持以胜。”[④]朱熹《诗集传》云：“言齐圣之人虽醉，犹温恭自持以胜，所谓不为酒困。”[⑤]可见所谓“温克”，并非是滴酒不沾，酷不入情，而是在饮酒之后，仍能保持着“温藉自持”的美好仪态，虽饮而“不为酒困”。在《尚书·酒诰》中，也有类似的表达，即所谓的“德将无醉”：

---

① 徐元诰撰，王树民、沈长云点校：《国语集解》，中华书局，2002 年，第 59 页。

② 阮元校刻：《十三经注疏》，第 3326 页。

③ 《仪礼·乡饮酒礼》：“说屦，揖让如初，升，坐。”郑玄注曰：“说屦者，为安燕当坐也。”（阮元校刻：《十三经注疏》，第 2136 页）说屦于堂下，意味着一献、旅酬等正式礼仪的完成，接下来便是更为自由的“安燕”环节。

④ 阮元校刻：《十三经注疏》，第 969 页。

⑤ 朱熹注，王华宝整理：《诗集传》，第 161 页。

文王诰教小子：“有正、有事，无彝酒；越庶国，饮惟祀，德将无醉。”[①]

关于“德将无醉”，《传》云：“以德自将，无令至醉。”[②] 孙星衍《尚书今古文注疏》云：“将者，《广雅·释言》云：‘扶也。’……当以德相扶持，不至于醉。”[③] 换言之，即以德行的强大作用，维持饮酒行为的分寸与限度，其意旨与《小宛》之“饮酒温克”如出一辙。无独有偶，在《论语·乡党》篇中，还有孔子“惟酒无量，不及乱”的记载。据胡培翚所云，孔子的“惟酒无量”，正与饮酒礼中“无算爵”的环节有关：

以《燕礼》考之，……立司正以安宾，脱屦升席，晏坐尽欢，至于爵行无算，真所谓“无量”矣。然而君曰“无不醉”，有命彻幕，则必降阶下拜，明虽醉，正臣礼也。宾醉而出，钟人为之奏《陔》，则以所执脯赐钟人，明虽醉，不忘礼也。此非所谓“以醉为节，而不及乱”乎？[④]

可见，所谓“无量”，形容的是宾主尽欢的和乐；而“不及乱”，则正是《小宛》之“饮酒温克”，以及《酒诰》之“德将无醉”。以德行与理性的力量压制酒精迷乱人心的效果，可以说是周人饮酒理念中一个更高的标准。而了解了这一点，我们才能理解“圣贤善饮”传闻的由来——在“文王千钟”“孔子百觚”的传说背后，有着一个相当奇特的逻辑：像文王、孔子这样的圣人，在饮酒的场合，自然能够做到行礼如仪，“德将无醉”。那么，如何才能反映出圣人之“德”的强大呢？那自然要渲染他们在喝下了“千钟”“百觚”之后，依然能够保持“温克”乃至“无醉”的状态。换言之，酒量之大，其实是圣人德行之高的反衬。这一点，王充其实已经察觉到了。《论衡·语增》篇云：

欲言圣人德盛，能以德将酒也……世闻“德将毋醉”之言，见圣人

① 顾颉刚、刘起釪：《尚书校释译论》，第3册，第1388页。
② 阮元校刻：《十三经注疏》，第437页。
③ 孙星衍撰，陈抗、盛冬铃点校：《尚书今古文注疏》，中华书局，2004年，第376页。
④ 转引自刘宝楠撰，高流水点校：《论语正义》，中华书局，1990年，第412—413页。

有多德之效，则虚增文王以为千钟，空益孔子以百觚矣。[①]

从这个意义上说，“尧舜千钟”“孔子百觚”这样的传说，正是周人饮酒观念的一个奇特的副产品。这也提示我们，关于孔子等人物的故事文本的生成，有时是正向的踵事增华，有时却遵循着某种“正言若反”的奇妙逻辑，呈现出相当丰富的机制与层次。当然，当这样的故事广泛流传之后，又难免被人反其道而用之，成为孔融这样的好酒者的口实。如高允《酒训》所云，魏晋时期的酒徒们“著非法之言，引大圣为譬”，将之作为劝饮的戏辞。明代题名“沈沈”所撰的《酒概》一书中，甚至将孔子称为“酒圣”“饮宗”，而以阮籍、陶潜、王绩、邵雍为“四配”。[②] 这样的发展，恐怕是这一传说的发明者未曾料及的。

三、“形神相亲”：理想饮酒者形象的转变

如上文所述，先秦时期的饮酒礼与饮酒观念，催生出了“圣贤善饮”的奇妙传闻。从这个意义上说，所谓“尧舜千钟”“孔子百觚”，并非仅仅是一些荒诞不羁的传说。相反，它代表了在礼乐文明的语境下，人们对于理想的饮酒者形象的一种有趣想象。这样的饮酒者，首先要有不错的酒量。若一饮即醉，也就无足道哉了。更重要的是，在海量的同时，还得能时时保持“温克”的风度。“千钟”“百觚”，当然有失夸张，难免“语增”之弊。但在汉代，这样的饮者却并不鲜见，且为当时人所津津乐道。如《后汉书·郑玄传》载：

时，大将军袁绍总兵冀州，遣使要玄，大会宾客，玄最后至，乃延升上坐。身长八尺，饮酒一斛，秀眉明目，容仪温伟。绍客多豪俊，并有才说，见玄儒者，未以通人许之，竞设异端，百家互起。玄依方辩对，咸出问表，皆得所未闻，莫不嗟服。时汝南应劭亦归于绍，因自赞曰：“故

① 王充著，黄晖校释：《论衡校释》，第 348 页。
② 《四库全书存目丛书》子部，齐鲁书社，1995 年，第 80 册，第 116 页。

太山太守应中远，北面称弟子何如？”玄笑曰：“仲尼之门考以四科，回、赐之徒不称官阀。”劭有惭色。[①]

《世说新语·文学》篇注引《玄别传》云：“袁绍辟玄，及去，饯之城东，欲玄必醉。会者三百余人，皆离席奉觞，自旦及莫，度玄饮三百余杯，而温克之容，终日无怠。”[②]饮酒至“一斛”“三百余杯”，郑玄不仅保持着“温克之容”，而且还能轻松应对“竞设异端，百家互起”的清谈辩论，并以机智的言辞回应了应劭带有自炫与挑衅性质的“自赞”之语。这样的形象，正是儒家“德将无醉”观念的鲜活注脚。而郑玄传记的作者，也认为这样的事迹颇能展现传主的风神，故浓墨重彩地加以记录。类似的例子还有不少，如《三国志·魏书·管辂传》裴注引《辂别传》云：

琅邪太守单子春雅有材度，闻（管）辂一黉之俊，欲得见，辂父即遣辂造之。大会宾客百余人，坐上有能言之士，辂问子春：“府君名士，加有雄贵之姿，辂既年少，胆未坚刚，若欲相观，惧失精神，请先饮三升清酒，然后言之。”子春大喜，便酌三升清酒，独使饮之。酒尽之后，问子春：“今欲与辂为对者，若府君四坐之士邪？”子春曰：“吾欲自与卿旗鼓相当。”辂言：“始读诗、论、易本，学问微浅，未能上引圣人之道，陈秦、汉之事，但欲论金木水火土鬼神之情耳。”子春言；“此最难者，而卿以为易邪？”于是唱大论之端，遂经于阴阳，文采葩流，枝叶横生，少引圣籍，多发天然。子春及众士互共攻劫，论难锋起，而辂人人答对，言皆有余。[③]

在清谈之前，管辂“先饮三升清酒”，以壮胆色，随即展现出了“文采葩流”“人人答对”的杰出辩才。管辂的这一轶事，在魏晋时期颇为有名，葛洪

① 范晔撰，李贤等注：《后汉书》，第1211页。

② 刘义庆著，刘孝标注，余嘉锡笺疏，周祖谟等整理：《世说新语笺疏》，中华书局，2007年，第224页。

③ 陈寿撰，裴松之注：《三国志》，第812页。

在《抱朴子·酒诫》篇中，即引时人语曰“管辂倾仰三斗，而清辩绮粲。”[①]值得注意的是，根据《管辂别传》的记载，管辂的好友诸葛原曾劝其节酒：“卿性乐酒，量虽温克，然不可保，宁当节之。”管辂则回答道：“酒不可极，才不可尽，吾欲持酒以礼，持才以愚，何患之有也？”[②]所谓“酒不可极”“持酒以礼”，正是“德将无醉”的另一种表达。此外，又如《三国志·魏书·邴原传》裴注引《原别传》载：

> （邴）原旧能饮酒，自行之后，八九年间，酒不向口。单步负笈，苦身持力，至陈留则师韩子助，颍川则宗陈仲弓，汝南则交范孟博，涿郡则亲卢子幹。临别，师友以原不饮酒，会米肉送原。原曰：“本能饮酒，但以荒思废业，故断之耳。今当远别，因见贶饯，可一饮宴。”于是共坐饮酒，终日不醉。[③]

再如东汉末年的大儒卢植[④]，曹魏时期的重臣华歆[⑤]、满宠[⑥]，也都有过类似的表现。直至魏晋之际，“竹林七贤”中气质与儒者最为接近的山涛，还曾展现出“温克”的饮酒风度。《晋书·山涛传》载：“涛饮酒至八斗方醉，帝欲试之，乃以酒八斗饮涛，而密益其酒，涛极本量而止。”[⑦]但值得注意的是，也正是在这一时期，随着思想风潮乃至社会风气的剧烈变迁，饮酒者的形象与事迹，也随之发生了极大的改变。如在竹林七贤中，除了山涛之外，阮籍、嵇康、刘伶、阮咸诸人，不仅好酒，而且呈现出一种迥异的饮酒状态。如最具代

---

① 葛洪著，杨明照校笺：《抱朴子外篇校笺》，第588—589页。

② 陈寿撰，裴松之注：《三国志》，第812页。

③ 陈寿撰，裴松之注：《三国志》，第352页。

④ 《后汉书·卢植传》：“（卢植）性刚毅有大节，常怀济世志，不好辞赋，能饮酒一石。”第2113页。欧阳询《艺文类聚》卷七十二引《续汉书》：“卢植能饮一石不醉。”上海古籍出版社，1999年，第1247页。

⑤ 《三国志·魏书·华歆传》裴注引华峤《谱叙》曰：“（华）歆能剧饮，至石余不乱。”第402页。

⑥ 《三国志·魏书·满宠传》裴注引《世语》曰：“王凌表宠年过耽酒，不可居方任。帝将召宠，给事中郭谋曰：‘宠为汝南太守、豫州刺史二十余年，有勋方岳。及镇淮南，吴人惮之。若不如所表，将为所窥。可令还朝，问以方事以察之。’帝从之。宠既至，进见，饮酒至一石不乱。帝慰劳之，遣还。”《三国志》，第724页。

⑦ 房玄龄等撰：《晋书》，中华书局，1974年，第1228页。

表性的阮籍，《三国志·魏书·王粲传》注引《魏氏春秋》：

（阮籍）闻步兵校尉缺，厨多美酒，营人善酿酒，求为校尉，遂纵酒昏酣，遗落世事。[①]

又《世说新语·任诞》篇载：

阮籍当葬母，蒸一肥豚，饮酒二斗。然后临诀，直言“穷矣”！都得一号，因吐血，废顿良久。[②]

阮步兵丧母，裴令公往吊之。阮方醉，散发坐床，箕踞不哭。[③]

又如嵇康，《世说新语·容止》篇云：

山公曰：“嵇叔夜之为人也，岩岩若孤松之独立；其醉也，傀俄若玉山之将崩。”[④]

再如刘伶，《世说新语·任诞》篇载：

刘伶恒纵酒放达，或脱衣裸形在屋中，人见讥之。伶曰：“我以天地为栋宇，屋室为裈衣，诸君何为入我裈中？”[⑤]

在《世说新语》中，类似的例子还有不少。像阮籍、刘伶这样的饮者，不仅动辄喝到沉湎、烂醉的状态，而且还伴随以“散发”“脱衣裸形”等骇人耳目的举动。即便是嵇康这样的人物，也常常喝到“玉山将崩”的程度。这样的

① 陈寿撰，裴松之注：《三国志》，第605页。
② 刘义庆著，刘孝标注，余嘉锡笺疏，周祖谟等整理：《世说新语笺疏》，第859页。
③ 刘义庆著，刘孝标注，余嘉锡笺疏，周祖谟等整理：《世说新语笺疏》，第862页。
④ 刘义庆著，刘孝标注，余嘉锡笺疏，周祖谟等整理：《世说新语笺疏》，第716页。
⑤ 刘义庆著，刘孝标注，余嘉锡笺疏，周祖谟等整理：《世说新语笺疏》，第858页。

饮酒表现，与郑玄、邴原、管辂等人的温克之饮，可谓大异其趣。那么，应当如何看待这种转变呢？

关于魏晋名士的饮酒风尚以及个中缘由，鲁迅、王瑶等前辈有过不少精彩的诠释[①]。不过必须指出的是，在任何时代，都有嗜酒如命者，也有畏酒如仇者。是否好酒，以及酒量的大小，很大程度上属于先天的禀赋，勉强不得。但是，在不同的思想语境下，为世人所欣赏的饮者形象与饮酒行为，却是各不相同的。在礼乐文明以及儒家思想的语境下，人们所欣赏的，是温文尔雅，能够"以德将酒"的饮酒者。诚如《小雅·小宛》所言，"人之齐圣"，方能"饮酒温克"；而若是"壹醉日富"，则不过是"彼昏不知"的酒徒。这样的思想背景，一方面，催生出了"尧舜千钟""孔子百觚"的传说；另一方面，则令人们津津乐道于郑玄、邴原等人"终日不醉"的事迹。两者所遵循的，正是同一文化逻辑。但是，当玄学取代了儒学，成为士人阶层流行的世界观之后，人们对于饮酒行为的认识与欣赏角度，也随之发生了根本性的转向。关于此，《世说新语·任诞》篇中王忱（字佛大）的这一则言论，很能说明问题：

王佛大叹言："三日不饮酒，觉形神不复相亲。"[②]

如前文所述，儒家之饮，要求"和乐且湛"与"令德令仪"的统一，所以理想中的饮酒者，其强大的德行与理性作用，始终在压制酒精的迷乱。虽然"唯酒无量"，却能"不及乱"。但是，如王忱所云，玄学家之饮，却是追求"形神相亲"。要做到这一点，就必须暂停人的理性隔绝形、神的作用，令人们在醺醺然乃至沉醉的状态中，达到形与神的相对统一。而这一点，又正与《庄子》的某些表述相契合。《庄子·达生》篇说：

夫醉者之坠车，虽疾不死。骨节与人同而犯害与人异，其神全也。乘亦不知也，坠亦不知也，死生惊惧不入乎其胸中，是故遻物而不慴。彼得

① 参见鲁迅：《魏晋风度及文章与药及酒之关系》，《鲁迅全集》，人民文学出版社，2005 年，第 3 卷，第 523—553 页；王瑶：《文人与酒》，《中古文学史论集》，上海古籍出版社，1982 年，第 28—48 页。

② 刘义庆著，刘孝标注，余嘉锡笺疏，周祖谟等整理：《世说新语笺疏》，第 897 页。

全于酒而犹若是，而况得全于天乎？[①]

同样的话，也被抄录于《列子·黄帝》篇中[②]。这种醉者“神全”的理论，使得沉醉者不再仅仅是一个负面的形象，而是成了触及“形全精复”[③]境界的高妙人物。对于这一境界的体会，转而成为当时不少名士的追求目标。如《世说新语·任诞》篇载：“王孝伯言：‘名士不必须奇才，但使常得无事，痛饮酒，熟读《离骚》，便可称名士。’”[④]痛饮酒，当然不仅仅是为了享乐，同时也是为了达到“形神相亲”的境地。庄学的兴盛，使得酣饮的行为获得了理论与审美层面的支持。像阮籍、刘伶这样的沉酣烂醉者，反而引领了一时的风潮，成为后代士人所追慕效法的对象。如《世说新语·任诞》篇注引《晋阳秋》云：

（竹林七贤）于时风誉扇于海内，至于今咏之。[⑤]

又如《世说新语·德行》篇注引王隐《晋书》：

魏末阮籍嗜酒荒放，露头散发，裸袒箕踞。其后贵游子弟阮瞻、王澄、谢鲲、胡毋辅之之徒皆祖述于籍，谓得大道之本。[⑥]

再如《抱朴子外篇·刺骄》云：

世人闻戴叔鸾、阮嗣宗傲俗自放，见谓大度。而不量其材力，非傲生之匹，而慕学之：或乱项科头，或裸袒蹲夷，或濯脚于稠众，或溲便于人前，或停客而独食，或行酒而止所亲。此盖左衽之所为，非诸夏之

① 郭庆藩撰，王孝鱼点校：《庄子集释》，中华书局，2012年，第636页。
② 杨伯峻：《列子集释》，中华书局，1979年，第51页。
③ 郭庆藩撰，王孝鱼点校：《庄子集释》，第636页。
④ 刘义庆著，刘孝标注，余嘉锡笺疏，周祖谟等整理：《世说新语笺疏》，第897页。
⑤ 刘义庆著，刘孝标注，余嘉锡笺疏，周祖谟等整理：《世说新语笺疏》，第854页。
⑥ 刘义庆著，刘孝标注，余嘉锡笺疏，周祖谟等整理：《世说新语笺疏》，第29—30页。

快事也。[1]

葛洪以较为守旧的学风与立场，指斥这些沉酣放荡的行为，是“左衽之所为”，并痛斥这些盲目效法阮籍的后人，不过是“不量其材力”的东施效颦。[2]正如东晋时期戴逵所云：“竹林之为放，有疾而为颦者也，元康之为放，无德而折巾者也。”[3]但这样批评，恰恰体现出在新的时代，人们对于理想饮酒者的想象已经发生了改变：始终保持灵台清明的“温克”之饮，在审美上已然落了下乘；而像阮籍、刘伶这样纵酒昏酣者，反而成为新的典范。在魏晋之前，何尝没有沉醉于酒者，但在儒学的思想氛围中，这样的行为难以获得正面的评价与描述。故而这一时期出现于记载中的沉醉者，除了桀纣这样的昏君之外，要么是灌夫这样的莽夫，要么是陈遵这样的游侠儿[4]。然而，随着世风的转变，人们开始传颂名士们痛饮沉醉的事迹，并津津有味地欣赏他们“散发”“裸袒”“玉山将崩”的姿态。这不仅是饮馔风尚的变迁，更是人物审美标准的倒转。从这个意义上说，饮酒之事虽小，却颇能映射出思想风潮与时代风气的大变迁。

---

① 葛洪著，杨明照校笺：《抱朴子外篇校笺》，第29页。

② 参见唐长孺：《读〈抱朴子〉推论南北学风的异同》，《魏晋南北朝史论丛（外一种）》，河北教育出版社，2000年，第337—367页。

③ 房玄龄等撰：《晋书》，中华书局，1974年，第2458页。

④ 参见《史记·魏其武安侯列传》（中华书局，1982年，第2849—2850页）、《汉书·游侠传·陈遵传》（第3710页）。

至正更化与元末馆阁文人的创作影响*

邱江宁**

摘要：元末至正更化是统治阶层努力调整自身统治行为的一场政治变革。在这场政治变革中，蒙古统治者“重开科举”，“兴修三史”，同时对儒士尤其是南方儒士表现出一定程度的重视，这不仅较大层面地推动了南北多族的文化融合，而且极大地刺激了元代精英阶层对元蒙政权的认同，淡薄华夷之辨。而至正更化之于馆阁文人的创作以及元末文坛风气的影响又在于：史学意识增强，文章体现出援据精切、俯仰雍容的特征；纪行诗文更注重写实性；通俗文体也表现出善于剖分具体问题，重风教彝伦的特点。综合而言，至正更化背景下的元末文学，在散文、诗歌和戏曲三大体裁块系都有着值得探究的变化。

关键词：至正更化；馆阁文人；南北融合；元末创作风气；文史融合

论及元代文坛，目前的元代文学研究界，人们似乎多关注延祐、天历之盛，对于虞集之后的元末文坛，又多将注意力落位于江南区域，诸如杨维祯和他的铁崖诗派以及顾瑛所主持的玉山雅集。这种研究倾向似乎一定程度地表现为元代文坛在延祐、天历之后，京师馆阁文人群体的影响力在逐渐减弱，而活跃于割据区域的南方文人群体的文坛影响则大有增强。虽然这种认知总体上没

---

* 本文为国家社科基金重大招标项目“13—14世纪丝路纪行文学文献整理与研究”（17ZDA256）阶段性成果。

** 邱江宁，浙江师范大学教授，青年长江学者，主要从事元代文学研究。

有问题，但具体情况还是需要细论。这表现为，受至正更化政治改革的影响，在至正前期，南北多族馆阁文人在散文、诗歌、戏曲等方面都表现出较为强烈的批判革新意识，创作成绩及影响并不像人们一般以为的那般落寞。

至正更化过程中，蒙古统治者努力调整自身统治行为，在对蒙古贵族特权进行限制的同时，也对儒士尤其是南方儒士表现出一定程度的重视，这不仅较大层面地推动了南北多族的文化融合，而且极大地刺激了元代精英阶层对元蒙政权的认同，淡薄华夷之辨。对参与到至正更化过程中的馆阁文人而言，他们的创作有三方面的变化：其一，史学意识颇有增强；其二，纪行创作中的写实性更加突出；其三，精英意识向民间通俗文体渗透和介入，表现出文体革新的强烈意向。

一、元末至正更化的社会背景与文化举措

所谓至正更化[①]，是指后至元末到至正初的十余年间，大约从 1340 年到 1352 年，元顺帝在社会矛盾尖锐、蒙元统治出现极大危机的背景下，重用丞相脱脱，推行新政，对元代中期以来的弊政进行了一系列较为彻底的改革，重视儒治，重用儒臣，鼓励儒化教育，作新风宪，整个社会政治风气为之一新。由于改革时间主要在至正前十余年，且主要由丞相脱脱主持实行，所以史称“至正更化”，又称“脱脱更化”。这场基于整个社会“肌体日益败坏、社会动荡不安”大背景下，由统治者最高层自发进行，带有非常强烈的断尾求生、较为切急的政治变革，最终以失败告终，也使得元王朝不可逆转地退出中原政治舞台，但其围绕政治变革需要而出台的一系列的文化举措却有其不能忽略的重要意义。

之所以强调“至正更化”这场政治变革具有断尾求生的气质，实际是基于

① 按：关于至正更化，研究者认为最早在文中指明的是黄溍，他在《集贤大学士荣禄大夫史公神道碑》提到“更化之后，复以老人召拜集贤大学士、荣禄大夫”（李修生编：《全元文》卷九七一，凤凰出版社，2004 年，第 30 册，第 222 页）。郭军：《元末“至正更化”探究》，西北师范大学 2012 年（中国古代史·宋元史）硕士研究生学位论文。

变革者的主动性而言的。就变革的支持者和保障者元顺帝妥欢帖木儿，以及改革的主持者和积极推动者脱脱的政治处境而言，是因为权臣伯颜的专权危及到他们自身的安危。伯颜的一切作为，就其根本而言，是他试图令已经习惯定居世界的蒙古统治继续维系其游牧特权的统治思维和处理方式。面对元末极端尖锐的社会矛盾，伯颜采取的反应措施是努力退回到游牧统治思维模式中，保护蒙古和色目特权阶层；停止科举；打压汉人和南人群体参政；针对民乱，力图以暴止暴和制暴；等等。所以，顺帝以及脱脱等人改革以自保的最简单切直的办法，就是站到伯颜措施的对立面去努力，这也就是所谓“至正更化”的断尾求生气质。所以“更化”的措施主要有以下几点。

第一，恢复科举。伯颜的失败，既在于他专权独断，影响到了元顺帝的统治安全，更在于他的所作所为是在努力维护以游牧贵族统治为核心的实用政权体系。他对以定居思维为中心的儒治和科举选拔方式表现出极大的质疑，并力求罢废，这大大刺伤了数量极为庞大的南人、汉人以及逐渐在科举考试体系中深入汉化的普通蒙古、色目士人群体，所谓“科举若罢，天下人才觖望”[①]。台湾学者涂云清认为“就蒙元一代的政治史来看，顺帝朝伯颜执政期间，可以说是汉法儒治的谷底时期，自仁宗、英宗至文宗等朝所建立的‘二期儒治’局面，在伯颜执政期间，为之中辍，究其原因，不外乎以伯颜为代表的蒙古、色目保守势力的全面反扑，这群保守顽固的蒙古、色目贵族，视汉法儒治为毒蛇猛兽，必欲去之而后快，因此停开科举，不过其中的一环而已”[②]。伯颜执政的七年间，废止科举，1336年、1339年两科没有进行。至正二年（1342）重开科举，当初与伯颜据理力争的许有壬被任命为会试主考官，许有壬《早起观诸公考卷》诗表达其喜悦的心情，写道：“有幸逢今日，天开第八科”[③]，毫不掩饰地表达了他扬眉吐气的情绪。黄溍更在其《记梦诗序》细切地表达自己惊喜交加、如恐是梦的复杂感受。许有壬、黄溍作为延祐首科进士，也作为在官的汉文人精英，他们对于元廷恢复科举的态度尚且惊喜交加，惟恐或失，那普通士人甚至包括像拜住这样的蒙古、色目子弟，他们对于国家能够重开科举的欢欣

① 宋濂等撰：《元史》卷一四二《彻里帖木儿列传》，中华书局，1976年，第11册，第3405页。
② 涂云清：《蒙元统治下的士人及其经学发展》，台大出版中心，2012年，第273页。
③ 许有壬：《早起观诸公考卷》，《全元诗》，中华书局，2013年，第34册，第300页。

与珍重程度更加可想而知。而借此还可以想见，元末南北多族精英文人在科举考试感召下所形成的对国家一统政权的认同感和归依感。

第二，开修辽、金、宋三史。此事与重开科举有着同等意义。元王朝自元世祖平定江南之初就试图修撰辽、金、宋三史，因种种因素，直到至正更化期间，三史终于开修。至正三年（1343），以丞相脱脱为都总裁，中书平章政事铁木儿塔识以下张起岩、欧阳玄、揭傒斯凡六人为总裁，三月，《辽史》开始纂修；四月，《宋史》奉诏设局开修，《金史》开修。在三史修撰完毕之后，元顺帝曾这样对进书的阿鲁图说道：

> 史书所系甚重，非儒士泛作文字也。彼一国人君行善则国兴，朕为君者宜取以为法；彼一朝行恶则国废，朕当取以为戒。然岂止儆劝人君，其间亦有为宰相事，善则卿等宜仿效，恶则宜监戒。朕与卿等皆当取前代善恶为勉。朕或思有未至，卿等其言之。①

开修三史其实是至正更化政治改革的一部分。借由上所引文字可知，元顺帝所以特重三史修撰，在于他期望通过历史来了解仁君贤臣的治国良法，而且他期望大臣们也能够以前代善恶为勉，并将他未曾考虑到的问题和做法告诉他。

第三，重开经筵，开辟宣文阁以承接经筵进讲事务，也非常有意义和影响。至正元年（1341）九月，顺帝改奎章阁为宣文阁，承接经筵进讲事务，汪克宽赋此事云："皇帝九年，制作宣文阁于大明殿之西北。皇上万几之暇，御阁阅经史，以左右儒臣为经筵官，日侍讲读。兹阁深列紫御，杰出青霄。朝野传诵，瞻望踊跃。布衣微臣，欣幸睿圣崇文致治之隆，旷古莫及。"② 对于元朝的文人而言，科考的重开、宣文阁的制作以及皇帝对文治的积极与热情，与伯颜的极端反汉法形成鲜明的对比，所以他们欢欣雀跃，期望以最大的热诚来呵护并维系朝廷的这种文治溢于言表。许有壬作《敕赐经筵题名碑》记述顺帝朝开宣文阁以推重经筵讲座之事。在许有壬的记述中，他特意指出，脱脱非常重

① 宋濂等撰：《元史》卷一三九《阿鲁图列传》，第11册，第3361—3362页。

② 汪克宽：《宣文阁赋》，《全元文》卷一五九三，第52册，第90页。

视宣文阁的开辟，“丞相独署以领，重其事也”，宣文阁不设常员，都是“选中书、枢密、御史台、翰林国史之臣”兼任，甚至参赞官、译文官也无不以“中书翰林僚幕若阁属”人员兼任。翻检相关记载，历任宣文阁经筵讲师人员有朵儿直班（蒙古人）、铁木尔塔识（色目人）、巎巎（色目人）、黄溍（南人）、欧阳玄（南人）、许有壬（汉人）、苏天爵（汉人）、李好文（汉人），归旸（汉人）、贡师泰（南人）、周伯琦（南人）等。这11人中，汉人、南人各有4位，2位色目人，1位蒙古人。可以看出宣文阁中的经筵讲师就是脱脱主持至正更化改革的主要参谋，对于皇帝和主政者重兴文治的做法和意愿，南北儒士以及主张汉法的蒙古、色目贵族乐见其成，所以，许有壬说凡是有机会作为经筵师的人们，“莫不以为荣遇”。①

此外，还有一项文治措施可以看到元廷试图断尾以求生的勇气和尝试。如所周知，伯颜执政期间，为维护蒙古、色目贵族阶层的特权，颁行了许多针对汉人、南人的措施与法案，如罢科举，“请杀张、王、刘、李、赵五姓汉人”②，禁止汉人、南人学习蒙古语，禁戏文、杂剧、评话等。针对伯颜反对汉法，遏制汉人、南人参政的做法，至正更化期间修订的法案、条格颇有调整。例如后至元四年（1338），命中书平章政事阿吉剌监修《至正条格》，负责编纂的老臣耆旧、文学法理之臣有苏天爵、许有壬、董守简等人。至正五年（1345）十一月书成，顺赐名《至正条格》，六年四月颁行天下。修订过的《至正条格》，共有制诏150条，条格1700条，断例1519条，欧阳玄在《至正条格序》中云：“人君制法，奉天而行。臣知事君，即知事天。敬君敬天，敢不敬法。”③就条格制定的目的而言，主要是为整顿吏治，但条格在努力保障蒙古统治集团利益的同时，对权贵的不法行为却有所约束④，表现出尽量缓和调节各种社会矛盾，从而实现元朝长治久安的目的⑤。

诸多改革措施中，最令人关注的是，元廷对南人参政态度的重大变化。史

① 许有壬：《敕赐经筵题名碑》，《全元文》卷一一九五，第38册，第315—316页。

② 宋濂等撰：《元史》卷三九《顺帝本纪二》，第3册，第843页。

③ 详见欧阳玄著，汤锐校点整理：《欧阳玄全集·圭斋文集》卷七，四川大学出版社，2010年，第141—143页。

④ 陈高华：《〈至正条格·条格〉初探》，《中国史研究》2008年第2期，第158页。

⑤ 张帆：《评韩国学中央研究院〈至正条格〉校注本》，《文史》2008年第1期，第238页。

载："十二年三月，有旨：'省院台不用南人，似有偏负。天下四海之内，莫非吾民，宜依世祖时用人之法，南人有才学者，皆令用之。'自是累科南方之进士，始有为御史，为宪司官，为尚书者矣"①，这在元朝自忽必烈以来的用人政策上是破天荒的，所以至正十二年（1352），作为南人的周伯琦"由翰林直学士、兵部侍郎拜监察御史"②、贡师泰由吏部侍郎拜监察御史③，朝廷这种对世祖以来"内北人而外南人"，"深闭固拒，曲为防护"④的用人理念的重大更化，对南方儒士来说，其影响其实并不啻于至元二十三年（1287），程钜夫奉旨南下访贤的影响，这或许也是理解元末士人对元政府的认同与忠诚心态的重要依据。

总体而言，至正更化期间，由于皇帝用功读书，注意节俭，颇有励精图治之意，而主政者脱脱又治国有方，"中外翕然称为贤相"⑤，故汉儒们"知无不言，言无顾忌"⑥，令朝政为之一新，颇有中兴的面貌。但由于朝政积弊太深，内忧外患，皇帝失去耐心，改革仅维系十余年，最终以脱脱的被贬而失败。邱树森在《论妥欢帖睦尔》一文中说："妥欢贴睦尔登上皇帝宝座，从他自己掌权开始，近30年政治生涯中，似乎判若两人：第一个妥欢贴睦尔是与脱脱组合在一起的，给历史上留下了一度是有生气的、立志革除弊政的、有作为的年轻皇帝的形象，另一个妥欢贴睦尔是与哈麻、溯思监组合在一起的，这是一个荒淫无度、昏庸无能、制造内乱的昏君。"⑦这场至正更化的成败也可以说与妥欢帖睦尔的前后形象变化吻然一致。

二、至正更化与馆阁文人引领的南北文化融合

由至正更化中的诸项文化举措可以看到，无论是重开科举、开修三史还是

① 宋濂等撰：《元史》卷九二《百官志四》，第8册，第2345页。
② 周伯琦：《扈从前集序（至正十二）》，《全元文》卷一三八七，第44册，第530页。
③ 宋濂等撰：《元史》卷一八七《贡师泰列传》，第14册，第4295页。
④ 叶子奇：《草木子》卷三，《四库全书》，台湾商务印书馆，1986年，第866册，第772页。
⑤ 宋濂等撰：《元史》卷一三八《脱脱列传》，第11册，第3324页。
⑥ 宋濂等撰：《元史》卷一八三《苏天爵列传》，第14册，第4226页。
⑦ 邱树森：《论妥欢帖睦尔》，《西北民族学院学报》1990年第4期，第4页。

开设宣文阁以及给与南方精英参政机会等等改革措施，都对元代社会的南北融合意义非小。尤其是围绕三史修撰的前后努力作为，不仅吸引了大量精英文人的参与，更相当程度地促进了南北多族文人对元朝这个多民族大一统王朝的认同感。

元代三史的修撰称得上是经营已久，之所以会从元初一直延捱到元末，虽每因政治动荡而搁浅，而其不能正常开修的根本原因还在于它的修撰深刻地关系到了国家一统和民族融合的问题。围绕辽、金、宋三朝，谁为正统这个问题，元朝文人自元初以来就争论不休。到至正更化时期，脱脱力排众议，不纠缠于概念、玄谈，下令三史修撰各与正统。脱脱的做法不仅推动了三史的顺利修撰，而且要求修史者以平等态度对待中原之外其他民族的政权，这符合蒙古人作为北方游牧民族一统南北的社会现实，更重要的是，它的修撰理念促进了南北多族文人的深度融合。这可以从三史的修撰人员构成来发见。

最先完成的《辽史》，就已体现出在至正更化改革愿景的推动下，南北多族文人之间的深度融合。据欧阳玄代脱脱所撰《进辽史表》可知，除了脱脱为都总裁官外，《辽史》修撰的总裁官有“中书平章政事臣铁睦尔达实（即铁木儿塔识）、中书右丞今平章政事臣贺惟一、御史中丞今翰林学士承旨臣张起岩、翰林学士臣欧阳玄、翰林侍讲学士臣揭傒斯、侍御史今集贤侍讲学士兼国子祭酒臣吕思诚”；之后“中书遴选儒臣崇文太监今兵部尚书臣廉惠山凯雅（即廉惠山海牙）、翰林直学士臣王沂、秘书著作佐郎臣徐昺、翰林监修臣陈绎曾为修史官”。[①] 这些人不仅体现出多元的民族身份背景，而且都是至正更化中的得力干臣。

总裁官中，中书平章政事铁木儿塔识乃元朝著名的康里家族康里脱脱之子，是汉化较早的色目贵族。他不仅是宣文阁的常客，还是科举重开的重要推动者“上为御宣文阁，询以治道，往往至夜分乃退”，“上既总揽权纲，用脱脱为中书右丞相，王为右丞，以更新庶政。科举之废也，王在参议府，争之不得，讫不署其奏牍。至是，力为上言前代科举得人之盛，遂复行焉”。

贺惟一乃元代著名汉族贵族贺胜之子，曾受业于赵孟頫。从负责的事务重

① 欧阳玄：《进辽史表（代右丞相脱脱撰）》，《欧阳玄全集·圭斋文集》卷一三，第355—356页。

要程度来看，贺惟一应该是元顺帝非常倚重的干臣，据《顺帝本纪》载，至正四年（1344）“以贺惟一为御史大夫，赐名太平”[①]，所以贺惟一在“三史”修撰过程中作为保证经费与后勤保障的负责人，也可以看出元顺帝对于“三史”修撰于必成的愿景。

此外，廉惠山凯雅乃元代著名政治家廉希宪之从子，至治元年（1321）年进士。其他南北汉人中，吕思诚“三为祭酒，一法许衡之旧，诸生从化，后多为名士”[②]，张起岩、欧阳玄、王沂为延祐首科（1315）进士，徐昺为至顺元年（1330）进士，陈绎曾曾受学于戴表元。《辽史》的修撰，廉惠山凯雅、徐昺、王沂、陈绎曾几位用力甚多，虽然《辽史》的修撰是“发故府之椟藏，辑遐方之匭献，搜罗剔抉，删润研磨”，修撰时间从“至正三年四月，迄四年三月”[③]，用时不到一年，却也是南北多族文人在一起努力研读契丹民族历史并撰写成书的过程，这对于无论是色目还是汉人、南人，增进对其他民族的了解和理解都是非常有意义的过程。

《金史》的修撰，据《进金史表》云，早从王鹗开始就已努力编撰，所谓“张柔归《金史》于其先，王鹗集金事于其后。是以纂修之事，见诸敷遗之谋”[④]，而且当初张柔军在攻陷汴京之际，张柔“独入史馆”，辇载《金实录》以及金朝秘府图书归于保定[⑤]。为此作为金朝状元的王鹗为存金史，曾“馆于保州者余十年”[⑥]进行整理和研习。另外，王鹗将金源优秀文人诸如李治、李昶、王磐、徐世隆、徒单公履、郝经、高鸣、杨恕、孟攀鳞、王恽、雷膺、周砥、胡祗遹、孟祺、阎复、刘元等聚拢一处至翰林国史院，参与《金史》的修撰[⑦]，所以，至正时期修《金史》，即以王鹗等所修《金史》为依据，由于《金史》准备时间长，当初参与者又几乎是金源鸿儒，所以不仅不需要重新组织人马集体

---

① 魏源：《元史新编》卷一四，《魏源全集》，岳麓书社，2004年，第360页。

② 宋濂等撰：《元史》卷一八五《吕思诚传》，第14册，第4251页。

③ 欧阳玄：《进辽史表（代右丞相脱脱撰）》，《欧阳玄全集·圭斋文集》卷一三，第356页。

④ 欧阳玄：《进金史表（代丞相阿鲁图撰）》，《欧阳玄全集·圭斋文集》卷一三，第360页。

⑤ 苏天爵：《万户张忠武王》，苏天爵辑撰，姚景安点校：《元朝名臣事略》卷六，中华书局，1996年，第98页。

⑥ 苏天爵：《内翰王文康公》，苏天爵辑撰，姚景安点校：《元朝名臣事略》卷一二，第238页。

⑦ 李恺：《言行录》，苏天爵辑撰，姚景安点校：《元朝名臣事略》卷一二，第239页。

修撰，而且《金史》的修撰水平还“迥出宋、元二史之上”[①]。

最后完成的《宋史》，以宋代“享国二百一十九载，政刑日举，品式备具，盖有足尚者”，所以是三史中修撰时间最长，参与修撰及相关事务的人员也最多。据欧阳玄代阿鲁图所撰《进宋史表》云：“前右丞相臣脱脱为都总裁，平章政事臣帖穆尔达识（铁木儿塔识）、御史大夫臣惟一、翰林学士承旨臣起岩、臣玄、治书侍御史臣好文、礼部尚书臣沂、崇文太监臣宗瑞为总裁官，平章政事臣纳麟、臣伯颜、翰林学士承旨臣达实帖木尔（达世贴睦迩）、左丞臣守简、参议臣岳柱、臣拜住、臣陈思谦、郎中臣斡栾、臣孔思立等协恭董治”[②]，这群人中，除了铁木儿塔识、贺惟一、张起岩、欧阳玄、王沂等几位在《辽史》修撰中担任总裁的人外，还增加了李好文（汉人，至治元年进士）、杨宗瑞（汉人，延祐首科进士）、高纳麟（西夏人，高智耀之孙）、伯颜（蒙古哈剌鲁氏，字宗道）、达世帖睦迩（康里脱脱之子，铁木儿塔识之弟）、董守简（汉人，董俊之后）、全岳柱（回鹘北庭人，阿鲁浑萨里之子）、拜住（蒙古人，至正二年右榜状元）、斡栾（高昌回鹘，西宁王忻都之子）、孔思立（汉人，孔子之后）。从这群人的族群和身份来看，他们基本将自世祖时代积累起来的、支持汉法的蒙古和色目人代表以及汉人贵族都覆盖到了。

至于《宋史》参与修撰的人员，欧阳玄写道：“史官工部侍郎臣斡玉伦徒、秘书卿臣泰不华、太常签院臣杜秉彝、翰林直学士臣宋褧、国子司业臣王思诚、臣汪泽民、集贤待制臣干文传、翰林待制臣张瑾、臣贡师道、宣文阁鉴书博士臣麦文贵、监察御史臣余阙、太常博士臣李齐、翰林修撰臣刘闻、太医院都事臣贾鲁、国子助教臣冯福可、太庙署令臣陈祖仁、西台御史臣赵中、翰林应奉臣王仪、臣余贞、秘书著作佐郎臣谭慥、翰林编修臣张翥、国子助教臣吴当、经筵检讨臣危素编劘分局，汇萃为书。”[③]其中斡玉伦徒，字克庄，西夏人，西夏宰相斡道冲之子。泰不华，蒙古伯牙吾氏，至治元年状元。宋褧，汉人，泰定元年（1324）进士。王思诚，汉人，至治元年进士。汪泽民，南人，延祐五年（1318）进士。干文传，南人，延祐首科进士。贡师道，南人，贡奎

① 赵翼著，王树民校证：《廿二史札记》（订补本），中华书局，1984年，第597页。

② 欧阳玄：《进宋史表（代丞相阿鲁图撰）》，《欧阳玄全集·圭斋文集》卷一三，第364页。

③ 欧阳玄：《进宋史表（代丞相阿鲁图撰）》，《欧阳玄全集·圭斋文集》卷一三，第364—365页。

侄子。余阙，唐兀人，元统元年（1333）进士。李齐，汉人，元统元年左榜状元。贾鲁，汉人，主领治黄河事。冯福可，南人，延祐五年进士。陈祖仁，汉人，至正二年左榜状元。张翥，汉人，学兼南北。吴当，南人，吴澄之孙。危素，南人，吴澄弟子。杜秉彝，字德常，安阳人，其曾祖乃金末著名隐士杜瑛。从这支修撰队伍组成人员的文化背景来看，《宋史》的修撰以汉人、南人为主体，也有蒙古、色目人中汉化程度极高的文人参与，而且他们堪称至正时期南北多族文人中的精英代表。

综观元代社会包括元代文坛的南北融合情形，可以说一直都存在，但每个阶段各有特征。元初时期，南北多族文人以书画为媒介，以较为直观、形象的方式增进了解；元中叶，以程朱理学的研习为核心，以蒙古、色目人群的自觉汉化实现文化融合；但这些过程所给予南北多族文人的融合影响都不如《辽》《金》《宋》三史修撰之于人们的影响。《辽》《金》《宋》三史，各与正统的修撰理念，使得南北多族精英文人被迫以平等的态度去观照和书写其他民族的历史，这不仅增强了他们对国家一统现实的认同感，而且也增强了他们对共处一个王朝的其他民族的认同感。如果说以书画为媒介的融合带给人们的是直观的、外在审美的融合的话，那么以程朱理学探研为核心的融合带给人们的是道德规范和思想价值层面的融合，而三史修撰以平等态度撰写其他民族历史的融合则是深刻意义上的一体性融合，它带给人们的是以蒙古统治为核心的一统王朝和国家的认同式融合。《元史》曾为元末进士殉国情形感慨云："论者谓大科三魁，若泰不华没海上，李黼陨九江，泊齐之死，皆不负所学云。"[①] 而这或许也是人们理解元王朝濒于崩溃、灭亡之际，南北多族大量知识分子竟然愿意与之共存亡的重要心理因素。

三、至正更化对元末文坛风气的影响

至正更化推动了三史的修撰，在促进南北多族文人深度融合的同时，也

① 宋濂等撰：《元史》卷一九四《忠义传》，第15册，第4394页。

使得其时的文章风气陡然一变。除了馆阁文人的高文大制体现出援据精切、俯仰雍容的特征外；元代中期较为繁荣的是纪行诗文更注重写实性；尤其值得注意的是，在精英文人的渗透与介入下，通俗文体也表现出以理学为本，善于剖分具体问题，重风教彝伦的特点。这也就意味着，国家自上而下兴起的以史为鉴、创作力期有补风教的理念，对元末文坛产生了影响，以理学为本，以史为据，情感平易的文史融合俨然成风。

首先，在散文创作上，注重讲史，具有剀切明辨之风。这种创作风气是基于至正更化的政治改革大背景，又有三史修撰这样的国家撰述活动才逐渐形成的，而《宋史》修撰中负责“编劘分局，汇萃为书”，用力最多的危素则可谓至正时期文章风气变化的引领者和倡导者。

危素是江西人，天资甚高，曾得到吴澄的诸多训教，而吴澄弟子虞集、范梈等元代中叶文坛大家对他的影响也颇多。据宋濂的叙述，危素“十五即通《五经》大旨，据座为人师。与同郡葛君将、曾君坚、黄君哻、葛君元哲更相策警，穷日夜不休。复徒步走临川吴文正公澄、清江范文白公梈之门，质而正之。二公皆折行辈，与之为礼。吴公至恨相见之晚，凡所著书，多与公参订之。虞文靖公集、孙先生辙，名德俱尊，其遇之一如吴公，由是公之名震动江右间”。引导危素进入馆阁的是延祐首科状元张起岩，据载，危素出游金陵，有人将其文章送呈时任南台中丞的张起岩。“张公以状元为显官，少所称许，独推服公曰：‘危君为状元庶几相当，老夫有愧色矣。’张公入朝，遂挟公以行，达官贵人慕公声华，争欲出其门下，更相论荐，唯恐失之。公之检讨经筵也，经筵一月进讲者三，讲文皆属公手。”[①] 由于张起岩的引荐，危素进入馆阁，得以才华大展。作为《宋史》修撰的主要责任者，危素“乘传行宋两都，访摭阙遗”，所以，“书成，公之力居多”。[②] 这也使得危素的创作受史书撰写的影响更为直接明显。作为江西文人，危素的创作具有一本于经，言言辩辨，善于说理的特色，但比起王鹗、王恽等金源一脉文人，又或者袁桷、黄溍、柳贯等

① 宋濂：《故翰林侍讲学士中顺大夫知制诰同修国史危公新墓碑铭》，《宋濂全集》卷五四，人民文学出版社，2013 年，第 3 册，第 1270 页。

② 宋濂：《故翰林侍讲学士中顺大夫知制诰同修国史危公新墓碑铭》，《宋濂全集》卷五四，第 3 册，第 1270 页。

浙东文人，江西文人群并不以史见长。经过《宋史》修撰“访摭阙遗”和“编劘分局，汇萃为书”的工作，危素的文章极大地增强了史学特色。这表现为他的创作重视且善于叙述，并富有春秋笔法，以期有补于风教，所以宋濂称危素“乐善好义，若有督之者。凡事有关于名教可以励风俗者，必为之乃已”[①]，这在他的创作中也体现得非常清晰。

例如危素的《上贺相公论史书》就比较全面地体现了他的文章特点。

其一，出经入史。宋濂曾云危素“博学善文辞”[②]，善于由古及今，事繁言约，条理清晰，掷地有声地表述观点。

> 唐之失河北而契丹盛，其号曰辽。宋之失中原而女真强，其号曰金。及宋之南渡，立国于江表者，犹历数君。三国上下数百年间，其事泯然不见于简策，岂非圣朝之阙典欤？天眷神元，启土朔漠，发号若雷霆，驱兵若风雨，堕金于蔡城，捣宋于厓山，举四海而席卷之，开辟以来，未之有也。[③]

危素叙述了辽、金、宋三朝的发展兴替过程，做到了“其言约，其事核”[④]。200余字的篇幅中，关于契丹强盛之因，辽朝兴邦之基；女真得势之初，建号金朝之业；南宋虽立国江表，偏于一隅，却历时不短；以及元朝起朔漠，灭金平宋，一统四海的历史发展线索捋得清楚且明白，而且观点鲜明。作者基于史实背景言辞凿凿地指出，三朝上下绵延数百年，其间事迹竟泯然不见载于史策，大元王朝作为一统四海的王朝，岂能不撰修前朝之史以昭示其恢弘气魄？这段夹叙夹议的表述很好地承和了作者一开篇就提出的请求修三史的主题。围绕修史所具有的理学依据、现实意义，作者的表述可谓“其理明，其

① 宋濂：《故翰林侍讲学士中顺大夫知制诰同修国史危公新墓碑铭》，《宋濂全集》卷五四，第3册，第1274页。

② 宋濂：《故翰林侍讲学士中顺大夫知制诰同修国史危公新墓碑铭》，《宋濂全集》卷五四，第3册，第1274页。

③ 危素：《上贺相公论史书》，《全元文》卷一四六八，第48册，第149—150页。

④ 危素：《与苏参议书》，《全元文》卷一四六八，第48册，第148—149页。

言约”[①]。

其二，善于叙述。在事理已明的基础上，危素再从现实功用和紧迫性角度来阐明修三史的意义以及关于正统论的立场，由普遍之理推及具体之事，文章继续写道：

> 昔人有言：可以亡人之国，不可以亡人之史。盖记载其一国之政者，其事小；垂监于万世之人者，其功大故也。则三朝之史，不可以不修也审矣。世祖皇帝当混一天下之初，朝廷之制度未定，草野之创夷未瘳，三朝之史，累有明诏，虽设史官而未遑成书。自大德末年以来，国家多故，于兹事有倡之而无和者。于今又四十年，事迹灭磨，传记散轶，宿老凋零，无从而质问，故实荒忽，尤困于稽寻，非可惜哉？素游京师最晚，颇闻议者曰：传天下者必有正统。今主宋者曰宋正统也，主金者曰金正统也。史官卢公挚、太常徐公世隆、集贤王公约以及张枢修端之说纷然而不一。或谓本朝不承金，则太祖、太宗非正统矣。此皆胶于常论者也。本朝立国于宋、金未亡之先，非承宋、金而有国者也。若是则宋之与金，国统之正否，自有定论矣。议者又曰：本朝之取金、宋，其战争攻取之际，当有所讳而不敢书。夫司马晋之时，尝修《三国志》矣。唐太宗尝修《隋书》矣，宋之时尝修《五代史》矣。其间固有战争攻取之事，据实而直书，史官之职，尚何讳之有？议者又曰：耆硕之士尽矣，孰可以任其事哉？古人有言：人才自足以周一世之用，未闻借才于异代也。患国家不为，为之则不患无其人。设谓今无其人，则待何时然后有当史笔者出邪？诚能破其拘挛，公其举选，则作者云合矣。议者又曰：今有司之于钱谷细若蓬芒，必钩而取，其肯捐弃而为此邪？我国家以四海为富，赐予近侍，崇奉异教，逴逴累千万而不爱，而岂靳于此哉？凡此四者皆非有远见高识，乌足以论天下事哉！今主上仁恕恭谨，言无不从，失今不为，则识者将有以议其后矣。素以职事从讲官之后，闻于承旨康里公曰：闲同今御史中丞阿鲁公侍上前，论及三史事，上亦恻然久之。其后御史台、国史院交请于中书，未

---

① 危素：《与苏参议书》，《全元文》卷一四六八，第48册，第148—149页。

见报可。伏惟阁下生于阀阅之门，而以才识卓异，德望渊重，进位凝丞，海内属望，宜于斯事留意久矣。今宰相好善尚贤，而左右前后无非吉人君子。阁下诚一言及于此，当无有拒而不纳者。素鄙贱士也，尝望阁下之门墙，阁下忘其势分之尊，待以礼意之厚，故不避僭逾，辄以史事私告于执事者，冀阁下少察纳焉。干冒尊严，不胜惶恐。素再拜。[①]

在论述中，危素将撰修三史所面临的问题捋为四块：一、谁为正统；二、有所讳而不能书；三、缺乏任事之人；四、缺乏经费。然后条分缕析，有史可参者据史而言；有理可据者，言言辩辨，述而驳之；有事实可指陈者，又一一落实，具体言明；至于宏富格局与大道理，危素也能晓之以理、动之以情，雅正廓落，凛然而不可犯。在论及导致三史一直悬而未修的原因时，危素善于捋清史实以说理的文章特点得到了很好的展示。

其三，补于风教。这篇文章的意旨在于请求权臣推动朝廷撰修三史，而基于至正更化改革的社会背景和上下期望归正社会秩序的诉求，危素的文章开宗明义，观点鲜明，阐述流利地指出历史对于整饬社会秩序的意义。

素闻传曰"秉中为史"，盖书其实事而昭示来世，过不可也，不及不可也。善善而不流于阿，恶恶而不伤于刻，若是者其庶几乎？古之君子何贵于史哉？以其君之创业于初，守成于中，失国于终，故后世之为君者考其所以兴，监其所以亡，其仁明可法，其昏乱可戒。其臣之忠良正直、奸险佞衺，故使后世之为臣者思以去彼就此焉。至父子、兄弟、夫妇、朋友之间，卓然有可称道者，史尝书之矣。若象纬之著明、水土之分画、历数之因革、礼乐之废举、食货之转输、名物之详略，无不载焉，将以备一代之事，后之经济天下者有所征之矣。[②]

在所引文字中，危素从程朱理学的立场来表述其请求修史的主张。危素

① 危素：《上贺相公论史书》，《全元文》卷一四六八，第48册，第150—151页。
② 危素：《上贺相公论史书》，《全元文》卷一四六八，第48册，第149—150页。

认为修史的目的是为从善弃恶的社会提供良好的事实借鉴，以便人们“善善而不流于阿，恶恶而不伤于刻”，可以秉中行事。而自古以来君子所以重史，又是因为历史不仅能昭示天道循行的法则，而且也为君臣、父子、夫妇、友朋之间秩序的维系提供了可据依的实例，而且对于现实社会的运行来说，史书无论是象纬、水土、历数、礼乐、食货、名物等等一代之事，无不载记，其有补于时、有补于世的意义也非常大。应该说，这篇文章很好地证明危素所以成为《宋史》撰修中“编劘分局，汇萃为书”的承担者的实力，诚可谓实至名归。与他的同乡前辈虞集以及揭傒斯相比，虞集文集中鲜有上书以阐明主张的文章，揭傒斯有，但在表述风格上，还是有区别。例如揭傒斯的这篇《与尚书右丞书》：

傒斯再拜尚书右丞阁下：仆闻因众者可以显立功，忘己者可以广得贤。千尺之松，不蔽其根者，独立无辅也；森木之林，鸟兽群聚者，众材咸济也。是故自用无朋，专欲无成，得众者昌，寡助者亡，此贤愚同知，古今一轨也。《易》曰：“拔茅茹以其汇征，吉。”夫《泰》之为卦，君子道长之时也。君子当道长之时，其进犹必引其类则吉，是进而不引其类，虽当泰之时，犹凶也。人方安居暇食，若无事于贤，一旦风飞云会，加诸百官之上，立于庙堂之内，以数尺之身，任天下之责，方寸之心，关天下之虑，虽有周孔之智，贲育之勇，未闻能独成其功也。此仆于阁下不能无情。伏惟阁下聪明强毅，卓荦弘大。诵圣人之书，行古人之法。为政知王道之本，好贤有虚己之实，生民之所仰望，君子之所依归。又当天子锐精求治之时，身任鼎铉之寄。以求治之时，当鼎铉之地，而生民有仰望之情，君子有依归之心，诚阁下垂名立功、报国显亲之秋也。然方今进贤用能之当否在阁下，富民理财之能否在阁下，斟酌庶务之宜否在阁下，天子之所属寄、生民之所责望在阁下，其任亦甚重且难矣。夫上有宰相，下有参佐百官，而独责任于阁下者，以阁下明王道，识治体，知本末之所先后，经权之所异宜也。此《春秋》所以责备于贤者耳。由今观之，孰若一上下，齐彼己，旁罗俊乂，广揽英贤，因其材而分任之，而坐居其成功，则功可大，名可久，福可致而祸可消也。不然，一身且未知所计，况为朝廷计哉！然凤皇鸑鷟，非凡木可栖；绝奇异能，非常度可致。悬千金之赏，不患无徙木之人；市千里之骨，何忧无绝足之马。果能推诚折节，激昂鼓舞，则士必乐为用。士乐为用，何功不成？且进贤者，非所以市私恩也，将以佐天子，理万民也。忠以出之，信以行之，忠信之人，天必祐之，毋患乎贤之不为用，但尽其求贤之道而已。牛之肯綮，逢庖丁之刃则解；木之盘错，遇匠石之斤则离。毋患乎事之难行，但尽其用贤之道而已。然进一君子，则君子之类应；任一小人，则小人之类应。此善败祸福之由，亦不可不审且慎也，惟阁下察焉。傒斯再拜。[①]

揭傒斯这篇文章与危素的文章主意是相近的，都是向上方表达主张和建议。虽然两者都秉承“文以载道”之精神，也都长于论辩。相比较而言，揭傒斯的文章情感丰沛，有些恣纵而入于文人之笔；危素文章外表看去“不丰不约”[②]，实际“渊深精纯”[③]、“动中矩度”[④]。而且危素之文于平易之中“演迤澄泓”[⑤]，通过对历史背景与现实情境条分缕析的演绎梳理以达到论述目的，揭傒斯的文章则稍略于史事的推进。

经过三史修撰磨砺、训练的危素，其文章写作更是“气格雄伟，风骨遒上”[⑥]，成为其时“独以文鸣天下”[⑦]，所谓“虞揭凋零玉署空，堂堂至正独推公”[⑧]，在虞集、揭傒斯等著名馆臣纷纷去世之后，危素成为至正时期“陵轹一时”[⑨]的文坛领袖，“凡朝廷制作皆自公出，四方欲显白先德者，皆造公门”[⑩]。

---

① 揭傒斯著，李梦生标校：《揭傒斯全集·文集》卷二，上海古籍出版社，2012年，第296—297页。

② 徐一夔：《通危大参书》，《始丰稿校注》卷三，浙江古籍出版社，2008年，第58页。

③ 归有光：《说学斋稿跋》，《说学斋稿》卷四，《四库全书》，第1226册，第753页。

④ 徐一夔：《通危大参书》，《始丰稿校注》卷三，第58页。

⑤ 《钦定四库全书总目（整理本）》卷一六九“《说学斋稿》四卷”条，中华书局，1997年，下册，第2265页。

⑥ 《钦定四库全书总目（整理本）》卷一六九“《云林集》二卷”条，下册，第2265页。

⑦ 宋濂：《故翰林侍讲学士中顺大夫知制诰同修国史危公新墓碑铭》，《宋濂全集》卷五四，第3册，第1274页。

⑧ 李昌祺：《张舒州家观元承旨危素画像》，《列朝诗集》乙集第五，中华书局，2007年，第2401页。

⑨ 《钦定四库全书总目（整理本）》卷一六九“《云林集》二卷”条，下册，第2265页。

⑩ 宋濂：《故翰林侍讲学士中顺大夫知制诰同修国史危公新墓碑铭》，《宋濂全集》卷五四，第3册，第1274页。

而危素的文章风格又再次成为天下士子追摹的对象，推动着至正时期的文风之变。宋濂指出危素也像他的前辈虞集等人一样，借助自己的政治地位和文坛影响培植同道者，“先后所引若翰林学士刘君献，待制黄君啤等七十余人，至通显者甚众。累持文衡，考试多士”[①]。清人严纹玺跋《危学士全集》亦称“太朴危先生，博学多艺，当时颂其诗文者，至比之太音元酒。明初，宋公濂、王公祎，又且入其门而尸祝之”[②]，可以证见危素对于至正时期文章风气之变的影响。

应该说，至正时期文章风气之变，是基于至正更化的政治改革大背景，又有三史修撰这样的国家撰述活动才逐渐形成的，同时还有危素这样的得风力之劲者引领带动。此外苏天爵、黄溍等也对至正时期文风重史、重风教的转变颇有推动作用。

苏天爵没有参加三史的修撰[③]，但他的学养以及为修史所作的各种准备，使得他成为元末“一代文献之寄”，其文风和审美取向与深得修史工作浸润的危素非常相近。苏天爵学术根基承刘因一脉，乃其私淑弟子安熙的弟子，而作为国子学弟子，苏天爵曾受学于吴澄、虞集、齐履谦，又得到袁桷的教诲，所以他学兼南北，“为学博而知要，长于纪载”[④]。1329 年，苏天爵完成《国朝名臣事略》，叙及元朝开国过程诸如木华黎、伯颜、不忽木、耶律楚材、刘秉忠、廉希宪、许衡、郭守敬、郝经、刘因等 47 位推动元王朝一统和制度建设、思想文化建构的武将文臣及思想家事迹。而且，苏天爵的《国朝名臣事略》又从王鹗、李谦、元明善、姚燧等人的文集中引用了 132 篇原文，其撰写诚如四库馆臣所云：“盖仿朱子《名臣言行录》例，而始末较详；又兼仿杜大珪《名臣碑传琬琰集》例，但有所弃取，不尽录全篇耳。”[⑤]可以看出苏天爵《国朝名臣事略》受到理学的影响，虽从记载上看是据史书事，但实际与他“平日论治

① 宋濂：《故翰林侍讲学士中顺大夫知制诰同修国史危公新墓碑铭》，《宋濂全集》卷五四，第 3 册，第 1274 页。

② 严纹玺：《危学士全集跋》，《危学士全集》卷首，《四库全书存目丛书》集部，齐鲁书社，1997 年，第 24 册。

③ 按：其时，苏天爵身任湖广行省参知政事，未能参与。苏天爵著，陈高华、孟繁清点校：《滋溪文稿》前言，中华书局，2007 年，第 17 页。

④ 宋濂等撰：《元史》卷一八三《苏天爵传》，第 15 册，第 4226 页。

⑤ 《钦定四库全书总目（整理本）》卷五八“《元朝名臣事略》十五卷”条，上册，第 810 页。

道，必本三代，所谓明道术，正人心，育贤才，兴教化，盖拳拳焉”[①]，期望有补于世道的愿景密切相关。除了《国朝名臣事略》，苏天爵的文集曾被他的僚属葛元哲、高明编撰为《滋溪文稿》，该文稿大约成书于至正十一年（1351），计三十卷，其中碑铭传记有17卷，共108篇，这些作品在写作上诚如虞集所谓“简洁严重”[②]，往往于纪实中体现出作者对当代典章制度的熟习和深厚的史学修养，这种特点，与危素在写作上虽文笔干净，实际内涵丰富且蕴藉的风格有内在的相似性。马祖常曾断言苏天爵当“擅文章之柄于十年后”，而赵汸也概然指出：苏天爵功业卓著“出入中外三十余年，嘉谟愈积，著于天下”，其文章“明洁而粹温，谨严而敷畅，若珠璧之为辉，菽粟之为味”，在元末正统文坛其实也称得上“屹然颓波之砥柱”。[③]

至于黄溍，作为延祐首科进士，他在地方任职二十年后，直至至正更化期间始入翰林，虽大器晚成，却当虞集、揭傒斯、欧阳玄等人之后，入侍天子，独任斯文之重，如其学生王袆所述“于是儒林宗工日就凋谢，国家思用老成，落致仕，以翰林直学士起公于家。寻陞侍讲学士，兼知经筵，复总裁国史。其居经筵，每进讲，必陈仁义道德之说。在史馆，笔削无所阿。凡朝廷大诏令、大制行，皆以属于公。而公独任斯文之重，为海内所宗师”[④]。可以看到，黄溍在至顺二年（1331）才藉御史中丞马祖常的荐举进入馆阁，直到至正更化时期，才华才得到展示，在至正七年至至正十年（1347—1350）奉旨创作了一批传记，数量约有21篇，不仅超过长期职事馆阁的虞集奉旨撰写传记的数量，而且频繁程度远超于之前乃至之后的任何一位馆臣，诚如王袆所谓“凡朝廷大诏令、大制行，皆以属于公”。宋濂指出，至正更化期间，黄溍“在禁林，会修本朝后妃功臣传，先生为条陈义例，多所建明，士类服其精允。进经筵者三十有二。经筵无专官，曰领，曰知，咸宰执、近臣，讲文之述，率属先生订定，非有关于治道之大者，不敢上陈，其启沃之功为多”[⑤]，这也足见黄溍作文

① 赵汸：《送江浙参政苏公赴大都路总管序》，《全元文》卷一六五八，第54册，第297页。

② 赵汸：《书苏参政所藏虞先生手帖后》，《全元文》卷一六六五，第54册，第404页。

③ 赵汸：《滋溪文稿序》，《全元文》卷一六六一，第54册，第330页。

④ 王袆：《黄文献公祠堂碑铭并序》，《王袆集·王忠文公文集》卷一六，浙江古籍出版社，2016年，中册，第463页。

⑤ 宋濂：《故翰林侍讲学士中奉大夫知制诰同修国史同知经筵事金华黄先生行状》，《宋濂全集》卷七六，第4册，第1853—1854页。

主张的受重视程度。

黄溍在至正时期的文坛宗主地位，固然是因为虞集等儒林宗工基本凋谢，更重要的原因还是黄溍本人的学养和文风与至正更化期间朝廷上下重视出经入史，以史为鉴的写实创作取向非常吻合。黄溍乃浙东婺州文人，其学养渊源，清人王廷曾概述云：比及成童“禀业主山南刘氏（刘应龟），凡十五年。随取征于故老。二十而执弟子礼于南岩方氏（方凤），垂四十年。先生故石氏（石一鳌）甥也，事晋卿（石一鳌）三十五年，接唐卿（王世杰）之绪。总角预南稜（王炎泽）弟子列，五十年续通斋（叶由庚）之宗……又因方氏，与吴思齐为忘年交，并溯龙川（陈亮）”[①]。作为浙东婺州文风的代表作家，宋濂认为黄溍作文由读书而来，其在内容观点上“剖析经史疑难，及古今因革制度名物之属，旁引曲证，多先儒所未发”，而且文辞用语方面也“布置谨严，援据精切，俯仰雍容，不大声色。”[②]黄溍的这种创作风格，与至正时期的代表作家如危素“渊深精纯”、苏天爵“简洁严重”的特点其实颇有相似之处。

黄溍作兴于虞集、揭傒斯等人之后，在至正期间身任斯文之重，又携其政治地位和文坛影响，“为海内所宗师”[③]，有门人弟子刘涓、王袆、宋濂、戴良、傅藻等著名于时。这些人尤其是王袆、宋濂、戴良等人，其写作成绩和影响，再将黄溍以及危素、苏天爵等馆阁之上所形成的文风特点和期待推广及民间地方，使元末文章风气总体以理学为本，要求作文有补于风教。对于作家写作素养上强调其渊深广博的史家气质，在创作中又注重其“简洁严重”的风格，要求文章能由史实渊源而文辞布置谨严，援据精切，同时也有着史家的中肯、客观气质，使文章做到俯仰雍容，不大声色。

其次，至正更化期间及之后的诗歌创作都表现出更为严谨写实的倾向。以上京纪行诗为例。元代的上京纪行诗文创作，由于馆阁文人的参与而成为元代文学的独特标识。而将不同时期馆阁文人的上京纪行诗文斟酌比较的话，还是能看出至正更化期间及之后的创作在记述上努力贴合所见所闻的严谨写实

① 王廷曾：《补订黄文献公集序》，《黄文献公集》卷首，转引自慈波：《黄溍评传》，浙江古籍出版社，2015 年，第 19 页。

② 宋濂等撰：《元史》卷一八一《黄溍传》，第 14 册，第 4189 页。

③ 王袆：《黄文献公祠堂碑铭并序》，《王袆集·王忠文公文集》卷一六，中册，第 463 页。

态度。

例如袁桷与周伯琦二人的上京纪行创作。袁桷在英宗朝是十分受主政大臣拜住重视的馆阁文人，如果没有“南坡之变”导致英宗与拜住同日罹难的话，袁桷将是《辽》《金》《宋》三史的总裁官。袁桷作为浙东著名学问家王应麟、史家胡三省、文章家戴表元等人的弟子，曾与虞集、王士熙等人“以问学相淬砺，更唱迭和，金石相宣”[①]，被认为“如杜、王、岑、贾之在唐，杨、刘、钱、李之在宋，论者以为有元盛世之音也”[②]。袁桷也为三史修撰做了较多准备，四库馆臣也称袁桷的文章“博赡”，“为一时台阁之冠”。因为深得元英宗以及其时权臣拜住的重视，袁桷曾五次扈从上京，故而写成《开平集咏》四集，约计200余篇上京纪行诗文，为元代馆阁文人上京诗文创作最多者。而周伯琦是元顺帝时极受重视的南人，曾与贡师泰同日授官兵部侍郎，从而得以跟随皇帝走御道前往上京。可以比较袁桷与周伯琦两人同时以诗歌描述上京著名的诈马宴的情形。最直观的是二者篇幅有不同，而且周伯琦的诗比袁桷的多一段序言。其序言云：

> 国家之制，乘舆北幸上京，岁以六月吉日，命宿卫大臣及近侍服所赐只孙，珠翠金宝、衣冠腰带、盛饰名马。清晨，自城外各持彩杖，列队驰入禁中。于是，上盛服御殿临观，乃大张宴为乐。惟宗王戚里、宿卫大臣，前列行酒。余各以所职叙坐合饮。诸坊奏大乐，陈百戏，如是者凡三日而罢。其佩服，日一易。太官用羊二千，嗷马三百匹，它费称是。名之曰只孙宴。只孙，华言一色衣也，俗呼曰诈马筵。至元六年岁庚辰，忝职翰林，扈从至上京。六月廿一日，与国子助教罗君叔亨得纵观焉。因赋《诈马行》，以记所见。[③]

周伯琦从制度、时间、名称、参加者身份、宴会所备以及自己记载的时间等方面来记述宴会情形，尤其是关于宴会名称的解释，足以备史所阙。具体到

① 苏天爵：《御史中丞马公文集序》，《滋溪文稿》卷五，第65页。
② 顾嗣立：《元诗选》二集《王中丞士熙小传》，第537页。
③ 周伯琦：《诈马行有序》，《全元诗》，第40册，第345页。

诗歌对诈马宴会的表述，也可以看出两人对宴会的熟悉和关注以及描述的细致程度的差异。可以将二者所描述的内容举例对应来看。

袁桷诗第1—3句描述赴宴者的装束：

> 彩丝络头百宝装，猩血入缨火齐光。锡铃交驱八风转，东西夹翼双龙冈。伏日翠裘不知重，珠帽齐肩颤金凤。①

周伯琦诗第1—7句描述赴宴者的云集：

> 华鞍镂玉连钱骢，彩翚簇辔朱英重。钩膺障颅鞶镜丛，星铃彩校声珑珑。高冠艳服皆王公，良辰盛会如云从。明珠络翠光茏葱，文缯缕金纡晴虹。犀毗万宝腰鞓红，扬镳迅策无留踪。一跃千里真游龙，渥洼奇种皆避锋。蔼如飞仙集崆峒，乘鸾跨凤来曾空。②

两人对马的装饰、马铃铛、服饰等都有描述，相比而言，周伯琦的描述要更加具体、细微、全面一些。比如写马头上的装饰，袁桷的描述写了彩丝络头，写了猩红的缨子，看似具体，实际并不能体现出细致的内容，而周伯琦的描述写到了马头上的缨子是彩色的羽毛，这个表述就要实质很多。在写到马铃铛的声音时，袁桷的描述说是锡铃交驱，仿佛八风之转，回荡在双龙冈间；周伯琦则描述了骑马者身上悬挂的钩膺（马颔及胸上的革带，下垂缨饰）、障颅（帽盔）、鞶镜，这些骑马者身上的装备折射出光泽，相互碰撞发出珑珑的声响，这个就相对要具体写实些。在说到赴宴者的装束时，袁桷诗意地表述道，在伏日里，赴宴者竟然穿着翠裘，戴着珠帽，他们的衣服上绣有金凤般的花纹，诗的表述依旧还是看似写实，其实内容较虚，并不清晰；而周伯琦的诗写：赴宴的人都是王公，他们都戴着高高的帽子，穿着明艳的衣服，云集而来。具体而言，他们的服饰明珠络缨，闪着翠绿的光泽，夹织着的金线反射着

① 袁桷：《装马曲》，《袁桷集校注》卷一五，中华书局，2012年，第855页。

② 周伯琦：《诈马行有序》，《全元诗》，第40册，第345页。

彩虹般的光彩。值得一提的是，周伯琦描述王公们赴宴时穿的只孙服很准确地指出了它们的特质。据载，自成吉思汗征服波斯区域之后，蒙古贵族们就特别喜欢波斯区域所独有的纳失失，这种织金锦用金线（以金箔拈成的线）与丝线交织而成，上贴大小明珠，甚是精美，只孙服就是用织金锦制成。此外，周伯琦还描述了骑马者身上的镶嵌着珠宝的犀牛皮制的红腰带，所骑的马皆为好马，等等，应该说周伯琦的观察仔细程度和对描述对象的熟悉程度使得其诗的写实程度远甚于袁桷。

尽管袁桷与周伯琦两人在描述详悉程度上的差异可以归结为周伯琦作为身份更高的大臣有机会看得更仔细，但从描述的细致程度和写实立场来看，周伯琦显然更注重将其表述落实到更具体、真切的程度。袁桷作为浙东鄞州文人，又曾作为三史撰修的预选总裁，周伯琦作为江西饶州文人，早随父亲周应极从虞集、袁桷等游，并在至正更化背景中脱颖而出，成为地位颇高的南人官员，虽然他没有参加三史的修撰，但从其精纯渊深的写实风格来看，他的创作特色应该是其时风气影响所致。不仅是周伯琦，诸如其时杨允孚、迺贤等人的上京纪行诗文也较至正更化前人们的创作在写真求实的追求上更下功夫。

第三，至正更化后，精英文人以精英意识对通俗文体创作介入与改编的现象也非常值得探究，尤其可引为典范的是高明《琵琶记》的创作。作为“南戏之祖”，徐渭对《琵琶记》评价道：“用清丽之词，一洗作者之陋。于是村坊小伎，进与古法部相参，卓乎不可及已。”[①] 高明对南戏地位提高的贡献固然在戏曲发展史上非常重要，但是，更富有意味的是，高明的政治出身以及剧作与至正更化背景的密切关联。

一方面，高明是至正更化期间科举复科后的第二届进士，即至正五年的进士，高明对民间南戏的改编和再创作目的与至正更化的改革背景密切相关。从其地域层面而言，高明是浙东温州文人，而他改编剧本所体现的是北方中央馆阁所推重和追求的以理学为本，强烈的维系社会秩序，有补风教的创作意识。高明的这种创作态度和做法更重要的意义在于他作为馆阁精英文人期望通过对

---

① 徐渭：《南词叙录》，俞为民、孙蓉蓉编：《历代曲话汇编·明代编》，黄山书社，2009年，第一集，第486页。

地方剧种的改编来传达他强烈的风教意识，从而从上到下，将国家层面的秩序归化愿景传达到庸民庸妇的层面。另一方面，高明的政治态度与至正更化的核心人物苏天爵应该非常一致。高明与苏天爵关系颇为密切。据赵汸《滋溪文稿序》云："《滋溪文稿》三十卷，江浙行中书省参知政事赵郡苏公之文，前进士永嘉高明、临川葛元哲为属掾时所类次也。"① 苏天爵对于至正更化改革的热诚与投入，以及苏天爵本人"平日论治道必本三代，所谓明道术、正人心、育贤才、兴教化，盖拳拳焉"② 的做人态度，高明作为其属掾必然深有感触和体会，另外，高明还参与编撰《滋溪文稿》，这更是一次对苏天爵人格魅力的深刻熟悉过程。

基于以上两个重要背景再来观照高明的《琵琶记》创作。《琵琶记》改编自宋代戏文《赵贞女蔡二郎》。在宋代戏文中，赵贞女的坚贞哀苦，蔡二郎的负心阴狠以及最后"马践赵贞女，雷殛蔡伯喈"的惨酷结局，都相当程度地体现和反映出社会不平现实情境中人们的愤激情绪，这种情绪非常有利于人们在观戏过程中获得共鸣，并在情绪的发泄过程中深刻地记住剧情，从而将其传远。但在馆阁精英文人的角度或者说受到程朱理学思想束缚的人们看来，"忧愤之言易工"的创作虽然对观众和读者具有"感之速""激之深"③ 的效果，但对于"变化其气质，涵养其德性"④，使人性情温雅敦厚，令社会秩序走向温良的教育意义方面则有明显欠缺，实际是文体大坏、人心大坏的诱因。

借由高明中进士于至正更化的改革背景中，以及他与苏天爵的关系来理解他在《琵琶记》创作的匠心，就可以明白《琵琶记》创作的意义其实在于借群众耳熟能详的故事题材和表现形式来宣扬作者"明道术、正人心、育贤才、兴教化"的拳拳之心。戏的一开篇表现了非常直切的匡扶人心，归正社会秩序的愿景：

---

① 赵汸：《滋溪文稿序》，《全元文》卷一六六一，第 54 册，第 329 页。

② 赵汸：《送江浙参政苏公赴大都路总管序》，《全元文》卷一六五八，第 54 册，第 297 页。

③ 虞集：《李景山诗集序》，《虞集全集·道园学古录》卷五，天津古籍出版社，2007 年，上册，第 490 页。

④ 虞集：《郑氏毛诗序》，《虞集全集·道园类稿》卷一七，上册，第 479 页。

（末上白）〔水调歌头〕秋灯明翠幕，夜案览芸编。今来古往，其间故事几多般。少甚佳人才子，也有神仙幽怪，琐碎不堪观。正是：不关风化体，纵好也徒然。论传奇，乐人易，动人难。知音君子，这般另做眼儿看。休论插科打诨，也不寻宫数调，只看子孝与妻贤。骅骝方独步，万马敢争先？①

作者开篇就明言创作若不关风化教育，纵好也徒然，期望观众不要关注着才子佳人，想着插科打诨，他的剧本创作出来是要让人看到子孝与妻贤的内容，具有教化意义。不过，风化教育也须动人，所以作者才特意选择人们熟悉的题材、主题和故事、戏文来宣扬他作为精英阶层的价值观念，即以程朱理学为核心价值观，建构起以道德为核心，人人都能深省顺处、隐忍退让、温柔敦厚的和谐社会。

再看高明对于改编《琵琶记》的人物设定和情节设定，则可以发现每个人物、每个情节的设定都包含着隐忍与退让的成分。作者并不回避社会矛盾和残酷的社会现实，但让每个人物从牺牲自己，成全他人的角度出发来推动最终结局的完美。可以看到，蔡父不顾自己年高体弱，对蔡伯喈要求“强试”，要他“顺时行道，济世安民”②，有成全其忠的意思；牛丞相对蔡伯喈有“强赘”的成分，但其本意体现出一个贤德的父亲的期待，“我的女孩儿，性格温柔，是事实会，若教他嫁一个膏粱子弟，怕坏了他；只教他嫁个读书人，成就他做个贤妇”③，是要成全女儿做贤妇；皇帝对蔡伯喈“强官”的意思，却也有“孝道虽天，终于事君：王事多艰，岂遑报父”④的成分，“三被强”情节中包含着各自善意的述求。而主人公蔡伯喈作为“自小攻书，从来知礼”⑤的精英，本拟全忠全孝，结果却“辞试爹不从，辞官君主不从，辞婚牛太师不从”，因“三不从”而被他人的各种善意推向“生不能养，死不能葬，葬不能祭”“停妻再娶”的

① 高明：《蔡伯喈琵琶记》第一出，《全元戏曲》第十卷，人民文学出版社，1999 年，第 10 册，第 133 页。

② 高明：《蔡伯喈琵琶记》第四出，《全元戏曲》第十卷，第 10 册，第 145 页。

③ 高明：《蔡伯喈琵琶记》第六出，《全元戏曲》第十卷，第 10 册，第 154 页。

④ 高明：《蔡伯喈琵琶记》第十五出，《全元戏曲》第十卷，第 10 册，第 181 页。

⑤ 高明：《蔡伯喈琵琶记》第十二出，《全元戏曲》第十卷，第 10 册，第 173 页。

不耻境地，看似华耀显赫的奉旨成婚，做丞相家的乘龙快婿，实际内心里“好似和针吞却线，刺人肠肚系人心”[①]。最终借由牛丞相的悔悟和成全、赵五娘的“有贞有烈”、牛小姐的贤惠等等，尤其是赵五娘的贞烈和牺牲才使得所有情节和人物设定走向反转，推动实现了主人公“一夫二妇，旌表门闾”，成为全忠全孝的楷模的结局。

作者的三纲五常观，通过真实的生活场面、多重情节的反转、每个人物的隐忍牺牲、结局的完美团圆而完整地呈现其中。非常值得再琢磨的是，高明作为至正更化时的精英分子，他在对《琵琶记》的改编中，也折射着至正更化的改革情形。在全剧最后的旌表词中，作者写道：

> 朕惟风俗为教化之基，孝义者风俗之本。去圣逾远，淳风日漓。彝伦攸斁，朕甚悯焉。其有克尽孝义，劝励风化者，可不奖劝，以勉四方？议郎蔡邕，笃于孝行。富贵不足以解忧，甘旨常关于想念。虽违素志，竟遂佳名。退官弃职，厥声尤著。其妻赵氏，独奉舅姑。服劳尽瘁，克终养生送死之情，允备贞洁韦柔之德。糟糠之妇，今已见之。牛氏善谏其亲，义相夫子。罔怀嫉妒之心，实有逊让之美。曰孝曰义，可谏兼全。斯三人者，朕实嘉之，使四海亿兆，皆能仪刑斯人，取法将来。风移俗易，教美化行，唐虞三代，诚可追配。是用宠赐，以彰孝义。蔡邕授中郎将，妻赵氏封陈留郡夫人，牛氏封河南郡夫人，限日下到京；父蔡从简赠十六勋，母秦氏赠秦国夫人。于戏！风木之情何深，允为孝化之本；霜露之思既极，宣沾雨露之恩。服此休嘉，慰汝悼念。[②]

回顾至正初期的历史，改革之初，顺帝针对天下冤案四起、民不聊生的社会现状，曾“作新风宪。在内之官有不法者，监察御史劾之；在外之官有不法者，行台监察御史劾之”[③]。而所谓风宪之义，诚如其时改革的重要参与者许有壬所言：“风主于教，宪主于法。”“风者，天地之使也，王者之声教也，故上

---

① 高明：《蔡伯喈琵琶记》第十二出，《全元戏曲》第十卷，第 10 册，第 172 页。

② 高明：《蔡伯喈琵琶记》第四十三出，《全元戏曲》第十卷，第 10 册，第 271—272 页。

③ 宋濂等撰：《元史》卷四一《顺帝本纪四》，第 3 册，第 868 页。

行下效谓之风。宪者，法则也，《周礼》悬法示人曰宪法。则是风之与宪，二而一，一而二者也，可相有而不可相无者也。”“上之行，下有不能效者则继之以法，未始专主于法也。我正而后责人以正，我廉而后责人以廉，苟不是求，一以枉法，惠文从事，待若束湿，视若寇雠，不亦昧于风之为义乎？故必先之以风而后之以宪，二者不使偏废。”[①]《琵琶记》中，三位年轻辈主人公，蔡邕的笃孝而不贪富贵甘旨，赵五娘的服劳尽瘁，克终养生送死之情；牛小姐的善谏逊让之德，不仅感化了老一辈的执拗，也可以范式四海亿兆，使其仪刑斯人，作者让他们获得美好圆满的结局正是期望故事可以风移俗易，教美化行。

《琵琶记》接近生活现实，“具有中国传统伦理社会的‘百科全书’的特征。从中可见夫妇、父子、婆媳、邻里、君臣等一系列复杂而微妙的关系，窥见家庭伦常生活的真相”[②]。作为富有责任感的士大夫，高明并非没有看到社会的尖锐矛盾，他在戏中对于天灾人祸以及贫富悬殊有许多描述，也指出这些社会问题造成了士子和民众道德坚守的难度，但作者还是峻切地表达了他的纲常秩序观，期望君臣、民众可以相互理解和谦让，令君可为臣纲，父可为子纲，夫可为妻纲，社会秩序一归于正。

综而论之，至正更化虽发生于元朝统治者上层，主体参与者也是身处京师或者与京师文坛保持一致的南北多族精英文人，但它借助科举复科、三史修撰等一系列国家政治举措和作为，对其时南北多族文人的深度融合的意义却不容小觑。就文学创作而言，至正更化对文坛创作风气的影响也非常大。至正更化，以三史修撰为重要内容的，国家自上而下兴起的以史为鉴、创作力期有补风教的潮流，这推动了元末创作风气自上而下，由正统诗文到通俗戏曲的创作，渐趋以理学为本，以史为据，情感平易的文史融合。

---

① 许有壬：《敕赐重修陕西诸道行御史台碑》，《全元文》卷一一九五，第38册，第319—320页。

② 黄仕忠：《〈琵琶记〉与中国伦理社会》，《文学遗产》1996年第3期，第96页。

清初遗民僧的法脉与地域分布

李 瑄*

摘要： 明清易代之后出现不少遗民僧，即表现出遗民立场的佛教僧侣，目前可知有传记存世者大约在三百人。遗民僧大多依据师弟关系被编入佛教宗派世系之中，以寺院为凭借形成地域性的传法网络。以宗派论，清初禅宗临济、曹洞二宗遗民僧较为活跃，贤首宗、律宗也出现了一些人望很高的遗民僧。临济宗以密云圆悟门下遗民僧最多，传法范围也最广。曹洞宗内以云门系三宜明盂一支及寿昌派宗宝道独和觉浪道盛二支引人瞩目。从地域来看，清初遗民僧在江浙二省最密集；淮河以南从滇黔至闽粤的城市和山林中广布其踪迹；东北关外、台湾、澳门等地以及朝鲜、日本、越南等海外或异域也有他们的身影。

关键词： 清初；遗民僧；临济宗；曹洞宗

遗民僧是兼有遗民与佛教僧侣双重身份的人物，他们产生于王朝更迭的特殊时期，尤以明清之际人数众多、社会影响力大而为世人瞩目。[①] 僧人遗民的出现早在宋末元初。清初史家万斯同编《宋季忠义录》收录隐居禅寺的释德

---

* 李瑄，四川大学中国俗文化研究所。

① 目前寻检遗民僧资料最为便利的工具书，是谢正光、范金民编撰的《明遗民传记索引》（上海古籍出版社，1992 年）。该书也是目前搜集有传记可考的明遗民数量最多的索引，共收 2000 余人；其中“僧”类收录 159 人。邵廷采说“僧之中多遗民”，于此可见一斑。笔者又调查了一些谢著未收的文献，发现有传记存世的遗民僧至少在 300 人左右。

丰[①]，是有传记存世的最早遗民僧。现存宋遗民史料收录的元初出家遗民只有寥寥一二[②]，而清初却出现了“僧之中多遗民”的特异现象。李邺嗣云：“值丧乱之后，凡避世者多销名变服，窜于释门。”这是易代后遗民避世为僧的情况。不仅如此，许多明亡前已经出世为僧者也守持政治立场、以遗民自处。陈垣云：“世变之来，宗门不能独免，虽已毁衣出世，仍刻刻与众生同休戚也。”[③]

在中国佛教发展史上，晚明到清初被称作复兴时期。遗民僧既反映了晚明以来佛教与世俗社会的互相渗透，也展现了明清之际社会急剧动荡下佛教承担的社会功能。比起儒者遗民，他们的群体联系强得多。这首先是因为正式出家的遗民僧大多可以通过师弟关系被编织入佛教传法体系之中。而且，以寺院为凭借，遗民僧形成了地域性的传法网络。就目前有传记存世的三百余人来看，清初出产遗民僧最多的是禅宗临济、曹洞二宗。临济宗内，以晚明高僧密云圆悟门下最富声光；曹洞宗内，则以云门系三宜明盂一支及寿昌派无明慧经（1548—1618）门下宗宝道独和觉浪道盛二支引人瞩目。此外，贤首宗、律宗等宗派中也出现了一些人望很高的遗民僧。

一、临济宗密云圆悟系

密云圆悟（1566—1642），宜兴人，俗姓蒋，幻有正传（1549—1614）禅师法嗣。他历住金粟、天台、黄檗、天童等名刹，“吴、越、闽、楚名公巨儒慕师宗风，或晨夕随侍、或尺素相通、或邂逅咨请……而齐、鲁、燕、赵、及殊方异域之士亦憧憧不绝也”[④]。圆悟门下英杰辈出，时人赞叹为“临济中兴”。其中付法弟子十二人，剃度弟子三百余人，问法者不计其数。付法弟子中，破

---

① 万斯同：《宋季忠义录》卷十五，《丛书集成续编》，台北新文丰出版公司，1989年，第253册，第24a页。

② 包括《宋季忠义录》、两部《宋遗民录》（一为崇祯间虞山毛氏汲古阁刻本，一为嘉靖二年至四年程威等刻本，分别见于《四库全书存目丛书》第87、88册影印）、邵廷采《宋遗民所知传》（《思复堂文集》本）、《宋东莞遗民录》（《丛书集成续编》本，台北新文丰出版公司，1989年）。

③ 陈垣：《清初僧净记》，《明季滇黔佛教考》，河北教育出版社，2000年，第524页。

④ 王谷：《密云禅师行状》，《密云禅师语录》卷十二，《嘉兴大藏经》，台北新文丰出版公司，1987年，第10册，第70页。

山海明及其门下双桂派，由费隐通容（1593—1661）再传的隐元隆琦（1292—1673）及其门下黄檗派，由汉月法藏再传的具德弘礼、继起弘储门下，都是遗民僧特别集中之所。以下略作分疏。

其一，主要在西南地区弘法的破山海明及其门下弟子。破山海明（1597—1666），蜀人，俗姓蹇，见录于阙名朝鲜人所撰《皇明遗民传》。海明万历四十三年（1615）出家，其后东游江南求法，曾参问憨山德清、无异元来、闻谷广印、雪峤圆信、湛然圆澄等大德，最终受密云圆悟付法。他还蜀后主万峰、祥符、双桂等寺，传法弟子八十余人。陈垣《明季滇黔佛教考》仅从黔南一地就辑出"破山派一百十人"，显见破山系是蜀、滇、黔地区影响范围最大、人数最多的汉传佛教宗派。

巴蜀在明清易代过程中遭受流民军和清军反复争夺，是战乱之灾最严重的地区。在这种严酷的环境下，破山海明并未避世自全，而是以佛门慈悲之力周旋于各种军事力量之间。传奇性的"破戒止杀"故事就发生于此。《破山明禅师塔铭》云："师主万峰凡十余年。甲申以来，刀兵横起，杀人如麻。有李鹞子者残忍好杀。师寓营中，和光同尘，委曲开导。李一日劝师食肉，师曰：'公不杀人，我便食肉。'李笑而从命，于是暴怒之下多所全活。"[①] 到了清代中叶，蜀人犹感念说："吾蜀当板荡之秋，独能倡教西南、人天皈仰，逞大法力救民水火之中，则破山禅师一人。"[②] 海明游学江南时，曾收殓安葬因复明行动而殉难的金声，"乞贷市棺，径前敛声尸，逻卒呵之不为动"[③]。金声反清案是对遗民的复国之志一次沉重打击，当时牵连的僧人为数不少。破山海明在这种环境下出面为他料理后事，实在需要置个人安危于度外的气概。

不仅破山本人可以舍身忘己，济世菩萨之行也常见于其弟子。如字水圆知（1605—1645）甲申、乙酉间避乱出行，在新宁广福寺被乱军劫持，"幸师德声素来远播，虽持兵者亦知有师，竞来礼拜。奉以净食，并乞师忏罪。师尽陈以罪福忠孝之事……益就此指之导之，故杀僇少贷"。乱世人心多恐怖，宗教的神圣力量能起到一些抚慰人心的作用，也消除一些社会的杀戮动乱。字水圆知

① 刘道开：《破山明禅师塔铭》，《破山禅师语录》卷二十，《嘉兴大藏经》，第 26 册，第 100 页。

② 吕潜：《佛冤禅师语录序》，《佛冤禅师语录》卷一，《嘉兴大藏经》，第 37 册，第 12 页。

③ 《皇明遗民传》卷七，谢正光编：《明遗民录汇辑》，南京大学出版社，1995 年，第 1313 页。

的离世更具悲壮意味。他被乱兵劫持后受其供养，因此不安，言："吾自为僧以来不受不义之衣食，况戈戟中。吾岂乐乎？自今日始勿进饮食来。"绝食数日，"上堂说法毕，端坐而逝"[①]。真所谓视死如归，从容取义。

破山弟子敏树如相（1603—1672）亦有明确的遗民言论。如《寄御史郑天虞居士》云："心上所存者忠孝，而面上所敬者高人。"[②]再如《寄大错禅师》云："今禅师以不报之报，不酬之酬而出家者，是一万幸也，是大忠孝人也。"[③]大错即钱邦芑，南明永历皇帝逃亡缅甸后为遗臣而出家者。频言"忠孝"者，可知敏树如相的伦理取向。

因为破山海明曾经住持梁县双桂寺，破山系又被称为临济宗"双桂派"。双桂派门人遍布西南三省，亦东至湖广，其中影响最大的第二代传人是丈雪通醉（1610—1693）。明清易代时通醉曾避乱遵义，住持禹门寺。禹门寺原名龙兴寺，创建者黎怀智曾为明黄冈知县，明亡后出家。他年长通醉二十余岁，然一遇即师事之。通醉在禹门寺与遗民僧大错等为友，首次将破山禅法传于黔北，弟子多达五百余人。[④]顺治十一年至十七年（1654—1660），通醉奉破山海明之命前往浙江天童寺为密云圆悟扫塔，其间曾在陕西汉中、浙江嘉兴住持寺院。返蜀后住持保宁府、顺庆府大寺，还重建了宋代高僧圆悟克勤曾住锡说法的成都名刹昭觉寺。康熙十九年（1680）他刊行《锦江禅灯》，对于厘清蜀地禅宗法脉居功至伟。

通醉晚年虽与仕清官员蒋虎臣等人有所往来，但仍延续破山门风，绝无示好清廷之语。康熙十四年（1675）汉中复明军被清军镇压，丈雪作《闻捷》诗云："末法众生实可嗟，几将性命当尘沙。嘉陵流水波翻血，白骨相撑如乱麻。万斛惨烟风扫绿，一天星月晒梅花。青山无恙神呵护，收拾八埏共一家。"[⑤]惟忧生灵涂炭，于清廷所谓捷报无丝毫喜色，其政治立场或可从中略窥。丈雪门人弘法超出巴蜀之外，陈垣《明季滇黔佛教考》所记于黔中者67人，在云南

---

① 明揆：《夔州府卧龙寺字水圆知禅师行状》，《夔州卧龙字水禅师语录》卷三，《嘉兴大藏经》，第29册，第162页。

② 《敏树禅师语录》卷十，《嘉兴大藏经》，第39册，第505页。

③ 《敏树禅师语录》卷十，《嘉兴大藏经》，第39册，第506页。

④ 参见陈垣：《明季滇黔佛教考》，第405—406页。

⑤ 释丈雪：《丈雪禅师里中行》，四川大学图书馆藏清康熙刻本。

之亦有月幢彻了、懒石觉聆等。

其二，弘法于福建、后来又东渡日本的费隐通容弟子隐元隆琦及其门下。费隐通容在禅宗史上以其所撰《五灯严统》引起的临济、曹洞二宗之诤而著名。[①]他在国变后既接受清廷地方官员的礼敬，又与遗民姜采、周茂兰等人往还，似超然于政治之外，其法嗣隐元隆琦却有鲜明的遗民取向。隆琦在明末清初复兴了福清黄檗山万福寺，重建寺观，结集僧众近千人。明清鼎革时，其诗云："自从中华失庆后，人民无赖尽萧索。英贤豪杰塞沟中，净节贞良俱龌龊。"[②]对于易代动乱深致悲怀。顺治十一年（1654），隐元应日本长崎华商邀请，率领一众弟子东渡日本，其所乘船只是郑成功提供的。近年发现的隐元书信中，赫然可见他与郑彩等反清势力往还[③]，这使原本就盛传的"东渡借兵"说更引人遐思。隐元渡日后，称"此时唐土正君子道消之际，贤达豪迈之士尽付沟壑"[④]，对清廷政权合法性不认可的态度十分明确。无论是参与反清运动[⑤]，或是怀念故明，均可见隐元隆琦的遗民僧志节[⑥]。隐元弟子独往性幽、独耀性日有参与反清军事行动的记录，独立性易、慧林性机皆以遗民而入禅门。[⑦]可以说隐元一门的遗民僧色彩是相当浓厚的。

渡日七年后（1661），隐元隆琦得到江户幕府支持，在京都宇治开山建寺，由此发展为日本禅宗的第三大宗派，世称"黄檗宗"。黄檗宗在宗教、建筑、美术、书法、音乐乃至饮食、医药等多重领域对日本文化产生过显著影响。[⑧]

---

① 参见陈垣：《清初僧诤记》，《明季滇黔佛教考》，第 492—497 页。

② 《怀旧》，〔日〕平久保章编：《新纂校订隐元全集》卷九，东京开明书院，1979 年，第 4097 页。

③ 陈智超、韦祖辉、何龄修编：《旅日高僧隐元中土来往书信集》，中华全国图书馆文献缩微复制中心，1995 年。

④ 《复魏尔潜信士》，〔日〕平久保章编：《新纂校订隐元全集》卷七，第 3288 页。

⑤ 参见陈智超《郑成功致隐元信件的发现——介绍一批南明抗清斗争新史料》（《中国史研究动态》，1993 年第 8 期）、野口善敬《〈旅日高僧隐元中土来往书信集〉书评》（《中国史研究动态》，1996 年第 11 期）、林观潮《隐元禅师和南明抗清人士的关系》（《韶关学院学报》2003 年第 1 期）等文。

⑥ 隐元的遗民心事，参见廖肇亨：《隐元禅师诗歌中的两种声音：以晚年诗作为中心》，《忠义菩提：晚明清初空门遗民及其节义论述探析》，台湾"中央研究院"中国文哲研究所，2013 年，第 317—345 页。

⑦ 参见廖肇亨：《独往性幽与〈蛰声诗集〉：兼探黄檗宗与复明运动》，《忠义菩提：晚明清初空门遗民及其节义论述探析》，第 347—366 页。

⑧ 可参见〔日〕木宫泰彦：《日華文化交流史》第六章《來朝並びに帰化明清人と文化の移植》，東京：富山房，1955 年，第 705—708 页。

除黄檗宗外，东渡遗民僧还有曹洞宗的东皋心越（1639—1695）等，他们和朱之瑜等东渡遗民一样，为保存故明文化开辟了海外天地。

其三，由汉月法藏再传的具德弘礼门下，弘法于浙江、江苏、江西等地。

汉月法藏（1573—1635）是晚明禅门豪杰，以自修自证赢得丛林广泛尊崇，诸方大老多希望他承接门楣。他最终选择嗣法于密云圆悟。因其门下英杰辈出，被特称为“三峰宗”（法藏长期住持虞山三峰清凉寺）[①]，广受晚明士林尊仰。[②] 明清鼎革之后，不少追随过法藏的士人披薙入山，成为三峰门下遗民僧。此外，其嗣法弟子十二人中乐于与遗民交接的不在少数。其中影响最大的当属具德弘礼与继起弘储二支。

具德弘礼（1600—1667），浙江山阴人，俗姓张。崇祯十一年（1638）嗣法汉月法藏后，受理学名臣刘宗周请，住云门广孝寺；后来又过江入主扬州天宁寺，“衲子闻风奔骤，聚至五千”；他到苏州时，“远迩排闼拥观，墙壁崩倒”；顺治七年（1650）弘礼入主杭州灵隐寺，“众恒踰万指”，声势之盛可以想见。弘礼最重要的事业之一就是重修和兴复灵隐寺，“不过二十年而殿阁巍峨、金碧瑰玮，壮丽甲于神州”。[③] 完成这一宏伟功业自然需要有力者支持，故清初编修的《武林灵隐寺志》中不乏仕清官员身影。今弘礼语录、著作颇不易见，其本人是否有遗民立场未便轻下结论。但兵革鼎沸时，“显宁祖席几罹兵燹”，合院耆宿通郡缁素敦请弘礼弟子梵音真咏（1604—1663）入住。弘礼敦促云：“丛林有难，忍坐视耶？”真咏入住后“盗氛方息，衲子渐集”[④]，可见在易代时弘礼一门不辞护生救世之责。顺治八年（1651）弘礼同门继起弘储与木陈道忞受反清复明的舟山之役牵连而受鞫武林，旧识惟恐连染而多相避忌，弘礼却不仅亲往慰问，又多遣弟子探望，和弘储的书偈往来亦十分频繁。弘储《灵岩树泉集》

① 参见连瑞枝：《汉月法藏与晚明三峰宗派的建立》，《中华佛学学报》1996 年第 9 期。

② 廖肇亨云：“法藏出身晚明世族，其父亲与东林党人交往至为密切，汉月法藏本人说法又喜征引儒家经典与禅学相呼应，与晚明以来儒释调和论者的知识倾向若合符节。……法藏一脉，在鼎革之际，成为强调忠义气节的逃禅遗民聚集的场合。”（《中边·诗禅·梦戏：明末清初佛教文化论述的呈现与开展》，台湾允晨文化实业股份有限公司，2008 年，第 143 页）

③ 引文均见戒显：《本师具德老和尚行状》，《武林灵隐寺志》卷七，《中国佛寺史志汇刊》，第 1 辑，台湾明文书局，1980 年，第 23 册，第 496 页。

④ 戒显：《临济正宗第三十三代显宁梵音咏禅师塔铭》，《云林寺续志》卷四，《中国佛寺史志汇刊》，第 1 辑，第 25 册，第 169 页。

中保存不少相关诗文，而且说自己“弘法婴难”所关系的大义，“非吾兄明以教之出情之法，几等于世谛流布矣”。[①] 可知弘礼未必非遗民僧同道。

弘礼十住道场，住持过杭州安隐、显宁、灵隐、径山及嘉兴广孝、绍兴华严、高邮地藏、维扬天宁等大寺。弘礼门下以浙江为弘法中心，在江左、江右影响也很大。弘礼弟子中有明显遗民取向者亦不乏其人，最有名的要数甲申年焚衣冠出世的晦山戒显。晦山戒显（1610—1672），俗名王瀚，字符达，娄东王氏子。[②] 戒显出身于名邦世族，少时与吴伟业并称。他是听到崇祯帝自杀的消息后决定出家的，友人徐增记载如下：“甲申春，李贼犯京师，思宗崩，凶问至江南，和尚大恸。即卷诗文书及平日所为制举义，担负至文庙，拜告先师，焚之，并以青衿置明伦堂。嗟乎！和尚之秀才于此日终，出家于此日始矣。…… 于是诸山闻之，争愿为之披薙。”[③] 徐增云：“吾见今之出家者何止万万，…… 要无如晦山和尚之出家，仁义兼至，节孝善全，光明俊伟，超俗拔伦者也。”[④] 可见戒显的遗民身份在他出家之时已经定格，故黄容《明遗民录》、朝鲜《皇明遗民传》及卓尔堪《明遗民诗》皆传录之。顺治八年戒显开江西法云居，恢复了云居古道场。康熙六年（1667）他继席灵隐，成为清初丛林众望所归的一位人物。

弘礼另一位弟子剖玉济璞（生卒年不详）顺治间入庐山领万杉寺。万杉寺建于宋代景德年间，崇祯初紫柏真可曾率弟子修葺。济璞入住之后苦心经营，至康熙间规模始具，成为一方信众敬礼的大道场。

还有月用弘觉，仁和人，原名江浩，明末曾为汤显祖、葛寅亮、萧士玮诸公所叹赏者，时人谓之“以道不得行而忠无所效，栖遯空门，卒愤愤而死”[⑤]。再有弘礼再传弟子古月头陀，本名胡明勋，曾为天启朝中书舍人，弘光时“朝

---

① 《复灵隐礼和尚》，《灵岩树泉集》卷下，中国国家图书馆藏清刻本，第 9a 页。

② 晦山戒显的生平，可参见林元白《晦山和尚的生平及其禅门锻炼说》（《现代佛教学术丛刊》，台北大乘文化出版社，1977 年，第 15 册，第 89—102 页）及野口善敬《遺民僧晦山戒顕について》（《禅文化研究所纪要》第 16 号，1990 年，第 251—274 页）。

③ 徐增：《晦山和尚诗文全集序》，《云居山志》卷八，《中国佛寺史志汇刊》，第 2 辑，台湾明文书局，1980 年，第 15 册，第 137 页。

④ 《晦山和尚诗文全集序》，《灵隐晦山显和尚全集》，日本东京大学东洋文化研究所藏清初刻本。

⑤ 上述引文见张芬：《月用大师行业记》，《武林灵隐寺志》卷六下，第 342—345 页。

书《忠孝经》以进”，亦国变后削发为僧。[①]

其四，由汉月法藏再传的继起弘储及其门下，亦以江南为中心，传法范围辐射到湖广、江西、广东。

弘储（1605—1672），扬州兴化人。姓李氏，崇祯二年（1629）随汉月法藏出家。甲申国变，其父李嘉兆移书曰：“吾始祖咎繇为理官，子孙因氏理，其后以音同，亦氏李。今先皇帝死社稷，而贼乃李氏，吾忍与贼同姓乎？吾子孙尚复姓理氏。”[②] 因复理姓。其家风如此，弘储成为清初最著名的“以忠孝为佛事”之僧顺理成章。他被卓尔堪《明遗民诗》、朝鲜《皇明遗民传》、孙静庵《明遗民录》、张其淦《明代千遗民诗咏》等遗民资料争相收录。明遗民中以苦节著称的徐枋，“宁耐寒饥，不肯纳人一丝一粟之馈，顾独于退翁（按：弘储号退翁）有深契”[③]；他盛赞弘储“推其忠孝之心，以翼芘生全天下之忠臣孝子，不容悉数”[④]，弘储的素日行止可以想见。

弘储主要在江南弘法，曾住持常州夫椒祥府寺、苏州灵岩山崇报寺、尧封山宝云寺、虎丘山云岩寺，在浙江住持天台山国清寺、秀州金粟广慧寺，又受请往湖广住衡州南岳福严寺、武昌东岩寺、汉阳大别山兴国寺等道场，是临济宗三峰派向内地传播的开辟者。弘储门下楚奕豫顺治末年住持潭州云盖寺，时称“灵岩之道，盛行湘汉。南岳、云盖，时称甘露双垂”[⑤]。顺治十八年，原直全赋住曹溪祖庭宝林寺，“一时座下云涌”[⑥]，成为岭南临济宗再兴的一支。

弘储人望之高，“海内英衲名流，皆云集座下”[⑦]。其中逃禅遗民如曾任崇祯朝御史的李模、江西巡抚郭都贤、弘光朝户部尚书张有誉，皆执弟子礼。追随弘储出家的有檗庵正志（熊开元）、月涵南潜（董说）、大庾行韬（赵庾）、

① 王于一：《古月头陀》，《吴都法乘》卷二十五，《中国佛寺史志汇刊》，第3辑，台湾丹青图书出版公司，1985年，第27册，第3169—3170页。

② 孙静庵：《明遗民录》卷四十五，《清代传记丛刊》遗逸类2，第68册，第683页。

③ 全祖望：《南岳和尚退翁第二碑》，《鲒埼亭集内编》，《全祖望集汇校集注》，上海古籍出版社，2000年，第275页。

④ 徐枋：《退翁老人南岳和尚哀辞》，《居易堂集》卷十九，华东师范大学出版社，2009年，第463页。

⑤ 《宗统编年》卷三十二，《诸方纪略》下，己亥顺治十六年，《卍新纂大日本续藏经》，东京株式会社国书刊行会，1975—1989年，第86册，第308页。

⑥ 《宗统编年》卷三十二，《诸方纪略》下，辛丑顺治十八年，第309页。

⑦ 《宗统编年》卷三十二，《诸方纪略》下，己丑顺治六年，第305页。

笳在大瓠（沈麟生），皆见于柴德赓《明末苏州灵岩山爱国和尚弘储》一文所述[①]，此外尚有可观者。

轮庵同揆（1651—1720后），俗名文果，江南吴县人。文徵明玄孙，文震孟从子，父文震亨。震亨由贡生官武英殿中书，国亡，绝粒死。时文果年方十四，《宗统编年》言其："少以名家子从储和尚于灵岩参悟，壮游四方。从战洞庭湖，因礮警出家。"[②]顾景星言其："患难出处，如昆吾之金，九冶十淬，而卒用瞿昙氏之孝以报所生。""盖以忠孝文人得道。"[③]可知同揆是由明殉难忠臣子弟而出家的遗民僧。黄容《明遗民录》、孙静庵《明遗民录》《明季滇南遗民录》皆传其事。同揆亦称超揆，疑为康熙帝下江南巡幸三峰清凉寺之后更名。清帝笼络遗民退老，尤着意江南寺僧。于此可见与遗民群体逐渐消散相似，遗民僧亦有嬗变之迹。

煦堂琪（？—1658），俗名韩四维，嵩县人。崇祯四年进士，据谈迁《国権》，即年考选庶吉士；崇祯十三年为国子司业；崇祯十六年为左谕德。《五灯全书》记韩四维鼎革易僧服。先参觉浪道盛，未脱膺碍；后参弘储，得悟入。称煦堂琪禅师，主江苏支硎糁花庵。道盛、弘储因政治立场鲜明，是清初遗民逃禅聚会的中心；煦堂师此二老的寄托当无异致。顺治十五年，煦堂"以兵逝"。此时是张煌言等浙东军谋划入攻南京的反清运动高潮，煦堂之死或以此牵连。其临行偈曰："杨岐驴子三只脚，烈焰光中纵步看。踏着旧家田地稳，昂昂气宇莫遮拦。"[④]悲壮超然，似有就义之概。

原直全赋（1610—1665），俗名王弋，毗陵人，中年裂缝掖出家。他跟随弘储自夫椒入天台，艰苦力参，深入阃奥。顺治十二年出世，住九峰正觉寺，法令森严。移兴国岩头，理巖祖废塔，辟再来堂。顺治十六年，应请住南岳福严寺，"到院日，诸山老宿庞眉，白发咸迎，叹曰：真让祖孙也"。顺治十八年住曹溪宝林祖庭，一时座下云涌。[⑤]复至粤西行化，在返回德山时坐化，时称

① 柴德赓：《史学丛考》（增订本），商务印书馆，2017年。

② 《宗统编年》卷三十二，《诸方纪略》下，戊午康熙十七年。

③ 顾景星《轮公诗序》，《白茅堂集》卷三十五，《四库全书存目丛书》集部，齐鲁书社，1997年，第206册。

④ 《五灯全书》卷八十五，《卍新纂大日本续藏经》，第82册，第470页。

⑤ 见《宗统编年》卷三十二，《诸方纪略》下。

“周金刚再来”。全赋在弘储弟子中卓有声望，出山之日，“衲子裹粮，靡然从之”。[①] 洵为阐扬弘储“忠孝”之风而行化天下者。

去息居溟（1621—1690），俗姓徐，苏州人。据《宗统编年》，居溟嗣法后，曾住夫椒祥符寺、无锡宝安寺，康熙十八年住灵岩祖庭。两年后，后退居无锡，栖北禅之旁舍。闲门昼掩，修竹一庭。与名流陈维崧、姜宸英、严绳孙等结诗会。有和宋梢堂禅师《山居诗》四十首，风格特妙。居溟是晚明著名山人王穉登之甥，亦为遗民徐枋族兄。徐枋以高隐著称，所交尽为遗民退士。他寄望居溟“以不救世为救世”，“独善而默，持百世之风教”[②]，则其为僧而近于遗民者可得而知。

弘储弟子还有灵树僧远、昙应文杲、燮云济玑等。僧远《闲居拟寒山子》诗云：“读书不用多，多读将奚为。但愿识两字，终身力行之。忠兮臣独守，孝哉子宜知。如斯虽未学，今古无间辞。”[③] 其情志与遗民僧无异。徐枋赠文杲诗曰：“不是风标绝尘俗，何缘月旦有霜松。”[④] 可见其操行高洁，风波患难亦不改志。济玑《读松门轶草》云：“尝闻古之为人臣子者，只知有君父不知有己身。”“若乃（按：其师弘储）皇皇焉以君国为忧，道法为任，视天下如一家，观万有如一体，以致身命之所不惜，孝义之所惓惓者，自有呵护者冥识，岂小子所能述哉？……嗟乎！为人子弟者不能分忧任事，拾遗补过，以显父师之德，虽生犹罔生也。”[⑤] 可见弘储的忠孝节行在宗门弟子中引起如何剧烈而深刻的反响。

以往论及弘储遗民僧弟子者，多集中于檗庵正志、月涵南潜等国变出家的遗民。实则受弘储道德感发者远不止此，其门下早岁入道的弟子中亦多有承继其志者。他们住持名刹精蓝，在江南、闽粤、湖广乃至西南的佛教系统中举足轻重。

以上四支之外，嗣法汉月法藏弟子澹予弘垣的仁庵义济（1600—1664），

---

① 《宗统编年》卷三十二，《诸方纪略》下，乙未顺治十二年。

② 《与宝安去息和尚书》，《居易堂集》卷二，第 42 页。

③ 《闲居拟寒山子》，《灵树远禅师云岩集》卷二，《嘉兴大藏经》，第 34 册，第 383 页。

④ 《赠昙应和尚住古尧峯》，《居易堂集》卷十八，第 455 页。

⑤ 《读松门轶草》，《燮云玑禅师国清无畏堂语录》，《嘉兴大藏经》，第 34 册，第 369 页。

俗名张歧然，明末与沈寿民、吴应箕等为友，草《留都防乱揭》，声气一时极盛。“国变后，寄迹僧斋，后四年己丑，抽簪落发”，亦“秋霜烈日而为万古之奇人”。[①]

还需注意，遗民僧身份并非一定终身不变。一些人受国变激荡出家，但出世之志不坚，可能在僧俗之间反复出入。朱耷、屈大均、还有江西易堂的曾灿都是其中著名者。有更多争议的是从遗民立场转而认同清廷的僧人，如上述弘储弟子轮庵同揆，再如继密云圆悟住持天童寺的弟子木陈道忞。道忞（1596—1647）入清后先为遗民僧，后来却应召入京陪侍顺治皇帝；南返后更与费隐通容、继起弘储等诤讼激烈。如果以盖棺论定的标准界定遗民僧，道忞当然应该被排除在外。然而若以之为清初僧人不同人生阶段的标志性身份，却可以借之透视复杂的政治、文化环境在佛门投影的更多层次。顺治八年道忞曾和弘储共罹天台法难，一同拘系于杭州。弘储云：“侄于老叔，可称法门二难。”[②] 且云：“行藏犹幸伴高踪。”[③] 其对道忞执晚辈之礼，非常恭敬。道忞亦有书信致弘储云：“山僧自念法道波靡，谁揭狂澜而东之？惟老侄与山僧共有此心。”[④] 真可谓志同而道合。顺治十年（1653）三月十九日崇祯皇帝忌日，道忞“鸠诸同人共修荐严佛事”，后来又“总诗文若干首篇而什之日《新蒲绿》”。[⑤] 吴伟业、王揆等人均参与了唱和，此事成为清初遗民活动的一次标志性事件。顺治十六年（1659）道忞应顺治皇帝之召入宫说法，其后对弘储态度大变，极尽辱骂诋毁之能事。他与弘储之间的诤讼被视为清初法门政治立场对立焦点，已经陈垣、荒木见悟等研究者揭出。[⑥]

道忞的政治转折给弟子们造成了很大影响。他门下原本遗民僧甚众，如西照本澈（生卒年不详），故明贡生，明江南道御史、南明弘光朝吏部尚书，死节遗臣郭维经子。入清后主庐山西林等寺。[⑦] 再如天岳本昼和山晓本皙。本昼

① 上述引文见张芬：《月用大师行业记》，《武林灵隐寺志》卷六下，第342—345页。

② 《与道峰和尚》，《灵岩树泉集》卷下，第46b页。

③ 《同道峰和尚泊舟剡溪之作》，《灵岩树泉集》卷上，第12a页。

④ 道忞《又复灵嵒储侄禅师》，《布水台集》卷二十八，《嘉兴大藏经》，第26册，第419页。

⑤ 道忞《新蒲绿序》，《布水台集》卷八，第339页。

⑥ 参见陈垣：《清初僧诤记》；〔日〕荒木见悟著，西戈译：《禅与名教 —— 木陈道忞之变节》，《闽南佛学》1999年第2期。

⑦ 《五灯全书》卷七十三，《庐山西林犀照本澈禅师》，《卍新纂大日本续藏经》，第82册，第369页。

（1621—1706）受到黄宗羲“以忘世为教，何所趋避”[①]的称赞，是刻意保持与政治权势距离的僧人。但道忞入京为清廷国师，他也受到注目。康熙两次南巡俱有书仪之锡，本昼不得不“赋诗一律，仰答圣恩”[②]。本皙（1620—1686），蜀中长寿人，是道忞最为看重的弟子之一。他顺治十六年就随侍道忞应召入都，康熙间继席天童祖庭，有振起之功。还有些弟子不满道忞逢迎清廷。全祖望《续甬上耆旧诗》收录了炉雪等慧（生卒年不详），俗姓戴，号芼翁。其《宝岩梅花绝句》有“既矢冰霜节，应坚丘壑情。若移东阁去，斯负北山盟”之句，全祖望谓之“盖为木陈而作，以其应召入都也，师有惭德于弟也”。[③]道忞出处迁移，其门下众僧的分化情况也比较复杂，其诗文包含的政治、文化冲突比一般的遗民僧群更加丰富。[④]将道忞及其弟子的人生历程分阶段处理，将其依附清廷之前的言行亦作遗民僧看待，或有助于理解这一群体的多样性。

密云圆悟门下的石奇通云亦有三位著名的遗民僧弟子。一是法幢行帜（1593—1667），俗名林增志，瑞安人。崇祯朝为翰林院编修，与黄道周、倪元璐友善。入清拒仕，编《忠贞录》三卷行世。二是道严行恂（1595—1682），姚江人，俗名张廷宾，天启四年（1624）举人。高宇泰称：“道严当未为吾邑广文时，已皈依密老。皆于佛有夙根，一旦弃绝人间，寄其孤愤，而适以了其素志。”所谓“素志”，即遗民之志：“其托于佛也，正重视此为人臣子之身，正重视此故国之大地山河也。”[⑤]此外，囊云公唯，即周齐曾，虽号称“不附释门”，但曾在雪窦寺中任书记之职，“雪窦石老人（石奇通云）欲传衣钵久矣”。[⑥]受到这么多遗民倾心相待，石奇通云本人的政治立场恐怕亦有所偏向。

密云圆悟法弟雪峤圆信亦被孙静庵《明遗民诗》和张其淦《明代千遗民诗咏》收录为遗民僧。雪峤圆信（1571—1647），俗姓朱，浙江宁波人。年二十九岁出家为僧，尝住雪窦寺，后住庐山开先寺。卓尔堪《明遗民诗》称其

---

① 黄宗羲：《天岳禅师诗集序》。

② 郑梁：《天童寺天岳禅师塔铭》。

③ 《续甬上耆旧诗》第四十八卷，第 511 页。

④ 何年丰《清初两浙诗僧研究》（浙江师范大学 2016 年硕士学位论文）第三章论及“天童诗系”，与本节相关，可参看。

⑤ 高宇泰：《囊云文集序》，《囊云文集》，《丛书集成续编》，第 187 册，第 653 页。

⑥ 李邺嗣：《周贞靖先生遗集序》，《杲堂文钞》卷一，《杲堂诗文集》，浙江古籍出版社，2013 年，第 411 页。

为“释中高士”[①]。雪峤圆信在明季士大夫中颇有人望，李流芳、宋征舆等皆与之过从。因其门风高峻，不授法嗣，故后世罕闻。圆信虽与圆悟有所不和，却与曹洞宗遗民僧觉浪道盛、三宜明盂交好。[②]受其付法者惟有二居士，一为黄端伯、一为徐起睿，皆明臣殉国者。[③]全祖望云：“初雪峤之开堂于径山也，从之者二千，顾未有付法者。最后得江西黄公端伯，曰：‘可矣。’即付之。及公（徐起睿）至请曰：‘某或瑞伯之亚也。’雪峤相对而咲，亦付之。时称为‘双瓣香’。说者叹雪峤之为冰鉴也。”[④]观此种种，称雪峤圆信为遗民僧殆无诬也。

二、曹洞宗云门系

清初曹洞宗遗民僧主要见于湛然圆澄（1561—1626）下云门系[⑤]及无明慧经（1548—1618）下寿昌系。

云门系主要在浙东弘法，湛然圆澄门下最著名的遗民僧群体是三宜明盂及其弟子。三宜明盂（1599—1665），钱唐武林人，俗姓丁。他住持绍兴云门显圣寺最久，与山阴文化家族陶氏、祁氏关系密切。明清鼎革，“岁甲申、乙酉，即说法不上堂”[⑥]。明盂与“天界觉浪、灵岩继起并以忠孝名天下”[⑦]，被公认为三位最有影响的“僧中遗民”之一。明盂住杭州显圣寺五年，四方信众如水归壑：“度僧累千百人，秉戒者数千人，请教者万人，开悟者数十百人，得法者十余人。”他本人没有特别轰轰烈烈的事迹，但爱好与遗民交往：

---

① 卓尔堪编，萧和陶点校：《遗民诗》卷十二，华东师范大学出版社，2013 年，第 788 页。

② 雪峤圆信事迹，参见廖肇亨：《第一等偷懒沙门 —— 雪峤圆信与明末清初的禅宗》，《东华汉学》创刊号，2003 年。

③ 黄端伯事迹，见〔日〕野口善敬：《明末の佛教居士の黃端伯を巡って》，《哲學年報》，福岡：九州大學哲學研究會，1984 年。徐起睿事迹，见全祖望：《明锦衣徐公墓柱铭》，《鲒埼亭集》卷八。

④ 全祖望辑：《续耆旧》卷十三，清槎湖草堂抄本，第 2a 页，鼎秀古籍全文检索平台电子图像。

⑤ 参见任宜敏：《曹洞宗云门系法脉钩沈》，《浙江学刊》2017 年第 5 期。

⑥ 俍亭净挺：《愚庵先老和尚行实》，《云溪俍亭挺禅师语录》卷十五，《嘉兴大藏经》，第 33 册，第 104—105 页。

⑦《高士汪沨传》，魏禧著，胡守仁等校点：《魏叔子文集》，中华书局，2002 年，第 849 页。

“住湖上十五年，罕至城市。……客至，见鲜衣怒马辄避去；孤儿乞士，相往还甚善也。”[①] 遗民汪沨，清初传颂的“湖上三高士”之一，因避世不见人，时号“汪冷”。然而汪沨礼敬明盂甚恭；江右遗民魏禧来访，汪、魏必相约宿于明盂之寺夤夜长谈。魏禧赠明盂诗云：“知公于世大有情。”[②] 遗民钱澄之赠明盂诗云：“不断情根存世谛，可知佛法在天伦。”[③] 遗民僧领袖觉浪道盛语录中与明盂相关者数量众多，称为“老兄至亲，注念尤切”[④]。继起弘储更以“殊可忘黍离故国之悲，消风景新亭之泣”[⑤] 相投赠，明盂与诸遗民同志共情之状可以想见。

三宜明盂门下多有烈士遗民。

道和穆，“以子房搏浪之胆，继明教叩阙之风，奔走南北，如救头然”。明盂赞之：“国有大难，以身殉之之为忠；国有大事，以身成之之为功；国有大义，以身任之之为勇。”[⑥]

白衣弟子商韦绪，捐躯死义。明盂云：“古来豪杰之士，从容就义，杀身成仁，视死如归，不可枚举。”[⑦]

祁骏佳，山阴殉国的崇祯朝苏松巡抚祁彪佳之弟。其从子祁班孙、理孙结客反清；后来魏耕通海案事连祁氏。班孙被流放宁古塔，理孙郁郁死，祁氏一族风流云散。骏佳入清后习禅愈深，奉明盂称弟子，法名净超。

明盂的遗民僧弟子有俍亭净挺（1615—1684）。净挺，俗名徐继恩，钱塘人。十岁著《宦者论》刺魏忠贤。后有名文社中，主东南坛坫三十年。南明弘光朝，为文刺马士英。“声称藉甚，四方士过杭者争造公，巷为之满。”国变时，“以为生平稽古，读圣贤书，将以天下为己任，而既已不克，徒托此优游以潜消其垒块不平之气”。先弃儒服溷贾人中，后薙染受明盂嗣法，历住禾中资圣寺、云门显圣寺、天竺云峰寺等。卓尔堪《明遗民诗》，黄容、孙静庵

---

① 俍亭净挺：《愚庵先老和尚行实》，《云溪俍亭挺禅师语录》卷十五，第 105 页。

② 《赠愚庵和尚》，魏禧著，胡守仁等校点：《魏叔子文集》，第 1318 页。

③ 《酬三宜大师》，钱澄之撰，诸伟奇校点：《田间诗集》卷五，黄山书社，1998 年，第 109 页。

④ 《复西湖愚庵和上》，《天界觉浪盛禅师全录》卷二十七，《嘉兴大藏经》，第 34 册，第 124 页。

⑤ 《复云门盂和尚》，《灵岩树泉集》卷下，第 48b 页。

⑥ 明盂说，净范编：《三宜盂禅师语录》卷十一，《嘉兴大藏经》，第 27 册，第 71 页。

⑦ 《三宜盂禅师语录》卷二，《嘉兴大藏经》，第 27 册，第 11 页；参见廖肇亨：《以忠孝作佛事：明清之际丛林节义论述旨归》，第 97—139 页。

《明遗民录》，朝鲜人编《皇明遗民传》，皆收录之。举世皆目为“以义士而托于僧”者也。[①]

三、曹洞宗寿昌系

曹洞宗寿昌系[②]以无异元来门下宗宝道独和觉浪道盛二支中遗民僧居多。

宗宝道独一支以岭南为传法中心。道独（1600—1661），南海人，俗姓陆。孙静庵《明遗民录》与陈伯陶《胜朝粤东遗民录》皆收录道独，然而陈伯陶辨之曰：“道独出家，由其天性，非因国事感愤使然，不宜厕之遗民之列。然道独亦能通达事理，非等枯禅。”[③]今考天然函昰《长庆老和尚行状》云：“自节烈文章之士以至贩夫灶妇，无不醉心，咸愿出门下。”[④]钱谦益《华首空隐和尚塔铭》以“植菩提之深根，茂忠孝之芽叶，节烈文章之士赖以成就正骨”为其“深心密行”[⑤]，则宗宝道独恐非“不宜厕之遗民之列”者。相从道独者虽众，其付法只有两大弟子，天然函昰与祖心函可，二僧皆以政治道德立场而闻名于世。可见道独虽非因感愤国事出家，却是众所周知的“僧中遗民”。

祖心函可（1612—1660），俗名韩宗騋，广东博罗人。其父韩日缵曾为明礼部尚书，谥文恪。清兵戮博罗城，居民十不存一，函可“一姊、一妹、三弟”俱遭杀害，“合族荡尽”[⑥]，函可与清廷实有血海深仇。顺治初年他往返江南、岭南间，撰私史《再变记》存鼎革时事。其书被清廷查获，遂遭大狱。[⑦]刑讯之酷，“夹木再折，无二语。乃发营候，鞠项铁至三绕，两足重伤，走

① 引文见毛奇龄：《洞宗二十九世传法五云俍亭挺禅师塔志铭》，《西河集》卷一〇九，文渊阁《四库全书》，第1321册。

② 参见任宜敏：《曹洞宗寿昌系法脉考略》，《浙江学刊》2016年第2期。

③ 《明遗民录汇辑》，第1303页。

④ 《长庆老和尚行状》，今释重编：《宗宝道独禅师语录》卷六，《卍新纂大日本续藏经》，第72册，第770页。

⑤ 《牧斋有学集》卷三六，《钱牧斋全集》，上海古籍出版社，2003年，第1271—1274页。

⑥ 《千山剩人禅师语录》卷三，《嘉兴大藏经》，第38册，第228页。

⑦ 陈寅恪谓函可奔走往来，“实暗中为当时粤桂反清运动奔走游说”。陈寅恪《柳如是别传》（上海古籍出版社，1980年）对此狱有专章考订，可参见。亦可参杨权：《岭南遗民僧函可“私携逆书案”述析》，《学术研究》2006年第2期。

二十里如平时。”[①] 狱判，函可被流放辽东千山，于是在关外结节义之士为冰天诗社，辽东禅宗亦因之而始兴。[②]

函可门下弟子，有江南、辽海的地域差异。流放前入门者，“今育、今匝、今曰、今庐、今又、今南，皆江南人”。到东北之后“凡七坐大刹，会下凡五七百众”，“塞外人千万祀知有宗门”；然“不轻为人薙发”，故“十年相依，如正寓、耻若、罄光、涌光、作么”若干人。[③] 诸弟子生平资料缺乏，无从考其行事。函可在流放地所结“冰天诗社”却赖有“同社名次”及相关诗文而保存了部分信息，其中包括遗老流民如明臣左懋第家族成员、孝滨、寒还等。[④]

天然函昰（1608—1685），俗名曾起莘，广东番禺人。明末以举人出家，嗣法道独后，其父母眷属皆随其出世为僧尼。函昰历住雷峰海幢、华首芥庵、庐山栖贤、韶州丹霞等大寺。清军入粤时屠戮极惨，“明诸王孙，多见疑被戮，尸横于野。师遍拾骸骨，别建冢以瘗之。”[⑤] 函昰与金声、黄端伯、熊开元等遗民烈士相交，每以君臣父子之人伦相互砥砺。汤来贺云：“师虽处方外，仍以忠孝廉节垂示及门。以故学士大夫从之游者每于生死去就多受其益，甚深缔信。抑且为法忘躯，竞相落㡌。”[⑥] 孙静庵《明遗民录》云：“时移鼎沸，缙绅遗老，有托而逃者，多出其门。”[⑦]

函昰门下的遗民僧，陈伯陶计得百余之数。收入《遗民录》表彰事迹者，有古通、今无、今释、今种、今延、今严、今白、今法、今回、今吼、今音、古通等三十余人，以岭南籍为主。[⑧] 他们的诗歌因编入《海云禅藻集》，不仅

① 函昰：《千山剩人可和尚塔铭》，《千山剩人禅师语录》附录，第 251 页。

② 函可的相关研究已有不少，故此从略。可参见汪宗衍：《明末剩人和尚年谱》，台湾商务印书馆，1886 年；严志雄：《忠义、流放、诗歌 —— 函可禅师新探》，严志雄、杨权点校：《千山诗集》，台湾“中央研究院”中国文哲研究所，2008 年；秦嘉：《函可〈千山诗集〉研究》，东北师范大学 2013 年硕士学位论文；于美娜《函可诗歌研究》，山东大学 2009 年硕士学位论文；邱林山：《遗民诗僧函可与清初诗坛》，《西北师大学报》（社会科学版）2016 年第 6 期。

③ 函昰：《千山剩人可和尚塔铭》。

④ 详见何宗美：《清初东北流人及流人结社》，《明末清初文人结社研究》，上海三联书店，2016 年。

⑤ 今辩：《本师天然昰和尚行状》，《中国历代禅师传记资料汇编》，全国图书馆文献缩微复制中心，1994 年，中册，第 667 页。

⑥ 汤来贺：《天然昰和尚塔志铭》，今辩重编：《庐山天然禅师语录》卷十二，《嘉兴大藏经》，第 38 册，第 199 页。

⑦ 孙静庵：《明遗民录》卷四七，页 4a—4b，第 711—712 页。

⑧ 参见陈伯陶：《胜朝粤东遗民录》。蔡鸿生《清初岭南佛门事略》（广东高等教育出版社，1997 年）就函昰及其弟子也有较宏观的研究。

展示了有史以来最大的一个遗民僧集团，也展示了有史以来最大的一个诗僧集团。① 其中知名者澹归今释即金堡，南明永历朝名臣；今种即屈大均，清初诗人，由儒入佛而反佛归儒者。相关研究著述已多，故此不具论。② 下另举数人以见函昰门下遗民僧行事大略。

被称为函昰“第一法嗣”的今无（1633—1681），俗姓万，番禺人。国变时作《拜三忠祠》诗云：“穷厓极海拜名祠，万古山河又一时。波浪独深臣子泪，死生唯有老僧知。鱼龙国冷人如梦，乌鹊枝危月亦悲。最是不堪投吊草，乾坤若个哭男儿。”亡国之悲溢于言表。后函昰命其往辽东访函可，深受函可器重。③

今严（？—1658），俗名罗殿式，广东顺德人。“遭国变，作《秋怀诗》八章以寄慨……皆怆怀身世，歌以当哭。”今严曾奉命往嘉兴请藏，南还后潜心阅藏，终日止食一糜，研览不辍。

今回（生卒年不详），俗名王鸿暹，广东东莞人。其父王应华，崇祯元年（1628）进士，官至礼部侍郎，南明永历朝任大学士。广州城破，王应华降清，后礼道独为僧。鸿暹幼敏悟，贯穿百氏，能诗，善画兰竹。以父降，耻之。父殁之后，一日梳栉，笑曰：“万发皆捐，一发何用？”遂削发为僧，事函昰于雷峯。受具后作诗云：“寄书故旧无劳问，犹有僧闲学采薇。”④

今吼（1618—1668），俗名王邦畿，广东南海人。举南明隆武乙酉（1645）乡试，后拥立绍武，官御史。丙戌十二月李成栋破广州，作诗云：“此心空有泪，对面向谁陈。”尝赋《癸巳杂诗》以托微见远，览者悲其志。壬寅四月，吴三桂害永历帝，乃为《秋怀八章》以寄哀思，序云：“暗露成声，明河莫挽。

① 覃召文：《岭南禅文化》，广东人民出版社，1996年，第34页。

相关研究已有不少，如李舜臣：《岭外别传——清初岭南诗僧群研究》，南方日报出版社，2017年；Corey Lee Bell “Genuine Anguish, Genuine Mind ‘Loyal’ Buddhist Monks, Poetics and Soteriology in Ming-Qing Transition-era Southern China” The University of Melbourne, 2016。

② 金堡研究，如廖肇亨：《金堡的节义观与历史评价探析》，《“中央研究院”文哲所通讯》1999年第9卷4期；《今释澹归之文艺观与诗词创作析论》，《武汉大学学报》2010年第6期。屈大均研究，如卜庆安：《屈大均研究》，扬州大学2010年博士学位论文；杨权：《屈大均与岭南佛门的关系》，《深圳大学学报》2009年第4期；严志雄：《体物、记忆与遗民情境——屈大均一六五九年咏梅诗探究》，台湾“中央研究院”《中国文哲研究所集刊》，2002年。

③ 陈伯陶：《胜朝粤东遗民录》卷一，《清代传记丛刊》遗逸类5，第70册，第140—143页。

④ 陈伯陶：《胜朝粤东遗民录》卷二，第236页。

痛仙人之长，往忧蓬岛”，“其诗仿义山无题，缠绵悱恻，非身其际者，莫知比兴之由”，为钱谦益、王士禛所称。[①] 其《燕台怀古》云：“亦知匕首无成事，只重荆轲一片心。”《沛中》云：“未有不亡天子国，到来犹见帝王乡。千秋事业歌三转，一统山河泣数行。”[②] 慷慨悲歌，其感怀故国之情赫然可见。

今延（生卒年不详），俗名黎延祖，广东番禺人。父黎遂球本为天启举人，崇祯末诏授兵部职方司主事，乙酉监督广东兵赴赣，城破，与弟遂琪力战死。《明史》有传。南明永历朝，黎延祖荫锦衣卫指挥佥事。国亡与弟并隐居不仕，间关至吴，乞墓铭于黎遂球房师李模，以扬先烈。又搜求先世诗文，积二十年，合之遂球《莲须阁集》凡得十有九人，为番禺黎氏存诗。王士禛祭告南海，慕其名访之，为序其《瓜圃小草》。[③]

函昰富于传奇色彩的弟子有今竟（1614—？）。今竟俗名陆圻，浙江钱塘人。明末与陈子龙等为登楼社，世号西泠十子。《今世说》记其“度曲四剧，薄游武塘，钱仲芳大集宾客，即令吴伶演唱，新声艳发，丝竹转清，四座之间，魂摇意深。”[④] 陆圻与弟陆培并有盛名。乙酉清军下江南，陆培自经死，陆圻走海上，参义军，不得当，归隐于医药间。湖州庄廷鑨私撰《明史》，陆圻名高，被列之卷首，“明史案”发，遭株连。陆氏输金五千打通关节，得免究。陆圻耻于苟全，与黄宗羲书，自贬三等，请改月旦。[⑤] 遂弃家不返。黄宗羲《思旧录》、王士禛《渔洋山人感旧集》、朱彝尊《明诗综》等皆云“不知所终”。陆圻曾参三宜明盂，号谁庵，名德龙。陈伯陶《胜朝粤东遗民录》考之，云：“及入粤，谒函昰于丹霞。函昰为易名今竟，字与安，使掌书记。”[⑥] 陆圻素与金堡（今释）友善，或因其介绍而入函昰门下。

岭南地区的遗民僧，除函昰门下之外，还有一机、二严、元琈、成鹫[⑦] 等，亦见于《海云禅藻集》或陈伯陶编《胜朝粤东遗民录》。

① 陈伯陶：《胜朝粤东遗民录》卷一，第 90 页。
② 王士禛：《感旧集》卷十三，《清代传记丛刊》学林类 38，第 27 册，第 598 页。
③ 陈伯陶：《胜朝粤东遗民录》卷一，《清代传记丛刊》遗逸类 5，第 70 册，第 62 页。
④ 陈田：《明诗纪事》辛籤 23，上海古籍出版社，1993 年，第 3360 页。
⑤ 参见邓之诚：《清初纪事初编》卷二，上海古籍出版社，1984 年，第 257 页。
⑥ 陈伯陶：《胜朝粤东遗民录》卷四，《清代传记丛刊》遗逸类 5，第 70 册，第 435—436 页。
⑦ 参见蔡鸿生：《成鹫法师的遗民梦》，见氏著：《清初岭南佛门事略》。

其二，曹洞宗寿昌系觉浪道盛及其门下的遗民僧。其弘法之地由闽粤至江楚，声光极盛。

觉浪道盛（1592—1659），俗姓张，福建拓浦人。十九岁出家，嗣法曹洞宗晦台元镜禅师。元镜明末以福建为传法中心，道盛则由闽至苏，住福州国观、江西寿昌、摄山栖霞、金陵天界、灵谷、杭州径山等大刹，声动江楚。纪映钟言："请于灵谷结制，为国开堂，万众欢呼，崩腾山谷。登堂演法，猿鹤翔鸣。……三韩、百越、冀北、滇南咸担簦蹑屦奔赴江东，以不豫法会为耻。声光浩浩，从席为天下之冠。"① 刘余谟云："（道盛）杖锡至处，海岳惊舞……吴楚闽秦，缁素争睹。"② 及其卒，"海内士大夫同诸方知识作诗制诔，于千里赴言，感叹梁木之摧也"③。

道盛是清初遗民僧的精神领袖，其上堂语曰："山僧何幸，得遇金陵诸大护法及诸法侣，目击时危，心伤类惨，人人有忠孝之心，个个求佛祖之力。"④ 顺治四年（1647），道盛因所著《原道七论》遭人告讦而系于金陵一年。其遗民情怀，荒木见悟、廖肇亨、谢明阳等已有精彩论述，故此从略。⑤

道盛"主持象教者四十余年，而听其绪论，无一不归之忠孝，故其门下士半皆文章节义、魁奇磊落之人，或至有托而逃焉者"，⑥ 遗民逸士投入其门下者最多。最著名的是无可弘智，即方以智。相关研究成果已夥。⑦ 其他如大然、

---

① 纪映钟：《国朝觉浪盛禅师传》，《摄山志》卷三，《中国佛寺史志汇刊》，第 1 辑，第 34 册，第 267 页。

② 刘余谟：《传洞上正宗三十三世摄山栖霞觉浪大禅师塔铭》，《摄山志》卷三，第 339 页。

③ 大成：《传洞上正宗二十八世摄山栖霞觉浪大禅师塔铭并序》，《天界觉浪盛禅师全录》卷十七，《嘉兴大藏经》，第 34 册，第 686 页。

④ 《天界觉浪盛禅师全录》卷 3，第 605 页。

⑤ 〔日〕荒木见悟著，廖肇亨译：《明末清初的思想与佛教》，台湾联经出版事业公司，2006 年；荒木見悟：《憂國烈火禪——禪僧覺浪道盛のたたかい》，東京：研文出版，2000 年；谢明阳：《明遗民的"怨""群"诗学精神——从觉浪道盛到方以智、钱澄之》，台湾大安出版社，2004 年；廖肇亨：《觉浪道盛〈原道七论〉义蕴试析 —— 从三教会同看近世佛教护国思想》，《例吹无孔笛：明清佛教文化研究论集》，台湾法鼓文化事业股份有限公司，2018 年。

⑥ 曾灿：《离六堂诗序》，《大汕和尚集》，中山大学出版社，2007 年，第 3 页。

⑦ 兹举数种，任道斌：《方以智年谱》，安徽教育出版社，1983 年；余英时：《方以智晚节考》（增订版），生活·读书·新知三联书店，2004 年；仪真、冒怀辛：《方以智死难事迹考》，《新亚学术集刊》1979 年第 2 辑，第 21—24 页；罗炽：《方以智评传》，南京大学出版社，1998 年；谢仁真：《方以智由儒入佛之检视》，《哲学与文化》32 卷 11 期；廖肇亨：《药地愚者大师之诗学源流及旨要论考 —— 以"中边说"为讨论中心》，《佛学研究中心学报》2002 年第 7 卷；廖肇亨：《药地愚者禅学

大成、大灯等，虽然很少受研究者关注，其实皆为清初影响不小之遗民僧。

啸峰大然（1589—1660），俗名倪嘉庆，江苏丹徒人。天启壬戌进士，官户部主事；弘光朝擢吏科给事中。甲申国变后从道盛受戒，法名函潜，又名大然，继道盛后主吉州青原道场。大然为黄容及孙静庵所著两种《明遗民录》、朝鲜人撰《皇明遗民传》收入，其甲申国变诗云："鼎湖龙去入云深，未得攀髯血染襟。不信苍苍因底事，竟将大块涌波沈。"[①] 全然遗民泣血之语。出家后，大然不仅成为曹洞宗中坚，而且多与儒者遗民往还，发挥了清初佛门与地方士绅之间的桥梁作用，世人誉之："救佛法之滥者，救儒道之衰。"[②]

竺庵大成（1610—1666），俗姓龙，湖南醴陵人。嗣法觉浪道盛后，曾主持寿昌景云、栖霞诸刹。孙静庵《明遗民录》、张其淦《明代千遗民诗咏》收录之。《明遗民录》云其"诗有奇气，拳拳故国君父之戚，殆亦有托而逃者"[③]。大成殁时，为霖道霈禅师赞之："建祖庭于灰烬之余，荷道法于凋零之际。"[④] 大成门下有钱秉镫，桐城人，南明永历朝官员，诗人。清军南下广州，钱氏流离桂、赣、闽之间，听竺庵大成建议而僧装北返，号西顽，又号澄江半衲。钱作《行脚诗》三十首，被钱谦益《吾炙集》全数收录。还有黎元宽，崇祯戊辰进士，官浙江学使。入清后亦遗民而隐："皇华贵显、乡里达尊交候其门，坚卧不起。"[⑤]

观涛大奇（1625—1678），俗姓彭，江右抚州人。嗣法觉浪后，住杭州皋亭寺。皋亭经久废，大奇复兴之。又住新城寿昌寺，寿昌"当江闽之孔道。闽乱时，兵贼往来如织"，大奇岿然不动，"命开三门，披衣领大众百许人，礼佛

（接上页）思想蠡探——从"众艺五明"到"俱镕一味"》，《中国文哲研究集刊》2008 年第 33 期，第 173—203 页；徐圣心：《火．炉．土．均——觉浪道盛与无可弘智的统摄之学》，《台大佛学研究》2007 年第 14 卷，第 119—157 页；谢明阳：《方以智与明代复古诗学的承变关系考论》，《成大中文学报》2008 年第 21 卷；*Bitter Gourd: FangI-chih and the Impetus for Intellectual Change, Willard James* (Yale University Press, 1979)。

① 陈鼎：《留溪外传》卷十八，《明代传记丛刊》综录类 35，第 128 册，第 703 页。

② 张贞生：《青原笑峰禅师衣钵塔铭》，《青原志略》卷四，《中国佛寺志丛刊》，第 4 辑，广陵书社，1996 年，第 18 册，第 230 页。

③ 孙静庵：《明遗民录》卷四五，《清代传记丛刊》遗逸类 2，第 68 册，第 685 页。

④ 《竺庵和尚迁化上供拈香》，《为霖道霈禅师餐香录》卷二，《卍新纂大日本续藏经》，第 72 册，第 642 页。

⑤ 《摄山志》卷三，第 212—214 页。

诵经，威仪钟梵如常”，“兵去，门外杀伤遍地，师率众敛尸瘗之。又疫疠大起，避兵死者满山谷，师一资以药饵，饿者给以食”，寿昌寺周围因受其拯济而全活者超过千人。钱澄之赞之：“于存亡呼吸时，声色不动，亦只是不怕死。不怕死，固杖人家法也。”“其道力坚定，勿屈勿移，真不愧为天界法嗣。”[①]

巨音大选（生卒年不详），道盛弟子继住天界寺者。“为人诬陷，坐大逆，逮至此（建宁），当械致粤东”，“略不为屈”。[②]观涛大奇赞之为：“早膺法印弘大法，历尽艰难扩正眼。几蹈危阱，百折不回。魔外化为神足，两间能任宇内。”[③]

石溪大杲（1612—1692），又号髡残，俗姓刘，湖南武陵人氏。以画僧知名，与石涛并称“二石”。石溪所交皆前朝遗逸，与顾炎武、钱澄之最契。顾炎武《王征君潢具舟城西同楚二沙门小坐栅洪桥下》谓其“复有一少者，沈毅尤非常，不肯道姓名，世莫知行藏”[④]。大约可见其为人迥出世外。先是，道盛神交石溪，自言“曾不谋面，千里知心。每接读手书，刀刀见血，令我蹶然惊起，愧彼先圣”[⑤]。石溪性急不能容物，然“往谒浪杖人（按：道盛号杖人）于皋亭，一见皈依”[⑥]。二人非止师徒，且为相知。石溪之画“奥境奇丽，缅邈幽深”[⑦]，世极重之，论之者夥，兹不赘。

石濂大汕（1644—1702），俗姓徐，本籍江西，寓籍浙江嘉兴。少贱，以“画童”就养于龚鼎孳，成年后得法于道盛。因大汕与潘耒交恶，潘著《救狂砭语》一书行世，大汕遂被王士禛等士大夫目为“妖僧”，受各种遗民录摒弃。姜伯勤《石濂大汕与澳门禅史》据汪兆镛记录、越南史书《大南实录》以及大汕与黄周星、杜浚、余怀、屈大均、易堂九子等遗民的往来诗文，考证大汕实

① 《住寿昌观涛奇禅师塔铭》，《田间文集》卷二十三，黄山书社，1998 年，第 454 页。

② 《住寿昌观涛奇禅师塔铭》，《田间文集》卷二十三，第 454 页。

③ 《为天界巨音和尚设供》，《观涛奇禅师语录》卷六，《嘉兴大藏经》，第 37 册，第 774 页。

④ 《王征君潢具舟城西同楚二沙门小坐栅洪桥下》，顾炎武撰，华忱之点校：《顾亭林诗文集》卷二，中华书局，1983 年，第 320 页。

⑤ 《复龙三翁及石溪上座》，《天界觉浪盛禅师全录》卷二十七，第 754 页。

⑥ 钱澄之：《髡残石溪小传》，《田间文集》卷二十一，第 422 页。

⑦ 张庚：《画征录》，《清代传记丛刊》艺林类 2，第 71 册，第 159 页。

具遗民意识。[①] 又，大汕云："诗诚事君事亲之资，方外人亦所不废。"[②] 江西遗民曾灿以"有托而逃"称赞大汕，谓其"谈当世之务，娓娓不倦"。[③] 大汕对曹洞宗在南海的弘扬有巨大贡献，曾航海至越南阮氏王朝，受阮王福周推尊；又被澳门普济禅院推为开宗之祖。[④]

此外，觉浪道盛弟子大健、大依等亦为各种"遗民录"收录。概言之，道盛以"忠孝"说法，他本人及其遗民僧弟子主持天界、栖霞、青原等大道场，在江浙、湖广、江西、福建、广东一带影响广远。

四、禅宗以外的遗民僧

禅宗之外，明清之际复兴的贤首宗、律宗也有不少遗民僧出世。贤首宗苍雪读彻（1588—1656）是清初最著名的诗僧，相关论著不少。其他如含光照渠、石林道源亦僧而具遗民意识者。含光照渠（1599—1666），俗姓滕，长洲人。贤首宗南方系宗师汰如明河法嗣。明河去世后照渠与苍雪读彻共同支撑宝华山道场，因其道行相应而被诸方奉为领袖。照渠演说《楞严》《法华》诸经，精深幽微，深受钱谦益礼敬。其人品行事亦堪为法门砥柱，钱曰："为法之士，痛心狂易，闻公之为，有不褰裳而从之者乎？"[⑤] 还有石林道源（1586—1658），俗姓许，太仓人。见收于王士禛《感旧集》、朱彝尊《明诗综》、孙静庵《明遗民录》、张其淦《明代千遗民诗咏》等书。钱谦益对道源推崇备至，称为"方外友一人而已"[⑥]，为撰塔铭、小传、寿序。道源著《注李义山诗集》，云："义山流浪书记，洊受排笮，乙卯之事，忠愤抑塞，至于结怨洪炉，托言晋石，则其非诡薄无行、放利偷合之徒，亦已明矣。……吾以为义山之诗，推

---

① 姜伯勤：《石濂大汕与澳门禅史》，学林出版社，1999 年。

② 大汕：《离六堂自叙》，《大汕和尚集》，中山大学出版社，2007 年，第 19 页。

③ 曾灿：《离六堂诗序》，《大汕和尚集》，第 3 页。

④ 参见姜伯勤：《石濂大汕与澳门禅史》；廖肇亨：《曹洞宗寿昌派在东亚的流衍传布——以东皋心越和石濂大汕为中心》。

⑤ 《书华山募田供僧册子》，《有学集》卷四十五，《钱牧斋全集》（陆），第 1503 页。

⑥ 《石林长老七十序》，《有学集》卷二十五，《钱牧斋全集》（伍），第 968 页。

原其志义，可以鼓吹少陵……可以影视山河，长挹三界，疑神奏苦集之音，阿徒证那含之果。”[①] 以“忠愤”为李商隐诗歌宗旨，可见道源本人的遗民之志。道源诗注虽然已经亡佚，但朱鹤龄借鉴采摘之，在其基础上完成了清代最有影响的李商隐诗注本。

律宗千华派的三昧寂光（1580—1645）和见月读体（1601—1679) 是明清之际律学改革的关键人物。三昧寂光开创了宝华山千华派，并将其建成江南律学复兴的中心。见月读体继承寂光志向，复兴南山四分律并通过著作和丛林制度改革形成了全国性的影响。至今中国各地寺院的传戒规仪，仍以读体所著《传戒正范》为依据。[②] 然而，寂光与读体所怀遗民心事尚少见学界论及。据晦山戒显记录，寂光“弘律垂四十载，将为完人以报国恩”[③]。晦山戒显是前述临济宗具德弘礼门下遗民僧，曾经在千华派门下学习律法。他为见月读体所作诗云：“泰山颓后痛沧桑，木义摇摇孰主张。吾师乘愿振影堂，铁铸头颅石作肠。千拗不折此脊梁，精金万炼成真刚。”[④] 仅从这片言只语，即赫然可见寂光和读体的遗民性格。明清易代之际，宝华山面对清军、山寇等种种危险，护持和赈济的僧人、平民以及士人不可胜计；其后门庭鼎盛、求法参学者络绎不绝，发展成为近世中国律宗的中流砥柱，不可谓非得益于大危大难中练就的坚毅底色。

结　语

清初佛教宗派常常看起来是遗民僧与一般僧侣混处的状态，但真正有资料表明亲近清廷或者超然于明清两朝立场之外的僧人却非常有限。大多数编织在佛教灯录或传记系统中的僧人如何看待政治立场是晦暗不明的。佛门之内，宗师的立场往往具有决定性影响，如弘储、道盛门下遗民僧聚集，显然受到他们

---

① 钱谦益：《注李义山诗集序》转叙，《有学集》卷十五，《钱牧斋全集》（肆），第 703 页。

② 参见释果灯：《明末清初律宗千华派之兴起》，台湾法鼓文化事业股份有限公司，2004 年。

③ 《千华先师大和尚入牛首山祖堂小传》，《灵隐晦山显和尚全集》卷十九，第 1a 页。

④ 释戒显：《宝华山呈见月教授和尚》，《宝华山志》卷十四，《中国佛寺史志汇刊》，第 1 辑，第 41 册，第 604 页。

两人志节的激励。换个视角来看，遗民僧大多包含于佛教宗派之中，彼此联结成秩序井然的团体，能够分工合作进行干预现实事务的社会活动。法系不明的遗民僧人数较少，且常避世深隐，或时僧时俗，对佛教没有笃定的信仰。他们有些被世人树立为道德标杆，作为一种引导舆论的风向标发挥社会功能，而实际的人际关联稀疏，社会影响也比较小。

在地域上，清初遗民僧以江浙二省最为密集；南中国由东至西的城市和山林中均常见其身影；东北关外极寒之地，以及台湾、澳门、朝鲜、日本、越南等海外或异域也有他们的踪迹。以宗派论，禅宗临济、曹洞二宗遗民僧较多。作为宗派核心人物的遗民僧往往是出家时间长、佛学修为深厚、群体统摄能力强，与士人交往频繁的高僧，如弘礼、弘储、道盛、明盂、函昰、函可等。由于他们持有鲜明的伦理和政治立场，国变后不少士人遗民也随之进入佛门，使得遗民僧群体的社会和文化影响力急速扩大。这进一步激发了僧团的士人化，清初佛教僧团文化素养的整体提高应得益于此。

临济宗遗民僧以密云圆悟的弟子和再传弟子为多，三峰派尤其是遗民僧众多的宗派。临济宗以江南为传法中心，南直隶的吴中、扬州，浙江的杭州、绍兴、嘉兴、余姚等地，遗民僧主导的寺院最多，僧众和信众在政治上也多倾向故明。从江南向外，临济宗的弘法僧也出现在福建、江西、广东、湖广和西南三省。闽粤赣楚等省的佛教基础本来深厚，江南遗民僧前往传法而多引领该地的佛教风气，西南佛教的发展则是由蜀地僧人东徇问法、西归传教带动。从浙江、福建渡海至日本等海外之地传教的遗民僧也有不少。至今仍活跃在日本佛教界的，有隐元隆琦开创的日本黄檗宗，其总本山名为黄檗山万佛寺，完全复制了中华福建黄檗山万佛寺之名。其中透露出的遗民之思一望可知。

曹洞宗遗民僧的弘法也以江南为主。云门系三宜明盂在杭州、寿昌系觉浪道盛在南京都吸引了大量僧众和士民追随。福建和广东由于是南明隆武、永历二朝所在地，清军的屠戮比较惨烈，也是遗民情绪突出的地区。曹洞宗是清初岭南影响最大的佛教宗派。江西处在江南与闽粤之间，常有遗民往来，唐宋以来又是禅宗渊薮，庐山、青原、新城等地都有遗民僧的活动。此外，出海远行也是清初闽粤等地不少人的选择，石濂大汕在越南和澳门等地的活动记录，代表了沿海地区佛法外传路线的更多可能。

据笔者经眼的文献资料，淮河以北有关遗民僧的活动记录很少。这可能是由于清廷取得这些地区的军事行动比较顺利，政治统治也相对稳固，民众的遗民情绪比较淡薄，佛门经受的易代动荡和满汉冲突也比较小。江南的情况则正好相反。南京是明朝建国之都，又是南明弘光朝中心，曾寄托了汉族士人保存故明文化命脉的希望。嘉靖、万历以来，江南成为明代文化最发达的区域，士人的文化主体意识也最强烈。易代之后，江南地区遗民最多、遗民情绪最浓厚，遗民僧主要集中在江南也是情理中事。除禅宗之外，贤首宗、律宗的遗民僧也都聚集在江南，尤其是吴中。

北方遗民缺乏现象的一个原因还可能是记录缺乏。西南遗民僧众多，由陈垣《明季滇黔佛教考》而广为世人所知；岭南佛教的盛况因《海云禅藻集》而流传至今；东北禅宗的兴起也凭借函可和东北流人的诗文得以传世。数据表明，清初北方的寺院兴建也非常繁荣。廖肇亨统计，仅直隶一省，据康熙六年清廷调查，就有私建大寺院 8458，小寺院 58682。[①] 多达 6 万余的私建寺院中恐怕不会没有遗民僧的身影。然而若无文献资料的发掘，他们终将隐没于世。其实从江南到西南、岭南，遗民僧领导丛林兴建、恢复寺院的记录极为常见。我们所熟知的杭州灵隐寺、苏州灵岩寺、云居真如寺、成都昭觉寺等名刹都是由遗民僧主导兴复的。明清易代的社会动乱，造成了政治权力在不少地区的衰弱甚至缺失，寺院往往可以承担聚集地方社群和庇护、赈济士民的功能，成为民间社会自我恢复的重要场所。寺院不仅是宗教空间，也提供赈灾、治病等社会福利服务，寺院的租田、放贷等行为承担了一些经济流通的功能，寺院庭园等设施还常常开放为诗会、演剧、寿庆等活动的文化空间。寺院数量的急速增长，折射出清初地方社会民间力量的扩大。寺院和宗派关系把僧众牢固而有序地组织起来，遗民僧在宗教身份和仪制之外，又结合伦理信念强化了其群体认同的精神内核，提高了忠诚度和奉献精神，使群体能量更为强大。兴复寺院是这种能量显现的方式之一，也是佛教在清初发展到高峰的一个显性表征。遗民僧在清初佛教和文化史上、乃至中国佛教史和文化史上的贡献，虽然论及者寥

---

① 据《钦定大清会典事例》卷五〇一，廖肇亨：《明末清初遗民逃禅之风研究》，台湾大学中国文学研究所 1994 年硕士学位论文，第 69 页。

寥，其实却不可忽视。

清初遗民僧世系简表

表一（禅宗临济宗天童派）

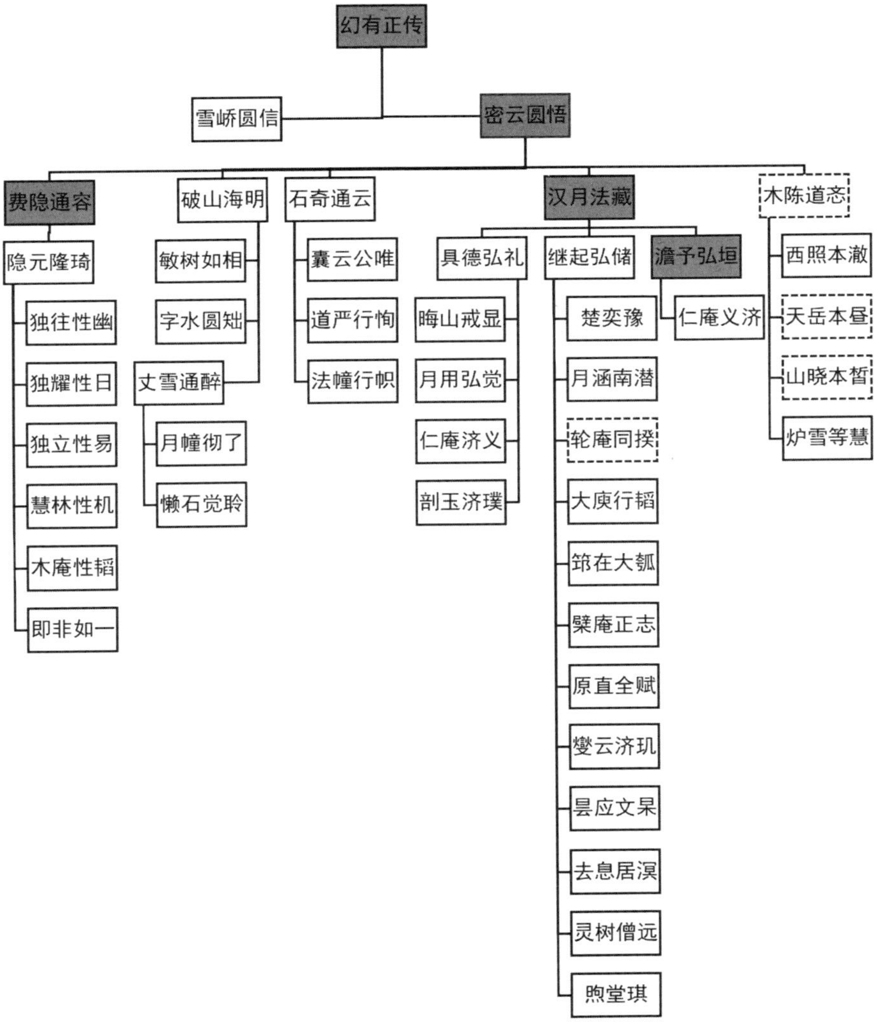

表二（禅宗曹洞宗云门系）

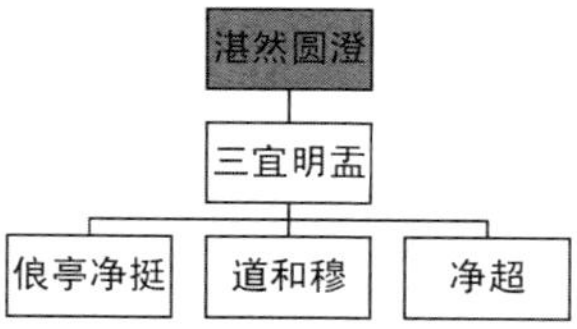

表三（禅宗曹洞宗寿昌系）

表四（贤首宗）

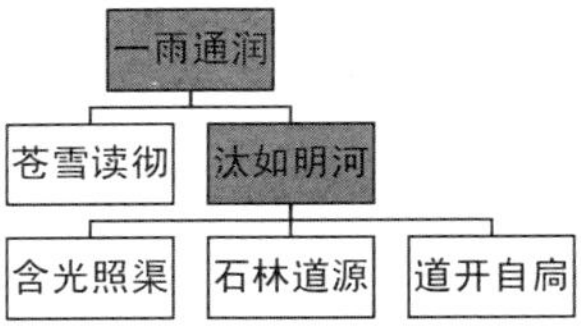

注：①非遗民僧或没有直接材料能证明遗民僧身份者，以灰色文本框表示，如幻有正传。

②政治立场有摇摆者以虚线边框表示，如木陈道忞。

③在僧俗间反复者加着重号表示，如今种。

散文研究文献考论

潜在的文本：宋人笔记中的《文选》*

高　薇**

摘要：基于文本阅读所获得的不同认知，可以源自同一本书的不同注本和版本。宋代文人笔记当中议论《文选》时所使用的文本充满了差异性。苏轼肯定了李善注的长处，王得臣竟丝毫不提五臣注；姚宽使用了六家本《文选》，王观国仅仅阅读过五臣注本。随着宋人笔记当中潜在的文本浮出议论的表面，宋人对《文选》作品之理解与批评的意见形成过程也逐渐获得揭示。宋人获取与使用李善及五臣注内容之多寡，影响了他们对二注的认识，在两宋呈现出一条从批评五臣注到肯定李善注，再到肯定五臣注的评价路线。而宋人对二注之外的《文选》选文来源的关注，则进一步形成对《文选》背后的潜在文本的召唤。

关键词：宋人笔记；潜在文本；李善注；五臣注；《文选》批评

文本是如何塑造认知、影响判断，进而转化为争议的焦点、学识的积累，是本文探讨的核心话题。基于文本阅读所获得的不同认知，如迥异观点的提出，精彩思想的碰撞，也可能由于获取并使用了不同的文本。不同的文本不但可以是蕴含不同思想流派的书籍，也可能是同一本书的不同注本和版本。

《文选》是唐宋时期士子参加科举、进行诗文创作的重要参考范本，李白

*　本文获中国博士后科学基金第70批面上资助（项目编号：2021M703775）。

**　高薇，女，北京大学文学博士，现为中山大学中国语言文学系博士后。

曾前后三拟《文选》，陆游有"《文选》烂，秀才半"的说法。自五代后蜀毋昭裔刊刻《五臣注文选》以来，《文选》在两宋出现了多种刊本，包括单李善注本、单五臣注本、六家注本（五臣在前，李善在后）和六臣注本（李善在前，五臣在后）。这在当时的官修目录如《崇文总目》和私家著录《直斋书录解题》《郡斋读书志》《遂初堂书目》等中均有记载。因此，两宋时期先后涌现出多种可供读书人使用和阅读的《文选》版本。

在这样的条件下，宋人笔记当中也记载了不少研习《文选》的心得体会。苏轼、王得臣、沈括、黄朝英、姚宽、王观国、王楙等人，在笔记中开启了很多讨论话题，比如对杜甫"精熟《文选》理"说法的理解，对《文选》不收王羲之《兰亭序》等作品的讨论，对五臣妄注的批评，等等。这些话题一直到清代、到今天，都在引起"选学"研究者的关注和思考。虽然宋人好议《文选》，与时代风气、文人趣味等有着千丝万缕的关系，但是《文选》以刊本为载体流行于世，也为人们展开阅读与批评活动提供了便利的条件。宋人笔记中出现许多讨论《文选》异文、乃至大段援引《文选》注释的现象，应当也得益于书籍在此时的便于核对与利用等因素。

宋人既然能够议论《文选》及二注优劣，手中自有所据之本。他们所使用的钞本、刊本，在讨论过程当中是无需言明的阅读和使用的对象，于今人而言却是一个个潜在的文本。尤其是，宋人的笔记当中没有明确表明的《文选》具体文本信息，对于把握相应批评意见的形成过程与原因，却是一条不可忽视的线索。因此，我们有必要让笔记当中的潜在文本浮现出来。

值得庆幸的是，宋代刊本部分历经沧桑，残存至今。从宋人笔记所引用的注释情况，再参照今人所能见到的各类文本信息，足以对潜在文本推知一二。宋人笔记中出现了哪种类型的《文选》注本或版本，宋代文人如何获取并使用，又如何影响了他们的认知与判断，进而形成相应的批评意见，诸如此类的考察能够对本文一开始提出问题做出回应。下文试以姚宽《西溪丛话》和王观国《学林》为例进行文本比对分析，并结合其他笔记进行讨论。古人著述引文未必与原书完全吻合，因此对于稍有漏字等细节，本文不做过分考究。

一、姚宽《西溪丛语》乃用六家本

经历过靖康之难的姚宽（1105—1162），著有《西溪丛语》上下二卷，该书多涉典籍的校勘、音注方面，并作考证，笔记共计269条。四库馆臣认为“其书多考证典籍之异同”，有些考辨“极精审”，有些则可商榷，但整体上是“瑜多而瑕少，考证家之有根柢者也”。[①] 该书关于《文选》所收录作品的讨论很多，或留意书中异文现象，或讨论作品的佚文情况，不一而足。书中共有17条涉及李善注、五臣注的讨论，且详细引用了五臣注和李善注的内容。现通过同现有版本的比对，将内容择要分析如下。

卷上“曹植感甄赋乃黄初四年作”条：

> 李善注《感甄赋》云：“东阿王汉末求甄逸女，既不遂，太祖回，与五官中郎将。植殊不平，昼思夜想，忘寝与食。黄初中，入朝。帝示植甄后玉缕金带枕，植见之，不觉泣下。时已为郭后谗死。帝意亦悟，因令太子留宴饮，以枕赉植。植还，度轘辕，将息洛水上，忽见女子来，自云：‘我本托心君王，其心不遂，此枕是我嫁时从嫁，前与五官中郎将，今与君王。遂用荐枕席，欢情交集，岂常辞能具？’又云：‘岂不欲常见，但为郭后以糠塞口，今被发掩面，羞将此形貌重睹君王耳。’言讫，遂不复见所在。遣人献珠于王，王答以玉佩，悲喜不能自胜，因作《感甄赋》。后，明帝见之，改为《洛神赋》。”云。[②]

曹植《洛神赋》出自《文选》卷十九。这则笔记的讨论很丰富，上述仅摘录了“善注感甄赋云”这部分内容。但是这条李善注，奇怪的是在很多宋刊本中都不见踪迹，唯独见于南宋淳熙八年（1181）尤袤（1127—1194）所刻之李善注本（以下简称“尤袤本”）当中。尤袤本在作者名下列作“记曰”云云。

---

① 永瑢、纪昀等撰：文渊阁《四库全书》，上海古籍出版社，1987年，第3册，第566页。

② 姚宽撰，孔凡礼点校：《西溪丛语》，中华书局，1993年，第27—28页。

清代胡克家《文选考异》说“此因传世小说有《感甄记》，或以载于简中，而尤延之误取之耳……盖实非善注”[①]，认为是尤袤增注所致，并非李善注原貌。早在20世纪末，刘跃进先生根据现存早期《文选》版本无（如北宋国子监本、南宋明州本、赣州本、奎章阁本）而独尤袤本有的情况，也认为这段注释乃是尤袤所加。但是，最近刘先生在新出版的《文选旧注辑存》中似乎意见有所改变，“跃进案”云：“现在看来，北宋本李善注往往比尤袤本为简略，如果说都是尤袤所加，似乎也不大可能补充这样多的数据。”[②]然而，实际上，早于尤袤的姚宽在其笔记中就已经出现过这条注文，说明姚宽所见《文选》李善注本载有这些内容。傅刚师的意见是“这足以证明此注非尤袤所加，尤刻必有底本”；《新校订六家注文选》也以为“故知必非尤氏所妄增，盖所见善本中有之也”。[③]

我们继续看姚宽笔记中出现的另外两条李善注与其他版本的比对：

> 李善云：“三年，立植为鄄城王。四年，徙封雍丘，其年朝京师。”又，《文纪》云：“三年，行幸许。”又曰：“四年三月，还洛阳。”《魏志》及诸诗序并云“四年朝”。此云三年，误矣。[④]
>
> 《魏志》曰：“黄初三年，立植为鄄城王。四年，徙封雍丘。其年朝京师。”又《文纪》曰：“黄初三年，行幸许。”又曰：“四年三月，还洛阳宫。”然京域谓洛阳，东蕃即鄄城。《魏志》及诸诗序并云四年朝，此云三年，误。（北宋国子监本）[⑤]
>
> 《魏志》曰：“黄初三年，立植为鄄城王。四年，徙封雍丘。其年朝京师。”又《文纪》曰：“黄初三年，行幸许。”又曰：“四年三月，还洛阳宫。”然京域谓洛阳，东蕃即鄄城。《魏志》及诸诗序并云四年朝，此云三年，误。一云《魏志》三年不言植朝，盖《魏志》略也。（尤袤本）[⑥]

---

① 胡克家撰：《文选考异》，萧统编，李善注：《文选》，中华书局，1977年，下册，第905页。

② 刘跃进：《从〈洛神赋〉李善注看尤刊〈文选〉的版本系统》，《文学遗产》1994年第3期；刘跃进著，徐华校：《文选旧注辑存》，凤凰出版社，2017年，第6册，第3659页。

③ 傅刚：《文选版本研究》（增订版），世界图书出版西安有限公司，2014年，第434页；俞绍初、刘群栋、王翠红点校：《新校订六家注文选》，郑州大学出版社，2014年，第2册，第1170页。

④ 姚宽撰，孔凡礼点校：《西溪丛语》，第27—28页。

⑤ 萧统辑，李善注：《文选》，中华再造善本，北京图书馆出版社，2006年。

⑥ 萧统辑，李善注：《宋尤袤刻本文选》，国家图书馆出版社，2017年，第5册，第123页。

忽略笔记存在简略的情况，这条内容与两个存世的李善注单本即北宋国子监本和尤袤本较为一致，唯独尤袤本的最后又多出“一云《魏志》三年不言植朝，盖《魏志》略也”一句。这一句在现存的李善注及五臣注的宋代合刻本当中（如赣州本、明州本、奎章阁本）也没有。《考异》认为是“此亦尤延之误取，或驳善注之记于旁者”[①]。

> 李善云：“谓少壮之时，不能得当君王之意，此言微感甄后之情。”
>
> 盛年，谓少壮之时不能得当君王之意。此言微感甄后之情。楚辞曰：“揽茹蕙以掩涕兮，沾予襟之浪浪。”（北宋国子监本）[②]
>
> 盛年，谓少壮之时不能得当君王之意。此言微感甄后之情。楚辞曰：揽茹蕙以掩涕兮，沾予襟之浪浪。泪下貌。（尤袤本）[③]

比对可知，这条笔记也合于北宋国子监本及诸多合注本的情况，独尤袤本多“泪下貌”三字。尤其值得注意的是，虽然北宋国子监本及诸多合注本没有记载“记曰”云云这条内容，但是诸本均保留了“此言微感甄后之情”这句话。这明显暴露出合于“记曰”的注释立场，即李善将这篇赋解释成曹植为甄后所作。因此，引用《感甄记》并非尤袤所增，而可能是北宋国子监本将之删除。[④]这样一来，在李善注与五臣注合刻本中，李善注若是以北宋国子监本为底本，合注本也便没有记载这段注释。如奎章阁本（刻于明宣德三年的朝鲜活字本）的底本乃是秀州州学本，而秀州州学本的李善注便是出自北宋国子监本。[⑤]

由此推知，从唐代流传下来的李善注诸多版本中，应当存在一个本子是载有这条注释。至于流传下来的这个善注本所用这条注释，是否为李善本人所注，则难以断言。但我们可以肯定的是，显然姚宽所用《文选》的李善注并非北宋国子监本系统，合刻本的话也不会是今人目前看到的这些版本。

---

① 胡克家撰：《文选考异》，萧统编，李善注：《文选》，下册，第905页。

② 萧统辑，李善注：《文选》，中华再造善本。

③ 萧统辑，李善注：《宋尤袤刻本文选》，第5册，第130页。

④ 《新校订六家注文选》也有此看法：“恐北宋国子监见其荒诞不经而删除之，而正文善注‘微感甄后之情’数字，又删之未尽耳。”第2册，第1171页。

⑤ 傅刚：《文选版本研究》（增订版），第173—176页。

姚宽所使用的《文选》版本情况，尚有一些例子可供参考。如卷下第五十一条云：

> 潘岳《闲居赋》："房陵朱仲之李。"李善云："朱仲李，未详。"按，《述异记》云："房陵定山有朱仲李园三十六所。"许昌节度使小厅，是故魏景福殿。董卓乱，魏太祖挟令迁帝自洛都许。许州有小李子，色黄，大如樱桃，谓之御李子，即献帝所植，至今有焉。王逸《荔枝赋》云："房陵缥李。"[①]

核查二注合刊的明州本，其李善注皆云：

> 《西京杂记》曰："上林苑有弱枝枣。"王逸《荔枝赋》曰："房陵缥李。"周文、朱仲未详。[②]

此注亦合于赣州本及奎章阁本。显然姚宽所见本与这些合注本中的李善注更为接近。相反，同样在尤袤本当中，我们看到一条注解详细的李善注：

> 《西京杂记》曰："上林苑有弱枝枣。"《广志》曰："周文王时有弱枝之枣，甚美，禁之不令人取，置树苑中。"王逸《荔枝赋》曰："房陵缥李。"《荆州记》："房陵县有好枣，甚美，仙人朱仲来窃。"大山肃亦称学问，读岳赋"周文弱枝之枣"为杖策之杖。《世本》容成造历，为碓磨之磨。[③]

尤袤本中的李善注对"周文""房陵"做出了详细的解释，并非姚宽见到的"未详"版本。姚宽早于尤袤，其所用合注本中的李善注异于尤袤本系统明矣。但是观察尤袤本这条善注，似乎杂糅了五臣注与他书记载而成。尤袤本中

① 姚宽撰，孔凡礼点校：《西溪丛语》，第 97 页。

② 萧统选编，吕延济等注：《六臣注文选》，日本足利学校藏南宋绍兴二十八年（1158）明州刻本，人民文学出版社，2008 年，第 239 页。

③ 萧统辑，李善注：《宋尤袤刻本文选》，第 4 册，第 190 页。

引用的《广志》有五臣李周翰注作为对应："周文王时有弱枝枣树，味甚美。房陵有朱仲者，家有缥李，代所希有。"[①] 而尤袤本最后的内容，实际出自《颜氏家训·勉学第八》："太山羊肃，亦称学问，读潘岳赋'周文弱枝之枣'，为杖策之杖，《世本》：'容成造历。'以历为碓磨之磨。"[②] 主要说的是羊肃以博学自矜，却把"弱枝"误识为"弱杖"，"造历"错认为"造磨"。这条补注对理解文义并不能起到直接的帮助。后人怀疑这条善注乃是尤袤所增。胡克家《考异》指出"荆州记"下至"仙人朱仲来窃"："袁本、茶陵本无此十七字，有'周文朱仲未详'六字。案：二本是也。此等皆尤增改之误。"[③]

通过这个例子可知，姚宽所见的李善注符合合刻本的特征，而并非是尤袤本所属之系统。实际上，确有例子可以证实姚宽所用《文选》乃是二注的合刻本。卷下第四十二条：

> 潘岳《秋兴赋》云："斑鬓彪以承弁兮，素发飒以垂领。"五臣注云："彪，发下垂貌。"《说文》云："白黑发杂也。"李善注云："彪作髟，音方料切。"[④]

《秋兴赋》出自《文选》卷十三，"五臣注"出自吕延济注。原文"斑鬓彪以承弁兮"之"彪"字，陈八郎本、朝鲜正德四年本、奎章阁本均同。奎章阁本注记："善本作髟，方料切。"而尤袤《李善与五臣同异附见于后》曰："五臣髟作彪。"此例使用的是五臣用字，可知姚宽所据本乃是以五臣注本为底本。

笔记中还提到了一条李善异文"彪作髟"。但是观察这一句话的表述，实非注释文本，而是一条校勘意见。这条意见的完整表述应作"善本彪作髟"，类似奎章阁本的注记。《文选》刊本中出现的二注校正意见一般出现在李善注和五臣注的合注本中。刊刻者依据底本正文的用字，凡遇不同之处，便加校语指出另一注本存在的异文，如"李善某作某""五臣某作某"。那么，指出李善

① 萧统选编，吕延济等注：《六臣注文选》，第239页。
② 颜之推撰，王利器集解：《颜氏家训集解》，上海古籍出版社，1980年，第196页。
③ 胡克家撰：《文选考异》，萧统编，李善注：《文选》，下册，第889页。
④ 姚宽撰，孔凡礼点校：《西溪丛语》，第95页。

本作某字的校正意见，便只会出现在以五臣注正文为底本的合注本当中。所以由此可知，姚宽所使用的《文选》乃是六家本，是一个以五臣注本为底本的合注本。

在尤袤刊刻《文选》的跋文中曾提到“虽四明、赣上各尝刊勒”，指的是当时出现了明州本、赣州本此类二注合刻本。明州本便是一种六家本。此本首次刊刻时间不详，但是历经多次重修再版，如绍兴二十八年（1158）、淳祐七年（1247）重修。此本在国家图书馆、台湾故宫博物院以及日本宫内厅、足利学校、东洋文库等地均有收藏，然皆非最早印本。而且，今天看到的明州本，校语乃作“善本作彭，匹料切”，与姚宽所引存在出入。除此之外，今天我们所知道的宋代刊刻的《文选》六家本尚有两种，一是北宋哲宗元祐九年（1094）秀州州学本，一是从崇宁五年（1106）至政和元年（1111）完成的广都裴氏本。秀州州学本久已亡佚，幸存至今的朝鲜活字版（即本文简称为“奎章阁本”）便是承袭秀州州学本而来。至于广都裴氏本，明代嘉靖年间，袁褧嘉趣堂曾据此翻刻成《六家文选》，其跋文称“注释本以六家为优，因命工翻雕匡郭，字体未少改易”。由于这些版本或原本亡佚，或存在再版的情况，中间产生的改动细节难以知晓，因此想要将姚宽阅读的《文选》落实到今天能够看到的某一个具体版本上已经不太现实。但是，我们的讨论仍然可以得出一个基本的结论，即五臣在前、李善在后的六家本，是两宋之际文人的插架之书。

二、仅使用五臣注的王观国《学林》

王观国《学林》，以其考据精核、辨析严谨而颇得清人赏识。四库馆臣认为该书“引据详洽，辨析精核者十之八九”，“南宋诸儒讲考证者，不过数家，若观国者，亦可谓卓然特出矣”。[①] 清人陈春也认为是“于宋人说部中最称精核，其闲考书籍之讹脱，证事迹之歧异，辨文字之正借，审音读之是非，皆元元本本，不为向壁虚造之说”，俞樾专门作《读王观国〈学林〉》一文以为呼

① 永瑢、纪昀等撰：文渊阁《四库全书》，第3册，第567页。

应。[①] 是书共十卷358条笔记，涉及《文选》作品的讨论就有58条之多，议论《文选》注释便有40条，其中尽是批评五臣注的意见。或指摘其注音不对，或指出其注释不当。如卷五“周章”条，屈平《九歌》“聊翱翔兮周章”、左太冲《吴都赋》“周章夷犹”、王文考《鲁灵光殿赋》“东西周章”，五臣注将“周章”分别解释为迅疾、恐惧、惊视之意。王观国指出“周章者，周旋舒缓之意”，“翱翔、夷犹、顾盼，亦皆优游不迫之貌”，五臣注有误。其分析合理，例证有力，判断令人信服。

然而综观王观国全书对《文选》注释的讨论，除了一条提到李善注，其余全是五臣注。书中往往作“五臣注《文选》曰”或“五臣注曰”，这不禁令人怀疑王观国《学林》中使用的《文选》乃是五臣注单本。我们先看这唯一一条提到李善注的笔记：

> 《史记·贾谊传·鹏鸟赋》曰：“拘士系俗兮，攌若囚拘。”徐广注曰：“攌音华板反。”《前汉·贾谊传·鹏鸟赋》曰：“愚士系俗，僒若囚拘。”李奇注曰：“僒音块。”苏林注曰：“僒，人肩伛僒尔，音欺全反。”颜师古注曰：“苏音是。”观国按：《史记》“攌如囚拘”，《汉书》曰“僒若囚拘”，用字不同者，盖贾谊文当时相传非一本，其用字固有不同处，司马迁、班固各以其所传贾谊文纂而作史，故其用字有不同也。攌乃擐束之意，字书窘亦作僒，然则攌、僒二字，虽不同音，而其义则皆有囚束拘系之意，于文无嫌也。《文选·鹏鸟赋》曰：“愚士系俗兮，窘若囚拘。”盖用汉书编入《选》也，止用窘字，而李善、五臣注皆曰：“窘，拘困也。”然则僒为窘可知矣。李奇曰：“僒音块。”苏林曰：“僒音欺全反。”颜师古曰：“苏音是。”三人之说皆非也。[②]

《学林》当中唯一一处涉及李善的地方，便是这条笔记。内容讨论的是出自《文选》卷十三的贾谊《鹏鸟赋》中“窘若囚拘”之“窘”字，在《史记》

① 陈春：《〈学林〉书后跋》，《学林》，嘉庆十四年萧山陈氏湖海楼丛书本，第20册；俞樾：《俞楼杂纂》，《春在堂全书》，凤凰出版社，2010年，第3册，第573页。

② 王观国撰，田瑞娟点校：《学林》，中华书局，1988年，第302页。

《汉书》及《文选》三部书中的异文问题。《史记》作“攌”，《汉书》作“僒”而《文选》作“窘”。各书的注释者均依所见本的用字做出了解释，说明并非后人传抄致误。看起来王观国似乎读过李善注，然而通过阅读《汉书》，我们发现李善注另有来源。请看《汉书补注》文：

张佖曰：“按：《说文》窘音渠陨反，迫也。《文选》李善注：‘窘，囚拘之貌。’五臣注：‘窘，困也。愚者系缚俗累，困如囚人拘束。’其字并不从人，唯孙强新加字。《玉篇》及《开元文字》有作‘僒’字，并音窘。”①

这条“张佖曰”明确引用了李善注和五臣注。宋祁云：“《汉书》中有臣佖者，乃张佖，江南人，归本朝，太祖收诸伪国图籍实馆阁，或召京朝官校对，皆题名卷末。”②张佖随南唐李后主煜入宋为臣。宋仁宗景祐二年（1035），余靖撰《汉书刊误》增收张佖的六条校说，内容集中于《艺文志》《张良传》《司马相如传下》《东方朔传》《扬雄传》《贾谊传》，上述即为其中一条。张佖校《汉书》引《文选》，还见于《司马相如传下》“身亲其劳，躬傶骿胝无胈，肤不生毛”条，足见唐五代人读书时对《史》《汉》与《文选》的关系已有所关注。

王观国笔记中的内容“李善五臣注皆曰窘拘困也”不出这条注释的范围。考虑到整部《学林》仅有此处提及李善注，其余全是五臣注，可知这条笔记应当只是通过引用《汉书》注而提及李善注。换言之，王观国并未使用过李善注，他使用的是单五臣注本《文选》。而且，有意思的是，在这条“张佖曰”中提到的五臣注“困如囚人拘束”，今天所见陈八郎本乃是“囚如囚人之拘束”，而朝鲜正德四年本和奎章阁本才作“困如囚人之拘束”。

也正因为王观国仅仅使用了五臣注《文选》，导致他在讨论过程中，没能留意到李善注中的一些材料，而那些材料其实颇有助于文字训诂。比如卷八“井幹”条：

① 王先谦撰：《汉书补注》，中华书局，1983年，第8册，第1053页。
② 王先谦：《前汉补注序例》小注，《汉书补注》，中华书局，1983年，第1页。

谢玄晖《咏铜雀台》诗曰："繐帏飘井幹，尊酒若平生。"五臣注《文选》曰："铜爵台一名井幹楼。"观国按：《史记》，始皇幽母咸阳宫，谏者辄杀于井幹阙下。又《史记》曰："汉武帝立井幹楼，高五十丈。"《汉书·郊祀志》曰："武帝立井幹楼，高五十丈。"颜师古注曰："井幹楼，积木而高为楼，若井幹之形也。井幹者，井上木栏也，其形或四角，或八角。"然则秦为井幹阙，而汉武帝为井幹楼也。谢元晖诗，盖言繐帏飘于铜爵台上，若井幹之高也。魏武帝作铜爵台，魏都邺，铜爵台在邺中，而井幹楼在咸阳，铜爵台未尝有井幹之名，而五臣谓一名井幹楼者，误矣。幹音寒，井幹又谓之银床，皆井栏也。古诗曰："后园凿井银作床。"杜子美诗曰："露井冻银床。"是也。魏武帝遗令，施繐帐于铜爵台上，朝晡设脯糒之属，向帐作妓乐，望吾西陵。故谢元晖诗云"樽酒若平生"者，谓此也。①

谢玄晖诗题作《同谢咨议铜雀台诗》，见《文选》卷二三。笔记中提到的五臣注乃是李周翰注。陈八郎本翰曰："铜雀，一名井幹楼。"王观国指出五臣注不正确，铜雀台并无"井幹楼"别称，井幹楼另有所指。这个判断是正确的，不过显然王观国仅考虑了"井幹楼"，还没有回答"井幹"为何物的问题。其实，如果再读一下李善注，就可以找到思路。

《淮南子》曰："大构架，兴宫室，有鸡栖井幹。"许慎曰："皆屋构饬也。"司马彪《庄子》注曰："幹，井栏。然井幹，台之通称也。"②

李善引《淮南子》说"鸡栖井幹"缺乏解释，又引许慎指出"井幹"是"屋构饬"，再引司马彪注说是"台之通称"。这些材料均为王观国所忽视，显然是没有见到李善注所致。清人俞樾也为此说其"王氏于《文选》止观五臣注，而未观李善注，故李注所引《淮南》之文，未及见也"③。

① 王观国撰，田瑞娟点校：《学林》，第255页。
② 萧统辑，李善注：《宋尤袤刻本文选》，第6册，第152页。
③ 俞樾：《俞楼杂纂》，《春在堂全书》，第3册，第586页。

王观国的生卒年无明确记载。《四库全书总目提要》认为是南渡以后人也。据其为贾昌朝《群经音辨》所作序，末题“绍兴壬戌秋七月澣”可知，约宋高宗绍兴十二年（1142）前后在世。陆心源《仪顾堂题跋》卷八考其仕履，以为宋徽宗政和九年（1119）进士。差不多同一时期的姚宽已经在使用合注本，王观国却仅在使用五臣注本，可见即便是同一时代的读书人，其文本使用情况也并不同步。书籍借助雕版印刷的形式得以流行起来，但是这种便利的情况可能并不适用于当时所有人。能否获得书籍，获得何种书籍去阅读与学习，即便是在雕版印刷流行的时代之下，依然是因人而异。刊本给时人所带来的实际阅读体验，可能需要进行重新的评估与认识。

三、雕版印刷时代的书籍获取

中国古书在宋代迈入了大规模刊刻的时代，也即雕版印刷时代。古人的阅读情况因此发生很大改变。在此之前，读书人不得不通过辗转借阅、费时费力地手抄才能获得一些书籍。五代后蜀毋昭裔发愤刊刻《文选》的契机，正是因求书借阅之难。王明清《挥麈录》记载：“毋丘俭贫贱时，尝借《文选》于交游间，其人有难色，发愤异日若贵，当板以镂之遗学者。后仕王蜀为宰，遂践其言刊之。”[①] 北宋苏轼（1037—1101）回忆“余犹及见老儒先生，自言其少时，欲求《史记》《汉书》而不可得，幸而得之，皆手自书，日夜诵读，惟恐不及”[②]，便是对四处求书亲自手抄这种读书方式的写照。因此，通过雕版印刷能够让书籍的印制数量变得庞大，获取更为便捷，读书条件更为便利。这是毋昭裔的初衷，也是雕版印刷能够发挥出来的巨大作用。

书籍投入刊刻之后，确实也影响了读书人的学习习惯和态度。苏轼很早就在反思刊本的负面作用：“近岁市人转相摹刻诸子百家之书，日传万纸，学者之于书，多且易致如此，其文词学术，当倍蓰于昔人，而后生科举之士，皆束

① 王明清：《挥麈录》，上海书店出版社，2001 年，第 240 页。

② 苏轼撰，茅维编，孔凡礼点校：《苏轼文集》，中华书局，1986 年，第 2 册，第 359 页。

书不观，游谈无根，此又何也？”[①] 书籍数量繁多，获取容易，导致后生不知珍惜，反而不认真读书。叶梦得则担心书籍错谬之处一经刊刻，流传甚广，贻害无穷。朱熹也抱怨时人因书籍获取方便而读书不再细致用心。这些批评给我们造成一种认识，即雕版印刷制造了大量的书籍，时人由于获取过于方便，因而对待书籍的态度不如前人珍惜，读书也不甚用心。

但是，实际上这种认识可能无法全面地反映出宋人获取书籍的真实情况。譬如，后生满足科举需求所用之书，与学者极力搜罗访求之稀见本，二者的存在数量便有着天壤之别。再如，在四川、浙江、福建三大刻书中心以及汴梁、徽州等地流通之书，与一些偏远地方得见之本，从种类到数量更是不可同日而语。更别提两宋之际战乱频仍，不但百姓流离失所，就连官方国子监书版也是损失太半，以致南渡草创之际，只能采用“取版籍于江南诸州”的方式作为补充。[②] 这种情况重新导致了一书难求的局面，像大谈刊刻之弊的叶梦得，在绍兴元年（1131）却是欲求《周易》而不得。

因此，尽管中国古书在宋代迈入雕版印刷的时代，但是并非所有版本都能为同时期的所有读书人所了解和获取，也即文本的可获得性并不如我们想象中那么强烈。这样一来，有的时候明明是当时已经出现的书籍，同一时代的人却不一定均有条件利用得到。前文分析的王观国仅用五臣注本便是一个例子，下文再举一些例子。

王得臣（1036—1116）《麈史》关于《文选》注的讨论，仅有以下一条：

> 李善注《文选》最为该洽，然潘岳《闲居赋》曰：“周文弱枝之枣，房陵朱仲之李。”善以“周文”“房陵”未详。予尝读王子年《拾遗》曰：“北极有岐峰之阴，多枣木百寻，其枝茎皆空，其实长尺，核细而柔，百岁一实。”夫岐乃周文所居，又枣枝茎皆空，核细而柔。任昉《述异志》曰：“房陵定山有朱仲李园三十六所。”李尤《果赋》云“三十六园朱李”是也。由是知岳赋所用盖出此。[③]

① 苏轼撰，茅维编，孔凡礼点校：《苏轼文集》，第 2 册，第 359 页。

② 魏了翁：《六经正误序》，文渊阁《四库全书》，第 183 册，第 457 页。

③ 王得臣撰，俞宗宪校点：《麈史》，上海古籍出版社，2012 年，第 38 页。

前引姚宽笔记也提到相似的内容，其实是姚宽继承了王得臣的讨论。在这部产生于北宋时期颇为著名的王得臣笔记当中，内容“所纪凡二百八十四事，分四十四门，凡朝廷掌故耆旧遗闻，耳目所及，咸登编录，其间参稽经典，辨别异同，亦深资考证”[①]，关涉《文选》的讨论主要集中于卷中，共计5条，但涉及《文选》注的讨论，仅有“李善注《文选》最为该洽”一条，即是针对潘岳《闲居赋》“周文弱枝之枣，房陵朱仲之李”句。王得臣通过任昉《述异记》和李尤《果赋》，指出“周文”乃周文王，房陵乃“房陵定山”。因此，尽管李善注被认为“最为该洽”，但也有未尽之处。其实，这一句话还有五臣李周翰注：“周文王时有弱枝枣树，味甚美。房陵有朱仲者，家有缥李，代所希有。”似乎王得臣没有利用到。而且，纵观整部《麈史》，也只字未提五臣注的情况，似王得臣所见乃是单李善注本。王得臣与苏轼同时代，世人多用五臣注，苏轼亦论五臣，按理王得臣不应当没有读过五臣注，因此这样的情况无疑令人感到惊讶。

再如，姚宽曾在卷下“（《文选》）五臣无足取”条中提到《文选》卷四三《北山移文》“植薪歌于延濑”这句话，李善注曰：“薪歌延濑未闻。”而吕向云：“苏门先生游于延濑，见一人采薪，谓之曰：‘子以终乎？’薪人曰：‘吾闻圣人无怀，以道德为心，何怪乎而为哀也？’遂为歌二章而去。”[②]姚宽以为吕向所引薪人故事不注所出，颇为乖缪，因而无足取。有意思的是，现天津艺术馆藏有《文选》敦煌佚名注，其中有一注曰：

> 袁淑《真隐传》云：“有苏门先生游于濑之水，值一人采薪人，苏门先生曰：‘尔日终有此事乎，甚可哀哉。’薪人笑曰：‘吾闻圣人无心，以道德为心，子何怪乎。吾以此采薪，犹为取道舍吾，尔何知也。’遂长歌而去，不领苏门。”[③]

所载内容与五臣注也基本一致，可见吕向所引确有所本。袁淑《真隐传》虽载于两《唐志》但久已亡佚。这条记载现除了敦煌佚名注，传世文献仅见于

① 永瑢、纪昀等撰：文渊阁《四库全书》，第4册，第604页。

② 姚宽撰，孔凡礼点校：《西溪丛语》，第100页。

③ 罗国威笺证：《敦煌本〈文选注〉笺证》，巴蜀书社，2000年，第62页。

《太平御览》卷五一〇，历来鲜少有人关注，直到清人胡绍煐才真正指出来。[①]《太平御览》成书于北宋太平兴国八年（983），入南宋亦有刊刻。这样的书籍虽早已存在，也有刊刻，然而却未必易为时人所用，也便无怪乎即便是像同时代的姚宽这样有条件展开考证校勘活动的文人也不知相关的记载。因此，在雕版印刷时代下的书籍获取难易程度，也应当视具体情况而定，无法一概而论。

而不得不忽视的还有一个现象是宋代文人笔记中话题的延续性。这一现象尽管不能直接反映文本的获取情况，但实际上也是一个影响我们对宋人文本获取认知的干扰因素。宋代文人在同代及跨代之中存在着一种分享知识、交流学问的联系。这份联系主要体现在笔记著述中同一话题的延续性。不但同时代的人会就某一些话题展开讨论，后面的人也会在阅读前人著作时加入自己的理解。正如前述姚宽对王得臣笔记中提出话题的延续讨论。再如谢宣远《张子房诗》原句“苛慝暴三殇”中，何谓“三殇”，苏轼认为五臣误注，姚宽赞同之。嵇康《琴赋》“间辽故音庳”中“庳”的理解，王观国不赞同苏轼的理解。潘岳《闲居赋》“房陵朱仲之李”的注释，王得臣仅仅使用了李善注本，而姚宽进行了补足。至于王羲之《兰亭序》不入《文选》的讨论，更是引起一番跨越两宋、不绝如缕的热议，王得臣、王观国、吴曾、王楙、叶大庆等人的笔记均围绕这个话题乐此不疲地展开探讨。某些观点提出后影响很大，同时代及后面的人在学习和阅读过程中留意到了，会对此做出回应，是很正常的一件事。然而这样却形成一种情况，即不同人的笔记中会出现类似的论述、引文，但这些相似的段落却未必需要获取某书方可知晓。换言之，基于话题的延续性，存在着不须亲见书籍，仅靠转引便可获得相同内容的现象。这是我们需要排除的因素，也是本文在分析宋人笔记潜在文本过程中，时刻谨记的一点。

在对宋人的书籍获取情况有了一些认识之后，我们重新回顾宋人笔记当中那些议论问题的针锋相对，考据举证的广征博引，崭新认识的层出不穷，便能有着更深的体会。宋人相信文本的面貌是会影响文本的理解。彼时，曾纮在阅读《陶渊明集》时改《山海经》“形夭无千岁”为“刑天舞干戚”。洪迈将此意

---

① 胡绍煐撰，蒋立甫校点：《文选笺证》，黄山书社，2007年，下册，第769页。

见讲述给岑公休、晁之道，他们听完“皆抚掌惊叹，亟取所藏本是正之”[①]。后来，周必大、王应麟看到曾纮、洪迈的记载和讨论后，也继续发挥该话题。这个事例十分具有代表性，不但展现出宋人笔记话题的继承性和分享特征，也有力地证明这个时候的文人，十分看重通过校正书籍来订正书中讹误之行为，从而获取完美的文本，达成对文本的恰当理解。透过笔记条目的分析比对，我们发掘出不少隐藏于宋人笔记中的《文选》文本使用情况。这些潜藏在宋人笔记背后的文本，既是烛照之光，呈现出宋人阅读《文选》的取向与样貌，又是曲径通幽，将宋人对《文选》作品的理解、讨论、批评等等诸多意识之形成过程，于不经意间展露一二。具言之，尽管都是在围绕同一部书《文选》展开讨论，但是由于不同人掌握的注解文本存在差异，面对的文本异文也各不相同，这使得他们在进行字词训诂、接受作品内容等方面存在不同的理解。而这甚至影响到他们对文本的批评意见。

四、文本使用与批评意见的形成

在阅读和学习《文选》的过程中，宋人主要集中于两个方面展开批评：对二注的批评，这主要体现在比较二注优劣得失，讨论具体用字；对《文选》本身的批评，则包括选录标准、选文来源等话题。

（一）二注的阅读及其地位之升降

比较李善与五臣在注解《文选》当中之优劣得失，唐五代以来已诞生不少看法。李匡乂提到“世人多谓李氏立意注《文选》过为迂繁，徒自骋学，且不解文意”[②]，已经说明唐人对二注有所比较。李匡乂又说五臣“大误”、邱光庭也斥之“颇为乖疏”[③]，较早确立起批评五臣注的立场。宋人在这方面也继承前人话题，多贬低五臣注，而称扬李善注。苏轼关于《文选》的议论，在北宋时期

---

① 洪迈撰，穆公校点：《容斋随笔·四笔》，上海古籍出版社，2015年，第359页。
② 李匡乂：《资暇集》，《丛书集成初编》本，商务印书馆，1935年，第5页。
③ 邱光庭：《兼明书》，《丛书集成初编》本，商务印书馆，1936年，第35页。

最具代表性。他多次批评五臣注“真俚儒之荒陋者也”，“盖荒陋愚儒也”，反而认为“李善注《文选》，本末详备，极可喜”。[①] 苏轼对李善注的称扬，让李善注本获得世人的关注，即“苏子瞻尝读善注而嘉之，故近世复行”。[②] 而前述与苏轼同期的王得臣《麈史》也提到类似意见“李善注《文选》最为该洽”，即可说明苏轼的看法已渐渐在文人当中得到重视。

然而，在如此具有鲜明的继承性和倾向性的讨论话题之下，有宋一代仍然发生了从批评五臣注到批评李善注、再到肯定五臣注的曲折变化过程。批评意见的形成、加深或者扭转，与宋人手中所掌握的文本情况有着密切的关系。

正如前文所述，王观国由于仅仅阅读了五臣注，因此对“井幹”的理解只能停留在指出五臣有误的层面，而无法进一步对该词做出合适的训释。这在另外一个例子当中也可见一斑。《学林》卷一“奚斯”条，旨在讨论奚斯是否为《鲁颂》的作者，王观国只能留意到《文选》中班孟坚《两都赋序》“奚斯颂鲁”和王文考《鲁灵光殿赋序》“故奚斯颂僖”的表述，而没能意识到这句话另有出处。王楙（1151—1213）《野客丛书》卷十四“奚斯颂鲁”条继承了这个讨论话题。但是他使用到了李善注：

> 仆观李善《文选注》曰：《韩诗·鲁颂》“新庙奕奕，奚斯所作”，薛君曰：“奚斯，鲁公子也。言其新庙奕奕然盛，是诗公子奚斯所作。”乃知此语有自。宋鲍昭《河清颂》亦曰：“藻被歌颂，则奚斯之徒。”[③]

该注出自《文选》卷一，班孟坚《两都赋序》“奚斯颂鲁”之注，内容与尤袤本等刊本一致。王楙使用了李善注，因此注意到李善注中所引用的韩诗意见，知道“此语有自”，即存在比两篇赋更为原始的出处。将王观国与王楙两相比较可知，使用哪一种文本和注本，对作品内容的理解发挥着不可忽视的作用。

王楙的《野客丛书》全书三十卷共计 618 条笔记，涉及《文选》作品及注

① 苏轼撰，孔凡礼点校：《苏轼文集》，第 6 册，第 2093—2094 页。
② 晁公武编，孙猛校：《郡斋读书志校证》，上海古籍出版社，1990 年，下册，第 1054 页。
③ 王楙撰，郑明、王义耀校点：《野客丛书》，上海古籍出版社，1991 年，第 207 页。

释的议论便有 34 条。该书有的讨论主要辨析选录内容，如“兰亭不入选”条、“嵇康集”条、“诗品所载”条、“刘琨卢谌赠答诗”条；有的内容则恰好引用原文可作参校，如“唐人用一麾事”条、“绝交论”条、“应璩百一诗”条等等；还有的内容不明确表明出处，例如卷八“种田养蚕”条中出现“注谓有蚕一岁八育”这句话，其实乃出自《文选》卷五左太冲《吴都赋》中的张铣注。类似这样不明确表示出处，但源自《文选》注释的情况，书中比比皆是。经过辨析我们获得 14 条提到《文选》注释的笔记内容，当中存在不少点评李善注的例子。卷十五“千秋一日九迁”条曰：

> 《文选·任彦升表》曰：“虽千秋一日九迁。荀爽十旬远至。”李善注曰：“《东观汉记》谓车丞相自高寝郎，一月九迁为丞相。‘日’当为‘月’字之误也。”仆谓李善注此，未为尽善。考《汉书》“高寝郎田千秋讼太子冤，武帝立拜为大鸿胪。”师古注：“立拜者，立见而即拜之，言不移时也。”谓千秋因此一言，顷刻之间，自高寝郎超迁九级，至大鸿胪，非谓一日之间九次迁除也。谓之一日，正不为失，李善误认此意，乃以一月九迁为丞相。又案《汉书》：千秋为大鸿胪，数月，代刘屈牦为丞相，封富民侯。汉史谓千秋特以一言寤意，旬月取宰相封侯，世未尝有，盖以此也。则知千秋为相封侯，乃在鸿胪数月之后，所谓旬月者，十月也，岂一月九迁为丞相哉！善盖引《东观记》之谬耳。[①]

任彦升《为范尚书让吏部封侯第一表》，出自《文选》卷三八。原文作“虽千秋之一日九迁，荀爽之十旬远至。”李善根据《东观汉记》引马援《与杨广书》“一月九迁为丞相者”，认为任彦升原文“日当为月字之误也”。王楙指出李善理解有误，致误的根源即信从了《东观汉记》的说法。考察《汉书》的记载，我们不难发现“九迁”之事未必无法在一天之内实现。田千秋当时被“立拜为大鸿胪”，颜师古注“立拜者”乃是“立见而即拜之，言不移时也”，可知田千秋乃是一下子超越九级，从高寝郎直升至大鸿胪，而非李善所认为的

① 王楙撰，郑明、王义耀校点：《野客丛书》，第 219 页。

一天之内升职九次。可以说，这是王楙非常熟稔《汉书》的表现，才能敏锐地判断出李善注所引材料与史书记载存有龃龉之处，从而对李善注进行纠订。

而肯定五臣注者也确有若干例子。例如《野客丛书》卷七“割名割炙”条：

> 汉书载扬雄《解嘲》曰：“司马长卿窃訾于卓氏，东方朔割名于细君。”师古注谓：“以肉归遗细君，是割损其名。”而《文选》载此文，则曰：“东方朔割炙于细君。”良注谓：“方朔拔剑割肉以归，炙亦肉也。”二说虽不同，皆通于理。[①]

“割名”或作“割炙”这则异文引起了王楙的关注。扬雄《解嘲》收录于《文选》卷四五，原文作“东方朔割炙于细君”。该文同时载于《汉书》，作“东方朔割名于细君”，颜师古注解为“割损其名”。对此，笔记专门引用了“方朔拔剑割肉以归，炙亦肉也”这条五臣刘良注。今人所见《文选》刘良注，恰有两种版本：

> 窃，私取也。赀，财也。炙，亦肉也。细君，妻也。（陈八郎本）[②]
>
> 长卿至贫，乃私富人卓氏之女，以用其财也。窃，私取也。赀，财也。汉武帝将赐群臣肉食之。东方朔乃拔剑割肉，以归遗其妻也。炙，亦肉也。细君，妻也。（朝鲜正德四年本、奎章阁本、明州本）[③]

两种版本有详有略，明州本的内容又合于朝鲜正德四年本和奎章阁本。显然王楙所见刘良注，当是根据第二种版本的注释“东方朔乃拔剑割肉，以归遗其妻也”而来。相比之下，陈八郎本系统的内容不但简略，而且没能清楚点明东方朔“割炙”之内涵。正是因为王楙所见到的版本，记载了颇为详细的刘良注解，才足以成为支持“二说虽不同，皆通于理”意见的依据。这也未尝不是

---

① 王楙撰，郑明、王义耀校点：《野客丛书》，第98页。

② 萧统编，吕延济等注：《景印宋本五臣集注文选》，南宋绍兴三十一年建阳崇化书坊陈八郎刻本，台湾“中央图书馆”，1981年。

③ 萧统选编，吕延济等注：《六臣注文选》，第693—694页。

对五臣注的一种认同。

总的来看，宋人讨论二注话题时所掌握的文本情况存在诸多情形。一种情形是手头掌握的二注内容并不同步，或未见另一家注，或另一家注阙疑，因此在比较二注时有不尽意之处。另一种情形是即便利用过二注，但是由于使用的版本可能存在差异，对二注特点的把握也受到限制。因此即便面对同一部书，由于掌握文本的情况千差万别，基于不同版本、注释文本而产生的认知与判断也随之受到影响。宋人并不盲从前人所指出的李善注书“释事而忘意”[①]这种整体批评，反而能够敏锐地指出李善注释本身的不当之处、肯定五臣注在注释上的可取之处。有宋一代能够出现补足李善注，乃至肯定五臣注的声音，这与宋代一些文人能够对文本进行深入阅读和使用不无关系。

（二）召唤《文选》背后的潜在文本

由于王观国仅使用了单五臣注本，所以毫不意外地，我们完全看不到他对二注优劣的批评，也读不到二注异文校勘的信息。相反，王观国所讨论的《文选》异文，主要是同《史记》《汉书》对读所得。这让王观国较之其他批评意见，更为关注《文选》选文来源所引发的问题。

《学林》注意到了相同作品由于收录来源不同而存在异文的现象。特别是《史记》《汉书》和《文选》就同一作品的选录底本问题，王观国会根据作品的实际情况，进行具体问题具体分析。关于《鹏鸟赋》中“窘若囚拘”之“窘”字，《史记》《汉书》及《文选》三部书各有异文。《史记》作“攌”，《汉书》作“僒”而《文选》作“窘”。对此王观国以为是《文选》采《汉书》编入，即“用字不同者，盖贾谊文当时相传非一本，其用字固有不同处，司马迁、班固各以其所传贾谊文纂而作史，故其用字有不同也”，[②]文本在流传过程中异本并行，司马迁、班固各依所传本，到了萧统编纂之际，则采《汉书》所录文本编入《文选》。而对于《甘泉赋》，王观国的判断存在不同，主要认为《汉书》和《文选》各有底本。《学林》卷七“甘泉赋”条说：“当时传雄之赋者帙不

① 欧阳修、宋祁撰：《新唐书》，中华书局，2003 年，第 18 册，第 5751 页。
② 王观国撰，田瑞娟点校：《学林》，第 302 页。

一，故其用字不能无讹。至班固作史，萧统编《文选》，各以其所得雄赋而集录之，故其赋用字有不同。”[①] 这个意见也见于对《报任少卿书》的理解。卷十“茸佴”条说“梁昭明太子始集《文选》，既不依《司马迁传》作茸字，而变为佴字，是必得于他书也。他书所传司马迁文，历年既久，岂无讹谬”，而“班固作《司马迁传》，去司马迁未远，必据司马迁文用茸字耳”[②]，因此当以《汉书》为正。

上述意见均提到同一作品在世流传存在差异，故而难免产生异文。而司马迁、班固、萧统是各以所见来编录作品，因此导致了异文的发生。这种认识之可贵之处，在于能够避开二注差异的思维，即不会简单地认为是李善或五臣造成的问题。相反，这种认识能够充分意识到《文选》背后选文来源的问题，考虑作品在流传过程中产生异文的现象，甚至将此作为《文选》作品出现异文的重要原因。萧统编纂该书所掌握的文本，成为宋人不得不留意的一个潜在对象。可以说，这是宋人在透过异文向《文选》更潜在的文本做出进一步的探求。

正是因为抱着一种开放探求的态度在面对《史》《汉》与《文选》的异文，因此面对有些异文，王观国会持批评《文选》的态度，认为乃是《文选》所改，并不合适。比如卷四“切”条，班固《两都赋》“于是玄墀扣砌”，五臣注“扣砌，镂砌也。”结合《汉书·外戚传》和《后汉书·班固传》中所收《两都赋》，王观国认为“扣砌”当作“扣切”。切乃指户限，以黄金饰之，若按《文选》作“砌”则与下句“玉阶”有矛盾。因此“《文选》以为扣砌，且既有白玉阶矣，岂有金涂砌者，砌亦不可以铜冒，《文选》改切为砌，非也”[③]。

能够敏锐注意到同一作品因收录来源不同而造成的差异，虽然数量不多，但也散见于其他宋人笔记之中。姚宽在其笔记“屈原赋篇数”条讨论过《九歌》名为“九”却载十一篇的情况。刘渊林注《魏都赋》时，曾引《九章》“也必独立”，引《卜居》“横江潭而渔”二句。然而姚宽表示“今阅二篇，又无是二句，信有阙文。渊林出汉后，何为独见全书也”，即宋人已不见此二句

① 王观国撰，田瑞娟点校：《学林》，第223—224页。
② 王观国撰，田瑞娟点校：《学林》，第344页。
③ 王观国撰，田瑞娟点校：《学林》，第145页。

了。但是像“横江潭而渔”这一句，扬雄《答客难》也引用了，说明扬雄曾经读过。故姚宽怀疑：

> 如贾逵、班固于《离骚经》，尝以所见改易无疑，则《九章》《卜居》，如王逸辈或有改易，未可知也。书之阙文，未易深考。[①]

他认识到《离骚》等作品在流传过程中可能已经王逸、班固、贾逵等人的改动，由此导致了《文选》作品及注释出现“阙文”的情况。贾逵和班固根据各自所见本改动《离骚》，王逸也可能改动过《九章》《卜居》，因此扬雄的创作、刘渊林的注解会引用到一些后来人已经见不到的句子。事实上，姚宽留意到的词句亡佚现象，时至今日仍然困扰着我们。仍以《文选》中的作品为例，与萧统（501—531）同时代的刘勰（约465—约520），在所著《文心雕龙·指瑕》中批评过《西京赋》中的薛综注文：“若夫注解为书，所以明正事理，然谬于研求，或率意而断。《西京赋》称中黄育获之畴，而薛综谬注，谓之阉尹，是不闻执雕虎之人也。”[②] 遗憾的是，刘勰所说的这条注文，非但不见于今天传世的《文选·西京赋》薛综注之中，就连敦煌出土的抄写于唐高宗永隆年间（681）的《西京赋》写本残卷也没有。刘勰、萧统所阅读的《西京赋》及薛综注，显然已与后人所见到的文本内容存在些许的出入。无怪乎姚宽最后感慨“书之阙文，未易深考”，发出了一种对文本获得之差异、信息获取之不对等的喟叹。文本在历史长河中不断流传，有些文字亡佚不可避免，面貌已经有所改动，考察原貌殊为不易，追究成因也需谨慎。

总而言之，这些意见深入《文选》的潜在文本展开批评，认识到文本异文形成的又一深层原因。可以说，这是宋人《文选》批评的一种表现，也是宋人对《文选》背后的潜在文本的一种观察和探索。而这又与文本的获取与使用存在密切联系。通过遥想历史上存在过某些文本，诸如司马迁、班固、贾逵、王逸、扬雄手自修订之本，未尝不是对当下部分文本缺失遗憾的一种心理弥补。

---

① 姚宽撰，孔凡礼点校：《西溪丛语》，第30页。

② 刘勰著，范文澜注：《文心雕龙注》，人民文学出版社，1962年，下册，第638页。

小　结

借助分析宋人笔记中的《文选》这一潜在文本，本文首先强调了文本的实际获取和使用之复杂性。

文本受限于实际的流传范围，并不总是经由人为的选择而参与到认知的形成过程当中。即便是在书籍借助雕版印刷而大为流行的宋代，同一时空中的人们也不一定能够共享相同的文本。苏轼肯定了李善注的长处，王得臣竟丝毫不提五臣注；姚宽使用了六家本《文选》，王观国仅仅阅读过五臣注本。随着宋人笔记当中一个个潜在的文本逐渐浮出议论的表面，宋代文人阅读与学习《文选》那些充满差异性的画面也在逐步呈现。

然而，文本的获取与使用之复杂性，并不能掩盖宋人议论之诚恳，智慧之光芒。宋人获取与使用李善注及五臣注内容之多寡，影响了对二注的认识，使之在两宋呈现出一条从批评五臣注、到肯定李善注、再到肯定五臣注的评价路线。而宋人对二注之外的《文选》选文来源的关注，则形成对《文选》背后的潜在文本的召唤。宋人开启了诸多《文选》议题，丰富了隋唐以来建立的“文选学”之内涵。而揭示此类议题的建构过程及结果，对今天“文选学”的研究也具有普遍的参考价值。

新见《凤洲文抄注释》及其文本价值探赜*

贾　飞**

摘要：王世贞十分欣赏李维桢，将其列为末五子，并寄予厚望，然而现存两人的来往书信了了。翻阅李维桢的文集，也较少发现提及王世贞之处。资料的缺少，造成学界对二人研究的有限。笔者在哈佛大学访学之际，发现了李维桢的《凤洲文抄注释》一书。该书选取王世贞的诸多文章，文体种类多样，也保存了李维桢对所选文章进行的注解和评点。通过与王世贞原作进行校对，笔者发现有出入的文章竟多达10篇，其中8篇为佚文。这对二人的研究具有重要文献价值。

关键词：《凤洲文抄注释》；李维桢；王世贞；文本价值

李维桢，字本宁，在王世贞逝世之后，与吴国伦和汪伯玉狎主齐盟，"负重名垂四十年"①。王世贞曾把李维桢、屠隆、胡应麟等人列入"末五子"，并对李维桢寄予厚望，盛赞其"雄飞岂复吾曹事，狎主凭君异日盟"②。受到王世贞如此赞赏和提携之人，在其《大泌山房文集》中，却很少直接提及王世贞，且在该文集的众多文体中，没有尺牍这一书信类文体。而在新发现的《凤洲文抄

---

* 本文为国家社科基金后期资助项目"王世贞诗文资料补辑与新论"（19FZWB010）、江苏省社会科学基金项目"王世贞与中晚明文学流派关系研究"（18ZWC002）、江苏省社科基金文脉项目"王世贞传"（19WMB008）的阶段性成果。

** 贾飞，文学博士，南通大学文学院副教授。

① 张廷玉等撰：《明史》卷二八八《文苑三》，中华书局，1974年，第7386页。

② 王世贞：《弇州山人续稿》卷十七《李本宁大参自楚访我弇中纪别二章》（组诗第二首），明刻本。

注释》一书中，通过对行文注释的阅读和版本的比对，我们不仅可以发现李维桢对王世贞文学思想的认知和继承，也发现与王世贞文集有出入的文章多达10篇，其中8篇为佚文。这为研究二人关系及其各自面貌提供了新的线索和依据。

一、版本情况概述

偶然之机，笔者前往美国查阅研究资料，于哈佛大学燕京图书馆收获颇多，《凤洲文抄注释》一书便发现于哈佛燕京图书馆善本阅览室，该书分类于内阁文库汉籍分类目录，索书编号为007787642，明刻本，半页九行二十字[①]，四周单边，白口，无鱼尾，框高18.6cm x 11.5cm。全书共计八卷，其中《重锲凤洲王先生文抄注释》四卷，《续刻凤洲王先生文抄注释》四卷，而《续刻凤洲王先生文抄注释》卷四中，还包含部分“附录”，名为“续刻凤洲王先生尺牍附录卷四”，全为王世贞与友人的书信。全书无序，也没有文章总目录，但每卷皆有分目录，《重锲凤洲王先生文抄注释》首页有印章四枚，为“照岛”“哈佛大学哈佛燕京图书馆真藏印”，另外两枚模糊不可辨别；《续刻凤洲王先生尺牍附录卷四》首页也有印章四枚，为“岩川藏书”“照岛”“哈佛大学哈佛燕京图书馆真藏印”，还有一枚模糊，不可分辨。

另外，《重锲凤洲王先生文抄注释》卷一正文首页有“重锲凤洲王先生文抄注释卷之五”的字样，并标有“太仓凤洲王世贞著，翰林编修李维桢注，书舍林显重梓”，而卷二却没有这些标注，直接进入正文，卷三的则为“太仓凤洲王世贞著，翰林翼轩李维桢注，书舍林显重梓”，卷四的是“太仓凤洲王世贞著，翰林翼轩李维桢注，书舍林显梓行”。《续刻凤洲王先生文抄注释》卷一正文首页有“续刻凤洲王先生文抄注释五”的字样，并标有“太仓凤洲王世贞著，翰林翼轩李维桢注，书舍林显重梓”，不过卷二标的却是“温陵菽林林顕梓”，而卷三标的又是“书舍林显重梓”，但是卷四却没有这些字样，而是直接

① 总体而言，每行都是20字，但是有2处为21字，此为刊刻排版的不同，并不影响行文内容。

进入正文。“编修”和“翼轩”称谓的互换，都是对李维桢的称呼，“编修”乃为李维桢所作编修一职，李维桢于隆庆二年（1568）中进士，从而由庶吉士授编修，供职翰林院，直到万历三年，《穆宗实录》修成，李维桢才由编修升为修撰，而“翼轩”则是李维桢的号；至于“书舍林显”和“温陵莿林林显”，指的是同一人，这些细微的变化，并不影响对此书作者和刊刻者的辨识。而在《续刻凤洲王先生文抄注释》中的尾页，有印章一枚，为“岩川藏书”，且有落款，标为“万历丁酉岁冬秋林梓行”，万历丁酉岁，即为明朝万历25年、公元1597年，此日期当为此书的刊刻日期，距离王世贞逝世已经7年。

此书选文共216篇，涉及序、传、记、赞、论等诸多文体，符合王世贞《弇州山人四部稿》和《弇州山人续稿》“文部”[①]的文体特征。穆文熙曾在《续稿》的序中言及“明兴二百年至嘉隆之际，而文章始大阐，缨绅家结轸而修竹素，其结撰之富，体制之备，莫如大司寇元美王先生”[②]。从《凤洲文抄注释》所选文章的分布情况也可知此言不虚，如《重锲凤洲王先生文抄注释》卷一全部为序，卷四则有读、赞、论、议、说等7种文体，《续刻凤洲王先生文抄注释》卷三有赋、记、书事、策等6种文体，全书李维桢所选文体为18种，其中序尤多，再次尺牍，序95篇，尺牍[③]30篇，共计125篇，超过全书的一半，这也符合王世贞的创作习惯，如《四部稿》一书“文部”文章1461篇，其中书牍328篇，序207篇，这两种文体的文章数目量为前两位。就李维桢自身的创作而言，翻阅其《大泌山房集》，可知，文集卷七到卷五十二，皆为序，该文体的占有量为全集之最。

---

① 王世贞的《弇州山人四部稿》分为四个部分，分别为：赋部、诗部、文部、说部。《弇州山人续稿》分为三个部分，分别为：赋部、诗部、文部。依上海图书馆所藏明刻本《弇州山人四部稿》（174卷本），笔者统计，“赋部”文章27篇，“诗部”诗歌4524首，文体18种，其中杂体又包含20种文体；“文部”文章1461篇，文体多达39种。

② 穆文熙：《弇州山人续稿·序》，明刻本。

③ 王世贞和李维桢对待文章文体的归类和看法不尽一样，如“尺牍”，王世贞文集中向来以“书牍”相称，并且对于二者的名字区别做了详尽阐释，详见拙文《王世贞“书牍”观之探析》（《王世贞与明清文化国际学术交流会论文集》，2016年6月），此书虽然是选取王世贞的文章，但是为了尊重李维桢作者的地位，论述时的文体以李维桢的文体命名为据。

二、散佚之作辑录

熟知《凤洲文抄注释》的版本情况后，对李维桢所选王世贞的文章进行校对研究，发现在216篇文章中，居然有10篇与王世贞的原作有所出入，将这些出入之作进行分类研究，可以分为以下三种情况：

其一为补王世贞原作之阙。

吴参议

闲时尝读列仙传，恨太苦寂寞，公所统诸洞天与尘界，絶金紫呵，从烟霄日月边，乃知寰海内自有一种富贵神仙也。公前身想是玉皇香案吏耳，（《弇州四部稿》卷一百二十五至此为止）不然，那淂有此官，有此地，又那淂几许才作如此词翰耶。贞愚懒，备乏冗曹，堕落囚牍中，俗骨已证成，且不敢与公通契阔，况敢效酬和也。公日啖交梨火枣，玄浆桂脯，欲以昌蒩屈芰荐适，足致呕吐麾之耳。承俯引惟有荷念，余不多及。（《续刻》卷四附录）

其二为选取王世贞原作的部分章节。

与通篇《思贻堂记》进行对比，《凤洲文抄注释》中没有的内容如下：

太仆卿吴郡顾公盖尝名其堂曰思贻，而是时，顾公官给事中，当谏争地不敢以其身为堂，有会所上书言天下大计，忤用事者，流窜去其堂数千万里外，于是顾公佃居庸则称居庸山人，云而又三十年。今上悉召用诸敢言直谏之士，公首被旌异去山人为故官，再岁间，超迁至九卿位，天子所以慰礼而垂大拜者无虚月，公一旦致太仆事归，悬其退休之车于其堂，而忻然色得曰堂，始吾有矣。吾向者踯躅数千万里外，诚不自意，全然吾所以名堂意，不一日忘也。介故人子张元蒙属世贞使为序，顾公固世贞之所愿为执鞭者，以书谢不敏，且请于公曰。（《续刻》卷三）

其三为王世贞原作中没有，而选本中却有的疑似散佚之作，这部分的作品多达8篇，从而更加突出《凤洲文抄注释》的文本价值。

赠石洲张君擢守建宁序

夫仕宦而至领郡国历太守，盖赫然显盛矣，顾独以建宁令石洲张君往，非大计也。余私窃咨咨嘅噫之焉，今天下坐戎马之惊，浃岁以来，骚然靡敝，未有盗所，又时有水旱之虞，民人流冗道路，轻徙易摇，即若青齐汴宋之间，燕赵之分，西至秦比至晋，此十数郡者，何尝卒一岁无事哉。唯敬江南完在江南，又唯僻闽中完甚，建宁于闽，又稐完郡，盖渐南渐而远，渐远渐安也。以彼其所，即令一长者行能治之，乃何必张君往也。若张君者，固宜在青齐汴宋之间，燕赵之分，秦晋之境，譬犹病瘷而逢仓公，若宽髀而得利刃也，岂不便哉。夫张公者，蜀人也，负才略慷慨，为南京浙江道御史，南中缙绅大夫之伦多称之，余至南中，见弃人，亲睹其行事，主在便国家利人民，其伏奸宿蠹，自张君在事，犹之去腐置冰，蚊寅不就也。假令张君得摄专制之权，据要害之冲，不以州府困其志，局其才，其所兴发建竖，当兴古昔豪杰，方轨而争驰，抵足而论烈，假令守一郡，不能见张君奇，而又迁之完郡，将有靡有见，余奈张君何哉。先生辨官论才，所从来久远矣，祖宗时或以御史迁都御史，或从郡守转六卿，长者若此类者，往往而有，彼固谓其当也。他悉置弗论，近世之官，人次合贯鱼积同累薪，次不及不进，累不谢不伸，虽有贤者，怀拯救之志，挟批捣之能，亦引躬逡巡，莫敢自效，诚格于调也。故贤者或老白首，始跻大官，比其时，且飏然衰矣，往日十举十当，今不能五，若是以谓信名者非可哉，故时过而种，虽后稷一物不生，老而官至，虽有贤者，鲜克竖绩。张君方壮岁，能寒暑，忍谒饥，盖四方士也，不及其时，畀重权疆大业，徒令尺寸进，如待庸众人焉。余恐其绩效不睹，老甬甬至矣，张君辞其寮往建宁，其僚八九君，苐筦筦视张君咲。一日其寮凤竹徐君，为予述其事，余问徐君咲何以，徐君嘿然不能应，余谓之曰今张君擢如此，且在事几何年矣，徐君曰业六年满矣，且欲考而值此，予呀然叹之语曰南道如虎，升官半府，非虚言哉。（《重锲》卷二）

寿太孺人张母六十序

太孺人张母者，都谏张子之母也，张子仕为今官，既十年，而实侍上左右者三载，法曰三载考绩，最者，予之恩。于是张子奉制，封其母为太孺人，张子慛甚，是年戊申冬也，而太孺人留家居，不在都谏所，其明年都谏乃为制翟冠锦帔，绯袍束带，凡四事，各一椟，装而封，题其上曰：此命服。其又一椟，金错朱文，视他更异餙，中贮制词，则独诫使者，负之肩背，往令归泾阳，并献之太孺人，事具将遣，会其姁选部罗子至，见之因以贺，都谏忉怛在容不为悦，罗子曰："吾唯解君之悦也，而未解君之怛。"都谏曰："今兹吾母正六十，而吾在官，无得寿之家，故以怛也。"一日罗子过贞，而具以语，贞曰："嗟张子，嗟张子，即若而言，则扇枕者是，而叱驭者否矣，则舞斑者是，而断裾者否矣。夫孝权细大，无论违依，吾将桀其能子而大者六焉。"受国委任，出力效绩，令主有成功，则忠悃之子也，利害故怵，毁誉故乱，一意奋往，必就天下之事，而不反顾则强干之子也。言中佯的，国论韪之，人主听之，亦以为然，则奉公之子也。鄙私请，畏公非，宁仆无悔，不倚而立，则植公之子也。博辨文丽，道古今事务，百不失一，措之甚，可施行，则怀奇之子也。手其柄则行，不则籍之而藏于山，要其竟得名与行者等，则好修之子也。此六者，不在亲侧，不省朝夕，立朝事职，乃皆成斯之名，名成而亲显矣。彼之扇枕舞斑者，何渺小也。今张子好谏疏每入，上辄嘉纳，国人无弗与者，秦人生不娭婀而张子益无有，所谓不骄不比，奉公而植身者也。子而若是，是寿亲矣，必家而穞觥以进耶，且臣辞所生以奉其主，君设爵号以顾其私，凡事君者，亦为亲也，而谓依者得，违者失耶。顷之，罗子以告吾说说张子，张子大悦，而诣贞，贞谓之曰，今遣者抵泾阳，太孺人发制椟而视之，已又发冠帔袍带椟而服之，而君之长子侍太孺人于家，为开堂布筵，请太孺人升于时宗党亲属，持斝进履贺者克庭，光之大矣，假令君不立朝，不事职，能令其亲有是乎，张子益大悦。（《重锲》卷二）

赠东轩吴君七十有五偕孺人施氏六十有九序（代李君作）

岁旃蒙协洽，侄孙某读书东吴，亟以东轩君淳厚朴茂，躬行长者为言，余辗然而笑曰："往往余历芜湖安仁县事，尝有鼓舞伦兴苍赤之政，矧东轩君卓有懿行，宁得无一言以赠乎？"夫东轩君虽于八分未精，而其志行雅有儒者，即其事尊人，以为毛相属裹相离也。心滚爱且色愉婉，处昆季则怡怡色怿，宛有花萼风马，族指蕃伙。人以三百计，君考衷而龢宁之，不致爂譈，往天骄子，浊乱潢池，蒇东轩君以去，知其为富家児，欲留之。君计未尝须臾忘返，与之骄姿弗视，盖君为父母而爱一身，不为一身而眈女色，故竟得以身归，岂但有天幸哉。归之日，堂牖户阶，被虋攸悉为灰烬，君闵祖考精神无依，首议建祠宇，继乃营室庐宗，有壁四立，室悬罄者，出其嬴余以贷，有负者，不责以偿，故为其宗者佥德，为其乡者归恩焉。老倦于勤，人情大都，君独以而传老身，戴蒲茅，衣幞襶，董一赤足*，往耕不休，归愔愔篓一握，就松阴，拂崟坐耴凉，夜届央乃宿，鞏逖鸡即起，整冠始出户，未尝被发抵室，朝夕颐养美禄，悉自青州从事，不以烦家隶也。它若义屈群豪许人自新，不责以细过，侠者尤以为难，称之淳厚朴茂，躬行长者不虚矣。孺人亦名家女，以不有敬仲，谁成霸齐之勋，故继相东轩，爱前甚于已，诸有力而故负者，轩君时有弗平意，孺人辄宽解之，扑灭之，劝之积善而已，积善之家，必有余庆。今君季七十有五，孺人亦六十有九，颜赤赤，发玄玄，五官之用，矍铄如少壮，从此又将海屋筹添，而不止为今之东轩与孺人乎。君之子，君之姓，克岐克嶷者，又将揖揖振振而不止为今之子姓乎。余之文，虽不足为东轩君重，然览其序，知其德邵寿高，而福弥臻，则亦固足重也。恪书而张之壁，异日用以为东轩左券云。（《续刻》卷一）

东轩吴君七十有五赞

美哉轩乎，年逾古稀，壮哉轩乎，须发鬓而五官矍铄。少年所稀，先祠后宇，阛阓佥知，树悬种后，占个便宜。寿从此而日增，将不啻乎期颐，支从此而日泒，将有孰乎瑷枝。揖揖振振，思德思眉。（《续刻》卷三）

答陆太守

远辱手翰，知兄案牍纷扰间，尚复能见念也，屈指为别时，忽已两岁，人生淂许多岁耶，乃堪作如此大别。迩者于奏牍中，见兄大名丈夫，得志及物，固应甭尔，如弟辈不过随众星散，昔人所谓，负却长安米者何足言。弟自兄及伯承去后，颇怀流水之叹，省中淂峻伯、于鳞诸君子相信，幸不大落寞耳。履善恐复有差奈何，昔人有投戈讲艺者，小小刀椎，何足夺兄雅什，倘不即见弃，时赐惠音为感。（《续刻》卷四附录）

与汝成

久阔候问起居，良用怀想，伏闻宦履清适，阖宅静佳为慰，令兄相与甚至。比日忽丧一子，朝夕悲念可怜，弟谓造化戏人百端，正不可落波彀中，适意处殊非真适，当知拂意处亦非真拂也，渠虽未首肯，然亦稍解矣。兄素谙此趣者，何如戒亭同朝夕相与为乐，固自真偶遇，薄冗昨兄书不及，另启幸致声。（《续刻》卷四附录）

答陆象孙

尘埃中，忽枉瑶械欣跃拜启，俗思如濯，伏论佳诗，读之不能已已者，昔孟浩然掩迹布衣，王右丞以清贵近僚，无意推毂，祇作诗赠之曰知尔不能荐羞，称献纳臣愚，每读至此，未尝不掩卷痛恨于右丞也。足下萧谈之趣间，小让孟生而绮丽雄深，非彼所及至，于沦落偃蹇，又或过之。仆谓知足下不及右丞，而所自处则有间也。仆少壮登朝不善拨墨，亦欲足下以雕虫之技耶重于人，而誉者卒不胜其毁者，誉如风，披拂一过即忘，而毁者，如雨沾湿入底裹加以懒性，求便身，不求便时好奔走谒贵人，流汗趣返，遇有轩轾不肯屈折求容，虽知其非质之所近，难挽也。仆隶政大理且二年矣，尚未淂一官，足下试问北来人，谓仆所见爱厚者谁与，以故知足下不敢言，即言之，谁聆也，即聆之，又谁肯为之力，仆自顾已矣。驽屯之才，不复受鞭策，需次垂及冒滥一官，请告而归，买小舟期足下游行名山大川，不问所向，遇好便留，博其所见，闻之奇落，可爱可骇者。盖足下不止今足下，仆不止今仆也，而后归，归追而力古先，所以作者之旨而后发于文若诗，庶几哉。足以成一家言，毕吾事耳，他则何望。夫仆进矣，而为退者言之，足下必不信，足下响所谓沦落偃蹇也者，壮心不已，亦非仆所信也。请致功名二字，勿道士君子有出于功名之外者，足下其孰思之。（《续刻》卷四附录）

奉鸿山先生

近从象玄所淂岩居稿，拜论之，五言冲澹清远，入陶韦妙景，七言亦不落唐人后。嗟夫，天所以唱我师，何至也。就令握珥笔预密，握今局体下矣，不过车尘马足间耳，千百年后于鸿山公何益。世贞尝谓孟浩然才力远不逮王摩诘，而卒以简古胜之，其境象意适殊也，故知林泉之助，自是不浅。贞弱冠便妆置药笼中，京邸奉龙门之驭，使荐敝帚至以国士相与行，年二十三所造，仅如此曹中，更无可效力，惟于马上席上，了此长日可恨，恨别楮悪诗四，聊见瞻仰，倘不遂麾弃，赐指摘焉，幸甚，其以为可与进而推教殊玉一。（《续刻》卷四附录）

三、文本价值评估

王世贞（1526—1590）、李维桢（1547—1626），两人相差21岁，王世贞曾经把李维桢、屠隆、胡应麟等人列入“末五子”，《明史》明确记载道：“末五子则京山椅子维桢、鄞屠隆、南乐魏允中、兰溪胡应麟，而用贤复与焉。”[①] 王世贞在文集中对每人题诗一首，对于李维桢，王世贞吟道：“本宁名家后，况复产郢里。髙倡白雪言，谁能不披靡。弱冠白虎帷，授简平津邸。绛灌中自疑，袁伏能无诋。迁地迩长沙，移官逾二始。一秉西京铎，洋洋复盈耳。赐环夫岂难，怀璧不吾以。”[②]

由于两人生活的年岁不一，此诗不能涵盖李维桢的一生，但对于李维桢当

① 张廷玉等撰：《明史》卷二八七《文苑》，第7381页。

② 王世贞：《弇州山人续稿》卷三，明刻本。

时境况的叙述和点评颇为中肯。如李维桢年少有为，天资聪颖，其诗文创作享誉文坛，“高倡白雪言，谁能不披靡”。李维桢二十二岁便考中进士，选庶吉士，授编修，升任修撰时，也才二十九岁，似乎有入阁拜相的可能，奈何声誉正隆之时遭人妒忌，再加上正义直言，不畏权贵，李维桢便开始了长期的藩臣之旅，“迁地迩长沙，移官逾二始”。

“末五子”不是严格意义上的文学流派，对于“末五子”的命名之因，王世贞也做了明确的说明，他感慨道：“余老矣，蜗处一穴不能复出，友天下士而乃有五子者，俨然而以文事交于我，则余有深寄焉，自此余不复操觚管矣。夫汝师者，向固及之，然而未竟厥诣也，是以不妨重出云。”[①]即作为当时文坛盟主的王世贞深感自己年事已高，不能更好地领导文坛发展，择五子以继其衣钵，而在五子之中，王世贞尤其看重李维桢，盛赞其“雄飞岂复吾曹事，狎主凭君异日盟”[②]，同为五子之一的胡应麟，对李维桢也是推崇备至，他认为“两司马相继修文，嘉隆遗老靡孑遗者，惟执事灵光独峙，砥柱江河，一代千秋大统攸集，茫茫震旦不遂沦为长夜，以明公在也”。

从王世贞的文集，以及王世贞对李维桢的殷切希望来看，我们可以知道，王世贞和李维桢交游甚深。但是在李维桢的文集中，却鲜有其对王世贞文学思想的独自评判，也少有两人交游的记载，这并不意味着李维桢对王世贞之作漠视，或是对王世贞文学思想的批判，相反，李维桢钦慕王世贞，接过其复古大旗，继续影响着文坛的发展方向，《凤洲文抄注释》弥补了这方面研究资料的欠缺，这是其文学价值的体现。况且该书的价值还涉及王世贞生平事迹，以及对王世贞文章的注释等方面，具有其综合性。具体分析，该书的文本价值主要体现在以下几个方面。

首先，从选文角度而言，这主要分为两个维度，其一，从选文形式而言，体现了王世贞的文体观。如前所论，该书所选文体，基本符合王世贞文学创作时的文体取向，而作为文坛盟主的王世贞，天下士子奔走其门，得到片言褒赏，身价便会骤起，享誉一方，钱谦益认为王世贞“操文章之柄，登坛设墠，

① 王世贞：《弇州山人续稿》卷三，明刻本。

② 王世贞：《弇州山人续稿》卷十七，明刻本。

近古未有”①。故而王世贞文集中应酬之作颇多，降低了其整体的文学水平，也是后人所诟病之处。李维桢在该书中选“序”尤多，在总共的95篇文章中，送别的赠序和祝寿的寿序多达61篇，友人文集的序仅为34篇，这是王世贞交友广泛的佐证。虽然赠序和寿序占主要部分，不过李维桢所选取的这些文章，不是简单的应酬之作，而自有其深意，亦是对王世贞创作目的的解读，如《送孙元之明府之新淦序》，李维桢言及：“（王世贞）欲送元之却详叙伯承之诗，无厉于政，所以勉元之也。”②《少司马公汪伯子五十序》，李维桢注释道：“此以文士有用于天下立意。”③因此，李维桢对王世贞文章的选择，不是率性而为，而是建立在熟知基础之上的慎重选择。

其二，从选文内容而言，是王世贞“师古”和“师心”合一的文学观体现。王世贞以复古之名登上文坛，创作《艺苑卮言》倡导复古之学，但是其创作《艺苑卮言》时年仅31岁，随着生活阅历的深入、家难变故的打击、亲朋好友的离世等诸多因素的影响，王世贞中晚年的文学思想相比于早期的激进和锐意，逐渐走向中和，注重才情和格调的调剂，“师古”和“师心”的统一。其“性灵”思想更是大放异彩，推崇白居易和苏轼，强调自然万物和社会生活对内心的娱乐，“性灵”在文学创作中的体现，并提出“真我”“诗以陶写性灵”等主张④。这些思想，大多藏于王世贞所写的序和书牍之中。在《凤洲文抄注释》中，李维桢大量选取此类著作，如《古今诗删序》一文，李维桢认为王世贞“隐然有责于鳞不宜用独见轻删之意”，“言于鳞之所取，不必尽合于古”⑤；《五岳山房文稿序》一文，李维桢肯定王世贞“以玉叔之文不屈意以媚法，不曲法以徇意立意”，“言为文当意与法胜，而意与法实相为用”⑥。此类文章，无疑是王世贞复古之外的另一面，是情性文学观的具体体现。

相对于王世贞一生的思想轨迹，对李维桢影响最大的当属王世贞晚年文

① 钱谦益撰，许逸民等点校：《列朝诗集》丁集卷六《王尚书世贞》，中华书局，2007年，第4454页。

② 李维桢：《续刻凤洲王先生文抄注释》卷一，明刻本。

③ 李维桢：《重锲凤洲王先生文抄注释》卷二，明刻本。

④ 贾飞：《复古派领袖王世贞：“性灵说”的先驱》，《求索》2016年第11期，第137页。

⑤ 李维桢：《续刻凤洲王先生文抄注释》卷二，明刻本。

⑥ 李维桢：《续刻凤洲王先生文抄注释》卷二，明刻本。

学思想，李维桢清晰地看到王世贞文学思想早晚年的不同，其在《读苏侍御诗》一文中称："余友邹孚如尝言，王元美先生《艺苑卮言》抑白香山诗太过。余谓此少年未定之论。晚年服膺香山，自云有白家风味，其《续集》如白趣更深。"[①] 在《黄友上诗跋》一文中也曾言及："今言诗莫盛于吴，吴得一弇州先生名世，天下翕然宗之。余尝疑'杜子美不啻有十王摩诘'语，窃以为轩轾太过，后见先生晚年定论，殊服膺摩诘，又极称香山、眉山，非后人所可轻议。"[②] 李维桢对王世贞文学思想所持的是"弇州晚年定论"说，在《宋元诗序》中认为"二三大家，王元美、李于田、胡元瑞、袁中郎诸君子，以为有一代之才，即有一代之诗，何可废也"。这种认知，是肯定王世贞晚年思想与七子复古主张的不同，更接近袁宏道等人，这种认知，在当时的环境下，有点超前。

其次，从注释内容而言，不仅可见李维桢对王世贞行文的由衷赞赏，亦可知王世贞与李维桢文学思想的相近性。李维桢将所选王世贞的文章进行注释，在此需要说明的是，注释不同于评点，评点是一种评论形式，一般更多的是带有评阅人主观情绪，甚至是一家之言，如金圣叹评点《水浒传》中的卢俊义时言及："卢俊义、柴进只是上中人物。卢俊义传，也算极力将英雄员外写出来了，然终不免带些呆气。譬如画骆驼，虽是庞然大物，却到底看来觉道不俊。柴进无他长，只有好客一节。"[③] 作者的态度和立场明了于纸上。而注释则是对书籍或文章的主旨、语汇、背景、引文作介绍、注解的文字，注释者的态度偏于客观。然而李维桢在注释时，却时常超越客观情怀，显现其主观赞叹，如王世贞在《检斋遗稿序》中论述道："夫天之定不定，不足以忧贤者，而忧世道也。"李维桢注释道："足此二句有万钧力。"[④] 再如李维桢阅读完王世贞为沈炼写的墓志铭后，认为："此铭奇伟激切，真足以慰公矣。嵩蕃顺楷，自当含愧地下。"[⑤] 对于王世贞的元朝态度，李维桢更是赞不绝口，"夷狄难王中国，固为常道，况天心厌乱，虽改命于昏朝，常申命于明主。弇州此论，最为高古"[⑥]。

---

① 李维桢：《四库全书存目丛书》集部，齐鲁书社，1997 年，第 153 册，第 623 页。

② 李维桢：《四库全书存目丛书》集部，齐鲁书社，1997 年，第 153 册，第 681 页。

③ 金圣叹：《读第五才子书法》，清刻本。

④ 李维桢：《续刻凤洲王先生文抄注释》卷二，明刻本。

⑤ 李维桢：《续刻凤洲王先生文抄注释》卷四，明刻本。

⑥ 李维桢：《续刻凤洲王先生文抄注释》卷三《读元史》，明刻本。

因此李维桢的注释不是完全的客观，或是完全的主观，而是游离于二者之间。

李维桢所选的两百多篇文章中，涉及王世贞多方面的文学思想观念，李维桢对王世贞文学思想的认同主要集中在尺牍观、法度观、屈原观等方面。李维桢在《尺牍清裁序》中注释道："此篇首言书之不可废，次言书之用大焉。夫千里寄情，皆在于书中言，尺牍清裁之美未结自言，其序适足以供酱瓿耳。"① 此论亦是王世贞喜爱书牍之因，王世贞曾言及"书牍，有最他文"②，李维桢也选中该序，且赞同书牍之最一说。至于法度观，除了前已提及之文，李维桢还选取王世贞《宗子相集序》，其注释："此言子相之诗若文，不欲自贬其奇，亦未尝自废于法。"③ 而宗臣乃王世贞之挚友，能够做到"超津筏而上之……以子相之诗，足无憾于法，乃往往屈法而伸其才，其文足尽于才，乃往往屈才而就法"④，王世贞颇为重视，如果不是其去世过早，必定大有作为。如此之论，在所选文章中，比比皆是。而屈原观主要体现在对屈原的态度之上，对于司马迁和班固的不同之论，李维桢和王世贞均走向了司马迁，王世贞认为："班固得屈氏之显者也，而迷于隐，故轻诋中垒，王逸得屈氏之隐者也，而略于显，故轻拟，夫轻拟之与轻诋，其失等也。然则为屈氏宗者，太史公而已矣。"李维桢在注释中也认为"太史公可谓屈原知己"，"此言班固虽不与太史之论，然卒不敢贬屈子之文"⑤，且二人同样认为屈原文章过于哀怨，有损文章中和之道，行文应该和而不怒，李维桢论及"言离骚不忝恩怨数语，即孔子必列之楚风"⑥。

当然，李维桢对所选之文并不是一味的肯定，他也指出王世贞创作中的不足，如其在《奉送按察副使耿公迁治上谷序》中说道："篇中详具耿公善治之才，而未备述诸君子颂祝之意。"⑦ 李维桢能够采取如此中肯的态度，值得称赞。

再者，从文献价值而言，可补王世贞生平资料之阙。王世贞与李维桢有其

① 李维桢：《重锲凤洲王先生文抄注释》卷三，明刻本。

② 王世贞：《弇州山人四部稿》卷六十八《凌玄旻赫蹶书序》，明刻本。

③ 李维桢：《重锲凤洲王先生文抄注释》卷三《宗子相集序》，明刻本。

④ 李维桢：《重锲凤洲王先生文抄注释》卷三《宗子相集序》，明刻本。

⑤ 李维桢：《续刻凤洲王先生文抄注释》卷二《楚辞序》，明刻本。

⑥ 李维桢：《续刻凤洲王先生文抄注释》卷二《楚辞序》，明刻本。

⑦ 李维桢：《重锲凤洲王先生文抄注释》卷二，明刻本。

生活的交集，两人还相互酬唱，因此李维桢对王世贞生平事迹略知一二，该书中亦有所涉及，如对于王世贞与孙元之、李伯承的交友关系，李维桢注释道："公（王世贞）始友伯承，继友元之，故欲称元之先以伯承起之。"[①] 这就为王世贞交游研究提供了参考。再如李维桢在《送山东按察使朱公迁山西右辖序》中言及"元美目击当操切有伤治脉，故送朱公序，美其以平阳治齐者，治齐又欲其以治齐者治晋"[②]。此言不仅叙述了王世贞写作该文的目的，还概况其文章大意，亦描写了王世贞的日常行为活动。而这些文献信息，在王世贞文集中均没有提及，这也是该书的价值体现。

另外，从传播目的来看，一是有利于降低王世贞文章的阅读难度。王世贞学识渊博，并主张"该博畅达，反是虽工弗录"[③]，要求博识不能有损于行文，虽是如此，但是不可能每一位读者都能够有王世贞那样广博的学识，因此在王世贞看来简洁明了的行文，他人读来却未必。如晚辈周俎就曾提及王世贞文章难懂，王世贞回信时说道：

> 虽然仆所不自得者，或求工于字，而少下其句，或求工其句，而少下其篇，未能尽程古如于鳞耳。至于僻语奥意如足下所云，幸擿而示我，当一一明之。仆固不敢创见而为字，创法而为句也。[④]

即他人觉得王世贞文章有钩棘晦僻之处，王世贞却依然认为自己没有独创，自己所言皆符合法度。而李维桢将所选之文进行注释，其注释不局限于文章主旨大意的概括，还包括行文字词，甚至是推测某些句子王世贞创作的原意，这就极大地减轻了原文的阅读难度，方便后人对王世贞文章的阅读和理解。如李维桢注释《卢次楩集序》时，概括王世贞创作该文的意图为"论次楩为人殆豪爽者流，论其文则赋为胜于诗云"，注释"谢生者"为"谢榛也"，解释"不得离津筏而上之"时认为"大曰筏，小曰桴"，在王世贞言其文章创作

---

① 李维桢：《续刻凤洲王先生文抄注释》卷一《送孙元之明府之新淦序》，明刻本。
② 李维桢：《重锲凤洲王先生文抄注释》卷一，明刻本。
③ 王世贞：《弇州史料》前集卷十，明刻本。
④ 王世贞：《弇州山人四部稿》卷一百二十八《答周俎》，明刻本。

时喜酒时，李维桢注解为“置贫不省而贷酒著赋，次梗真豪放人哉”。[①] 李维桢使此文读起来，几乎没有任何难度。

二是有利于具有针对性的传播王世贞之作及理论主张。李维桢所选文章的内容与其所持“弇州晚年定论”完全吻合，在这里，我们没有看到一位锐气风发、摇旗呐喊“文必秦汉，诗必盛唐”的复古者，而是一位注重情法合一、追求真我的文坛领袖，王世贞在分析中晚年之作时，曾感触道：“仆于诗，格气比旧似少减，文，小纵出入，然差有真得以告。”[②] 故而我们可知李维桢的选文和注释意图非常明显，这也有利于王世贞中晚年文学主张的传播，重新塑造王世贞形象。

朱彝尊曾言：“元美即世之后，（吴国伦）与汪伯玉、李本宁狎主齐盟。”[③] 因此《凤洲文抄注释》的发现，更加印证了王世贞和李维桢二人之间的关联，且更加证实了李维桢对王世贞的雅慕之情。

---

① 李维桢：《续刻凤洲王先生文抄注释》卷一，明刻本。

② 王世贞：《弇州山人四部稿》卷一百一十八《徐子与》，明刻本。

③ 朱彝尊：《静居志诗话》，人民文学出版社，1990 年，第 390 页。

散文研究名家学述

牢筑古文根基，提升治学境界

——访中国社会科学院文学研究所谭家健先生

李庚辰 *

谭家健先生

李庚辰：谭老师，您好！我现在还是大学本科生，没有确定将来的主攻学科，想先粗略了解文学院各学科的大致情况。您是著名的古典散文研究专家，曾担任中国古典散文学会、中国骈文学会会长，著有《中国古代散文史稿》《中国散文史》《中国散文史纲要》《先秦散文纲要》《先秦散文艺术新探》《墨子研究》《六朝文章新论》《中华古今骈文通史》等多部专书。您从事中国古典

* 李庚辰，中国社会科学院大学文学院大三学生。本次采访时间为 2020 年 9 月 30 日。

散文和骈文研究逾六十年。对于初步接触古文研究的年轻人，您能否谈谈学习古文的意义？

谭家健：研究传统文化，必须学好古文。古文是进入传统文化研究的基础、基本工具。不管你将来是研究现代文学、外国文学，还是研究语言学，都要了解传统文化，都需要学好古文。现在许多研究文学的人，古文基础似乎都有所欠缺。

中国古代的经典几乎都是古文书写的，古代读书人一定要有古文基础。即使商贾工农也要尽可能粗通文字，才能够写书信、记账本。在古代的教育中，学生不但读古文，而且还要学会写古文。五四以后，古文退居次要地位，白话文占主要地位，古文在一定程度上被忽视了。现在学生不会写古文，但是一定要能看得懂。中国古籍汗牛充栋，如果完全看不懂古文，只看现代人写的书来了解中国文化，那是远远不够的。所以中文系的学生要打好古文基础，尽量对古文掌握得熟悉一些，争取能够比较方便地阅读古文、理解古文。

李庚辰：中文系的学生在大学阶段如何打好古文基础呢？

谭家健：古文基础涉及许多学科。我上大学的时候，北京大学一年级上现代汉语、古代汉语、语言学理论，接着是中国文学史、中国历代文学作品选，等等。我当时不准备研究语言学，但我也很认真地学这些课程。在大学阶段，大家不太感兴趣的音韵学，我能认真地对待。这对我后来从事古典文学研究以及在国外讲学，都带来益处。本世纪初我受聘到马来西亚某大学任客座教授，每周要讲四门课。第一学期给我安排的是古代汉语、音韵学、《诗经》、中国文化史。讲中国文化史用我自己主编的《中国文化史》作讲义。讲《诗经》也不成问题，它是先秦文学的一部分。至于古代汉语，我在北京大学是由魏建功先生讲授的，他是非常好的老师。音韵学由王力先生讲了一部分。很多学文学的学生不太愿意学这些语言学的课程，但是我都认真地听了。我进大学时十九岁，到马来西亚讲这些课的时候已经六十多岁了，几十年没有接触这些知识，出国之前赶紧备课。北大毕业的一位老同学，是研究音韵学的专家，他拿出了一些书给我参考。在讲古代汉语这门课时，他建议我从文字学讲起，然后是音韵学、词汇学、语法学、修辞学。这两门课讲下来总算完成了任务，学生都能听懂（他们都是华族），很大程度是因为我有当年的基础。这所大学此后又连续聘我三年，如果我讲砸了，是不会再请我讲课的。

就研究来说，我写的《先秦散文艺术新探》一书中，有几篇文章涉及先秦散文中的韵文，我讲出土文献，认为它们具有文学性。先秦散文、韵文不分，我从文学的角度和音韵学、修辞学来讲这些出土文献。这些文献有的读起来是押韵的。如果我在大学没学好古代汉语和音韵学，而按照现代的韵读来判断古文是否押韵，那是不可以的。

李庚辰：古籍浩如烟海，学习古文应该从哪里入手呢？

谭家健：我的意见是，作为初学者，大学本科生，应先易后难，先浅后深，循序渐进。

首先是学习古文的选本。老一辈学者，很多都是从《古文观止》开始，因为这部书在清代是最普及的一个选本。杨振宁说他当年最初接触的古典文学读本就是《古文观止》，书中的文章，有些至今还能背。他是科学家，并不研究文学史，然而《古文观止》对他影响很深。现在学习古文，比《古文观止》好的选本很多。该书中，先秦两汉的文章占了一半，六朝的文章选取得太少，清代以后的文章基本没有选，不够全面。当代出版的古文选本，各个朝代都有，比较全面。

先秦的一些经典可以读全本，也可以读选本。《论语》《孟子》《荀子》《老子》《庄子》《韩非子》《墨子》，这七本书，要从头读到尾，读懂不容易，但浏览是可以做到的。《尚书》很难读，《左传》《战国策》好懂一些，可以读选本，读完也不难。《周易》的经部很难理解，十传可以当作散文来读，它们是一篇篇的长短不一的文章。先秦的书要努力多读些。汉代以后的文章太多，主要读选本。《史记》《汉书》这些大部头的书读完很难，应先读选本。严可均的《全汉魏三国两晋南北朝文》（按：指《全上古三代秦汉三国六朝文》）以及《全唐文》《全宋文》《全元文》，很难读完。唐宋八大家及其他名家我主张先读其选本，后读全集。

李庚辰：如何阅读古文与骈文作品，提升研究境界？

谭家健：我觉得作为中文系的学生，要精读、细读古文和骈文作品。宁可读得少一些，也要读得精一些，细一些。精读、细读要借助工具，包括前代和当代学者的注释。没有这些注释，多数人很难读懂骈文。

如何提升研究境界？我提倡仔细读。所谓仔细，就是对作品的字、词、句、段、篇，一一分析、细细体味。不管研究哪个年代的文学，把文章吃透，读出味道来，你就忘不掉了，这个营养是终生受用的。马马虎虎地读过去，似懂非懂，就容易忘记。我写的《中国散文史》《中华古今骈文通史》和《先秦散文艺术新探》《六朝文章新论》，一些读者和学者认为分析比较细致。对于古代散文的著作，我往往是一本书一本书细讲，一个作家一个作家分析综合，重要作品一篇一篇地、一段一段深究其意味。

我特别注意将课堂所学各种知识拿来作为精读、细读文学作品的工具。大学一年级，我学文学理论，就尝试用形象性、艺术性、结构等理论来分析古文作品。学完逻辑学，我就拿“否定之否定律”“排中律”等来分析古代文章的逻辑。学完音韵学，我就用它来分析古文音韵的使用情况。我大学二年级写的《孟子散文的艺术特征》，把当时学的东西用上了。王力先生在上课时说：“你们班有个同学，写孟子散文特征，就用了修辞学的方法嘛！”

我在精读时，注意分析作品的用韵。例如，我关注到，文章中的“者”“也”，多一个少一个，是不一样的。有一次我在电视剧中看到，演员在吟诵李白的《春夜宴桃李园序》，他读成“天地者，万物之逆旅也；光阴者，百代之过客也”。原文没有这两个“也”，他把两个句子都以“也”结束，平仄和顿挫是不合适的。再比如，《滕王阁序》“落霞与孤鹜齐飞，秋水共长天一色”。有人说“与”字可以省，但我认为不能省。从音韵学来讲，“落霞孤鹜齐飞”六个字，顿三次，七言和六言是不一样的，有了“与”字，这句读起来就可以拉长一些，语气可以显出低昂。同样，“共”字也有其音韵和节奏的作用，这是诵读起来才能体会到的。

我的文章著作比较注意分析典故，也注意分析用字。作家用典，用得恰当自然好，如果别人看不懂就不好；用字巧妙当然好，如果为巧而颠倒语序就不好。比如在《北山移文》里，“泪翟子之悲，恸朱公之哭”。第一，改墨子为翟子，称杨朱为朱公，属于生造人名；第二，不守正常语序，“泪”是个名词，放到这句开头就变成了动词，在语法上是讲不通的。句意应该是“翟子之悲泪，朱公之哭恸”，作者变换求巧，却破坏了语法。古人有时候选词练字十分精妙。范仲淹的《严先生祠堂记》有“先生之风，山高水长”。“先生之风”的“风”，起初用的是“德”、是“智”，最后用的是“风”，大家认为最好。好在哪里？“风”比“德”“智”更形象，更具有概括性和联想性。王安石的“春风又绿江南岸”的“绿”字，改得也很好。还有加字的，如欧阳修的《相州昼锦堂记》“仕宦而至将相，富贵而不归故乡（按：依通行本应为“富贵而归故乡”）”，原来写的是“仕宦至将相，富贵归故乡”，两个“而”字是别人建议加上的，这两个字看似多余，实际上有进一层的意思。“仕宦至将相”是一种普通的叙述，“仕宦而至将相”中的“而”有强调、递进的意味。“富贵而不归故乡（按：依通行本应为“富贵而归故乡”）”的“而”的效果也类似，突出了它的特殊性。

我们读书时，要注意将一些字句与具体的历史境况联系起来，进行政治思想历史环境的分析。南宋骈文家李刘的《贺丞相明堂庆寿并册皇后礼成平淮寇奏捷启》，其中“南方之强欤，北方之强欤，风移俗易”一节，有古人批判作者过分地歌颂了当时的奸相史弥远。此文是讲平叛战争取胜，题目“贺”的是宰相而不是前线将帅。我认为不必过分怪罪作者。在当时，此类文章不赞颂丞相是不合贺启之文的“规矩”的。各地方打了胜仗，向朝廷报捷表，第一个要归功皇帝，第二个要归功的是宰相，最后才是指挥官。这是当时应用文的格局，非这样写不可，所以对于这篇文章不必说李刘是曲意奉承。许多文章，不经过细读，就无法准确理解。

我比较喜欢引用古人评点的成果。我写的骈文史，在注释中，引用了现代人的观点400多条，引用古人的评点更多。我所用的一些评点的书，得之不易。清代骈文选、民初的骈文选，都非常好，用的人却不太多。我有三次去东北师大，讲学，答辩，或路过，都去该校图书馆看书。该馆有一批很珍贵的评点之书，图书管理员把书从书架上拿下来，灰尘很厚。我看这些书，那位老图书管理员非常高兴。他说，这些书之前根本没有人翻过，你来这里不止一次地读。我还抄了很多卡片。那个图书管理员对该校学生多次讲这个例子。

李庚辰：谭先生，过去，学术界研究中国骈文史一般止步于清朝结束。而您的《中华古今骈文通史》不仅梳理了中国现代、当代的骈文发展史，而且将域外中华文化圈的骈文创作也纳入论述视野。您做这些学术开拓，是出于什么考虑？

谭家健：我的骈文史由两部分组成：第一部分是讲清代以前，可以说是总结前人包括今人的成果，不全是我的创见；第二部分是论述台湾、东南亚、朝鲜、日本等地的骈文，这算是我的开拓。我事先并没有想到这中国些。我的中国骈文史最初是简史，只有40万字，觉得有些问题没有说清楚，尚待补充，因而没有出版。中国的部分里，特别是辽金元的骈文，我觉得自己说得不好。姜书阁的《骈文史论》认为宋以后没有骈文，就完全不讲，我是不太满意的。所以我把辽金元明骈文专设一章，想写成一部完整的骈文史。（于景祥的《中国骈文通史》也写了辽金元，但轻重与我有别）

论述域外骈文的部分，第一是因为我在国外讲学多年，看到了一些域外资料，包括很多出土的墓碑，不少是用骈文写的；第二是我到过中国香港、台湾及韩国等地讲学、开会、作学术访问，看到一些中国大陆所见不到的骈文集子；第三是在中国社会科学院和北京大学图书馆我得到许多朋友的热心帮助，找到一些外国出版的骈文和散文集子。这些资料很罕见；有的文章很可用。它表明，中国古代的文化对周边国家和地区影响很深，因而我想尽可能地做些研究和介绍。我最初想的是只写一章，两三万字，台湾的写一章，外国的写两章，举几篇例子就可以了。后来我找到的材料越来越多（有的是外地的和外国的朋友主动寄来的），结果写到了30多万字，占了全书的三分之一篇幅，成为本书一个突出的特点。此外，我利用这些资料还撰写了一部《域外古典散文选评》，将于近期出版。

研究外国人用汉字写的古文和骈文，我只是开了个头，写了个大概，再要细写就不是我的任务了，我没有精力了。现在国内研究中国周边国家的汉字圈，南京大学是一个核心，山东大学也在做。他们的重点是找回中国流传在外国的汉籍，而不是去研究外国人用汉字写的书。当然也有一部分人注意到了这个方面，慢慢可能也会发生研究重心的转移。中国流传到国外的书籍毕竟是有限的，而外国人用汉字写的书，是几百上千年累积下来的，量相当大。韩国和日本很重视这些书籍，我希望国内将来有人继续这方面的研究。

李庚辰：谭先生，您长期担任中国古代散文学会会长、中国骈文学会会长。您能否谈一谈现在散文、骈文研究的现状以及发展趋势吗？

谭家健：我在这两个学会工作了二十年，付出了一些心血。我的目的就是通过两个学会，联络散文、骈文研究领域的朋友，给大家提供讨论和沟通信息的机会。散文学会现在的会长是北京师范大学郭英德教授，骈文学会现在的会长是南京大学的曹虹教授。目前研究散文、骈文的文章著作以及国家社科基金的立项越来越多，研究队伍正在不断扩大。当然，也存在重大项目之间出现重复的隐患。此外，对一些重要学术观点，学界并未取得一致意见。大批年轻的新生力量参加进来后，加之网络检索的方便，诸多问题会逐步得到解决。总之，我对这两个学会，对古代散文、骈文的研究前途充满信心。

一位致力于中国学术多样化拓展的汉学家
——田浩学术研究侧记

杨新勋*

摘要： 田浩是美国20世纪后30年致力于中国学术研究的一位佼佼者。他前期专注于研究陈亮，认为陈亮思想中义与利、王与霸在更高层次上具有统一性，属于重视结果的事功伦理，可定性为功利主义，陈亮对公与私以及法的论述也有重大意义。他中期转入对朱熹和金元儒学的研究，论述议题更为广泛，在对中国学术多样性内涵揭示上也更为丰富。

关键词： 事功伦理；形上学；多样化拓展

20世纪美国的汉学研究在世界汉学研究领域里异军突起，尤其是后30年出现了前所未有的繁荣景象，为数众多的美国汉学家用自己的激情和才华在中国学（Chinese studies）领域里进行了辛勤的耕耘，结出了一串串令人艳羡的硕果。田浩（Hoyt C. Tillman）就是这些学者中的一位佼佼者。

一、求学之路

1944年，田浩出生于美国东南部佛罗里达州的克雷斯特维尤（Crestview）

---

* 杨新勋，南京师范大学文学院教授。2015年2月至2016年2月在美国亚利桑那州立大学跟随田浩访学一年。

小镇，那个地方相对有些偏僻。虽然经过了二战和韩战，美国人对中国早已不陌生了；但是当年在美国南方见到一个中国人仍然是件新鲜事。对童年的田浩来说，中国仅仅是在地球另一端的一个国家而已。

1962年，田浩进入密西西比州的贝翰文（Bel-haven）学院攻读欧美史，他到附近的密尔塞普斯（Millsaps）学院选修了一门长达一年的欧洲史课程，那门课的老师是从奥地利逃亡美国的麦克马伦（Mcmullen）女士。撰写期末论文时，竟意外地遇到了一个中国题目——“革命的中国共产党员在1950年之前对俄国革命的态度”，从此改变了他的一生。他对这个题目产生了浓厚的兴趣，希望去弄个明白。论文的撰写让他发觉美国一般大学的图书馆中有关中国研究的资料很不丰富，研究更谈不上深入，他希望在这个领域里做出自己的贡献。之后，田浩进入佐治亚州的埃默里（Emory)大学读研究生，不久又转到弗吉尼亚（Virginia）大学，师从马思乐（Maurice Meisner）和林毓生两位著名的学者。马思乐是一位马克思主义研究专家，林毓生是一位儒学思想史研究专家，他们都是史华慈先生（Benjamin Schwartz）的学生。由于马思乐转聘威斯康辛大学麦迪逊分校，这样经马思乐推荐，田浩在1968年正式转入哈佛大学，师从史华慈先生和余英时先生。像一路攀援而上的藤一样，他追寻着自己的梦想走上了学术的殿堂。

在哈佛，田浩遇到了费正清、史华慈、杨联陞、赖肖尔（Edwin Oldfather Reischauer）、洪业等著名的国际汉学家，向他们系统学习中国文化和思想，如饥似渴地汲取着营养。此外，他还向卡洛琳·拜能教授认真学习了欧洲中世纪思想史。正如他大学时特别喜欢Julius Scott老师的早期基督教理论课一样，这都为他日后深入分析中国儒学思想结构打下了良好的基础。临近毕业那年，他有幸结识了前来参加会议的普林斯顿大学的刘子健教授，勤奋严谨、思路清晰的他给刘教授留下了深刻印象，他们结成了忘年交，刘教授后来为田浩撰写《朱熹的思维世界》提供了巨大帮助。八年充实而美好的哈佛时光，田浩先读完了硕士，后又顺利地拿到了博士学位，并成功地得到了亚利桑那州立大学的教职。学习中文尤其是儒家思想，不但极大地满足了田浩的好奇心和兴趣，而且让他感到了某种深层的温暖和感动，也令他在日后的研究和游学中体验了由衷的开心和快乐。

二、专注陈亮研究

从不随波逐流，人云亦云，而是透过历史叙事的表面，突破学术传统的主流话语，力求揭示研究内容的多样性，可以说是田浩汉学研究的最大特色。

田浩的博士论文是《功利主义儒家——陈亮对朱熹的挑战》[①]，这也是他的成名作。陈亮在我国历史上历来评价不高，20 世纪前中期国内学者对陈亮研究往往和现实政治有关，除了文献优长之外，理论见解很难说客观、深入，而国际汉学界在田浩撰写博士论文时仅有为数不多的几篇论文。[②]《功利主义儒家》一书不管是文献的利用、问题的考订，还是材料的分析、内容的论述、观点的提出，以及整体的理论建构，都可圈可点。此书从初稿撰成到今天虽已四十多年，但仍然可以说并不过时。

朱熹曾评价陈亮的言论是“义利双行，王霸并用”[③]，此后人们对陈亮思想的界定众说纷纭，莫衷一是，但一致将他排除在儒学尤其是道学之外。利用台湾“中央图书馆”所藏宋本《圈点龙川水心二先生文萃》，田浩找到了一些不见于传世《龙川集》中的文章，这些文章显示陈亮早年曾经十分热衷于程颐理学，后来才逐渐走上了自己的道路，这为田浩深入认识陈亮思想提供了基础，也为他分析陈亮与朱熹论辩提供了新的视角。得力于史华慈先生人类文明比较学的理论思维，尤其是用比较史学的方法深入探讨儒家文化内部多样性和张力的学术取向，田浩也致力于儒学思想内部义与利、德性与事功等对立范畴的认识，在此基础上去理解王与霸、公与私等概念在陈亮和朱熹思想中的实际意涵和各自言说动机。由此，田浩认为虽然陈亮早期醉心于程颐的理学思想，

---

① Hoyt C. Tillman: *Utillitarian Confucianism, Ch'en Liang' Challenge to Chu Hsi*, Harvard Press, 1982; 田浩著，姜长苏译：《功利主义儒家——陈亮对朱熹的挑战》，江苏人民出版社，2012 年。

② 如日本庄司莊一之《陈亮の学》（《东洋の文化と社会》，1954 年第 5 期，第 82—100 页）、《朱子と事功》（《朱子学入门》，1974 年，第 465—480 页）与《功利学派陈亮の变通の理しつぃて》（《入矢教授小川教授退休纪念中国文学语学论集》，1974 年，第 511—524 页）；〔日〕吉原文昭：《陈亮の人と生活》（《中央大学文学部纪要》，1980 年，第 26 卷，第 31—118 页）；Hellmut Wilhelm, *"The Heresies of Ch'en Liang"*, *Asiatische Studien* 11.3-4, 102-112, 1958。

③ 朱熹：《与陈同甫》，《晦庵先生文集》卷三六，朱熹撰，朱杰人等主编：《朱子全书》，上海古籍出版社、安徽教育出版社，2002 年，第 21 册，第 1581 页。

但在特殊的时代背景下，加上自己的地区、家庭、经历等原因，中后期他心中“道”的意涵发生了变化，转向了重视结果的事功伦理，认为在更高层次上义与利、王与霸是统一的，对立双方可以协调统一，达成平衡，从而走向了功利主义。由于陈亮思想不注重抽象思辨，其形而上学未得到系统发展，他虽然用伦理价值支持其对政治问题的分析，仍不能有效克服功利主义在道德上的不足，致使其理论不够完善；但这相比于北宋前期李觏主张独立于道德价值之外的事功伦理、王安石忽视义利和王霸的历史性而专重制度取向来说，不但扩大了事功理论探讨的学术视野，而且也深化了对问题的历史和学理探讨，这为尝试解决南宋时代课题提供了一种有益的理论基础，他认为义利、王霸可协调和平衡的认识表现了中国儒学中这一理论在宋代的新进展。朱熹在形上学方面追求终极的理一元论，但他却在谈论历史、政治时却单方面强调了伦理动机的重要性，以突出对性善的论述，并一定程度上限制和贬抑情和欲，进而严格区分义利、王霸（流露出二元论倾向），走向了强调动机的道德伦理。因此朱熹与陈亮在儒学理论范式上发生了激烈冲突，他对陈亮提出了尖锐的批评。田浩认为陈亮思想自有其历史的、文化的合理性和创造性，这就表现了在史华慈之后对中国儒学内容多样化研究的具体进深。

在《陈亮论公与法》中[①]，田浩进一步深化了他的论述。他认识到，陈亮在一定程度上已区分“私”与“自私”、“欲”与“贪欲”的不同，“私”和“欲”并非本来是恶的，这使他能从自然主义的观点、从生理的角度来看待人性，把人欲和善都包含在人性之内，表明陈亮已认识到人的自然欲望、“私”和“私利”都有合法性、正当性。“出于性，则人之所同欲也；委于命，则义有制之者而不可违也”[②]，“天运之公，人心之私，苟其相值，公私合一”[③]，“人生不能无欲……苟在我为有自安之分，则在人无不尽之情”[④]。陈亮的“公”“义”更多倾向于公益，是人们共同的欲望、利益，实际上也是社会的道德基础，人的私、欲、情出于性和命，是个人的自然欲望和生存基础，出于天运的公与出于

① Hoyt C. Tillman: *Ch'en Liang on Public Interest and the Law*, University of Hawaii Press, 1994;〔美〕田浩：《陈亮论公与法》，田浩编，杨立华、吴艳红译：《宋代思想史论》，社会科学文献出版社，2003 年。

② 陈亮：《问答》，《陈亮集》卷四，中华书局，1974 年，第 40—41 页。

③ 陈亮：《祭王道富太宜人文》，《陈亮集》卷二十五，第 379 页。

④ 陈亮：《祭李从中母夫人文》，《陈亮集》卷二十五，第 383 页。

人心的私、欲、情在一定程度上有相契度，二者也就具有了连通性、合一性，一定程度的私、欲、情也就获得了正当性和合理性。这样，产生于具体的历史背景和社会秩序的“因事而作”的“法”正可使人由私入公，导民趋向公益，从而具有平衡公私、化私为公的作用。这种弱化公与私、义与利的对立，力图沟通其间道德鸿沟，并做有机统一的论述，不但使陈亮在儒学理论上超越了荀子（指其将善与人性分离、将礼抽离历史背景认为是古圣所制方面），而且表现了儒学理论的新发展。基于特殊的时代和地域背景，陈亮对人的生存和欲望正当性的认识具有某种现代意义的“公民意识”，对政府起源的潜在认识也多少具有了契约论色彩。在此，田浩指出陈亮对寻求调和人我关照的公益和私利的关系的认识，以及对功利和事功内在合理性的论述，把儒家长期以来的二分法概念给综合统一了起来，为儒学理论的发展做出了新的贡献。田浩指出陈亮的这一观点是一种给人印象深刻的具有原创性的论述。田浩这一论述还证明了日本学者沟口雄三对中国儒学思想论述的缺失。沟口氏曾指出二程、朱熹的“公”指绝欲去私，程、朱对“公”的论述强化了公私对立，因此他认为受资本主义萌芽的刺激到16世纪中国儒者才发展出一套自然主义的人性观，而长期的公私对立也削弱了中国人的自由和人权观念。[①] 田浩从儒学结构方面对陈亮的论述，不但突出了陈亮在这方面的创见，而且在一定程度上揭示了儒学内在的人性机制和人文传统以及儒学伦理落脚的义利关系[②]，这样沟口氏的结论就不只是武断，而且是肤浅了。

三、转而研究朱熹

早在攻读研究生期间，田浩就曾跟随史华慈先生选修过一门《朱子语类》

---

① 〔日〕沟口雄三：《中国における公私概念の展开》，《思想》，1980年，第669页。又沟口雄三：《中国の思想》，大藏省印刷局，1991年。

② 按：孔子有“见利思义”（《论语·宪问》）“因民之所利而利之”（《尧曰》）、孟子有“明君制民之产”（《孟子·梁惠王》）等言论，《周易·文言》有“利者，义之和也”的言论，说明利本来也属于儒学最初关照的对象，并有探讨二者统一的可能；只是由于时代和社会原因儒家突出了德、义的重要性，强化了义利的对立性，而搁置了二者统一性的认识。

的课，研究陈亮也无法避免对朱熹思想和学术的探讨，但研究重心和主体论述毕竟不是朱熹。后来田浩研究的主体论述越来越向朱熹转移，田浩的研究之路经历了一个由陈亮到朱熹的转化过程。

相对来说，《朱熹的思维世界》一书在中国台湾和大陆流传更广[①]，争议也更多，但一个不争的事实就是此书将朱熹的思想置于一个更广阔的学术背景下展开，对宋代儒学、道学的群体研究和学理内涵做出了新的多样化拓展。

20 世纪八九十年代，我国大陆已出现了几部颇有代表性的从哲学上系统探讨宋代理学的著作，而且已经谈到朱熹思想从道南一派尤其是李侗的理学思想发展而来的过程，有的还谈得颇为深入；但是，田浩此书显然没有只是从哲学角度切入，而更像是一部从社会史与思想史相结合的角度来着手的南宋道学发展史。对田浩来说，“道学”一词并非朱熹以来尤其是《宋史·道学传》以来“程朱理学”的同义词，而是特指宋代以来侧重探讨“道”并以“道”为主要内容或特色的儒学，这样的界定不但包含了程朱理学、陆王心学，而且也包含了张九成、胡宏、张栻、吕祖谦、陈傅良等以及陈亮早期的学说，内涵极其丰富。事实上，只有更广阔的思想背景下，才能更好地揭示朱熹思维世界发展的轨迹和学理的特点。一如其《功利主义儒家》，田浩延续了将儒学内容分为思辨哲学、文化价值和现实政治三个自上而下的层次理论，以此来对不同的宋儒做界定分析，从而得出：胡宏兼重形上学和政治制度，中心内容是以性为天地本体，其用为心，不严格区分天理、人欲；张栻接受了胡宏的心性理论，重视自我反省和日常功夫，比李侗更倾向于行动；杨时、罗从彦、李侗道南一线把默坐澄心当作体验本心和定性的方法，具有浓郁的思辨哲学的色彩。师承李侗的朱熹，受张栻影响以性为体、心为用，再结合程颐的主敬致知、理一分殊和张载的心统性情理论，主张性未发、情已发，从道德伦理上又反对胡宏混人欲于天理之说；同时为了防止佛教虚无和墨家兼爱，不同于程颢、胡宏，朱熹将“天地以生物为心”解释为生成万物的作用，解释为论仁，又吸收张栻为“心之德”之语发展为仁即理，认为仁是心之德，反对胡宏以觉言仁，形成了自己

① Hoyt C. Tillman: *Confucian Discourse and Chu Hsi's Ascendancy*, University of Hawaii Press, 1992;〔美〕田浩：《朱熹的思维世界》，台湾允晨文化实业公司，1996 年；田浩：《朱熹的思维世界》（增订版），台湾允晨文化实业公司，2007 年；田浩：《朱熹的思维世界》（增订版），江苏人民出版社，2009 年。

完善的具有实践性色彩的心性理论，也完成对杨时、罗从彦、李侗道南学派中思辨哲学的扬弃。因此，朱熹对从历史秩序和政治制度两个层面来谈道的陈亮和从伦理原则与文化价值两个角度来谈道的陆九渊都提出了尖锐批评。

对于田浩此书，陈来评价道："这部著作代表了南宋思想史研究的一个新方向，即在一个更丰富的话语和历史环境中，更具体地把握和理解南宋道学的多元展开。"[①]

《旁观朱子学》是2011年出版的一部论文集[②]，包括11篇论文和1篇访谈录，所论内容虽多与朱子学有关，但也反映了田浩一贯注重历史复杂性和内容多元性的治学特点，而且学术议题更为广泛，有些内容国内学者也很少涉及。书的第一部分"思潮与经济发展"探讨了宋元思想与经济、政治、社会的关系及其当代意义。在此，田浩不认同某些韩国学者以及余英时、黄进兴等认为程朱思想更符合马克斯·韦伯"新教伦理"的观点，他认为朱熹由于重视道德培养、心性探讨反而降低了对政治和公益的关注，这与儒商吴火狮正视利益、通权达变的支流传统（更近陈亮）有明显断裂，主流儒家关心的是公平分配和人文良心，这对监控和批评人们的经济活动，尤其是批判资本主义和国家权力的过度膨胀有一定意义，人们不应过分鼓吹理学能转化为生产伦理，因为当今社会的动力更应从自由、公平、合法的市场企业中去寻找，而不只局限于儒家。第八章"陈亮与中国的爱国主义"首先对民族主义或爱国主义概念做了说明，田浩指出中国的"民族主义"与近代西方启蒙运动之后以对国家的忠诚与认同为中心的观念有所不同，而是重民族精神的历史积淀，有排外性，与德国人的观念更为接近，但"天下"大一统的论述使"中国""华夏"的民族主义含义长期隐而不彰；由于南宋偏安，"中国"一词在陈亮头脑里出现了歧义，使他走向了民族主义，主战抗金，反对和议，这与追求普遍价值的朱熹明显不同，也与李鸿章有程度之异。此书其他章或论述教育，或论述创造力，或论述文化和哲学，纵论古今中外，包罗万象，对宋代学术做了多方面的拓展性的探讨。

---

① 见田浩《朱熹的思维世界》（修订版）封底推荐语。

② 〔美〕田浩：《旁观朱子学》，华东师范大学出版社，2011年。

四、金元道学研究及其他

此外，值得一提的是田浩对金元北方道学的研究。受《元史·赵复传》及《宋元学案》的影响，人们一般认为我国金元北方理学自赵复被俘始；但是周敦颐、张载、二程等都是北方人，其后学在南宋期间的金国就没有一点传承吗？田浩在1982年就关注到了这个问题，通过阅读大量金儒文献，考索道学传承的信息，他撰写了《金代儒教：道学在北部中国的印迹》一文。[①] 金灭北宋，确实有大量宋儒南迁，但田浩也发现仍有不少宋儒留在了家乡，他们撰写文章，传承二程道学，而且到1190年前后还掀起了一股重要的思潮，编辑了《道学发源》一书，赵秉文和王若虚均撰前言来赞叹编者，大儒郝经也正是在继承以周敦颐、二程道学为主的家学基础上才形成了自己的思想。田浩由此认识到《元史》及《宋元学案》里的“道学”概念和传承叙述都深受朱熹学派的影响，甚至是经过了朱子学谱系化的筛选，才形成了这样的偏颇叙事。对于此文，邓广铭评价说田浩的发现打开了一个崭新的研究方向，并预言中国学者会进行更深入、更彻底的发掘。此后的学术发展一如邓先生所言。后来，田浩在与苏费翔合撰的《文化权力与政治文化——宋金元时期的〈中庸〉与道统问题》一书中设“郝经和宋金元时期的道学”“郝经对经典、《中庸》与道统的反思”两章来专门探讨郝经与北方道学的传承与发展。

田浩很早就对从事中国学术多样化拓展研究具有了清晰的思想意识。他在20世纪80年代已经跳出“费正清模式”的束缚，认识到美国学界有关中国学研究的许多概念和思路均有混乱之嫌，90年代初田浩逐渐形成观点，开始与陈荣捷、狄百瑞（Wm. Theodore de Bary）等美国著名汉学家就“Neo-Confucianism”概念展开了辩论。虽然“Neo-Confucianism”一词可能形成较早，但其流行却是20世纪的事，我国的胡适、冯友兰均曾使用过这一概念，这一词语尤其被所谓的“哥伦比亚学派”和“狄百瑞学派”所习用，指的是程朱理

① 〔美〕田浩：《金代儒教：道学在北部中国的印迹》，《中国哲学》第14辑，生活·读书·新知三联书店，1988年；此文后收入《文化权力与政治文化——宋金元时期的〈中庸〉与道统问题》（中华书局，2018年）一书之“附录”。

学。田浩撰成《儒学研究的一个新指向》[①]一文，指出这一词的所指实际上含混不清，不同学者使用这一词时意涵并不一致，而且有将复杂内容归约化的倾向。因为单从字面上看，“新的儒学”应包含欧阳修、王安石、方以智等人的学问，即使指“道学”也并不限于狄百瑞等人所说的程朱理学或陆王心学，但是有着狭隘固定使用义的这个概念在20世纪的广泛流行却对儒学或道学研究内容的多样性造成了遮蔽，朱子学和阳明学之外的重要思想家的研究被搁置，有关中国思想史研究的复杂脉络也被简单归并，因此他建议使用宋儒的“道学”（Tao-hsüeh [Daoxue] 或 Tao-learning）概念，而具体内涵则应置于特殊的社会语境，探讨其内容的多样性和历史脉络的复杂演变。事实上，早在辩论“Neo-Confucianism”概念之前，田浩已把他与包弼德（Peter K. Bol）、艾尔曼（Benjamin Elman）、韩明士（Robert Hymes）等代表的从社会史与思想史相结合的角度来展开的对中国学术全面而深入的研究称为是“文化史”或“新文化史”研究了。

田浩在其主编的《宋代思想史论》的序言开头写道：“在20世纪后期的宋代思想史研究中，存在着各种不同的思潮和主题，其中一个最关键的问题是多样与正统之间，多元性与一元权威之间的张力。”[②]他正是那个从事“多样”“多元性”研究的代表。

---

① Hoyt C. Tillman: *A New Direction on Confucian Scholarship: Approaches to Examining the Differences between Neo-Confucianism and Tao hsüeh*, *Philosophy East & West*, 43, No. 3, 1993；〔美〕田浩：《儒学研究的一个新指向》，田浩编，杨立华、吴艳红译：《宋代思想史论》。

② 〔美〕田浩：《编者序言》，田浩编，杨立华、吴艳红译：《宋代思想史论》，第1页。

书　评

断代文体学研究范式的新探索
——评谷曙光《贯通与驾驭：宋代文体学述论》

谢　琰*

谷曙光著《贯通与驾驭：宋代文体学述论》（下文简称《述论》）[①]，是作者在博士论文基础上增删修改而成的，凝聚了作者的十年精思，也见证了十余年来文体学研究的进展与繁荣。文体学已成当下显学，但这部成型于十余年前的专著，在理论气度和研究方法上，仍可毫无愧色地站在第一流论著的行列中；而历经十年打磨，愈发富有启发性乃至示范性。傅璇琮先生在《序》中说“此书可谓是对断代文体学研究范式的一种新探索”，而且指出上编第二章《宋代文体系统与文体关系研究》、下编第四章《宋代文体学的核心问题：本色与破体》，是全书“迭出新意，见出功力的重点章节”，“不啻将当前的宋代文学研究向前推进了一步”。我在读完全书后，颇为认同傅先生的学术眼光，深感傅先生已一语道破《述论》的学术创见与学术史意义。我姑且将傅先生的评语作为这篇书评的题目，以此为出发点，对《述论》的性质、内容、思路做出评介与分析，对书中的精彩之处、可商榷之处以及疏漏之处，提出散碎的评论意见。这既是向作者请教，向傅先生致敬并缅怀，也是略申个人见解，希望引起学界对宋代文体学的进一步关注与深思。

《述论》名为“述论”，照我的理解，似有兼顾“概述”和“专论”的意

---

* 谢琰，文学博士，北京师范大学文学院副教授。

① 下文引用谷著皆出自谷曙光：《贯通与驾驭：宋代文体学述论》，人民文学出版社，2016年，不一一出注，特此说明。

思。从基本知识的提供和基本问题的展现来看，该书具有“概述”性质，有助于初学者掌握宋代文体学乃至文学史的全貌；而从具体问题的梳理与解决、重大理论问题的提炼与思考来看，该书又是一部富有创见和个性色彩的“专论”。我初次拜读，对书中不惮其烦地梳理宋代各体文学发展中的“常识”感到不解，觉得浪费了作者的才情与笔力，但再读一遍，始悟作者应有“概述”这一层初衷，而且发现即便是在概述“常识”，作者仍然不断加入自己的精思与求索。比如第32—37页概述宋代散文文体的开拓创新，提到公牍和应用文，这是“常识”，但点出宋代奏议中的“万言书”和司马光《司马氏书仪》，这就是独到发现。据我所知，作者后来专门撰文论述宋代“万言书”，很有创见。再如第286—294页概述“以文为诗”，提到刘克庄所谓“诗人之诗”“文人之诗”的概念，这是“常识”，但又寻得北宋李复《与侯谟秀才》的一段材料，认为上述概念“发明权”应属李复，这就是新收获。进而作者又搜罗到更多有关“以文为诗”的材料，并指出：“主张严守诗文界限的，如杨万里、刘克庄、严羽等，一般都是唐音的推崇者和追随者；而持有诗文借鉴相参观点的，更多是欧、苏、黄等宋诗大家及其提倡者。这样看来，‘以文为诗’争论的深层意蕴是尊唐抑或崇宋的诗学观念与派别之争。”这样，就激活了“常识”，形成了“新知”。通览全书，我发现作者很喜欢围绕“常识”一边温习旧材料，一边不断搜寻新材料，从而发现新问题。这种稳重、亲切、周到的写作态度，我很希望读者能体会。我还发现作者非常重视各个领域的“常见书”或概论书，如康德《判断力批判》、丹纳《艺术哲学》、库恩《科学革命的结构》、韦勒克《文学理论》、李泽厚《哲学纲要》、郭绍虞《中国文学批评史》、胡兰成《中国文学史话》、施畸《中国文体论》等。这些书，或者过于经典而反倒被人悬置，或者因为陈旧、粗糙而不被“专家”所重视，总之不够时尚、不够尖新。但恰恰是这些著作合在一起，才能展现出基石性的知识结构；恰恰是对这些著作常读常思，才会发现诸多新鲜的时见其实早就被陈旧的书籍所道破了。我读《述论》，颇能体会作者对于“老书”“旧著”的情怀，书中常常随手征引，娓娓道来，读之如对课堂，如听讲座。我知道作者在大学是颇受欢迎的教师，儒雅清谈，而读其书，颇能窥其讲坛风采。

《述论》一书，题目又有“贯通”与“驾驭”两个关键词。作者的原意，

“贯通”大概指宋代文体本身的系统性、综贯性及其带来的文体学研究的新特点，而“驾驭”指的是作家对于文体的主导性或能动性。作为读者，我所看到并理解的全书的内容和思路大致是这样的：上编研究宋代文体，是一种当下的文体学研究；下编研究宋代文体理论，则是一种历史的文体学研究。宏观而言，上编属于文学史的研究范畴，下编偏于文学理论批评史的研究范畴，但是由于都贯彻了鲜明而独特的“文体”视角，于是显示出与一般的作家作品研究、流派研究、著作研究、观念研究截然不同的气度与思路，得出了诸多富有启发性的结论，彰显了文体学的方法论张力与潜力。文体学之所以迅速发展为显学，我以为最大的原因可能就是：它刺激我们寻求真正符合中国文化实情的文学理论。这反映了最近十余年我国文化自信力增强的国情。就文体学而言，什么是“文化实情”呢？就是《述论》上编所反复强调的文体的“原生状态”。如何从“文化实情”中发展“文学理论”？一方面要研究古人如何发展理论，另一方面还要从今人立场来重新检讨古人的理论建设。前者构成了《述论》下编的第一到四章，后者构成了下编第五章；当然，前四章中也会随时进行反思、检讨。而在整个下编中，我看到“多元”“斟酌”“争论”“错综”“纠葛”“矛盾”等词汇频繁出现。作者始终在追问：文体分类的繁与简，文体的尊与破，乃至语言的文与白，审美的雅与俗，为何在宋代文体理论中对立如此鲜明，然而又能奇妙地共存？所以，我觉得《述论》一书着重思考了两个问题：一是如何还原宋代文体的“原生状态”？二是如何看待宋代文体理论中的“对立统一”现象？

对于第一个问题，《述论》上编给出了较为妥善的解答。第二章中，作者着眼于宋代文体的整体系统，在胡小石先生论点的基础上提出：散文才是宋代的“核心文体”，“是联系宋代各文体的纽带”，“在宋代占据影响了整个文坛”。为证成此论点，作者连续使用了三个妙招，一是迻录了十四条有关“一代有一代之文学”的文献资料，逐条分析得出结论，“从文学的角度谈一代之所胜的结果就只有宋词和宋文两种观点了”，然而，“耐人寻味的是，赞同宋词为一代文学之所胜的，一般都是曲论家”。这样，既梳理清楚了“宋词是宋代的代表性文体”的理论来源，也揭示了此说法的局限性：“割裂了代表性文体与同时其它文体的关系，不利于理解诸种文体多元并存的复杂系统。”这就为自己的“翻案”置备了充足的理由。第二个妙招，是征引最有代表性的文学史论点，从事实上证明“以文为诗”“以文为词”“以文为赋”“以文为四六”的广泛存在，这样把诸多原本割裂的观点统合在一起，了然可知散文才是影响一切文体的枢纽。第三个妙招，又从理论上分析散文之所以成为“核心文体”，是因为它最“自由”。这里作者借鉴了唐钺先生的构成素分析法，“构成素越多的文体，要遵循的规则越多，其自由的空间越有限”，而散文恰是构成素最少、最为自由平和的文体，犹如“球赛规则中的自由人”。这样的说理，非常形象、生动。

本来，为了论证的严谨，作者还要祭出第四招，即说明为何宋代的散文才成为“核心文体”，而唐代的“核心文体”是诗？作者给出的理由，分散在本章的不同小节中，先说唐宋两代古文革新运动是关键原因，后面又提出宋代科举重策论经义、宋人好学深思的学风、文化权力的下移等原因，似都不甚准确、偏于空泛。作者引用吉川幸次郎和刘师培的观点，似乎偏于空泛。鄙见以为，如能在这里参考包弼德、朱刚两位先生的相关研究，或更能搔到痒处。

上编第二章主要讲“文体系统”，这是宋代文体整体上的“原生状态”，而第三章则瞄准了“个案”，这是宋代文体细节局部上的“原生状态”。这一章依次解析了五种历来不被重视的宋代文体：露布、乐语、青词、上梁文、“至宝丹”体诗。这一章可能是全书最能提供新知识、新视野的部分。作者花费大力气，考证了每种文体的命名由来、发展源流、在宋代的新发展，尤其关注其背后的政治、宗教、思想背景。甚至于露布与檄的异同分合，宋代是否宣露布、乐语与杂剧表演的关系，上梁文中“儿郎伟”字样的意义，这样一些很微小但很令人困惑的难题，作者都做了认真的考索或推测。一般而言，研究应用性如此强的文体，很容易陷入考证泥潭，或者只论文化，而不谈审美。作者的这组文章的可贵之处在于，他不仅要讲清楚文体背后的文化背景，而且试图界定、分析文体特征乃至美学风貌，有时候甚至花费很大篇幅分析名家名作。比如讲唐代露布的“奋发雄壮”之美，举骆宾王为例；讲青词中的忏悔意识，举苏轼、范纯仁为例。作者常能从晦涩、渊雅甚至略显枯燥的文字中发现美，发现特色，甚至为之感动，比如第 122 页说自己“曾尝试高声诵读过数篇露布，皆词义贞刚，典雅富赡，铿锵有力，朗朗上口，让诵读者不知不觉中进入历史语境，飘飘然生出一种基于国家强盛、军威远震而带来的欣忭之感”。这份着意审美的赤子之心，每个文学研究者都不应忘怀。傅璇琮先生在《序》中指出该书“个案研究，尚嫌薄弱”，我想可能是因为作者所研究的都是“非主流”文体，有点剑走偏锋。但若仅就研究方法而言，这几篇“非主流”的研究却带有很“主流”的范式意义——文体研究，固然要还原“文化”，更应该还原“美感”，两相结合，才真正还原了文体的“原生状态”。

如何还原宋代文体的“原生状态”？《述论》从系统和个案两个角度，进行了充分的阐释和示范。那么，如何看待宋代文体理论中的“对立统一”现象呢？对于这一问题，作者其实倾注了更多心血。作者对宋代文体理论材料的掌握，达到惊人的广度和细度，举凡诗话、文话、词话、笔记、别集、总集、史传、目录，无不阅览。读者仅观下编第一章和第三章便知其勤勉：无论是对宋代文体批评的分类阐释和总体评价，还是对“以文为诗”“以诗为词”“以论为记”等学术专题的重新思考，都建立在极为充分的资料爬梳基础之上。作者对这些材料烂熟于心，运用起来左右逢源，能够很好地展现某些理论问题的复杂性，突破以往学界的片面认识。比如第336页指出“宋代文体相参论多是文体间具体问题的阐发，往往只限于指出现象，缺乏那种具有理论深度，在整体上探索文体相参规律、意义的宏观论证”，第389页指出“层次高的文体，涵盖范围大，定位的坐标参数多，因此就容易和其他文体盘根错节地交织在一起，破体的可能性自然就大。同理，层次越低的文体就越具体化，规则固定，与其它文体交叉的可能性较小，破体的几率就小得多”，这些观点都是平允、周密之论。此外，作者对于一些概念的使用也极为谨慎，反复斟酌，比如论述宋代文体学的核心问题，不取学界常用的“辨体”“尊体”等概念，而是从宋代理论资料自身发掘概念，最终将核心概念确定为“本色”与“破体”，这既符合历史话语的原貌，也具有更清晰简洁的表述。作者还具有细致的“溯源”意识，对诸多观点的来龙去脉梳理得清爽、准确，此不赘述。

《述论》下编充分展现了宋代文体学的资料复杂性和理论复杂性，也提出了不少有价值的新见，不过，对于“本色”与“破体”关系的梳理与阐释，似有一点失误。作者对于二者关系，有时定位为理论层面的两种文体观念的矛盾，有时则定位为文体理论与文体实践之间的矛盾，如第309页说“王安石在文体理论上持尊体观点，但创作中却屡屡破体为之”。可事实上，后一矛盾是理论话语所制造的幻觉。理论话语往往抓住部分名篇立论，容易过度阐释或以偏概全。作者过于倚重文体理论资料，而没有很好地结合文体创作实情来考量。举例言之，欧阳修《醉翁亭记》向来被认为是“以赋为记”的“破体”范例，而王禹偁《黄州新建小竹楼记》则被认为“得体”即符合记体本色。可事实上，欧阳修集中的记体文，似《醉翁亭记》者极少，而接近《小竹楼记》者甚多，比如《丰乐亭记》《丛翠亭记》的立意、结构乃至写景的味道，都很像《小竹楼记》，而《真州东园记》几乎全篇记事，更加“保守”。同样道理，苏轼《醉白堂记》，王安石《游褒禅山记》，放在各自记体文或者北宋记体文中，也都是特例，而不是常态。依我鄙见，钱锺书先生所谓“名家名篇，往往破体，而文体亦因以恢弘焉”，说得最为透辟。他的意思是：永远只有一小部分人的一小部分文章在进行“破体”的实验，而大部分人的大部分文章，都在遵循着各种文体的“本色”。随着实验的进行，文体会因此发生一些变化，但在任何时段内，都仍然维持着“总量”上的主次分明，而并非一定要在“度”或“分寸”上做文章（参见第386—387页）。事实上，《述论》也引用钱先生此语，又在第390—392页引用西方学者论点，反复致意，但可惜没有最终说透。我猜想作者是希望从更复杂、更高妙的层次来探讨“本色”与“破体”的辩证关系，所以做了大量理论准备，甚至将“活法说”也拉入阐释体系。可是越说越缠绕，说服力不增反减。相比之下，我更喜欢下编第二章的结论：“宋代文体分类之大格局是辨异细化为主、综括求同为辅。这其实也是整个中国古代文体分类的总趋势。”（第282页）此论直截了当地揭示了“主次相成”的辩证道理。第四章似乎也可如此作结：“宋代文体的发展格局，是以本色为主、破体为辅。这其实也是整个中国古代文体发展、创新的总趋势。宋代文体理论中，讲本色者多，讲破体者少，恰恰符合文体发展的格局与规律。宋人对‘本色’与‘破体’的关注程度和自觉程度，都远胜前代，两种倾向之间的对立程度，也较前代激烈。这体现了宋代文体实践与文体理论的新发展，也反映了宋代思想文化的新风气。”当然，这段总结是我根据《述论》所提供的详细材料和精彩论点而抒发的读书感想，不敢自是，提出来请作者、读者批评指正。

最后，我还想就《述论》书中的几处小细节，略申异议或略作补充。第

44页说“文赋发轫于中晚唐”，这个观点是唐宋研究界的常见误解。赵逵夫先生在《历代赋评注·汉代卷》序言中明确将汉赋分为文赋（即散体赋）、骚赋（即骚体赋）、诗体赋、俗赋几类。聂石樵先生在《唐代文学史》中也将唐赋分为文赋、骚赋、俳赋、律赋四种体式，并谓文赋、骚赋、俳赋都是“沿袭前代人之创作而有所变化和创新”。由此可知，从汉到唐，我们熟知的骋辞大赋、抒情小赋、咏物赋中，很多都属于“文赋”。唐宋研究学者所谓宋代“文赋”，准确说应为“新文赋”，这样才符合赋史实情。第158—163页，论及道教文体，除所引《上清灵宝大法》《道门定制》《上清灵宝济度大成金书》几种道藏文献外，似还可翻阅杜光庭撰、仲励编的《道门科范大全集》，有87卷之富，颇可采纳。第317页说“刻石上碑往往拘泥于碑石的大小尺寸，容纳内容有限。想在金石上畅所欲言，显然是不现实的”，此亦不可一概而论。唐宋诸多名文，都是刻石流传的，如《送李愿归盘谷序》《绛守居园池记》《岳阳楼记》《醉翁亭记》《偃虹堤记》《有美堂记》，颇显畅言，其中记体文尤多。第319页提到《挥麈后录》记载某士子写《光武何如高帝》是以苏轼《醉白堂记》为法，遂以此证明宋文亦有“以记为论”“论中带记”者，此推论似可再斟酌。苏轼《醉白堂记》因为比较韩、白优劣而被讥为“似论”，现在这篇论体文评价光武与高帝的优劣，借鉴苏文，实际还是借鉴苏轼的论体之法，而非记体之法。

挑错容易，建构则极难。我深知在宋代文体学研究领域，写出这样一部史论结合、有新意、有生发的著作，是需要深厚的知识积累和较高的理论素养的。总的来说，傅璇琮先生所云“断代文体学研究范式的一种新探索”，是对《述论》的最准确评价、最恰当断语。根据我的浅薄的理解，似可将此书的“文体学研究范式”意义概括为如下数端：第一，坚持对于文体“原生状态”的探寻，既重视文化研究，亦重视审美分析；第二，从“文体”角度重新审视一些重大学术命题，彰显文体学方法论上的优势与潜力；第三，正视古代文体实践以及文体理论中的复杂性与矛盾性，调动丰富的理论资源，予以充分展现与检讨。我想，如果学界循此“范式”，对其他朝代的文体学进行攻坚战式的研究，那么必然大大裨益于中国特色文学理论的建设。

制造经典

——评裴云龙《北宋六家散文经典化研究：南宋金元时期（1127—1279）》

翁　源　刘成国*

一

中国古代散文研究领域，对于唐宋八大家，尤其是北宋六家的关注，自明清以来数百年间不曾中辍，所得成果可谓汗牛充栋。[①] 于此等成果丰硕之地再寻收获，其困难程度可想而知。幸而新方法的引入为古代文学的深入研究开辟了新途，自“文学经典”与“经典化”理论传入，国内诸多学者对推进这一理论在中国古代文学研究领域的应用做出了突出贡献，从个案分析到理论总结，大批优秀的研究成果不断涌现。[②] 但目前应用“经典化”理论分析中国古代文学领域问题的成果多以单篇论文的形式呈现，研究的体系性尚不完善，且“与文学经典研究相关的理论与经验方法，一直未能完整、系统地应用于唐宋八大

---

*　翁源、刘成国，华东师范大学中文系古籍所。

① 如王水照《宋代散文的风格——宋代散文浅论之一》关注到南宋散文对欧阳修、曾巩、苏轼等人代表作品的模拟、借鉴；许总《论理学与唐宋古文主流体系建构》、束有春《理学古文史》等对理学思想在北宋六家散文接受史中的作用进行了较为准确的描述或定位。

② 个案研究有吴承学《〈过秦论〉：一个文学经典的形成》、刘成国《文以明道：韩愈〈原道〉的经典化历程》、倪春军《古今学记第一——试论李觏〈袁州学记〉的经典化过程》等；理论总结有吴承学、沙红兵《中国古代文学的经典》《中国古代文学的经典与反经典》等单篇文章的讨论，以及詹福瑞的著作《论经典》。

家散文这一重要的文学史领域”[①]。有鉴于此，中国社会科学院文学研究所裴云龙博士借助“经典化”理论的他山之石，将北宋六家散文的经典化作为一个独立、完整的课题进行系统研究，《北宋六家散文经典化研究：南宋金元时期（1127—1279）》即是这一开拓所得的硕果。该书对唐宋古文经典体系的建构意义和生成机制进行了多角度、多层次地探讨，堪称近三十年来以新视角审视北宋六家的最具系统性的成果。

是书作为郭英德主编“北京师范大学中国古代散文研究中心专刊”的一种，由商务印书馆于2020年出版。全书共分四章，前有绪论，后附结语。除第一章外，其余各章节均已发表于《文学遗产》《文学评论》《北京师范大学学报》等刊物。总体上由点及面，从对北宋六家细致深入的个案探索，最终扩展到整个经典系统的建构意义与生成机制，各部分有机组合，描绘出北宋六家在散文史上各具特色又殊途同归的经典铸就历程。

新理念、新视角的引入容易产生新的学术研究增长点，但如何驾驭西方舶来品为本土研究服务实是考验学者功力的肯綮。裴书采取了回归文本生成的历史语境的方式，探寻理论与研究对象的契合点及理论应用的可能性，有效调和了西方理论与本土文学研究。“经典”的概念在中国古已有之，“五经”“四书”体系逐步确立的过程，为“经典化”理论提供了鲜活的案例。然而中国古代的文学作品与经书并不能够机械等同，文学作品的经典化虽适用于经书所展现出的中国古籍走向经典的一般规律，但也存在更多具体且特殊的问题，如“中国古代文学作品所指涉的范围更加广泛、驳杂，传播经典的形式更为丰富多样”（页7），且相比于一些经学著作明确被冠以“经典”之称，“中国古代的‘文学经典’似乎只能做一种模糊的定性”（页8）。经过对中国古代浩如烟海的散文典籍的初步回顾与审视，裴书首先定义了经典散文得以称为经典的特征：第一，“在历代文章选本和散文批评的话语体系中占据重要的位置”；第二，除文学层面外，“在政治、思想、历史等多个文化纬度中都具有丰富的典范意义”；第三，能够“为相应类别的散文写作树立范式”。（页10—11）以上三个方面

① 裴云龙：《北宋六家散文经典化研究：南宋金元时期（1127—1279）》，商务印书馆，2020年，第39—40页。

兼顾作品外在经典地位的表现与文学内部丰富意涵和后世影响的经典性质的体现，以此为准绳筛选作品，能够脱颖而出者当为足以令人信服的经典之作。其次，通过考察儒家文学经典观念在南宋之前的演进，裴书从《论语》中拈出衡量文学价值的四重维度，即知识、文化、情感、表达，总结了自汉至宋的文学经典观对四重维度的抑扬，尤其强调了两宋古文家与道学家在文化纬度上的分歧：以二程为代表的道学家的经典观，否定了经典文学能够“将今人引领至圣贤精神世界”（页 85）的媒介作用，而文学的这一体现儒家最高价值观念的中介功能正是古文家标榜经典的重要因素。由此，裴书深入典籍，准确把握了“经典化”理论与中国古代散文研究的契合点，使理论适应于实际研究，更贴合地为我所用。

在确定衡量经典的标准与分析纬度后，裴书分两章细致勾画了北宋六家古文的经典化历程，最后于末章对这一经典系统的建构意义和生成机制进行了总结。裴书认为欧阳修散文的经典化经历了“多维解读”，12 世纪是解读转向的节点。随着理学对心性的讨论日盛，欧阳修散文中对心性论的回避成为理学家攻击否定的焦点，其经典的意义从“传承儒学道统精神的载体”（页 111），一定程度上转向文化纬度之外的方面；而在理学语境下，“知识精英对欧阳修散文中所涉文法、知识的成分做了更为全面、深入的解读与剖析，也使其经典性得以产生的纬度得到明显扩展”（页 134）。对于曾巩散文的经典化，裴书强调了朱熹的重要作用，将理学家对曾巩散文经典性的解读，归纳为表达纬度的“词严”与文化纬度的“理正”。“在否定语境影响下的经典化进程中步入了文学经典的序列”（页 173）是裴书对王安石成为散文经典代表作者之一的描述。裴书展现了南宋学者对王安石的激烈否定，同时挖掘了王安石散文中与理学思想契合的因素，但并未能圆融地解释这两种相反的因素如何促成了王安石最终能够跻身北宋六家，成为典范。对三苏经典化路径的解析，裴书聚焦了苏轼一家，另外讨论了“三苏”并称与苏学接受的问题。裴书特别指出苏辙在“三苏”经典化过程中的特殊意义，认为苏辙的散文反映了“‘苏学’与理学的折中”，且“将‘三苏’史论的学术成就提升至新的高度”。（页 218）

最后一章裴书首先广泛地考察了南宋、金、元时期的文学选本和史论描述，较为全面完整地勾勒出经典系统的形成理路，客观反映了以欧阳修为主的

“欧学”与以苏轼为主的“苏学”在此系统中的特殊地位。另外，通过考察经典化推动者的文化身份，裴书又引入知识场域的理论，对北宋六家这一经典系统的生成机制进行了深入解读。裴书将北宋六家经典的塑造，归因于“‘浙学’场域的学术追求与社会干预”（页263）和“朱熹后学对理学知识场的融合”（页275），最终得出结论“12—13世纪的理学精英在实践其儒学理念的政治文化活动中，将北宋六家散文建构为具有学术意义的经典系统”（页288）。

二

裴书充分挖掘了理学盛行时期六家散文在不同层面与当时士大夫追求的契合点，梳理出六家散文各具特色的经典化历程。裴书承认南宋时期的道学家“对古文家所接续的传统文学经典观起到了冲击、制约的否定性作用”（页102），但又将拥有理学家身份的士大夫作为推动六家散文经典化的重要力量，如此似乎构成了难以调和的矛盾。裴书对这一矛盾进行了解释，如对欧阳修散文经典化的讨论，裴书指出南宋时期虽然欧阳修散文在心性论上的失误成为众矢之的，但其在知识纬度的丰富意涵正适合作为深入解析、理性探索的研究对象，而这一研究视角恰好切合“以朱熹为代表的理学家对既往学术资源进行全面整合、提炼、反思的治学路径”（页131），因而在文化纬度承受强烈批判的欧阳修散文，于知识纬度和表达维度的典范性却得以强化，从而持续占领经典地位。再如裴书引入知识场域理论分析北宋六家散文经典系统的生成，从接受者的角度考察北宋六家散文的经典性，认为“浙籍学者对儒学经世性和史学的重视，契合了以欧、苏为代表的早期宋学的学术追求，形成了他们推动建立北宋散文经典体系的基础因素”（页275）。

以上探索有效地结合了本质主义与建构主义经典化理论，在追寻北宋六家经典化过程的同时，兼顾挖掘六家散文在知识、文化、情感、表达四重维度上的价值，探索文本价值与接受者之间的契合，从而合理地解释了经典之所以成为经典的原因。但裴书对于推动北宋六家散文经典化主力者身份的分析，似有进一步讨论的空间。

侯体健在《士人身份与南宋诗文研究》中指出：“到了南宋，三位一体式的士大夫身份被逐渐解构，三种身份中的某一种，在南宋士人身上常被凸显出来。”[①] 诚然，南宋绝大部分士大夫都受到理学的影响，但其对古文的批评是否出于理学家的身份值得怀疑。换言之，在古文批评中，南宋士人身上所凸显出的是何种身份值得更细致的探究。如南宋士人对欧阳修的评价。裴书在“基于儒学思想纬度的争议与调和”条中列举了杨时对欧阳修散文的否定，以及周必大、杨万里、陈亮、徐谊、王若虚等人对欧阳修散文的辩护。（页 111—119）尽管裴书特别强调了徐谊身为陆九渊弟子的理学家身份，但在总结时还是承认为欧阳修散文辩护的群体为“古文家思想的传承者”，并将这一群体与“尊奉程颐、杨时思想的理学家”（页 115）相对立。可见在考察中，裴书并不坚持经典推动者的理学家身份。

具体考察陈亮对欧阳修散文的推动，可以发现陈亮标举欧阳修的散文更多是出于官员身份对转变文风的呼唤，而非以理学学者自居。首先，陈亮对欧阳修散文的推举最根本是在于对科举的不满，陈亮在《书欧阳文粹后》中坚定地叙述了变革科举文风的决心：

> 二圣相承又四十余年，天下之治大略举矣，而科举之文犹未还嘉祐之盛。盖非独学者不能上承圣意，而科制已非祖宗之旧，而况上论三代！始以公之文，学者虽私诵习之，而未以为急也。故予姑掇其通于时文者，以与朋友共之。繇是而不止，则不独尽究公之文，而三代两汉之书盖将自求之而不可御矣。先王之法度，犹将望之，而况于文乎！则其犯是不韪，得罪于世之君子而不辞也。[②]

以上可见，陈亮对欧阳修散文的推举绝少含有理学的成分，首先选文缘起在于“科举之文犹未还嘉祐之盛”，选文目的是为科考举子提供模仿的范本，以转变文风；其次以“通于时文者”为标准选文，学术追求并不明确纳入选文

① 侯体健：《士人身份与南宋诗文研究》，复旦大学出版社，2019 年，第 4 页。
② 邓广铭点校：《陈亮集》卷十六，中华书局，1974 年，第 195—196 页。

标准；最后选文的最高追求是追望“先王之法度”，有从变革文风上升至匡正政治的倾向，此点在陈亮《变文法》的策论中表现得更加明显[①]。由此裴书所引陈亮对欧阳修散文“公之文根乎仁义而达之政理，盖所以翼六经而载之万世”的评价（页114），根本上不出于其理学学者的身份，更多是一位官员为变革文风的疾呼。

再考朱熹对欧阳修散文的评价，裴书节引了《读唐志》和《白鹿书堂策问》两条材料，从而得出结论“在理学的视域中，朱熹有限度地承认了欧阳修散文在儒学思想维度的典范价值，在肯定的同时也坚持了批判的视角”（页116）。但笔者以为《读唐志》及《白鹿书堂策问》恰是证明作为理学家的朱熹对欧阳修散文在思想维度上的否定，《读唐志》开篇，朱熹即明确批判了欧阳修的文道观。

> 欧阳子曰：“三代而上，治出于一，而礼乐达于天下；三代而下，治出于二，而礼乐为虚名。”此古今不易之至论也。然彼知政事礼乐之不可不出于一，而未知道德文章之尤不可使出于二也。[②]

“理一分殊”是朱熹思想的核心观念之一，从“理一”的角度出发，朱熹批判了欧阳修将道德与文章分离的观念，主张“实于中”而“文于外”，文是修养达到一定境界后自然流出的产物。而《白鹿书堂策问》是朱熹以教师身份出给学生的考题，其意在引导学生思考，自然不会直白说明态度，但将上承欧阳修学术的王安石、苏轼与程颐对立，其中非议欧阳修学术的态度不言自明。另考朱熹《答吕伯恭》：

> 《文海》条例甚当，今想已有次第。但一种文胜而义理乖僻者，恐不

---

① 陈亮在《变文法》中陈述：“纷纷之论既兴，则一人之力决不能以胜众多之口，此古人所以重变法，而尤重于变文也。”（《陈亮集》，第128页）明显意在以变文使异说咸汇于一，有辅助思想一统的倾向。

② 《晦庵先生朱文公文集》卷七十，朱熹撰，朱杰人等主编：《朱子全书》，上海古籍出版社、安徽教育出版社，2010年，第23册，第3373—3374页。

可取。其只为虚文而不说义理者却不妨耳。佛老文字，恐须如欧阳公《登真观记》，曾子固《仙都观》《菜园记》之属乃可入，其他赞邪害正者，文词虽工，恐皆不可取也。盖此书一成，便为永远传布，司去取之权者，其所担当，亦不减《纲目》，非细事也。①

此段文字可见，朱熹极力抵制“文胜而义理乖僻者”，而对“只为虚文而不说义理者”态度较为温和。由此，作为理学家的朱熹具有强烈的卫道精神，对乖违义理的因素采取坚决地抵制；而对于文学方面，其作为文人的身份保持了对“虚文”的欣赏，在没有学术对立的前提下，给文学保留了生长空间。

综上分析，虽然推动北宋六家经典化的士人都兼具理学家身份，但其对于文学方面的推动是否出于理学的背景值得更细致地探讨。

三

裴书将北宋六家散文作为整体研究，展示了六家作为个体以至整体在南宋一朝风云诡谲、五彩缤纷的经典化历程，令人读之酣畅，受益匪浅。但出于整体的考量和断代研究的限制，对推动具体作家经典化主力的判断疑有不准确之处。如裴书似过分强调了理学家对王安石散文经典化的推动作用，对王安石被标举为经典的时代语焉不详。

首先讨论理学家在王安石散文经典化历程中的影响。裴书认为虽然王学在南宋遭到非议，“但以朱熹、陆九渊、黄震、吴澄为代表的重要理学家却以多种角度、多种方式认可王安石文章与学术对于社会的正面影响和典范意义，并对王安石散文的经典价值有所褒扬”（页163）。依笔者之见，以上所举诸家对王安石的评价确非完全贬斥，但其同情和赞扬绝不出于理学的立场，相反，站在理学角度，以上诸家更多起到“反经典”的作用。裴书举朱熹《答汪尚书》以证朱熹对王安石的批判不及苏轼，而细检文本此结论实难以成立。《答汪

① 《晦庵先生朱文公文集》卷三四，朱熹撰，朱杰人等主编：《朱子全书》，第21册，第1476页。

尚书（七月十七日）》一文是针对“蒙教喻以两苏之学不可与王氏同科”，及“以欧阳、司马同于苏氏”两个观点而发的议论，朱熹鉴于世人“专贬王氏而曲贷二苏”[①]，故特以苏学为对象，对其进行抨击。抛开这一前提，朱熹对于苏学和王学的评价并没有明显的高下之分。如十一月既望的《答汪尚书》：

苏氏之学虽与王氏若有不同者，然其不知道而自以为是则均焉。学不知道，其心固无所取则以为正，又自以为是而肆言之，其不为王氏者，特天下未被其祸而已。[②]

朱熹认为苏学与王学均是偏离大道的邪说，苏学未遭到强烈反对不过是由于其学术没有经过实践，无以显示其祸害而已。

再看黄震对王安石的评价，裴书举《黄氏日抄·读文集》中王安石与欧阳修、曾巩、苏轼等人并举，而先于苏洵、苏辙，证明黄震对王安石的肯定。而细检《黄氏日抄·读文集》，作为学者的黄震对王安石的非议不在少数：

昔贾谊尝言《治安》于汉文之世矣，事理精确，议论伟然，文帝尚不为之动，况乎我仁祖重厚之德又过文帝，而荆公陋弱之论远惭贾生。薄而弃之，正不待食钓饵，而后知其诈也。奈何公清苦之行，该博之学，纳交韩吕，佯退求进，言不用而名益显。及神宗以锐意斯世之心而卒听之，公遂得以鄙夷当世之人才，效尤王莽之法度，朝廷竟以征诛为威，公亦卒为排逐而不变，悉如前日所言，悲夫。

《进字说札子》《改三经义误字札子》皆无义理，公自沉溺罔觉耳。

甚矣，公之好异论、疾正人，而不顾经训也。[③]

---

① 《晦庵先生朱文公文集》卷三十，朱熹撰，朱杰人等主编：《朱子全书》，第21册，第1300、1301页。

② 《晦庵先生朱文公文集》卷三十，朱熹撰，朱杰人等主编：《朱子全书》，第21册，第1303—1304页。

③ 黄震：《黄氏日抄》卷六四《读文集六·王荆公》，文渊阁《四库全书》，台湾商务印书馆，1986年，第708册，第572、573、574页。

以上作为学者的黄震对王安石文中的议论多有非议，以“陋弱”形容其议论，贬斥其沽名钓誉，批判其解经议论“不顾经训”“好异论、疾正人”“无义理”，皆是对王安石本人及王学露骨的斥责，直截了当，不留情面。

裴书又举吴澄在《王友山诗序》中对王安石古文成就的高度赞扬，证明理学家对王安石的肯定。而观其全篇，此序标举出王氏一门的文学英才，称王氏家族“英哲萃于一门，出于一时”[①]，意在借此称赞王友山诗上承先辈遗风，表里如一，不同于当时文风。由此，其对王安石的评价实有出于为褒扬王友山而刻意抬高的嫌疑。在《临川王文公集序》中，吴澄除褒扬王安石散文外，也叙述了王安石文集的坎坷身世：

> 公绝类之英，间气所生。同时文人虽或意见素异，尚且推尊公文，口许心服，每极其至；而后来卑陋之士不满其相业，因并废其文，此公生平所谓流俗，胡于公之死后而犹然也？[②]

于吴澄看来，王安石文集在文学方面的成就值得称赞，但世人对其施政的不满，使得其文才惨遭湮没，对王安石文集于世不存的情况表示了同情。但此种同情显然出于文人身份的共情，非来源于其理学的背景。

以上足以反驳裴书所论理学家对王安石的认可。身为理学家的朱熹在理学立场对王学采取的是绝对否定的态度，黄震在学理层面对王安石多尖锐的批判，吴澄站在文人的角度肯定了王安石在古文方面的成就，未曾涉及理学层面的评价。

其次讨论王安石散文被标举为经典的时间。据裴书统计，王安石散文在南宋选本中的地位并不凸显，且前已论述王安石散文在南宋的评价可以说是毁誉参半，因而根据裴书的考察，很难说明王安石散文在南宋、金、元时期已经取得经典地位。天津师范大学李楠的博士论文《王安石文章经典化研究》在更长远的历史视野中审视王安石文章的经典化进程，指出了宋元时期熙宁变法对王

---

① 李修生编：《全元文》卷四八六，江苏古籍出版社，1999年，第14册，第384页。
② 李修生编：《全元文》卷四八五，第14册，第351页。

安石文章经典化的影响，将明代定为王安石文章经典地位的确立期。[①] 笔者赞同此说。政治是影响王安石散文经典化的关键因素之一，由于拜相掌权，荆公新学曾一时主掌文坛，但亦是由于变法的失败，导致王学受到猛烈抨击，如前引吴澄《临川王文公集序》所言，时人多因厌恶王安石的政治作为而同时贬抑其文章。而政治因素在经历改朝换代之后影响自然减弱，先前热烈的讨论恰为王安石散文赢得了高度关注，在脱离政治偏见后，其文章的积极意义得以重新光耀于世。如此似可以更切合地解释宋元时期处于否定语境中的王安石散文，何以在明代得以跻身八大家散文的行列，成为经典。

最后略谈经典化研究与接受史研究的区别问题。裴书对这一问题的理解为：

> “经典化”研究的确应该在接受史的基础上展开，对标举经典、传播经典等因素的研究都属于接受史的范畴。然而，“经典化”的核心应是对文学作品经典属性的理解与定位，这一方面需要理解经典作品独特的个性品质，另一方面需要在后代的接受史材料中找到与作品经典性特质彼此契合或转移、偏转的因素。（页 21）

以此看来，“经典化研究”与“接受史研究”是两种自成体系，相互区别又相互交织的研究方式，“经典化研究”不同于“接受史研究”的显著标志是“对文学作品经典属性的理解与定位”。笔者认为“经典属性”当指作品成为经典之后所具有的特性，对于非经典的作品而言，纵然有可取之处，似难称为具有“经典属性”。

裴书第二章第三节的标题为“否定语境下的王安石散文接受”（页 152），在成书以前，本节曾发表于《中国文化研究》，题为“在否定语境中走向经典——王安石散文经典化历程及文化内涵（1127—1279）”[②]，从“经典化历程”到“接受”的修正是否意味着裴书对王安石散文未能取得经典地位的默认？若同前所述，认定王安石散文经典地位的取得在明代，那么南宋、金、元时期王

---

① 参见李楠：《王安石文章经典化研究》第二章、第三章，天津师范大学 2017 年博士学位论文。

② 裴云龙、韩婷婷：《在否定语境中走向经典——王安石散文经典化历程及文化内涵（1127—1279）》，《中国文化研究》2018 年第 2 期。

安石散文尚未取得经典地位，是否具有“经典属性”？如此，讨论南宋、金、元时期王安石散文经典化的问题是否能够成立？裴书选取1127—1279年作为研究的断限，原因之一是“南宋金元是理学思想发展成熟的时期”（页17）。而前已述及，对于北宋六家的标举，南宋士人似不出于其理学背景，虽然理学与古文存在深层次的契合，但理学对于文章的发展更多起到阻碍的作用，因而关于研究时间断限的选择是否应该根据具体情况有所拓展？

以上吹毛求疵的指摘于全书不胜枚举的创建新解而言，充其量仅是白璧微瑕，无碍于本书突出的学术价值。裴云龙博士于宋元时期相关文献全面网罗，利用开阔视野和扎实的文献分析，细致梳理了北宋六家经典化历程，对推进唐宋散文研究贡献卓著，此作当堪称中国古代散文研究领域的优秀之作。

文话研究的“近世性”视野
——评龚宗杰《明代文话研究》

诸雨辰*

文话是中国古代文章学与中国古代散文研究的重要批评载体。近年来逐渐引起学者的关注，尤其是王水照先生主编《历代文话》与余祖坤主编《历代文话续编》的出版，以大量原始资料为中国古代文章之学的研究注入了动力。其后又相继带动了“中国古代散文研究文献集成”“中国古代文章学著述汇编、整理与研究”等国家社科基金重大项目的陆续展开。伴随着这些项目的落地，从2016年开始，越来越多以文话、文评为整理与研究对象的成果相继诞生，仅研究专著就有4部，更多的文献整理也在陆续出版或编辑加工中，呈现出欣欣向荣的发展趋势。而龚宗杰的《明代文话研究》就是其中一部颇具特色的学术著作。

一、基于文献整理的文话考察

从事文话研究的学者，往往都是从文献调查、点校整理入手的。最早以系统的文话研究作为学位论文选题的慈波博士，就参与了《历代文话》的整理工作，并在此基础上完成了其《文话流变研究》。龚宗杰也不例外，他以有明

* 诸雨辰，北京师范大学文学院讲师。

一代的文话为研究对象，首先从明清以来各种公私藏书目、方志著录、丛书，乃至各种集部、子部文献中搜检出明文话近130种（现存的近90种，佚失40种），可见用力之勤！其中不乏像《新刻诗文要式》《汤霍林先生裒选大方家谈文》这样的珍本与孤本，并已收入《稀见明人文话二十种》（陈广宏、龚宗杰合编）出版，以沾溉学林。

龚宗杰在《明代文话研究》后记中颇有诗意地描述了其多年来访书与校书的经历，以张岱“琅嬛福地”的隐喻引出其梦中访求秘本，以及醒来后兴奋与失望相杂的朦胧感。此谓之书痴可也！而个中甘苦，我想只要是从事过古籍整理的人，都会惺惺相惜。据我所知，仅整理《汤霍林先生裒选大方家谈文》一书便颇费周折。由于该书仅存一种钞本，收藏单位视以孤本，不肯提供底本，最终只好由多位学生现场抄校，才得以整理成稿。令人遗憾的是，当下某些机构所谓的“保护”，实际上只是使大量古籍从此不见天日而已，可叹！可叹！幸而《稀见明人文话二十种》收录此书，使学界从此免去奔波与交涉之苦。

或许是基于长期的文献摸排与整理，龚宗杰对文话的定义相比于前人更切合文话的文体特征。在龚著之前，学界主流对文话范围的界定来自王水照先生的《历代文话·序》，王先生将文话分为四类：“颇见系统性与原创性之理论专著”“有说部性质、随笔式的著作”“‘辑’而不述之资料汇编式著作”和“有评有点之文章选集”。[①] 相对而言，其外延比较广，影响也比较大。慈波的《文话流变研究》[②] 以及陈广宏的《稀见明人文话二十种·前言》[③] 都直接继承了王先生的观点。但是从文学批评的体制与形态看，选集评点与其他三种文话却颇为不同。清人王之绩在《铁立文起·凡例》中就区别了文论与文选，谓：“是编论文，非选文也，故名作如林，皆所弗录。”[④] 章学诚也指出，无论诗话还是文话，其特点都是“离诗与文，而别自为书”[⑤]。他们都揭示出文话与依附于选文而存在的评点有着本质不同。龚宗杰对文话的定义吸收了清人的合理认识，指

① 王水照编：《历代文话》，复旦大学出版社，2007年，第2—3页。

② 慈波：《文话流变研究》，复旦大学出版社，2020年，第16—17页。

③ 陈广宏、龚宗杰：《稀见明人文话二十种》，上海古籍出版社，2016年，第4—5页。

④ 王之绩：《铁立文起》，王水照编：《历代文话》，第3624页。

⑤ 章学诚：《校雠通义》，中华书局，1985年，第958页。

出：“文话与评点各有侧重，不可混淆。”[①] 从文献形态上说，这种区分确实很有必要。

进而言之，在理论专著、说部随笔、资料汇编三种文话中，又以何者为主呢？在龚著出版以前，蔡德龙的《清代文话研究》采取了相对狭义的文话定义，认为文话“与诗话、词话等同属于‘话’体批评形式，主要采用结构松散的随笔札记体”；当然，蔡著同时也承认“也有一些文话是体系严密的理论专著”。[②] 不过，明清时期大量颇成系统的八股文法格式、金石义例论著，包括一些带有叙录性质的文本或文家概说，却并不能为随笔札记体所概括，这样定义文话似乎又有些狭小了。而龚宗杰认为，文话应该“展现出不同于狭义诗话的内容取向和风格特征，而与文论、文评、文法等传统文章学文献大体上并无二致”[③]。将文话的范围适度放宽到文论、文评、文法的限度内，而不为“话”体批评形式所限，这种对文话体制的理解也更为合理。

不过，如果严格按照龚宗杰对文话的界定来考察其《明文话总目》的收书篇目，则似乎偶尔也会有所出入。比如《唐宋八大家文钞评文》《文坛列俎评文》两种文献入选，似乎又把选本中的评点包罗进来了；至于宋濂的《文原》本是《宋太史校选文章正原》一书之序，《鸿苞文论》系《由拳集》卷二十三“杂著”中析出，而该卷还有《与友人论诗文》《拟岳武穆从军中遗秦相国书》等文章，则似乎又不符合文话须独立成书或独立成卷的判断标准。当然，考虑到明文话的整理本来就是重大项目的一部分，在选目问题上可能有诸多考量，于此也不必过苛。

二、“近世性”视角下的明文话研究

文话作为中国古代文论的重要载体，主要体现其理论价值。因而对文话的研究，除了文献考辨以外，便以理论阐释为重点。在龚著以前，对明文话的分

---

① 龚宗杰：《明代文话研究》，中华书局，2019 年，第 11 页。
② 蔡德龙：《清代文话研究》，中国社会科学出版社，2017 年，第 31 页。
③ 龚宗杰：《明代文话研究》，第 6 页。

析一般沿袭传统的文学史、文学批评史的写法，将研究对象聚焦于七子派、唐宋派等精英文人的理论分析，以个案串联文学批评史线索。而或许是复旦大学的学术研究传统（复旦大学先后编有《中国近世文学批评研究丛书》《日本汉学家“近世”中国研究丛书》等），亦或许是受到导师陈广宏教授的启发，龚宗杰的《明代文话研究》则另辟蹊径，他更为关注中下层文人通俗性的文法、文格、文范类文话，在广义的“通俗诗学”范围内，探讨明文话中的文章学知识与观念是如何生成、制作，如何发展、变异，又如何被传播、接受的，从而提出“作为方法的近世性”这一在文话研究中颇具特色的方法论。

所谓“近世性”，按照龚宗杰的表述，是“以文学权力的分化和下移为主线，主要体现为：一是在市民意识和文化需求不断增长的情况下，文学表现形式和内容的世俗化；二是随着社会、经济尤其是作为文化媒介的出版业的发展，文学生产、传播和消费机制的商业化和多元化”①。围绕“近世性”这一核心话题，《明代文话研究》依次探讨了明文话的话语体系及其演变，包括道、气、文的三元关系以及体制、格式、技法等文之内律与世变、人品、文运②等文之外律；明文话的文本生成与制作，特别是“采掇前人”与“摭拾百家”之摘句法的运用；明文话的表述策略及其意义，尤其是譬喻方法的体现；明文话树立之典范与正宗，既包括唐宋古文也包括时文；明文话的刊布与阅读，及其与心学、出版业、教育等的关系。在科举与文学、教育与文学、书籍出版与文学的多维关系中，重建明文话的历史语境。

任何研究方法的“创新”，其评价标准都在于是否能更有效地回应研究对象所呈现出的问题。以“近世性”或者“通俗诗学”的角度审视明文话之所以可行，是因为这一思路在很大程度上抓住了明文话自身的特点。从明文话的作者看，除杨慎、归有光、唐顺之、王世贞等少数文化精英以外，大部分文话无论是从编纂还是阅读看，都是具体指导文章写作的，在科举背景下具有明显的世俗与商业性质。而且就算是归有光、唐顺之等文化精英，他们的核心观点也

① 龚宗杰：《明代文话研究》，第27页。

② 龚宗杰把文运论理解为文章与文人命运，这种解释似乎与一般学者所理解的文运论有所不同。按照王水照先生的定义，“文运论，研究文章之历史演变、流派发展等”（参见王水照编：《历代文话·序》，第5页）。相对地，龚著将这种历史演进的讨论概括为“世变论”。

不是在文话，而是在《项思尧文集序》《答茅鹿门知县》等单篇文章中提出的。所以，当慈波讨论明代文章学理论的发展时，便不得不大量使用序跋、尺牍、四库提要等资料，反而无法大量运用文话本身。（不过，由于慈波采取了广义的文话界定，所以他可以顺理成章地使用茅坤《唐宋八大家文钞》等评点文献）另一方面，即便是讨论那些具有“庄论”性质的文话，其观点往往也无法超越传统的文学批评史研究思路，最终沦为文论史研究更琐碎的佐证材料。

这一难题也正是文话研究者难以回避的焦虑。在多数人看来，文话无论是在中国文学史还是中国文化史上，似乎都处于较为边缘的地位。一方面，精英的文论往往不是通过文话表达的，像《文心雕龙》那样的著作极少；另一方面，文话还多有重复、琐碎的问题，龚著在绪论中也提到了四库馆臣对明文话“未免近俗”“未能一一融贯”“舛误冗杂”[①]等问题的批评。当然也不仅仅是明文话，其后陆续诞生的百余部清代文话中同样不乏此类问题。隶属于集部诗文评类的文话，本身就似乎难登大雅之堂，朱自清在《诗文评的发展》一文中说：“老名字代表一个附庸的地位和一个轻蔑的声音——‘诗文评’在目录里只是集部的尾巴。”[②]关于这一问题，很多学者都有自己的理论反思，比如王水照、朱刚提出“五四”新观念建构的文学批评史或学术史对传统文章学批评的“遮蔽”[③]，陈广宏进而认为“五四”以来主流的中国诗学，乃是西方诗学视野下“影响焦虑”的产物[④]。而无论是对诗话还是文话，学者往往更习惯于从中挖掘文化精英们据以建构文学史、思想史的过程，否则亦难以自证研究的价值，这又未尝不是当代学者在选择研究对象时的“影响焦虑”。

“近世性”的思路则提供了一种“向下看”的角度，龚宗杰敏锐地发现“文话的写作与编纂，往往不是一种‘内向’的情志寄托或人事记载，而更多的是‘外向’的、注重实用的文章学陈述”[⑤]。这种实用性决定了文话更多时候不是作家用来表达理论观点的最佳载体，却是考察文论观点给文坛带来的切实

① 永瑢等撰：《四库全书总目》，中华书局，1965年，第1799、1804页。

② 朱自清：《朱自清古典文学论文集》，上海古籍出版社，2009年，第543页。

③ 如王水照、朱刚：《三个遮蔽：中国古代文章学遭遇“五四”》，《文学评论》2010年第4期。

④ 陈广宏：《明诗话还原研究与近世诗学重构的新路径》，《复旦学报》（社会科学版）2018年第3期。该文亦被收入陈广宏主编《中古近世文学批评研究丛书》之《古典诗话新诠论》中。

⑤ 龚宗杰：《明代文话研究》，第280页。

影响的观察对象。如此一来，文话的研究也就可以与传统的文学批评史研究思路相区别，不是简单地像对待序跋、尺牍、叙录等文献那样深入挖掘其中蕴含的文学思想，而是努力探讨文话的书写方式、言说姿态、编纂意图以及接受传播等文学与社会之关系的问题。譬如对于心学与文话的探讨，龚宗杰并没有按照批评史的惯性把重心放在唐顺之“精神命脉骨髓”和“真精神与千古不可磨灭之见”[①]的讨论，而是聚焦于心学理论、心学思维方式如何通过以举业指导书为代表的文话，逐渐渗透科举时文的过程。做“实践型的文章学”而非“理论型的文章学”，如此思考问题，文话就成为反映文学思想在古代社会实际接受的一面镜子，也为文话研究提供了更灵活的视角。

“近世性”的文话研究需要关注文学批评话语之建构的过程，特别是文话的生产者与消费者的交互作用，最终将特定的批评方式、术语、观念联结为某种文论系统的过程。《明代文话研究》对文话写作中堪舆知识之隐现的讨论就是经典范式。“文脉”是古代文论中常见的理论范畴，乍想之下，人们容易想到“筋脉”“血脉”等人体隐喻。而龚宗杰对明清文话中讨论“文脉”的文本细读发现，古人使用这一术语时往往在过程性与变动性的角度使用这一词汇，它更像是堪舆术中“龙脉”源流的空间性隐喻。加之文学结构论层面的“过峡”“脱卸”、文学创作论层面的“急脉缓受”等批评术语，皆与当时流行的堪舆知识密切相关。在此基础上，龚宗杰细腻勾勒出堪舆知识渗入文学批评、逐渐固化为固定术语，并开始在多种文体的批评中使用的过程。这种研究就不仅是传统的对“引譬连类”的隐喻的分析，而形成了对批评术语的知识史的考察，同时也很好地扣住了“近世性”的时代特征。不过，美中不足的是，或许为了整章论述框架设计的方便，本章在切入堪舆知识之前，先安排了一节对以屋室、人体比附文章的讨论。而这两种隐喻其实就是结构隐喻和本体隐喻，本就是人类语言所使用的基本隐喻模式[②]，并不像堪舆知识那样，在近世性的文化语境下具有某种独特性，也不易形成一种知识史或者过程性的考察，相对而言就有些气弱了。

---

① 唐顺之：《重刊荆川先生文集》卷七，《四部丛刊》影印万历刊本，第 9b—10a 页。

② 参见〔美〕乔治·莱考夫、马克·约翰逊著，何文忠译：《我们赖以生存的隐喻》，浙江大学出版社，2015 年。

三、“近世性”的理论挑战

作为方法的“近世性”为《明代文话研究》带来了独特的研究视角，也带来了不少生动有趣的文学理论经典化、文学批评场域建构的过程性探索。但在我看来，近世诗学要获得持续性的发展，还必须要有超越近世的可能。换言之，以“近世性”为方法，而不以“近世性”为目的，这或许是“重构近世诗学”更应达到的理论格局。实际上，提出“近世”概念的日本汉学家们以近代中国为方法，最终的逻辑展开也是要超越中国，所谓“以中国为方法，就是以世界为目的”①。

因此，近世诗学的第一步，就像龚宗杰已经树立的范式，是不把通俗诗学比附精英诗学，不为建构某种文论体系而对文话进行摘句式的处理，而是动态审视通俗诗学自身的发展与价值。但它还需要第二步，就是如何透过通俗诗学，重新理解精英诗学中某些看起来已经是“常识”的叙述中可能存在的问题，如此才能最终通过文话、文评，以及诗话等的研究，重审中国古代文章之学，当然这无疑需要更敏锐的学术眼光。

在《明代文话研究》第二章中，龚宗杰从文话的编纂方式角度，考察了明文话的文本生成与制作过程。包括对比《重校刻艺林古今文法碎玉集》对《文则》的重组，《迂斋文说》等取消选本结构、删改总集为文话的过程，以及对《新刻官板举业卮言》文献出处的溯源，等等。在此基础上从科举制度、商业出版等角度，探讨了辑录汇编的方式之于文章批评经典化的影响。从其小结看，龚宗杰对于运用书籍文化史的研究思路有着充分的理论自觉，因为“在以往强调理论深度的批评史框架内，文话研究所能提供的，恐怕只是一些材料补充和知识增益”。而他的意图在于探讨辑录式文话“如何构成一种与理论精深之大家名作相互对应的、面向更广大阶层的知识层面的文本，进而去分析士大夫精英的文章学理论向底层渗透，抑或是一般的文章学知识在庞大阅读群体中

① 〔日〕沟口雄三著，孙军悦译：《作为方法的中国》，生活·读书·新知三联书店，2011 年，第 130 页。

的传播普及等现象”[①]。应该说，这种历史考察基本上是充实而成功的。

然而问题在于，尽管书籍文化史的研究思路为文话研究提供了恰当的视角，但如果只是精英文化单向渗透大众文化，那么就研究本身而言，依然可能伴随着意义缺失的焦虑，更无法实现对“近世性”的超越。读者更期待看到的，或许是辑录式文话在“采掇前人”“摭拾百家”与“寻章摘句”之后，它们选择的文章学理论在完成理论自身经典化的同时，是否又有可能反向参与了明代文章学的建构？换言之，除了上层对下层的普及、渗透之外，能否更完整地呈现出精英文化与大众文化在“大传统”与“小传统”之间的互动过程呢？如果我们看到内山精也对苏轼西湖诗次己韵、南宋士大夫自刻诗集等现象的分析[②]，陈广宏对王世贞、胡应麟、赵宧光等人诗学互动的探讨[③]，叶晔对《列朝诗集小传》之材料的选取以及语境编排的细读等研究个案[④]，就会看到“近世性”研究在打通“大传统”与“小传统”之间更多的可能性。当然，文话研究是否也能找到类似的案例呢？这还需要后来者的努力发现。

此外，欲丰富近世诗学的理论内涵，恐怕还需要更多更细致的文本分析，否则对相关理论的运用也难以深入展开。比如本书在探讨明文话对文章学资源的推广与共享问题时，引入了热奈特的副文本理论。具体分析了书名、序跋、凡例、引文、汇选时文写作论说等，对明文话出版传播的影响，这是很好的尝试。书名、序跋、汇选等内容相对于文话的散文理论来说，当然属于副文本。但是整小节探讨的内容却更偏向传播学，比如探讨书名的广告效应，序跋作者、汇编对象的名人效应，等等。而热奈特提出副文本理论，其妙处不仅在于副文本为正文本提供了意义生成的历史场域、为读者提供了阅读引导；更重要的是，副文本同时参与了正文本的传情达意，相对正文本来说，副文本并非是书籍中可有可无的部分。因此，副文本理论的运用，也就不仅在于文学与社会的外部研究层面，它同样依赖于正、副文本内部的内容与形式的对读，需要文

---

① 龚宗杰：《明代文话研究》，第 172 页。

② 参见〔日〕内山精也著，朱刚等译，慈波校译：《庙堂与江湖——宋代诗学的空间》，复旦大学出版社，2019 年。

③ 陈广宏：《明诗话还原研究与近世诗学重构的新路径》，《复旦学报》（社会科学版）2018 年第 3 期。

④ 叶晔：《材料的声音：钱谦益〈列朝诗集小传〉的选材策略》，《南京师大学报》（社会科学版）2016 年第 3 期。该文亦被收入陈广宏主编《中古近世文学批评研究丛书》之《古典诗话新诠论》中。

本的内部研究为支撑，否则副文本理论的运用就会让人觉得似乎可有可无了。

举例来说，不少文话中都有批注。这些批注与正文的关系，有时是解说或引申正文之意，有时是出于另外文家之手而对正文有所驳正。那么批注与正文的互动关系就是很值得考虑的副文本问题，因为其内部蕴含了不同主体之间的对话性。（当然，序跋也可以在这种互动中审视，这点龚著已有所揭示）又如《稀见明人文话二十种》所收张溥《新刻张太史手授初学文式》一卷，此书的版式为上下双层，下层共46则，主要讨论八股文法、题法等，上层则论语体、实词、虚词等，并有举例。此书的版式对于文话来说相对少见，它为何要用双层的方式制版？如此制版会把本来在同类文话中属于正文本的内容，人为变成副文本，或者在阅读效果上强制读者翻回重读，而这体现出编纂者何种用意？可能也是副文本理论更适于分析的对象。

当然总体来说，龚宗杰的《明代文话研究》在文话研究领域依然是一部优秀之作。他以“近世性”为方法，为明代文话这类具有特殊性的散文研究文献提供了恰切的研究视角；对于明文话的生成制作、表达方式、传播路径的分析，最大限度地呈现了明代文章学在中下层文人之间普及、渗透的文化生态，这些已然展现出《明代文话研究》自身的价值。至于“近世性”的研究思路如何进一步深化、对明文话的研究又能否更加全面地分析精英传统与民间传统之间的互动性，则是留给我辈文话研究者共同努力去探索的课题。而《明代文话研究》已经在新的研究思路下，迈出了坚实的一步。

散文研究评述

2019—2020年唐宋散文研究综览

余　丹*

随着唐宋文学研究的日趋精深和古代散文研究的持续发展，近年来唐宋散文研究呈现持续升温的态势。本文遵循郭预衡、郭英德所秉持的“大散文”概念，将古文、骈文、赋以及其他具有一定文学价值的经史子部著述都纳入综览范围。2019—2020年，唐宋散文研究可以归纳为整理与考论贯通的文献研究、内外视野交汇的文本研究、审美与应用并重的文体研究三个方向。本文采取点面结合的方式，尝试对总体动态和发展趋势做概观式描述，重点选取三个方向中较有代表性、创新度的研究成果做述评，以期促进相关问题的展开与深化。

一、整理与考论贯通的文献研究

文献研究是唐宋散文研究的基础。为适应当前文学研究深化的需要，唐宋散文文献研究的性质、范围和路径都趋向精细化发展，呈现整理与考论的贯通。

（一）文献辑佚、辨伪与旧题新辨

文献辑佚、辨伪及相关问题考辨是2019—2020年唐宋散文研究的热点之

* 余丹，北京师范大学文学院博士研究生。

一。针对单篇文献，朱学博《欧阳修〈《韩文公别传》后序〉辨伪》[1] 推断《后序》有关韩、柳捐弃旧志，转喜佛教的内容并非欧阳修所作，而是北宋中期徐君平撰写《韩文公别传》后，护佛之人为抗衡诸儒标举韩愈载道、批判佛教的局面而编造。今人在探讨北宋佛儒之辨时应去伪存真，更不能据此论断欧阳修向佛之事。杨曦《苏轼佚文〈君子有不言之辩论〉辑考》[2] 从南宋初期江西刻本《重广眉山三苏先生文集》中辑出《君子有不言之辩论》，考证佚文为苏轼嘉祐二年登第前所作私试试论。尹波《新发现朱熹书信发覆》[3] 从宋人刘应李《新编事文类聚翰墨全书》中辑出四封朱熹书信，佚文涉及朱熹祖墓纷争内容、由来、处理方略、交涉过程、参与商量之人等细节，有助于准确理解朱熹形象和关涉婺源亲友的诗文。针对单部书籍，韩中慧《中唐梁肃〈梁补阙集〉版本及存佚篇数考》[4] 在细致梳理梁肃文集的版刻源流、系统与现存情况的基础上，指出周绍良主编《全唐文新编》卷五一九《梁肃集》中《定国寺题记》实为金代梁肃所撰，北京民族文化宫图书馆藏刻本《药师琉璃光佛赞》实为唐代穆员之作，最终确定梁文总计 106 篇。

此外，诸多旧论题在扎实的文献考辨基础上得以深入考察。基于张觉撰《韩非子校疏》所考苏辙史论散文《韩非论》出自明人陈深《韩子迂评》的论断，陈志扬《苏辙〈韩非论〉的文本形成》[5] 进一步推进其史源分析，提出此篇实出自苏辙学术著作《古史》中《老子列传第十》的评语，并推断《韩子迂评》中的《韩非论》可能取自吕祖谦《东莱标注颍滨先生文集》。针对欧阳修《范仲淹神道碑铭》部分文字被范纯仁删节一事的论争，东英寿《新发现欧阳修书简与周必大、朱熹关于范仲淹神道碑铭的论争》[6] 指出周、朱激烈论争所涉《张续帖》《苏明允帖》，正是 2011 年新发布欧阳修书简的第五十七、八十五、

---

① 朱学博：《欧阳修〈《韩文公别传》后序〉辨伪》，《文学遗产》2019 年第 4 期。

② 杨曦：《苏轼佚文〈君子有不言之辩论〉辑考》，《文学遗产》2020 年第 3 期。

③ 尹波：《新发现朱熹书信发覆》，《文学遗产》2019 年第 3 期。

④ 韩中慧：《中唐梁肃〈梁补阙集〉版本及存佚篇数考》，《古籍整理研究学刊》2020 年第 6 期。针对单部书籍的考辨，还可参阅赵瑞：《北京师范大学图书馆藏明刻杨鹤本〈苏黄题跋〉考论》，《励耘学刊》2019 年第 1 期。

⑤ 陈志扬：《苏辙〈韩非论〉的文本形成》，《学术研究》2020 年第 8 期。

⑥〔日〕东英寿：《新发现欧阳修书简与周必大、朱熹关于范仲淹神道碑铭的论争》，《华南师范大学学报》2019 年第 1 期。

八十六篇，可证明周必大在编纂《欧阳文忠公集》时未收录范纯仁删改版，由此提出朱熹一方的意见更为合理。胡凌燕《正仓院藏〈王勃诗序〉与诗序文体的独立性》[①]通过日本汉籍《昭和五十八年正仓院展目录》所收《王勃诗序》一卷，证明诗序在王勃集中独立成卷，并重新审视该文体在唐前的演进脉络及其与所序诗的关系。

（二）石刻文献整理与数字化建设

近年石刻文献得到广泛关注，也是这两年唐宋散文文献整理的主要成果，呈现大规模、集成式发展态势。一方面，散佚、新出的石刻文献得以持续精细化整理。唐宋石刻有陈朝云《河南散存散见及新获汉唐碑志整理研究》、何新所《新出宋代墓志碑刻辑录》、周峰《贞珉千秋：散佚辽宋金元墓志辑录》和朱明歧、戴建国《明止堂藏宋代碑刻辑释》等[②]。还有些具有通代性质的馆藏、地区石刻，如张铭心《吐鲁番出土墓志汇考》和胡戟、荣新江《大唐西市博物馆藏墓志》[③]，实际以唐宋石刻为主。这些石刻多为首次公布，具有一定的文学史料价值。尤其是新出墓志，可作为《唐代墓志汇编》《唐代墓志汇编续集》《唐代墓志铭汇编附考》等的辑补，有助于挖掘新的研究视角，建立新的研究关系，培育新的学术增长点。龙成松《新出墓志与白居易家族谱系、婚姻问题考论》[④]正是根据《大唐故襄州司马袭邵陵郡开国公白府君墓志铭并序》等七篇新出墓志，箴补《新唐书·宰相世系表》有关白氏的内容，证明其系出自白建，发现白氏家族与杨虞卿、邓敞、于瑰等家族存在交互婚姻网络，可以重审白氏家族在牛李党争中的位置。

---

① 胡凌燕：《正仓院藏〈王勃诗序〉与诗序文体的独立性》，《文学遗产》2020年第2期。

② 陈朝云：《河南散存散见及新获汉唐碑志整理研究》，科学出版社，2019年；何新所：《新出宋代墓志碑刻辑录（北宋卷）》，文物出版社，2019年；何新所：《新出宋代墓志碑刻辑录（南宋卷）》，文物出版社，2020年；周峰：《贞珉千秋：散佚辽宋金元墓志辑录》，甘肃教育出版社，2020年；朱明歧、戴建国：《明止堂藏宋代碑刻辑释》，中西书局，2020年。

③ 张铭心：《吐鲁番出土墓志汇考》，广西师范大学出版社，2020年；胡戟、荣新江：《大唐西市博物馆藏墓志》，北京大学出版社，2019年。还有毛远明、李海峰：《西南大学新藏石刻拓本汇释》，中华书局，2019年；姚觐元、钱保塘：《巴渝石刻文献两种合校》，上海古籍出版社，2020年；杨振威：《河南寺庙道观碑刻集成·洛阳卷一》，中州古籍出版社，2019年；杨振威：《河南寺庙道观碑刻集成·洛阳卷二》，中州古籍出版社，2020年。

④ 龙成松：《新出墓志与白居易家族谱系、婚姻问题考论》，《新疆大学学报》2020年第3期。

另一方面，石刻数据库呈现集成式发展。2019 年，中华书局古联公司发布的“中华石刻数据库”是石刻文献整理的重大数字化成果。总库下附的《唐代墓志铭》《宋代墓志铭》《历代石刻拓片汇编》《三晋石刻大全》四个子库，分别提供唐宋时期不同地区、类型石刻文献的阅读、检索、引用等服务，可与浙江大学图书馆古籍碑帖研究与保护中心的“中国历代墓志数据库”参用。但需要注意的是，使用者面对部分数据库中大量未注明来源的石刻拓片，应始终持辨伪、存疑态度；同时，应注重数字资源与纸质书籍的对读比勘，新出文献与传世文献的互补互证。韩达《墓志、碑文与史传：多文本语境下的文学书写与史实考辨——以〈杨执一墓志〉〈杨执一神道碑〉为中心》[①] 正是基于墓志、碑文与史传的比勘细读，发现身为宰执词臣的张说对杨执一朔方行事提出尖锐批评，作为集贤殿书院同僚的贺知章则以隐微叙事手法为其申辩，揭示出正统叙事与个体认知之间的矛盾和张力。研究在多文本语境下辨析撰者身份、文体范式与叙事策略的互动，回答文学书写相关问题，真正挖掘石刻文献的文学价值，或比单纯的史实考辨更富探究意义。

（三）文评专书与总集的编纂研究

文评专书[②] 在南宋极为兴盛。选本编纂方面，巩本栋《南宋古文选本的编纂及其文体学意义——以〈古文关键〉〈崇古文诀〉〈文章正宗〉为中心》《〈古文关键〉考论》、叶文举《“学欧平淡，不可不学他渊源”——论吕祖谦〈古文关键〉对欧文的选评及其文道观》[③] 分别从文体观念演进、选本编纂过程、欧阳修文评点三个问题论域探讨《古文关键》。田晓菲《从经国大业到吃时下

---

① 韩达：《墓志、碑文与史传：多文本语境下的文学书写与史实考辨——以〈杨执一墓志〉〈杨执一神道碑〉为中心》，《浙江大学学报》2020 年第 6 期。

② “文评”概念的内涵是针对一切“非诗”的修辞敷采的文字写作（包括古文、骈文、时文、赋等）的论评，外延包括评论文体、品评作家、研求文法、记载本事和随感杂录的图书。参见郭英德：《名定则实辨——论“文评专书”的内涵与外延》，《北京师范大学学报》2016 年第 5 期。

③ 巩本栋：《南宋古文选本的编纂及其文体学意义——以〈古文关键〉〈崇古文诀〉〈文章正宗〉为中心》，《文学遗产》2019 年第 6 期；《〈古文关键〉考论》，《文学遗产》2020 年第 6 期；叶文举：《“学欧平淡，不可不学他渊源”——论吕祖谦〈古文关键〉对欧文的选评及其文道观》，《南京师范大学文学院学报》2020 年第 9 期。

饭：文选、文话、文运》、马茂军《陈骙〈文则〉的六经派文体理论》[①]皆关注到陈骙《文则》。前者考察《文则》所呈现的“文的扩散化”轨迹，以期推进对“文学”概念生成、变化、发展的思考；后者关注陈骙对六经的经典价值、修辞艺术、文体特征的研究。古文评点方面，李由《南宋周应龙〈文髓〉考论》、杨曦《沟通苏文与时文的桥梁——论南宋古文选家对苏文的编选、评点及其影响》[②]皆关注苏文评点。前者从儒道、得体、立意角度揭示《文髓》对苏文推尊及其对明代苏文评点的影响；后者聚焦吕祖谦、楼昉、周应龙、谢枋得诸家评点，考察其对扩大苏文在南宋科场中影响的重要作用。选本研究易流于同质化的研究模式，应在注重选本个案细部考察的同时，突出长时段视野下的大判断，尝试建构选本的批判话语系统。

总集编纂研究方面，慈波《〈宋文鉴〉编刊之争再审视》[③]通过挖掘吕祖谦《宋文鉴》背后隐微的历史事件，指出道学家作文害道的观念分歧显著，提出《宋文鉴》并非只有文学方面的价值，还是全面诠释以吕祖谦为代表的南宋浙东学术思想的良好载体。廖寅《〈新刊国朝二百家名贤文粹〉的编纂与价值发微》[④]分析该集遵循科举为经、时间为纬的著录原则和汇聚精华、文以载道的编选宗旨，揭示名贤观念以南宋中期为界限的转变。此外，杨战朋《附事见义，释事加义——论李善〈《文选》注〉揭示典故的方法》、仲瑶《〈文选〉五臣注的“王张”及其经学阐释思维和注解方式》、穆克宏《尤袤研究三题》、韩丹《吴棫〈韵补〉所引〈文选〉音注考——兼论尤刻本及两宋之交的〈文选〉版本》[⑤]，分别关注《文选》李善注、五臣注、尤袤本三个系统，呈现唐宋选学研究的持续活跃发展态势。

---

① 田晓菲：《从经国大业到吃时下饭：文选、文话、文运》，《清华大学学报》2020年第6期；马茂军：《陈骙〈文则〉的六经派文体理论》，《华南师范大学学报》2019年第2期。

② 李由：《南宋周应龙〈文髓〉考论》，《文学遗产》2019年第6期；杨曦：《沟通苏文与时文的桥梁——论南宋古文选家对苏文的编选、评点及其影响》，《北京社会科学》2020年第3期。

③ 慈波：《〈宋文鉴〉编刊之争再审视》，《文学评论》2020年第2期。

④ 廖寅：《〈新刊国朝二百家名贤文粹〉的编纂与价值发微》，《文学遗产》2019年第6期。

⑤ 杨战朋：《附事见义，释事加义——论李善〈《文选》注〉揭示典故的方法》，《励耘学刊》2019年第2期；仲瑶：《〈文选〉五臣注的“王张”及其经学阐释思维和注解方式》，《暨南学报》2020年第1期；穆克宏：《尤袤研究三题》，《文学遗产》2019年第3期；韩丹：《吴棫〈韵补〉所引〈文选〉音注考——兼论尤刻本及两宋之交的〈文选〉版本》，《郑州大学学报》2020年第1期。

二、内外视野交汇的文本研究

文本研究可借助现存的文学文本，发掘并重建古人的知识世界、心灵世界，进而深入审视古人的文化心态，是唐宋散文研究的立足点。一方面，文本研究呈现“向内转”的精细化态势，一些尚未得到充分讨论或不为人注意的现象、问题被细心抉发，文本语境和作者旨意得到更为深刻的把握，促进了唐宋散文研究深度的拓展；另一方面，形成“向外延”的多领域融通，将文学的触角伸进丰富的社会层面，尤其是跨学科研究方法的借鉴和运用，激发出诸多富有价值的论题，拓展了唐宋散文研究的广度。

（一）“向内转”的精细化态势

一是散文名篇的深入细读。2020年始，郭英德在《文史知识》开设专栏“古文名篇心解”。虽题名为“随笔”，但面对韩愈《师说》《祭十二郎文》、柳宗元《种树郭橐驼传》、欧阳修《读李翱文》、苏轼《喜雨亭记》《方山子传》、王安石《游褒禅山记》、曾巩《书魏郑公传》等唐宋古文名篇[①]，“心解”将文本放在作家心态与历史风貌的合理背景下进行阐释，由文本而至文人心态，再由心态入于历史，为当下的唐宋散文文本解读提供范例并标示境界。刘驰《〈赤壁赋〉思想考辨新得——兼论中国古代文学文本解读的科学方法》[②]基于《赤壁赋》《东坡易传》的对读，提出古代文学文本的系统科学解读方法至少包括历史溯源法、同代互证法、作者自证法、读者理断法等。张剑《〈岳阳楼记〉

---

① 参见郭英德：《“道之所存，师之所存也”——读韩愈〈师说〉随感》，《文史知识》2020年第3期；《“不悲者无穷期矣”——读韩愈〈祭十二郎文〉随感》，《文史知识》2020年第7期；《“顺木之天，以致其性”——读柳宗元〈种树郭橐驼传〉随感》，《文史知识》2020年第5期；《生于忧患，死于安乐——读欧阳修〈读李翱文〉随感》，《文史知识》2020年第1期；《“造物不自以为功”——读苏轼〈喜雨亭记〉随感》，《文史知识》2020年第6期；《“精悍之色，犹见于眉间”——读苏轼〈方山子传〉随感》，《文史知识》2020年第10期；《人生无悔，其孰能讥——读王安石〈游褒禅山记〉随感》，《文史知识》2020年第9期；《“大公至正之道”——读曾巩〈书魏郑公传〉随感》，《文史知识》2020年第12期。

② 刘驰：《〈赤壁赋〉思想考辨新得——兼论中国古代文学文本解读的科学方法》，《文学评论》2019年第4期。

的文脉断裂与情怀超越》[①] 指出末段名句“先天下之忧而忧，后天下之乐而乐”投射出范仲淹伟大的人文精神和超越性的思想，弥合了末段议论与前数段文脉断裂的缺陷。可见越是经典名篇，越要从文本细读中实现突破。

二是散文大家研究的推进。江枰《苏轼散文研究史稿》[②] 从宋代大家苏轼的研究生发开去，呈现北宋中叶至清末苏文地位的起伏脉络及其动因，还关涉苏学的南北承传差异及与朱学比较等问题，总结政治、学理、科举三种因素作用下的苏文研究概貌。朱刚《苏轼苏辙研究》[③] 研究苏轼传世尺牍考辨，新见北宋审刑院复议“乌台诗案”文件的研究和叙录，孔凡礼《苏辙年谱》阙误之处的纠补，考证与论述兼备。许浩然《古文主张之下的思想与权力——从周边士大夫的学宦经历看欧阳修的嘉祐主贡》[④] 考察欧阳修在嘉祐主贡之事中超卓思想与仕宦权力适度结合的形态，与王珪、刘敞、王安石的对比并非被置于抽象层面进行论述，而是在特立个性与因循面貌的异相上展示彼此的分野。熊礼汇《论曾巩古文醇厚严密、简淡明洁所蕴涵的文学美感》、东英寿《虚词使用法观照下的曾巩古文特色——与欧阳修文风之比较》[⑤] 分别分析曾巩古文的文学美感和阴柔风格。大家研究的深入需要立足于文本内在理路的细致梳理，如肖瑞峰《刘禹锡新论》和陈为兵《王禹偁散文研究》[⑥] 也在个案研究中有所推进。

三是传播接受与经典化研究。近二十年来，学界将现代西方学术的“文学经典”“经典化”理论用以阐释、重构中国古代文学经典，形成一整套行之有效的经典研究方法。[⑦] 唐代相关研究较成熟，整体似已放缓脚步，但仍有推进，如周相录《历史的倒影：元稹传播接受史》[⑧] 讨论元稹制诰在唐宋元的接受及其

---

① 张剑：《〈岳阳楼记〉的文脉断裂与情怀超越》，《求是学刊》2019年第2期。

② 江枰：《苏轼散文研究史稿》，复旦大学出版社，2020年。

③ 朱刚：《苏轼苏辙研究》，复旦大学出版社，2019年。

④ 许浩然：《古文主张之下的思想与权力——从周边士大夫的学宦经历看欧阳修的嘉祐主贡》，《文学遗产》2020年第4期。

⑤ 熊礼汇：《论曾巩古文醇厚严密、简淡明洁所蕴涵的文学美感》，《斯文》第6辑，2020年11月；〔日〕东英寿：《虚词使用法观照下的曾巩古文特色——与欧阳修文风之比较》，《华南师范大学学报》（社会科学版）2020年第1期。

⑥ 肖瑞峰：《刘禹锡新论》，浙江大学出版社，2020年；陈为兵：《王禹偁散文研究》，中国社会科学出版社，2020年。

⑦ 郭英德：《〈北宋六家散文经典化研究：南宋金元时期（1127—1279）〉》序，商务印书馆，2020年。

⑧ 周相录：《历史的倒影：元稹传播接受史》，上海古籍出版社，2019年。

辞赋在明清的接受。宋代散文经典研究仍是热点。裴云龙《北宋六家散文经典化研究：南宋金元时期（1127—1279）》[①]运用文学经典理论，探究北宋六家散文走向经典化的历程、经典系统的建构意义和生成机制，厘清了唐宋八大家观念的学术含义，重估了古文传统的价值。黄小珠《幕末日本的“类宋”感怀与苏轼受容——以〈东坡策〉为中心》和黎清、刘双琴《曾巩散文的经典化及其多维阐释》[②]也对经典化研究有所推进。尤其是黄文考察苏轼进策以《东坡策》形式在异域复活，可见以《东坡策》为代表的中国传统古文曾以不同面相影响日本近代化进程。刘成国《文以明道：韩愈〈原道〉的经典化历程》、倪春军《古今学记第一——试论李觏〈袁州学记〉的经典化过程》[③]则聚焦散文名篇的经典化历程。前者追溯“古文之祖”《原道》在宋元的经典化历程，即宋仁宗朝前三十年初步确立，嘉祐年间至北宋后期遭到质疑与批判，南宋借助科场文化推动成为士人必读作品，女真统治时期出现断裂，蒙元理学北传以及文坛宗韩时恢复经典意义。后者揭示《袁州学记》具备文本与碑刻的双重有利条件，经过后世选本与摘句批评的积极影响，成为古今第一学记。散文经典正是在历代阐释中被赋予新的生命，成为文学、文化和思想的重要载体，从而构建起开放而宏阔的散文研究格局。

（二）“向外延”的多领域融通

文本研究需要以“活”的观念和眼光，贴近文本原生语境，考察文本运作过程，突破只从形式看现象的认知局限，注重还原其程序、制度、文化等历史场域。文本生成研究方面，戴路《礼仪话语建构：南宋荐举制度与谢启的文体功能》[④]认为南宋荐举制度促进了谢荐举启写作的流行，通过荐举制度的推动、酬谢语境的影响、骈文书写传统的调节，谢启建构了荐举话语体系，提升了调节官场交际、规范公共表达的礼仪性。叶烨《投书与示法：唐宋古文家论文书

---

① 裴云龙：《北宋六家散文经典化研究：南宋金元时期（1127—1279）》，商务印书馆，2020年。

② 黄小珠：《幕末日本的“类宋”感怀与苏轼受容——以〈东坡策〉为中心》，《文学评论》2020年第5期；黎清、刘双琴：《曾巩散文的经典化及其多维阐释》，《江西社会科学》2020年第11期。

③ 刘成国：《文以明道：韩愈〈原道〉的经典化历程》，《文史哲》2019年第3期；倪春军：《古今学记第一——试论李觏〈袁州学记〉的经典化过程》，《文学遗产》2020年第2期。

④ 戴路：《礼仪话语建构：南宋荐举制度与谢启的文体功能》，《四川大学学报》2020年第1期。

牍的发生语境》[①]认为在行卷风气下的投书、贽文、答书及其文本间性，搭建了低位者与高位者之间的文本对话，是探究其文学思想之展开方式的关键。通过对唐宋古文家论文书牍之写作机制的研究，可重审其在整个古代论文书牍发展史中的意义。于潇《唐代厅壁记文研究》、翟丹《唐代厅壁记研究——以厅壁记文体生成与流变为中心》、胡晓《论宋代厅壁记的文体新变》[②]皆涉及唐宋厅壁记生成及其文本体制的演进。

科举制度与散文关系研究仍是近两年的热点。诸葛忆兵在《宋代科举资料长编》的文献整理研究基础上，陆续发表论文《宋代科举考试送别文论略》《宋人贡庄记论略》《宋代科举辞赋论略》《宋代科场论述文论略》《宋人贡院记论略》《宋代进士题名记论略》[③]，分别考察赠序文、贡院记、辞赋、科场论述文、贡庄记、进士题名记等六种与科举相关的文类。研究注重作家活动的记述与文学过程的梳理，勾连科举散文与制度思想、社会生活、文化习俗之间的密切联系。管琴《言论、家法与文本：南宋殿试对策平议》[④]关注南宋科举运行的具体环节，考察南宋重要政治事件、政治动向对进士科殿试对策的影响。针对廷试对策内容的政论性质，在规定文体中陈述政见、用文学语言与形式，表达出微婉、深稳的政治话语，成为策文作者必须考虑的问题。巩本栋《"论家之正体"——宋代经论初探》[⑤]认为宋代进士科举取士和贤良进卷等制度推动了论体文、经论的发展，譬如真宗朝进士考试以经义命题的做法。王士祥、梁智谦《唐代宗朝政治的文学性表达——以试赋为例》[⑥]考察代宗朝试赋是文学参与政治建设的重要手段。

---

① 叶烨：《投书与示法：唐宋古文家论文书牍的发生语境》，《中华文史论丛》2020年第1期。

② 于潇：《唐代厅壁记文研究》，北京师范大学2019年博士学位论文；翟丹：《唐代厅壁记研究——以厅壁记文体生成与流变为中心》，《中国古代散文研究文献新论》，商务印书馆，2019年；胡晓：《论宋代厅壁记的文体新变》，《励耘学刊》2020年第2期。

③ 诸葛忆兵：《宋代科举考试送别文论略》，《中国人民大学学报》2019年第4期；《宋人贡庄记论略》，《江西社会科学》2019年第10期；《宋代科举辞赋论略》，《武汉科技大学学报》2020年第1期；《宋代科场论述文论略》，《齐鲁学刊》2020年第1期；《宋人贡院记论略》，《四川大学学报》2020年第1期；《宋代进士题名记论略》，《文学遗产》2020年第1期。

④ 管琴：《言论、家法与文本：南宋殿试对策平议》，《文史哲》2019年第6期。

⑤ 巩本栋：《"论家之正体"——宋代经论初探》，《中山大学学报》2020年第3期。

⑥ 王士祥、梁智谦：《唐代宗朝政治的文学性表达——以试赋为例》，《河南师范大学学报》2019年第2期。

从思想文化角度观照散文的研究亦有不少。谢琰《话语变迁与概念重塑——从文体角度考察〈中庸〉升格》[①]提出《中庸》的言说文体从唐到宋依次经历了汉唐注疏体、唐宋论说文、宋人笔记体三种主要类型。从文体角度考察文本、命题、概念，或可成为唐宋思想史研究的新路径。武建雄《宋代“稽古之学”考论及其学术史意义——从陈瓘奏议说开去》[②]考察宋儒希求探明六经原旨的集体追求，认为在疑经变古思潮下宋人追溯本经、藐视汉唐传注之学，强调经典经世治政社会功用的宋学精神。许和亚《论南宋理学家学记的思想意涵与创作成就》[③]考察学记成为理学家宣扬“为己之学”的重要渠道和展开学统之争的文化场域，体现了“鸣道之文”的艺术特征与政教功能。理学家文章创作应放在南宋特定的历史语境、学术场域中来考察，以期挖掘出多元的认识价值和丰富的思想蕴含，实现理学家文章与思想研究的深度融通，进而拓宽宋代散文研究的视域。

还有一些论文从问题出发，并未刻意追求文学与其他领域的交叉，却形成以文学为中心、关联诸多文化要素的综合性考察。吴夏平《唐人别集国家庋藏制度及相关文学问题》[④]不仅在唐代国家庋藏制度下探讨集序文别体——“奉敕撰”集序文，指出序文潜在读者被预设为皇帝，序文政治化倾向的深层心理共性是受到与帝王对话内在机制的制约；还根据《骆宾王文集序》原序、蜀本序两个版本对于骆宾王的不同态度，断定郄云卿受武则天诏编纂《骆宾王文集》十卷并撰序，因此《旧唐书》“则天素重其文，遣使求之”的记载正确，而《新唐书》“中宗时，诏求其文”则是参考删改后的《骆宾王文集序》，肯定扬州军事行动，符合玄宗改制的政治需要，这反映出文学与政治的密切关联。此外，李贵《南宋行记中的身份、权力与风景——解读周必大〈泛舟游山录〉》、徐姜汇《宋代长江行记书写的人文转向——以〈入蜀记〉〈吴船

① 谢琰：《话语变迁与概念重塑——从文体角度考察〈中庸〉升格》，《北京师范大学学报》2020年第1期。

② 武建雄：《宋代“稽古之学”考论及其学术史意义——从陈瓘奏议说开去》，《北京社会科学》2019年第5期。

③ 许和亚：《论南宋理学家学记的思想意涵与创作成就》，《文学遗产》2020年第4期。

④ 吴夏平：《唐人别集国家庋藏制度及相关文学问题》，《文学遗产》2020年第3期。

录〉为中心》[①]对于地理学研究视角的借鉴，方笑一《观赏与书写：宋代绘画题跋的文本解读》、殷祝胜《柳宗元山水奇文新说——〈柳州山水近治可游者记〉与唐代州郡图经》[②]对于图文学的关注，在打破学科拘囿与旧有范式的同时，仍不忘立足文学本位、重视文学本质。

三、审美与应用并重的文体研究

文体研究是文本研究、理论研究之间的重要桥梁，是散文研究的关键方向。这两年文体研究成果突出，形成了相对成熟的研究模式，不仅关注具体文体及创作现象研究，也注重文体理论研究，有利于思考当下文体研究中历史化、封闭化趋向中存在的问题。一方面，文体研究不再局限于平面化的审美性描述，而是尽可能复原和认清文体的历史原貌、社会环境与发展规律，从应用性角度挖掘一些看似细微、实则重要的新文体，促使更多边缘文体进入研究视野，极大拓展了唐宋散文研究的疆域；另一方面，文体研究不再停滞于宽泛的文化研究，开始从体制、章法、句法、修辞、风格等角度去观察文体形式，从而确认其文学价值。这种审美与应用并重、以文化研究为基石的文体研究是唐宋散文研究的重要路径。

（一）石刻研究的拓展与纵深

石刻文献的大规模、集成式整理不断培育出新的学术增长点。综合研究方面，赵超《中国古代石刻概论（增订本）》[③]相较于1997年的初版，重新将石刻划分为器物附属刻铭、建筑物附属刻铭、艺术雕刻附属刻铭、专用文字石刻

---

① 李贵：《南宋行记中的身份、权力与风景——解读周必大〈泛舟游山录〉》，《复旦学报》（社会科学版）2020年第1期；徐姜汇：《宋代长江行记书写的人文转向——以〈入蜀记〉〈吴船录〉为中心》，《人文杂志》2019年第3期。

② 方笑一：《观赏与书写：宋代绘画题跋的文本解读》，《华东师范大学学报》2020年第1期；殷祝胜：《柳宗元山水奇文新说——〈柳州山水近治可游者记〉与唐代州郡图经》，《中国文学研究》2020年第2期。

③ 赵超：《中国古代石刻概论（增订本）》，中华书局，2019年。

四类。专用文字石刻中的刻石、摩崖、碑、墓志，是近年来唐宋散文文体研究的热点。王星《宋代石刻功能的多元透视与文学个案分析》[①]从传播学角度透视宋代石刻的政治、文化、文学创作、文学传播功能，以苏轼石刻作品、浯溪石刻、《醉翁亭记》石刻为个案分析，提供从刻石活动切入进行文学研究的有效方法。此外，杜海军《石刻文献与文学研究》[②]对隋唐石刻、宋代摩崖的研究也有一定推进。

分类研究方面，铭功纪事的摩崖石刻受到持续关注。王星《唐宋浯溪石刻的“中兴”话题》、周裕锴《破碎的摩崖：北宋诗人对〈中兴颂碑〉的多元演绎》[③]皆关注浯溪刻石。前者考察其在唐代多为隐逸话题，在宋代转换为中兴话题，表现为写刻中兴颂、在诗歌和题记中讨论中兴，和宋代政治史的发展相呼应。透过这一独特文学景观可以更为真切地体认文学生成、传播、交流等方面的问题。后者基于《大唐中兴颂》包含的文学、史学、金石学三大要素，考察北宋七首题《中兴颂》诗中在场的怀古、不在场的咏史及其互文性。功德碑、纪事碑也是热点。章名未《从公文到碑文——从唐代公文运行再看韩愈〈平淮西碑〉的废立》[④]认为《平淮西碑》的废立过程体现了碑文作为帝国公文通过礼仪性政务渠道进呈的私密性过程，还作为公共性文本最终示之天下的需求之间的矛盾与冲突。赵德坤、陈传芝《宋代寺院碑文书写研究》[⑤]则是宋代寺院碑文研究的一次初步尝试。

传统墓志研究也在新视角的拓展中得以推进。孟国栋《石上人生：传记文学视域下的唐代墓志铭研究》[⑥]从传记文学角度阐释新出土唐代墓志铭的传记文学属性、求真观念、创作范式、情感表达等问题，还充分利用《王洛客墓志

---

① 王星：《宋代石刻功能的多元透视与文学个案分析》，中国社会科学出版社，2020 年。

② 杜海军：《石刻文献与文学研究》，中国社会科学出版社，2020 年。

③ 王星：《唐宋浯溪石刻的“中兴”话题》，《文艺研究》2019 年第 1 期；周裕锴：《破碎的摩崖：北宋诗人对〈中兴颂碑〉的多元演绎》，《四川大学学报》2020 年第 1 期。

④ 章名未：《从公文到碑文——从唐代公文运行再看韩愈〈平淮西碑〉的废立》，《安徽大学学报》2019 年第 4 期。

⑤ 赵德坤、陈传芝：《宋代寺院碑文书写研究》，中国社会科学出版社，2019 年。值得一提的是，《宋代寺院碑文集成》首次辑录 1000 多篇宋代寺院碑文，参见蒋媛媛：《宋代寺院碑文集成》，天津古籍出版社，2021 年。

⑥ 孟国栋：《石上人生：传记文学视域下的唐代墓志铭研究》，浙江古籍出版社，2020 年。

铭》《何昌浩墓志铭》《皇甫巨墓志铭》等材料重申作家作品，提供了由文献入文学的研究路径。仝相卿《北宋墓志碑铭撰写研究》[①]讨论北宋碑志类型及其所见北宋政治、个人习惯、丧家因素。马立军《媒介、语境、作者：中古墓志文本形态及相关问题刍议》、孟国栋《写本·刻本·拓本——唐代墓志的生发、篆刻与流传》[②]皆关涉唐代墓志生成及文本形态问题。前者提出撰、书、刻三方以及作为雇主的丧家，都是中古墓志文本的重要参与者，通过提供墓主信息、增减墓志文本、撰写墓志文等途径，影响文本内容、结构与表达模式。后者从载体形式切入，系统考察唐代新出墓志铭从写本、刻本形式生成到钞本、拓本形式流传的全过程。张亚静、马东瑶《论曾巩的"以史笔为墓志"》[③]认为曾巩继承韩、欧以史笔为墓志的路径，在实践中形成"欧曾笔法"，为宋代墓志写作奠定了基本范式。还值得关注的是，黄楼《碑志与唐代政治史论稿》、孙英刚《流动的政治景观——〈升仙太子碑〉与武周及中宗朝的洛阳政局》[④]等史学研究，有助于在研究方法上接续文史之间本来丰茂的联系，拓展唐宋碑志文学研究的格局与境界。

（二）骈文与辞赋研究的活跃

以往骈文史以古文运动为参照考察四六的传统模式，以及历代四六话以荆公、东坡两派为宋代四六之尊的传统理念，都从根本上制约着相关论题的拓展与深化。宋金四六的谱派议题沉寂已久，张兴武《宋金四六谱派源流考述》[⑤]以作家作品为依据，搜讨源流，钩稽排比，系统梳理宋金四六演进过程中杨刘体、英公体、欧公体、东坡体、荆公体、词科体的谱派源流。侯体健《士人身份与南宋诗文研究》[⑥]讨论南宋骈文创作和批评，其中四六类书的知识世界与

---

① 仝相卿：《北宋墓志碑铭撰写研究》，中国社会科学出版社，2019年。

② 马立军：《媒介、语境、作者：中古墓志文本形态及相关问题刍议》，《文艺研究》2019年第12期；孟国栋：《写本·刻本·拓本——唐代墓志的生发、篆刻与流传》，《中国文学研究》（辑刊）2019年。

③ 张亚静、马东瑶：《论曾巩的"以史笔为墓志"》，《华南师范大学学报》2020年第1期。

④ 黄楼：《碑志与唐代政治史论稿》，科学出版社，2019年；孙英刚：《流动的政治景观——〈升仙太子碑〉与武周及中宗朝的洛阳政局》，《人文杂志》2019年第5期。

⑤ 张兴武：《宋金四六谱派源流考述》，《文学遗产》2019年第1期。

⑥ 侯体健：《士人身份与南宋诗文研究》，复旦大学出版社，2020年。

骈文创作关系的探讨，可见南宋文章的知识世界和批评思想之一隅。戴路《南宋后期荐举官制与四六启文的交际性》[①]认为南宋后期荐举制度加速官场人际网络建构，推动了荐举类四六启文流行。即将面世的专著《南宋后期骈文学研究》从制度运作切入考察文体形态和功能，探究词科、荐举、禅林等制度对制、表、启、疏等诸文体的影响，在士人活动空间中探讨骈文写作的实际过程，归纳效果论、知识论、创作论等骈文学的理论层级。周剑之《写作场与文本生成——宋代上梁文叙写方式的形塑与流变》[②]在写作场的理论视域下，考察宋代骈文代表性文体上梁文的流变，梳理中央型、地方性、私人型三类叙说方式。通过写作场及内在要素的考察，细致把握叙写方式的生成流变，可见一种文体范式的积淀成型与流动变迁，有助于精细阐释其文学价值与艺术魅力，真切触碰作者的心灵世界和文学世界。此外，莫道才主编的《骈文研究》（第3辑）、吕双伟主编的《守正与创新：第五届骈文国际学术研讨会论文集》[③]收录孟飞《从"链体"结构看陆贽骈文的功能突破》、束莉《经典追认与理论抽绎——初唐诸史文苑列传在骈文发展史上的意义》、熊礼汇《试论李白骈文的美感特质》等，对于唐代骈文研究皆有一定推进。

辞赋研究方面，何易展《初唐四杰辞赋研究》（增订版）、刘培《两宋辞赋史》（增订版）[④]是近年来唐宋辞赋史研究的总结。尤其是刘著全面系统研究宋赋，弥补宋赋研究路数不均衡的缺憾，新增北宋学术思想与辞赋关系、南宋理学与辞赋关系等论述。还值得关注的是，刘培主编的《中国辞赋编年史》[⑤]在全面勾稽考订赋学文献的基础上，对赋家赋作、赋集赋论及相关制度、事件进行编年系月。较之《新编唐五代文学编年史》《五代十国文学编年》《宋代文学

---

① 戴路：《南宋后期荐举官制与四六启文的交际性》，《河南大学学报》2019年第1期。

② 周剑之：《写作场与文本生成——宋代上梁文叙写方式的形塑与流变》，《中山大学学报》2020年第1期。

③ 莫道才主编：《骈文研究》（第3辑），广西师范大学出版社，2019年；吕双伟主编：《守正与创新：第五届骈文国际学术研讨会论文集》，凤凰出版社，2020年。

④ 刘培：《两宋辞赋史》（增订版），齐鲁书社，2019年。

⑤ 韩晖：《中国辞赋编年史·隋唐五代卷》，山东大学出版社，2019年；刘碧波、李炜、雷雨豪：《中国辞赋编年史·宋代卷》，山东大学出版社，2019年；武怀军：《中国辞赋编年史·元代卷》，山东大学出版社，2019年。

编年史》《唐五代文编年史》[①]等文学编年史，这套辞赋编年史是隋唐宋元时期辞赋文学风貌的总体呈现，增补了辞赋活动和作品创作的系地信息，较为完整地体现辞赋发展历程的时间先后与空间离合，将推动唐宋辞赋研究走向精深发展。周兴泰《中国文学叙事传统视阈中的唐代辞赋研究》[②]，从题材、文体、叙事主体、叙事结构、叙事范式、听觉叙事、修辞叙事等层面，对唐赋的叙事特性进行深入细致探析，挖掘唐赋与诗歌、散文、小说、史传、戏曲、变文等文体在叙事性上的异同及共生互渗的关系。徐晓峰《前后〈赤壁赋〉优劣之争与苏轼思想的再认识》[③]发现明清针对《赤壁》二赋的争论焦点实际指向文章思想层面，认为苏轼体道方式的框架与《东坡易传》中对“道”“性”的阐发相呼应。此外，余丹、康震《礼制与政治：初盛唐明堂赋的文本语境与书写策略》、罗超华《“礼莫如周”：宋代典礼赋中的“复古”思想述论》[④]皆关注礼制、礼学与赋体关系。张帆《由李觏〈长江赋〉论北宋政治中的“重北轻南”》、高王朋《宋代文赋文本场景设置方式及其生成意义——以〈秋声赋〉〈赤壁赋〉为例》、王彬《〈三元衡鉴〉的编者及选赋标准》[⑤]分别对政治与辞赋、宋代文赋、律赋选本等问题有所推进。

（三）文体交叉与文体学史论

文体交叉研究聚焦赋、行记、笔记等散文文体与诗歌的探讨。叶汝骏《文类越界与诗赋合流——敦煌写本刘希夷〈死马赋〉艺术甄微》、唐颢宇《浅析唐赋以诗句为题的现象》[⑥]皆在诗赋合流的脉络中考察唐赋。前者揭示刘禹锡佚

---

① 傅璇琮：《新编唐五代文学编年史》，辽海出版社，2012年；张兴武：《五代十国文学编年》，人民文学出版社，2001年；曾枣庄、吴洪泽：《宋代文学编年史》，凤凰出版社，2010年；吴在庆、丁放：《唐五代文编年史》，黄山书社，2018年。

② 周兴泰：《中国文学叙事传统视阈中的唐代辞赋研究》，中华书局，2020年。

③ 徐晓峰：《前后〈赤壁赋〉优劣之争与苏轼思想的再认识》，《北京大学学报》2019年第2期。

④ 余丹、康震：《礼制与政治：初盛唐明堂赋的文本语境与书写策略》，《求是学刊》2020年第4期；罗超华：《“礼莫如周”：宋代典礼赋中的“复古”思想述论》，《励耘学刊》2019年第1期。

⑤ 何易展：《初唐四杰辞赋研究》（增订版），四川大学出版社，2020年；张帆：《由李觏〈长江赋〉论北宋政治中的“重北轻南”》，《东岳论丛》2020年第5期；高王朋：《宋代文赋文本场景设置方式及其生成意义——以〈秋声赋〉〈赤壁赋〉为例》，《中国韵文学刊》2020年第4期；王彬：《〈三元衡鉴〉的编者及选赋标准》，《济南大学学报》2019年第2期。

⑥ 叶汝骏：《文类越界与诗赋合流——敦煌写本刘希夷〈死马赋〉艺术甄微》，《中国韵文学刊》2019年第4期；唐颢宇：《浅析唐赋以诗句为题的现象》，《文艺理论研究》2019年第4期。

作《死马赋》是一篇具有高度诗化特质的“诗体赋”；后者通过分析唐赋用诗题的现象，考察唐代赋家探索文体特征、文体界限时展现出的蓬勃生命力。秦蓁《两宋行记与纪行诗的互文呈现》[①]从互文角度考察宋代纪行诗和日记化行记，在南宋实现两者的史地互证，全面展现了宋人的知识兴趣与学术取向。马自力、王朋飞《笔记体与宋代诗学》[②]指出以笔记为体是宋代诗论的重要形式，以笔记为诗是宋代诗艺的一种倾向，以笔记为格是宋代诗学的主要特征，有助于认识宋代诗学体系构成的丰富性和复杂性。李德辉《语录体行记的形成历程及学术价值》[③]在文体互渗、中外交流的文化氛围中考察语录体行记的成熟，标志宋代文章学的新成就。

辨体是古代文体学理论体系的重要组成，寻绎文体分类思想的演化过程，有助于理解古代文体变迁的动态过程，也是探索文体观念中包含的复杂多样历史信息的必由之路。散文批评在通代的大视野中推进唐宋文体观念、文体学史建构。李贵银《中国古代碑志文批评史》[④]将碑志文批评置于中国古代文学批评的历史长河中，深入剖析中国古代文学批评发展的历史、古代文学观念和审美观念的变迁。唐宋部分聚焦韩愈、欧阳修、曾巩等人有关碑志与史传关系的理论主张与创作实践，在考察碑志文批评的同时也关涉到文体交叉问题。慈波《文话流变研究》[⑤]以历时流变轨迹与理论价值寻绎为并行线索，对以文话为中心的文章学理论进行整体论述，考察北宋中期以来不同时段苏文研究的特点，从科举文化、文章派别与文化新变三个维度，勾勒文话发展演进、繁荣兴盛与融会总结期的时段样貌。韩建立《论〈艺文类聚〉的赋学辨体批评》[⑥]呼吁学界对类书之文学批评属性的重视，如辨体批评、选本批评、意象批评、摘句批评、源流批评，拓展古代文学批评史研究的空间。吴承学《近古文章与文体学研究》、朱迎平《古代文体与文体学史论》[⑦]则是对中国古代文体学史建构的理

---

① 秦蓁：《两宋行记与纪行诗的互文呈现》，《中华文化论坛》2020 年第 2 期。

② 马自力、王朋飞：《笔记体与宋代诗学》，《清华大学学报》2019 年第 1 期。

③ 李德辉：《语录体行记的形成历程及学术价值》，《中国文学研究》2020 年第 4 期。

④ 李贵银：《中国古代碑志文批评史》，中华书局，2020 年。

⑤ 慈波：《文话流变研究》，复旦大学出版社，2020 年。

⑥ 韩建立：《论〈艺文类聚〉的赋学辨体批评》，《文艺研究》2020 年第 9 期。

⑦ 朱迎平：《古代文体与文体学史论》，北京大学出版社，2020 年；吴承学：《近古文章与文体学研究》，广东高等教育出版社，2020 年。

论总结。尤其是吴著主张回到中国古代文体、文章语境理解中国文学，指出文章总集、大型类书、目录学等在对中国文学的经典形塑与阐释以及中国文学学术史的重要作用与地位。

综览2019—2020年唐宋散文研究动态，整理与考论贯通的文献研究，关涉文献辑佚、辨伪与旧题新辨，石刻文献整理与数字化建设，文评专书与总集的编纂研究；内外视野交汇的文本研究，体现“向内转”的精细化态势和“向外延”的多领域融通；审美与应用并重的文体研究，聚焦石刻研究的拓展与纵深，骈文与辞赋研究的活跃，文体交叉与文体学史论。值得持续关注的是，就文献而言，持续关注发现、充分利用出土文献和域外文献，有望在新的学术增长点抉发中实现切题角度新颖性和选题意义重大性的有机结合；就文本而言，重视文本生成、传播与经典化研究，同时避免在成功范式的重复实践中丧失研究的创新性；就文体而言，科举文体、骈文、赋体有望迎来突破性发展，但一些边缘文体研究也需警惕泛滥化与技术化的倾向。郭英德在中国古代散文学会第十三届年会暨全国学术研讨会中指出，散文研究的“新材料”不应追求打补丁式的填补空白，而应审视、考察研究对象的意义与重要性；散文研究的“新观点”不在于创发新论，而在于提出研究的“新视角”。散文研究无所谓“新方法”与“旧方法”，其关键在于寻找解决问题的“新思路”。这也将是今后散文研究者继续努力的方向。

《斯文》稿约

一、本刊主要以中国古代散文为研究对象，因中国古代“文”之概念至广至大，故举凡与“文”相关之论题，除专研诗词、小说、戏曲者外，均可赐稿。

二、本刊实行双向匿名审稿制，审稿期为三个月，审稿期内论文请勿投他处。

三、本刊择文，唯质是取，不论作者出身，不限文章篇幅。来稿一经刊出，即赠样刊二册，并致薄酬（含著作权使用费）。

四、为便于作者投稿，本刊欢迎以电子文本投稿，本刊唯一指定投稿邮箱：siwen@bnu.edu.cn。

五、稿件内容包括题目、署名、摘要（300字以内）、关键词（5个以内）、正文、注释，项目、基金资助论文请在首页以注释形式标注，说明项目名称、编号。文末请赐示个人简明信息（姓名、性别、出生年、供职机构、职称、学术职务、邮政编码、通讯地址、移动电话、电子邮箱等）。

六、请核实引文，规范注释，格式要统一。注释采用脚注、圈码（每页重新编号）的方式，每页重新编号。正文内所引用的书籍，请统一书名、出版社、出版年份、页码等格式；所引用的文献请统一文章名、期刊名、年份期数等格式；古籍类文献则请注明篇名、所引古籍、卷数等信息。具体格式如下（请注意缩进格式）：

①梁启超：《中国近三百年学术史》，商务印书馆，2011年，第171页。

②〔英〕阿伦·布洛克著，董乐山译：《西方人文主义传统》，生活·读书·新知三联书店，1997年，第15页。

③任继愈：《论儒教的形成》，《中国社会科学》1980年第1期。

④朱汉国：《民国时期社会结构的变动》，《光明日报》1997年6月17日，第4版。

⑤管志道:《答屠仪部赤水丈书》,《续问辨牍》卷二,《四库全书存目丛书》,齐鲁书社,1997 年,第 88 册,第 73 页。

⑥ Randolph Starn and Loren Partridge, The Arts of Power: Three Halls of State in Italy, 1300-1600, Berkeley: California University Press, 1992, pp. 19-28.

⑦ Heath B. Chamberlain, "On the Search for Civil Society in China", Modern China, vol. 19, no. 2 (April 1993), pp. 199-215.

七、本刊每年出版两期,第一期截稿日期为 4 月 30 日;第二期截稿日期为 10 月 31 日。

通信地址:北京市海淀区新街口外大街 19 号北京师范大学文学院
《斯文》编辑部,邮编:100875